庫

30-279-1

松蔭日記

上野洋三校注

岩波書店

凡例

一、底本として、校注者所蔵の、伴蒿蹊《ばんこうけい》書込のある寛政三年写本を用い、九州大学付属図書館所蔵の、萩野文庫本(越後黒川藩士鳥羽氏旧蔵)を主たる対校本として、本文を作成した。底本・対校本その他の参照写本については、巻末の「解説」において、若干の説明を施した。

一、原則として、現在通行の字体に変え、新字体のある漢字はそれを用いた。

一、底本には、句読点を兼ねて、朱の「。」点がある。これをほぼ残し、なお意味判読上に必要と思われる句点「。」読点「、」を校注者において加えた。

一、底本にある振仮名はカタカナで残し、別に校注者による振仮名をひらがなで補った。

一、底本に稀にある濁点には、傍点「・」を付した。その他の濁点・半濁点の類は、校注者が補ったものである。

一、底本の仮名づかいが古典仮名づかいの原則に合致していない場合は、正しいものを傍記した。
一、底本に欠落しているところを、他本により補ったものは〔　〕で括って示した。
一、各帖のはじめに、梗概を付した。
一、本文の理解の参考として、川崎千虎写「六義園図」(国立国会図書館蔵)を収載した。
一、脚注の頭に「○」印のあるものは、原本に付された原著者または原著者に近い人物によるとおぼしい原注である。これについても、巻末の「解説」参照。

目　次

凡　例
一　むさし野　前代より元禄三年冬にいたる……二
二　たびごろも　元禄四年春より夏にいたる……二八
三　ふりにしよゝ　元禄四年夏より五年の春にいたる……四三
四　みのりのまこと　元禄五年夏　同七年の春にいたる……五四
五　千代の春　元禄七年夏より　同九年春にいたる……六六
六　としのくれ　元禄九年春より暮にいたる……八〇
七　春の池　元禄十年春より冬にいたる……九三
八　法のともしび　元禄十一年春より秋にいたる……一一一
九　わかの浦人　元禄十一年秋より十三年秋にいたる……一二八
十　から衣　元禄十三年秋より同十四年四月にいたる……一四五

十一　花まつもろ人　元禄十四年夏より冬にいたる……………一五八
十二　こだかき松　元禄十四年冬より同十五年春にいたる　…………一七三
十三　山さくら戸〔元禄十五年春より夏にいたる〕…………………一八四
十四　玉かしは　元禄十五年夏より秋にいたる…………………一九九
十五　山水　元禄十五年冬より同十六年春にいたる………………二一三
十六　秋の雲　元禄十六年春より秋にいたる……………………二三〇
十七　むかしの月　元禄十六年秋より冬にいたる…………………二四四
十八　深山木　元禄十六年霜月より宝永元年三月にいたる　…………二六三
十九　ゆかりの花　宝永元年春より冬にいたる……………………二七五
二十　御賀の杖　宝永元年冬より春にいたる………………………二九三
廿一　夢の山　宝永二年夏…………………………………………三一〇
廿二　さとりの巻々　宝永二年秋より冬にいたる…………………三二八
廿三　大宮人　宝永三年二月三月……………………………………三三九
廿四　むくさの園　宝永三年夏より冬にいたる……………………三五三
廿五　ちよの宿　宝永四年春より秋にいたる………………………三七五

松蔭日記

一　むさし野　前代より元禄三年冬にいたる

東照神君の開いた徳川の治世のすばらしさ。とりわけ五代将軍綱吉公のすばらしさ。将軍と心をひとつにして平和な一時代を築きあげた、わが主君、柳沢吉保公の栄華の時代を、不備ながら書きとめておきたい。

まことにことは一代にしてならぬ。吉保公の父君が、求められて将軍に残した遺言が、思えば君の成功の下ごしらえとなった。治世初期の緊張にみちた世間の空気を、あれが、どれほど和らげたことであろう。功徳は以後の一時代を覆うのである。

元禄三年末、三万二千三十石の領地に合せて、従四位下に叙され、二男出生まで。三十三歳の吉保は、すでに将軍の御側用人として着々と地歩をきずきつつある。

章題は本文に「むさし野のひろき御めぐみ」とあるように徳川治世の恩徳をいうが、同時に後出原注に「むさし野」について「ゆかりの人を申侍り」ともあるように、吉保一族のことをも暗示する。

この国《くに》、人《ひと》の代《よ》となりてより。これかれしるしを《お》けるを見るに。玉《たま》くしげ二千年《フタチヤ》あまり。こゝらのとし波《なみ》かけて。もしほ草《ぐさ》、かきあつめたる跡《あと》なん。さま〴〵おほかりけり。それが中《なか》に。古《いにしへ》には。延《えん》喜《ぎ》天暦《てんりやく》の治《をさま》れる御代《みよ》をぞ。こしかた、ゆくすゑ。かしこきためしには、いふめれど。それはた。才《ザエ》ある人《ひと》の時《とき》をうしなひ。あるは、遠つ国には。おほけなき事のみだれ、いできなどして。こと〴〵にまたくしもあらざりければ。すべて今の時になん、まさりたる、なかりける。

そも〳〵、いまの世のはじめ。あづまぢや。久《ひさ》かたのひかりのどかにてらすおほん神の御事とかや。その頃《ころ》は下《しも》しのぎ、上《かみ》すたれて。此国《このくに》あまた〔に〕わかれ。を《お》のがじゝ事おこなひつゝ。せめあらそひぬれば。世の中にしづかなる月日なくありふるまゝに。かけまくもかしこき我《わが》おほん神の。たけき御心《みこころ》をおこし。虎《トラ》のごといかり。龍《たつ》のごとかけりて。かれをほろぼし。これをせいし。君をうやまひ。民をやすんじたまひしかば。一たびにして。天《あめ》がしたの諸侯《しよこう》。こと

人の代　「人の世となりて素盞嗚尊よりぞ三十文字あまり一文字はよみける」(古今集仮名序)。天照大神以降。**玉くしげ**　「ふた」の枕詞。
○**こゝら**　おほく也。
○**延喜天暦**　延喜には菅丞相を流し天暦帝の世は将門が乱あり。
○**はた**　将《はた》。それも又也。
○**こと〴〵に**　こと〳〵く也。
○**またく**　全。まつたく也。
○**今の時**　徳川開幕以来。
○**あづまぢや久かたのひかりのどかにてらすおほん神**　東照宮の御事。

ぐ〳〵になびきつかうまつりて。此百《このモヽ》とせあまり、よつの海《うみ》、波《なみ》の音聞《おときこ》えず。百《もヽ》の川水、おほきながれも。小車《をぐるま》ののりをひとつにして。よつの民、国《くに》は守《まも》りを世々にし。家《いへ》はひさしきわざをうけたもちて。を《お》の〳〵所《ところ》をえたり。

世《よ》はじまりて。さるたのしき時《とき》なん。またなければ。こゝろなき草木《さうもく》までも。むさし野《の》のひろき御めぐみを。ふじのねの。たかくあふぎ奉らぬものなんなかりける。かゝれば。その御すゑ〴〵。世のかためとして。とり〴〵にかしこうおはします中に。此頃《このごろ》、常憲院《じやうけんゐん》殿《でん》とを《お》くり奉《たてまつ》りしこそ。あるが中に。いと有《あり》がたう、すぐれて聞えさせ給《たまふ》なれ。いとけだかう、やんごとなくおはしまして。御才《ザエ》も、代々《よヽ》にこへ《え》させたまへば。世《よ》のおきてたゞしく。さらに、みち〳〵《みち》の事を。おこし給ふ《う》て。玉《たま》ぼこの道《みち》ゆき人も。おちたるをひろはず。うば玉のよるも。戸《と》ざしせぬ世なりけり。

此君《このきみ》、いと雄《オ》々しう。何事《なにごと》もたらはせたまひておはします物《もの》から。さすがに物のあはれふかくおぼしわたして。御《ミ》心のうち、あきらか

○**をのがじゝ**　われ〳〵に物する事。
○**事おこなひつゝ**　天子将軍の命令《めいれい》下知《げぢ》をうけず、をのれ〳〵がまゝに国をとりおこなふ也。
○**たけき**　猛也。
○**ごと**　如く也。威勢に喩へたり。
○**龍**　徳あるにたとふ。
○**小車の**　中庸に曰、天下車軌《くるまあと》ヲ同ジクス。軌はアト共ノリ共訓ず。
○**のり**　軌《のり》也。
○**国は守りを**　文選《もんぜん》・西《せい》都賦《とのフ》ニ曰、国ハ十世ノ基ニ藉《ヨリ》、家ハ百年ノ業ヲ承《ウ》ケ、士ハ旧徳ノ名氏ニ食《ハ》ミ、農ハ先疇《センチフ》ノ畎畝《ケンホ》ニ服《ツ》キ、商《アキヒト》ハ族《シヨク》

におはしますに。世《よ》の中《なか》にかしこき人《ひと》のかくれなき時《とき》なればにや。つかさ〳〵も頑《カタワ》なるなふ《う》。おきてさせたまふほどに。わがおまへの、すぐれて世《よ》の器量《ウツハモノ》におはしませば。おほやけ、わたくし、さるべき折《をり》〳〵《をり》は。先《まつ》めしとはせたまふて《う》。何事《なにごと》につけても。御心《おこころ》をあはせつゝあればにや。たゞ今《いま》の世《よ》のを《お》もしにて。こゝらの国《くに》のあるじ、百《もも》のつかさ〳〵も。たゞ此《この》御まへに心《こころ》よせ奉《たてまつ》らぬはなんなかりける。

かゝるにつけても。御心《こころ》ばへの、かぎりなうおはしませば。年《とし》月《つき》にそへて。いとうれしき事《こと》におもひて。世《よ》の中《なか》ゆすりみちて、なびきうやまふ程《ほど》に。御所《ごしょ》にも、いよ〳〵たのもしき事に思召《オモホシ》つゝ、よろづの事。打《うち》まかせ聞《きこ》え給へれば。大《おほ》かた、あめがした、二《に》なき御さかへ《え》になんおはします。

いでや、その御さかへ《え》の事を。われも人《ひと》も、此世《このよ》に生《うま》れ、此時《このとき》にあひて。ほど〳〵に、を《お》のがよろこびしつゝ。皆《みな》しりきこえたゝめるを。今《いま》さらに書《かき》いでんこそ。いとことさらめき、をこがましけれど。さるは、ちかき御いつくしみにあひて。さま〴〵にためしなき

世《セイ》ノ鬻《ヒサ》グ所ヲ修メ、工《タクミ》ハ高曽ノ規矩ヲ用《モチ》フ。粲乎《サンコ》隠々トシテ各其《ヲノヲノソ》ノ所ヲ得タリ。此《この》心をとりて言《コトバ》をかへたる也。

○**よつの民** 士農工商《シノウコウシヤウ》の四民《シミン》。

○**常憲院殿** 五代将軍徳川綱吉の法名。

○**道ゆき人も** 史記《シキ》ニ曰、路《ミチ》ニ遺《ヲチタ》ルヲ拾ハズ。

○**雄々しう** 男々しき也。急度《キツト》したる心。

○**物から** 物ながらの心也。後、皆同之。

○**頑なる** あしき心也。

○**わがおまへ** 柳沢吉保。

○**おほやけ** 公也。

○**わたくし** 私也。

も、を《お》のづから見たまへあつむるまゝに。かたはし、つゞしりを《お》くなりけり。

むかし、みづのお《を》のみかどの御むまご。つねもとのおほ君《きみ》と聞《きこ》えさせし。それこそ世の中に。源氏の武者《ムサ》のはじめにし奉《たてまつ》るなれ。その御《おん》末葉《ゾウ》、頼義《よりよし》の朝臣《あそん》と申《まうす》は。みづのお《を》のみかど六代《ろくだい》の御末《スヱ》なり。さき〴〵皆《みな》、おほやけのかためとして。世《よ》のおぼえおもくおはしましけり。

その三郎君、新羅三郎義光《しんらさぶらうよしみつ》の朝臣と申《まうす》、いますかりけり。甲斐守《かひのかみ》に任《にん》じたまふ《う》て。その御子《みこ》、むまごなど。かの国《くに》にみち〳〵ければ。これを甲斐源氏《かひげんじ》とぞいふ。

その義光の君より廿代をへて。今の君にぞおはすめる。そのかみ、世《よ》みだれ。時《とき》かはりて。其《その》あいだの事、様《サマ》〳〵にゆゝしき事おほかれど。今更《いまさら》に何《なに》かは女《をんな》のまねび出《いづ》べきならねば。男《をとこ》がたのふみにぞゆづるべき。

北《きた》のかたも甲斐源氏の。御すゑにて。御一ぞうのうちなりければ。

をもし　重臣。世の鎮め。

御所　将軍綱吉をいう。

○**二なき**　ならびなき心也。無《ナシ》レ二《ニ》と書。

○**つゞしり**　綴《ツヾル》の字。つゞると同じ。

○**なりけり**　是迄序の心なり。

みづのおのみかど　第五十六代清和天皇。在位八五八―八七六年。

つねもとのおほ君　経基王。父は清和天皇第六皇子、貞純親王。賜姓一世源氏。

頼義の朝臣　源頼義(九八八―一〇七五)。前九年の役を平定するなど武功があった。

わきてむつまじうおぼしかはして。すませたまふ。

さて君《きみ》は。貞享二年《ねん》十二月十日。かうぶり給《たまは》り給《たま》ふ。出羽守《ではのかみ》ときこゑ《え》さす。この頃《ごろ》ぞ、いとゞおほやけ事《ごと》。多《おほく》きこしめして。夜《よる》ひるおりたち。いとまなくすぐい給《たま》ふ。

年月《としつき》へて。貞享四年になりぬ。その秋。御父《ちち》ぎみ。いたくわづらひたまふまゝに。日頃《ひごろ》になれば、御よはひのほどにや。いつとなく。なりおもらせたまふて。いとたのもしげなし。君《きみ》、いかにせんとおぼしまどふ。御所《ごしょ》にも、きこしめしつけて。御医師《いし》、典薬頭《てんやくのかみ》。御薬の事。何《なに》くれと御心にいれて、おほせ事《ごと》あれば。かはる〲まい《ゐ》りつどひて。御《み》けしき見奉《みたてまつ》るに。いさゝか御心ちのさはやぎ給ふやうにもあらず。猶《なほ》つい《ひ》にいかならんと。おもひさわ《は》ぐ事。いはんかたなし。

御つかひは。日《ひ》ごとにまい《ゐ》りて。いかに〳〵と。心もとながり聞《きこ》えさせ給ふ。さるは。御所《ごしょ》の御まへの。はやう、御とし三《みつ》にならせ給ひし時。前の御所より。おほせ事給《ことたまは》りて。わきてつきそひ。つか

新羅三郎　源義光（一〇四五―一一二七）。常陸佐竹氏、甲斐源氏の祖とされる。
今の君　義光の子武田冠者義清から、吉保の父柳沢安忠まで二十代を数える（柳沢氏系図）。
女のまねび出べきならねば　源氏物語などの草子地の文体を擬す。
北のかた　吉保の正室、曾雌氏定子。
○**一ぞう**　一ぞく也。
○**かうぶり**　叙爵《ジョシャク》。初《ハジメ》て五位になる事。
出羽守　貞享二年十二月十日「小納戸柳沢弥太郎保明（吉保）、従五

うまつらせ給《たま》ひし御したしみ、おぼしわすれず。かつは。こなたの御父君にてさへおはしませば。心《こころ》ことにおぼしたる〔なり〕。なりさだの侍従。たび〳〵仰《おほせ》ごとうけ給《たまは》りて、参りたまふ。

御なやみなど。さいへど。すこしひまおはしますやうにて。殿《との》のうち。つねよりはのどやかなる夕《ゆふ》つかた。例《れい》の成貞《なりさだ》の君《きみ》まいりたまふ《う》て。仰事《おほせごと》つたへ、なにくれと御物《もの》がたりなど、こまやかなり。こなたの御うへなど、申給《まうしたま》ふほどに。「今は、かゝる御なやみにつけても。御身のさかへ《え》は。いみじうもあるかな。さりとも、おぼしを《お》く事《こと》やあらん。さるべき事《こと》ども。のたまひを《お》くべく。御所《ごしよ》にも御《み》けしきになん。かへりて、いかゞ聞《きこ》えさせ侍《はべ》らん」などのたまふ。

「いさや。すべて此世《このよ》におもふ事《こと》はべらず。よはひの積《つもり》たるは。はぢおほかんなるを。かくかゝづらひて。世《よ》にいき延《ノ》びたるしるしは。わが子のかばかり。たのもしきものに。君《きみ》にも思《おも》はれ奉《たてまつ》りて。からまで。つかうまつり。よろづこよなき。さいはいおほく、さかへ《え》ゆき侍《はべ》れば、この上《うへ》、何事《なにごと》をか思《おも》ひのこし侍らん」とて。いとす

位下に叙せられ、出羽守と称す」(徳川実紀)。
○**すぐい**　過し也。
御父ぎみ　柳沢安忠。幕臣、采地百六十石廩米三百七十俵。延宝三年七月致仕。貞享四年九月十七日没。八十六歳。法号、正覚院源良。
たのもしげなし　危篤状態。
○**何くれ**　何やかや也。
○**はやう**　もとの事をはやうと云也。
前の御所　三代将軍家光。
こなた　柳沢吉保。
○**心ことに**　各別に思召也。
なりさだの侍従　牧野

がく〳〵と聞《きこ》え給《たま》ふに。客《まらうと》も。「げに、いとよう思《おも》ひとり給《たま》へるかな」と。あはれにおぼゆるものから。ひきかへし、「さりとも。御心《みこころ》のうち、おぼしよるすぢ。露《つゆ》ばかりも、な。残《ノコ》いたまひそ。御《ご》所にも。かゝるきざみをぞ。何事《なにごと》をもと。おぼしめさすれば。かくて。まい《ゐ》り見奉《みたてまつ》るに。いとくちお《を》しう、すべての事。いとこまやかにも聞《きこ》えずや、など。おはさざらん世《よ》に。を《お》のれ、御《おん》勘事《カウジ》や侍《はべ》らん。さは、何《なに》とか聞《きこ》えん。なを《ほ》なん、の給《たま》はせよ」とて。せめ聞《きこ》え給ふに。やをら、かしこまり入《いり》て。「かへす〴〵思ひを《お》く事侍《ことはべ》らず。たゞ、何《なに》となきことのうへにて。とし頃《ごろ》いさゝか、こゝろのうちにこめて。ねがひわたり侍る事の、たゞ三《み》つばかりぞ侍るかし。越後《ゑちご》の中将君《ちゆうじやうぎみ》。御心のいたり、ふかうおはせず。御《お》家《いへ》もみだれ。御身《み》も今は、あるかなきかに。さすらへおはしますに。もとより御心として。かゝる事いでき侍《はべ》るやうなれど。おもへば、やんごとなき。御所《ごしよ》のまさしき御ゆかりとして。かくなりゆき給ふ事の。を《お》のれが身《み》ひとつのやうにかなしく、心うき

備後守成貞。貞享二年十二月より侍従。

○**いさや**　不知《イサヤ》と書。うけがはぬ心也。

○**よはひの**　老子ニ曰、寿《イノチナガケレバ》則辱《ハヂ》多シ。

客　牧野成貞。

残い　残し。

○**勘事《カウジ》**　御とがめなど云に同。

○**やをら**　其儘也。

越後の中将君　松平越後守光長。家中騒動により高田二十五万石を放たれ伊予松山に配流されていた。貞享四年十月、赦される。

ことになん、おもふ給《たま》へられ侍《はべ》るなり。

今《いま》ひとつには。おほやけにさむらふ。殿原《とのばら》の、もとは物《もの》の司《つかさ》つかうまつるうちは。それにつけたるれう。たまはりて。ものし侍るを。さる頃《ころ》より。そのれう。もとよりのつかさ〳〵の。ほうろくにくはへたまはりて。つかさ〔の〕れうといふ事たまはらず。かゝれば。今はじめて。なりたるものは。れうなくて。ほど〳〵につけて、まづしくなりゆくまゝに。をのづ《お》から。つかうまつるみちにも、えたへでなんあれば。これ、いかでもとのごとくたまはり。その身にしたがひて、とざま、かうざまに。世《よ》をも心《こころ》やすく。すごし。おほやけざまにも。思《おも》ひ入《いり》てつかうまつるやうに。してしがな、とおもふにこそはんべれ。

また、これは。いさゝかわたくしざまの事《こと》に侍《はべ》れど。を《お》のれが、ほかのむまごにて侍る。山高《やまたか》信賢。年頃《としごろ》、御身《み》ちかうみやづかへし奉りしに。今《いま》はほかざまになりにて侍れど。ゆくすゑ、なを《ほ》おぼしすてぬさまに。つかうまつらせばやとねがひ侍《はべ》るなり。

おほやけにさむらふ殿原　幕府直参の旗本・御家人。
つけたるれう　役職につくにあたって支給される手当。
わたくしざまの事　個人的な縁籍にかかわる願いごと。
山高信賢　もと大番。天和二年、能役者の詰る桐間番に移されていた。このとき水戸家に移され八重姫の附人とされ加増という。

これより外《ほか》の事《こと》、何《なに》ごとか〔は〕思《おも》ひ給《たま》へ侍《はべ》らん。ことのついで侍《はべ》らば。御耳《みみ》とゞめて。あしからず。しか申《まう》させ給《たま》へ」との給《たま》ふ。成貞《ナリサダ》の君。打《うち》うなづきて。「さらば、その事聞《こときこ》え奉《たてまつ》らん」とて。出給《いでたまひ》ぬ。御所《ごしよ》にまいり給《たま》ふて。しか〴〵と申させ給《たま》ひけんかし。いとよくうけさせたまふ《う》て。そのみつの事。ねがひのまゝに。を《お》こなはるべき御《み》けしき、たまはらせたまふといふ事を。やがて又《また》、成貞《なりさだ》の君。おはして、申つたへ給ふ。

いまは、いよ〳〵心やすくまかりなん、とて、いとうれしとおぼいたる御けしきを。君《きみ》は御覧ずるにつけても。先《まづ》うちなかれ給ひぬ。

世の中の人の心として。何事《なにごと》も打《うち》あひ、心にまかせてかなふべき分際《キハ》は、まづわたくしざまのいとけしからぬことをのみいひいづるを。此君《このきみ》の御心《こころ》を《お》きてひろく。世《よ》のため。人《ひと》のため。ふかくおぼし入《いり》て。今《いま》はのきざみに。かく、人《ひと》の思《おも》ひかけぬすぢをいひを《お》きたまへれば。いといみじう。げには。此家《このいへ》の御さかへ《え》の人《ひと》にすぐれさせ給《たま》へるも。かゝる御本上《おんほんじやう》の御《おん》どくなりけりと。世《よ》の人も申《まうし》おもひけ

○**おぼいたる**　おぼしたると同。

本上　本性。

太郎君　吉保の長男、吉里。貞享四年九月三日生。

染子　吉保の側室、飯塚氏。

そのほどのぎしき

り。げに、御本意《ホイ》の事《こと》。やがて皆行《みなおこな》はれにけり。
かくて御なやみも、おなじさまにて過行《すぎゆく》ほどに。なが月《つき》になりぬ。其月《そのつき》三日。太郎君《たらうぎみ》むまれたまふ。染子《そめこ》といふの御腹なり。そのほどのぎしき、何くれと。いみじかりけり。御なやみも、やうへひまある頃《ころ》なりければ。七夜《ナヽヨ》の御いはひありて。やがてその日《ひ》。父君《ちちぎみ》の御かたに。御たいめさせ奉《たてまつ》りたまふ。ちかくいだき奉《たてまつ》りて見せ奉るに。いとうつくしう、めづらかにておはすれば。行末《ゆくすゑ》たのもしう。うれしと御らんじいれたるさま。おもひやるべし。御名《な》を、兵部君《ひやうぶぎみ》とつけ聞えさせ給《たまう》ふて。御家《おいへ》につたはれる矢折《ヤヲリ》の仁王《にわう》といふ御刀《かたな》。又《また》、正《まさ》ひろといふかぢの打《うち》たる御さしぞへは、父君《ちちぎみ》、十四ばかりの御ほどにや有《あり》けん。大坂《おほざか》の城《しろ》せめさせ給ふに。したがひおはせし時《とき》、御身《み》をはなたず。さゝせ給ひしを。御みづからとうで給《たまう》ふて。まい《ゐ》らせ給《たま》ふ。いづれもゆへ《ゑ》あるつるぎにて。御たから物《もの》とおぼしを《お》きたるを。こたみの御悦《よろこ》びにとて、出《いだ》させたまへり。
さて、若君《わかぎみ》の母君《ははぎみ》には。「かくみだり心地《ここち》あしうて。何《なに》ばかりの

「その程の儀式、えもいはずめでたきに」(栄花物語巻三)。「御産の儀式いかめしう」(源氏物語・柏木)。

七夜の御いはひ　「七日の夜は、おほやけの御産養」(紫式部日記)。

矢折の仁王　貞享四年九月九日「重代の仁王の刀と、安忠大坂御陣の供奉せし時指したりし正広の脇ざしを与ふ。件の刀は、長さ二尺壱寸、無銘にて矢折のきづ有。(略)正広の脇指は、長さ壱尺四寸壱分有」(楽只堂年録)。

○**みだり心**　みだり心ちは気分のあしき事也。

老《おい》が身《み》に、猶《なほ》しばし人《ひと》わろく。かぎりある命《いのち》も、かけとゞめまほしかりつるは。若君《わかぎみ》の。かうひかり出《いで》たまはんを。待聞《まちきこ》えさせんとてこそありつれ。すべて〳〵。今《いま》は此世《このよ》に、のこりなき心地《ここち》なんする」とて。かぎりなふ《う》。悦《よろこ》びたまふ、ことは《わ》りと見えたり。かの母《はは》君《ぎみ》にも、こがねなどとうで給《たまふ》。こたみ、お《を》とこ君《ぎみ》うみたまはゞ。まい《ゐ》らせ給《たま》ふべく、のたまひを《お》きつるを。御ねぎごとにたがはぬを、うれしとおぼすなりけり。

○ねぎごと　ねがひごと也。

此日は、一《いち》ぞくの殿原《とのばら》。さるべきかぎり。皆《みな》おはしたり。とり〴〵に御悦《よろこび》申給《たま》ふ。まぎるゝとしもなけれども。大《おほ》かた、いとよき御けしきなり。さるは。猶《なほ》いとたのもしげなければ。君《きみ》は、まれ〳〵御所《ごしよ》ざまにも出《いで》おはして。たゞ此《この》かたはらに、つとさむらひ給《たま》ふ《う》て。あつかひ聞えたまふ。

日《ひ》かずふるまゝに、十三日になりぬ。此《この》ひとひ、ふつかは。御心《ここ》地《ち》もいとよろしく見えさせ給《たま》へば。やう〳〵心のどかにおぼして。御所《ごしよ》に参《まゐ》りたまふ。御なやみの、さはやぎ給《たま》ふやうきこしめして。

「いとめでたき事なりな。さば。かへりていはひたまふべき御れうに」とて。お《を》りひ《う》づものに。もちゐ、くだもの、あまた入《いり》たるを、たまひなどす。

かゝるほどに。にはかに。御なやみのを《お》もらせたまふといふ事《こと》を。つげまいらす物《もの》か。あないみじ、と御心さは《わ》ぎて。あしもそらにてまどひかへり。参りたまへれば。今《いま》はいとよは《わ》げにてふしたまへり。けぢかく御まくらにさむらひ給ひて。仰《おほせ》ごと申させたまひ。ありつる御くだもの。けしきばかり物《もの》に入《いれ》て、すゝめ奉《たてまつ》りたまふに。御手《て》をさし出給《いだしたま》ふことだにあらず。たゞ、御くだものゝ《の》かたへ。御かしらをかたむけて、いたゞき聞《きこ》えさせ給《たまふ》御気《け》はひばかりにて。露聞《つゆきこ》しめす事もあらねば。いみじ、と見奉《みたてまつ》り給御心《たまふおこころ》のうち。を《お》しはかり聞《きこ》ゆべし。ほろ〳〵と御涙《なみだ》のこぼるゝを、とかくまぎらはしたまへど。御心のそこの。あはれにかなしく。さむらふ人も、えしのびあえ《へ》ず、みななきけり。

かくのみ、四日五日《よかいつか》。たゆみならうおはすまゝに。御薬《くすり》やうのもの、

○**さば**　さやうにあらば也。

御れうに　食べ物として。

おりひづもの　檜の薄板で作る菓子箱。

物か　平安時代ではふつう恐畏に近い喜びを表す詠嘆。「こなたざまには来るものか」(源氏物語・花宴)。

○**けしきばかり**　少ばかり也。

［一四頁］

斎藤ひだの守三政　天和元年、御小性。同二年、従五位下飛驒守。貞享二年、六千石。

月桂院　市谷郷にある。臨済宗。はじめ平安山

を《お》ろかならんやは。さま〴〵にしつくし給《たま》へれど。しるしなくて。おなじ十七日に。つゐ《ひ》におはらせたまひぬ。かなしとは、世《よ》のつねの事《こと》をこそいへ。か丶る折《をり》は、涙《なみだ》もいづちかいきけん。誰《たれ》も〳〵《たれ》も。あきれておぼしまどふ。やう〳〵、しばし心しづめて後《のち》ぞ。かなしき事《こと》つきせず。涙のひまなくなんおはしける。

御所《ごしよ》にも聞《きき》おどろかせたまふ《う》て。御使《つかひ》参《まゐ》りて、仰《おほせ》ごとつと《た》ふ。やがて又《また》、斎藤ひだの守三政《かみみつまさ》のぬしを御使《つかひ》にて。後《のち》〳〵《のち》の法事《ワザ》の御ンれうにやあらん。こがねあまたをぞ、たまはらせたまふ。これにもまづ。此《コノ》御おぼえのいみじうあらはる丶事《こと》を。たれも〳〵おぼして。大《おほ》かた世《よ》の中《なか》かたぶき。とむらひ聞《きこ》えさせぬものなし。

御からをば。月桂院《げつけいゐん》といふにおさめ奉《たてまつ》りて、正覚院殿《しやうがくゐんでん》ときこゆ。やそぢにむつばかりぞあまらせ給《たまふ》。いとめでたき御よはひながら。かぎりあるはかなしくて。かくさかへ《え》いでたまふを。見《み》さし給事《たまふこと》の、あかず。あはれにおもひ奉《たてまつ》らぬ人《ひと》なし。後《のち》〳〵《のち》の御わざ。いと心《こころ》ことに、を《お》こなひせさせ給《たまふ》。

と称したが、後に安忠の法号から正覚山となし月桂寺と改称。

○**わざ**　法事。

○**其冬禄まさせ**　元禄元年十一月十二日、一万石加増。都合一万二千三十石。

青江　「この日御手づから青江次吉の御刀をたまふ」(寛政重修諸家譜)。

○**又のとし**　元禄二年。

れうの御馬　「二年三月十八日御料の鞍馬を賜ひ」(同前)。

○**みつばよつばに**　「此殿はむべもとみけりさきくさのみつばよつばに殿つくりして」(古今

はかなくて月日《つきひ》もすぎもてゆくに。ことしは元禄元年《ぐはんねん》とぞいふ。いよ〳〵いとまなくて。つかうまつらせ給《たま》ふまゝに。其《その》冬、禄《ロク》まさせたまひぬ。〔青江《あをえ》といふ御《み》はかし、御てづから給《たま》はらせ給《たま》ふ。〕又《また》のとしの春《はる》は、殊更《ことさら》におまへにめして。れうの御馬《うま》。いみじきくらおかせて、給《たまは》りたまふ。すべて世の中。めいぼくにすなることにて。いと有《あり》がたき事《こと》とおぼしたり。おはします所《ところ》も。此《この》ごろひろげさせたまふ《う》て。みつばよつばに。殿《との》つくりて。むべも。御さかへ《え》のかくれなうおはす。

秋《あき》になりて、十五夜《じふごや》には。れいの事《こと》にて。御所《ごしよ》の御あそびあり。こなたにものぼりたまふ。れいのとしよりも。めづらかに。おもだゝしき事《こと》おほく物《もの》せさせ給ふ。御物《おもの》まい《ゐ》るおまへにて。わざと仰《おほせ》ごとにて、まい《ゐ》れり。かゝる事は。いとたぐひなしと、人《ひと》もおもひければ。こと〴〵しういひつたへたんめり。わが御かた、

さか月《づき》のひかりもめぐれもちながらあかぬこよひの月のまどゐに。

集)。

十五夜　元禄二年八月十五日「けふは明月の宴とて奥能あり。御側用人并に奥詰の輩、檜重を献ず」(徳川実紀)。

おもだゝしき　名誉な。

御物まいるおまへにて　将軍が食事する直ぐ向いに坐らせられて。

いとたぐひなし　全く前例のないことだ。

わが御かた　吉保。

さか月の　「めづらしき光さしそふさか月はもちながらこそ千代もめぐらめ」(後拾遺集・賀)など同巧の古歌は多い。

おほみきなど、あまたゝ《た》び。ながれて。いみじう興《きよう》ぜさせ給《たまう》ふて、まかんでたまふ。家人《いへびと》なども、ことなる御あそびにつけつゝ。あるは御学文《がくもん》のかたにても。常《つね》にたび〳〵御所《ごしよ》にめされて。ほどにつけてつかうまつるなど。ほと〳〵《ほと》ためしなきことおほかり。そのとしもくれぬ。

あくれば元禄三年、弥生《やよひ》に又禄加《またロクハ》はらせたまひぬ。今《いま》は、しりたまふ所々《ところどころ》なども。いとあまたになりにけり。かづさの国両袋村《くにリヤウフクロ》というふ所《ところ》は。はやうより。しろしめしたる御荘《ミソウ》にて、かく年頃《としごろ》に。さかへ《え》おはしますにつけても。とりわきておぼしたれば。ことし、明《アケン》年《とし》のお《を》さめもの。一《ひと》とせがうちを、ゆるしたまはりてけり。いと有《あり》がたき御めぐみを。みさうのものは。よろこぶ事《こと》かぎりなし。所《ところ》のさるべきものなどまい《ゐ》りて。額突《ヌカヅキ》あへり。いとゞ世《よ》の人《ひと》もおもくおもひ聞《きこ》えて。つかうまつるさま、ことは《わ》りになん。

その年《とし》五月に。次郎君《じらうぎみ》むまれ給《たまふ》。太郎君《たらうぎみ》のおなじ御はらなり。そのほどの事《こと》。ぎしき。何《なに》やかやと。きゝたる事《こと》なれど。皆《みな》わすれに

おほみきなど　「大みきあまたたび、ずむ流れて」（源氏物語・松風）などによる。
家人　柳沢家の家臣および儒者・歌人などの学者。
○**ほと〳〵**　ほとんど也。
元禄三年　三月廿六日「御側用人柳沢出羽守保明、二万石益封せられ、三万二千三十石になさる」（徳川実紀）。
○**しりたまふ所々**　知行。
両袋村　一ノ袋村と、そこから分れた二ノ袋村。
○**はやう**　むかし。
○**御荘**　知行する所也。
おさめもの　納税分。

けり。

君《きみ》は、此年月《このとしつき》。おほやけごとどもしげくて。よるもすべてとのゐしておはするに。ことしになりても。大《おほ》かた、ひとよをへだて〻《て》など。とのゐがちにおはすれば。みな月頃《づきごろ》、たえ《へ》がたうあつきに。かくさぶらひたまふ事《こと》を。御所《ごしょ》にも、いと心《こころ》ぐるしうおぼせば。此頃《このころ》よりぞ、よるはすべてやどりにかへらせ給《たま》ふ。かくて、その年《とし》の十二月に、四位になりたまへり。なにも〱。いとめでたき御事《こと》にぞあんめる。

○**額突**　拝する也。
次郎君　吉保二男、長《なが》暢《のぶ》。元禄三年五月二十日生。同五年三月早世。母、側室染子。
ぎしき　前出、儀式。
皆わすれにけり　草子地の技巧。

○**その年**　元禄三年。
四位　「(元禄三年)十二月二十五日、従四位下に昇る」(寛政重修諸家譜)。

二　たびごろも　元禄四年春より夏にいたる

元禄四年三月二十二日、将軍家が初めて当家に御成になった。「是より宝永五年迄五十八度」(柳沢家蔵『永廟御実録』)も重ねられた御来訪の初度であった。御成のための専用の御殿・御門の築造も大層なものであったが、記念に下賜される贈り物の豪華なことも世間を驚かせる一条であった。対して当家が献上する品々も一段と豪華であった。これらは当日随伴する幕閣によってすべて目撃されていた。また来訪のかなわなかった諸方の貴縉からの贈り物も大量にあった。これらに対しても、当日の相伴客に対しても、後日の御礼を含めて、記しきれないほどの物品が贈与された。四月九日、吉保様は亡父の墓参に出かけ、自分の栄誉を「祭文」に記し報告した。

章題は、その折の吉保の詠歌の中の一句。

元禄四年、此春《このはる》、こなたへ御所《ごしよ》のおはしますべき御気《みけ》しき給《たまは》らせ給《たまふ》。二月ついたち頃《ごろ》より、御座所《オマシどころ》など、さま〴〵につくらせたまふべき御いそぎせさせ給《たまふ》ほどに・。たゞいまおはします地《ち》を、また〳〵まさせ給《たまひ》て。遠江守《とほたふみのかみ》なりける人《ひと》のあづ・かり申《まうし》たる所。此《この》あたりつゞ・きたりければ。これをも給《たま》はらせ給《たま》ふ。わたらせたまふべき殿《との》のあたり、方《はう》五十間《けん》ほど・にたてつゞけて。北《きた》のおとゞ。中《なか》のや。にし・ひんがしの殿《との》、おさめ所《どころ》。だい・ばん所《どころ》。何《なに》くれと、いといかめしき御しつらひなり。

舞台《ぶたい》、がく・やなどもあり。御ともにまい《ゐ》りたまふべき人々のやすみ所《どころ》。わが・御かたの、かりのわたくし所にしたまふべきまで。いとよくつくり出《い》づべくを《お》きてさせたまふに。大《おほ》かたひまなく屋《や》ども・たてならべ・て。いみじう・かゝやきわたれり。

御庭のけしき〔などは、ほどなき所にして。こゝろことに〕など・はあらぬが。はかなき草木《さうもく》までも。さるかたに、むつかしげ・なく。しなさせ給へり。あらたにつくりいでゝ《て》。身《み》づからおはして、こゝか

こなた　神田橋の柳沢吉保邸。
御所　将軍綱吉。
御いそぎ　迎える準備。
おはします地　吉保の現邸宅。
まさせ給て　将軍が柳沢邸を広くするために、小笠原遠江守に管理させていた旧土井甲斐守邸を、吉保に与え、結果惣坪数三千四百八十坪となった(楽只堂年録・二月三日)。
北のおとゞ　北御殿。
おさめ所　納戸。
だいばん所　台盤所。食物を調える所。
屋ども　家屋群。
○**むつかしげなく**　きた

しこ御らんずるに。いとよふ《う》搆《カマ》へたりと思《おぼ》す。

かくて、わたらせ給日《たまふひ》は。三月二十二日なりけり。

その日。まだ朝ぼらけに。御所に出《いで》おはして。けふわたらせ給《たま》ふべきかしこまり申《まう》させ給《たまう》ふて。おりさせ給《たまふ》。何《なに》くれと御心《こころ》にいれてありかせ給《たま》ふに。うちはへて、さばかりのどけき春《はる》の日に、ちりもすへ《ゑ》じとみがきなしたるとのゝ《の》うち。いはんかたなし。

北《きた》のおとゞには、御所《ごしよ》の御ゝみづからかゝせ給《たま》へる、さくらに駒《こま》ある御絵《ゑ》を、いといみじう花《はな》やかにかざらせ給《たま》ひて。そのまへに、白《しろ》かねの花《はな》がめふたつに。えもいはぬ花《はな》ども、さしてをき《お》たり。棚《たな》には、紅葉《もみぢ》をこきちらしたるかたを。まき絵《ゑ》にしたる御硯《すずり》。又《また》、絵《ゑ》所《どころ》よりかきて奉《たてまつ》れる御巻《まき》もの。宇治《うぢ》にて茶《ちや》つみたる所書《ところかき》たる。祝《イハヰ》の壺《つぼ》といふををけ《お》り。これは、とりて帰《かへ》らせ給へるとなん。御《み》はかしかけのでうどもあり。

にしの殿《との》の上《うへ》には。寿老人《じゆらうじん》を書《かき》たる絵に。左右《さいう》に松《まつ》・竹書《たけかき》たる三ふくをかけたり。そのまへには。いとうつくしき浜《はま》のまさごをまき

なげなく也。

三月二十二日　元禄四年三月廿二日「御側用人柳沢出羽守保明が邸に初て成らせ給ふ」（徳川実紀）。

○**うちはへてさばかりのどけき春の日に**　後撰「うちはへて春はさばかりのどけきを花の心や何いそぐらん」。

て、いみじき草木《さうもく》などうへ《ゑ》たる物《もの》あり。

東《ひがし》のを《お》とゞなどにも、さま〲のでうどかざらせ給へり。屏風《びやうぶ》やなにやと。いづれも〱いと見所《みどころ》おほかるを、えらびとゝのへ給《たま》へり。

忠朝《ただとも》の侍従《じじゆう》大久保加賀守。正武《まさたけ》の侍従阿部豊後守。忠昌《ただまさ》の侍従戸田。政直《まさなほ》の侍従土屋。成貞侍従《なりさだのじじゆう》牧野備後守。さるべきつかさ〲。其外《そのほか》したしき殿原《とのばら》など、皆参《みなまゐ》り給《たま》へり。

巳《み》の時《とき》ばかり。入《いら》せ給《たま》ふといふ案内《アナイ》す。やがて御《ミ》門まで出《いで》むかへ給《たまふ》に。忠朝《ただとも》の侍従をはじめて、皆出給《みないでたま》へり。やがてわたらせたまひて。御門入《い》らせ給《たまふ》ほど、みなかしこまり申給《まうしたまふ》に。おほせごとありて。あるじ、御輿《こし》をみちびかせたまふさま。いと、になき御いきほひなり。中《なか》の殿《との》わたりすぎさせたまふに。御かたのさるべき殿原《とのばら》、みな拝謁《はいえつ》し給《たまふ》。

さて、おましにつかせ給《たまひ》て。やがてのしを奉《たてまつ》らせ給《たま》ふ。また、こなたに給《たま》はらせ給《たま》ふほど。御引出物《ひきでもの》もち出《いで》たり。あるじいたゞかせ

巳の時ばかり　午前十時頃。
あるじ　柳沢吉保。
になき　前出、二無き。
中の殿わたり　中御殿の三の間の縁頰《えんがわ》にて吉保の一族男子六名が拝謁したという(楽只堂年録)。
おまし　将軍の御座。
のしを奉らせ給ふまた　こなたに給はらせ　「御上段に御着座の時、吉保のしを捧ぐ。召上られて吉保にも下さる」(同前)。

給《たまふ》。太郎君《たらうぎみ》にも、おなじごと御引出ものありて。いたゞかせ給ぬ。この時《とき》、忠朝の君大久保など、みな、さしいらへ申奉《まうしたてまつ》り給《たま》ふ。さて、すこし退《シソ》き給《たまう》ふてのち。御母君《ははぎみ》、北《きた》のかた、ひめ君《ぎみ》などへも。とりぐ〵に物《もの》たまはせ給《たま》ふといふ事《こと》を。これは、忠昌《ただまさ》の侍従《じじゆう》ぞつたへ給《たま》へる。家司《けいし》などへも、ろく給《たま》へり。

さて、しばし西《にし》のおとゞに入《い》らせ給ふあい《ひ》だに、給はらせ給ひしもの。そこら所《ところ》せく、ろ《ら》うがはしければ、はこびいれつ。また、こなたより奉《たてまつ》らせ給《たま》ふもの。あまたもち出《いで》つゝ、ならべたり。

かくて、ふたゝび出《いで》させ給《たまう》ふて。そこのおましにつかせ給ふ時に。あるじ、真《しん》の御太刀《たち》さゝげて、拝《はい》し奉《たてまつ》り給《たま》ふ。物《もの》まうしのつかさ。いよの守《かみ》種昌のあそん朽木。名《な》まうしし給《たま》ふほど、忠朝《ただとも》の君《きみ》など、さしいらへ給へり。かしこまり申《まうし》奉るあまり。さゝげものして、拝し奉るとの給《たま》ふほど、いとよそほし。

太郎君《たらうぎみ》も拝し奉りたまひぬ。これもおなじごと、ことくはへたまへり。此時《このとき》に、母君《ははぎみ》よりはじめて。御かたぐ〵の奉《たてまつ》り物《もの》。もち出《いで》つ

○**ごと**　ごとく也。
○**さしいらへ**　あいさつ取なし也。
御母君　吉保実母、佐瀬氏。享保二年七月没、九十歳。
北のかた　吉保正室。
○**忠昌**　戸田。
家司　柳沢家の使用人。
ろく　祝儀の品。
おまし　御座。
真の御太刀　「吉保、来国光の刀を献ず」(楽只堂年録)。
○**よそほし**　よそほしき也。
太郎君　長男吉里。

ゝ御らんぜさす。その事《こと》はてゝ《て》。さるべき家司《けいし》、みたり。ひとり〳〵にさゝげ・ものして拝《はい》す。これもみないよの守《かみ》、申《まうし》おこなひ給ふ。

さて御所《ごしよ》には、御休幕《ヤスマク》に入《いら》せ給《たまう》ふて。ふたゝび・出《いで》させ給《たま》ふ。御もちゐ《ひ》など出《いだし》きこえて。御酒《オホミキ》まい《ゐ》る。あるじもわざ・と仰《おほせ》ごとかうむらせたまふ《う》て。おまへにおはして、もちゐ《ひ》など。まい《ゐ》れり。御かはらけ給《たまは》らせ給《たまう》ふて。御さかなせさせたまふ時《とき》。御みづ・からの御《おん》ぐ・なるつるぎ一ふり。御手づ・からとうで給《たまひ》て、引出物《ひきでもの》にせさせたまふ。御かはらけ、かへし奉《たてまつ》るべき・よし、ことさらに御けしきありて。なりさだの朝臣《あそん》とりて、台《だい》にすへ《ゑ》て奉《たてまつ》れり。此時《このとき》、御かたなと、うつくしきつぼ・に、いみじき御茶をいれて、奉れ給《たま》へり。

扨《さて》、太郎君《たらうぎみ》へ御かはらけ給《たまは》りて、これも御《み》はかし給《たま》はらせ給《たま》ふ。此《この》御かはらけを、又《また》、奉《たてまつ》り給《たまひ》て。ふたゝび・あるじ・給《たま》はり給《たまう》ふて。ことおはりぬ。此時《このとき》、成貞《なりさだ》の君《きみ》みな事《こと》を《お》こなひ給《たま》ひき。そのほど・のさほう《はふ》、さま〴〵に、いへばおろかなり。

かくて、北《きた》のおとゞ・に入《い》らせ給《たま》ひて。母君《ははぎみ》、北《きた》のかた、ひめ君《ぎみ》な

○御《おん》ぐ　御料《リヤウ》の事也。御指《サシ》レウ也。

○なりさだ　牧野。

ど、とりぐ〵にたいめ給《たまは》り給《たま》ふ。太郎君《たらうぎみ》の御かたは。れい〔ざま〕のけがらひにて、おまへには出給《いでたま》はず。次郎君《じらうぎみ》をめして。まだいときなきほどを、らうたしとおぼす。是《これ》も御《み》はかし給《たま》はる。まだ、いとちいそ《さ》うおはすれば。おもてだちて御たいめんなどいふ事《こと》なければ。女《をんな》がたにて、かく御らんぜさする也けり。はじめて奉《たてまつ》り物《もの》し給《たま》へり。

さて、夫《それ》より又《また》、西《にし》のおましに出《いで》おはして。『大学《だいがく》』といふふみ講《かう》ぜさせ給《たまふ》。忠朝《ただとも》の侍従《じじゆう》よりはじめて。さるべき殿原《とのばら》、皆《みな》、聴聞《ちやうもん》し奉り給《たまふ》。僧衆には、知足院僧正《ちそくゐんそうじやう》。金地院禅師《こんちゐんぜんじ》。覚王院《かくわうゐん》僧正など。そのほか、あまたゐたり。天下《テンガ》にかばかりやんごとなき御うへにて。かく、ひじりのかたの道《みち》さへ。こまやかに、あきらめおはします御ざえのほどの。〔いと〕有《あり》がたうおはすなど。とりぐ〵に、かしらさしつどへつゝいふ。あるじ〔も〕、おなじ文の内にて。八条目《はちでうもく》といふところを講《かう》じ給《たま》ふ。是また、さまぐ〵に感《かん》じおもふこと。かぎりなし。次《つぎ》にいへ人《びと》の、さるかたに心得《こころえ》たるもの七人。さまぐ〵のふみ

○**たいめ** 対面也。
太郎君の御かた 吉里の生母、染子。
○**けがらひ** けがれ也。
次郎君 吉保二男、長暢。
○**らうたし** 愛らしき也。
知足院僧正 隆光。護持院。
金地院禅師 崇寛。
覚王院僧正 最純。
ひじりのかたの道 聖賢の道。儒教の奥儀。
あるじ 吉保。
八条目 『大学』の修己治人の八箇の条目。格物・致知・誠意・正心・修身・斉家・治国・平天下。
いへ人の……七人 家

ども講説《カウゼチ》つかうまつる。

さるべき事どもおは《を》りにければ。猿楽《サルガク》おう《ほ》せて御あそび有《ある》べしとて。東《ひがし》のおとゞに入らせ給《たま》ふ。これは、いにしへにもありといひつたへたれど。いかなることゝ《と》も、くはしくはしるしおかず。室町殿《むろまちどの》の時《とき》より、やう〳〵さかりになりて。高《たか》きもいやしきももてあそぶに。いとおもしろく、今《いま》の世《よ》にもはらまひあそぶ事《こと》にて。御所《ごしよ》にもこのませ給へば。いと御上《おじやう》ずにおはす。けふは、皆《みな》、御なりけり。れいの忠朝《ただとも》の侍従《じじゆう》をはじめて、御かたの殿原《とのばら》、御医師やうの人々。御内《うち》のものども、さるべきかぎり、みな、こゝかしこのひさし、わた殿《どの》などになみゐて見奉る。舞台《ぶたい》のさまなど、そのわたりひかりみちたる心《ここ》ちす。ことはじまりて、ものゝ《の》ねいとおもしろう吹《ふき》〔たて〕たれば。つゞみやうものなど、うちあはせて。いと心《こころ》ゆく御あそび也《なり》。

よきほどに、物《もの》のねにつれて、しづかに出《いで》させたまふ御ありさま。あな、めでた、と見えたり。いづみの守《かみ》よりつねのぬし平岡。御か

臣、安見友益・岸田常安・寺内忠厚・山東勝就・高瀬重道・太田重勝・井野口正恒。

猿楽　中楽。能。

室町殿　足利将軍家。

○**もはら**　もつぱら也。

皆御　演目の難波・橋弁慶・羽衣・是界《ぜがい》・乱《みだれ》、五番すべて綱吉がシテを演じた。

○**かた手**　あいて也。

た手《て》つかうまつれり。はじめには、難波《なには》。はし弁慶《べんけい》。などいふ。羽《は》衣《ごろも》、ぜがい〔の〕みだれなど。いとおもしろう、物《もの》の音《ね》も打《うち》あひ。いづれも〳〵、時《とき》のいみじきものども、えらばせ給《たま》へれば、世《よ》にこれはと、もてあそぶなどは。あるにもあらず、みな人《びと》おもひけちたり。家人《いへびと》なども、とり〴〵に奏《ソウ》しきこえき。見奉《みたてまつ》る人々は。ひと殿《との》のうちに、ひまなくたちこみて。心《こころ》のかぎり、めもあやにながめ入《いり》て、かぎりなふ《う》おどろくばかりおもしろき時々《ときどき》は、おもほえず、「やゝ」とほめはやし奉《たてまつ》りなどして。いとにぎはゝしく。華《はな》やかなる御あそびなりかし。かくて、御はやしなどいふ事《こと》もありけり。

ことどもはてゝ《て》。西《にし》のおましにおはしまして、お物《もの》まい《ゐ》る。いと御《み》けしきよくおはしますほど。あるじかたには、いよ〳〵けいめいし、よろこびおはす。ふたゝび、御かた〴〵拝《はい》し奉《たてまつり》給ふに。とり〴〵に、いとなつかしう仰《おほせ》ごとありて。暮《くれ》かゝるまゝに、かへらせ給ひぬ。いとあかずおぼしたりけんかし。

やがて御使《つかひ》まい《ゐ》れり。しか〴〵と、こまやかなるおほせごとつた

御はやし　奏楽。これも五番演奏された。
○**けいめい**　うやまふ心もあれど只ちそうに心入たるてい也。

ふ。こなたより、また、御所《ごしよ》にまい《ゐ》り給《たまう》ふて。かへす〴〵かしこまりおぼす事《こと》、申《まう》させ給《たまう》ふて、まかんで給《たま》ひぬ。夜《よる》に入《いり》て、いぬの時《とき》にぞありける。

まことや、けふたまはらせ給《たま》ふ御引出物《ひきでもの》。又《また》、奉《たてまつ》り物《もの》などのこと聞《きき》しこそ、いといみじかりしか。

あるじには、しろかね、さけ、さかなそひたり。みちのくより奉《たてまつ》れる御馬《うま》、くら、あぶみやうのものなど、いとになきさまなり。御かはらけの時《とき》、給《たまは》り給《たま》ひしは、伯耆《はうき》のやすつなといふが作《つく》れる御《み》はかしなりけり。

北《きた》のかたへは、白《しろ》かねにいみじききぬあまたそへて、たまへり。太郎君《たらうぎみ》のは、来国《らいくに》としといふ。御はかしなり。次郎君《じらうぎみ》は、青江《あをえ》次直《つぐなほ》が打《うち》たるなり。母君は、白かね、からのきぬなど、給《たま》はらせ給《たま》ふ。その外《ほか》とり〴〵にあまた給《たま》へり。これは、ほかざまの引出物《ひきでもの》なり。

うち〳〵に給《たま》はらせ給《たま》ふこそ。心《こころ》ことに、いとめづらかなる物《もの》はありけれ。まづ、孝経《けうきやう》十二部《ぶ》。さま〴〵に注《ちゆう》したる本にて、皆異《みなこと》な

いぬの時　午後八時ごろ。

御かはらけの時　盃を下さったとき。

伯耆のやすつな　「伯耆安綱の刀。長さ二尺三寸七分。銘なし」(楽只堂年録)。

来国とし　「来国俊の脇指。長さ八寸壱分。代金黄金弐拾枚の折紙有」(同右)。

青江次直　「脇指。長さ壱尺四分半。代黄金拾枚の折紙有」(同右)。

り。いづれも明《みん》の陳廣馥《ちんくわうふく》といふもの丶《の》書《かき》たるにて。此国《このくに》にはたぐひなきものなりけり。御つくへ。雪舟禅師《せつしうぜんじ》が絵《ゑ》かける屏風《びやうぶ》。北《きた》のかたへ白かねの丁子《ちやうじ》がま、藤原《ふぢはら》の為道《ためみち》朝臣のかける百首うた。御伽羅《きやら》なり。

母君《ははぎみ》には、絵所《ゑどころ》にてかける小屏風。わりごやうの、いとうつくしき一《ひと》くだり。これも御伽羅なり。

若君《わかぎみ》たちへは、白かね、こがねの香《かう》のはこあまた給《たま》へり。太郎君《たらうぎみ》の御かたには、あや。忠家卿《ただいへきやう》、俊忠卿《としただきやう》とふたりして書《かき》たる歌合《うたあは》せ。伽羅そへてたまはれり。その外《ほか》とりぐ\に、いとこちたくありけんかし。

奉《たてまつ》り物《もの》は、あるじより、かげみつが作《つく》れる御太刀《たち》、一振《ふり》。くらを《お》きたる御馬《うま》。来国光《らいくにみつ》が打《うち》たる御刀。まつぼとかいふなるつぼ。御ぞ、さけ、さかなそひたり。

北《きた》のかたよりは。あや、こがね、これも、れいのさけ、さかなそひぬ。母君《ははぎみ》は、白《しろ》かねにあやそへて、奉《たてまつ》らせ給《たまふ》。ひめ君《ぎみ》、又太郎君《たらうぎみ》

かげみつ 「真の御刀、景光が作にて代百貫の折紙有」(楽只堂年録)。
来国光 「一腰、代五百貫の折紙有」(同右)。
○**よろこぼひて** よろこぶと同じ。
松のを山の 「一条院の御時、初めて松尾の行幸侍りけるに、うた

の御かたなどよりも。みな、白《しろ》がねにあやそへて奉《たてまつ》れ給《たまふ》。若君《ワカぎみ》たちよりも、いと、何《なに》くれとあまたありけり。是《これ》も、うち〳〵より、いろ〳〵と奉《たてまつ》り給《たま》へれど。なにかは、こと〴〵くにしもかきつゞけて、いとうるさければなん。

かの家人《いへびと》どもなども、ろくあまた給《たまは》りて。とり〴〵にかづきむもれて、いとおもたげなる物《もの》から。いみじうよろこぼひて。〔おもふ事《こと》なげなるかほつきどもなど、いとをかし〕さるは、この御さかへ《え》しげきみかげを。松のを山の、といはひけんかし。

かくわたらせ給《たま》へる悦《よろこ》び申《まう》させ給《たま》ふとて。御所《ごしょ》ざまのさるべき御かた〴〵へも、あまた、物《もの》奉らせ給へば。きこしめしつけたる御かた〴〵。われも〳〵と、又此《またこの》御かたへ御《お》をくりものあり。御所《ごしょ》のたいのうへより、わた。北《きた》のかたへ色〳〵《いろいろ》のしゆす。皆さけさかなぐして給はれり。又《また》、今の世の御母君《ははぎみ》桂昌院殿。三《さん》の丸《まる》と聞《きこ》えしよりも。御ぞあまた、わたなどまいる《ゐ》。鶴姫君《つるひめぎみ》など聞《きこ》えさせしより。又《また》その御母君《ははぎみ》小屋氏、名伝よりも、おなじごと、もて参《まゐ》れり。いづれ

ふべき歌つかうまつりけるに　源兼澄　ちはやぶる松の尾山のかげ見ればけふぞ千歳のはじめなりける」（後拾遺集）。

たいのうへ　将軍の御《み》台所《だいどころ》。鷹司教平の娘、信子。寛文四年、二十二歳の時、縁組入輿。

わた　吉保へ綿二百把。室へ色繻子十巻。

三の丸　綱吉の生母、桂昌院。元禄二年より三の丸に住す。

鶴姫君　綱吉息女。延宝五年誕生。

その御母君　鶴姫生母、小屋氏。お伝の方。五の丸に住す。

も、からひ《う》づだつものして、あまたかつぎつれて、もて参《まゐ》れる、いとらうがはし。今《いま》の世《よ》の三家《さんけ》と聞《きこ》ゆる。はじめて。こゝらの君《きみ》、よろづのつかさ〳〵など。を《お》とらじと御《お》をくり物《もの》したり。

また、きのふ御供《とも》におはせしかた〴〵にも、こなたより、とり〴〵に送《おく》り物《もの》せさせ給《たま》ふほどに。たゞ此《この》ころは、この御よろこびの往来《ユキヽ》に。我《われ》も人《ひと》も、隙なくたちゐかゝづらひありくなり。

ことなる事《こと》なきしも人《びと》などの、いやしげなるも。さるかたにめいぼくありと思《おも》ひて。こゝかしこあつまりゐて。心にまかせて、酒《さけ》のみ、物打《ものうち》くひて。そゞろはしげに。うちえ《ゑ》みつゝ。

「いで、あな御《ご》くわほうや。世にかゝる御さかえはあらんや。なにの殿、かの君《きみ》など、こと〴〵しかんなれど。此殿《このとの》のこたみの御よろこび申《まうし》に、こなたかなた来《きた》る御たから物《もの》、一日《ひとひ》のほどももたせたまはじ。あな、めでたく〳〵、ましは聞《きき》つや」といへば。かたへには、酒のみさしつゝ。

「さ、かし、あはれ、何《なに》はかゝり、これはかうこそありつれ」な

○**からひづだつもの**　唐櫃めく物也。
かつぎつれて　多勢の人々が物品を丁重に運んで来たことをいう。
らうがはし　賑やかである。
三家　尾張名古屋・紀伊和歌山・常陸水戸の徳川三家。
○**めいぼく**　面目也。
○**そゞろはしげ**　そこつなる心。又そゞろだつと云義。
くわほう　果報。
○**まし**　汝《ナンヂ》といふ事也。
○**さかし**　さやうぞかしとうけたる詞也。

ど、えもたどらぬ事《こと》などをも。しりがほに打《うち》ほこりつゝかたる。又《また》かたはらより、すこしおとなしきは、

「あなかま。なにがし殿《どの》のきこしめすなり。かゝる事《こと》はいはぬぞよき」など。さま〴〵にを《お》のがじゝかたらひて。物《もの》おもはしげもなきさましたる。いみじうお《を》かし。

君は、かゝる御悦《よろこ》びにつけても。父殿《ちちとの》のおはしまさば、とおぼすに。あかず、かなしき事《こと》つきせず。さらば、御《み》はかにだにまうで給《たま》はんとおぼせど。おほやけごとおほくさしつどひて、御心《みこころ》にまかせず打過《うちすぐ》し給《たま》ふ。

卯月《うづき》になりて。日《ひ》のいとながきに、大《おほ》かたさるべき事《こと》どもは、先《まづ》さしおかせ給《たま》ひて。九日《ここのか》ばかり、みてらにまうで給《たまふ》。道《みち》すがら、はるかなるもりの木《こ》ずゑなどの、お《を》かしげににほひて。すべて若《わか》みどりなるが。さすがに、ときは木《ぎ》、松《まつ》などの。すこし色《いろ》こくわかれたるさまも。かぎりなく見やらるゝ。ところ〴〵、さくらなどの残《のこ》りたるも、やゝちりがたなるが。春におくれて、とあはれなり。かた

○**あなかま**　あなかしがまし也。
○**物おもはしげもなき**　心配事がなにもない。
○**みてら**　月桂寺。
○**おかしげ**　おもしろき心。
○**春におくれて**　古今「あはれてふことをあまたにやらじとや春にをくれて独り咲くらん」。

への草、あたゝかげにもえそひ。日はのどやかにかゝやきて。空《そら》の色《いろ》なども、和《わ》して又清《またきよ》し、とは。むべなりけり。

つねは、いとまなくおはして。かゝる御ありきも、お《を》さ〳〵《をさ》なければ。ほど遠《とほ》き道《みち》のほど。たびなどのこゝちして、いと興《きよう》ありと御らんず。ほとゝぎすなんど、一声二声《ひとこゑふたこゑ》なきたるが、はる〴〵と見わたされて、なごりお《を》かしげなり。

そらに今《いま》しばしかたらへたび衣《ごろも》うらめづらしき山《やま》ほとゝぎす

かくて御《み》はかにまうでたまふに。先《まづ》、もののみかなしうおぼさる。祭文《さいもん》かきて奉《たてまつ》らせたまふ。何《なに》となき世《よ》の事《こと》しげさに、しば〳〵も、えまうでつかうまつらせたまはぬ御おこたり。又《また》、過《すぎ》つる御よろこびどもなど。さま〴〵、いとこまかにかゝせ給《たまう》ふて。つげきこえさせ給《たま》ふべし。

○**和して又清し**　楽天が詩「四月天気和又清」。

○**おかしげ**　おもしろき心。

祭文　亡者を弔祭するための文。楽只堂年録、元禄四年四月九日条に全文を収載。旧冬四位昇進、前月将軍来訪のことなどを報告する。

三　ふりにしよゝ　　元禄四年夏より五年の春にいたる

墓参の折に菩提寺の荒廃に心を痛めた吉保様は、柳沢家祠堂の建立と、寺域の整備を決意して、寄進をはじめる。やがて南都唐招提寺にゆかりの、唐わたりの釈迦像を入手して、これを本尊とした祠堂が完成する。

春以来、当家訪問を喜んだ将軍はたびたび御成になったが、師走のあわただしい折にも、思い立つと矢もたてもたまらず、御来訪になった。こうして多い年には年に七度までもあったほど、御成は恒常的になった。

翌元禄五年二月、養女のいち様が松平右京大夫輝貞家にお輿入。喜び祝う間もなく、翌三月には次男長暢様が逝去された。

章題は、菩提寺訪問の折の吉保の詠歌の中の語。

御寺《みてら》のあたり。こゝかしこ、うちめぐりて、とばかりながめ給《たま》ふに。なにとなきかはらの色《いろ》も、苔《こけ》ふかう物《もの》ふりて。所《ところ》がら心《こころ》ぼそう、めとまるこゝちするに。いたうおほきなる木立《こだち》どもの。たかう、こゝろにまかせておひたち。いとねぢけたる枝《えだ》さしかはして、うちおほひたるなど。いみじう山寺《やまでら》めきたり。こゝらのたくみの手にもらして。しづかなる年月《としつき》のほどおもひやらるゝ。きのふの木《き》とやいふべからん。

御《み》はかのめぐり。わけ入給《いりたま》ふみちなどは。わきて仰付《おほせつけ》たりければ。こゝろことにおもひたるわざにて。朝夕《あさゆふ》におりたち、みわざつかうまつれるもしるく。むつかしげなるよもぎむぐらやうのもの。ちりばかりもなく、かきはらひて。ものきよげなるものから。いといたうさびしうて。まれ〳〵おはしてながめ給《たま》ふだに。物《もの》のあはれつきぬかし。まいて、たえずや苔《こけ》のしたに、とおぼすには。やがて御涙《なみだ》ももよほしがほなるに。木《き》の下露《したつゆ》のはら〳〵とおちくるほどに。たへぬ御たもと、いとわりなし。

御寺　月桂寺。
○**とばかり**　しばらくと云心。
○**たかう**　高。
○**こゝら**　おほくと云詞也。
○**きのふの木**　荘子・山木ノ篇ニ荘子が山中にて大木の枝葉盛《サカ》りなるをみる。木をきる者、其《その》かたはらに有《あり》ながら其木に手をもつけず。其故を問《ト》へば、何の用《ヨウ》にもたゝざる故也。故に年久しく如此にて有と云。其夜、友の所に一宿しつれば、もてなしに小鴈《ガン》を料理《レウリ》しけるが、二つ有鴈の内にて鳴《ナカ》ぬ鴈を殺《コロ》して喰《クヒ》けり。

御しるし拝したまふにつけても。いと、から世にならびなくさかへ出《いで》おはすれば。いみじうかろからぬ御身なんめりと、みづからもおぼす。さま〴〵におぼしいづることおほかるべし。

「いで、さは、わが御世はじめに。父殿よりして、さべき御ために、祠堂《しだう》たてさせ。庄園《しやうゑん》などよせ聞《きこ》えて。後〳〵《のちのち》の御世《みよ》までも、うしろやすくなしてん」などおぼしよる。

御寺《みてら》のかたにいらせたまふて《う》、御物《もの》がたりなどきこえたまふほどに。たゞ此《この》あたり、かねの声《こゑ》ぞおどろかしきこゆ。さとはなれたる所《ところ》の木《こ》ぶかきゆふかげなど、いとおかしき《を》ものから、さびしうあはれなるを。やをらながめ出《いだ》したまふて。

おもひ出《いで》てふりにし世々《よよ》をしのぶまにけふもむかしになるゆふべかな

かへらせたまふても《う》、「いかで、ほいのごとくせばや」とおぼしつゞけて。是《これ》かれと御心《こころ》がまへせさせたまふ。

五月《さつき》になりぬ。九日といふには。また、御所《ごしよ》おはしまさせたまふ。

その明日、荘子が弟子、荘子に問て曰、昨日《キノフ》の木は不材ヲ以テ其《ソノ》天年ヲ終《ヲ》ヘ、今主人《シユジン》ノ鴈ハ不材ヲ以テころさると云々。略之。きのふの木と歌にもよむ事なり。

○**むつかしげなる**　きたなきと云心。

○**まいて**　まして也。

○**たえずや苔の**　新古今「まれにみる夜半も悲しき松風をたえずや苔の下に聞くらん」俊成。

○**たへぬ**　堪。こらへぬ心。

○**しるし**　墓、または霊牌などをも云。

○**さは**　さやうにあるはと云詞。

このたびも御あそびなど、いとおもしろきさまにて。春《はる》の時《とき》におとらず。御引出《ひきで》もの。奉《たてまつ》りものなど。さま〴〵いとこちたくありけり。大《おほ》かたのさまは、さきの時《とき》におなじければ、もらしつ。

から様《ヤウ》の御さはぎに。ひまなくゐたちふるまひ給《たま》ふまゝに。かの祠堂《しだう》の事《こと》、いまだはたさせ給《たま》はず。なをいかでと、常住《ヨトトモ》に、御心《こころ》いそぎせさせたまふ。

かゝるほどに。やまとの国、招提寺《せうだいじ》といふ寺《てら》に。ある僧の。いと《た》うとき釈迦《しやか》の像《ざう》、持《モ》たるが。いたう秘《ヒ》めをきつゝ。年《とし》ふるありけり。いかで信心《しんじん》あらん人《ひと》の。さるかたにまめやかにくやうし奉《たてまつ》りてん人《ひと》に、えさせてしがな、とおもひわたるに。こなたの、ほとけの道《みち》にも。いや〳〵しうおはします事《こと》と聞《きき》て。まことに、仏《ほとけ》の御さいはい出《ひいで》きたれり、とよろこびけんかし。やがて、もてまい《ゐ》りて奉りてげり。

げにぞ、いといみじう、殊勝《スシヤウ》におはします御仏《みほとけ》にて。もろこしの軍法力《ぐんばふりき》といふの作《つく》れるなりけり。是《これ》は、かの寺のはじめ、がんじん

○**庄園**　寺領也。
○**うしろやすく**　心やすく也。
○**おかしき**　おもしろき心。
○**ほい**　本意。
○**心がまへ**　用意する也。

○**こちたく**　ことぐ〳〵しく多き也。
○**まめやか**　真成。
○**くやう**　供養。
○**いや〳〵しう**　うや〳〵しく也。
○**軍法力**　鑑真、軍法力などの事、元亨釈書に悉し。
がんじん　鑑真（六八八―七六三）。奈良時代の来日僧。唐招提

和尚《わじやう》と申《まうす》につきて、此国《このくに》へも来《きた》れるものなり、とき〻侍《はべり》しかば。さも有《あり》けんかし。熟々《ツクヅク》おがみ奉りたまふに。いとうれしう、さるべきほとけの御契《ちぎ》りにこそ有《あり》けれ。げに、かの祠堂《しだう》の本尊《ほんぞん》にし奉《たてまつ》らんにいとよかゝなり、とおぼせば。いよ〳〵つくらせ給ふべきこと、いそがせ給ふ。

七月の末《すゑ》つかた。祠堂《しだう》つくりたてぬ。いといつくしう、きよらなるものから。さすがにかごやかにて。いづこも〳〵《いづこも》、いたづらなる所なふ《う》、つくらせ給《たま》へり。

まづ、かのえ給《たま》へりし御仏《みほとけ》を。いとよく修理《スリ》せさせて、本尊《ほんぞん》にすへ給《ゑたま》へり。聖胎《シヤウタイ》には、しやかの真身舎利《しんじんしやり》の宝塔《ほうたう》、御みづからかゝせ給へる紺紙《こんし》金泥《こんでい》の般若心経《はんにやしんぎやう》、壱《ひと》まき。又、御父母《ちゝはゝ》の霊牌《レイハイ》をばさるものにて。わが御かた、御はらからなどまでの事《こと》をさへ、あらかじめしるし給《たまひ》て、お《を》さめ奉《たてまつ》りたまふ。いとたうとき事《こと》かぎりなし。

「ひとつには、大慈大悲よろづのわざわひをめつし。魔群《まぐん》を降伏《かうぶく》せしめ。二つには、父母《ぶも》劬労《くらう》ばくたいのうつくしみをむくひ奉《たてまつ》り給《たま》

寺の開山。

○**かごやか**　かんごりとしたると云詞。

○**いたづらなる所なふ**　つゐゑなる所なき也。

○**ひとつには**　記の文略。

ひ。三つには、此《この》まことの供養《くやう》を以《モ》て、ながく釈迦如来無上《むじやう》ぼたいの海《うみ》ふかきえんをむすび給《たま》ひ。ねがはくは、霊山《りやうぜん》のふぞくをわすれず。ばんこきはまりなき利《り》をなし。わが後《のち》〳〵《のち》、忠信孝悌《ちゆうしんかうてい》の道《みち》をわすれずして。家《いへ》ながくさかへ《え》まさんねがひをおぼす」といふ事を。記《き》といふ事《こと》に、いとあきらかに書《かき》つゞけたまひて、おさ《を》めたまへり。御庄《ミサウ》もあまたよせ奉り給《たまふ》。供養《くやう》など、ことにさるべきさまにありけんかし。

ながめがちなる秋《あき》も、いとなく過《すぎ》て。物《もの》のあはれも、大《おほ》かた、よその夕暮《ゆふぐれ》とのみまぎれくらし給《たま》ふに。神無月《かんなづき》には。また御所《ごしよ》のわたらせ給《たま》ふべきとて。そのほどの御よういどもあり。やすみ所《どころ》など。さき〴〵いさゝかたらぬ事《こと》ありけるなども。このたびしつらひまさせ給ふ。

わたらせ給《たま》ふ日《ひ》は。十三日なりけり。その日《ひ》は、例の有様《ありさま》にて。さま〴〵めでたき事《こと》のみ、とりあつめたり。あるじがたへ御引出物《ひきでもの》は。いと今《いま》めかしきそめ物《もの》。色〳〵《いろいろ》のをり《お》ものなど。とり〴〵に、

○ばんこ　万古。

○御庄　寺領の事也。

○いとなく　いとまなくと云詞。

○いさゝか　聊。

いひもつくされず・なん有《あり》ける。こなたよりも、めづらかなる物、おほく、さきの時《とき》にも増《まさ》るば・かりと。おぼし掟《オキ》てつゝ、あまた奉《たてまつ》らせ給《たまふ》。

文講《フミから》ぜ・させ給《たま》ふ事《こと》なンど・も、かはらざ・りき。例《れい》の人々《ひとびと》、おほくつどひまいり給《たまう》て。さば・かりの御いきほひ、いと所《ところ》せげなりや。御《み》けしき、いつよりも興《ケウ》に入《い》らせ給《たまう》ふて、帰《かへ》らせたまふ。家司《けいし》など・、ろくたまへるも、よのつねならず。めでたく、かしこき事《こと》、おほかり。あふひの紋《もん》といふは。御所《ごしょ》の世々《よよ》つたはりて。人々《ひとびと》もゆるし給《たま》はりてきるも。ことかぎりあれば。かうやうの家司《けいし》など・いふ分際《キハ》は。治定《オサオサ》たまはる事《こと》もなきを。こたみかづけたまはれるは。あふひつけたるろくなりけり。何につゝまん、とよろこびあへるさま。いはんかたなし。

十一月には。五《ご》の丸《まる》ときこえさせし御かたへまいらせ給《たまう》て。はじ・めて御たいめん給《たま》はらせ給《たまふ》。むかしより、人《ひと》づての御せうそこなど・は、あまたゝ《た》びありけれど。かう気近《ケヂカ》う見奉《みたてまつ》らせ給ふ事《こと》など・はあり

○**所せげ**　所もせばきやうに覚ゆる也。
○**ろく**　賜り物也。
○**治定**　俗に大かたなど云心也。
○**こたみ**　このたびと云詞。
○**何につゝまん**　古今「うれしさを何につゝまん唐衣たもとゆたかにたてといはましを」。
○**五の丸**　鶴姫生母、お伝の方。将軍側室。
○**せうそこ**　消息と書。をとづれの事也。

がたきを。これも、御所《ごしよ》ざまに打《うち》まかせたるたのもし人《びと》におはして。とある事《こと》も。かゝることも。かた〳〵にうしろみきこえさせ給ふゆへ《ゑ》なりけり。いとなつかしきさまに、御物がたりなど聞《きこ》え給《たまう》ふて。おりさせ給ひぬ。いみじき御でうどゝ《ど》も、ぐして奉《たてまつ》らせ給《たまふ》。かれよりも、御引出《ひきで》物《もの》などあり。

一二日過《ひとひふつかすぎ》て。鶴姫君《つるひめぎみ》よりも。御《み》けしきありて。参《まゐ》りて。拝《はい》したまふ。当代《たうだい》の御むすめにて、いともやんごとなくけだかうおはす。これにも、うつくしき香《かう》のはこ。一《ひと》よろひ奉《たてまつ》れ給《たま》ふ。かゝることにて、ことしげく、ことしもやう〳〵くれゆく。

御所《ごしよ》には、世《よ》をまつりごちおはしまして。かろ〳〵しく御心《こころ》をやりて。わたらせたまふべき所《ところ》もなければ。わが御かたへ、たまさかにおはしまさせ給ふ事《こと》を。いみじうお《を》かしき事《こと》におぼして、たび〳〵にしも、あかずのみわたらせ給へるに。ことし、今一《いまひと》たびわたらせたまふまじきが、口《くち》お《を》しう。さう〴〵しきことゝ《と》おぼしたりけん。しはすばかり、よろづの事《こと》さしおかせ給《たまう》ふて、わたりたまひぬ。

○**でうど**　調度と書。道具の事也。
○**一よろひ**　一通りと云心也。
ことし　元禄四年。
○**まつりごち**　政。
○**おかしき**　おもしろき也。
○**さう〴〵しき**　さびしきやうなる也。

あるじも、いとゞめいぼくありと、まちとりきこえさせたまふ《う》て。よになべてならず、もてなし。つかうまつらせ給《たまふ》。かくありつる後《のち》〔は〕。大《おほ》かた、としぐ〵三《み》たひ五《いつ》たびは、かはらずおはしまさせ給《たま》ふ事《こと》。つねになりけり。ある時《とき》は、一《ひと》とせに七《なな》たびわたらせ給ふ事なども侍りき。いとかしこう、さるべき御契《ちぎ》りおはすなンめりと、よの人《ひと》もおもひいふ。

まことや、このたび、御所のおはしましたるに。こなたの姫君《ひめぎみ》、市子《いちこ》と聞《きこ》えし御かたを。〔右京《うきやう》〕のすけ輝貞《テルさだ》の君の御もとへ、さだめつかはし給《たま》ふべき事《こと》、御《み》けしきこと更《さら》にそへさせ給《たま》へれば。この御いそぎせさせたまふ事ひまなし。

廿二日に、かれよりも。さまぐ〵のを《お》くりものさゝげて、御使まいれり。さるべきさまにもてなし。御かたななど給はす。御使、いといたうよろこびつゝかへり参《まゐ》る。御所《ごしよ》ざまの御かたぐ〵よりも、賀《が》し申《まう》させたまふ《う》て。しなぐ〵に御を《お》くり物《もの》などもてまい《ゐ》り。何《なに》くれとさゞめき〔て〕、大《おほ》かた此事《このこと》の御心《こころ》まらうけにて。年《とし》もかへりぬ元

○**めいぼく**　面目。
かしこう　畏れおおく。
○**まことや**　そうそう。
市子　いち。柳沢と同じ甲斐源氏の流れをくむ幕臣折井正辰《まさとし》の娘。吉保の養女。
右京のすけ　松平輝貞。
○**かたな**　刀。
○**年もかへりぬ**　元禄五年。

禄五年。

　む月《つき》には、おほやけ、わたくし、ことだつ事《こと》しげくて、たちぬるほどに。二月三日ばかり。かの御でうども、かしこへはこびわたす。九日にぞ姫君《ひめぎみ》はわたり給へる。いづの守矩豊《かみのりとよ》山名。周防守忠義《すはうのかみただよし》の君《きみ》水野などをはじめて。れいの、したしきかぎり引《ひき》つれまい《ゐ》り給《たま》ふ。かしこよりも、さるべきかた〴〵、むかへとしておはす。その程《ほど》の儀式《ギシキ》、いへばさらなり。此姫君《このひめぎみ》は。君《きみ》にも、北《きた》のかたにも御ゆかりに物《もの》し給《たま》ふを。こなたにて御子《おこ》にせさせ給ふなりければ。いといかめしく、めづらしき美麗《ミヤビ》をつくして、御心《こころ》をそへつゝ。わたしきこえたまへり。かしこにもおろかならず。御心《こころ》も《ま》うけども、おほかるべし。こまかにきかざりつれば、かゝず。

　むこ君《ぎみ》ときこゆるも、今《いま》の世には御おぼえありて。御所《ごしよ》にも御心にかけさせ給ふなるべし。さるべき所《ところどころ》〴〵より、御《お》をくりもの、御《お》使《つかひ》など、れいの、かずもなくたちこみつゝ。いはひまい《ゐ》らす。

　かくのゝしりあへるほどに。やよひばかり、次郎君《じらうぎみ》、はかなくわ

○**む月**　正月。
○**ことだつ事**　祝言と書。「む月なればことだつとておほみきたまひけり」伊勢物語。
○**いへばさらなり**　今さらいへばもあたらしきやうなるとの心。
次郎君　元禄五年三月十二日、申下刻逝去。月桂寺に葬る。法号、電光院閃影了心大童子(楽只堂年録)。母、染子。

づらひ給《たまう》ふて、うせ給ひぬ。たちぬる月《つき》のほど・よりや、れいならずおはすやうには聞《きこ》えしかど、ありつるひゞきに。さのみは聞《きこ》えざり・つる〔を〕、いとゆゝしうおもひきこえて。たれも〳〵思《おも》ひまど・へり。かなしき事はさるものにて。おひさきたのもしうおはする御身《み》の。からはかなふ《う》、まだひらけぬ花《はな》のちりたるやうにて、うせたまへれば。あたらしき事に、皆人《みなびと》お《を》しみきこゆ。

君《きみ》はかしこう思《おも》ひとり給《たま》ひて。念《ネン》じすぐ・させたまふ。此母君《このははぎみ》ぞ・、いとお《ほ》しう、かなしき事《こと》にくれまど・ひたまへり。いとうつくしう、愛敬《アイギヤウ》ありて、むつれきこえたまひ。御としよりもおとな〳〵しうおはして。とこそえ《ゑ》ませ給《たまひ》つれ。かくこそむつかり給《たま》ひしなど。御めのとやうのものは。あけくれにおもひ出《いで》たてまつりて。よとゝ《と》もに、ひるよなう、なげ・きてぞお《を》りける。

○**たちぬる月**　あとの月の事。

○**あたらしき**　あつたらしき事と云詞。

○**ひるよなう**　袖のひる時なく也。

四　みのりのまこと　元禄五年夏　同七年の春にいたる

吉保様は幼い日から、この人間の心の主人公の存在について考えていた。二十歳のころ、在家の信心者にそのことについて尋ねると、その大疑問にびっくりして立派な禅僧を紹介された。以来禅の苦心はずっと続いている。元禄五年の四月に山城黄檗山第五世の高泉性潡が東下した折、種々問答を交した結果、悟得の印証を与えられた。この評判が伝わると、各地の僧が吉保様の庇護を求めて集まった。同じ年五月には、御三男安基君が生れ、十一月にはまた加禄されて、六万二千三十石となった。

六年三月には、吉里君が初の登城。将軍家にお目にかかる。豪華な献上品が用意され、応えて将軍家からも様々と下賜品がある。

七年正月には、また一万石が加増され、七万二千三十石、しかも武蔵川越城を与えられ、とうとう城持大名となった。

章題は、吉保作の釈教歌の中から摘出されたもの。

おまへのかくすぐれて、なにごとにもたらはせ給《たま》へるに。仏《ほとけ》の御《み》教《をしへ》には、さきの世《よ》に様異《サマコト》なるえんなどおはしけるにや。いとなべての法師《ほふし》などのしるべきにもあらず。心性《しんしやう》のふかきむねをさとりおはしましけり。はやう、まだ何《なに》のいたりふかき御こゝろもおはすまじき時《とき》より。あやしう、たゞ「この起臥《オキフシ》につきて、心《こころ》のあるじとなるものあらでや。」と、すゞろにうたがひおぼして。おとなにならせたまふまゝに。「いかで此事《このこと》さだかにあきらめてしがな」とおもひわたり給へり。

さばかりの御年《とし》のほどにて、さしすぐしたる事《こと》も、えうち出給《いでたま》はで。いよ〳〵みち〳〵の御ざえどもならはせ給《たまう》ふて、としごろになりぬるを。はたちばかりの御ほどにやありけん。そのころ、もとより道《みち》の心《こころ》えたるうばそくのありけるに。「さる事《こと》いかゞ」ととはせ給《たま》へれば。その人、あまたゝ《た》びかたぶきおどろきて、「いでや、いとも〳〵、いみじうもおはしけるかな。こゝらの仏祖《ぶつそ》の学者《ガクサ》をみちびきたるは、これより外《ほか》の事《こと》は、なにかは侍《はべ》らん。此心《このこころ》におほひ《い》な

○**えん**　縁。
○**はやう**　むかし也。
○**あらでや**　必あるべしといふ詞。
○**すゞろ**　そゞろ也。不意也。ふと也。
○**さしすぐしたる**　さし出すぎたると云詞。
○**うばそく**　有髪にて仏道修行の人也。
○**かたぶき**　ふしぎなる事とおもふ体也。
○**こゝら**　多クといふ詞。

るうたがひをおこしぬれば。又《また》おほひ《い》なるさとりをうると、いにしへにもいひを《お》きてこそ侍《はべ》るめれ。さば、いと有《あり》がたき事也《ことなり》。さるべきひじりに、たづねおはしましね」と、お《を》しへきこゆるに。いとうれしき事《こと》きこゝつとおぼして。そのころ、竺道和尚《ちくだうをしやう》といひける、いみじきひじりの許《ガリ》までおはしけり。

折《をり》からは霜月《しもつき》の頃《ころ》にて。道《みち》すがら、みぞれがちなる空《そら》の。いたうさむきに、御袖をはらひてとむらひおはしければ。ひじりも、いといたう、たうとびきこえて。やがて公案《こうあん》とかや、さるべきものてうじて、まい《ゐ》らせ給《たま》へり。

かくて時移《ときうつ》り、年《とし》へだゝりて。ひじりもうせ給《たま》ひぬるに。世《よ》の中《なか》にいとまなくなどおはして、かた〴〵につけてまぎれ給《たま》ふべき事《こと》どもの出《いで》くるにも、猶《なほ》、此教《このをしへ》を露《つゆ》わすれず物《もの》し給《たま》ふ事。年久《としひさ》しくなりにけり。

かゝるほどに、ことし、卯月《うづき》ばかりに、黄檗《ワウバク》山の高泉和尚《カウセンをしやう》と聞《きこ》えしひじり、おはしたり。御心《みこころ》のうちにあきらめおぼす事《こと》やありけん。

竺道和尚　臨済宗妙心寺派、慈雲山龍興寺住職、竺道宗梵。妙心寺二三七世。
○**まで**　まうで。
霜月　厳冬十一月。
○**いたう**　ことの外といふ心。
公案　参禅者に課される参禅工夫の問題。
○**てうじて**　したゝめて也。
ことし卯月ばかり　元禄五年四月十七日、初めて高泉に相見し法要を問う(楽只堂年録)。
高泉和尚　寛文元年、来日。黄檗山万福寺第五世住職。

さるべき事《こと》、書《かき》かはして、とはせ給《たま》ふに。これも、さる世《よ》の学匠《ガクソウ》におはしければ。いとよううけがひて。御けさ、払子《ホス》などまい《ゐ》らせつゝ、印證《インジヤウ》し給《たま》へり。是《これ》はもろこし人《びと》なり。かの寺《てら》のはじめ、もろこし人《びと》のわたりて、ひらきしかば。今《いま》につたはりて、皆《みな》かの国《くに》の人《ひと》をなんむかへて、すゆ《う》る事《こと》になりける。非時《ヒジ》などいふものすゝむ。日ひとひ、めしつれ給《たま》へる法師《ほふし》と問答《もんだふ》し給《たま》へり。何《なに》の事《こと》とも聞《きき》わかぬものゝ《の》、さるかたにからめき、お《を》かしう見ゆ。かへす〴〵君《きみ》の御うへを、ひじりはいとたう《ふ》とくおもひきこえて。偈《げ》などつくりて奉《たてまつ》れ給へり。すぐれてふかき心、あきらめおはします事《こと》をぞ。あやしう、わかき此法師《このほふし》ばらまで、おどろきつゝ愛《メ》できこえける。

そののち、あまたゝ《た》びゆきかよひける文《ふみ》どもなども。何《なに》やかやとあまたありけれど。さるは、女《をんな》のさかしらすぎ。すゝみよみつべきものにもあらねば、さこそたうとき事《こと》なりけんと。いとゆかしき物《もの》から、かゝずなりぬ。

つたへこし世々のほとけの御心《みこころ》を教《をしへ》の外《ほか》の人やみるらん

印證　師家が修行者に対して正法伝授の証明をすること。またその証となるもの。

すゆる　住職に任ずること。

非時　定時の食事以外の食事。

○**さかしら**　かしこだてなる心也。

へだてなくたゞそのまゝの心《こころ》ぞとしるやみのりのまことなるらん。

とよませ給ひたるは、その頃《ころ》にてや有《あり》けん。

かくおはしましつるほどに。世《よ》の中《なか》にありとある。何《なに》の和尚《をしやう》、くれの上人《しやうにん》。と聞《きこ》ゆるかたぐ〱に、聞《きき》つたえ《へ》て。

「いで、さばかりの御いきほひにて。かゝるかたにこゝろよせ給へるこそ、いとたのもしけれ。日《ひ》の本《もと》の末《すゑ》の世《よ》といへど。猶《なほ》かく太《たい》平《へい》の時《とき》には。わが道《みち》のいよ〱おこりいでんにこそあれ」と、よろこびあひて。すこしも名《な》ある大徳《トコ》などは。みな、この御かへりみねがひて、まい《ゐ》らぬ人《ひと》なし。いと有《あり》がたき事《こと》になん。

その年《とし》五月に、太郎君《たらうぎみ》の御かたの御はらに、御子《こ》生《うま》れ給《たまふ》。ありつる春《はる》のはかなかりし後《のち》、さうぐ〱しうおぼしつるに。めづらしう、又《また》お《を》とこにてさへおはすれば。いよ〱あかずめでたき事《こと》にあつかい聞《ひきこ》ゆ。

かうやうの事《こと》にまぎれて、夏《なつ》もくれ、秋《あき》も過《すぎ》ぬるに。その冬又《ふゆまた》、

○**何の和尚くれの上人**　何がしくれがしなど云に同。それかれと云心也。

○**大徳**　出家の事也。

御子生れ給　五月二十八日生。安基。二年後、元禄七年春に早逝。母、染子。

はかなかりし　五年三月十二日に、染子の子長暢が夭折したこと。

さうぐ〱しう　さびしく。

その冬又ろくまさせ　元禄五年十一月十四日「御側用人柳沢出羽守保明、三万石益封あり、六万二千三十石になさる」(徳川実紀)。

ろくまさせ給ふ。いとおもだゝしう、いみじき事《こと》かぎりなし。うちにも外《ト》にも、御よろこびいひのゝしり。御門《かど》には、むまくらおほくあつまりきて。ひとりも、おくれなんは。かしこしとおもひてまい《ゐ》れり。

かゝるほどに、霜月《しもつき》ばかり、北《きた》のかた御父君《ちちぎみ》、かくれたまひぬ。北《きた》のかたの、おぼし入《い》れて、くれまどひたまへるさま、ことは《わ》りにせんかたなし。君《きみ》にも、はなれぬ御ほどにて。かなしと思《おぼ》す事《こと》かぎりなし。龍興寺《りゆうこうじ》にお《を》さめ奉《たてまつ》りて。節操院殿《せつさうゐんでん》と聞《きこ》ゆ。御所《ごしよ》よりも香典《かうでん》などたまはりて。とむらひ聞えたまへり。

日《ひ》ごとに御つかひはじめて。さま〲に物など給《たま》はせ、とひ聞《きこ》え給《たま》ふ事《こと》、かずもしらずありけれど。ゆゝしきにおもひまどひて、きゝもおかざりつ。みな御ぶくめして、あはれにながめおはす。所《ところ》〱《どころ》よりは、れいの、かゝる事《こと》にも聞《きき》すぐさず、御とむらい《ひ》、ゆきちがひて、大《おほ》かたとしの内《うち》は此《この》御さは《わ》ぎにて世《よ》の中《なか》もくれぬ。

としかへりて元禄六年、やよひには、太郎君《たらうぎみ》はじめて御所《ごしよ》にまう

○**おもだゝしう**　面目ある事。

○**うちにも外にも**　内外。

○**かしこし**　おそれ多しと云詞。

北のかた御父君　嫡妻定子の父、曾雌盛定は元禄五年十一月十七日死去。節操院雄岳全忠居士。龍興寺に葬る。

御つかひ　将軍よりの見舞の使者。

○**ぶく**　服。

太郎君　「(元禄)六年三月二日はじめて営に登り、奥の御座にをいて御盃をたまひ、来国光の御刀、時服をよび散楽の装束等をたまはり、又別座にめされて、

のぼりたまふ。父《ちち》ぎみ打《うち》つれておはす。つねおはしますおとゞにまいら《ゐ》せ給《たまう》ふて、拝《はい》し給《たま》ふ。此時《このとき》に御《オン》ぞなど。そのほかいかめしき奉《たてまつ》りものせさせたまへり。丹波守政親《たんばのかみまさちか》のぬし内藤、事《こと》をを《お》こなひたまひき。父君《ちちぎみ》もよろこび申奉り給《たまふ》。

さて、わざと太郎君《たらうぎみ》に御《み》けしきありて、御やすみ所へまい《ゐ》り給《たま》ふ。御のしなどたまはれり。もろともにさむらひ給《たまう》ふて。おまへにて、みな御あつ物《もの》などまい《ゐ》り、おほみきまい《ゐ》る。御かはらけたまはり、又奉《またたてまつ》りあげなどして、御所《ごしよ》にも、いと御《み》けしきよし。わか君《ぎみ》の、とし頃《ごろ》にいとおよすげおはす事《こと》をよろこびおぼして。来国光《らいくにみつ》の御《み》はかし、てづからたまはらせ給。又《また》えもいはぬ楽《ガク》のさうぞく、何《なに》くれとろくも。いとあまたそえ《へ》てたまはり給《たま》ふ。うつくしき香《かう》のはこ、さるべき書《しよ》などもたまへり。

五《ご》の丸《まる》の御かたも、おまへにおはしますに、太郎君《たらうぎみ》、たいめ給《たま》はり給ふ。白《しろ》かねにてうつくしくゐ《い》たる丁子《ちやうじ》がまをぞ奉りたる。御かたよりも、いみじきあや。最《イト》きやうざくなるつくりものなど、引出《ひきで》

四書集注・小学句読・香合等を恩賜あり」(寛政重修諸家譜)。

父ぎみ　吉保。

○**あつ物**　羹。御すい物の事を云る也。

○**おほみき**　御酒。

○**およすげ**　おとなしき事。

五の丸の御かた　お伝の方。

ゐたる　鋳たる。

丁子がま　丁子を煎じて香気を発散させる容器。

○**きやうざくなる**　ほめたる詞。

ものあり。

まことや、その日、うち〳〵よりは、さま〴〵とおぼしまうけて、奉《たてまつ》りたまふものおほかり。御ぞ、折櫃《ヲリヒツ》ものに、めでたき絵《ゑ》かきたるなどあり。わか君《ぎみ》よりは、行光《ゆきみつ》が打《うち》たる御長刀一《なぎなたひと》ふりに、わたなどそへたまへり。これも、よもぎが嶋《しま》のかた、おもしろうつくりたる物《もの》に、あまたくだものしたゝめて、まい《ゐ》らせ給《たまふ》。さるべき御かた〴〵よりも。いとめづらしきかぎりをつくし。おなじきぬの色《いろ》あひなども。こゝろことにうつくしう〔て〕。千《ち》品《シナ》とひきつゞけたり。

かしこよりは、わた。北《きた》のかたに、からのきぬ。はゝ君《ぎみ》にもおなじ事也《ことなり》。太郎君《たらうぎみ》の御かたにも、給《たま》はり給《たまふ》。御もてなしなども、いまめかしうせさせたま〔へり〕。

おりさせたまふにも、みな、あまたゝびぬかづき、かしこまり申《まうし》奉《たてまつ》りて、引《ひき》つれまかゝで給《たま》ふ。いとうるはしき御ひゞきと、人見《ひとみ》奉る。

みたちに帰《かへ》りおはしましたるに。御《ご》一《いち》ぞうの殿原《とのばら》あつまりおはし

うち〳〵より　柳沢家から。
折櫃　前出、檜の薄板で作る菓子箱。
行光　「行光の長刀一振、代金拾枚の折紙あり」(楽只堂年録)。
○**よもぎが嶋**　蓬萊山也。
○**千品**　千品。
○**ぬかづき**　拜。
○**かしこまり**　うやまふてい也。
○**ぞう**　族。

て、まちとり聞《きこ》え給《たまふ》ほど、いへばさらなりや。頓而《ヤガテ》さるがくなどはじまりて、よろこびせさせ給《たま》ふに。れいの、ところ〴〵より、酒《さけ》、さかなや、なにやと、もてまい《ゐ》る事《こと》ひまなし。こなたよりも奉《たてまつ》り給《たま》ふかたおほかり。

その頃《ころ》、れいの、御所《ごしょ》わたらせ給《たま》ふなど、打《うち》つどひてすぎゆくまゝに。秋《あき》にもなりぬ。九月十七日には、正覚院殿《しやうがくゐんでん》の七年忌《ねんき》におはすれば。月桂院《げつけいゐん》にて御法事を《お》こなはせ給《たま》ふ。御寺《みてら》のしつらひ。になくしたり。さいつごろ、このあたりつゞきたる所《ところ》。めぐり一町《いつちやう》ばかりやありけん。こゝによせ給《たま》ひぬ。堂《だう》のわたりひろらかに、いよ〳〵物《もの》きよげに見《み》えて、いみじき御寺なり。御仏事《ぶつじ》には、さるべき僧衆あつまり、心宗《シンジユウ》のたかきむねを問答《もんだう》したり。すべて五十八人、すぐれていみじき大《だい》とこまい《ゐ》れり。君《きみ》も北《きた》のかた〔に〕も、まうでおはしぬ。聴聞《ちやうもん》し給《たま》へるほど。いとたう《ふ》とき事《こと》かぎりなふ《う》ぞありける。祭《さい》文《もん》なども奉《たてまつ》らる。とし頃《ごろ》いかめしき御ひゞきの。くはゝるにも。世《よ》におはしまさで、いとくちをしうおぼす事《こと》を。かへす〴〵、いとあ

御所わたらせ　元禄六年四月五日「巳の時に吉保が亭に成らせ給ふ」(楽只堂年録)。
正覚院殿　吉保の亡父安忠。
になく　比べものなく立派に。
よせ給ひぬ　寺地として寄贈奉納した。
○**心宗**　禅宗也。教家は仏の言を伝へ、禅家は仏の心を伝ふ。故に禅を仏心宗と云。

はれに、何《なに》くれとおほくかゝせたまひぬ。よみあぐるより。そこらつどひあへる僧俗《そうぞく》といはず、ことは《わ》りに、皆涙《みななみだ》を《お》としてげり。かへりおはしても、なを《ほ》なごりあはれにおぼす。御風《かぜ》などもすこしめしたりければ。三日ばかりは御所《ごしよ》にもまい《ゐ》らせ給《たま》はで。いとものあはれにてこもりおはしけり。有《あり》あけの月《つき》たかうさえわたりて。秋《あき》もやう〳〵名残《なごり》なきこゝちするに。

かげさむくなりこしまゝに行秋《ゆくあき》の空《そら》の名残《なごり》や月《つき》にみすらん

れいの、えしのびあへぬ御くちずさみなりかし。

そのとしもくれて。あくれば元禄《げんろく》も七年になりぬ。正月七日《しやうぐわつなぬか》、またく〳〵御ろくくはゝらせたまふ。頃《ころ》さへことぶきかはす中《うち》にて。あなうれしといふ事《こと》こそあれ。御内《みうち》の人々《ひとびと》などは、物《もの》にあたりまどふ《ぅ》て、よろこびきこゆ。おまへの松《まつ》のみどりも、春《はる》の日《ひ》にそへて。此御《このみ》ひかりまちとりたるけしき。のどやかなり。所〳〵《ところどころ》より、いはひ聞《きこ》えたるは、いはんかたなけれど。あまたたび、つねのことのやうにて。めづらしげなければ、もらしつ。

御ろくくはゝらせ　元禄七年一月七日「食禄壱万石御加増にて、川越の城主に成し給ふの仰事有」(楽只堂年録)。都合七万二千三十石。

まことや、こ〔の〕たび川越《かはごえ》の城《しろ》といふ、あるじ給《たまは》らせ給《たま》ふ。是《これ》は、むさしの内《うち》いるまの郡《こほり》にて、むかしは、みよしのゝ《の》里《さと》といひける所《ところ》なるべし。げにぞ、たのむのかりも、此君《このきみ》の御かたによるとなくらんかし。

二月には券《けん》などたまはり給《たま》ふ。そのあたり、いくさととなくみな領《レウ》じ給《たま》ふ所《ところ》なりけり。さゝべき家司《けいし》やうのもの。城《しろ》もり、何《なに》のあづかりなどいひて、を《お》きてさせ給《たま》ふ。こゝをたちぬる日は。かどではゝせ、とり〴〵に饗《キヤウ》せさせ給《たまう》ふてつかはす。家人《いへびと》ども、よろこび倒《タヲ》れて、いさみひしめきつゝ。いかなる事にまれ、うけたまはりて。うしろやすくつかうまつり聞《きこ》えばやとおもひたるけしき。お《を》かしき物《もの》から、さるかたに、いとたのもし。かみしもの人、百《ひやく》人。弐百《にひやく》人、みちもさりあへず、ひきつゞきてかしこへまい《ゐ》る。を《お》の〳〵住《すみ》つくべきさまも、こまかにを《お》きてさせたまふ。かれを《お》さむべきを《お》きてども。いとまめやかに御心《こころ》をくはへて。大《おほ》かた、もの〳〵しう、かどめきしるして、つかはしたまふ。かしこにても、とり〴〵に、いみ

○**このたび**　今度。
○**むさしの内いるまの郡**　武蔵国入間郡。
○**みよしのゝ里**　伊勢物語「みよしのゝたのむのかりもひたふるに君がかたにぞよるとなくなる」。
○**二月には**　元禄七年二月十日「今日、御前にて去頃《さるころ》禄御加増の書出しを、御手自下さる」(楽只堂年録)。
○**券**　手形書物を云。こゝにては村付帳也。
○**をきて**　掟。
○**にまれ**　にもあれといふてにをは。
○**こまかにをきてさせ**　「定」として「掟」三

じきこと、ありけんかし。

十条を記したものを、二月十日付で記し、城代藪田重守に伝達している。

○**かれ**　かしこ也。

○**かどめき**　きとしたる心。

五　千代の春　元禄七年夏より　同九年春にいたる

元禄七年三月二十日、御三男安基君が亡くなる。また昨冬誕生のさち君も病弱なために、成長を願って尼寺に入れて、五月には出家することになった。

一方、亡父君の菩提所、平安山月桂院を改修、完成とともに正覚山月桂寺と改称した。山号は亡父君の法号に因むもの。同時に、上申して寺格を臨済宗関東十刹の列に加えさせるなど、吉保様の威光は末長く伝えられることとなった。

十一月十六日には、四男経隆君が生れた。母は他ならぬ本書の筆者である。

元禄八年正月には、将軍五十賀の祝。次女の生誕、養女の輿入れ、将軍の御成など、祝儀・行事の続く中、吉保様は川越の領内の新開発の村落に寺院建立を発願する。

あけて元禄九年、年頭から将軍の生母桂昌院様の七十賀、姉千代姫君の六十賀が、厳粛にかつ華やかに行われ、吉保様はその運営に奔走する。

章題は綱吉五十賀の祝歌より摘出されたもの。

太郎君《たらうぎみ》のひとつ御はらの姫君《ひめぎみ》。まだいとちい《ひ》さうおはするが、月《つき》頃《ごろ》なやましうおはするに。此《この》ほどにも猶《なほ》を《お》こたり給《たま》はず。さるは、三郎《さぶらう》なりける若君《わかぎみ》も。此春《このはる》はかなくかくれたまへれば。又《また》いかに〳〵と御心《こころ》まどひどもおほかるべし。

いといみじけれど、あまにやなし聞《きこ》えんとおぼす。いといたくわづらひてを《お》こたらぬ時《とき》は。さやうのかたに、いむことうけなどして。いにしへにも今《いま》にも、つねにすなることなれば。いのちこそあらまほしけれとおぼすに。猶《なほ》御なやみのを《お》こたらずは。しかおぼしよるこそよからめと。母君《ははぎみ》なども、すゝめ申《まうし》奉り給《たま》ふほどに。さつきばかり、あまにぞなり給《たまふ》。さいへど、いとお《ほ》しう、母君《ははぎみ》はおぼす。

善光寺《ぜんくわうじ》のあま上人《しやうにん》、誓伝《せいでん》と聞《きこ》えし弟子《でし》になさせ給《たまう》ふて。いむことうけさせたまふ。いと聞《きき》なれぬ御名《な》などつけさせ給ふものから、あはれに、たのもしうなんありける。おまへにて見奉《みたてまつ》る人々《ひとびと》なども。涙《なみだ》を《お》ちぬべうおぼゆるを。いとゆゝしうと、ねんじつゝさぶらふ。さるは、こぞの冬むまれさせ給へれば、まだ何《なに》ばかりのわきまへだ

姫君　さち。母は飯塚染子。元禄六年冬、出生。七年五月、落飾。八年二月、逝去。法名、易仙。
三郎　三男、安基。元禄七年春、逝去。
あま　尼。
○**いむことうけ**　戒をうくる也。
○**しか**　左様に也。
母君　吉保の母、了本院。
善光寺　慶長六年、信濃善光寺百九世智慶上人の開山になる、谷中の尼寺。誓伝尼のこと未考。
○**ゆゝしうと**　いま〳〵しき事ぞと人々堪忍し

におはしまさず。つといだかれつゝおはす〔る〕さまを、うしろめたう、心《こころ》ぐるしとおもひきこゆるも、ことは《わ》りになん。

まことや、月桂院《げつけいゐん》には、月《つき》ごろ御堂《みだう》つくりあらためさせ給《たま》ふが。此頃《このごろ》つくりをはれり。やがてまうでおはして御らんずるに。いともふさまにみがゝれて。いみじき御堂のさまなり。君《きみ》より白《しろ》かね五百枚、太郎君《たらうぎみ》より、もろこし人《びと》の書《かき》たる額字《がくじ》よせさせ給《たま》ふ。母君《ははぎみ》、北《きた》の方《かた》、御方〳〵《かたがた》よりも。いみじき絵《ゑ》ども。香炉《かうろ》など。さま〴〵によせ給へり。僧衆《そうしゆ》なども、いみじき布施《ふせ》数多《あまた》給《たま》はりて。御寺《みてら》の内《うち》こぞりてよろこびあへるさま、たとへんかたなし。遠《とほ》つみを《お》やよりして。世々《よよ》の霊牌《れいはい》をも、のこりなくたてさせ給ひぬ。まことに孝《ケウ》の道ふかくおはす事《こと》と。れいの、感《かん》じ奉《たてまつ》らぬ人なし。

こたみ、御寺《てら》の事《こと》公儀《オホヤケガタ》に申《まうし》奉らせ給ひて。十刹《ジツセツ》のつらにそなはりたり。世々《よよ》に伝《つたへ》てたがふことあるまじく、やんごとなき御印《シルシ》など給《たま》はりて、いよ〳〵あらまほしき御寺《てら》にぞ。なりける。もとの名は、平安山月桂院《へいあんさんげつけいゐん》といひしを〔も〕。あらためさせ給《たまう》て。正覚山月桂寺《しやうがくさんげつけいじ》と

居ると也。

ねんじつゝ　がまんして。

月桂院　柳沢家の菩提寺。

白かね五百枚　銀十両を一枚とする。重量四十三匁。

もろこし人　明の祝允明(枝山)筆の額字と伝える。

○**遠つみをや**　先祖。

○**こたみ**　今度。

十刹　鎌倉五山に次ぐ関東臨済宗の十寺。元禄七年八月二日「この日市谷月桂院、関東十刹の列に加へられ月桂寺と改む」(徳川実紀)。

ぞいふめる。げに正覚の月《つき》あまねきひかり。いくよの秋《あき》をかけて。常住不滅《じやうぢゆうふめつ》をしめし。伝心《でんしん》のともし火《び》たえせぬかげ、万劫《マンゴウ》をふるとも。護法《ごほふ》のくりきにかゝげそへて。はかりなき結縁《けちえん》をなしおはしましけるこそ。たのもしうも、有《あり》がたうも、ためしなきかしこさなりけれ。

はかなく夏《なつ》もくれぬ。

秋《あき》たつ頃《ころ》にわ《は》かに、将又《ハタ》、身《み》にしむ風《かぜ》も吹《ふき》あへぬ物《もの》から、よのまの露もうしろめたうおぼゆるに。いとゝくを《お》きさせ給《たま》ふ《う》て、御さうじあけさせて、ながめ給《たま》ふに。朝《あさ》けの袖のけはい《ひ》もたゞならず、

吹《ふく》としも見えぬあさぢの末葉《すゑば》より露《つゆ》ちりそむるけさの秋風《あきかぜ》

とばかり、うち誦《ズウ》じ給《たま》へるに、やがてさるかたに。あはれとききゝ奉《たてまつ》る人《ひと》なきぞ、くちお《を》しきや。おまへに、ひとりふたりさぶらふなども。まだいとねむたげにうちひそみて。何《なに》ともおもひたらねば。かひなくなん。十五夜《じふごや》の頃《ころ》はまして。うちく〵御あそびなどもあらまほしうおぼせど。おほやけざまに、えさらぬ事《こと》どもうちしきりて

○つら　列。
○印　御朱印也。
くりき　功力。功徳の力。
○よのまの露　拾遺「朝まだきおきてぞみつる梅の花よの間の風の後めたさに」。
朝け　朝明。夜あけ。

物《もの》し給《たま》へば。さる事《こと》もなし。

月《つき》は限《かぎ》りなふすみまさりて。千《ち》さと思《おも》ひやらるゝ空《そら》なり。「哀《あはれ》、世《よ》にいかなる事《こと》をか、おのが心をやりつゝ、せんとすらん」と、ゆかしうおぼして。ひとりごちおはす。月《つき》の御歌《おうた》とて聞《きき》しは。

世《よ》の人《ひと》のめづるこよひの高《たか》き名を月《つき》もしりてやひかりそふらん。

露《つゆ》ばかり御心《こころ》のしづかなる事《こと》なきにも。猶《なほ》かやうのかたには、お《を》かしふ《う》も、あはれにも。物《もの》のをりすぐさずなんおはしける。

かくて、そのとし十一月十六日。四郎君《しらうぎみ》生《うま》れ給《たま》へり。れいの、いかめしきぎしき、所〳〵《ところどころ》より御うぶやしなひなど。さま〳〵にめでたし。

いでや。そのはらといひ出《いで》んも聞《きこ》えにくけれど、されどはた、ありとは見《み》えしはゝ木々《きぎ》の。今《いま》さらに何《なに》かはおぼめき聞《きこ》えん。さるは、木高《こだか》き花《はな》の咲出《さきいづ》る陰《かげ》にかくれて。わか草《くさ》のもえいづる春《はる》にあひぬるほど。を《お》のづから、身《み》のうへめきてかきなす事《こと》もうちまじるぞかし。ことにつれては。折《をり》ふしのあだことゞも〔も〕、忍《しの》びあへぬを。こゝ

四郎君　経隆。母は本書の筆者町子。元禄七年十一月十六日出生。

ぎしき　儀式。

○**そのはら**　「そのはらやふせやにおふるはゝ木々のありとは見えてあはぬ君かな」(新古今集)。

○**はた**　将又也。

○**おぼめき聞えん**　何かはおぼ〳〵しきやうにいはんと也。

ろしらぬ人はしも。とかくかたはらいたう、はしたなうも、いひなすらんかし。

かくて、君《きみ》は侍従《じじゆう》にならせ給へり。いとはへ《え》ぐしきとしのくれなり。

あけん春《はる》は、御所《ごしよ》の五十《ごじふ》の御賀《が》の事《こと》あるべきいそぎども。こゝかしこにて、とりわきておぼしまうくる事《こと》おほかり。その頃《ころ》、てるさだの君《きみ》も、四位《よゐ》になりて。右京大夫《うきやうのだいぶ》かけ給《たま》へり。さるべき御なからひのほどにて。御悦《よろこ》びきこえかはしなど、かたみに、れいの家人《いへびと》など、承諾《ウケバリ》たるさまにてありくめり。

としあらたまりて、元禄《げんろく》八年正月九日、御賀《が》ありけり。さばかりの御うへなれば。げにぎしきなど、にるものなし。こなたより御屛《びや》風奉《うぶたてまつ》らる。寿老人書《じゆらうじんかき》たる。是《これ》は詩《し》をぞ作《つく》りて書給《かきたま》へる。

南極 精英寿老人。《なんきよくのせいえいじゆらうじん》　欣然相遇太平辰。《きんぜんとしてあひあふたいへいのとき》

天公為報 明君徳。《てんこうめいくんのとくにほうぜんがため》　来進遐齢千万春。《きたりすすむかれいせんばんしゆん》

今《いま》ひとつの御屛風《びやうぶ》には、西王母絵《せいわうぼゑ》書《がき》たり。御歌《おうた》などは、ありけめど、

侍従　元禄七年十二月九日「御座所にて柳沢出羽守保明は侍従、松平右京亮輝貞は四品、各任叙の事命ぜらる。輝貞は大夫にあらたむ」(徳川実紀)。侍従は天皇の側近。徳川幕府では、称号として有力大名や高家などに与えられたもので、柳沢家は本来その家柄ではない。吉保の職は側用人のままであるが、このとき「老職に准ぜられ」た(寛政重修諸家譜)。

○**かたみに**　たがひに也。

○**承諾たるさまにて**　何事をも心得たる様をす

などて聞《きき》もらしけん。つくりものなども奉《たてまつ》れ給《たま》へり。太郎君《たらうぎみ》より、めでたきつくりもの。酒、肴そひたり。北《きた》のかたよりも、うた奉《たてまつ》れ給《たま》へる。

わが君《きみ》は心《こころ》のまゝのよはひにていそぢのけふや千代《ちよ》の初春《はつはる》

又《また》、うち〳〵わたくしにめさせ給ふべき御《おん》ぞ、ふたつ。ひとつには若松《わかまつ》。いまひとつには若竹《わかたけ》そめさせて、うるはしきに。御歌《おうた》二首《しゅ》そひたり。

若松《わかまつ》の花咲春《はなさくはる》をかぞへ見《み》よ君《きみ》がよはひの千代《ちよ》をしるしに。

若竹《わかたけ》のふしのまごとに千代《ちよ》をこめて老《おい》せぬ色《いろ》や君《きみ》にかさねん

其外《そのほか》の御かた〳〵よりも。れいの、さま〳〵とめづらしうありけり。御所《ごしょ》よりも、しろき、くれなゐ、色〳〵《いろいろ》のきぬなど、しな〳〵給《たま》へり。いといかめしき事《こと》。おほやけざまのぎしきは、又《また》いかばかりいみじき事《こと》なりけんと、ゆかしうぞおぼゆるや。

あくる十日は、たいのうへより、御賀《が》のまうけせさせ給《たま》ふ。十三日は、三《さん》の丸《まる》にて、あり。十五日には、五《ご》の丸《まる》の御かたと、とりるてい也。

御賀　将軍綱吉五十賀。

つくりもの　模型。太郎君(吉里)は「島台」(徳川実紀)を献上した。

北のかた　吉保正室、定子。

たいのうへ　綱吉正室、浄光院。

三の丸　綱吉生母、桂昌院。

五の丸　綱吉側室、瑞春院お伝。

〴〵にことぶきせさせ給ふ。こなたより、所〳〵《ところどころ》に奉《たてまつ》り物《もの》ありければ。れいの、御《お》をくり物《もの》こと〴〵しくもてまい《ゐ》りさは《わ》ぐ。

としたちて、いくかもあらぬに。いつしか空《そら》は、うら〳〵とかすみて、ゆきかふ人《ひと》の袖《そで》の色《いろ》も、うらめづらしきよそひに。を《お》のづから心もうきたちつゝ、さまことなるのどけさは。げに此《この》御賀《が》のためにこそ。春《はる》の日もひかりそへけれ、と見《み》ゆるかし。

おなじ月《つき》、君《きみ》は、ひめ君《ぎみ》まうけ給《たま》ふ。御はらは、重子《しげこ》と聞《きこ》えし御かたなり。去年《こぞ》ことし、うちつゞきて。かくひかり出給《いでたま》へる。今《いま》さらに御さかへ《え》の、何《なに》にかうたらひたまへるぞと、あやしきまでなん、人《ひと》もめで聞《きこ》えあへり。これは、のち、稲子《いねこ》と聞《きこ》ゆる御事《こと》なり。

又《また》その頃《ころ》、土佐《とさ》君と申《まう》せし御かたは。君《きみ》にも、北《きた》のかたにも、かひ《い》はなれぬ御ゆかりにて。まだいと稚《キビハ》なるほどより、御むすめにし奉り給《たま》ひて。やしなひ給《たま》へれば。みな、心《こころ》ことにかしづきおぼして。はよ《や》う、大姫君《おほひめぎみ》といふばかり、もてなし聞《きこ》え給《たまふ》。御むこがねは、御《ご》所《しよ》にしたしくさふらひ給《たま》ふ豊前《ぶぜん》のかうのとのなりけり。此五《このいつ》とせば

ひめ君　稲子。春子《はる》・由子とも。生母、横山繁(重)子。

土佐君　とさ。吉保養女。元禄八年二月九日、黒田直重(のち直邦)宅に輿入。甲斐源氏の一族折井正利の娘。

○**稚なる**　いとけなき也。

○**はよう**　むかしより也。

○**大姫君**　一のあねの事也。

○**むこがね**　むこになる筈《ハヅ》の器量《キリヤウ》と云心也。

豊前のかうのとの　豊前守殿。黒田直邦。館林侯時代から綱吉に神田の邸で仕え、吉保と同僚であった。

かりあなた、御所《ごしよ》の仰事《おほせごと》にて。かしこに契《ちぎり》をかせ給《たま》ひて。年《とし》へにけるを。ことし、わたし給《たま》ふべき御ようい有《あり》。二月九日のほどなり。あなたざまに、したしき人々おはして、むかへ給ふほど、いとめでたき御有《あり》さまなり。なに事《ごと》もさほう《ふ》のまゝに、ことそぎてなどはなく、せさせ給《たま》ふ。

又《また》の日《ひ》は、御所《ごしよ》のわたらせ給《たま》ふほどに。此《この》御よろこび、になくかしづかれ給《たまふ》、いとかしこし。此日《このひ》、四郎君《しらうぎみ》、はじめて御らんぜさす。御たち、馬《うま》しろなど。さるべきさまゝに奉《たてまつ》り給《たま》ふ。うつくしききぬ、そめ物《もの》など奉る。御所《ごしよ》よりも、からのきぬをはじめて。さま〴〵のいみじきもの給《たま》はす。これよりさきも、物《もの》など給《たま》はす事は、さるべきなみに物《もの》し給《たま》へど。これは、はじめて御たいめん給《たま》はらせ給《たまふ》ほどに。大惣《オホソウ》のたぐひにもあらず。いかめし。御《み》はかしなども給《たま》へり。びぜんの元重《もとしげ》とかやの、うちたるなりけり。こぞ、むまれ給《たま》へる頃《ころ》も。御うぶやしなひなどの事。例《れい》のまゝに、御所《ごしよ》よりも給《たま》はすべきなりけれど。さき〴〵次郎君《じらうぎみ》、三郎君《さぶらうぎみ》など、ゆゝしかりしをおぼし

○**あなた**　以前也。**御所の仰事**　将軍の命令。**あなたざまにしたしき人々**　とさの輿迎をつとめた幕臣永見重直と中山直房は、ともに黒田直重と従兄弟。**又の日**　元禄八年二月十日。**四郎君**　前年十一月誕生の経隆。

○**大惣**　外様むき也と云り。**次郎君三郎君**　長暢・安基ともに三歳で夭逝した。**おぼしいたづく**　大切に思って下さる。**むこどり**　婿取。婚儀

あはせて。これはわざとれいにたがへて、とおぼしめしければ。そのお《を》りはさる事《こと》もなくて。こたみの御たいめんにかくいはひ聞《きこ》えさせ給《たま》へり。いと、かくまで御心《みこころ》をそへておぼしいたづく。すくせを《お》ろかならんやは。

かくて、うちつゞきむこどりのいはひなどあるべくいひあへるほどに。こぞ、あまになりたまひしおさなぎみ。此《この》ほどうせ給《たま》へれば、ゆゝしき事《こと》にまぎれて。過《すぎ》もてきぬ。頓《ヤガ》て、そのほどすぎてぞ、御よろこびなどはせさせ給《たま》ふ。

又《また》、其頃《そのころ》、右京大夫《うきやうのだいぶ》どの御もとへ。御所《ごしよ》のはじめてわたらせたまふべしとて。こなたにも、かひ《い》はなれぬ御なからひに。よろづの事《こと》、まめやかにうしろみ聞《きこ》え給《たまふ》。

その日《ひ》は、家司《けいし》など、さるべき家人《いへびと》あまたぐして、つかはし給《たま》ふ。君《きみ》、北《きた》のかた、太郎君《たらうぎみ》などもおはして、もてなし聞《きこ》え給《たまふ》ほど。いかゞはめでたからぬ。さて、あるじの君《きみ》は、御ろくはゝり。かんつけの国高《くにたか》さきといふ所《ところ》の城主《じやうしゆ》にぞなり給《たま》へる。いづこも〳〵も、い

の後、婿が嫁の実家を訪れること。

おさなぎみ　さち、法名、易仙。前年五月落飾していた。

此ほど　元禄八年二月十四日、逝去。三歳。

ゆゝしき事　凶事の服忌。

御よろこび　元禄八年二月二十三日、黒田直重が柳沢邸訪問(楽只堂年録)。

右京大夫　松平輝貞。

あるじの君　「輝貞には下野国壬生の旧封を転じて、上野国高崎の城給はり、一万石益封せらるゝ旨、面命あり」(徳川実紀・元禄八

みじき御さかへ《え》になん。

まことや、こゝにれうじ給《たま》へる川越《かはごえ》の城《しろ》より。みなみのかた三里《さんり》ばかりのほどにある野《の》は。はやう、ぬす人《びと》あゝなるむさしのなりけり。方八百里《ハウハツヒヤクリ》とかやいひて。いとひろ〴〵と、むかしはいたづらなる所《ところ》にありけんを。こゝら世をへて。〔はかなき〕民の家《いへ》ゐなども。を《お》のづから、こゝかしこ見《み》えわたれるに。世《よ》ひさしくお《を》さまりて後《のち》。あやしきしづのをまでも。ほどにつけて所《ところ》えつゝ住《すみ》なすまゝに。いとおほくたちつゞきて。今《いま》はむかしの名残《なごり》もなし。

ひんがしより、にしざまにわたして。さいへど、猶《なほ》ひろ〴〵とあれわたりて物《もの》しけるを。これをぞ今《いま》は、猶《なほ》むさし野《の》となん、人《ひと》いひける。とし頃《ごろ》いかで此所《このところ》にゐ《ひ》ばりしつゝ。人《ひと》すみつきぬべくしてしがなと。みさうのものなど、ねがひわたりけり。げに〔は〕。さばかりの所《ところ》の、名《な》ばかりも、なくならんことはうたてあれど。それ皆《みな》残《のこ》るまじきにもあらず。よしさば、住《すみ》はじめたるものは。かつは民《たみ》のたよりなりけりとおぼして、ゆるし給《たま》はりてげり。さてよすがな

年五月十日、輝貞邸にて)。

○**ぬす人**　伊勢物語に見えたり。

あゝなる　「この野はぬす人あなり」(伊勢物語十二段)撥音便「ン」は普通表記しない。

むさしの　「川越の居城より南に行く事三里ばかり(略)東西は三十三町余にして南北は四十七町あまりなり。是古の武蔵野の旧地なれども(略)四方八百里と聞えしも僅に是ばかりの地を残せるにや」(楽只堂年録)。

○**にゐばり**　にゐばりは

き民《たみ》の、はふれまどひたるなど、おほくうつしわたして、住《すみ》つくまゝに。年月過《としつきすぎ》て、やう〳〵あまた所《ところ》ひらけゆく。身《み》のいとなみも、さるかたに所《ところ》うるものおほくなりにけり。さるは、むさしのゝ《の》露《つゆ》を《お》き所《どころ》なき御めぐみを。下草《したくさ》どもは、いともかしこくおもひ奉《たてまつ》りけんかし。

かくて家居《いへゐ》どもおほくて。大《おほ》かた二《に》百戸《ひやくこ》にあまれりければ。村《むら》里《さと》三《み》つにわかちて、上富村《かみとみむら》。中富村《なかとみむら》。下富村《しもとみむら》などなづけて。いとつき〴〵しうぞなりける。さるべき寺などもあらまほしう見えたるに、

「すべてかやうの所《ところ》は、さるかたにこそ民《たみ》も心《こころ》よせ、たよりあるわざなれ」とおぼして。御寺《てら》かまへいでん事《こと》をおぼす。

冬《ふゆ》になりて、かしこより家司《ケイシ》まい《ゐ》れり。さるべきあづかり、おほくものして。いとゆへ《ゑ》〳〵しき家《いへ》の子《こ》なりけり。ことゞも、おほくうかゞひ聞《きこ》えて。さて、此《この》御寺の事《こと》をぞ申す。

「かのあらたにひらきし所《ところ》の南西《みなみにし》よりは、やゝ入《いり》てある所《ところ》に。

青田也といふ説侍れども、あらきはりといふは新田の事なれば通じても用ひ侍るべし。

みさう　御荘。領地。

○**はふれ**　放の字也。家をもちそこなへるなどを云。

御めぐみ　領主の与える恩恵。

下草ども　民草。領民たち。

おぼし　吉保様がお考えになる。

さるべきあづかり　然るべき職掌を任されている。

東西十町《とうざいじつちやう》ばかり、北《きた》みなみは、それがなかばも侍《はべ》らんと見えて。いと大《おほ》きなる林《はやし》さふらふめり。所《ところ》のものは、これを地蔵林《ちざうばやし》となん申侍《まうしはべ》る。そのたつみのかたに、大《おほい》なる塚《つか》あり。はやう何《なに》がしのひじりとかいひて、地蔵《ちざう》ぼさちをうづみ奉《たてまつ》れる所《ところ》となん申伝《まうし》へ侍《はべ》り。塚《つか》のうへにも、ぼさちを石《いし》にきざみて、立《たて》てこそ侍《はべ》るめれ。木《き》の宮地蔵《みやちざう》などいひならはして。さるは、林《はやし》の名《な》をも、かくはつけ侍《はべ》りけん、と思《おも》ふ給《たま》へられ侍《はべ》るめり。まはりて見侍《みはべ》りしに。寺《てら》などたてさせ給《たま》はんには、いとこそよきさかひにさむらひけれ」など申奉《まうしたてまつ》る。

かく思《おぼ》しかまふる事《こと》は、十月《じふぐわつ》なりけり。こん春《はる》よりあるべきなど、御心を《お》きて、いそがせ給《たま》ふ事《こと》おほかるべし。又《また》、所《ところ》につけて、いのりなど物《もの》すべき寺《てら》なども作《つく》り給《たま》ふべくぞ、おぼしかまへ給《たま》ふげる。

春《はる》になりては。三《さん》の丸《まる》、七十《しちじふ》の御賀《が》あり。また千代姫君《ちよひめぎみ》と聞《きこ》えしは、御所《ごしよ》の御あね君《ぎみ》にわたらせ給ふが。これも此春《このはる》、むそぢの御賀せさせ給ふ。いづれも〱、今《いま》の世《よ》のひゞきにて。いかめしき事うちつゞきたり。れいの、御あづかり事《ごと》どもしげくて。とりわきてお

○**はやう**　むかし也。

十月　「今日、新寺建立の願書を月番の老中まで指出す」(楽只堂年録・元禄八年十月二十一日)。

こん春　元禄九年春。

三の丸　綱吉生母、桂昌院。

千代姫君　三代家光の長子。寛永十四年生。母は自證院。

あづかり事　将軍から委託された職掌。

おりたち　仕事に多忙であること。

りたちおはすとぞ。

六　としのくれ　元禄九年春より暮にいたる

寛永寺の公弁法親王が、昨夏につづいて今年元禄九年も六月五日に御来訪になる。飾り立てた邸内に到着する、例の通り豪華な贈答の品々が披露される。宮がみずから天台の教義について説諭すると、吉保様も漢籍の講義を行い、やがて当代一流の能楽師による演能をたっぷり楽しんでご帰山。

川越の三富村の新寺は多福寺と名付けられ重厚な臨済寺院として開山された。六月二十日すぎ、黄檗山六世の千呆性侒和尚が来邸。会談中、禅寺の現状について発した吉保様の言に深く同感した和尚は、黄檗宗禁制の制作を吉保様に依頼した。六月十二日にはまた筆者の腹から五男時睦君出生。秋九月には将軍来訪の折、親しく御太刀など授かった。

章題は末尾の吉保の詠歌中より摘出されたもの。

東叡山《とうえいざん》におはします宮は、公弁親王《こうべんしんわう》と聞《きこ》ゆ。今《いま》の世《よ》には、いとおぼえことにおはする君《きみ》なり。こなたにも、いとよき御中《なか》にて。さるかたに、うるはしくもてなし奉らせ給《たまふ》。ことし六月五日、御かたにおはしまさせ給《たまふ》。こぞの夏《なつ》もわたらせ給《たま》へりしかど。程《ほど》へにければ。あるじがたあかずおを《を》かしきことおぼし出《いで》て。おはしますなりけり。あるじがたのしたしきなど、れいの、皆〳〵《みなみな》まいゐ《ゐ》りて、まち聞《きこ》え給《たまふ》。

さしもみがかれたる殿《との》のうちを。又《また》ことさらに、華〳〵《はなばな》としつらはれたりければ、いといみじう、ひかりみちたり。その日《ひ》の、まだ早朝《ツトメテ》。御使《おつかひ》、奉《たてまつ》れ給《たまふ》。いよ〳〵わたらせたまふべきよしなど、もよほし申《まう》させ給《たまふ》なるべし。

巳《み》の時《とき》ばかりに入《い》らせ給《たま》ふ。御供《おとも》には、凌雲院僧正《れうううんゐんそうじやう》。覚王院《かくわうゐん》僧正などはじめて、僧衆《そうしゆ》あまた物《もの》し給《たま》へり。宮《みや》の侍《さぶらひ》など、おほくまいゐ《ゐ》れり。いとうるはしう、けだからうて。さこそやんごとなきものから、いまめかしう、さはやぎ給《たま》へる宮《みや》にて、いつかれ入給《いりたま》へる御ありさま、げにいとことなり。あるじがたにも、太郎君《たらうぎみ》うちぐして、出《いで》む

東叡山　寛永寺。住持は寛永二年本坊建立。住持は皇子が就き、輪王寺宮また日光御門主とよばれた。天台宗。

公弁親王　後西天皇の子。寛文九年、出生。元禄三年三月、関東に下り、輪王寺に入る。

○**おぼえことに**　格別なるいきほひある事也。

こなた　柳沢吉保。

○**うるはしく**　厳の字。おもくもてなす心也。

○**ことし**　元禄九年。

御かた　柳沢邸。

こぞの夏も　元禄八年五月二十五日「今日、日光御門跡公弁親王を、吉保が亭に招請しまゐ

かへおはして。みちびき奉《たてまつ》り給ひなどす。さこそいへ。御所《ごしよ》のわたらせ給《たま》ふなどにさしつぎては。此宮《このみや》をぞ。めいぼくありて、うれしうかひある事《こと》に。たれも〳〵おもひ奉《たてまつ》り給《たま》へる、ことは《わ》りなり。

おましにつかせ給ひて。拝《はい》し給《たまふ》ほどに。御たま物《もの》ありけり。これよりは、染《そめ》もの、帯《おび》など。あまた。北《きた》のかたも、うつくしきからのきぬに、御くだ物《もの》などそへて奉《たてまつ》り給《たま》ふ。太郎君《たらうぎみ》など。御かた〴〵よりも、あるは印籠《いんろう》、香合《かうがふ》などあり。あるは御くだもの、さま〴〵にめづらしうしなして、奉《たてまつ》り給へり。北《きた》のかたはじめ、御かた〴〵みな拝《はい》し給《たまふ》に。いみじうげんある御まもりなど、御手《おて》づから給《たま》はせ給《たま》ふ。

「日頃《ひごろ》よだけき御有様《ありさま》にて。おほやけざまには、たび〳〵にしも聞《きこ》えかはし給《たま》ひしかど。から打《うち》とけ、御心《こころ》のこさず、御ものがたりなど聞《きこ》え給《たま》ふ事《こと》は。大《おほ》かたまれなるを。いぶせくおぼしわたりつる」など、おぼし出《いで》つゝのたまはせて。宮《みや》、いと御けしきよし。

らす」(楽只堂年録)。

あかずおかしきこと　この上もなく楽しかったこと。

華〳〵と　美しく。

御使　お迎えの使者。

もよほし　催促する。

巳の時　午前九時ごろ。

凌雲院僧正　宋順。

覚王院僧正　最純。浅草寺。

いつかれ　大切にかしずかれて。

げんある　効験のある。

よだけき　大仰な。

「常住《ヨトトモ》に、かずまへさせ給《たま》ふことのかたじけなく。かうひかりことにて。まち見奉《みたてまつ》るなん。せばき袖《そで》には、おもふたまへあまりてなん」など、さすがにかしこまりを《お》きつゝ、申奉《まうしたてまつ》り給《たまふ》。

御所《ごしよ》にもきこしめしつけて。いよの守よしなを《ほ》藤堂をつかはしたり。宮《みや》には、になきお《を》りひ《う》つ《づ》物《もの》おくらせ給《たま》ひき。又《また》、けふの御もう《ま》けのれうに。御茶《ちや》、御くだものあまた、を《お》り物《もの》やうのいみじき、こなたに給《たま》はらせ給《たまふ》。

宮《みや》、かぎりなくよろこび給《たまう》ふて、御返《かへ》りなど、こまやかに聞《きこ》え給《たまふ》。

御使は、かへり参《まゐ》りぬ。

やがて、ありつる御くだもの、まい《ゐ》る。かのおり物《もの》をも、奉《たてまつ》らせ給《たま》ふ。宮は、天台《てんだい》の法門《ほふもん》など論《ろん》じ給《たま》ふほど。有《あり》がたうおぼえてきゝ奉《たてまつ》る人、感《かん》じあへる事《こと》、いふもを《お》ろかになん。あるじの君《きみ》も、さるべき外典《ゲデン》のうちをよみてきかせ奉《たてまつ》り給《たまふ》。御内《みうち》の博士《ハカセ》どもめし出《いで》て、議論《ぎろん》いはせ給ふ。

さて、さるがくはじまりて。宮《みや》もけふ《きやう》にいらせ給《たま》ふ。さるがくし

○せばき袖　謙退の心也。卑下《ヒゲ》也。
○かしこまり　うやまふ心。
○いよの守よしなを　藤堂伊予守義直。
○おりひつ　折櫃。

御返り　ご返事。

さるがく　中楽。能。
さるがくしども　金春八郎・金剛又兵衛と狂言の大蔵虎純・鷺権之丞などが演じた(楽只堂年録)。

ども、皆《みな》、時《とき》の名《な》あるものまい《ゐ》れり。めづらしげなきふえつゞみの音も。さる物《もの》の上手《じやうず》ども、うちあはせ、うたひまひつゝ。いとおもしろき事《こと》。お《を》どりもいでつべし。物見《ものみ》る人《ひと》は、かしらさしのべて、つと、まもりゐるほどに。折《をり》からのあつさも、みなわすれて。所《ところ》せげにゐたり。

　よきほどにして、まづ御ものまいらす。同《おな》じき御精進《ソウジ》ものなれど。いときよげに、すゞしくしなして奉《たてまつ》れり。おほみきまい《ゐ》るほどに。又《また》、くらま天狗《てんぐ》、錦戸《にしきど》などいふことはじめたり。いとかどめき《(ママ)》、きらく〳〵しき事《こと》を。けしきことに、たちゐ、まひかなでゝ《て》、入《いり》たれば。あなおもしろとおぼえて。めまじろきをだにせでめでまどへるかほつきども。いとをかし。ことはてゝ《て》。日《ひ》も入《いり》ぬ。

　蟬《せみ》の声《こゑ》につれて、風《かぜ》もそよめき出《いで》つゝ。空《そら》もやう〳〵すゞしげなるに。くだものまい《ゐ》りなどしつゝ、あかずおぼしたり。かぎりあれば、くれかゝるほどにぞ。かへらせ給《たま》ふ。こなたにみな、御おくりせさせ給《たまふ》。あかぬ事《こと》にぞかへすぐ〳〵の給《たま》ひおきつゝ。かへりおはし

○**いとかどめき**　一かどあるといふ様の詞也。
めまじろき　まばたき。
○**かしこまり**　御礼など申し給ふ義也。
むさしの　川越藩領内の新田開拓をした所。寺院建築にとりかかっていた。
○**する〳〵**　すみやか也。
五月十六日　「同(元禄九年)五月十六日ニ鐘

ましける。あるじもうれしく。かたじけなき事《こと》におぼして。やがて御使《おつかひ》など奉《たてまつ》りて。かしこまり聞《きこ》え給《たまふ》。またの日、御ともに参《まゐ》り給《たま》へる僧衆《そうしゆ》、御内《みうち》の人々《ひとびと》にも、御おくりものなど。つかはして、よろこびきこえ給事《たまふこと》、かぎりなし。

さて、かのむさしのには。たちぬる正月《しやうぐわつ》、斧《ヲノ》はじめしたり。物《もの》に心《こころ》えたるもの。とりわきて、おほせ付《つけ》たりければ。する〳〵とたちぬ。五月十六日には、鐘楼《シユロウ》こしらへはて丶、かねかけたり。いよ〳〵いそぎつかうまつるほどに。六月九日といふにぞつくりはて丶げる。三富山《さんぷさん》多福寺《たふくじ》と名づく。

いのりの寺《てら》には、先祖《せんぞ》より持伝給《モテつたへたま》へる毘沙門天《びしやもんてん》をすへ《ゑ》給《たまひ》て。多《た》聞院《もんゐん》とぞいふ。

多福寺《たふくじ》のありさま、物にもにず。たうとき事、いふばかりなし。めぐりは、ほりをつとしまはして。惣門《そうもん》、山門《さんもん》など、入《いり》ゆくほど。奥《おく》ふかく松杉《まつすぎ》などうへ《ゑ》わたして。見いれふるめきてしなしたり。仏《ぶつ》殿《でん》はいふべきにもあらず。方丈《はうぢやう》、廊《ワタドノ》、庫裏《クリ》、書院《しよゐん》など。を《お》の〳〵

楼出来、依為吉日、同日鐘釣之」(多福寺建立覚書)。
六月九日　「同六月九日、寺御普請成就、諸職人退散」(同右)。
三富山　もと「富」という村であったのが開拓、人口増加により上富・中富・下富に分かれたので「三富」村と総称された。これを山号とする。
いのりの寺　特別の祈願をこめる役目をになう寺院。
○**ほり**　堀。
見いれ　ざっと見渡す処。
○**庫裏**　連接厨なるべし。

いみじうしつらひつゞけたり。衆寮《しゆれう》、学寮《がくれう》なども。むべ〳〵しう、あらまほしうてぞ。たちならびたる。いまうへ《ゑ》たる草木《さうもく》までも。さるかたに、ゆへ《ゑ》ありて。あはれふかく見《み》えけんと、おしはからるゝさまなり。鐘楼《しゆろう》などのあたり。またかぎりなうおもしろく見《み》えたり。昏暁《ゴンギヤウ》のつとめ、を《お》こたらず。はかなき夢《ゆめ》ものこりなくさめぬべくぞ。ふとおもひやらるゝ。

多聞院《たもんゐん》のさまこそ。さいへど。を《お》とりざまならずはありけれ。今《いま》すこしかごかにかこひなして。事《こと》ずくななるものから、いとかう〴〵しう。青《あを》やかなる木《こ》がくれに。とりゐなどのいとあかう、ほのめきたるも。かぎりなうお《を》かしうてつくりたり。

いで、まぢかく見《み》ぬ事《こと》をいひたつるほどに。いとこそ物《もの》ぐるお《ほ》しき心《ここ》ちするや。されど、それ、くはしうゑづに書《かき》て奉りしかば。いと御けしきよかりつるを。おまへにて見《み》しなり。みづからおはして御覧《ごらん》ぜぬ事《こと》を、あかず。心《こころ》もとなき事《こと》におぼしたりつるに。たゞそのまゝにうつしたれば。かへす〴〵御らむじて。いと、おもふさま

さるかたに　いかにも。
をとりざまならず　十分にすぐれている。
○**かごかに**　かんごりとしたるといふ心。
○**かう〴〵しう**　神々敷。
○**ゑづ**　絵図。
御けしき　吉保のごきげん。
あかず　物足りない気持で。
○**をちゐぬ**　心おちつく心也。

に、いみじうしはてつ、と。御心《おこころ》を《お》ちゐぬ。家人《いへびと》どもゝ《も》、いと大事《だいじ》とおぼえたれば。うれしうつかうまつりけりと。いまぞ思《おも》ひける。

その月廿日《つきはつか》あまり。黄《わう》ばくの千呆和尚《センガイをしやう》、おはしたり。さき〴〵高《かう》泉《せん》和尚見奉《みたてまつ》り給《たま》ひて。かく仏道《ぶつだう》にさとりふかく物《もの》したまふ事《こと》を、おほく称歎《セウタン》し給へりければ。げに、大《おほ》かた天《あめ》が下《した》、名《な》あるひじりは。しりきこえ奉《たてまつ》らぬものなくて。此和尚《このをしやう》も、心《こころ》ことに思《おも》ひ奉りて。おはしたり。これも、もろこしの人《ひと》なりけり。高泉《かうせん》は、こぞうせ給《たま》へりしかば。此《この》ひじりぞつぎ給《たま》へる。さるは、よろこび申《まうし》に。御所《ごしよ》にまい《ゐ》りたるつゐ《い》でなりけり。

れいの、からめきたる御物語《ものがたり》あり。つうじといふものは。この国《くに》、かの国《くに》、ゆきかよはして。物《もの》よくいひとを《ほ》れるが。かたみに聞《きき》つぎて。いとつぶ〳〵ときこゆ。こなたに申奉るは。しかなりと。聞《きこ》ゆれど。かのかたにむかひて、いとみゝなれぬことゞもうち出《いづ》るほど。ふと、ものゝ《の》くまなどにゐてきかんには。いとをかしう。ことに、ものふかゝらぬわか人《うど》などは。ふきも出《いだ》しつべき事《こと》なりかし。ひじ

その月廿日あまり　元禄九年六月二十日すぎ。
黄ばくの千呆和尚　黄檗山万福寺第六代住持、千呆性侒。
高泉和尚　前出、黄檗山万福寺第五世住職。
よろこび申　万福寺晋山が成就したことのあいさつ。
つうじ　通辞。
○**かたみに**　たがひに也。
こなた　柳沢吉保に対して。
○**ふと**　不図也。
○**ものゝくま**　物のかげ也。
○**ものふかゝらぬ**　心浅き也。
○**わか人**　若人。

りのは、さいへど。ぐうづき聞《きこ》えたり。

猶《なほ》こまやかなること、のたまひかはさんとにやあらん。筆談《ひつだん》せさせ給《たま》へり。ことに、人《ひと》おもひかけぬ事《こと》をぞかゝせ給《たま》へる。

「年頃《としごろ》、かの山《やま》の下《した》によるもの。みづからの一大事《いちだいじ》をすてゝ《て》。世《セ》諦《ダイ》にのみわしれり。それにはからるゝともがら、はた、かへりては、外護《ゲゴ》をもて勢利《セイリ》にたよりし。仏法《ぶつぽふ》をもて貪欲《トンヨク》のなかだちとなし。これかれたがふ事《こと》おふ《ほ》くなりゆくほどに。法《のり》のおこるも、すたれなんも。まことに今《いま》にかゝれり。今《いま》、かしこく和尚《をしやう》の本山《ほんざん》におはして、みづからそのせめに物《もの》し給《たま》ふれば。いかで此《この》こと。つとめて、よきをはげまし。あしきをこらして。ひたみちにたゞしきにおもむきなんやうにこそ、あらまほしけれ。諸悪莫作《シヨアクマクサ》、衆善奉行《シユゼンブギヤウ》とこそときおきけれ」など聞《きこ》え給《たま》ふ事《こと》どももあるべし。

ひじりも、しか思《おも》ひより給《たまへ》る事《こと》なりけん。点頭《ウチウナヅキ》つゝ、書《かき》たまへり。なにならん、いとおほくかい給《たま》ふ中《なか》に、見《み》とゞめて人《ひと》のいひしは。いかで一流《いちりう》のうへの制禁《せいきん》さだめさせ給《たまは》らん事《こと》を。せちにのぞみ

○**ぐうづき**　功《コウ》のいりたる義。
人おもひかけぬ　普通の人が考えてもいなかった。
かの山　黄檗山万福寺。
みづからの一大事　自己一心の悟達を求めること。
○**はた**　将又也。
外護　仏教の悟達を求めるために必要な財力や権力などの外部のちから。
○**もて**　以。
法のおこる　仏法の興隆。
○**そのせめ**　其職分《シヨクブン》と云義也。
○**ひたみち**　ひたすら也。

給《たま》ふほどに。七条《しちでう》の規則《きそく》をぞさだめさせ給《たま》へりける。そのほどの書《かき》たる〔事〕ども、真名《マンナ》のことゞ〳〵しきさまにてありければ。くわ《は》しくもしらず。いとゆへ《ゑ》〳〵しき事《こと》なりとぞ。ひとはかたりあひける。

かう、いたらぬ事《こと》なく、何事《なにごと》をも、世《よ》のためふかくおぼして、よきもあしきもきゝ分《ワイ》給《たま》へる事、あきらけくおはすれば。その頃《ころ》、国々《くにぐに》にある。神社仏閣《じんじやぶつかく》などの、年月《としつき》へて、あれそこなへる。又《また》はあらたにたつべき所《ところ》など。うち〳〵おほやけざまにもおぼしまうくる事《こと》を。ほのかにきゝつたへたるともがら。るいにふれて、訴出《ウタへいで》くめるをも。みな、まづこなたにめしとはせたまふ《う》て。さるゆへ《ゑ》あるすぢをたゞして、中《まうし》を《お》こなはせ給《たま》ふべき仰《おほせ》ごとなどもうけ聞《きこ》えさせ給《たま》へり。

かゝるほどに、世中《よのなか》しるとしらざると。きゝつたへいひつたへて。さま〴〵の書《かき》ものさゝげて参《まゐ》るもの。日《ひ》ごとに、御門、所《ところ》せくつどひあへり。を《お》のづから、さるべきすぢにゆるし給《たま》はるなどは。いとうれしきあまり。我《アガ》ほとけといふばかり。君《きみ》をおがみ奉りてよろこ

諸悪莫作衆善奉行　悪事をやめ善をなせという戒しめ。
○**しか**　然。さやうに也。
○**点頭**　心得たる様也。
七条の規則　全文は辻善之助『日本仏教史』第九巻五一七頁以下に掲載。千呆の名で幕府寺社奉行に提出され、元禄九年六月晦日付で承認されている。
○**ゆへ〳〵しき**　ゆへふかき心。

ぶ。

今《いま》の世中《よのなか》、御所《ごしょ》の御心《おこころ》を《お》きてひろく。みち〳〵正《ただ》しくおはしまして。たえたるをつぎ、すたれたるをおこさせ給《たま》ふに。我《わが》御かた、又《また》〔あまねくおぼしわたして〕ことぐ〳〵に頑《カタクナ》なる事《こと》、露《つゆ》おはせねば。天《あめ》が下《した》なべて、御めぐみをいたゞき聞《きこ》えぬものなし。まして、朝夕《あさゆふ》御はぐゝみにもれぬものなどは。さる世《よ》の心《こころ》よせ奉るをも、〔まづ〕うれしう、みゝとゞめつべし。よだけき御いきほひを、ちかく見奉りて。さすがに物《もの》のなさけふかく、おり《を》〳〵ほどにつけつゝ。なつかしううちとけ給《たま》へるなど。おまへにつかふ《う》まつる人《ひと》は、何《なに》ばかりのおもふ事《こと》かあらん。

その月《つき》、五郎君《ごらうぎみ》むまれ給《たま》ふ。うぶやのうち、何《なに》くれとめでたきさまなれど。よそ人《ひと》のやうに、なにかはいひたてもせんとおもへば、聞《きこ》えにくゝて。秋《あき》になりて、御所《ごしょ》のわたらせたまふおり《を》に。御たいめん給はり。ありとしの御《み》はかしなど給《たま》はらせ給《たまふ》。なに事《ごと》も四郎君《しらうぎみ》のおり《を》にかはらず、かしづかれ給《たまふ》。

○**たえたるをつぎ** 『文《モン》選《ゼン》』両都賦《リヤウトノフ》序「興廃継絶《スタレタルヲオコシタヘタルヲツグ》」。

○**ことぐ〳〵** 事。

○**よだけき** いかめしき義。

五郎君 吉保五男信豊、のち時睦《ときちか》。元禄九年六月十二日、出生。母は本書の筆者、町子。

御所のわたらせ 九月十八日、綱吉が柳沢邸訪問。

ありとし 翌日「和州有俊の刀一腰」(楽只堂年録)を下賜された。

御はかし 太刀。

まことや、多福寺《たふくじ》には。洞天和尚《とうてんをしやう》と聞《きこ》えし、まねかせ給《たまふ》て。開《かい》山《さん》にすへ《ゑ》たまへり。供養《くやう》など、さま〴〵とりを《お》こなひ給《たま》ふ。かねの供養《くやう》に、銘《めい》などいと心ふかく書《かき》たり。本尊《ほんぞん》には、しやかむに仏《ぶつ》。土《と》地堂善神《ちだうぜんじん》の像《ざう》。達磨大師《だるまだいし》の点眼供養《テンゲンくやう》などを《お》こなへり。何《なに》やかやとおほく書《かき》つゞけたり。毘沙門天《びしやもんてん》の別当《べたう》には。栄任法師《えいにんほふし》と聞《きこ》えし弟子《でし》の龍淵《りうゑん》といふ大《だい》とこなり〔たり〕。これも遷宮《セングウ》のぎしきなど。さまことに、いときら〳〵しうありけんかし。

秋《あき》ゆき、冬《ふゆ》も今《いま》はと暮《くれ》がたなるに。れいの、くだ〳〵しき事《こと》にまぎれて。げにいとゞ月日《つきひ》もはやき心地《ここち》し給《たまふ》。雪《ゆき》のお《を》かしうふりたりし頃《ころ》。

春秋《はるあき》の名残《なごり》はあさし雪《ゆき》もいまつもれるとしのくれちかき空《そら》

洞天和尚　江戸麻布東北寺の住職を隠退していた。三度妙心寺の住持をつとめた名僧で、柳沢吉保は二十年来参禅していた。請うて多福寺の開山に据えたもの。

土地堂　未考。

毘沙門天　これをまつった多聞院。

別当　寺務を総轄した僧官。

栄任法師　未考。

龍淵といふ大とこ　未考。

遷宮　毘沙門天を祀った多聞院は神宮の扱い。

七　春の池　元禄十年春より冬にいたる

元禄十年は、吉保様四十歳。正月十八日には早速、将軍が城内において盛大な祝賀の宴を開いてくれる。お祝いの贈答の品々の山。二月三日、将軍の当邸御成の際も、祝賀の宴。将軍側室の五の丸様は鶴姫君の生母。この方がやはり四十の賀というので互いに祝を交す。

閏二月始めには、吉里君のために新しい御殿が完成。三月には将軍がまた来邸して、祝賀がある。贈答の数々。将軍は吉里君を自分の学問の弟子とするとして、『大学』を講ずる。まだ十一歳であるが、酒井河内守忠挙様のご息女と婚約が成立する。

九月には将軍生母桂昌院様が来邸すると、将軍も付添って来邸。献上品・下賜品の山。儒学講義・儒仏の論議・禅僧の論議。奏楽。十一月一日は吉里君の鎧の着初め。十四日の将軍来邸では、裁判実演・儒書講義・奏楽。

章題は、吉里新邸の完成を祝う吉保の歌から。

春《はる》たちかへるあしたより。いつしかと、おまへちかき梅の。こゝろもとなかりしも、けしきことにかほ《を》り出《いで》つゝ。たちそふ柳《やなぎ》の、いとものどかにくりかへし。あかずことぶきかはすうちに。ことしは、よそぢの御賀《が》あるべし。此《この》御いそぎ、鶯《うぐひす》のこゑより、けにまたるゝものにて。いづかたにも、さま〴〵にぞおぼしいとなむ。

正月十八日には。御所《ごしよ》にて、御賀《が》せさせ給《たまう》ふて。いといかめしきさまのあるじなど給《たま》はらせ給《たまふ》。げに、かく、人《ひと》にはことなる御いきほひのほどを。年《とし》のはじめに見聞《みきき》奉る、いはんかたなし。御かはらけめぐりて。一文字《いちもんじ》といふ御《み》はかし。鳩《はと》の杖《つゑ》など。てづから給《たま》はらせ給《たまふ》。

その日、こなたよりも。れいのめでたきさまのお《を》りひ《う》づもの。うつくしき染《そめ》きぬ。さけさかなそへて奉《たてまつ》れ給《たまふ》。御かた〴〵よりも。さま〴〵にを《お》とらず奉《たてまつ》り給《たま》へり。うち〳〵給《たま》はらせ給《たま》ふものも、いとこちたきさまなり。絵所《ゑどころ》にててうじたる屏風《びやうぶ》。絵《ゑ》など、めでたくきらめきたり。わた、酒《さけ》、さかなそひたり。御かた〴〵にも、からの

○**春たちかへる**　拾遺「新玉《あらたま》の春立帰る朝よりまたるゝものは鶯の声」。
おまへちかき梅　源氏物語・竹河「お前ちかき若木の梅、心もとなくつぼみて」。
よそぢの御賀　源氏物語・藤裏葉「あけむ年四十になり給へれば御賀のこと(略)大きなる世のいそぎなり」。
○**けに**　勝《ショウ》ノ字。まさりてと云心。
正月十八日には御所にて　元禄十年正月十八日「柳沢出羽守保明、今年四十に満るとて、御休息所にて賀宴をた

きぬなど。いとおほく給《たまは》らせ給《たまふ》。こゝかしこより、いはひ奉り給《たま》ふかた〴〵、大《おほ》かた世《よ》のひゞきと見《み》えたり。

ともすれば。御《お》をくり物《もの》。とありかゝりとかぞへて。さるは、人《ひと》もお《を》こがましう。いなか人《ウド》などの物《もの》めでするたぐひにやとりなさん、とおもへど。むかし物語《ものがたり》にも、かやうの時《とき》のことは、まづうるさくいひたつるを。それも猶何《なほなに》ばかりにもあらず。今《いま》の世《よ》にさへお《を》さ〳〵たぐひなきことゞも。こゝら見《み》あつめたゝめれば。かたつかたいひを《お》くなりけり。

うち〳〵にも。とり〴〵にうた奉《たてまつ》りて。万世《よろづよ》と、あかず祝《いはひ》きこえさするに。げに、千《ち》とせの坂《さか》も此《この》御ためには言の葉たるまじくなん。うら〳〵とさし出《いづ》る日《ひ》かげ。くもりなきに、まして物《もの》おもひわするゝあたりは。さふらふ人《ひと》の、なにばかりのおぼえなき〔だ〕に。ほゝゑみがちに、たちゐよしめきふるまひ。さるは、ひかりにあたるわれはがほして。ひゞらきたるさまもことは《わ》りと見ゆ。春風《はるかぜ》さへゆるくうちかほ《を》りて。おまへの梅《うめ》の名残《なごり》なく。咲《さき》あまりたる、えならず、

まふ。御盃を下さるゝとき、御手づから一文字の脇差、鳩杖を下さる。保明より折櫃・染絹・酒肴を献じ、母・妻・男女の子共よりも若干の物奉る。又、母・妻・子にも画屛風・綿・酒肴・段匹をたまふ」(徳川実紀)。

○**うるさく**　こと多き義也。

○**おさ〳〵**　すこぶるといふ義也。又、治定といふ義も侍。

○**こゝら**　おほく也。

○**千とせの坂も**　古今集・賀「ちはやぶる神のきりけむつくからに

えんなるけしきそひたり。

ふかば吹《ふ》〔け〕袖《そで》さむからぬ朝風《あさかぜ》にこぼれて露《つゆ》も匂《にほ》ふ梅《うめ》が香《か》など。うち唫《ぎん》じ給《たま》へる御《み》けしきの。めでたきに。かざしとたのむ人々《ひとびと》は。げに老《おい》もかくれぬべし。

二月には、御所《ごしよ》おはしまさせ給《たま》ふ《う》て。れいの、いといかめしくにぎはゝしきに。御賀《が》のことさへとりそへて。いはゝせ給《たま》ふほど。よのつねにこえて。何事《なにごと》にまれ。めでたしといふは。これより外《ほか》にやは、と見えたる御ありさまなり。御所《ごしよ》の御歌《うた》、

いく久《ひさ》し千代《ちよ》をかさねてもろともにつきせぬ年《とし》をいはふよろこび。

身《み》をあわ《は》せて、などおぼしけるほど。いとありがたき御すくせなりや。御引出物《ひきでもの》、御《お》をくりもの、うるさきほどにもてつゞけたれど。れいの、めづらしげなきやうに、みな人《ひと》もおぼえたれば。しるさずかし。

その頃《ころ》、五《ご》の丸《まる》にも、よそぢの御賀《が》ありけり。こなたにも、おな

ちとせの坂もこえぬべらなり」。

○**ひかりにあたる**　古今「久方の光にあたる我なれどかしらの雪となるぞわびしき」。

○**われはがほ**　所得たるおももちしたるを云。

○**ひゞらきたる**　源氏の詞。鳥《トリ》の羽《ハ》をふるひたる様に衣紋《エモン》引つくろひてほこりたる躰也（湖月抄所引の弄花抄の注による）。

○**老もかくれぬべし**　古今「鶯のかさに縫ふてふ梅の花折てかざゝん老かくるやと」。

――（以下一〇九頁）

じさまに聞《きこ》しめしすぐさず。ことぶきかはさせ給《たまふ》て。何《なに》やかやと奉《たてまつ》らせ給《たまふ》。かしこより。

諸《もろ》ともにけふふみそむる老《おい》の坂《さか》こえてや千《ち》代は君《きみ》につかへん。

又《また》、「おひ《い》のはじめをいはひ《い》侍《はべ》りて」などありて。

おひ《い》そむる二葉《ふたば》の松《まつ》のことしよりかねても千《ち》代の色《いろ》ぞこもれる。

お《を》かしきふしもなきものながら。めでたくおぼしすぐさぬ御ありさまは。さいへど、いと、ことなり。御かへしも、れいの、千《ち》とせ万代《よろづよ》をかけて、などやありけんとおぼゆれど。いかゞありつらん、聞《きき》もらしつるぞ口《くち》お《を》しきや。

太郎君《たらうぎみ》には、年月《としつき》にそへておとなびさせ給《たま》ふまゝに。うち〳〵には、別《ベチ》に住《すま》せ給《たま》ふべき殿《との》づくりおぼしまうく。おほかた、このごろつくりはじむべく、を《お》きてさせ給《たま》ふまゝに。後《のち》の二月はじめつかた、つくりお《を》はりぬ。

御所《ごしよ》にもきこしめして。やよひには、やがてわたらせ給《たま》ふべきお《を》りに。こなたにもたちよらせ給《たまふ》て、御らんずべき御けしきあるほ

後の二月　元禄十年閏二月。

御所にも　元禄十年三月「十一日、柳沢出羽守保明が邸にならせ給ふ。これは兵部安貞(吉里)が新亭落成して、うつり住よし聞召、御覧あるべしとの御むねにて」(徳川実紀)。

おまし　御座所。

むべ〳〵しく　住む人にふさわしく出来ていて。

てるさだ　「披露はいづれも右京大夫(松平)輝貞なり」(楽只堂年録)。

則重　江《コウ》則重。「長二尺三寸八分半、御拝領、

どに。又御《またご》よういおぼしまうく。

十一日の巳《み》の時《とき》ばかり、おはしまさせ給《たまふ》。わか君《ぎみ》には御《み》けしき給《たまは》りて。御さきあなゐ《い》し奉《たてまつ》らせ給《たまひ》て。先《まづ》、此《この》御かたに入《い》らせ給《たま》へり。かりに、おましなどしつらひたてゝ《て》、すへ《ゑ》奉る。殿《との》づくり、かなたこなた御《ご》らむじわたして、いとむべ〳〵しくいみじとおぼすべし。さるべきかた〴〵いでゝ《て》、拝《はい》し奉らせ給《たま》ふに。てるさだの朝臣《あそん》。丹《たん》後守《このかみ》昌尹の君《きみ》米倉など。事《こと》を《お》こなひ給《たま》ふ。今《いま》にはじめぬぎしきながら。いときら〳〵しう、めでたし。

御引出《ひきで》ものは、とりわきたるたびの事《こと》とて、御《み》はかしなど〔いと〕いみじきものあまたなり。父君《ちちぎみ》に則重《のりしげ》といふ名あるものなり。太郎《たらう》君《ぎみ》には、貞宗《さだむね》の御《み》はかしに。くろきかげなる馬《うま》にくらを《お》きたる。その外《ほか》にもあまたしなあり。四郎君《しらうぎみ》には、菊《きく》といふ御《み》はかし。五郎君《ごらうぎみ》は、助実《すけざね》。右京大夫殿《うきやうのだいぶどの》は、光忠《みつただ》といふ。豊前守殿《ぶぜんのかみどの》は、兼光《かねみつ》なり。あやを《お》り物《もの》、何《なに》くれのでうど。御かた〴〵、ひめ君《ぎみ》など。とり〴〵に、めもうつるばかりなれどしるさず。

大小折紙有、代金百三十枚」(御腰物台帳)。

貞宗　「長二尺三寸二分、代金百枚、折紙有、元禄十年巳三月十一日、若御居宅ニ御成之節、殿様御拝領。公方様御差料、御試相済」(同右)。

くろきかげ　黒き鹿毛。

四郎君　経隆。

菊　銘に菊紋だけを切る一文字則宗・助宗親子が打った太刀。「代七百貫の折紙」(楽只堂年録)。

五郎君　時睦。

助実　備前。未詳。「代五百貫の折紙」(同前)。

——(以下一〇九頁)

奉《たてまつ》り物《もの》も、いみじき物《もの》は御《み》はかしなり。わらはあるじ、真《しん》の御《み》たち、信国《のぶくに》が作《さく》なり。行光《ゆきみつ》の御かたな。くらをきたる馬に御《お》でうど、御ぞなどそひぬ。父君《ちちぎみ》は、国《くに》とししといふ御かたな。真《しん》の御太刀《みたち》。御《お》馬《うま》などもありけり。四郎君《しらうぎみ》、五郎君《ごらうぎみ》は。青江貞次《あをえさだつぐ》といふが打《うち》たると。しりかけとかいふ名ある御《み》はかしなり。御むこ君《ぎみ》ふた所《ところ》も。了戒《れうかい》、あるは直綱《なほつな》などいふ名あるつるぎをぞ奉り給《たま》へる。

男《をとこ》がたにいみじともてあつかふものにて。たどる〱も、人《ひと》のいふにまかせてかきつくるほどに。あまれりや、たらずや。その外《ほか》のものも、心《こころ》ことなれど。いひたてんは中〱《なかなか》なり。

わか君《ぎみ》の、かくおとなびおはして。よろづにもてなしきこえ奉《たてまつ》りて。ありかせ給《たま》ふを。いとうつくしとおぼす。『大学《だいがく》』といふ文《ふみ》のはじめを。御みづからさづけ給《たま》はらせ給《たまふ》ほど。おまへに気近《ケヂカ》うて、ついゐ給へるさまなどを。いみじうなつかしき物《もの》におぼすべし。人《ひと》々などは見奉《みたてまつ》るらう〱じさに、こといみもしあへず。おぼいてなん。

奉り物　献上品。

御はかし　御刀。

わらはあるじ　若主人吉里。

真の御たち　「真の太刀を進物にする事もまれになりて、多くは作り太刀を用いたり」(貞丈雑記)。

信国　京。未詳。

行光　相州。未詳。

御ぞ　衣類。

国とし　二字国俊。来派。

青江貞次　備中。未詳。

しりかけ　尻懸。大和。未詳。

むこ君　松平輝貞と黒田直重。

了戒　来派。未詳。

御あつものなど奉りて。おほみきまい《ゐ》れり。父君《ちちぎみ》も、太郎君《たらうぎみ》も、おまへにてもろともにまい《ゐ》る。御かはらけ。とり〴〵にながれて。ぎしき、よのつねならず。御物《おもの》などまい《ゐ》りて、また、れいのおとゞにわたらせ給《たまふ》。こゝにて、また、奉りもの、たまものよりはじめて。れいざまの、花《はな》やかなる見物《みもの》ども。あるかぎりつくしてぞ、帰《かへ》らせ給《たまう》ふける。いかめしふ《う》、うるはしき事《こと》おほかれど。れいの事《こと》にて、つゞけたてんもうるさし。

太郎君《たらうぎみ》は、そのほど過《すぐ》してぞうつろひ給《たま》へる。きら〳〵しう、さすがにお《を》かしきくま〴〵、しつらひたてゝ《て》。いと心《こころ》ゆく御住居《すまひ》になんありける。おもしろきつき山《やま》など。心《こころ》ばへありて、なつかしく、お《を》かしき木《き》どもなど、花《はな》も葉《は》もけしきことにうへ《ゑ》わたして。今《いま》、わざとせしやうにもあらず。見所《みどころ》おほし。あたらしきみぎりの、ましてのどけき春の日にもてはやされて。池《いけ》ちかき松《まつ》などの。うけばりたるさまに、しづえお《を》かしくひろごり出《いで》つゝ。色《いろ》かへぬ葉《は》ずへ《ゑ》に。殊更《ことさら》に若葉《わかば》さしそへて。げに千《ち》とせのかげ、たのもしげなり。君《きみ》、

直綱　正宗十哲の一人と。出羽正宗とも。未詳。

○**あまれりやたらずや**　伊勢物語の詞。

中〳〵なり　かえって中途半端にしかならない。

うつくし　立派である。

御みづから　将軍が直接に。

ついゐ給へる　きちんと坐っておられる。

なつかしき物に　抱きしめてやりたいほどに。

おぼすべし　お思いになって居られるらしい。

○**らう〳〵じさ**　愛らしき也。

——（以下一〇九頁）

わたりおはして。

春《はる》の池松《いけまつ》のみどりもますかゞみ千《ち》とせの波《なみ》のすゑかけてみん

こちたき御ねぎごとなりや。

かく、わか君《ぎみ》のおひとゝのほらせ給《たま》ふにつけても。さるべき御そひぶしなど、おぼしまうくべく、けしきばみ給《たま》ふかた〴〵おほかるべし。その頃《ころ》、まや橋《ばし》の侍従《じじゅう》と聞《きこ》えさせし。御むすめもたせ給《たまう》て。世《よ》になくかしづき給《たま》ふが。せちに心《こころ》よせ給へると聞《きこ》しめして。さるかたにゆへ《ゑ》〳〵しき家《いへ》のかぞへには、先《まづ》これをや、などおぼしよる。大《おほ》かた、うち〳〵御心《こころ》を《お》きて、おぼしさだめ給《たま》へる事《こと》、ありけんかし。

九月には、三《さん》の丸《まる》おはしまさせ給《たまふ》。ことには、初《はじめ》てのたびの事《こと》にて、いといかめし。お《を》かしう、みやびなるかたは。げに、女《メ》かたの御もてなしによれることにて、ことは《わ》りなるを。御所《ごしょ》にも、御もてなし、けう《きょう》ぜさせ給《たま》はんの御心にて。うちそひわたらせおはしますべければ。いときら〳〵しう、おほやけしきさまもくははりつゝ。

こちたき　なんとも大層な。
○**ねぎごと**　いのること也。
おひとゝのほらせ　「うつくしく生整《おひととの》ほらせ給へるも」（栄花物語）。
○**そひぶし**　婦の事也。
おぼしまうくべく　準備をしようと。
けしきばみ　好意を寄せ。
まや橋の侍従　上野国厩橋藩主、酒井忠挙。寛文十年、侍従。
かしづき　大切に養育して。
心よせ　柳沢吉里を娘の婿にと期待して。

大《おほ》かた、またなきいみじさなり。

その日は十二日なり。あしたよりおはしますべしときこゆれば。いとみな、よゝべより、まどろみもせで、けさうじ、引《ひき》つくろひ。いと物《もの》さはがしきまで、さうどきありく。まつりのまへの夜《よ》。こゝかしこ、女《をんな》ばらのおきゐて。髪《かみ》けづり、いそぎのぬい《ひ》ものなどてうじ。もどかしきまでおもへるけはひの。ふるきさうしに、お《を》かしうあさみあひてありけんさまかきたるに。いとよくにたり。まして男《をとこ》がたのさるべき事《こと》、物《もの》するは、夜《よ》一夜《ひとよ》はしりありき。ことゝのふるさま。いとはぎだかなり。

あるじ君《ぎみ》、まだ夜《よ》ふかくまい《ゐ》らせ給《たまう》て。かしこまり申給《まうしたまふ》。やがて明《あけ》はつる頃《ころ》。御所《ごしよ》には、先《さき》だちてわたらせ給《たま》ひぬ。あるじはじめて、みな、むかへ奉《たてまつ》り給《たま》ふ。とりもち物《もの》し給《たま》ふ人々《ひとびと》など、いつよりも、いとあまたまい《ゐ》り給《たま》へり。おましにつかせ給《たまう》て。さるべきぎしき。又《また》、女《をんな》がたに拝《はい》し奉るなど。みな、れいのさまなり。御引出《ひきで》物《もの》、おもてよりも、うち〳〵よりも。わた、あや、うつくしききぬ。御ぞ、

さるかたに　一応。
ゆへ〳〵しき家　家柄もしっかりしている部類。
かぞへには　候補を挙げるとすれば。
うち〳〵　内心で。
九月　元禄十年九月十二日。
三の丸　綱吉の生母、桂昌院。
いかめし　厳重である。
うちそひ　将軍が母親のお伴として来るというので。
きら〳〵しう　豪華で。
おほやけしき　公的で儀式的な面も加わって。
——(以下一〇九頁)

楽《ガク》のさうぞく。からのきぬなど。いとこちく〳〵しきさまなり。つねよりもまさりて、春《はる》の初《はじめ》のたびにおなじ。

奉《たてまつ》り物《もの》も、御ぞ、さうぞく。御おびやうのもの、そめたる色《いろ》あひ、を《お》りめのいとめづらかなる。あるは、白《しろ》かねにてつくれるうつは。めなれぬども、あまた、とりぐ〳〵に奉《たてまつ》れ給《たまふ》。

ほどなく、三《さん》の丸《まる》のうへ、入《いら》せ給《たまふ》。おくのおとゞにて、女《をんな》がた、みな拝《はい》し給《たまふ》。まづ、おものなど。奉る。宗資朝臣《むねすけのあそん》本荘など、おまへにおはす。奉り物、御引出物《ひきでもの》。またいとさまぐ〳〵にてありけれど。

なにとかや。さやうのお《を》りの事《こと》、かならずしもかきてん事《こと》かは。

御所《ごしょ》は、中《なか》のおとゞにおはしますほど。みうちのはかせども、易《えき》の論議《ろんぎ》す。三《さん》の丸《まる》にも、御みすまい《ゐ》りて、きこしめしたり。また、三密具闕《さんみつグケツ》の会通《エヅウ》とかいふ事《こと》を。はかせひとり。護持院僧正《ごぢゐんそうじやう》と論《ろん》じたり。又《また》、金地院《こんちゐん》の禅師《ぜんじ》とはかせ弐人《ふたり》、問答《もんだふ》などつかうまつれり。さまぐ〳〵にめづらしき事《こと》、つくしきこゆ。

御あそびなど。御所《ごしょ》はじめ〔奉り〕て。わか君《ぎみ》、むこ君《ぎみ》など。みな、

楽のさうぞく　楽の装束。
こちく〳〵しき　「ことことしき」と同じに使用しているらしい。大仰。事々しい。
春の初のたび　正月十八日に将軍の所で開かれた吉保四十賀の盛大な祝宴。
おまへにおはす　「御相伴は本庄因幡守宗資也」(楽只堂年録)。
みうちのはかせども　「家臣十人、仰を蒙りて易の道理を論議す」(同右)。荻生徂徠・細井広沢など。
三密具闕の会通　身口意の三密の完璧か否か

おもしろく、はなやかなるさまは。いはんかたなし。三《さん》の丸《まる》のうへの、ことさらに仰《おほせ》ありて。にはかに又《また》。正《まさ》みちの侍従《じじゆう》井上、ひだの守利重《かみとししげ》の朝臣《あそん》斎藤など。みなお《を》かしう、けしきあるまひども、つかうまつり給《たまふ》。

夕《ゆふ》つかた、御所《ごしよ》もろともに、お物《もの》奉る。御さかづき給《たま》はり。又《また》奉りなど。あるじの君《きみ》はじめ。御かた〴〵、おまへにてまい《ゐ》れり。猶《なほ》なにくれとけう《きよう》ぜさせ給《たまう》ふて。日《ひ》くれぬ。御もちゐ《ひ》やうの物《もの》。又《また》奉りて。三《さん》の丸《まる》には、かへらせ給《たま》ふ。御所《ごしよ》にも、つねよりとりわき、いと〔御〕けしきよくおはします。また、何《なに》くれと、いとあまた物給《ものたま》はせなどしつゝ、かへらせたまひぬ。みうちのものなど、御所《ごしよ》よりは。れいの事《こと》にて、三《さん》の丸《まる》よりも、いろ〳〵と物《もの》かづけさせ給ふ。いとにぎはゝしう、めでたくなん。

まことや、あるじ君《ぎみ》は、その日《ひ》、三《さん》の丸《まる》より御うた給《たま》はらせ給《たま》ふ。

いく千《ち》とせやどもさかへ《え》ん秋《あき》つすの外《ほか》までひろき君《きみ》がめぐみに

これぞこのやなぎが枝《えだ》も色《いろ》かへぬ松《まつ》にならひていくよへぬらん。

という命題をどう解釈するかという論題。

はかせひとり　徂徠であった(楽只堂年録)。

護持院僧正　隆光。

金地院の禅師　元云。

はかせ弐人　志村楨幹と中村正基が「禅機を問答」したという(同前)。

御あそび　演能。吉里は舟弁慶、黒田直重は高砂、綱吉は羽衣を、桂昌院の求めで稲葉正通が龍田を演じ、さらに松平利重の舎利、綱吉の乱と狂言師による狂言二番が演じられた。

――(以下一一〇頁)

その頃《ころ》ほひきゝし事《こと》の。そばく〱おもひ出《いで》てきこゆるほどに。なを《ほ》かたつかたをだにものせぬものゝ《の》。ひが事《ごと》にやあらん。

太郎君《たらうぎみ》、此《この》ほど、ものゝ《の》ぐきそめたまふ。霜月朔日《しもつきついたち》、いとよき日にて、ことぶき給《たま》へり。丹後守昌尹朝臣《たんごのかみまさただのあそん》米倉は。むかし、かひの国《くに》にて、たけき高名《かうみやう》のすゐにて。ことに御一《いち》ぞくのつらにおはすれば。まねかせたまひて、まかせ聞《きこ》え給《たまふ》。御家《おいへ》につたへたまひて。よにいみじと人《ひと》のいふなる。すは法性《ほつしやう》のかぶとゝかやきこゆるを。昌尹《まさただ》の君もちて。けしきばかり、かづけ聞《きこ》えたまふ。いとお《を》ゝ《を》しう、たのもし。御太刀《たち》は、これも世々《よよ》もてつたへ給《たま》へる火《くわ》だい切《ぎり》といふなるを。かざり、心《こころ》ことにつくりたるなり。御さしぞへは、法性院殿《ほつしやうゐんでん》の父君《ちちぎみ》、つねのれうなり。これらを、かたはらにを《お》きたり。

さるべきことぶきありて。又《また》ひをど《お》しの物《もの》の具《ぐ》。花《はな》やかにきせまい《ゐ》らせ。あぐらやうのものに、しりうちかけておはするほど。御かはらけとりて、いはひ給《たまふ》。さまぐ〱に、いといみじうめづらかなれど。大《おほ》かた世《よ》にある式《しき》なれば、かゝず。

そばく〱　はしばし。

ひが事にやあらん　間違えているかもしれない。

太郎君　吉里。

ものゝぐきそめ　具足始め。はじめて甲冑を身につける儀式。ふつう十二、三歳というが、吉里はこの年十一歳。

霜月朔日いとよき日　干支は丁丑。特によきとする理由は未詳。

丹後守昌尹　米倉。一万石の旗本。甲斐源氏の末流。

すは法性のかぶと　武田家嫡流の身につけるものとして信玄が勝頼に与えたとされる諏訪

御所《ごしよ》には、又《また》うちつゞき、その月《つき》にもわたらせ給《たま》ふ。れいの、ことぐ〳〵しきぎしきはてゝ《て》。太郎君《たらうぎみ》の、まや橋《ばし》の侍従《じじゆう》酒井の御むすめに、すみ給《たま》ふべきさだめ、仰事《おほせごと》あるほどに。かねて、みな、おぼしよる御ほいにて。いとうれしく、ことあひたるさまに、よろこび給《たま》ふ《う》て、かしこまり中《まうし》奉り給《たまふ》。

さて、その日は、あやしきあき人《びと》などやうの。ことあらそひし、あるは、人《ひと》に物《もの》とられなど、を《お》のがじゝには、しづめかねて、うたへ出《いづ》るものどもめして。さゝべき人々《ひとびと》におほせて。ことは《わ》らせて、きこしめす。さるは、やうがはりて、めづらしくおぼすべし。

おまへには、みすまい《ゐ》りて。大庭《おほには》にを《お》の《お》〳〵《の》なみゐつゝきく。彦《ひこ》根少将直興《ねせうしやうなほおき》井伊、いがの侍従高久《じじゆうたかひさ》藤堂、まや橋侍従忠挙《ばしじじゆうただたか》酒井、執政《しつせい》五人《いつたり》、執事《しつじ》四人《よたり》、座《ざ》づき給《たま》へり。寺社奉行《じしやぶぎやう》よたり。町奉行《まちぶぎやう》ふたり。勘定頭《かんぢやうがしら》四人《よたり》は。うたへ〔ども〕ことは《わ》りたり。はじめには。野《の》を論《ろん》じ、あらそふ。次《つぎ》にあき人《びと》のめしつかへるお《を》のこ、ぬしのこがねをわたくしに引《ひき》おひたる。三番には、お《を》とこ女《をんな》の事《こと》につけて。ゆるし

法性の胄。
けしきばかり　ほんの少し。
火だい切　未詳。
かざり　柄・鞘・鍔などの装飾。
さしぞへ　小刀。脇差。
法性院殿　武田信玄。
父君　武田信虎。
れう　差料。佩刀。
さるべきことぶき　「能興行して祝ふ」（楽只堂年録）。
あぐら　足ツキの腰かけ。
その月にも　元禄十年十一月十四日、綱吉が来訪。

——（以下一一〇頁）

なきみそか事《ごと》せしを。いかりはらだちて。うたへたり。四番、酒《さけ》うる家《いへ》の、券《けん》おほくかさなりて。あたひつぐのはず。五番にも、こめ、あぶらやうのもの、あたひかへしやらぬ、おこ《を》なりとおもひて、いひ出《いで》たる。六番は、をの《お》が妻《メ》の事《こと》に、よからぬさはぎ《わ》出《いで》きたる。

あるは、小路の地をあらがひ。人《ひと》よりこがねあづかりてかへさぬもあり、あるは、ぬす人《びと》とらへてきたるなど、すべて十五番《ばん》なり。きたのう《な》、ゆかしげなきつらつきを、うちあふぎ〳〵いふ。又《また》かたへには、をの《お》がことはり《わ》ありがほに、さかしらにいひほこりつゝ、はやりかなるけしきしたるも有《あり》。あるは、ゆくりかに、ことの心《こころ》たどらずいひ出《いで》つゝ。あなかま、おこ《を》なりといはれて、しりぞくなどもありけり。むくつけくも、あはれにも。おかし《を》うも。あさましうも。めづらかなるさましたり。さすがにかたはらいたき事《こと》いひ出《いで》たる時《とき》は。えたへず、そゝとわらひ給《たま》ふ人々《ひとびと》もおほかり。さま〴〵、ふとも心《こころ》えがたき事《こと》のみおほかれど。物《もの》のつかさ〳〵、おぼえかろからず、世に〔も〕おもはれ、すぐれてかしこきかぎり、あまたさふ

○**うたへたり**　訴、うつたへ也。
○**券**　手形。
○**おこ**　嗚呼と書。不届なと云心也。
ゆかしげなき　魅力のない。
つらつき　容貌。
○**さかしら**　かしこだて也。
○**はやりか**　卒《ソ》忽《コツ》なる心也。
○**ゆくりか**　不意と書。心ならずふといひ出たる也。
○**あなかま**　あらかしましと云詞。
○**おこ**　おろか也と云義。
○**むくつけく**　おそろしき事。

らふ頃《ころ》なりければ。をの《お》〳〵さるべきまゝに、ねぢけず。わいだめさだめ給《たま》ふほど。ひとのうつはものあらはれて、ゆへ《ゑ》づきたり。民《たみ》どもの、ねがひかなひたるなどは。いとうれしげに打《うち》え《ゑ》みたるに。かたへは、さがなものを引《ひき》たて〳〵ゆくなど。ゆゝしう、さこそ心《こころ》のよからぬ、にくき物《もの》から。さすがにあはれと見ゆ。

おまへにも、かばかりだに、御まつりごとのすぢ見《み》ゆべきわざなれば。かしこき御心《こころ》とゞめて、こまかに、ひとつ〳〵きこしめす。かうやうのいやしき市町《いちまち》などのうへは、かろらかに、つねにしも聞《きこ》しめさぬを。いとめづらしう、さまことにおぼしたり。事《こと》はてゝ、つかさ〳〵にろく給《たま》へり。とり〴〵にかづきつれてよろこびたるさま、いふもさらなりや。

かくて、食物《オモノ》などきこしめして、論語《ろんご》の内《うち》にて「智者《ちしや》は水《みづ》をたのしむ」といふ事《こと》、よませ給《たま》ひき。直興《なほおき》の少将《せうしやう》井伊はじめて、皆《みな》、御まへに耳《みみ》をかたぶけつゝ。さふらふ。

あるじも、例《れい》の、文講《ふみかう》じ給《たま》ふ。御かたのはかせどもなど、さま

えたへず　がまんできず。
そゝとわらひ　笑みをもらす。
物のつかさ〳〵　それぞれの役所において。
○**ねぢけず**　すなをなる心。
○**わいだめ**　わきまへる義。
○**うつはもの**　器量《きりやう》也。
ゆへづきたり　品格がある。
○**さがなもの**　さがなき物也。悪しき人を云。
○**ゆゝしう**　いま〳〵しう也。
まつりごと　政治。
○**かうやう**　かやう也。
市町　市街。庶民の世

ぐに、かしこき文《ふみ》どもよみたり。

夕《ゆふ》かけて、御あそびはじまる。すゞろにおもしろし。太郎君《たらうぎみ》の、ちい《ひ》そ《さ》ううつくしうて。さるべきまひども、けしきことに、ひるがへし給ふをぞ、皆人《みなびと》。めとゞめて、あかずけう《きょう》ありとおぼす。事《こと》はてゝ《て》、御かたぐ〳〵も、れいの、拝《はい》し給《たま》ふ。いとなつかしう仰《おほせ》ごとあり。さまぐ〳〵と物《もの》など給《たま》はるほどに。暮《くれ》はてゝ《て》ぞかへりおはしましける。

けふの御引出《ひきで》もの。奉《たてまつ》り物《もの》。また、よになくめづらしき物《もの》をつくさせ給《たま》へり。あや、をり《お》もの。そめきぬ。しろき。くれなゐ。こき。うすき。など、花紅葉《はなもみぢ》をこきちらしたり。又《また》、めなれぬ御でうどども、引《ひき》つゞけく〳〵て、ゆきかよふさま。れいのこととはいへど。めおどろかれじやは。

〔かくて〕太郎君《たらうぎみ》すみ給《たま》ふべきかた、さだまりたるを、よろこび申《まう》させ給《たま》ふに。れいのこなたをば聞《きき》すぐさぬ世中《よのなか》にて。所〻《ところどころ》より、いはひ聞《きこ》えさせたり。さるは、人《ひと》も、いとよき御あはひなりと思《おも》ひ

界。
さまことに　今まで知らなかったものとして。
——(以下一一〇頁)
あそび　御囃子の演奏と仕舞があった。
太郎君　吉里が自然居士を舞った。
御かたぐ〳〵　吉保の母・正室・側室たち。
でうど　調度。
めおどろかれじやは　目。
○**すみ給ふ**　縁組《エングミ》定りたる也。

きこゆ。御年《おとし》のほどなど、さいへど、まだ、いとさるかたのたどりおはしますまじければ。今《いま》すこしおとなにならせ給《たま》ふべきを。かたみにまち聞《きこ》え給《たま》ふとぞ。

年のほど　吉里は十一歳。
○**かたみに**　たがひに也。

（九五頁の続き）
御所おはしまさせ　元禄十年「二月三日、吉保亭ニ御成」(楽只堂年録)。
○**にまれ**　にもあれと云てには也。
○**身をあわせて**　天照大神・天児屋根命、君臣合躰の約ありと神書に云侍り。古今序にも此詞侍り。
五の丸　瑞春院、鶴姫の母。
（九七頁の続き）
右京大夫　松平輝貞。
光忠　備前。「五百貫の折紙」(楽只堂年録)。
豊前守　黒田直重。
兼光　備前。「代三百五十貫の折紙」(同前)。
でうど　調度。家具。

（九八、九頁の続き）
こといみもしあへず　不吉であることを忘れて、思わず涙を流しそうになった。
おぼいて　おぼえての音便。
父君も太郎君も　吉保も吉里も。
うつろひ給へる　新居に移転なさった。
○**くま〴〵**　隈。
○**心ゆく**　心のまゝなる義。
○**うけばりたるさま**　此程のよろこびに松の心にも承諾したる躰なり。
しづえ　下枝。
（一〇一頁の続き）
よゝべ　前夜。
けさうじ　化粧して。

引つくろひ　衣を整えて。
さうどきありく　騒がしく歩きまわる。
まつり　枕草子冒頭に、京都の葵祭の近い頃の騒ぎを描く。
てうじ　調製して。
はぎだか　脛の上まであらわにすること。〝鶴はぎ〟と嘲笑された。
あるじ君　柳沢吉保。
とりもち　主客の間に立つ役割の人。

(一〇三頁の続き)

○**正みちの侍従**　原註「井上」とするが間違い。高田藩主稲葉正通が正しい。
○**ひだの守利重**　原註「斎藤」とするが、楽只堂年録の松平飛驒守利重に従う。
けうぜさせ　興ぜさせ。楽しまれて。

(一〇五頁の続き)

まや橋の侍従の御むすめ　侍従酒井河内守忠挙の長女さち。
○**すみ給ふべきさだめ**　縁組也。
仰事　将軍の許諾の言葉。

ほい　本意。
○**うたへ**　訴、ウッタヘ也。
さゝべき人々　所轄の役人。
執政五人　老中職の大久保忠朝・阿部正武・戸田忠昌・土屋正直・小笠原忠重。
執事四人　若年寄職の秋元喬朝・加藤明英・米倉昌尹・本多正永。
寺社奉行よたり　戸田忠真・井上正通・永井尚富・松平重栄。
町奉行ふたり　松前嘉広・川口宗恒。
勘定頭四人　松平重良・稲生正照・井戸良弘・萩原重秀。
引おひたる　使い込んだ。

(一〇七頁の続き)

智者は　論語・雍也篇「知者楽水」。
あるじ　柳沢吉保。
文講じ　論語・子路篇「無倦」の条を講じた。
はかせども　渡辺幹八が書経を、村井宣風が論語を、依田種俊が孟子を、立野通庵が職原抄を、矢野保朝が徒然草を、講じた。

八　法《のり》のともしび　　元禄十一年春より秋にいたる

東叡山寛永寺は、西の比叡山延暦寺にならって建立された。だが比叡山にある根本中堂が、寛永寺にはないというので、吉保様が総奉行となって、新築工事が始まった。元禄十一年二月九日。八月二日竣工。十一日上棟、二十三日安鎮・地鎮式、二十八日薬師如来安置。九月三日には東山天皇の勅会供養が行われ、勅使はじめ都の公卿多数、将軍も参列した。

この間、運営の功績に対して七月二十一日、吉保様には左近衛権少将昇任という栄誉が与えられた。夏中に一度体調をくずしたが、病気は、将軍がいかに吉保を頼りにしているかを改めて教えたようなものであった。だが激務多忙に対して忍びよる老病の第一歩でもあった。

章題は、新築の根本中堂の常燈明に点燈する栄誉が吉保に与えられたことによる。

根本中堂《こんぽんちゆうだう》を、あづまにたてさせ給《たま》ふべきよしにて、元禄《げんろく》十一年二月九日、東叡山《とうえいざん》に柱《はしら》だて有《あり》。

いまのあづまの、むかし、寛永《くわんえい》の頃《ころ》、しのびの岡《をか》といふ所《ところ》は、うしとらにあたれりければ、ひえの山《やま》になぞらへて、寛永寺《くわんえいじ》といふ、たてさせ給《たま》ふになんありける。それに根本中堂をうつすなりけり。こなたにも、わきてうけたまはらせ給ふ。御いそぎども、御いとまなし。

弥生《やよひ》十八日には、尾張中納言綱誠卿《をはりちゆうなごんつなのりきやう》の御《み》たち〔へ〕。御所《ごしよ》おはしまさせ給《たまふ》。こなたにも、御供《とも》にて、おはしぬ。いといみじきぎしきなりけんかし。

その日、中納言の君《きみ》の御むすめを。御所《ごしよ》の御かしづきむすめになしきこえ給《たま》ふべきよし、仰《おほせ》ごとなどありてげり。あるじがたに、かしこまり、よろこび聞《きこ》え給《たま》へりとぞ。きち姫君《ひめぎみ》と聞《きこ》えし御かたなり。さて、やがて〔かしこに〕わたし奉《たてまつ》りなどして、いとあらまほしき御いつきなりけり。かた〴〵に御よろこびいひかはして。いとにぎは

根本中堂　比叡山延暦寺の本堂。寛永十七年、再建。
東叡山　江戸の寛永寺。
柱だて　建築工事進行の上で初めて柱を立て、祝賀をする。
いまのあづま　江戸幕府創始の頃。
うつす　模して建立する。
こなた　柳沢吉保。
いそぎ　準備。
弥生十八日　元禄十一年三月十八日。
尾張中納言　尾張藩主の徳川綱誠。
むすめ　綱誠の第十四女、喜知姫。元禄九年出生。

〵しうぞありける。

夏《なつ》にもなりぬ。みな月《づき》十三日には、八重姫君《やへひめぎみ》を水戸《みと》少将殿《せうしやうどの》へわたし聞《きこ》え奉る。わが御かたにも、わざとまうのぼり給《たまう》ふて見《み》を《お》くりまい《ゐ》らせ給《たま》ふ。かしこへもおはして。大小《だいせう》の事《こと》、あつかひきこえ給《たまふ》。かけまくもやんごとなき御むすめにて。そのほど〔の〕ぎしきよりはじめて。なにもく〵うるはしう、かしづきまい《ゐ》らせ給《たま》ふ。御むこ君《ぎみ》にも。今《いま》の世《よ》の三家《さんけ》ときこゆる御むすこにて、いづかたにつけても。いみじうひゞきたる、ことは《わ》りなり。れいの、御を《お》くり物《もの》よりして。御かたぐ〵より。御つかひや、何《なに》やと、ざゞめきて。ゆきかへるさま。になし。こなたよりも。何《なに》くれといはひ奉《たてまつ》りて。御を《お》くり物《もの》などせさせ給《たまふ》。かしこよりもまい《ゐ》れり。

御のがれ所《どころ》なき御あづかりどもおほくて。露《つゆ》ばかりも、いとまなくおはす。土《つち》さへさけて、いみじうあつき頃《ころ》のたえ《へ》がたきにや、御心地《ここち》〔すこしなやましうて。このほどこもりおはするに。御所《ごしよ》にもきこしめし、おどろかせ給《たまう》ふて、御使《おつかひ》まい《ゐ》れり。いとねん頃《ごろ》に、さ

かしづきむすめ　養女。元禄十一年七月七日に早世。
かしこ　江戸城内。
みな月十三日　元禄十一年六月十三日。
八重姫君　綱吉正室鷹司氏の姪を養女としていた。
水戸少将　徳川吉孚。前年四月十八日、縁組。この日輿入れ。
わざと　改めて。わざわざ。
○**まうのぼり**　参ノ字也。
かしこ　水戸徳川藩江戸邸。
三家　尾張・紀伊・水戸の徳川御三家。
○**になし**　二無。

るべき仰事《おほせごと》などありて。御くだ物《もの》、又《また》さるかたにまい《ゐ》るべきいをなど。こまかに御心《おこころ》そへて給《たま》はせ給《たま》ふ。いとありがたう、かぎりなき事《こと》と、かしこまり申《まうし》奉り給《たまふ》。なを《ほ》、御ふすままい《ゐ》りて。御心《ここ》ち」ためらひつゝおはすれば。さるはかしこしとて。太郎君《たらうぎみ》、御むこのてるさだの君など・。御つかひむかへつゝ、もてなし聞《きこ》ゆ。かへりまい《ゐ》るにも、おくらせ給ふ《う》て。かへすぐ〱いやまひつくさせ給ふ。〔ことは《わ》りなり。〕

猶《なほ》あかず、御心《おこころ》ばへの有《あり》がたうおぼせば。直興《なほおき》の少将《せうしやう》井伊はじめて、さるべきかたぐ〱へも。御かたのしたしき殿原《とのばら》して。かしこまり申させ給ひつ。

かくおはしますとき〻て。れいの、御門《ごもん》さりあへず。つどひたり。われも〱と、かし〔が〕ましき〔まで〕まい《ゐ》りまかんでつゝ、かゝるにつけても御いきほひのたぐひなき事《こと》ぞ・。けちえんなるや。

御所《ごしよ》よりは、日々《ひび》に、いかに〱ととはせ給《たまう》ふて。御くだ物、さかなやうのもの、まなく、もてつゞけたり。たいのうへ、姫君《ひめぎみ》など

○**何くれと**　なにやかやと也。
のがれ所なき　避けられぬ。
あづかり　職掌。
○**土さへさけて**　万葉「みな月の土さへさけてあつき日に」。

さるかたに　そういう病に。
まいるべき　滋養となる。
○**いを**　魚。
○**ふすま**　衾也。
○**さるはかしこし**　さやうなるは恐れおほしとて也。
太郎君　吉里。
てるさだ　松平輝貞。

よりも、みな、とり〴〵に御おくりものそへて、御つかひまい《ゐ》る。中《なか》〳〵《なか》かゝるにも、人うらやむべき御ありさまになん。

秋《あき》になりゆくまゝに、風《かぜ》のけしきも吹《ふき》かへて。御心《ここ》ち、やう〳〵すゞしくおはせば。御所《ごしよ》にも、せちに、こゝろもとながり聞《きこ》えさせ給《たま》ふほど。かたじけなく。せめて、おぼしおこして、ゆふつかた、まうのぼりたまふ。しば〳〵たづね給《たま》はらせ給《たま》ひし。かしこさなど。申《まうし》奉り給《たまふ》。御ものがたりなどもあらまほしくおぼしけれど。まだいと、れいのやうにもおはせねば。くれはてぬまにとおぼして、かへらせ給《たま》ひぬ。

日《ひ》にそへて、さはやぎ給《たま》へど。猶名《なほな》残《ごり》ためらはせ給《たまう》ふて。四五日《ヨカイツカ》は、こもりおはす。さいへど、あまりふかゝらぬ御なやみにて、ほどなくおこたり給《たまふ》。所《ところどころ》〳〵のよろこび、また、いはんかたなし。

ことし、中堂《ちゆうだう》つくらせ給《たま》ふ事《こと》。春《はる》よりはじめて、さばかりのひゞきなれば。大《おほ》かた天《あめ》が下《した》ひしめきあへり。こゝには、すべて奉行《ぶぎやう》せさせ給《たま》へれば。山《やま》におはして御《ご》らんず。さつまの中将《ちゆうじやう》綱貴朝臣《つなたかのあそん》は、

○**いやまひ**　うやまひと同じ。
あかず　尽きることなく。
かしこまり　畏り。謝意。
さりあへず　絶えず。
○**けちえん**　掲焉と書。あらはにいちじるき也。
たいのうへ　綱吉正室。
姫君　鶴姫・八重姫。
こゝろもとながり　心配する。
○**せめて**　しゐて也。
おぼしおこして　思いたちなされて。
かしこさ　畏さ。謝意。
○**さはやぎ**　爽字也。
○**おこたり**　病のいゆる也。

人夫《にんぶ》の事うけ給《たま》はり給《たまう》ふて。さま〴〵と人おほく奉《たてまつ》れ給《たま》へり。日々《ひび》に千万人のたくみども、まい《ゐ》りあつまりて。いといみじきざいもくをきりつくして、けづりなどす。かたへには、たくましき夫《ぶ》どもまい《ゐ》りて、大石《おほいし》をまろばし。はしらよりはじめて。むな木《ぎ》などのいとおどろ〳〵しきものを。千人ばかり、むらがりよりて、とよみのゝしり。心《こころ》やすげにもてまはし、やゝと声《こゑ》をかけて、引《ひき》あげなどしたる、いと、なれがほなり。かやうのあやしきもの、所《ところ》えがほに、おほくたちこみゐるめり。いかばかりの事《こと》をも。たはやすくなしてんと見えて。たのもしき物《もの》から。げに世《よ》の中《なか》のひゞきなりけり。

いとすくやかに、今《いま》すこしいやしげなきものなど。所〳〵《ところどころ》に杖《つゑ》つきたてゝ《て》、何事《なにごと》ならん、行事《ぎやうじ》などするにや。

「そは、かうこそは」などいひつゝ。此《この》あやしきものどもを、かりまはして。はしりありく。

とばかり、こゝかしこめぐらひたまふて。すべての事《こと》、さらに御心をくはへて、を《お》きてつゝかへらせ給《たまふ》。さるべき君《きみ》たち、心《こころ》ことに、

こゝ　柳沢吉保。
山　東叡山。
さつまの中将　島津綱貴。元禄八年、中将。

○**おどろ〳〵しき**　おびたゝしきなど云心也。
○**あやしきもの**　賤き人を云り。
所えがほ　わがもの顔。
行事　担当指図する。
○**そは**　それは也。
○**めぐらひ**　めぐる也。
をきて　指示を下して。
○**けいめい**　うやまふ事也。
左近衛少将　元禄十一年七月廿一日「東叡山の中堂の御普請に、吉保物奉行を勤むるによ

けいめいしあへるほど。になき御ありさまなり。

七月廿一日に、左《さ》近衛《こんゑの》少将《せうしやう》にならせたまふ。此《この》たび、御堂《みだう》の事《こと》、中堂《ちうだう》つかさどらせたまふゆへ《ゑ》とぞ聞《きこ》えし。かくて、八月二日にぞ、中堂つくりはてける。さる世《よ》の大事《だいじ》なりけるを、逸早《イチハヤ》くたちお《を》はりて。いみじうみがゝれ出《いで》たり。御所《ごしよ》にも、うれしうおぼす事《こと》いふにやはを《お》よぶ。やがて。正宗《まさむね》といふがうちたる御《み》はかしなど給《たま》はらせ給《たまふ》。ありつる人々《ひとびと》、ほどにつけて、皆《みな》よろこびしつゝさは《わ》ぐ。

上棟《ジヤウトウ》は、十一日の卯《う》の刻《こく》なり。そのぎしき、よのつねならず。君《きみ》は外《げ》陣《ぢん》のひんがしにつき給《たま》へり。すこししぞきて、但馬守喬朝朝臣《たじまのかみたかとものあそん》秋元おはす。これは、また、さしつぎて奉行《ぶぎやう》し給《たま》へり。にしのかたには、さつまの中将《ちゆうじやう》、大和守正《やまとのかみまさ》みち井上など、ゐ給《たま》ふ。その外《ほか》のつかさ〴〵、かうらんのかたにならびたり。遠江守《とほたふみのかみ》かつさだ牟礼は。さるべきつはものぐしつゝ。文珠楼《もんじゆろう》の前《まへ》に、ひらばり打《うち》てかため〔給ふ〕。石野義雄《いしのよしを》、中堂の後《うしろ》のかたをかためたり。

さほ《は》う《ふ》をば、若狭《わかさ》といひける、たくみのつかさなる、つかうまつ

りて、今日、御座の間におゐて左近衛権少将に任ぜらるゝのよし仰事有」(楽只堂年録)。
○**此たび**　今度。
○**逸早く**　早速の心也。
正宗　元禄十一年八月二日、拝領。「長二尺三寸三分。無銘。代、黄金五十枚の折紙あり」(同前)。
上棟　元禄十一年八月十一日「今日卯の刻、東叡山中堂の上棟有」(同前)。
○**しぞきて**　しりぞきて也。
かうらん　高欄。

——(以下 一二六頁)

れり。古代《こだい》のを《お》きてのまゝに。いといかめしき事、いふもを《お》ろかなり。もちゐ《ひ》などなげたるに、乱声《ランジャウ》し、のゝしりあふ。お《を》こがましう、らうがはしき事《こと》、いへばさらなり。

同《おな》じき廿三日には。安鎮《アンチン》地《チ》鎮《チン》の法《ほふ》を《お》こなはせ給《たま》ふ。八《や》すみと中央《ちうわう》にかりやをまうけて。公弁親王《こうべんしんわう》、八鎮《はつちん》のあざりをゐて、とりを《お》こなはせ給《たま》ふほど。めづらかに、たぐひなし。君《きみ》は、れいの、外陣《げぢん》の東《ひがし》ざまに、上座《じやうざ》せさせたまふ。すこしあとざまに、喬朝朝臣《たかとものあそん》已下《いか》、次《し》第《だい》してつきたり。そのほかのかた〴〵、おほくはしのかたにさふらふ。中根貞成《なかねさだなり》、竹中友之《たけなかともゆき》などいふ人々《ひとびと》は。れいの、つはものぐして。前後《ぜんご》をかためたり。申《さる》の時《とき》にはじまりぬるに。夜《よる》になりて、そや過《すぐ》るほどにぞ事《こと》はてゝ《て》、を《お》の〳〵まかゝで給《たま》ふ。

その日、鷹司《たかつかさ》の左《ひだり》のおとゞ、下《くだ》らせたまひぬ。又《また》の日には、勅使《ちよくし》はじめて、殿上人《てんじやうびと》あまたまい《ゐ》りたまへり。中堂勅会《ちよくゑ》せさせ給《たま》ふべきためなりけり。やがて。御所《ごしよ》にも。たいめんせさせ給《たま》ふ。

廿八日になりては。中堂に、薬師如来《やくしによらい》うつし奉《たてまつ》る。その日のぎし

乱声　声をあげて奪い合う。

廿三日　元禄十一年八月廿三日「今日東叡山中堂におゐて安鎮地鎮の加持有」(楽只堂年録)。

安鎮　新築の建造物と国家の不動安全を祈る呪法。

○**ゐて**　ひきゐて也。

中根貞成竹中友之　「友之」は重之が正しい。「同心を牽ひて彦八郎重之は堂の前、左兵衛貞成は堂の後をかたむ」(同前)。

申の時　午後四時ごろ。

○**そや**　初夜。

鷹司の左のおとゞ　左

き、又《また》いかめしき事《こと》、いへばさらなりや。君《きみ》は、夕《ゆふ》つかた山《やま》におはします。堂《だう》の外陣《げぢん》のひンがしに、ことさらに御座《ござ》も《ま》うけて。れいの殿原《とのばら》は、うしろのかたにたちつゞきたり。遷座《せんざ》のぎしき、宮《みや》ぞおこなはせ給《たまふ》。僧《そう》たちなど、いとあまたにて。えぞかぞへあへぬや。伶人《れいじん》まいりて、楽《がく》そうしたるほど、かぎりなう心すみて聞《きこ》ゆ。こなたには、とりわきて仰事《おほせごと》からうぶらせ給《たまう》ふて。常燈明《じやうとうみやう》をなん、かゝげ給《たまひ》ける。むかし、延暦《えんりやく》の頃《ころ》。山《やま》の中堂の燈《ともしび》を。勅使参《ちよくしまゐ》りて供《ぐ》せし、ふるきためしを引《ひき》おぼしてぞ、ことさらに仰付《おほせつけ》たりける。いよ〱、この御ひかりさえ《へ》、末《すゑ》の世《よ》までにかゝげそへて。たのもしう。かつはかしこくもありけるかな。夜《よ》に入《いり》、はてゝ《て》ぞかへりおはしける。

かくて中堂供養《くやう》は。九月三日とさだめさせ給《たま》ふ。まことに、世《よ》の中《なか》にみちたるぎしきなりければ。天《あめ》が下《した》にいかめしきかぎりは。これにぞつきぬべしといふばかり、いひのゝしる。いづこも〱、しづ心《こころ》なくいそぎ思《おぼ》すべし。

その日《ひ》になりては、げに、えもいはず、おどろ〱しきまで、い

大臣鷹司兼熙。八月二十三日江戸着。

勅使　九月三日に東叡山根本中堂の勅会を催すにあたって東山天皇よりの使者中山篤親ほか公卿・殿上人多数が江戸に下った。

薬師如来　中堂の本尊仏。伝最澄作。

宮　日光御門主、公弁法親王。

伶人　雅楽を奏する楽人。

常燈明　消えることなく燃え続ける燈明。

かゝげ給ける　点火された。

――(以下一二六頁)

みじき事《こと》なりければ。今《いま》、かたはしだにまねびたてたらんは。中《なか》〳〵ひが事《ごと》もぞ出《いで》くめる。さいへど、かいけちてもらしなんやは。

三日のあけぼのより、はじまれり。神分《じんぶん》とかいふ事《こと》にて、小音声《セウオンジヤウ》たてたり。辰《たつ》の刻《こく》になりて。鐘《かね》うちならすほどこそあれ。われも〳〵と、あつまりつどひたる、さま〴〵のすがたども、いみじうつゞきたり。外記《げき》中原師庸《なかはらのもろつね》。史生《シシヤウ》、使部《シブ》などひきゐて、治部《ちぶ》、玄蕃《げんば》の標《ひやう》をたつ。やがて、こゝらの僧達《そうたち》。たけだちゆゝしう〔て〕出《いで》きたる。集会《シユヱ》の座につきたり。威儀師《イギシ》、左右にさむらひて、事《こと》をこなふさまこそ。あるが中《なか》に、とりわきよそほしう、めだつべかンめれ。

御所《ごしよ》には、巳《み》の時《とき》ばかり入《いら》せ給《たま》ふ。御こしのわたり、人々《ひとびと》あまた、所《ところ》せげに打《うち》かこみまいゐるさま。いみじう、さこそはと見《み》えたり。二《に》王門《わうもん》より清水《きよみづ》といふ所《ところ》へかけて、中道《なかみち》をとほ《ほ》らせ給《たまう》ふて入《いら》せ給《たま》ふ。堂《だう》のひがしのかたに。御聴聞所《ミチヤウモンジヨ》まうけたり。前《まへ》にみすかゝれり。其《その》まへには、わが御かた、ゐさせたまふ。次《つぎ》に会津少将《あひづせうしやう》保科おはす。正武《まさたけ》の侍従《じじゆう》阿部。政直侍従《まさなほのじじゆう》土屋。喬朝朝臣《たかとものあそん》秋元ははしの上の西《にし》、ひ

かいけちて 掻消ちて。全く消し去って。

神分 法施を行うに際して大小神祇の擁護を請うために般若心経などを読誦する。

辰の刻 朝八時ごろ。

中原師庸 中原家は室町後期より押小路を名乗る。太政官の外記を世襲とする。

史生 公式文書作成係。

使部 雑役係。

治部 役人の姓氏役職等を管理する治部省。

玄蕃 治部省の中で外国人及び僧尼の名籍を管理する。

○**たけだち** 身の長《タケ》也。せい高き也。

がしのかたに居給《ゐたま》へり。御聴聞所《みちやうもんじよ》の内陣《ないぢん》のかたによりて、長重侍従《ながしげのじじゆう》小笠原。宗資侍従本荘。越中守明英《ゑつちうのかみあきひで》加藤。その外《ほか》の殿原《とのばら》おほくゐたり。うしろのかたにも、人々《ひとびと》あまたさふらふ。西のかたの勾欄《かうらん》によりて。高家衆《かうけしゆう》、座《ざ》つきたり。はしのもとに大和守正《やまとのかみまさ》みち井上はじめて、あまたおはす。宮々《みやみや》の家人《いへびと》。鷹司殿《たかつかさどの》の家司《けいし》。その外《ほか》、御ゆるしありてまゐり見奉《みたてまつ》るものなどは、にしのかたのみはしの下《した》にうづくまりゐたり。御聴聞所のむかひのかたに。護持院大僧正《ごぢゐんのだいそうじやう》初《はじめ》て、他《た》山《ざん》の碩学《せきがく》、数多《あまた》かしこまりおはす。御聴聞所のめぐり。ゆへ《ゐ》〳〵しき殿原《とのばら》、かずもなくたちこみて。さすがに次第《しだい》みだれずなどしてゐたり。

庭上《ていしやう》を見れば。回廊《くわいらう》の前《まへ》かけて。れいの、つはものぐしつゝ、こと〴〵しき弓《ゆみ》や何《なに》やと、かどめきたるさまにてあり。こればかりも、よのつねの事《こと》とは見えずかし。

ほどなく勅使参《ちよくしまゐ》り給《たま》ふ。中山大納言《なかやまだいなごん》篤親卿《きやう》と聞《きこ》ゆ。堂《だう》の左《ひだり》のかたに、大臣《だいじん》の御座《ざ》しつらひたり。鷹司殿《たかつかさどの》おはす。右《みぎ》のかたには、中納《ちうな》

威儀師　法会で衆僧を指導し威儀を整える僧。
よそほしう　ものものしく。
巳の時ばかり　午前十時頃。
わが御かた　柳沢吉保。
鷹司殿　兼熙。
家司　役人。
護持院大僧正　隆光。
○**かどめきたる**　きつとしたる躰也。
○**中納言基勝**　園。

［一二二頁］
乱声　行幸などの出御の折、雅楽の楽器を一度に鳴らすこと。
上官　政官《ジヤウグワム》。外記・史生などの役人。
出居　儀式の際、出居

言基勝卿《ごんもとかつきやう》。殿上人《てんじやうびと》など、あまたつき給《たま》ふ。此時《このとき》、乱声《らんじやう》したり。上《しやう》官《くわん》、座《ざ》につく。次《つぎ》に出居次将《でゐのじしやう》なり。石山左中将《いしやまのさちゆうじやう》基董朝臣《あそん》と聞《きこ》ゆ。次《つぎ》に式部《しきぶ》のぞう康政《やすまさ》。弾正少忠弘光《だんじやうのせうちうひろみつ》。けびいし《ゐ》など、次第《しだい》して。出《いで》きたる。

かくて、威儀師《いぎし》先《さき》にたちて。僧達《そうたち》、集会《しゆゑ》の所《ところ》をたちぬ。治部《ちぶ》、玄《げん》蕃《ば》など引《ひき》つれて、ひらばりの前《まへ》につらなりたてり。さて、雅楽寮《ウタレウ》の官人《くわんにん》、けはひよそほしう。つくろひて、左右《さいう》にわかれて舞人《まひびと》をいざなひつゝ、南門《なんもん》のかたはらより入《いる》。蝶《てふ》、とり、ぼさつ《ち》の舞人《まひびと》、めなれぬさまにかざりたてゝ《て》。いとおもしろき物《もの》の音《ね》吹《ふき》たて。うちあはせてまいるほど。そゞろさむきまでおもしろう、うき世《よ》の事《こと》とは見えず。うるはしう、いみじ。左右《さいう》ともにすゝみ立《たち》て、音声《おんじやう》をたてたるほど、またかぎりなういみじうおぼゆ。

楽人《がくにん》は、本道《ほんだう》をへて、がくやにいたる。猶物《なほもの》の音《ね》ひゞきあひたり。さて省《せい》れうの官人《くわんにん》。僧衆引《そうしゆひき》つれつゝ、左《ひだり》みぎにわかれ〔て〕。標《ひやう》の下《した》にたてり。此時《このとき》、ものゝ音《ね》とゞめて、おの〳〵座《ざ》に付《つき》たり。威儀師《いぎし》、

の座にあって進行を行うひと。

次将 出居の役を負う近衛の少将。中務省の官人。

石山左中将基董朝臣 未考。

式部のぞう康政 式部丞高屋康政。丞は卿・輔の下にあり実務を指揮する。

弾正少忠 弾正台の役職。治安・法制の維持にあたる。少忠は尹・弼・大忠の下にあり巡察の実務を指揮する。

弘光 姉小路弘光。未詳。

けびいし 検非違使。宮廷の内外の治安維持

標《ひやう》をたてゝ《て》。省官《せいくわん》はかへりまい《ゐ》る。又《また》、前《まへ》のごと物《もの》の音《ね》ひゞかし出《いで》つゝ、がくやにいたる。又《また》、省官先《さき》だちてこと〲しう、はらひたてゝ来《きた》るを見《み》れば。導師《だうし》、呪願師《じゆぐわんし》、いたり給《たま》へるなりけり。導師《だうし》は公弁親王《こうべんしんわう》。呪願師は曼珠院良応親王《まんじゆゐんりやうをうしんわう》、せさせ給ふ。舞《ぶ》たいのもとにて、御こしとゞめて、おりさせ給ひぬ。さて、舞《ぶ》たいをへて、礼《らい》盤《ばん》につき、左右《さいう》に礼仏《らいぶつ》し給《たま》ふほど。また、心《こころ》ことに、有《あり》がたう、こゝらの中《なか》にすぐれて、あなめでたと見《み》ゆるばかり、やんごとなきさましたまへり。もろ〱の僧達《そうたち》、又皆《またみな》、礼《らい》したまふ。

事《こと》はてゝ《て》、を《お》の〱《おの》高座《かうざ》にのぼり給《たまふ》。さま〲あざやかにかざりたるぼさつのすがた、えもいはずみゆ。伽陵頻伽《カレウビンガ》、胡蝶《コテフ》などもありけり。又《また》、おの〱花《はな》かごさゝげて、二行《にぎやう》にわかれて花《はな》奉るに。十《じふ》弟子《でし》たち、つたへとりて、宮《みや》に奉《たてまつ》るなど、いみじう花《はな》やかなり。

楽所《ガクソ》の物《もの》の音《ね》、吹《ふき》あはせたるに。此蝶鳥《このてふとり》など、まい《ひ》かなでたるさま、めもあやなり。梵音《ぼんをん》、金皷《きんこ》など、おもしろきに、いとうつくしうかざりたる堂童子《だうどうじ》、花《はな》かごとりてゆく。これは、わか殿上人《てんじやうびと》のさ

の実務に当る役人。
○**けはひ**　気勢と書。
○**よそほしう**　威儀をつくろふ躰也。
蝶とりぼさつの舞人　胡蝶と迦陵頻伽の鳥と、菩薩の仮装を身につけた舞人たち。
おもしろき物の音　楽しい楽器の音楽を。
吹たてうちあはせて　合奏しつつ。
本道　会場中央の通路。
省れうの官人　治部省と玄蕃寮の役人。
標　先刻立てた札。
○**ごと**　如く也。
はらひたてゝ　先払いを大仰に行いつつ。
導師　法会の中心とな

るべきかぎり、内《うち》のも、院《ゐん》のも、あまたすぐりて、まいらせ給《たま》へり。此時《このとき》、散花《サンゲ》行道《ぎやうだう》などあり。天人《てんにん》などいふもゝ《の》、あそびたらんさまして、えもいはぬ花《はな》、ふり下《くだ》りて、いみじうめづらし。なにも〳〵、かきつくしがたうてなん。さば、例《レイ》の、物《もの》ほめがちに、うたてもあるかなとおぼゆれど。いかゞせん。

大《おほ》かた、さるべきぎしき、しつくして、導師《だうし》表白《へうびやく》し給《たま》ふさま、いへばさらなり。願文《ぐはんもん》、呪願文《じゆぐわんもん》などお《を》はりて、高座《かうざ》より下《くだ》り給《たま》ふに。楽人《がくにん》、また、れいの、おどろ〳〵しく吹《ふき》たてたり。事《こと》どもはつるに。導師《だうし》より初《はじめ》て、ろくどもあまたを《お》こなはる。大臣《だいじん》以下《いか》、これをとり給《たまふ》。さばかりひろき所《ところ》に。大《おほ》かた、あたりもまばゆきまで。ろくどもかづきつれたり。

いまはかうこそ、と見《み》るほどに。又《また》まんざいらく。たいへいらく。陵王《りようわう》。納曾利《ナソリ》。など、さま〴〵にめでたく、なまめかしき物《もの》の音《ね》ども、吹《ふき》あはせたる。また、さらがへりて。いみじう、おもしろし。かくて、導師《だうし》よりはじめて、皆《みな》、かへりおはす。猶《なほ》、よそほしう。

る僧。

——(以下一二七頁)

内　内裏。天皇に奉仕する人々。

院　霊元院の上皇御所に奉仕する人々。

すぐりて　選抜して。

散花　声明などに合わせて仏に献げる花をまき散らして行くこと。

行道　読経しつつ衆僧が堂内を右回りに歩くこと。

さば　さあれば。だから。

表白　法会の趣旨を三宝と会衆に伝える文。公弁法親王自撰。

○**ろく**　賜物也。「導師に銀一万両、時服二十、官人《くわんにん》など、はじめのごとく、みちびきたり。こゝらの僧正《そうじやう》、僧都《そうづ》。数多《あまた》、色〳〵《いろいろ》のけさ、ころも、きつれて。皆《みな》、時《とき》の宿徳《シウトク》と見《み》えたるが、引《ひき》つゞきたるさま、いみじき見物《みもの》なり。かくて、かんだちめなど、をの〳〵《おおの》あがれたまひぬ。

御所《ごしよ》には、事《こと》はつるきはに、宮《みや》の御かたに入《いら》せおはしまして。みな罷出《マカンデ》はててぞ御堂《みだう》へ参り給《たまう》ふて、拝《はい》し奉《たてまつ》り給《たまひ》ける。その有《あり》さま、又《また》、いかめしう行列《ぎやうれつ》したり。さるべきかた〴〵御供《おとも》にて、まい《ゐ》りつゞく。会津少将《あひづせうしやう》は、御さきにたゝせ給《たまふ》。こゝには、後従《ゴジウ》し給《たま》へり。

かくて、かへりおはしまして。又の日。勅使《ちよくし》はじめて、かた〴〵にいみじうもてなし聞《きこ》え給《たまふ》。猿楽《サルガク》などもありけり。おとゞをはじめて、宮《みや》たち、かんだちめ、殿上人《てんじやうびと》、諸卿《しよけい》、大夫《たいふ》、三十人計《ばかり》ぞありける。とり〴〵に御《お》をくり物《もの》など、いみじうせさせ給《たまふ》。

まことや、こたみ中堂つくらせ給《たま》ふに、そのあたり、いみじうかゝやきたるさま、おほかりけり。仁王門《にわうもん》、文殊楼《じゆろう》。常行堂《ジヤウギヤウだう》。法華《ホケ》堂。など、つき〴〵しうてたちならびたり。しゆろう。りんざう、

呪願師に銀一万両、衆僧に五千両」(徳川実紀)。
大臣　左大臣鷹司兼煕。
とり給　執行なさる。
いまはかうこそ　もうこれで終りかと。
まんざいらく　万歳楽。
たいへいらく　太平楽。
さま〴〵に　楽をともなって舞が演じられる様をいう。
○**さらがへりて**　更返。
○**よそほしう**　もののしく。
○**こゝら**　多。
○**宿徳**　道徳成就したる僧也。
○**引つゞきたる**　ぞろ〳〵通りすぎて行く。

ふもとの山王《さんわう》なども、いみじうみがゝれ出《いで》たり。山《やま》のうち、松原《まつばら》などども、さき〴〵ありしよりは。ひろ〴〵と、うちひらきて。あらしはるかに吹《ふき》すさびて。行《ゆき》かよふ人《ひと》のけしきも、ちい《ひ》そ《さ》う、〔その〕物《もの》ともあらず見《み》わたさる。桜《さくら》など、ことさらにおほく、うへ《ゑ》そへられたれば。春《はる》まちどを《ほ》に、おもひやらるゝさまぞしたる。もとよりありつる堂《だう》なども、あらためてつくりそへ。みがきとゝのへなどしたりければ。まことの山《やま》のわたりにも。お《を》さ〳〵《をさ》たちこえて、それも、など〔か〕かばかりは、など。世《よ》の中《なか》見あつめたるものは。いひあへるとなん。

――(以下一二七頁)

ふもとの山王　東叡山東南麓に祭られていた日吉山王社。

まことの山　本来の比叡山延暦寺。

たちこえて　こちらの方が立派で。

それも　その比叡山も。

(一一七頁の続き)

○**遠江守かつさだ**　牟礼勝貞。

○**ひらばり**　平帳と書。仮屋に幕打たるもの也。

石野義雄　「弓頭石野八兵衛義雄、与力同心を牽ひて中堂の裏口を固む」(楽只堂年録)。

若狭といひけるたくみ　「大工、小林若狭利尚」(同右)。

(一一九頁の続き)

山の中堂　比叡山延暦寺の根本中堂。

この御ひかり　柳沢家の栄光。

はてゝ　「夜の六ツ半時になりてはてぬ」(楽只堂年録)。夕六時ごろ終了。

中堂供養　東叡山中堂の完成奉献を告げる勅会法要。
いかめしきかぎり　荘重さの究極。
（一二三頁の続き）
呪願師　法会にこめられた祈願の文を読む僧。
曼珠院良応親王　洛北の天台宗曼殊院の門跡。後西天皇の皇子。公弁法親王の弟。
こし　輿。のりもの。
礼盤　本尊の前の壇。導師が礼拝する所。
こゝらの中に　多数の僧俗の中でもとりわけ。
やんごとなき　高貴な。
事はてゝ　礼拝が終って。
をの〱　導師と呪願師。
高座にのぼり給　願文・呪願文を捧げるための席につかれた。
ぼさつ　舞人の菩薩を演ずるもの。
おの〱　迦陵頻伽と胡蝶の姿をした舞人達が。
十弟子　導師が伴った十人の弟子。釈迦の十大弟子に擬す。
宮　導師の公弁法親王。
蝶鳥　胡蝶と迦陵頻伽の形をした舞人たち。
梵音　声明。音楽的な読経。
金鼓　「コンク」か。僧堂で打ち鳴らす銅製の楽器。
堂童子　町尻兼量ほか七名。
わか殿上人　年若の殿上人。
さるべきかぎり　美男をすべて。
（一二五頁の続き）
かんだちめ　上達部。公卿の異称。
○**あがれ**　別るゝ也。
さきにたゝせ給　先導する。
こゝには　柳沢吉保は。
後従し　後尾を守りつつ従う。
おとゞ　左大臣鷹司兼凞。
宮たち　公弁・良応の両法親王。
そのあたり　寛永寺境内。
つき〲しう　互に調和のとれた雰囲気をつくって。
しゆろう　鐘楼。
りんざう　輪蔵。回転式の経蔵。

九　わかの浦人　　元禄十一年秋より十三年秋にいたる

寛永寺の根本中堂に掲げる「瑠璃殿」の大額は、勅筆を都から運んで、元禄十一年九月六日、やっと江戸に到着したが見物の大騒ぎの最中に火事が発生し、寛永寺の家綱廟まで焼失する大火となり、千住まで延焼し鎮火した。その後も火事は続いた。

元禄十二年、旗本の困窮を救う金銭の授与が行われ、人々は、それが吉保様の亡父安忠様の遺言のお蔭であることを思い起して感謝するのであった。

吉保様は各地の古寺社の復興や古墳・陵墓の整備を積極的に支援したので、東山天皇の謝辞が伝えられた。十二月には吉里君の元服、従四位下越前守への叙任が行われた。翌十三年、五月には吉保様の御姉君が逝去。間もなく吉保様自身病床に伏し、八月一日ようやく公務に復帰。病後、近年手に入れた駒込の山荘(六義園)で秋景色を賞美する。八月二十七日には、幕府歌学方の北村季吟法印から、古今秘伝を伝受した。

章題は、その折の吉保の詠歌中の一句。

此《この》たび、中堂《ちゆうだう》には。るり殿《でん》といふ額《がく》かけさせ給《たま》ふ。当今《たうぎん》のうへぞかゝせ給へる。都《みやこ》より下《くだ》る道《みち》すがら。所《ところ》せげなるほど、さこそはありけめ。六日といふあした、〔あづま〈へ〉〕もて入《いり》たり。大路《おほぢ》を北《きた》ざまに引《ひき》たるに。そゞやといふほどこそありけれ。所〳〵《ところどころ》、れいの、物《もの》見《み》る人《ひと》はしりあつまり。あやしき小路《こうぢ》など〔は〕、お《を》りかさなりつゝ。まつりなど見《み》るこゝ地《ち》して、ひしめきたり。さばかり大《たい》ぎなる物を。いみじう大事《だいじ》とおもひて。ふたへ、みへ、箱《はこ》などに入《いれ》てつゝみて。人《ひと》あまたとりつきて、くめり。ちいさき家《いへ》などのありくやうにて。何《なに》ばかりのお《を》かしき事《こと》はなき物《もの》から。いかめしう、めづらしき見物《みもの》なりけり。げに、かゝる御いきほひならでは。たはやすく、いかゞは、と見えたる程《ほど》なりけり。

かくさは《わ》ぎたちたるほどに。巳《み》の時《とき》ばかり。南《みなみ》なべ町《ちやう》といふ所《ところ》の民家《みんか》より。にはかに火出来《ひいでき》て。いとおどろ〳〵《おどろ》しうやけあがれり。折《をり》ふし、みゝなみの風《かぜ》さへ。はげしう打《うち》あふぎて。わたり四町《しちやう》ばかりにひろごりつゝ。大名小路《だいみやうこうぢ》といふにもえつきて。こゝらの諸侯《しよこう》の

中堂　寛永寺中堂。
るり殿といふ額　中堂を「瑠璃殿」とも称した。
当今　現天皇、東山天皇を指すが、霊元院の染筆とする説もある(江戸名所図会)。
六日　元禄十一年九月六日。
○**そゞや**　すはや也。
○**くめり**　来。
巳の時　午前十時ごろ。
南なべ町　数寄屋橋門の南。
おどろ〳〵しう　大事となって。
わたり　その周辺。
四町　一町は九九・一八アール、約三千坪。

おはす所《ところ》。さばかりひろき殿《との》づくり。こゝかしこ、もえあがり〳〵するほどに。いよ〳〵おほきになりて。北《きた》をさして、たゞ飛《とび》にとびて。こゝのみたちのあたりへつきたり。

家人《いへびと》など、あるかぎりさはぎたれど。さばかりのほのほ。ふきつけられて、せんかたなし。をきの守忠増朝臣《かみただますのあそん》大久保と聞《きこ》えしは。忠朝《ただとも》の侍従《じじゆう》の御太郎なり。こなたあやうしと聞給《ききたまひ》て。さるべきものあまたぐして、おはしたり。遠江守宗昭《とほたふみのかみむねあき》伊達。小笠原《をがさはら》なにがし。いづの守信輝《かみのぶてる》松平。越前守重昌《ゑちぜんのかみしげまさ》丹羽。など聞《きこ》ゆる人々《ひとびと》も。にはかに、こなたにまい《ゐ》りて。すくふべき奉書給《ほうしよたま》はりて。すくやかもの。あまためしつれてまい《ゐ》り給《たま》へり。

こなたにありける御所のおとゞ。うしなはじとて。あるかぎり、ちからを入《いれ》たり。れいの。此《この》御かたに心《こころ》よせ給《たま》へる人々《ひとびと》なども、を《お》ひつぎ〳〵まい《ゐ》りこみて。我《われ》を《お》とらじと、やのむねなどにのぼりゐつゝふせぐ。たはやすくかきけつべきならねば。四郎君《しらうぎみ》の住処《すみどころ》。ひめ君《ぎみ》の御かた。家人《いへびと》の小屋《こや》などは、皆《みな》やけぬ。御むこの豊前守《ぶぜんのかみ》どの

大名小路　江戸城内東南の大手門に近い一角。南北の通りの東西を親藩・譜代を中心とする大名邸が埋める。
こゝらの　たくさんの。

こゝの　柳沢家の。
忠朝　前老中、大久保加賀守。
すくふべき奉書　柳沢家の火災防止を援助せよとの将軍の命令書。
すくやかもの　屈強の若者。
○**おとゞ**　御殿。
此御かた　柳沢家に。
四郎君　吉保四男、経隆。
ひめ君　未考。

ゝ家《のいへ》。此《この》あたりつゞきたる《り》〔是《これ》〕もやけにけり。

いよ〳〵もえまさりて。今《いま》はかうこそは、と見《み》ゆるに。忠増朝臣《ただますのあそん》は。さる世《よ》のうつはものにて。心たけく、ひとあしもひかじとおぼして。物《もの》せさせ給《たま》へば。此《この》たけきものども。いみじうちからをつくしたり。いと、あまりふせがれて。火《ひ》はすこしよこざまにきれて。おとゞは残りぬ。つねおはす所《ところ》も。こなたざまにへだてゝ、のこりにけり。かくて、火《ひ》もやう〳〵遠《とほ》ざかりてぞ、ありつる人々《ひとびと》は。心《こころ》おち居《ゐ》ぬ。此《この》すくやかものなどは。あせにおしひたされてゐたる、したりがほなり。

君《きみ》は、あしたより御所《ごしよ》におはして。夕《ゆふ》つかたぞまかゝで給《たまふ》。暮《くれ》ゆくまゝに、火《ひ》はなを《ほ》しづまらず。いよ〳〵風《かぜ》つよう吹《ふき》そひつゝ。二《に》三十町《さんじつちやう》もいぬらんとおもふに。いぬの時《とき》ばかり。東《とう》えい山《ざん》にかゝれり、といひさはぐほど。また御所《ごしよ》に出《いで》させ給《たま》ひぬ。

山《やま》には、厳有院殿《げんいうゐんでん》の御《み》たまどのやけたり。房々《ばうばう》も、あたまやけにけり。かくては、いづこをはかりともしらず、おもひまどふに。あ

豊前守　黒田直重。
今はかうこそ　もう最後だ。
忠増　大久保。
うつはもの　立派な人物。
心たけく　勇気があり。
此たけきものども　援けに来ていた勇敢な人々。
つねおはす所　吉保の居間。
こなたざま　焼き残った側。
ありつる　先刻来、当家に居合せた人々。
したりがほ　得意満面。
○**いぬらん**　行ぬらん也。
——（以下一四四頁）

りつる中堂のあたり。やう〳〵ふせぎとゞめつ。千《せん》じゆといふ所《ところ》までやけぬるに。子《ね》の時《とき》くだるほどに。にはかに、あめのあしとくきほひつゝ、火《ひ》もきえぬ。

いまぞ、こゝにもまかゝ〔で〕給《たま》ひぬ。上下《かみしも》の人《ひと》、やう〳〵こゝろおちゐたり。世《よ》の中《なか》には、なを《ほ》なごりさは《わ》がしうて。露《つゆ》まどろまであけにけり。御所《ごしよ》より、四郎君《しらうぎみ》。五郎君《ごらうぎみ》。ひめ君《ぎみ》。みづからなどまで。御ぞ。とのゐものなど。さま〴〵あまた給《たま》へり。ところ〴〵の御とむらひ。ゆきちがひて、かくても中〳〵《なかなか》あらまほしき御いきほひぞかし。

まことや、るり殿《でん》のがくは。ことなくかゝげたり。いとあざやかに、さるは、やんごとなきすぢ、かくれなくて。拝《をが》み奉《たてまつ》るもかしこくなん。さこそおほきなりしが。雲霞《くもかすみ》とたかくかけたれば。ちい《ひ》そ《さ》う、たゞよのつねの。あふぎなどに。物書《ものかき》たる心《ここ》ちしたり。

十二月十日には。御所《ごしよ》、こなたにおはしまさせ給《たま》ふ。れいの、所《ところ》せき御《ま》もうけなどにて。いといみじきに、ひるつかた、このあたり

千じゆ　千住。日本橋から二里。日光街道一番目の宿。
○**子の時くだるほど**　子ノ下刻。午前一時ごろ。
こゝにも　柳沢吉保も。
まかゝで　将軍のもとから退出する。
おちゐたり　落ち着いた。
四郎君五郎君　経隆と時睦。
みづから　本書の筆者、町子。右二人の母。
御ぞ　衣料。
とのゐもの　寝具。
ところ〴〵の御とむらひ　諸方からの火事見舞。
あらまほしき　ありが

ちかき市町《いちまち》より、火《ひ》出《いで》たり。風《かぜ》もいとはげしうあれて。何《なに》のけう《きよう》もなければ。御所《ごしよ》には。にはかにかへらせ給《たまひ》ぬ。此御《このみ》たちは。さいへど。あやうげなし。

戌亥《イヌヰ》より、ふきとを《ほ》したる風《かぜ》につれて。海《うみ》ちかきほとりまで、やけぬ。こなたの御母君《ははぎみ》のおはします。霊巌島《レイガンジマ》のみたち、やけにければ。いそぎ、こなたへぞうつし奉《たてまつ》りける。

かくさは《わ》ぎあへるに。千代君《ちよぎみ》の、日《ひ》ごろおどろ〳〵しき御なやみなどは、聞《きこ》えざりしを。にはかに、いたうおもらせ給《たま》ひぬと。つげきこゆ。こゝに、御つかひうけ給《たま》はりて。おはしぬ。さるべき御薬《くすり》など、奉給《たてまつりたま》へれど。しるしなくて、よひすぐるほどにぞおは《を》らせ給ふ。さばかりのきはにて。上下《かみしも》となくさは《わ》ぎのゝしりて。あつかひ聞《きこ》えたりつれど。何《なに》のかひなし。御所《ごしよ》にも、御ぞ奉《たてまつ》りかへて。いとあはれに、こもりおはします。いと、物《もの》のはへなき年《とし》の暮《くれ》なり。

まことや、母君《ははぎみ》のみたちやけにければ。一二日過《ヒトヒフタヒすぎ》て、たいのうへ鷹司家。五《ご》の丸《まる》の御かた小屋氏。ひめ君《ぎみ》のおまへなどよりも。よる

たい。

御いきほひ　権勢猛なる事。

るり殿のがく　京都から運ばれた「瑠璃殿」と大書された勅筆の扁額。

あふぎ　扇子。

十二月十日　元禄十一年。将軍、吉保邸を訪問。

市町より火　「この昼、石町より失火(略)、よてにはかにかへらせ給ふ」(徳川実紀)。

母君のおはします　「今日石町より出火にて母堂の居給へる霊巌嶋の屋敷も類焼す」(楽只堂年録)。

の物《もの》。きぬ、あや。くだものなど、とりぐ〳〵に。御心《こころ》そへて。を《お》くらせ給《たま》へり。おほやけ、わたくし、さまぐ〳〵としづかならで年《とし》もほどなく暮《くれ》にけり。

元禄も十二年になりぬ。れいざまの事《こと》にて、春夏《はるなつ》も過《すぎ》ゆく。九月には。正覚院殿《しやうがくゐんでん》の十三年にあたらせおはします。月桂寺《げつけいじ》にて、御《み》わざせさせ給《たま》ふ《う》て。その日《ひ》、まうで給《たま》ひぬ。いと、かう、世《よ》のひかりにおは〔しま〕すも。かつは、故とのゝ《の》いみじう。善根《ぜんこん》をつくさせおはしける御とくなりけりと。年月《としつき》にそへて。おぼしわすれず。例《れい》の祭文《さいもん》などにも。かゝるすぢをぞ、わきてこまかに申させたまふ。御《ご》所《しよ》にも、例の御を《お》くり物《もの》など。こまかにとむらひ聞《きこ》えさせ給《たま》へり。贈官《ぞうくわん》などの事《こと》、御《み》けしきありけれど。これは、しゐ《ひ》て辞《じ》し申《まう》させ給《たま》ひつ。

今《いま》の世《よ》に、わが御かへり見《み》にあひて。さかへ《え》ゆく人々《ひとびと》なども。はやうしりきこえたるは。よとゝ《と》もにおもひいで聞《きこ》えて。先《まつ》かやうのお《を》りすぐさず、まうでなどしたり。

千代君　綱吉の姉。尾張の徳川光友室。
こゝに　柳沢家に対しても。
まことや　そうだった。
○**たいのうへ**　綱吉正室。
○**五の丸**　お伝の方。

正覚院殿　吉保の父安忠。貞享四年九月十七日没。
十三年　十三回忌。
御わざ　御法会。
世のひかり　吉保自身が現在栄光にみちていること。
祭文　前出、全文は楽只堂年録に収載。
わが御かへり見　吉保の眷顧推挽を得て。

また、御はた本《もと》の殿原《とのばら》に。御所《ごしよ》より、此《この》ごろ、こがねあまた給《たま》はりて。よろこびあへり。さるは、故《こ》との丶《の》、はやう今《いま》はのきざみに、ねがひをかせ《お》給《たま》へる事《こと》など。おぼしわすれぬなるべし。そのほどの事《こと》など、ほのかにしりたるは。いかゞはあさくもおもひなさん。何《なに》事《ごと》につけても、あたらしう。世《よ》のためにならせおはしけるをぞ。こひ聞《きこ》えける。

今《いま》の君《きみ》となりては。これは又《また》。さまことに。おもく〱しう。世《よ》の中《なか》まつりごちおはすほどに。いよ〱こなたかなたに。なびきつかふ《う》まつるさま、ことは《わ》りなり。世《よ》お《を》さまりて、年月久《としつきひさ》しくなりければ。天《あめ》が下《した》あまねくのどかになりぬるに。ことには今のかしこきさかりにあひて。ほどにつけて、さるべき事申《ことまうし》おこして。ねがひ出《いづ》る者《もの》、やう〱おほかり。まづ、こなたへたのみ奉りて。われも〱といひいづめり。

さるべからん寺《てら》〱《でら》。やしろ〱。又《また》ふるき名所《めいしよ》の跡《あと》などおこす事《こと》ども。おほくきこしめすに。いにしへの世々のみさゞき。世《よ》みだ

はやう　古くから。
はた本の殿原　旗本は直参にして万石未満の武士たち。
今はのきざみ　臨終の遺言として。
あたらしう　惜しむべく。
今の君　吉保の代。
○**まつりごち**　政の字。
おこす　復興する。
○**みさゞき**　天子の御墓也。
［一三六頁］
○**はなちかふ**　馬をはなちかふ也。
○**あげまき**　総角と書。わらしべの事也。
つかふまつる　奉仕する。

れ、みちかはりなどして。その所《ところ》とたしかにしる人《ひと》だになく。むかしありけん垣《カキ》なども。あやしき草《くさ》がくれとなりて。はなちかふあげまきの。あとあさましう。玉《たま》もてかざれる所《ところ》も、露《つゆ》のひかりにかはりて。そこはかとなく。あれゆき。あるは、そのかたばかり残《のこ》りたるも。いやしきしづのお《を》など〔は〕。つかふ《う》まつる事《こと》だにしらで、すたれゆくを聞《きこ》しめしつけて。「いと、あるまじうかなしき事。いかで申《まうし》を《お》こなはばや」とおぼして。おほやけに、申奉《まうしたてまつ》らせ給《たま》ひて。もとより、たえたるをばたづね。又《また》、そのあとゝ《と》たしかにのこれるも。いつくしう修理《スリ》して。心《こころ》ことに、人《ひと》うやまひ奉《たてまつ》るべきさまになすべく。さるべき国〳〵《くにぐに》のつかさになん、を《お》きてさせたまふ。

かくおほせ事《ごと》ありと聞《きき》て。やがて、こゝかしこより、とかく考《カウガ》へ、申出《まうしいで》たり。猶《なほ》これかれたしかに。たゞさせ給《たまう》ふてぞ。を《お》きてさせたまひける。みやこの所司《しよし》などへも、仰《おほせ》つかはしたれば。伝奏《てんそう》の人々《ひとびと》して。やがて叡《えい》ぶんにもを《お》よびけり。ことにかんじ下《くだ》さるゝむねをぞつたへ給《たま》へる。さるは、いとかしこく。いたらぬくまなき御心《みこころ》

おほやけに　将軍に対しても。

○**いつくしう**　厳。

をきてさせ　命令を下し。

みやこの所司　京都所司代。

伝奏　武家伝奏。武家の動向を天皇・上皇に伝える宮廷の役人。

叡ぶん　叡聞。天皇・上皇の耳に入れること。

かんじ　賞める。

さるはいとかしこく　お賞めを蒙るにつけて、大層畏れ多いことと励みにして。

いにしへの御代まで　古代の天皇にまで及ん

にて。いにしへの御代《みよ》まで、まめやかにつかふまつらせ給《たま》ふほどを。かつは、あやしきまで例のほめ聞《きこ》えける。

太郎君《たらうぎみ》には。年《とし》のくれに御元服《げんぶく》のおほせごとありて。四位《よゐ》になり給《たま》ひぬ。越前守《ゑちぜんのかみ》と聞《きこ》ゆ。ことしは、十三にぞならせ給《たまふ》。まだ、いと、さばかりの御よはひにて。すゝみ給《たま》へるこそ。御さいはいのかゝるべき物《もの》から。めでたけれ。

年《とし》かはりて元禄十三年、何《なに》くれと春《はる》も過《すぎ》ぬるに。五月《さつき》ばかり、御あね君《ぎみ》うせたまひぬ。御としも、まだいたくおひ《い》はて給へりといふばかりにはおはせぬに。さらぬわかれぞ。せんかたなくおぼしなげきける。やがて。御ぶくめして、こもりおはす。五月雨《さみだれ》のかきたれて。つれ〴〵なるに。よろづ物《もの》の哀《あはれ》まさるころの露《つゆ》けさなり。

いつはれん物《もの》とも見《み》えず空《そら》とぢて軒端《のきば》にくらき五月雨《さみだれ》の雲《くも》

ものおもひをれば、とうちごたれ給《たま》ふに。ほとゝぎすなど、いかゞありけん。

四五日《よかいつか》ありて、ことさらにめしありとて。にはかに御ぶくぬがせ

で。

まめやかに　心細かく。

つかふまつらせ　事業を進めるので。

かつは　ますます、常識をこえるほどに。

太郎君　柳沢吉里。

年のくれ　元禄十二年十二月三日。綱吉、柳沢邸を訪問。吉里を従四位下とし、越前守と改称する(徳川実紀)。

あね君　名未詳。吉保の姉。同姓信花の妻。

○**さらぬわかれ**　伊勢物語「老ぬればさらぬわかれのありといへばいよ〳〵みまくほしき君かな」。

――(以下一四四頁)

給《たまう》ふて。まうのぼらせ給《たま》ふ。猶《なほ》しばしもこもりおはすべきを。例《れい》の、えさらぬおほやけごとのしげきになん。れいにこえて、ゆるし申《まう》させ給《たま》へりける。

かゝるほどに、そのまたの日より、御心地《ここち》の例《れい》ならずおはして。たれこめ給へり。いと、かきみだり、おどろ〱しきほどの、御なやみにはあらぬ物《もの》から。又《また》、例《れい》ならずくるしうおぼせば。御薬《くすり》の事《こと》など。人々《ひとびと》おりたちさは《わ》ぐ。御所《ごしょ》よりは。てるさだの朝臣《あそん》ぞ。御使《おつかひ》にてまい《ゐ》り給《たま》ふ。聞《きこ》しめしつけて。せちにおどろかせ給《たま》ふ事《こと》など申させ給《たま》ふ。御こゝちなぐさめにもや、などおぼしよりけん。そめぎぬ、ちゞみぬのなど、いとうつくしうならべて、たまはらせたまふ。

又《また》の日《ひ》もおなじさまにのみわたらせたまへば。例《れい》の、てるさだの君《きみ》おはして。御心《ここ》ちのさま、こまかに聞《きき》奉らせ給《たま》ふ。しばしもさふらふべきを。御所に、こゝろもとながりおぼしめしたれば。かしこくなん、とて。やがて引《ひき》かへし、まうのぼり給《たま》ひぬ。日《ひ》ごろも過《すぎ》ゆく。折《をり》ふしのあつさもまさるに。猶《なほ》、御なやみ、お

○**まうのぼらせ**　参。
えさらぬ　逃れようのない。
れいにこえて　超法規的に。
またの日　翌日。
○**たれこめ給へり**　古今「たれこめて春のゆくへもしらぬまにまちしさくらは《(ママ)》うつろひにけり」これはやまひにこもりてよみしうた也。〔たれこめてとはすだれをたれてこもり居るを云。〕
おりたち　気を使って。
てるさだの朝臣　松平輝貞。
せちに　将軍も、真剣に。

なじさまにのみおはせば。日々《ひび》に、てるさだの君《きみ》をぞ。つかはされける。御くだものやうのもの。何《なに》くれと御心《こころ》にいれて、たまはれり。

　六月にもなりぬ。御所《ごしょ》には。真成《マメヤカ》に。心《こころ》ぐるしうおぼし、さは《わ》ぐ事《こと》、いみじ。対馬守重富《つしまのかみしげとみ》稲垣におほせて。橘《たちばな》の元常《もとつね》といふ医師《いし》、めしたり。よのつね、ちかくもまい《ゐ》らざりけれど。さる世《よ》に名《な》ありけるくすしなれば。ことさらにめさせて。こたみ、この御くすりの事《こと》ものすべく仰《おほせ》つく。

　かくいふほどに十日ばかり、御なやみのさまも。やう〳〵さはやかに見《み》えさせ給《たま》へば。いづかたにも、雨雲のはれたるやうにて、よろこぼひあへり。さるは、元常《もとつね》が奉《たてまつ》れりし御薬《くすり》のゆへ《ゑ》なりけり、とて。御所《ごしょ》にもめして、よろこびおぼす事《こと》などの給《たま》はせたり。かゝるきはには。れいなきものなど、こと更《さら》に給《たま》ふ。まことにうれしとおぼしたる御けしき見奉りて。元常《もとつね》も、かぎりの《な》ふ《う》思《おも》ひたてまつるほど、かしこまり申《まう》されける。君《きみ》は、そのほど過《すぎ》て。猶《なほ》よのつねのさまにもあらずおぼしけれど。

そめぎぬ　染絹。
ちゞみぬの　縮布。
こゝろもとながり　不安がって。
やがて　すぐに。
○**対馬守重富**　稲垣。〔若年寄。〕
橘の元常　隆庵。寄合医。綱吉の命で吉保に「つきそひ治療せしに、其効しるく、とみに快復せしかば、その賞として」元禄十三年六月十五日、法印に叙された（徳川実紀）。

しゐ《ひ》てまい《ゐ》り給《たま》へり。御よろこびの奉りものはさらなり。かしこより、からのきぬ。夏《なつ》きぬ。御かた〴〵にも、おなじさまのいみじきもの。あまた給《たま》はりてぞ。まかンで給《たまふ》。なを《ほ》、なごりつゝしませ給《たま》ふ《う》て。御薬《くすり》など、心《こころ》とゞめて、めし。その月《つき》もこもりおはす。

秋《あき》になりては。朝《あさ》けの床《とこ》も、袂《たもと》すゞしき風《かぜ》の音《おと》に。いよ〳〵御心《ここ》ちさはやぎ給《たま》ふて。日数《ひかず》へて、名残《なごり》なく、をこ《お》たり給《たま》ひぬ。

八月のついたち頃《ころ》よりぞ、れいのごと。まうのぼり給《たま》ふ《う》て。さるべき事《こと》など、とりをこ《お》なはせ給《たま》ふ。御所《ごしよ》はじめて。所〳〵《ところどころ》の御よろこび、いまさらに、いはんかたなし。御なやみの内《うち》、たまはり給《たま》ひし物《もの》こそ。あまたありけれど、ひとひもかゝさずなど。いとあまりうるさくて、かゝずなりぬ。

まことや、元常《もとつね》は、その頃《ころ》、法印《ほふいん》になして。ろくなどまさせ給ひぬ。こたみの賞《しやう》とぞ聞《きこ》えし。さりとも、御おぼえのならびなき事《こと》。誰《たれ》ばかりの分際《キハ》か、かくはおはしまさんとおもふに。かつはかしこき御めぐみなりかし。

奉りもの　献上品。

○**朝けの床も**　拾遺「秋たちていくかもあらねどこのねぬる朝けの風は袂すゞしも」。

○**をこたり**　いゆる事也。

○**ごと**　ごとく也。

まうのぼり　参上して。

法印になして　前注、一三九頁参照。

ろく　禄。俸給。

おぼえ　将軍の吉保を評価する思い。

かつはかしこき　そらおそろしいほどの。

御所《ごしよ》より、また、さらにいはひ聞《きこ》えさせたまふ《ぅ》て。給《たまは》らせ給《たま》ふもの。あや。又さまかはれるあやの。いみじき。母君《ははぎみ》。北《きた》の方《かた》、若君《わかぎみ》などへも、あまた給《たまは》れり。みな、さけさかな、そひぬ。所〱《ところどころ》よりのは、れいのもらしつ。

いまは、をこたりはてたまひぬれど。猶《なほ》さばかり御なやみののちなれば。いかで御心ゆくばかり、何事《なにごと》にまれ。まぎれ給《たま》ふべく。かへすぐ〱、御所《ごしよ》にものたまはす。

葉月《ハづき》の末《すゑ》つかた。おまへの萩《はぎ》も色《いろ》づきつゝ。秋《あき》の野《の》の人《ひと》まつ虫《むし》の声《こゑ》も、げに、われかと行《ゆき》てとはましき頃《ころ》なるに。そゝのかされて、こまごめといふ所《ところ》に、山里持《やまざとモ》たまへる。おぼし出《いで》て、おはしたり。みちのほど、〔あやしう〕むづかしげなる。小路のさまも、やうかはりておぼす。やゝ入《いら》せ給《たま》ふに。ほどよりは、里《さと》ばなれたる心《ここ》ちして。木《こ》だち物《もの》ふり、何《なに》ならぬ草の葉《は》末《すゑ》も。秋風《あきかぜ》ひまなく打《うち》なびきて。あはれふかき山里《やまざと》なり。

月頃《つきごろ》、御いとまおはせず。遠《とほ》き所《ところ》には。大《おほ》かた、さしのぞかせ給《たま》

をこたり　病気からの回復。
○**われかと行て**　古今「秋の野に人まつむしの声すなりわれかと行ていざとむらはん」。
こまごめ　駒込。江戸城北方二里足らずのあたり。
山里　山荘。別荘。
おぼし出て　思い出して。
○**むづかしげなる**　むさきといふ様の詞也。
小路　細みち。
ほどよりは　実際の距離よりも。
里ばなれ　人里から遠い。
月頃　数か月来。

ふ事《こと》だになければ。庭《には》なども、おさ〱つくろはせ給《たま》はず。けうとくあれまさりて。野辺《のべ》の松虫《まつむし》、所《ところ》えがほなり。おはします屋《や》どもは。大《おほ》かたよそほしう。もとよりたてを《お》かせ給《たま》へれば。けふわたらせおはしますとて。あづかりなど、かきはらひ、しつらひて。さすがに物《もの》きよくなしつ。御所《ごしよ》よりも。御くだもの、さかななど給《たま》はす。

日《ひ》ひと日《ひ》、御物《もの》などまい《ゐ》り、つく〲と。ながめたまふ。ふるさとなどいふも、からこそはありけれ。からしづかなる所《ところ》に。おもふ事《こと》なくてながめなんこそ。いかばかりお《を》かしさもそふわざならめ、など。おぼすべし。人《ひと》めして、露《つゆ》すこしはらはせて、を《お》り〔さ〕せたまふ。萩《はぎ》がえのを《お》のれ、おひ風《かぜ》におきかへり、猶《なほ》、露《つゆ》ふかくそよぐ。

　分行《わけゆけ》ば花《はな》も末野《すゑの》にを《お》く露《つゆ》のみだれて袖《そで》にこぼす萩原《はぎはら》。
　山里《やまざと》の秋《あき》の夕《ゆふべ》の色《いろ》なれやのきばの雲《くも》も霧《きり》のまよひも。

くれかゝるまでながめて、また御ひとりごとに。もろともに、ながめけう《きょう》ぜん人《ひと》もあらまほしけれ、と口《くち》お《を》しければ、つきせず、かへらせ給《たま》ふ。廿二日ばかり〔の〕月をそ《お》き空《そら》の心もとな

○**おさ〱**　すこぶるの心。
○**けうとく**　気疎。
よそほしう　立派に。
あづかり　預。管理役。
日ひと日　日がな一日。
ふるさと　古歌や古物語にいうところの「古里」。
をのれ　自然と。
おひ風におきかへり　風に吹かれて起き直り。
つきせず　興の尽きぬまま。

きに。さすがに道《みち》のほどは露《つゆ》しげくて。中〳〵《なかなか》えんなる夕《ゆふ》やみなり。されど、御心地《ここち》などは、なぐさませ給《たま》ひぬ。

其頃《そのころ》、御所《ごしよ》にさむらふ再昌院法印《さいしやうゐんほふいん》北村季吟と聞《きこ》えし。うたのみちかしこく。やまとだましひふかく物《もの》して。今の世の有職《イウソク》なりける、めして。『古今集《こきんしふ》』のふかき事《こと》をうけさせたまふ。年頃《としごろ》おぼしいたれる道《みち》にて。いよ〳〵あきらめおぼす事《こと》おほかるべし。その日は、めづらしきでうどなど、あまた給《たま》はす。

かしこしな和哥《わか》の浦人《うらびと》いにしへもいまもまことの道《みち》をつたへて。

などよみたまひぬ。法印《ほふいん》、御返《かへ》し。

伝《つた》はりし道《みち》をまことゝ《と》おもひいふ人《ひと》のことのはげにぞうれしき。

○**再昌院法印**　元禄二年以来、幕府の歌学方にあり、吉保とも交渉があった。元禄十二年十二月十八日「医員並歌学師北村季吟は法印に叙し（略）再昌院と称す」（徳川実紀）。
○**やまとだましひ**　源氏に多き詞也。日本の事しりと云様の心也。
○**有職**　物しりをいふ。
古今集のふかき事　古今集に関する秘伝。いわゆる二条家歌学の最も深奥とするところ。
おぼしいたれる　深く研究した。
でうど　調度。

（一三二頁の続き）

いぬの時　午後八時ごろ。

御所に出させ　江戸城に出勤する。

山　東叡山寛永寺。

厳有院殿　四代将軍家綱。

御たまどの　御廟。霊殿。木造建築物を造営する。

房々　山内の子院。三十以上あった。

ありつる　先日完成したばかりの。

（一三七頁の続き）

ぶくめして　喪に服して。兄弟姉妹は「忌廿日、服九十日」(服忌令)。

○**ものおもひをれば**　古今「さみだれにものおもひをれば時鳥夜ぶかく鳴ていづち行くらん」。

うちごたれ　ふと嘆きを洩してしまう。

十　から衣　元禄十三年秋より同十四年四月にいたる

元禄十三年九月二十二日、御養女悦子姫が、内藤丹波守政森様に輿入れ。盛大な人と物品の往来。

将軍の『易経』講義は、元禄六年以来、八年を経て十一月二十一日読了。竟宴が催され、当家からも金品多数が祝賀に献上された。

武田信玄の後裔と称する信冬なる人物が少し以前から当家に食客となり六義園に滞在していたのが、十二月二十七日、幕臣の末に加えられた。こういうふうにして幕臣となった人物は他にも多い。

元禄十四年正月、四男経隆君がはじめて江戸城に参上。数多の贈答品が交された。四月には、桂昌院様が王子稲荷に参詣の帰りに六義園訪問。一族、準備を重ねて大歓迎をする。贈答の品々、将軍よりの心遣いの品々などなど。

章題は、歳暮に交された吉保夫妻の贈答歌のうち、奥方の詠歌の一句。

悦子《えつこ》と聞《きこ》えしひめ君《ぎみ》は。北《きた》のかたの、はなれぬ御中《なか》にて物《もの》したまふを。とし頃《ごろ》、御むすめになして、かしづき給《たま》ふが。その頃《ころ》、右近《うこん》の君《きみ》と聞《きこ》えし。はやう何《なに》がしの守《かみ》にてうせたまひぬる御つぎにて、まだいとわかうおはせど。家《いへ》がらもかろからず〔など〕あるが。年頃《としごろ》いひわたり給《たま》ひけり。ことしになりて、つかはし給ふべき事《こと》、さだまりたれば。長月《ながつき》と契《ちぎ》りきこえ給《たま》ふに。いづかたにも、おぼしいそぐ事《こと》ひまなし。

十八日のほどより、御でうどなど、はこびわたす。御《ご》所はじめて、こゝかしこ、聞《きこ》しめしすぐさず。例の、御《オン》を《お》くり物《もの》、ひまなくもてまい《ゐ》るさま。乱《ラウ》がはしきまでひしめきたり。かくて、廿二日にぞわたし聞《きこ》え給ふ。その日《ひ》のさま。また、いへばよのつねなり。丹後守《たんごのかみ》昌明《まさあき》米谷、淡路守《あはぢのかみ》正辰折井など聞《きこ》ゆる殿原《とのばら》おはして、を《お》くりきこえ給《たま》ふほど、いとよそほし。かしこにも、びぜんの守康勝三宅。式部《しきぶ》少輔《せういう》俊量木下。などいふかた〴〵おはして、もてなし給《たまふ》。女《をんな》がたにも、いづみの守植矩《かみたねのり》朽木の北《きた》のかたなどまい《ゐ》り給ふ《たまう》て。まち聞《きこ》え給《たま》

悦子　実は、曽雌庄右衛門定秋の娘。
北のかた　吉保正室、定子。曽雌定秋の妹にあたる。
はなれぬ御中　血縁の叔母と姪の間柄。
むすめ　養女。
右近の君　内藤右近政森。二万石の旗本。のち山城守また丹波守。
何がしの守　内藤丹波守政親。元禄九年十一月没。
つぎ　あと継ぎ。
わかう　政森は天和二年の出生。十九歳。
いひわたり　結婚を申し込んでいた。
つかはし　嫁入りさせ

ひぬ。さるべき家司《けいし》。こなたかなたつどひあひて。ぎしき、何《なに》くれといかめしうとりを《お》こなふ。

三日のほどのぎしきなど、又《また》いかめしう過《すぎ》ぬるに。廿八日には、むこ君《ぎみ》、こなたにまちとり給《たま》ふ《う》て。御饗応《アルジ》など、さま〴〵なり。御《オン》引出《ひきで》もの。御《み》はかしなど。とうで給《たま》ひぬ。御一族《いちゾウ》の殿原《とのばら》。三十人あまりつどひおはして。「千《ち》とせの松《まつ》の」といはひ聞《きこ》えたまふさま。いと、よのつねならず。さば、かうこそと見《み》ゆるかし。御所《ごしよ》よりも、その日《ひ》。お《を》りひ《う》づものよりして。北《きた》のかたにからのきぬ。姫君《ひめぎみ》に、わた、さけや何《なに》やと。こちたく給《たま》はれり。君《きみ》も、北《きた》のかたも、もろともに、おもふさまによろこびおぼすほど、ことは《わ》りになん。

年頃《としごろ》ゆるびなき御なからひながら、此《この》御はらには、御子《こ》などのなきが。さう〴〵しうあかぬ事《こと》とおぼすに、さるかたの御ゆかり、あまた、かしづきとり聞《きこ》え給《たま》ふ《う》て。せめて、これをだに心《こころ》ことに。物《もの》めかしうなし聞《きこ》えばや、など君《きみ》は思《おぼ》すなるべし。

いもせ山《やま》つばささならぶる友《とも》づるの宿《やど》かる松《まつ》も千《ち》とせかはらじ

る。
長月と　輿入を九月と。
十八日　元禄十三年九月。
○**でうど**　調度。
おはして　いらっしゃって。
○**よそほし**　よそほひのきら〴〵しき也。
かしこ　先方、内藤家。
女がた　女性の応対役。
家司　大家の家務を経営する職員。
三日のほどのぎしき　三日間にわたる婚儀。
むこ君　内藤政森。
○**とうで**　取出。
千とせの松の　祝儀の詞。
北のかた　吉保正室。

とぞ。いはひ聞《きこ》えさせたまひける。

御所《ごしよ》には、年頃《としごろ》、易経講《えききやうかうぜ》させ給《たま》ふに、八《や》とせをへて。ことし霜月《しもつき》廿一日。よみはてさせ給《たま》ひぬ。竟宴《きやうゑん》せさせ給《たまう》て、いはひ給《たま》ふ。こなたより、こがね百枚《まい》。御屏風《びやうぶ》。太郎君《たらうぎみ》よりは。こがね五十枚《まい》。おなじく御屏風そへて、たてまつり給ふ。母君《ははぎみ》、北《きた》の方《かた》より。からのきぬ。御かたぐ〵、ひめ君《ぎみ》などよりも、おなじ事《こと》なり。みな、さけ、さかなそへて、奉《たてまつ》れ給《たまふ》。

かしこよりは。びぜんの国宗《くにむね》の御《み》はかしに。わた。太郎君《たらうぎみ》にもおなじごといみじき御《み》はかし。こぼれ貞宗《さだむね》とかやいひしをぞ給《たまは》り給《たまふ》。其外《そのほか》にも、例《れい》の、あや、を《お》りもの。何《なに》くれと、御かたぐ〵にも給《たま》はらせ給《たまふ》。

御内《みうち》のはかせどもは。年《とし》ごろまうのぼりて聞《きき》奉りたれば。けふもみなめしいでゝ《て》。物《もの》あまた給《たま》はす。たびぐ〵にも、あまた物《もの》たまはりたれば。はかせはまづしきものゝ《の》やうに、人《ひと》おもひためるに。今《いま》の世《よ》には、かやうのものゝ《の》、時《とき》をえたるも。さるは、かしこき御世《みよ》

○**こちたく**　多く也。
○**ゆるびなき**　むつましき心。
○**さうぐ〵しう**　さびしく也。
○**あかぬ**　不足。
さるかたの御ゆかり　しかるべき縁戚のもの。
かしづきとり　養女として預り。

ことし霜月廿一日　「元禄六年四月廿一日御開講ありしより(略)今日まで二百四十座にて、けふ竟宴行はる」(徳川実紀)。
こなた　柳沢吉保。
太郎君　柳沢吉里。
母君　吉保母、了本院。

のほどあらはれて。したりがほにえ《ゑ》みさかへ《え》たる。ことはり《わ》なり。すべて廿二人ぞありける。

　世《よ》の中《なか》にある。はかせどもはじめて。さるべき僧《そう》たちなど。せちにねがひたてまつりて。聴聞《ちやうもん》し奉るもの。年頃《としごろ》おほかり。あやしう、御学文《がくもん》を御心にいれて。を《お》こたらずつとめさせ給《たま》ふほどに。かくやんごとなき御ほどにも、かやうの文《ふみ》ども。いたりふかく。人《ひと》にもをしへさせ給《たま》ふ。かしこくなん。

　その頃《ころ》、武田信冬《のぶふゆ》のぬしと聞《きこ》ゆる、おはしき。法性院殿《ほつしやうゐんでん》の後《のち》にて、家《いへ》たかくなど〔は〕ありけれど。世《よ》にかずまへられず。中〳〵《なかなか》はかなき下宮《しもみや》づかへなどは。猶《なほ》あるまじき事《こと》とおもひて。年月《としつき》ふるほどに。又思《またおも》ひあつかふ人《ひと》もなき身《み》にて。やう〳〵あはれにさびしき住家《すみか》に。あさげの煙《けぶり》、いと心《こころ》ぼそくのみなりゆく。かの法性院殿は。むかし甲斐《かひ》の国《くに》のあるじにおはして。君《きみ》にも、此《この》御一ぞくなりけり。さるは、此信冬《このゝぶふゆ》のぬしの事《こと》、聞《きこ》しめしつけて。「あはれなるわざにこそあゝなれ。われならでは。とりたてゝ《て》たれも物《もの》せじ。先《まづ》こなたへ」

御かた〴〵　側室たち。
かしこより　将軍綱吉から。
びぜんの国宗　「長二尺四寸。代三千貫折紙有」(大名家刀剣目録)。
こぼれ貞宗　「長二尺三寸分半。(略)前々ヨリ本ニ刃コボレ有之」(同右)。
○**はかせ**　博士。
○**したりがほ**　仕得たりがほといふ義。
○**えみさかへたる**　えみをふくみてほこりたる躰也。
すべて廿二人　細井知慎・荻生徂徠など(楽只堂年録)。
○**せちに**　親切に。

まい《ゐ》り給《たま》ふべく。仰《おほせ》つかはしたり。かしこには、大空《おほぞら》のほしのひかりまちとりて。さるかたにかずまへさせたまふ事と。かぎりなくかしこまり聞《きこ》え給《たま》ふ。

月《つき》ごろ、こなたの山《やま》ざとに、うつろひゐたまへり。かくて、こなたより。せちにねがひ奉りたまひければ。御《ご》所《しょ》にも、ゆへ《ゑ》ありとおぼして。やがてめし出《いで》て。さるべき知行《シルヨシ》、あてを《お》こなはれて。此頃《このごろ》むべ〳〵しうぞなりける。わがおまへの御かへりみ。まちつけて。家《いへ》をもを《お》こし。身《み》をも放《ハフラ》かさずなりぬる事《こと》を。かへす〴〵よろこぼひたり。

年頃《としごろ》、こゝの家人《いへびと》なども。かゝるきはなどにはあらぬが。おほやけ人《びと》となりたるも、あまたありける。いとたぐひなき御さかへ《え》のかげ、たのもしうぞあるや。

年《とし》もやう〳〵くれ行《ゆく》に、春《はる》の御もう《ま》け。又《また》いとまなし。こなたかなた、御ぞなど、あまたくばらせたまふ。北《きた》のかたへ、うつくしき御ぞにそへて、

かしこくなん　畏れ多い。
武田信冬　元禄十三年十二月二十七日、甲斐国内に五百石の采地を与えられ、旗本寄合となる。それまでは柳沢家の食客。元文三年七月九日没、六十七歳。
法性院殿　武田信玄。
後　後裔。子孫。底本「流」。
○**世にかずまへられず**　世にもちゐられぬ心也。
はかなき下宮づかへ　つまらぬ下司奉公。

山ざと　駒込の山荘。
○**むべ〳〵しう**　尤らしきといふ詞。

心《こころ》ざしあさからず見よ年〳〵《としどし》に色《いろ》もそめますくれなゐのそで。

御かへし、

ことの葉《は》も色《いろ》も千《ち》しほのから衣《ごろも》かはらぬ袖《そで》をいく世《よ》かさねん

など聞《きこ》えかはさせたまふ。

としあらたまりて元禄十四年、正月十五日に。四郎君《しらうぎみ》、はじめて御所《ごしよ》にのぼりたまひぬ。父君《ちちぎみ》。太郎君《たらうぎみ》。もろともに引《ひき》ぐして出《いで》させたまふ。

はじめは、御やすみ所《どころ》にまい《ゐ》り給《たまふ》。猩々緋《せうぜうひ》にさかな物《もの》そへて。四《し》郎君《らうぎみ》よりぞ奉《たてまつ》れ給《たまふ》。父君《ちちぎみ》は、わた。北《きた》のかたは、お《を》りひ《う》づものなど奉れ給《たま》へり。みな、さかなもの、そへり。みづからも、お《を》りひ《う》づ物《もの》など奉りき。

さて、おまへにて、例《れい》の、御手《おて》づから御のし給《たま》はりて。来倫国《らいトモくに》が作《つく》れる御さしぞへ、たまは〔れ〕り。外《ほか》に、あふひつけたる御ぞあまた。ふところがみ入《いれ》。又《また》うつくしき絵《ゑ》など給《たま》はる。父君《ちちぎみ》。太郎君《たらうぎみ》。北《きた》のかたなどへも。例《れい》の、あや、を《お》り物《もの》、みな、しな〴〵にわかち

○**放かさず**　はふらかすとは、持そこなふ義。

もうけ　準備。

御ぞ　お召し物。

四郎君　吉保四男、経隆。七歳。

御やすみ所　江戸城中奥の御休息之間。

猩々緋　深紅色の舶来の毛織物。

みづから　本書の筆者である経隆の生母、町子。

来倫国が作れる御さしぞへ　「代黄金拾五枚の折紙有。長九寸にて銘なし」(楽只堂年録)。

ふところがみ入　懐紙入。懐中用の小物入れ。

て、給《たま》はり給《たまふ》。みづからにも、あやなど給《たまふ》。

それより、つねのおましに出御《しゆつぎよ》ありて、そこにて、御太刀《たち》さゝげて、拝《はい》し給《たまふ》。此時《このとき》、奉《たてまつ》り物《もの》は、御馬代《うましろ》に御ぞそひたり。越中守《ゑつちうのかみ》明英朝臣《のあそん》加藤。事《こと》をこなひ給《たま》ひにけり。父君《ちちぎみ》も御礼《れい》あり。いとねんごろに仰《おほせ》ごとありてぞ、まかゝで給《たまふ》。

四郎君《しらうぎみ》、出給《いでたま》ふ時《とき》にも、又《また》しばしおまへにめして、印籠《いんろう》、香合《かうばこ》など、てづからぞ給《たま》はらせたる。皆打《みなうち》つれて、まかゝで給《たま》ふほど、さこそは、あらまほしうおはしけめ。つとめて、こゝかしこ、御よろこび、例《れい》の事《こと》なり。

卯月《うづき》には、三《さん》の丸《まる》桂昌院殿、王子《わうじ》といふ所《ところ》のいなりに。まうで給《たまふ》。日暮《ヒグラシ》のさとかけて、此《この》あたり、つゐ《い》でおもしろき所《ところどころ》〳〵寺《てらでら》〳〵など御《ご》らんずべしとさだめさせ給《たま》ふ。かへりおはしますに。よぎぬ道《みち》なれば。こまごめの山里《やまざと》に。たちよらせ給《たま》ふべき御《み》けしきあなりとて。御まうけ、いみじういそぐ。

その日は、廿五日なりけり。こなたには、まだ朝《あさ》ぼらけに、おは

つねのおまし　中奥の御座之間。
さゝげて　献上して。
馬代　馬の代りとして贈る金銀。
御ぞ　お召し物。
父君　吉保。
○**つとめて**　早朝。
卯月　四月。
○**三の丸**　綱吉生母。
王子といふ所のいなり　王子稲荷神社。
日暮のさと　上野寛永寺の北。
つゐで　よい機会に。
よぎぬ　「よぎぬべき」の誤りか。「よぐ」は通過する。
こまごめの山里　柳沢家所有の駒込の山荘。

す。太郎君《たらうぎみ》。御むこ君《ぎみ》。北《きた》のかた。ひめ君《ぎみ》なども、かた〴〵まい《ゐ》り給《たまひ》て。待《まち》うけ奉《たてまつ》り給《たまふ》。さるは、めづらしう、かたじけなき事《こと》と。よろこび聞《きこ》え給《たま》ふさま、かぎりなし。おとゞには、めでたき松竹《まつたけ》など。ちひろといはひてかきたる絵《ゑ》。かけさせたまふ。又《また》そのまへに、うつくしき花《はな》がめに。花さしてすへ《ゑ》たり。かたへのたなに、香《かう》の具《ぐ》一《ひと》かざり。まき絵《ゑ》など心《こころ》ことなるを、を《お》かせ給《たま》ふ。れうし箱《ばこ》。硯《すずり》などやうのものも。よのつねならず、えりとゝのへ給《たま》へり。御屏風《びやうぶ》はじめて、けう《ふ》そく。御よるのものなどまで、まうけたり。

庭《には》のわたりこそ、またことなれ。ひろ〴〵とかきはらひて。さすがにお《を》かしき木《き》草《くさ》ども、うへ《ゑ》そへ。水《みつ》きよくやりながして石《いし》などすへ《ゑ》たるも、ゆへ《ゑ》ありてしなさせたまへり。

ちい《ひ》さきやども。こゝかしこのくま〴〵にたてゝ《て》。九所《ここのところ》ぞありける。はしらは黒木《くろぎ》、あか木《ぎ》など。今《いま》めかしうて、かやもてふける。たゝずまひ、いと見所《みどころ》あり。板《いた》やなどもありけり。山里《やまざと》びたるなはすだれ。竹《たけ》すだれなども。あら〳〵しう。さすがにむつかしげなく

御けしき　おつもり。希望。
あなり　あるそうだ。
まうけ　準備。
こなた　柳沢吉保。
むこ君　松平輝貞と黒田直重。
北のかた　吉保正室、定子。
おとゞ　御殿。
○**ちひろ**　千尋。
かたへ　かたわら。
れうし箱　料紙箱。
けうそく　脇息。ひじかけ。
かきはらひて　雑木雑草を取り除いて。
○**やども**　屋。
くま〴〵　ものかげ。隅々。

て。出入《いでいる》たびに・はら〳〵となりたるもお《を》かし。

さるは、いつくしうきらめきたる。玉《たま》のうてなの御めうつしに。中〳〵《なかなか》やうがはりて。あなお《を》かしと見《み》ゆばかり。めづらしうおぼすべき事《こと》を。いかでと・しつくさせ給へるなりけり。

そのやども・あやしき市町《いちまち》めきてしなして。あきもの〻《の》さま、まなびたり。ある所《ところ》には。うつくしきはりこなど・すべ・て、お《を》さなきもてあそび物《もの》、おほくあり。又《また》かたへには、べ・になどいふものはじ・めて。女《をんな》のもてならす物《もの》をぞうる。ある所《ところ》には、あふぎ。おもしろきさうし。くだ・物《もの》やうのものならべ・たり。草花《くさばな》、千種《ちぐさ》とあつめたる、露《つゆ》のを《お》き所《どころ》もおもしろうしなしたり。酒《さけ》うる家《いへ》なども、ありけり。すべて・〳〵。いひもつくされず・お《を》かし。

ひつじ・くだ・るほどに・。入《いら》せ給《たま》ひぬ。御供《おとも》には。成貞《なりさだ》の侍従《じじゆう》牧野。喬朝朝臣《たかとものあそん》秋元。越中守《ゑつちうのかみ》明英加藤などはじ・めて。いとあまたまい《ゐ》り給《たま》へり。護持院《ごぢゐん》の僧正《そうじやう》はじめて。僧《そう》たちもあまた。医師《いし》などもまい《ゐ》れり。女《によ》ぼ《ば》うたちなど。め・づらしきたび・の事《こと》とおもひて。われも〳〵

黒木　製材の手を加えない。皮つきのままの材木。
あか木　皮を削った木。
かや　萱。屋根葺の材。
○山里びたる　山さとめきたる也。

やうがはりて　気分が変って。
○や　屋。
市町　商店街。
○あきもの　あきなふもの。
はりこ　紙製の模型や道具。
べに　紅粉。化粧品。
○ひつじくだるほど　未の下刻。
護持院の僧正　隆光。

と、のりこぼれてまい《ゐ》る。殿原《とのばら》は。みな御門まで出《いで》させ給《たま》ふ。やがて、わたどのに御こしよせて、おりさせ給《たま》ふに。女《をんな》がた出《いで》おはして、むかへ奉《たてまつ》り給《たま》ふさま。又《また》いとにぎはゝしうなん。

　おましにつかせ給《たまう》ふて。食物《オモノ》まい《ゐ》る。御かはらけ、あまたたびまい《ゐ》りて。かた〳〵にめぐれり。あるじより、例《れい》の、奉《たてまつ》りものあまたせさせ給《たま》ふ。いみじききぬ。御文《ふみ》だな一《ひと》よろひ。御かた〴〵より、さま〴〵に、いどみかはして、たてまつらせたまふ。あや、をり《お》ものなンどは。いとあまりめなれて、さらにもいはず、香《かう》の具《ぐ》。すゞりやうのでうど。千《ち》さゝげばかり奉《たてまつ》りあげて。中〳〵《なかなか》そのものともわかず、かゝやきみちたり。

　やがて、御庭《おには》におりさせ給《たま》ひぬ。かのかやが軒端《のきば》、げにいみじうめづらし、とおぼす。こゝにて御くだ物《もの》など奉りたり。さばかりのどかなる頃《ころ》の。空《そら》はのこりなくはれて。よもの木《こ》ずゑ青《あを》やかに。かほ《を》りあひたり。さならぬ山《やま》ざとなども、いみじうお《を》かしき頃《ころ》なるに。まして、けしきことにおもしろきみぎりのほど。かぎりなう見わた

のりこぼれて　溢れるほど多勢の人々が乗って。
○**わたどの**　廊。
○**女がた**　柳沢家より出迎えの女性たち。
かはらけ　土器。酒盃。
○**いどみかはして**　あらそふ心。
でうど　調度。文房具。
○**千さゝげ**　千捧。
かぎりなう　無限の味わいを持つものとして。

されたり。

女房《にようばう》などのきぬの色《いろ》あひ、今《いま》めかしうて。こゝかしこ、おりたちありくめり。さばかり長《なが》き日《ひ》も。あかずかげろふに。例《れい》の物《もの》めでするわかうどなどは。かへらん空《そら》なく。おもひまどへり。おとゞに入《いら》せ給《たまう》ふて。又《また》おほみきまい《ゐ》りて、けうに入《いら》せたまふ。あるじがたへ、御引出《ひきで》物《もの》、になきさまなり。

御所《ごしよ》にも、かねて聞《きこ》しめしつけて。はる〴〵と御使入来《おつかひいりきた》れり。出《いづ》雲守信富《ものかみのぶとみ》のぬし安藤ぞ、うけ給《たま》はりておはす。御くだ物《もの》などもてまいる《ゐ》。所〴〵《ところどころ》よりも、御つかひ、きほひまい《ゐ》れり。此《この》あたり、あやしき山《やま》がつなどは。めなれぬさまにおどろきつゝ。しづのめがひたひ《い》がみそゞろかに引《ひき》あげつゝ。祭《マツリ》みる心地《ここち》して。めであへり。

さて、ありつる御供《おとも》の人々にも、みな、あるじめづらしうて、もてなす。上下《かみしも》となく、みないたくゑひたり。君《きみ》は、猶《なほ》あかぬ事《こと》とおぼしたれど。遠《とほ》きほど、暮《くれ》ぬまに。はや、かへりおはしますべく、人々《ひとびと》すゝめ聞《きこ》えてぞ。やう〴〵かへりおはしましけり。ありつるや

今めかしうて　若々しい当世風で。
わかうど　若人。妙齢の女。
○**になき**　二なき也。
きほひまいれり　競争して参上した。
山がつ　山賤。山民。
○**そゞろか**　麁忽なるやうの心也。
めであへり　口々に讃嘆の声をあげていた。
あるじめづらしうて　変わった趣向の接待をして。
君　三の丸。桂昌院。

ども　にを《お》きたるもの。みな奉《たてまつ》らせ給《たま》ひぬ。

またの日。かたぐ〳〵に御《お》をくり物《もの》ゆきかよふさま。又《また》おどろく〳〵しうありけり。いと、何《なに》ならぬ下人《げにん》などまで。もの給《たま》はりつゝ、かづきつれてありくめり。むかし、様異《サマコト》にいかめしとおもひて。かきをを《お》きたるふるものがたりなどにも、まだ、いと、かゝる事《こと》は、めなれずぞありきかし。

またの日　翌日。
かづきつれて　頭に乗せてつれだって。
いかめし　厳しい。盛大だ。すばらしい。
めなれず　あまり見たことがない。

十一　花まつもろ人　元禄十四年夏より冬にいたる

元禄十四年五月、京都西八条の六孫王経基の社が、幕府の資金で改装され、東山天皇より「権現」の号が贈られる。源氏の祖先である。その他、摂津の多田院など、吉保様の尽力で復興・改築された寺社はなお多い。こういう主君の評判を聞いて、都方の寺社の本尊・神体の類を、当邸に運んできて拝ませてくれるということが続いた。

北の方の生母や叔父が亡くなる不幸がつづいたが、公務は相変らず勤勉になされる。その間も九月十三夜のようなときは歌会を欠かさない。この月の始めから四男経隆君と五男時睦君が寝つき、実母の筆者までが寝つくと将軍はじめ皆様より見舞が届けられる。二十八日に全快するとまた祝儀の品々が到来、返礼も諸方へかさなった。

十月二十一日、寛永寺の公弁法親王が、たくさんの高僧・貴僧を供に来邸。贈答応酬。将軍からも見舞の品があり、様々の武道を御覧になったりして、夕刻お帰りになった。章題は、その際宮が残した詠歌中の語をつないだもの。

京《きやう》の西八条《にしはちでう》にありける。六孫王《ろくそんわう》の社《やしろ》、いとあれたるを。こなたに申《まうし》おこさせ給《たまう》ふて。おほやけより、つくりあらため給《たま》ふが。五月廿七日、のこりなくたちお《を》はりて。いといみじうなりぬ。御所《ごしよ》より、内《うち》に申奉らせ給ひて。権現《ごんげん》の号《がう》、を《お》くらせ給《たまふ》。宣命《せんみやう》などよみて、いといかめしうありけんかし。玉垣《たまがき》のあたり。かゝやきわたりて。いつくしう、ゆへ《ゐ》〳〵しきさまを。はるかにおぼしやりて。うれしき物《もの》から、ゆかしうおぼすべし。とうろなどゐ《い》させて奉《たてまつ》り給《たま》へり。氏《うぢ》の祖におはしませば。とりわき御心《こころ》に入《いれ》て、おぼしつる、ことは《わ》りになん。げに、今《いま》はまつりなどもむかしよりはいたうやうがはりて。花《はな》やかに今《イマ》めかしうにぎはひて。すゞしめ奉るとこそは。いふなれ。神の御心にも、いみじうさこそはてらし見給《みたま》ひてんとぞおぼゆるかし。

津《つ》の国《くに》、多《た》田院《だのゐん》。かはちの通法寺《つうほふじ》などいふも。もとよりのは、すりし。今《いま》はじめたるもありて。いといみじうみがきとゝのへさせ給《たま》へり。御所《ごしよ》のかゝせ給《たま》ひたるものなど。よせさせ給《たまふ》。これ、みな、

ありける　古くからある。
六孫王の社　清和天皇の、第六皇子貞純親王の子である源経基を祭神とする。
おほやけより　幕府の費用で、前年に社殿造営。
御所より内に　将軍から天皇に奏請して。
権現　前年十一月十八日、正一位を贈られ、元禄十四年五月七日、権現宮の号を受けた(京都坊目誌)。
宣命　天皇の命令を示す書。
とうろ　燈籠。
氏の祖　源氏の始祖。

こなたにねがひ、はじめさせ給《たま》へり。こゝより、これも、とうろなど。いみじうせさせて。おさめ奉り給。くはしうも聞《きこ》ゆべきを、今《いま》ちかく、人《ひと》のしりたる事《こと》なり。

その頃《ころ》、うづまさの広隆寺《くわうりゆうじ》の上宮太子《じやうぐうたいし》の像《ざう》を、東《アヅマ》にゐて奉りて。人《ひと》こぞりておがみ奉るに。此《この》ほど、わが御かたへも入奉《いれたてまつ》れり。ゆへ《ゑ》あるたから物《もの》などあまた有《あり》けれど。いみじきに、めうつりて。よくもおぼえず。北《きた》のかた、ひめ君《ぎみ》などもおがみ奉らせ給《たまう》ふて。布施《ふせ》などあまたせさせ給《たま》ひき。

又《また》の日《ひ》は。真如堂《しんによだう》の無量寿仏《むりやうじゆぶつ》。おなじくたから物《もの》など、ゐてまい《ゐ》りたり。これもみなおがみ奉《たてまつ》らせ給《たまう》ふて、御布施《おふせ》ありけり。

こぞの秋も、嵯峨《さが》のしやか如来《によらい》をゐて奉りけるに。家人《いへひと》はじめて。あやしきめこなどまでも。ゆるし給《たま》はりておがませ給《たま》ふ。さるべき御殿《オトヾ》ひとつを。かきはらひて、すへ《ゑ》奉りたり。上下《かみしも》となく。ゆすりてまい《ゐ》るさま、いはんかたなし。三国伝来《さんごくでんらい》のゆへ《ゑ》を。人皆《ひとみな》しり奉りたれば。めづらしきけちえんに。みなこぞりて、なみだおとす。

すゞしめ　霊魂を慰める。

多田院　当時は天台宗。源(多田)満仲以下を祭神とする。元禄九年、正一位多田権現の号を受けた。

通法寺　河内壺井の御堂と称された。源頼信・頼義・義家の墓があった。元禄十三年十月七日「壺井八幡宮へ新に社領三十石(略)、別当通法寺へは別に二百石」(徳川実紀)。

すり　修理。

こなた　柳沢吉保。

こゝ　柳沢吉保。

今ちかく　つい最近の

かくのみ、神《かみ》ほとけのみちにさへ。ふかくつかうまつらせ給《たま》ふ事と。今《いま》さらにたれも〳〵かんじ奉るを、いみじとおもへば。例《れい》のかたつかたいふなりけり。

北《きた》のかたの御母君《ははぎみ》。日頃《ひごろ》いたくわづらひ給ふが。此《この》ほどうせ給《たまひ》ぬ。御よはひも七十にこへ給《たま》へば。さるべき御よはひながら。今《いま》はと見《み》なし給へるかなしさを。北《きた》の方《かた》には、さるべきほど。せちにおぼし入給《いりたま》ふ。みな月《づき》廿五日なり。

その日《ひ》、君《きみ》は。御所《ごしょ》におはしますうちにて。御なやみのいたうおもり給《たま》ふ事《こと》を、つげ聞《きこ》えたれば。御所《ごしょ》にも、きこしめしおどろかせ給《たまう》ふて。御くだもののやうのもの。お《を》りひ《う》づに入《いれ》てたまはるべき御《み》けしきあれば。

「おほせ事《ごと》はかしこまりぬ。いといたうおもりて侍《はべ》れば。使《つかひ》のまい《ゐ》りつかんほども。ながらへて、いたゞき侍《はべ》らん事《こと》の。心もとなうおもふ《う》給《たま》へられ侍《はべ》れば。かつは、いとかしこし」と、かへさい申《まう》させ給《たま》ふほどに。やがて北《きた》のかたにぞ下《くだ》し給《たまは》りける。まかンで給《たまう》ても。

事で。

うづまさ　京都の西、太秦。

上宮太子の像　広隆寺の上宮王院に安置されていた聖徳太子像。自作と伝える。

ゐて　率て。移動して。

わが御かた　当柳沢家。

真如堂の無量寿仏　鈴声山極楽寺の本尊阿弥陀像。開山慈覚大師の作と伝える。「三月、京真如堂・太秦太子、江戸にて開帳(其の寺院未詳)」(武江年表・元禄十四年)。

嵯峨のしやか如来　「護国寺にて城州嵯峨清凉寺釈迦如来開帳」

かねておぼしあきらめたれど、・北《きた》のかた〔の〕いみじう・おぼし・入《いり》たるを見《み》給《たま》ふに。え心《こころ》つよくもおぼ・しのどめず。ことはり《わ》になげ・き給《たま》ふ。

又《また》の日《ひ》。御所《ごしょ》よりは、直重《なほしげ》の君、御使《おつかひ》にて。北《きた》のかた、若君《わかぎみ》など、とむらひ聞《きこ》えさせ給《たま》ふ。くだ・ものやうのもの、例《れい》の、給《たま》へり。かゝることと、きこし〔めし〕つたへて。おほやけざ・まの所〻《ところどころ》より。日々《ひび》に御とむらひひまなくて。さまぐ・の物《もの》などもてまいる。

かくて、後《のち》の御とむらひ。又《また》、心《こころ》ことに。をこ《お》なはせ給《たま》ふほど・。二無《ニナ》し。御寺《てら》は、龍興寺《りゆうこうじ》なり。一七日《ひとなぬか》には、北《きた》のかた。せめておぼしおこしてまふで《う》給《たま》ふ。姫君《ひめぎみ》などもおはす。

七月になりぬ。九日には、二七日の御わざせさせ給《たま》ふ。頓写《とんしや》をこなはれたり。その日《ひ》は。太郎君《たらうぎみ》など、・まうで給《たま》ふ。君《きみ》は、例《れい》の、おほやけ事《ごと》さり所《どころ》なくて。御使《つかひ》して、祭文《さいもん》など・奉らせ給ひぬ。いとあはれなる事《こと》、おほくつゞ・けて。かゝせ給《たま》ひき。北《きた》のかたには。日《ひ》にそへて、つきせず・おぼしなげく。

廿八日になりて。あくれば御はての日《ひ》なり。御《み》わざの事など・。心《こころ》

（武江年表・元禄十三年、五月より八十日間という）。

○めこ　妻子。

○ゆすりて　うごきてと云詞也。

三国伝来　清凉寺の如来像は、天竺より唐を経て日本に着いたという由緒。

○**けちえん**　結縁。仏縁。

かたつかた　片端。一部分。

北のかたの御母君　吉保正室定子の生母、貞心院。曽雌弥五左衛門定次の三女、同姓盛定の妻。

みな月廿五日　六月廿五日。

とゞめてを《お》きてさせ給《たま》ふ。御所《ごしよ》にも、例《れい》のきこしめして、しろかね、香奠《かうでん》のれうにとて。北《きた》のかたへ給《たま》はり給《たま》ふ。御かたへわたらせ給《たま》ひし折〳〵《をりをり》など。おぼしいづるに。たび〳〵対面《タイメ》せし物《もの》を。はかなうもありける哉《カナ》とのたまはせて。いとあはれとおぼしたり。北《きた》の方《カタ》へも、まめやかに。なつかしう、御せうそこ聞《きこ》えたまふ。かへりおはしまして。御心《こころ》ばへの有《あり》がたう、ためしなき事《こと》。かつは、なき人の御面目《オモテオコシ》にこそあれ、など。あはれにかたらひくらし給《たまふ》。

かゝるほどに。北《きた》のかたの御お《を》ぢ君《ぎみ》の、川越《かはごえ》にこもりおはしけるが。此《この》あかつき、うせ給《たま》ひぬるよし、つげきこえたり。さらに又《また》御ぶく奉るほども、いとゞさへかはかぬたもとは。ふるき涙《なみだ》におちそひつゝ、また、かく、わかれをとむるしがらみもなき世《よ》を。おぼしなげくべし。あくれば、貞心院殿《ていしんゐんでん》の御はてなど。いかめしうあはれにて過《すぎ》ぬ。いづかたにも、あはれとりかさねたる秋《あき》なり。

君《きみ》も、御いとまある頃《ころ》は。入《いり》おはして、なぐさめ聞《きこ》え。かつはあはれに打《うち》ながめ給《たま》ふ。物《もの》のかたつかたに。

○**かへさい**　辞退。
○**のどめず**　こらゆる心。
直重　黒田。吉保の娘婿。
後の御とむらひ　葬儀。
龍興寺　小石川小日向にあった。
○**せめて**　しゐて也。
おぼしおこして　思い立たせて。
頓写　写経のやり方の一種。
○**はての日**　四十九日也。
わざの事　法事のつとめ。
○**をきてさせ**　吉保が指図し。
御かた　吉保邸。
かへりおはしまして

うつゝとも思《おも》ひさまさぬむかし今《いま》いづれを夢《ゆめ》とわきてさだめん。

夜《よ》さむの風《かぜ》も、やう〳〵ふけぬるに。十五夜《じふごや》にもなりぬ。ことしの月《つき》は。げにぞ。世《よ》に有人《あるひと》も、ゆかしうおもひでらるゝ空《そら》なり。とし月《つき》、御おぼえの。おもりかにそひおはしますにつけても。なを《ほ》、日々《ひび》にまうのぼらせたまふ。さいへど。今《いま》は何《なに》ばかりもなき事《こと》などは。さるべき人々《ひとびと》にゆづりて。頗《ヲサヲサ》きこしめさず。やう〳〵お《を》りふしの月花《つきはな》にそへたる。御いとまなどは。かまへ出《いで》て。例《れい》の、お《を》かしき事《こと》おぼしすてず。こよひの月《つき》のえんなるに。こと〳〵しき御あそびならで。さるべき人《ひと》めして。詩歌《しいか》の会《くわい》などせさせ給《たまふ》。みなとり〳〵に奉《たてまつ》りけれど。めとゞまるふしもあらで、しるさずなりぬ。

九月十三夜にも、うたどもおほくあり。「月《つき》のまへの管絃《くわんげん》」といふ題《だい》をぞ。さだめさせ給《たまふ》。君《きみ》の御うた。

更《ふく》る夜《よ》の月《つき》にしらぶる糸竹《いとたけ》の声《こゑ》や雲井《くもゐ》に聞《きこ》えあぐらん

わか君《ぎみ》は、まだいとさばかりの御年なれど、よませ給《たま》へり。

秋風《あきかぜ》やかへすま袖《そで》にことの音《ね》もなを《ほ》すみわたる月《つき》のまひ人《びと》。

吉保が江戸城から自邸に帰宅して。

御心ばへ 将軍の心遣い。

おぢ君 未考。

川越にこもり 未考。

○**ぶく** 服喪。伯父叔父は、忌廿日、服九十日。

○**わかれをとむる** 古今「せをせけば淵と成ともよどみけりわかれをとむるしがらみぞなき」。

はて 四十九日。

おぼえ 吉保に対する綱吉の評価。

かまへ出て 意識して作り出して。

おかしき事 四季の情

北《きた》のかた。

をとめ子《ご》も袖打《そでうち》かへせ物《もの》の音《ね》のことさらすめる月《つき》の雲井《くもゐ》に。

法印季唫《ほふいんきぎん》。

糸竹《いとたけ》の声《こゑ》ぞ雲井《くもゐ》にすみのぼる月《つき》の宮古《みやこ》の人《ひと》もめでけん。

正立《しやうりふ》といひしは、季唫《きぎん》法印の子《こ》なり。今《いま》の世《よ》の歌《うた》よみにて、こよひまい《ゐ》れり。

月《つき》にすむ水《みづ》のながれも松風も夜半《よは》に聞ゆるつま琴《ごと》の声《こゑ》。

その外《ほか》にもいとあまたなれど。おなじさまの言《こと》の葉《は》にて。めづらしげなし。

御当座《ごたうざ》など、題《だい》をさぐりて。みなよみたり。君《きみ》は「早秋のあしたの山」といふ事《こと》を。

けさよりや秋《あき》くる風《かぜ》の音羽山関《おとはやませき》のこなたになびく薄《うす》ぎり

人々《ひとびと》のうた、おほかれど、もらしつ。

四郎君《しらうぎみ》。五郎君《ごらうぎみ》。此《この》ほどわづらひ給《たま》ふが。いたうなやましうとはなけれど。まだいと幼稚《キビハ》なるほどに。二所打《ふたところうち》ぐして例《れい》ならずおはせ

趣。

さるべき人　ふさわしい風雅びと。吉保以下十五名による「月多秋友」を題とする歌会が記録される(兼当和歌集)。

めとゞまる　目にたつ様な。

九月十三夜　「月前管絃」を題とする吉保以下十九名の歌会が記録される(同前)。本書の吉保夫妻の歌は添削されている。

正立　北村季吟の次男。

当座　あらかじめ用意する兼題に対して即席に詠む歌。

題をさぐり　探題。当

ば。御くすりの事《こと》はじめて。さま〴〵とあつかひ聞《きこ》え給《たま》へり。御所《ごしょ》よりも、いをやうの物《もの》まで。御心《こころ》そへて、たうびなど。心《こころ》もとながり聞《きこ》えさせ給《たま》ふさま。物《もの》ににず。たいのうへ。姫君《ひめぎみ》。三《さん》の丸《まる》。五《ご》の丸《まる》。など申《まう》せし所〴〵《ところどころ》よりも。くだ物《もの》などはさらにて。いとうつくしきもてあそびなど。おさなき御心地のまぎれ給《たま》ふべき物《もの》など。とりわき給《たま》はりて。日《ひ》ごとにもてつゞけたり。舟橋《ふなはし》の何《なに》がしと聞《きこ》ゆるくすしの。おほやけ人《びと》にてあるが。御薬参《おくすりまゐ》らせたり。さる事《こと》きこしめしつけて。さらばまめやかにものすべくおほせ事《ごと》ありて。とのゐなどもゆるし給《たま》ふ。何《なに》がしも。心《こころ》ことに思《おも》ひ入《いり》て。よるひる、つとさむらひつゝ。あつかふめり。

　此《この》おはする所《ところ》は。おまへよりは、ひんがしにはなれて住給《すみたま》へり。君《きみ》も、朝夕《あさゆふ》わたらせ給《たま》ひて。御なやみのさま、こまかに聞《きか》せ給《たまう》ふて。何《なに》くれの事《こと》、とかく聞《きこ》え給《たま》ふさま。あはれにかたじけなし。さるべきものども、心《こころ》とゞめてつかふ《う》まつるべく、こと更《さら》にを《お》きてさせ給《たま》ひなどす。

座で各自が抽き出した題に従って詠むこと。当日は二十五首が記録される。

けさよりや　兼当和歌集に比べて多少添削されている。

四郎君五郎君　経隆と時睦。

打ぐして　揃って。

例ならず　病態である。

いをやうの物　滋養のための魚。

たいのうへ　綱吉正室。

三の丸　桂昌院。

五の丸　瑞春院、お伝。

舟橋　奥医。法眼、船橋宗廸。

おほせ事　将軍のお言

みづからも。ひとつ所《ところ》に住《すみ》たれば。いでや、おりたち。あつかひ聞《きこ》ゆべきを。身《み》のうへさへ、ものやみにたれこめて。物《もの》心ぼそければ、思《おも》ふさまに。あつかひ聞《きこ》えさせぬぞ。かつは心ぐるしき。

　御所よりも、物《もの》など給《たま》はりつゝ。あまたたびとはせ給《たま》へるなど。思《おも》ひつゞくるにも、いとかしこし。

　かくて日数《ひかず》へて。二所《ふたところ》の御なやみも、をこたりたれば、嬉《うれ》しきに思《おも》ひおこして。薬《くすり》など心《こころ》とゞめて物《もの》せし程《ほど》に。ほどなく、れいざまになりぬ。御所《ごしよ》にも、よろこび聞《きこ》えさせ給《たまう》ふて。例《れい》の、御祝《いはひ》のもの、あまた給《たま》はり。こなたよりも。さゝげなどして。かゝる事《こと》にも。猶《なほ》かしこき事《こと》おほくなん。

　秋《あき》も暮《くれ》ぬ。神無月《かみなづき》には。公弁親王《こうべんしんわう》おはしまさせ給《たま》ふ。とのゝ《の》うちの御しつらひ、いと、さまことなり。めづらかなるからゑ。又《また》、王《わう》羲之《ぎし》が法帖《ほふでふ》。「千《ち》とせの友《とも》」といへる石《いし》など、うつくしき盆《ぼん》に入《いれ》たり。れうしの箱《はこ》。硯《すずり》。香炉《かうろ》などやうの物《もの》、よのつねならず。いみじき物《もの》、〔いと〕あまた有《あり》。

葉。
とのゐなども　船橋の宿直を免除した。
何がし　船橋宗廸。
此おはする所　病気の二児が居る部屋。
みづから　本書の筆者。
ものやみ　病気。
○**かしこし**　おそれおほしと也。
二所　経隆と時睦の二人。
○**をこたり**　平癒。
れいざまになりぬ　自分も常態にもどった。
○**公弁親王**　寛永寺住持。日光宮。
からゑ　唐画。
王羲之　東晋の人。楷・草ともに絶筆とさ

太郎君《たらうぎみ》の御方《おかた》にも、さま〴〵にかざらせ給《たま》ふ。すきやなどいひて、お《を》かしき所《ところ》しつらひて。茶《ちや》の具《ぐ》など・。世《よ》にまれなる物《もの》。えりとゝのへさせ給《たま》へり。

其日《そのひ》は、廿一日なり。あさとく。かしこに御使《つかひ》奉《たてまつ》れ給《タマフ》。宮《みや》は、巳《み》の時《とき》ばかり、入《いら》せ給《たまふ》。あるじ・、若君《わかぎみ》、打《うち》つれて、むかへ入《いれ》奉り給ひて、よそひたる。おましにぞつかせ給《たま》へる。凌雲院大僧正《りやううんゐんだいそうじやう》。覚王《かくわう》院《ゐん》僧正。喜多院僧都《きたゐんそうづ》。円覚院《ゑんがくゐん》僧都。住心院《ぢゆうしんゐん》僧都。願王院《ぐわんわうゐん》僧都など、いとあまた御供《とも》にて参《まゐ》り給《たま》へり。いと、いつかしき御有様《ありさま》、いはんかたなし。

御送《おく》り物《もの》は、あるじ・、わか君《ぎみ》には、めづらかなる作《つく》り物《もの》にくだ物《もの》入《いり》たるをぞ・たまはす。御かた〴〵にも、皆《みな》、心ことなるたきものなどたまはれり。

奉《たてまつ》り物《もの》は。を《お》りもの。いとあまたなり。母君《ははぎみ》より、作花《つくりばな》のみやびなるに。丁子入《ちやうじいり》たるつぼそへて、奉《たてまつ》れ給《たまふ》。北《きた》のかたより。からのきぬ。を《お》りひ《う》づもの。若君《わかぎみ》たち、御かた〴〵・よりも。おなじ・さまのい

れる(三〇七?―一三六五?)。
法帖　書の手本。
千とせの友　未考。
石　盆石に用いる名石。

すきや　茶室。
廿一日　元禄十四年十月二十一日。
あさとく　朝はやく。
巳の時　午前十時ごろ。
打つれて　揃って。
よそひたるおまし　飾り立てた御座の間。
凌雲院　寛永寺の子院。義道。
覚王院　僧正最純。
喜多院　川越にある天台宗寺院。権僧正義天。
円覚院　寛永寺の子院。

みじきでうどなど。色〴〵《いろいろ》と参《まゐ》らせたまへり。

とばかりありて。御所《ごしよ》の御使《おつかひ》、伊賀守幸能《いがのかみゆきよし》青山。さるべき御《お》をくり物《もの》さゝげて参《まゐ》り給《たまふ》。宮《みや》へ、御せうそこ、しか〴〵とつたふ。いみじう悦《よろこび》おぼして。御かへり事《ごと》、申《まう》させ給《たま》ふ。あるじへも、いとよく。もてなし聞《きこ》え給《たま》ふべく仰事《おほせごと》ありて。何《なに》くれと、あまた物《もの》たまはせ給《たま》ひつ。なべてならずいかめしう。ぎしきめきて、つゞけんも、いとあまりめなれたり。

例《れい》の、さるがくなどはじまりて。おもしろう、くりかへしまい《ひ》かなでたるさま、常《つね》のことながら、いと花《はな》やかなり。よきほどにて、御物《おもの》まい《ゐ》らす。御あるじなど、又《また》さまことに、めづらしうもてなしたまへり。僧正達《そうじやうたち》、皆《みな》、おまへにてまい《ゐ》る。

さて、太郎君《たらうぎみ》の御かたに入《いら》せ給《たまふ》。すきやにて、御茶《ちや》まい《ゐ》らせたり。又《また》あるじより。そめぎぬあまたに。もろこしのすだれの、やうかはりて、めなれぬもの。つくりものなども奉《たてまつ》れ給《たまふ》。むまばにて馬《むま》など御覧《ごらん》ず。家人《いへびと》のさるかたに。ゆゝしき。えりてつかうまつれりけれ

常然。
住心院　寛永寺の子院。公淵。
願王院　未考。智周。
○**いつかしき**　位のあるやうの心也。
作り物　模型・細工物。
丁子　香木。
○**でうど**　調度。
○**とばかりありて**　しばらくありて也。
さるがく　申楽。能楽。

ば。いとめづらしう、お《を》かしと興《きよう》ぜさせたまふ。くら、あぶみまで。此《この》たび御ようい、心《こころ》ことに。えりとゝのへさせ給《たま》へれば。いみじうかゝやきて、行《ゆき》ちがふに、折《をり》ふしのしぐれの雲《くも》も。けふの〔御〕ために。かしらさし出《いで》ぬなるべし。いとひろきむまばのあたり。きよげなる梢《こずゑ》より。夕《ゆふ》日はなやかにはれて。馬《むま》の色《いろ》あひなども、いたうもてはやされて。はへ《え》ぐ〱しう、のりちがへたるさま。いみじう、そゞろにおもしろし。

事《こと》はてゝ《て》、又《また》ゆばどのに、ゐて奉《たてまつ》る。弓《ゆみ》御らんず。是《これ》も、すぐれたるかぎり。百《もも》たびもはづるまじう見ゆるが。弓矢《ゆみや》かひ《い》はさみて出《いで》て、的《マト》いたるさま、よそほしうお《を》かし。

一《ひと》とせも。あまたゝ《た》びおはしまさせ給《たま》へれど。まだ、いと、からまでこそなかりつれ。とおぼして。宮《みや》は、いみじうあかぬ事《こと》にのたまへり。もとのおとゞにて。又御《またお》物《もの》まいらせ、おほみきなど奉《たてまつ》れり。立出《たちいで》んそらもなしや、などのたまはせて。かへらまうくおぼしたり。「後会《こうくわい》、花《はな》の時《とき》を契《ちぎ》る」といふ事《こと》を、宮。

くらあぶみ　鞍、鐙。馬具。
ゆばどの　弓場殿。
○**よそほしう**　威儀のよきさま也。
もとのおとゞ　先程座った御殿。
おほみき　御酒。
立出んそらも　「山里のあはれをそふる夕霧に立ち出でむ空もなき心地して」（源氏物語・夕霧）。
かへらまうく　帰ることが辛いことに。
「後会…」　和歌題。次回は桜花の時節にお逢いしたい、の意。

　つらなれるけふのもろ人契《びとちぎ》りをき《お》て花咲頃《はなさくころ》ぞかねてまたるゝ。かぎりあれば、夕《ゆふ》かけてぞかへりおはしましける。あるじがたにも、かへすぐ〳〵。かしこまり申《まうし》奉り給《たま》ひて。げに花《はな》の春《はる》の折《をり》すぐさず、又《また》こそ待聞《まちきこ》え奉《たてまつ》らめ、など。契《ちぎ》りをを《お》かせ給《たま》ふべし。

十二　こだかき松　元禄十四年冬より同十五年春にいたる

元禄十四年十一月二十六日、将軍が来邸。この日は特に、柳沢家に対して松平の姓と、綱吉公の「吉」字を賜る。筆者の子、四男経隆君、五男時睦君までも松平姓を与えられた。贈答の品々のおびただしさは常以上で、当家の献上品を調製する係の者は、十日も二十日も以前からこの準備に忙殺された。五の丸様を始め祝賀の和歌を送り来るものも数多く、吉保様は一々返歌を差上げた。

数日後、吉保様は市谷八幡宮に参詣、祝賀の報告。境内の行商人たちの売物を全部買上げて祝儀とした。

元禄十五年三月九日、将軍の生母桂昌院様は、ついに従一位に叙された。これも将軍の希望を吉保様が引受けて宮廷方に奏上運動した結果である。その功として二万石が加増され十一万二千三十石となった。

章題は、五の丸様に対する吉保の返歌中の語による。

霜月《しもつき》二十六日には。御所《ごしょ》のわたらせたまふ。こゝかしこのしつらひよりして。年々《としどし》にまさるものゝ《の》美《ミヤビ》麗《メ》。目もあやなり。れいの奉《たてまつ》り物《もの》。あるじより、うつくしう染《そめ》たるあや、からのきぬ。そめきぬのいみじきなどに。帯《おび》などもあまた奉れ給《たまふ》。

母君《ははぎみ》、北《きた》のかたなども。からのきぬ。えんなる帯《おび》などいとおほくあり。太郎君《たらうぎみ》も。おなじやうの物に。香合《かうばこ》、玉《たま》のうつはものなど奉らる。皆《みな》、をりひづ《う》もの、そへさせ給《たまふ》。其外《そのほか》の若君《わかぎみ》。姫君《ひめぎみ》。御方《かた》〴〵、とり〴〵に、よのつねならず。あるは帯《おび》など奉れたまへるもあり。秋《あき》のゝ《の》に。千種《ちぐさ》の花。こきまぜたる心地《ここち》して。いひしらずうつくし。常にも、ことゝある時《とき》は。まづ、ものあまた奉りなどし給《たま》へど。此《この》わたらせ給《たま》ふ時《とき》などは。ことさらに、えりとゝのへさせ給《たま》ふ《う》て。所《ところ》せきまでぞ有《あり》ける。君《きみ》の御かたにて。てうじて奉れ給《たまふ》。たび〳〵に、御心とゞめて。とかくをきて《お》させ給《たまふ》ほどに。かやうのかたあづかりたる家人《いへびと》も、あまたありて。大かた十日廿日、ひたすらにこもりゐてなん。てうじ奉りける。さるは、たび〳〵〔に〕、御所《ごしょ》

霜月二十六日　元禄十四年。
母君　吉保母、了本院。
北のかた　吉保正室、定子。
太郎君　吉里。
若君　経隆、時睦。
○**ことゝある時**　何事ぞある時はと云心也。
○**所せきまで**　所のせばき程と也。
○**てうじて**　とゝのへて也。
さるは　それで。だから。

にもめづらしうお《を》かしと、御めとゞまるべきさまなり。

其日《そのひ》は。高《たか》松少将《まつのせうしやう》讃岐。伊賀侍従《いがのじじゆう》藤堂。まや橋侍従《ばしのじじゆう》酒井などはじめて。御一ぞくの殿原《とのばら》。残《のこ》りなくおはしたり。僧衆《そうしゆ》には。護持院《ごぢゐん》大僧正《だいそうじやう》。金地院長老《こんちゐんちやうらう》。覚王院《かくわうゐん》。護国寺《ごこくじ》。観理院《くわんりゐん》。喜多院《きたゐん》などの僧正《そうじやう》達《たち》。月桂寺《げつけいじ》。龍興寺《りゆうこうじ》の長老《ちやうらう》はじめて。其外《そのほか》あまた、皆《みな》、時《とき》の名《な》あるひじりなり。医師《いし》なども、左京亮《さきやうのすけ》常勝。宗仙院法印《そうせんゐんほふいん》などはじめて、いとあまた参《まゐ》れり。

是皆《これみな》、御所《ごしよ》にも。とりわきてつかうまつり。心《こころ》ことなりと、世人《よひと》にもおもはれ。わが御《お》かたへも。もはら心よせ奉る人〴〵《ひとびと》は。先《まづ》かやうの折《をり》すぐさず参《まゐ》りて。上下《かみしも》となく立《たち》こみつゝ。もてなしつかうまつるさま。なべてならず。

あさとく、太郎君《たらうぎみ》まうのぼり給《たまう》ふて。けふわたらせおはしますべき。かしこまり、申《まうし》奉り給ひぬ。年頃《としごろ》は、かやうのおり《を》に。君《きみ》ぞ出《いで》給《たま》ひつるを。若君《わかぎみ》やう〳〵おとなになりたまへば。今《いま》は大《おほ》かたの事《こと》、かくてぞおりたちありき給《たまふ》。

護持院大僧正　隆光。
金地院長老　元云。
覚王院　僧正最純。
護国寺　僧正快意。
観理院　権僧正智英。
喜多院　権僧正義天。
月桂寺　長老碩秀。
龍興寺の長老　全底。
常勝　久志本。
宗仙院法印　橘元常。
太郎君　吉里。
巳の時ばかり　午前十時ごろ。
打ぐして　そろって。
高松少将　松平讃岐守頼豊。
よりして　を、はじめとして。
わたどの　渡殿。渡廊下。

御所《ごしよ》には、巳《み》の時《とき》ばかりぞ入《いら》せ給《たまふ》。れいの人々《ひとびと》打《うち》ぐして出《いで》むかへ奉り給《たまふ》。いとよそほし。御さき、道《みち》びき聞《きこ》え給《たまひ》て、入《いら》せ給《たま》へり。高《たかま》松少将《つのせうしやう》よりして。わたどのにおはして、拝《はい》し奉《たてまつ》り給《たまふ》。さて、おましにつかせ給ひて。れいのことぶきお《を》はりて。あるじめさせ給《たま》ひ。松《まつ》平《だひら》の御称号《ごしようがう》。ならびに御いみなの一字《いちじ》を給《たま》はり。御一ぞくのごとくに。おぼしめすなり、といふことをそのたまはせ給《たまふ》。

年月《としつき》、よろづ御心にかなひて。一事《ひとこと》だにあやまつことなく。まめやかにつかうまつり給《たまふ》ほどに。まことに、臣《しん》たる道《みち》の法《ほふ》は。かくこそあらまほしけれど。世人《よひと》も見ならふべきしるしに。ことさらに。おもくもてなし聞《きこ》えさせたまふなりけり。

次《つぎ》に太郎君《たらうぎみ》をめして。おなじく御称号《ごしようがう》。ならびに。御いみなの字《じ》を給《たま》はす。かしこきにも。おぼしわかぬまで。悦《よろこ》び聞《きこ》え給《たまひ》て、かしこまり申させ給《たまふ》さま、おもひやるべし。御なども、おまへにて。あらためさせ給《たま》ひぬ。

〔さて〕四郎君《しらうぎみ》。五郎君《ごらうぎみ》。をめして。御称号を給《たまは》り。御学文《がくもん》の御

おまし　御座。

松平の御称号　徳川実紀では「御家号」という。

いみなの一字　綱吉の「吉」の字。この日はじめて「吉保」という名になった。長男吉里も同様で、ともに生涯松平の姓を許された。

かしこきにも　畏れおおいと気付いていながら。

おぼしわかぬまで　思慮がつかなくなるほど嬉しさでいっぱいになって。

かしこまり申させ　しっかり御礼を言上する様子といったら。

弟子《でし》にぞなし聞《きこ》え給《たまふ》。四郎君《しらうぎみ》は、『大学《だいがく》』のはじめを、御口《くち》づからさづかり給《たま》ひて。おまへにて、たからかによませ給《たま》ふを。らうたしとおぼす。五郎君《ごらうぎみ》は、まだいはけなきほどにて。何心《なにごころ》もなくておはするを。うつくしとおぼして。『大学』を御手づからとらせ給ふ《たまう》て。いたゞかせ給ひなどす。いとなつかしう仰事《おほせごと》ありて。二所共《ふたところとも》に。四《し》書《しょ》、『小学《せうがく》』に。みぞなどそへてたまはり給《たま》ふ。

さてまた四郎君《しらうぎみ》は、かたな作《つく》る具《ぐ》なる三所《みところ》ものあまた。五郎君《ごらうぎみ》は、印籠《いんろう》かず〳〵給《たま》はり給《たま》ひなど。いと、よの常《つね》ならぬ事《こと》おほかり。あるじ君《ぎみ》には。みづからかゝせ給《たま》ひし御歌《おうた》を給《たま》はれり。いかゞありけん、今思《いまおも》ひ出《いで》て聞《きこ》ゆべし。

かくて、おくのおとゞに入《いら》せ給《たまう》て。女《をんな》がた、皆《みな》たいめ給《たま》はり給《たま》ひぬ。女《をんな》あるじ、御のしをさゝげ給《たま》ふに、とりて。れいのごと。てづから御かた〳〵にぞたまはる。御あつ物出《ものいで》て、御かはらけとり〴〵にたうび。又、奉《たてまつ》りかへしなど、皆例《みなれい》の事《こと》なり。さま〴〵に何《なに》くれとのたまはせなど。いと御《み》けしきよし。

おもひやるべし　想像していただきたいものです。

四郎君五郎君　経隆・時睦に対しても松平の称号を許した。経隆は八歳、時睦は六歳であった。

大学のはじめ　冒頭の三綱領の句読を教えた。

口づから　朗読して暗誦させた。

○**らうたし**　愛らしき心也。

うつくし　けなげに思う。

四書　大学・中庸・論語・孟子のひとそろい。

小学　幼児の道徳入門

まこと、其日《そのひ》の御《お》をくり物《もの》。おもてだちてありけるは。めづらしげなし。うちく〵よりも。さまぐ〵おほくめだつべきもの、たまはせ給《たまふ》。あるじ君《ぎみ》。母君《ははぎみ》。北《きた》の方《かた》。若君《わかぎみ》。姫君達《ひめぎみたち》、みづからなども。皆《みな》、常《つね》よりまさりて。いとうつくしききぬ、あやなど、あまたとうで給《たまふ》。とりぐ〵に、かずなど、なかく〵かぞふべきにもあらず。何《なに》もく〵、いとさまぐ〵、めうつるばかりにて。こまかにしも覚《おぼ》えずかし。

又《また》、おまへにて。いろく〵いみじきふところ紙入《がみいれ》。ふくさやうのもの、とりぐ〵に給《たま》ひなどす。みづからは、例《れい》ざまに、さはる事《こと》ありて、おまへには出聞《いできこ》えぬを。四郎君《しらうぎみ》などの御称号《ごしようがう》給《たま》はり給《たま》ふを。さこそうれしう。よろこび聞《きこ》えんなど、おぼしやりて。かしこき仰《おほせ》事《ごと》を。君《きみ》ぞうけ給《たま》はりて。伝《つた》へさせ給《たまふ》。

又《また》、四郎君《しらうぎみ》は、ことさらに申《まうし》奉らせ給《たま》ひて。さるがくのでうど、一《ひと》よろひ、給《たま》はり給《たまふ》。

いとあやしう、人《ひと》の願《ねが》ひに随《したが》ひつゝ。物《もの》あまたたまはる事《こと》、この

書として朱子の指揮のもとに編集された教科書。
みぞ　御衣。
三所もの　目貫《めぬき》・笄《こうがい》・小柄。刀の付属品として美しさが追求された。
印籠　薬品や印肉などを入れて腰にさげた。装身具として美しさが追求された。
みづから　本書の筆者自身。
例ざまにさはる事　例月のさわり。
四郎君など　町子の子、経隆と時睦。
おぼしやりて　将軍が思いやって下さって。
君ぞうけ給はりて　吉

ませたまへば。かやうに、ゐたち、さうどきつゝあるを、お《を》かしとおぼしたり。

高松少将《たかまつせうしやう》。伊《い》賀侍従《がのじじゆう》。まや橋《ばし》の侍従。いよの守《かみ》など聞《きこ》ゆる人々《ひとびと》も。わざと、めしありて。八丈《はちぢやう》の嶋《しま》より奉《たてまつ》れるきぬを。とり〴〵にあまた給《たま》はす。けぢかく、かく御心《こころ》にかけさせ給ふ事《こと》を。みな、かしこく悦《よろこ》び聞《きこ》え給《たまふ》さま、いはんかたなし。かくて。文講《ふみかう》ぜさせ給ふ事《こと》ども。例《れい》の事《こと》にて過《すぎ》ぬ。

爰《ここ》のあづかりにて。したしくおぼしたる隠岐守《おきのかみ》の家《いへ》。此《この》あたり、うち〳〵よりかよひぢつゞけて有《あり》けるを。けふも、かちより。わたらせ給《たまふ》。かしこにも。御あるじなどさま〴〵なり。かへりおはしまして、こなたにても。又《また》御ものまい《ゐ》る。御あそびなど、かはらず。今めかしうて、日もくれぬ。御かへり近《ちか》づきぬるに。女《をんな》がたにも又《また》とり〴〵拝《はい》し。物《もの》あまた給《たま》はす。いみじきを《お》りもの。いろ〳〵の糸《いと》など。みなたび〳〵に。さまかはれる物《もの》をぞ、とうで給《たまふ》。そや過るほどにぞかへらせたまふ。

保が伝言としてうけついで。
いとあやしう　大そう不思議なことだが。

ゐたち　坐ったり立ったりして。「ゐたちおぼしいとなみて」(源氏物語・桐壺)。
○**さうどき**　いそがはしき体也。騒字也。
高松少将　以下三名、一七四頁前出。
いよの守　朽木植昌。
けぢかく　心やすく。
文講ぜさせ給ふ　綱吉の漢学の講義。
あづかり　未考。
隠岐守　伊予松山藩主、松平(久松)定直。

やがてあるじ。若君《わかぎみ》うちつれて、まうのぼり給《たま》ふて、かしこまり申させ給《たまふ》。

又《また》の日《ひ》は、こなたかなた御使《おつかひ》ひまなし。此《この》たびの御ことぶき〔さへ〕とりそへて。いみじうまいりこみのゝしる。五《ご》の丸《まる》の御かたより。

幾千《いくち》たび花も咲《サカ》なんことしより木《こ》だかくしげる宿《やど》の松《まつ》がえ。

御返《かへ》し。

めぐみある君《きみ》にひかれてことしより花咲宿《はなさくやど》の松《まつ》ぞ木《こ》だかき。

又《また》、豊前守殿《ぶぜんのかみどの》より。

高砂《たかさご》の松《まつ》の名《な》をえし君《きみ》なれば千代《ちよ》をばを《お》のがものとしらまし。

御返《かへ》し。

ふして思《おも》ひおきてあふぐも高砂《たかさご》のまつの名《な》にあ《お》ふ君《きみ》がめぐみよ。

土佐《とさ》君より。

かぎりなきよはひを松《まつ》の君《きみ》なればわれも千《ち》とせのかげをたのまん。

かちより　徒歩で。○**とうで**　取出。○**そや**　初夜。

あるじ　柳沢吉保。

若君　吉里。

又の日　翌日。

こなたかなた　諸方から。

のゝしる　大きな声を上る。

五の丸の御かた　お伝、瑞春院。

豊前守　黒田直重。婿。

土佐君　直重室。吉保養女。

御返《かへ》し。

君《きみ》が代《よ》を君《きみ》もあふがんさかへ《え》そふもとの根《ね》ざしの松《まつ》をかざして。

其頃《そのころ》は、此《この》御事《こと》にて、いとあまたありけれど、うるさければもらし侍《はべ》りつ。

日頃《ひごろ》へて、君《きみ》は、市《いち》がやといふ処《ところ》の八幡宮《はちまんぐう》に、まうで給《たま》へり。御称号《しょうがう》の御悦《よろこ》び、告申《つげまう》させ給《たま》ふなるべし。御太刀《たち》、御馬《うま》など奉らせたまへり。別当《べつたう》などめし出《いで》て、物《もの》あまた給《たま》ふ。

此《この》あたりは、さと遠《とほ》からで、もろ人《びと》の袖《そで》ふりはへて、まい《ゐ》りちがふなど。さるかたにお《を》かしう。にぎはひたり。こゝかしこのくまぐ〵にかたよりつゝ。あめ。を《お》こし米《ごめ》などよりして。お《を》さなきものゝ《の》もてならす。はりこいぬ。風車《かざぐるま》など、さま〵のお《を》かしきもの。あまたうるめり。おまへには、常《つね》にしも、かゝる事《こと》。御《ご》らんじなれず。かれがはつかなる世《よ》わたりのほども。あはれにめづらしうおぼす。けふ、かゝる御悦《よろこ》びにて。たまさかにまうでさせたまへれば。人《ひと》めして、「此《この》あやしきものどもの物《もの》うるを、すべて残《のこ》りなくかひ

市がやといふ処の八幡宮　柳沢家の菩提寺月桂寺も同じ市谷にある。江戸八所八幡の一つ。鎌倉の鶴ヶ岡八幡に対して亀ヶ岡八幡と称された。

別当　神宮寺である東円寺の住職。

はつかなる　細々とした。

世わたり　生計の途。

とりて。あたひあまたえさせよ。いと嬉《うれ》しうおもひつべきわざなり」など仰《おほせ》つく。

御供《とも》にさふらふものども、はしりありきて、皆《みな》かひとりてげり。あやしう、ひげがちなるものども、打《うち》ゑみつゝ。「いで、あなかしこくも侍《はべ》るかな。あはれ、をのれら。神仏《かみほとけ》のあらはれて、すくはせたまへるにこそ」と。かたみに打《うち》かたらひつゝ。悦《よろこ》びたうれたり。おまへにも、あはれなるものから。お《を》かしとおぼすべし。

又《また》の年《とし》の春《はる》。三《さん》の丸《まる》、一位《いちゐ》にならせ給《たま》ひぬ。いと、さばかりやんごとなき御うへなれば。さこそと、人《ひと》もおもひ聞《きこ》えさすれど。今更《いまさら》にたぐひなき御事《こと》にぞ侍《はべ》るめる。こゝかしこの御ことぶきなど。さるは、おほやけざまにて。いと心《こころ》ことなる事《こと》、さま〴〵なり。さきに御位《みくらゐ》の事《こと》、内《うち》へそうし奉《たてまつ》らせたまはんの御心ばへを。こなたにうけたまはりて。三《さん》の丸《まる》へ申奉《まうし》らせたまひけるに。ことなくすゝませ給《たま》へるほどに。ろくなど、とりわきて給《たま》はらせ給《たま》ふ。まして御あづかり事《ごと》しげくとりおこなはせたまふころにて、御いとまなし。三《さん》の

ひげがち　鬚のはえた。枕草子に例あり。○**たうれたり**　つよく悦びてたをるゝ心也。○**又の年**　元禄十五年。**三の丸**　綱吉生母、桂昌院。三月九日、例年東下する勅使の将軍引見の儀式の折に、従一位の位記が伝達された。**内**　内裏。宮廷。**心ばへ**　将軍綱吉の意向。**こなた**　柳沢吉保。**ろく**　吉保に対する褒美。同じ三月九日に二万石加増、合計十一万二千三十石受封。**あづかり事**　政務分掌。

丸《まる》へ慶賀《けいが》の歌《うた》、奉《たてまつ》らせ給《たまふ》。

春日《かすが》山神《やまかみ》もうれしと守《まも》るらんきみしも君《きみ》をあふぐまことは。

御心ばへありてよませ給《たま》ひけるにやあらん。さて御返《かへ》しは。

世《よ》におほふたぐひも二《に》なき位山《くらゐやま》のぼるも君《きみ》がめぐみならでは。

いとさま〴〵に、かしこき事《こと》おほかり。

春《はる》ふかくなるまゝに、おまへの梅《うめ》などさかりにて、えんなる夕《ゆふ》つかた。おまへより、「人《ひと》まちがほの」などかゝせ給《たまひ》て。ものしたまへるに。よみてまいらす。

たれをまつ心《こころ》のはなの色《いろ》ならん立枝《たちえ》ゆかしき軒《のき》の梅《うめ》がえ。

御返《かへ》し、

こゝろあらばきてもとへかしまち〳〵てわれも立枝《たちえ》の梅《うめ》の木陰《こかげ》を。

かく折《をり》にふれたることぐさなど、のたまひかくるを。御返《かへ》しなど聞《きこ》ゆるも。たゞ口《くち》ときばかりをことにて。さる見所《みどころ》なきものから。ことなる木《こ》かげに。をのづからおちつもる下葉《したば》かきそへつゝ。最《イト》を

春日山　桂昌院は、藤原氏二条光平の家司本庄氏の養女なので、藤原氏の氏神である春日神社を詠む。

えんなる　しっとりと美しい。「雪うち降りてえんなるたそかれ時に」(源氏物語・槿)。

人まちがほの　拾遺集「人知れぬ人待ち顔にみゆめるは誰がたのめたる今宵なるらむ」によるか。

ことぐさ　ちょっとした歌ことば。

口とき　即答できること。

○**をこがましう**　おろかなる義。

こがましうぞあるや。

十三　山さくら戸　〔元禄十五年春より夏にいたる〕

元禄十五年三月十八日、吉保様の北の方が江戸城に参上し、将軍の御台所、五の丸様にご挨拶申し上げる栄誉に浴した。贈答献上品の数々が城内各所で差出された。

翌十九日、公弁法親王を、歌枕待乳山の近くにある浅草の別邸に招いて桜の花見。昨冬の帰りしなに「花咲頃ぞかねてまたるゝ」と詠んだ(第十一帖)法親王のお心に応えたもの。

同月二十九日には、五男時睦君が初めて江戸城に参上。献上品、将軍よりの下賜品。実母である筆者にも綾の巻物。

四月六日、神田橋の柳沢本邸が焼失。将軍御成御殿などすべて焼け、定家筆『伊勢物語』など貴重書多数が失われた。一家は各地に分散して、お邸の再興を待つこととなった。

章題は、昨冬の法親王の詠歌に応えた吉保の返歌の中の語による。

やよひ九日《ここのか》。ろくくは〻らせ給ふ。こぞ、ことしと打《うち》つゞきて。げにこよなき御さかへ《え》。今更《いまさら》にかぞへきこえんも、なか〳〵也《ナリ》。三《さん》の丸《まる》の。この頃《ごろ》一位《いちゐ》にすゝませ給《たま》へるに。さばかりの御よはひのすへ《ゑ》に。たぐひなき御さかえ、いよ〳〵あらはれ。御所《ごしよ》にも、かくて孝《ケウ》の道《みち》つくさせ給《たま》へる事《こと》。是皆《これみな》、もと、こゝに申《まうし》おこし奉《たてまつ》らせ給《たまへ》るにこそよりけれ、とおぼすに。御労《らう》のほど、いとたぐひなし。殊《こと》には、内外《うちと》の事《こと》につけて。おほやけざま〔に〕しげき御あづかりども。御身《み》ひとつに、すべおこなはせ給《たまう》て。年頃《としごろ》たがふことなく。まことに、うつはもの。世々《よよ》にこえさせ給《たま》へるを。かつは御所《ごしよ》にも御おぼへ《え》、心《こころ》ことになし聞《きこ》えたまふなりけり。何《なに》くれと、いとかしこき仰事《おほせごと》など有《あり》き。

其日《そのひ》は。御所《ごしよ》のおはしますかたへ。三《さん》の丸《まる》わたらせ給《たま》へり。御位《みくらゐ》すゝませ給《たま》へる御ことぶきなりけり。儀式《ギシキ》よりして。いかめしき事《こと》、世《よ》の常《つね》ならず。こなたはじめて。若君達《わかぎみたち》。御むこ君《ぎみ》、皆《みな》、拝《はい》し給《たま》へり。さゝげもの、奉《たてまつ》り物《もの》など。いとたぐひなし。さま〴〵と有《あり》ける

やよひ九日　前出、二万石の加増を受けた日。
○**こよなき**　うへなき義。無越と書。
かぞへきこえ　石高の総計を勘定する。
こゝに　柳沢吉保から。
労　功績。
内外の事　徳川家の公私について。
うつはもの　能力のすぐれていること。

〔一八六頁〕
執政　老中。
同じ月十八日　元禄十五年三月十八日。
北の方　吉保正室、定子。「吉保が妻、広敷にまうのぼり、御台所・五丸方を拝し奉

事《こと》ども。例《れい》のもらしつ。

さて、此《この》たび。こなたへあてをこなはれける所《ところ》は。津《つ》の国《くに》。かはちなどに。もとよりれうじ給《たま》へる所《ところ》あるを。其近《そのちか》き国《くに》のわたりにて。とりわきよろしきをえりて。給《たま》はるべきむねを。執政《しっせい》の人々《ひとびと》に御《み》けしきありとぞ。

同《おな》じ月《つき》十八日には。北《きた》の方《かた》、御所《ごしょ》にはじめてのぼらせ給《たまふ》。さるべき女房《にょばう》十五人、そひて参《まゐ》る。御所《ごしょ》のうへ、おはしますかたの、まろ《ら》うとやまでおはして。おりさせ給《たま》ひぬ。右衛門佐《ゑもんのすけ》。大《おほ》すけなど聞《きこ》ゆる人々《ひとびと》。むかへ入《いれ》奉り給《たまふ》。いと、あらまほし。鶴姫君《つるひめぎみ》の入《い》らせ給ふ《たまう》て。おはします所《ところ》と。さだめおきたる方《かた》にあなひして。すへ《ゑ》奉りぬ。女房達《にょばうたち》、かはる〴〵出《いで》て。あへしらひ聞《きこ》ゆ。豊《とよ》の小路《こうぢ》と聞《きこ》ゆるは。たいより出《いで》きて。御せうそこ、まづつたへ給《たまふ》。姫君《ひめぎみ》、御かた〴〵よりも。女房《にょばう》、御使《おつかひ》うけ給《たま》はりて、まい《ゐ》る。

さて、それより。たいにのぼらせ給《たまひ》て、拝《はい》し奉《たてまつ》らせ給《たま》ふ。てづから御のし給《たまは》り。おまへにて、ともに御あつもの出《いで》きこえて。おほみ

る」(徳川実紀)。
○**まろうとや**　客座敷也。
右衛門佐　大奥の侍女。水無瀬氏信の娘。宝永三年没。
大すけ　大典侍局、綱吉側室。清閑寺熙房三女。綱吉没後、寿光院。寛保元年没。
鶴姫　綱吉長女。延宝五年出生。
女房　女官。
豊の小路　未詳。
たい　綱吉正室、鷹司信子。
○**あつもの**　羹。
○**おほみき**　御酒。
わが御かた　柳沢吉保。
うち〱のわたどの　内々の渡殿。御鈴廊下。

きまい《ゐ》れり。御さかづき給《たま》はりなど。すべて、いといみじうたぐひなき事《こと》、とりあつめたり。

御所《ごしよ》にも、かねて。しろしめして、入《いら》せ給《たま》ひぬ。わが御かた、さふらひ給《たま》ふをも、ともなひ聞《きこ》えさせ給《たまう》ふて。うち〳〵のわたどのよりぞわたらせ給《たまふ》。北《きた》のかた拝《はい》し奉《たてまつ》らせ給《たまふ》あいだ。仰事《おほせごと》ねんごろにたまはり御さかづきめぐれり。

又《また》、おはします方《かた》にかへらせ給《たまひ》て。やがてめしありて、まい《ゐ》り給《たまふ》。御のしなど給《たま》はりけり。さて、御《み》けしきうけて、こなたかなためぐらひ見《み》たまふ。さしもやんごとなき殿《との》づくり、たとへんかたなし。御みづから、香《かう》の木《ぼく》などたまはらせ給《たま》ひぬ。又《また》、大紋《だいもん》のを《お》りもの、あまたをぞ給《たま》はり給《たまふ》。

かくて、女房《にようばう》たちともなひ聞《きこ》え給《たまう》て。五《ご》の丸《まる》小屋氏のおはしますかたに参《まゐ》り給《たまふ》。是《これ》も大《おほ》かた御もてなしなどおなじさまに、いみじうてあり。

さて、たいにかへりのぼらせ給《たまう》ふて。御前《おまへ》にて、ともに御物《おもの》まい《ゐ》

おはします方　将軍自身の中奥御座の間。

大紋のをりもの　大きな紋様の織り出された舶来の敷物。

○**五の丸**　綱吉側室、お伝。

［一八八頁］

こなた　柳沢吉保。

になき　並ぶものなき勢い。

○**あるじ**　饗応。

おもてより　公式の献上物。

うち〳〵　私的な献げ物。

御所ざまの　江戸城内の各所の奉公人男女。

こちたく　こまかすぎる程。

らせたり。かゝることは、いとたぐひなき事《こと》と人《ひと》もおもひたゞめるを、いよ〳〵こなたの、になきほどさへあらはれて。かしこきこと、物《もの》なし。御あるじ、さま〴〵とめづらしう。世《よ》にゝ《に》ぬ事《こと》しつくて、もてなし聞《きこ》えさせ給《たまふ》。くれはてゝぞ、まかゝで給《たまふ》。

其日《そのひ》、御引出物《ひきでもの》。奉《たてまつ》りもの。おもてよりも。うち〳〵よりも、さま〴〵なり。御供《おとも》にさふらふ女房《にょばう》はじめ。家司《けいし》やうのものまで。饗《きやう》応《おう》ありて、物《もの》おほく給《たま》はす。御所《ごしょ》ざまの所〳〵《ところどころ》は、さらにも聞《きこ》えさせず。さるべき女房達《にょばうたち》まで。何《なに》やかやと、を《お》くりものし給《たま》へり。

こなたよりも。とり〴〵に奉《たてまつ》りあげ。又《また》、女房《にょばう》をはじめて。あやしの下人《げにん》までも。すこしもおほやけざまに侍《はべ》るものに〔は〕。物《もの》こちたく送《おく》らせ給《たま》へり。さるは、いみじきあや、を《お》りもの、こがね、白《しろ》かね。しな〴〵にて、中〳〵《なかなか》かたはしは。かきなさんもわろし。さりとて、いとあまりこちたきを。ひとつ〳〵かきてんことかは。さばかりいかめしかりし事《こと》は。今《いま》も人《ひと》、ちかくしり聞《きこ》えたるなれば。を《お》のづからかたりもつたへんかし。

○**つとめて**　早朝。
かしこまり　礼言。
此日　元禄十五年三月十九日。
上野の宮　日光御門跡、公弁法親王。
別業　浅草茅町の別邸。
○**夕こえくれて**　新勅撰「まつち山夕こえくれていほさきの角田川原にひとりかもねん」。
まつち山　待乳山。歌枕。浅草寺の子院の内ともいう。
すみだ川　歌枕。江戸東方を南下する大河。
おもしろかゝべい　面白かるべき。楽しそうな。
宮の家司　公弁法親王

つとめて、所〴〵《ところどころ》に御文《ふみ》して。きのふのかしこまりなど、申《まう》し奉《たてまつ》り給《たま》ひぬ。

此日《このひ》、上野《うへの》の宮《みや》を。別業《べつげふ》におはしまさせたも《ま》ふ。「夕こえくれて」とよみけん、まつち山《やま》のわたりにて。すみだ川《がは》など、たゞ此《この》まへにながれたり。御供《とも》の僧正達《そうじやうたち》など。例《れい》の人々《ひとびと》あまたおはしたり。ことぐ〵しからぬほどにと。おぼしたれど。このたびは。とりわきおもしろかんべいおり《を》かなと。皆人《みなびと》おもひ聞《きこ》えさすれば。宮《みや》の家司《けいし》よりして。ちごわらはまで。いとあまた参《まゐ》れり。

殿《との》のうちのしつらひ。所々《ところどころ》、茶《ちや》やめくわたりなどは。さらにもいはず。はるぐ〵とたゝみなしたる山《やま》の木《こ》だち、池《いけ》のほとりなど。はかなき石《いし》のたゝずまいも。よになくおもしろきさまに。しなして。いひしらずおかし《を》。

花《はな》は、いまを盛《さかり》とにほひあひて。げに、ちりもはじめず。まして、咲《さき》のこりたる枝《えだ》も。あらぬに。吹風《ふくかぜ》さへゆるく、心《こころ》ありて。のどかなる春《はる》の日《ひ》なり。

に仕える寺侍など。
ちごわらは　稚児童。寺で使われた有髪の少年。
殿のうち　別業内部の構成。
はるぐ〵と　広々と。
たゝみなしたる　幾重にも築きあげた小山。
花　桜の花。
○**ちりもはじめず**　「けふみずばくやしからまし桜花咲《さき》ものこらずちりもはじめず」。
［一九〇頁］
おまし　御座りの席。
おりて　庭園に降り立って。
かきのうち　垣で囲まれた人工の庭園。

宮《みや》はおましにて。例《れい》ざまの事《こと》などはてゝ《て》。おりてこゝかしこ御らんず。さばかりひろきわたりを。ゆへ《ゑ》あるさまにしなして。中〱《なかなか》、かきのうちとも見《み》えず。年《とし》ふりたる松《まつ》のこずゑ高く。かすみあひて。木《こ》の間《ま》の花《はな》、心《こころ》もとなき程《ほど》に。もてはやされて、いみじうえんなり。おまへ近《ちか》き桜《さくら》は。ことに咲《さき》あまりて。さそふとし〔も〕なき風《かぜ》のまへに。けしきばかりちりくるなど。えもいはぬ。のどけさなるに。さふらふ人々《ひとびと》などは。物《もの》おもひなげに立《たち》よりつゝ。花《はな》をしみれば、など、うちうめきぬべし。まして、宮《みや》は、こぞ御かたにわたらせおはしましける時《とき》、「花咲頃《はなさくころ》ぞ」とのたまひを《お》かせ給《たま》へれば。ちぎりたがはずまち聞《きこ》えさせ給《たま》ふことを。うれしう、御心《おこころ》ゆきておぼしたり。

あるじも、御心ばへありて。ありつる御返《かへ》しも。此頃《このごろ》や、とおぼすに、おなじくは花《はな》のさかりすぐさず、などおぼしいそぎたるに。雨風など、さは《わ》がしき事《こと》もあらで。から御《み》けしきよくおはしますを、見奉《みたてまつ》らせ給《たまう》ふて。よろこびおぼす事《こと》かぎりなし。

えんなり　落着いて美しい。

おまへ近き　玉座に近い。

○**物おもひなげ**　古今「年ふればよはひは老ぬしかはあれどはなをしみればものおもひもなし」。

こぞ御かたに　昨元禄十四年十月二十一日に柳沢本邸を訪問した。

花咲頃ぞ　宮が柳沢邸を辞去するときに「つらなれるけふのもろ人契りを《お》きて花咲頃ぞかねてまたるゝ」と詠み残したこと。

まち聞え　待ち迎え申し上げることが実現し

かくて御物《もの》などまい《ゐ》りて。またおりさせ給《たま》ふ。ちい《ひ》さき家《いへ》を山《やま》のうへにつくりて。いみじうお《を》かしき所《ところ》なるに。それにおはしまして此《この》あたり見《み》やらせ給《たま》へれば。すみだ川《がは》は、たゞこゝもとにて。わたし船《ぶね》も、此山《このやま》かげをゆきかよふなり。かうながら、ことゝ《と》はば、こたへつべし。こゝは又《また》、山桜《やまざくら》などあまた軒《のき》ちかくひらけゆきて。いみじう色《いろ》をそへたり。

御くだ物《もの》まい《ゐ》り、おほみきなど、まい《ゐ》れり。あるじ、又《また》おはして御《ご》たいめん給《たま》はらせ給《たまふ》。

「ふるとしは、御うた下《くだ》し給《たま》はりしを。何《なに》かはいやしきことの葉《は》にて。御返《かへ》しめきて奉《たてまつ》らんも、かしこくおもふ給《たま》へられ侍《はべ》りてなん。けふ、かくてまち聞《きこ》え奉《たてまつ》れば。よろづのつみも、花《はな》のかげにかくれて。おぼしゆるすほどもこそ侍らめ」とて奉《たてまつ》れたまふ。

色《いろ》に香《か》にけふしもそへよ君《きみ》をのみかねてまつちの山《やま》の桜戸《さくらど》

「ありつる御返《かへ》しなりけり」とおぼすに。その折《をり》の事《こと》おぼし出《いで》て。宮《みや》、けう《きよう》に入《いら》せ給《たま》ひぬ。

たこと。

心ゆきて　満足に。

心ばへありて　心中ひそかに用意するところがあって。

御けしき　ご機嫌よろしい。

たゞこゝもと　ほんの足もとと見えるほど近く。「波ただここもとに立ち来る心地して」(源氏物語・須磨)。

かうながら　今ここから。

○**ことゝはば**　伊勢物語「名にしおはゞいざこと々はん都鳥わがおもふ人はありやなしやと」。

——(以下一九八頁)

かくて、人々《ひとびと》御かへりすゝめ奉るに。くれ行花《ゆくはな》の夕《ゆふ》かげ、あかず。しぶ〳〵におぼしたれど、かへりおはします。みなうちつれて、例《れい》の御《お》をくり申《まう》させ給《たまふ》。

その日、奉り物など。例《れい》よりもいみじうて。ありけり。御所《ごしよ》よりの御使《おつかひ》などやうの事も、かはらずまい《ゐ》れり。おなじさまの事《こと》は、いましもかゝず。

さて、その月《つき》、五郎君《ごらうぎみ》、御所《ごしよ》にはじめてまい《ゐ》り給《たまふ》。二十九日のほどなりけり。れいの、こなたには。太郎君《たらうぎみ》。四郎君《しらうぎみ》。打《うち》ぐしつゝ参《まゐ》らせ給《たまふ》さま。になきようい、いかめしうなん。

まづ、御やすみ所《どころ》にまい《ゐ》り給《たまふ》。さてのち、拝礼《はいれい》は。つねのおまし所《どころ》にてあり。御馬《おうま》しろ。御ぞなど。きしきのまゝに奉《たてまつ》れ給《たま》ふ。対馬《つしまの》守《かみ》重富朝臣《しげとみのあそん》稲垣ぞ、とりを《お》こなひ給へる。父君《ちちぎみ》も御礼申給《まうしたま》ふ。また、内々《うちうち》より、わたなど奉《たてまつ》り給《たま》ふに。太郎君《たらうぎみ》、四郎君《しらうぎみ》。わたくしの御ぞ、けふのわらはぬしは、とりわきて。黒《くろ》らしやなどいふ物《もの》、千尋《ちひろ》と奉れ給《たま》へり。北《きた》のかたも、お《を》りひ《う》づものなど、奉り給《たまふ》。みづから

あかず　名残がつきず。
しぶ〳〵　心身を始動させるのが辛い。いやいやながら。
奉り物　献上品。
その月　元禄十五年三月二十九日「吉保が三男左門時睦まうのぼり初見の礼をとる。よて小袖五・懐中袋・巻双紙・箱肴をたまひ、又御手づから備前政光の御小脇差を下さる」(徳川実紀)。
太郎君　柳沢吉里。
四郎君　柳沢経隆。
打ぐし　つれだって。
になきようい　非のうち所なく準備をかさねて。

もたてまつれり。

御引出物《ひきでもの》は、五郎君《ごらうぎみ》に。れうの御ぞ。さらしやうの物《もの》など、しなあまたなり。政光《まさみつ》の御さしぞへ、てづから給《たま》はらせ給《たまふ》。何《なに》くれと、いとまれなる御もてなし、いみじ。大《おほ》かた、さき〴〵の御心を《お》きて、かはらず。引つゞきおはする、いとたのもしかし。

其外《そのほか》、皆《みな》、御ぞ、あや、にしきと、さま〴〵にこちたし。みづからにも、あや給《たま》はせたり。かやうの事《こと》は。常《つね》にもある事《こと》なれど。こは、かく、わざとゝりたてゝ《て》ひゞき給《たま》ふを。心《こころ》のやみに、いといみじとおもふ。

春《はる》も過《すぎ》ぬるに、卯月《うづき》六日、おはします所《ところ》やけぬ。暁《あかつき》かた、下《しも》のやより火出来《ひいでき》て。ほどなくひろごりつゝ。常《つね》おはする所《ところ》は。さるものにて。所〳〵《ところどころ》、作《つく》りつゞけたるやども、残《のこり》なくやけにけり。

御所《ごしよ》のおとゞも、やけぬ。四郎君《しらうぎみ》のおはするかたなども、のこらず。家人《いへびと》の小《こ》やは、みつがひとつ、やけたり。北《きた》のかた。若君《わかぎみ》。姫君《ひめぎみ》。はじめて。御かた〴〵、こゝかしこの別業《べつげふ》にぞ。うつし奉《たてまつ》る。

いかめしう　全く手落ちがない容子。
御やすみ所　中奥の御休息の間。
つねのおまし所　中奥の御座の間。
馬しろ御ぞ　「献上物、太刀一腰、馬一疋代銀壱枚、時服三つ」（楽只堂年録）。
父君　柳沢吉保。
内々　公的献上品と別に。
わたくしの御ぞ　私服。くつろぎ着。
けふのわらはぬし　時睦。

——（以下一九八頁）

君《きみ》は、藪田《やぶた》重守《しげもり》といひける家司《けいし》の家《いへ》。此《この》あたりちかゝりけるにぞ入《いら》せ給《たまふ》。やがて御所《ごしょ》の御使《つかひ》。陸奥守直広《むつのかみなほひろ》のぬし松前おはして。仰《おほせ》ごとなど、おどろきおぼす事《こと》と、つたへ申給《まうしたまふ》。やがて、かしこまり申《まうし》にとて。のぼらせ給《たま》ひなどするほどに夜《よ》も明《あけ》ぬ。

かくてもいかゞ、と皆人《みなびと》申奉りて。ながやめくものゝ《の》焼《やけ》のこりたる所《ところ》を。かきはらひて。かりに、おましなどしつらひて、まづ入《いれ》奉る。あやしう、を《お》ろそかなる所《ところ》に。人々《ひとびと》あるかぎり入《いり》つどひて。所《ところ》せげにゐたれば。なにのあやめも見えず。されど、御所《ごしょ》とを《ほ》くおはします事《こと》は。猶有《なほある》まじき事《こと》とおぼして、心《こころ》ぐるしきを。し《ひ》ゐてねんじつゝおはします。

御所《ごしょ》より御ぞ、とのゐもの、さるべき御でうどまで、其外《そのほか》の御所《ごしょ》ざまよりも、何《なに》くれと給《たま》はせたり。御かたぐ〳〵にも、おなじさまに、こちたくしてまい《ゐ》るめり。

けふ御所《ごしょ》には。花《はな》の宴《えん》など。かねてあるべくもよほしいそがせ給《たま》へるも。此騒《このサワ》ぎにて、とゞまりにけり。所〳〵《ところどころ》にも、おどろきて。

藪田重守 柳沢家の重臣。延享四年没、八十四歳。
ながや 長屋。
おまし 吉保の居間。
しゐて 強いて。無理に。
○**あやめ** 文の字也。物のわけも見えぬ也。
○**ねんじつゝ** 念の字也。こらへて居るを云。
とのゐもの 夜具。
でうど 調度。家具。
御所ざまより 将軍周辺の方々から。
御かたぐ〳〵 柳沢家の妻妾たち。
花の宴 花見の宴会。
らうがはしき 乱れがましき。騒がしい様子。

使《つかひ》はじめて、さま〴〵のもの。我《われ》も〳〵《われも》と奉《たてまつ》りて。とぶらひ聞《きこ》えたるさま、らうがはしきこと、物《もの》にゝ《に》ず。

にはかなる事《こと》のさは《わ》ぎにて、さるべき御たから物《もの》、あまたやけにけり。逍遥院《せうえうゐん》の「舟《ふね》ながしたる」とよみ給《たま》ひし。定家卿《ていかきやう》の『伊勢物語《いせものがたり》』は、御所より給《たま》はらせ給《たまう》ふて。こなたにありけるも、やけぬ。世中《よのなか》にいとまれなる物《もの》にて。一《ヒト》たびめにみるだに、ねがはしきものに、人《ひと》は思《おも》ひたゝめるを。いとあさましう、あたらしきこと、いへばおろかなり。

御《み》はかしなどは、心《こころ》ことに、めづらかなる御たから物《もの》おほかりけるも、うせぬ。何《なに》の本《ほん》、この記録《きろく》と。年頃《としごろ》もとめ、えらばせ給《たま》へるなども。時《とき》の間《ま》のけぶりと。たなびかれて。あとかたなし。

いにしへより、もてつたへたるたから物《もの》は、さらにもいはず。何《なに》くれのえさらぬ御でうど。こがねをちりばめたる物《もの》。いづちからうせけん。何《なに》かは、かきもつくすまじう、かつは思《おも》ひ出《いづ》るもあさましう。むねいたきわざにて、もらしてげり。

逍遥院　三条西実隆。室町時代末期の代表的歌学者。詠歌にもすぐれた。
○**舟ながしたる**　逍遥院殿、伊勢物語を伊勢へ納め給ふ時、「これをさへ今ははなして伊勢のあまの船ながしたる心地こそすれ」。
定家卿の　定家筆の。
○**あたらしき**　あつたらしき也。惜む心也。
御はかし　刀剣類。
心ことに　特別な意味合のある。
えらばせ給へる　選述されたもの。
えさらぬ　何物にもかえがたい。

北《きた》の方《かた》と太郎君《たらうぎみ》、同《おな》じく母君《はゝぎみ》とは。まつち山《やま》のみたちにぞ・おはす。四郎君《しらうぎみ》、五郎君《ごらうぎみ》には。み・づからそひて。小日向《こびなた》といふ所《ところ》の御たちにうつりぬ。姫君《ひめぎみ》には、重子の御かたそひて。谷《や》のくらといへる御家《いへ》にぞ、うつろひおはす。いづこも〳〵《いづこも》、殿《との》づくり。何《なに》かのやどもゝ《も》。とし頃《ごろ》いみじうしつらひを《お》かせ給《たま》へれば。あさくはしちかき所《ところ》など・はなし。さべき家司《けいし》、朝夕《あさゆふ》の事《こと》まで・。とり〴・〵にを《お》ろかならず。を《お》きてを《お》かせ給《たま》へれば・。たゞありし御かたにを《お》とらず。

君《きみ》も、たび・〳〵わたらせ給《たま》ひなど・したり。御使《おつかひ》は、日々《ひび》に、こゝかしこ、おぼつかなからず。聞《きこ》えかはし給《たま》ふ事《こと》。ひまなし。さいへど、ならはぬ御心地《ここち》には。こゝもかしこも、心《こころ》とけぬたびねの心《ここ》ちして、いみじ・うおぼ・しむすぼ《ほ》ふる〔ゝ〕ことは《わ》りなり。君《きみ》も、いとゞ・心ぐ・るしき事《こと》におぼして。御《み》たちつくり出《いづ》べき事《こと》、いそがせ給《たま》ふ。さば・かりの御いきほひにて。いづ・かたにも、いでや、何《なに》わざに・まれ、おろかならず。つかうまつらばやと。おもひたゝめれば。よをひるにあはせて、のゝしりあひつゝ。あまたのたくみ、夫《ぶ》など、いく千

○**むねいたき**　心苦しき義。
もらしてげり　書きもらしてしまった。

同じく母君　吉里の母、染子。
まつち山のみたち　前出、待乳山茅町の別邸。
四郎君　経隆。
五郎君　時睦。
みづから　本書の筆者町子。
小日向　駒込の山荘の手前。
姫君　稲子。元禄八年出生。八歳。
重子の御かた　側室、横山繁子。
谷のくら　日本橋近く

万となく入来《いりきたり》て、大《おほ》かた、世中《よのなか》のいそぎになして物《もの》しけるとぞ。

の矢の倉。
おぼしむすぼふるゝ　心がうっくつしてくる。
さばかりの御いきほひ　さすがにこの御権勢だから。
○**にまれ**　にもあれと云ことば也。

（一九一頁の続き）
ふるとし　旧年、当家にお出ましの節は。
御うた「つらなれるけふのもろ人」の歌。
かしこく　畏れ多いことと。
ありつる御返し　あの時のわが歌に対する返歌。
○**けう**　興。
（一九二、三頁の続き）
黒らしや「黒羅紗十間」（楽只堂年録）。黒色の厚手の毛織物。舶載品。
千尋　非常に長いこと。
北のかた　吉保正室、定子。
みづから　本書の筆者、町子。
御引出物　将軍からの贈物。
れうの御ぞ　料の御衣。公的な場に着て出る衣服。
さらし　白木綿。
さきぐの御心をきて　将軍の、以前からの当方に対する心配りの態度が。
こちたし　とても述べ尽せない。
ひゞき給ふ　自分の生んだ子の登城が名誉なこととして世に知られたことが。
○**心のやみ**「人の親の心はやみにあらねども子をおもふ道にまよひぬる哉」（後撰集）。
卯月六日　元禄十五年四月五日「この夜、松平美濃守吉保が邸失火して、ことぐく焼亡し、行殿も災にかゝる」（徳川実紀）。「行殿《あんでん》」は将軍の滞在する御殿の意。
下のや　下働きの人々の家。
常おはする所　日常の居間。
○**やども**　屋。
御所のおとゞ　前出の行殿。

十四　玉かしは　元禄十五年夏より秋にいたる

本邸の再建は、猛烈な速さで行われ、一か月後、元禄十五年五月九日に帰住が実現。将軍から贈り物種々。諸方の祝に返礼を欠かさない。

一方、吉保様は駒込の山里(六義園)の本格的な築造にとりかかる。基本に紀州和歌浦の風景を想い描き、さまざまな歌枕を想定して配置する。聞きつけた人々からは、岩石や植木やとつぎつぎ珍品が寄贈される。八月十三日、吉保様は工事の仕上りを検分して満足し、数日後には北の方とともに再訪。

本邸も将軍専用の御殿が完成すると、早速九月二十一日に来邸。上機嫌の将軍は、工事の責任者である家来平岡資因を特に御前に召して賞詞を賜った。

章題は、八月十五夜の歌会に提出された吉里実母(染子)の詠歌の中の一句。

みたちやけにし後《のち》。かた〴〵におぼしいとなむ事《こと》。ひまなし。とり〴〵に、かたわきて住《すま》〔せ〕たまへば。さいへど。いとおどろ〳〵しき御いそぎなり。

五月のはじめつかた、先《まづ》わがおはします所《ところ》、出来《いでき》たり。霊雲寺《れいうんじ》の覚彦比丘《かくげんびく》おはして、安鎮《あんちん》の法《ほふ》など、とりを《お》こなひ給《たま》ふほど、いとたのもし。御しつらひは、常《つね》のおましよりして、御休《やすみ》所。おさめ殿《どの》。何《なに》の間《ま》。くれのひさしと。つぎ〳〵あらまほしうたてわたしたり。もとの御すまゐは。年月《としつき》、えさらぬ事《こと》につけて。りんじに作《つく》りくはへなどして。こなたかなた。あかぬ事《こと》のみありわたりけるを。いで、此度《このたび》こそとて。さま〴〵とゆへ《ゑ》ありて、おぼしかまへたまふ。さいへど。ほこりかなるかたは、このませ給《たま》はぬ御本性《ごほんじやう》にて。たゞおなじさまの、へだて〳〵もさるかたにお《を》かしう、今《いま》めきたるさまぞ、中〳〵《なかなか》めやすく、あらまほしうなん。

その月九日といふに、うつろひたまひぬ。御所《ごしよ》よりも、とり〴〵に、御送《おく》り物《もの》あり。こなたよりも、奉りものなど、れいのうちつゞ

みたち　柳沢邸。
かた〴〵　あちらこちら。
おぼしいとなむ　再建計画をすすめること。
かたわきて　方々に別れて。
○**おどろ〳〵**　おびたゞしきと云心也。
わがおはします所　吉保自身の住む建物。
霊雲寺の覚彦　元禄四年三月、綱吉初の柳沢邸訪問の時、観音経を講じた真言僧。〔蒿蹊云、按、覚彦比丘ハ河内国　延命寺ノ開山、真言宗名匠歟。〕
安鎮の法　新宅の安全を祈る密教の法。鎮宅

きたり。こゝやかしこの御よろこび、また、いかめし。太郎君《たらうぎみ》より。

殿《との》づくりあかず住《すむ》べきけふよりぞむべもとみける千代《ちよ》の行末《ゆくすゑ》

御所《ごしよ》のおとゞも、あらためつくらせ給ふべき御いそぎあれば。さるべき材木《ざいもく》などは。皆《みな》たまはらせ給《たまふ》。平岡《ひらをか》資因といひける家司《けいし》。此《この》度《たび》のみたちの事《こと》うけ給《たま》はりて。とりわきてはやくつかうまつりけるを。御所《ごしよ》にも、きこしめしつけて、感《かん》じ下《くだ》さるゝむねありて。あふひの〔御〕ろくをぞ給《たまは》りける。いとためしなき事《こと》かな、と人《ひと》はうらやむ。

その程《ほど》、こゝかしこより。御贈《おく》り物《もの》、例《れい》にこえてもてまい《ゐ》りさは《わ》ぐ。家人《いへびと》などの住家《すみか》も、やけぬるものおほくあるに。とり〴〵に品《しな》わかちて。こがねをぞたまはる。たかき、ひきゝ、を《お》しわたして悦《よろこ》びあへるさま。中〳〵《なかなか》かくてぞにぎはゝしさまさりて、いみじ。此《この》を《お》くり物《もの》も、とり〴〵にくばりあたへ給《たまは》りなど。心《こころ》ぐるしきなごり、露《つゆ》なし。

かくて、北《きた》のたい。若君《わかぎみ》。姫君《ひめぎみ》。はじめて、御かた〴〵、日にそ

法。
常のおまし　御座の間。
御休所　休息の間。
おさめ殿　納戸。
あらまほしう　好ましく。
○**りんじ**　臨時。
○**あかぬ**　不足。
ほこりか　自慢そうに。
本性　生まれつき。
へだて〳〵　一間ひとま。
さるかたにおかしう　相応に趣きがあって。
今めきたる　新鮮味もあり。
その月九日　元禄十五年五月九日。
御所のおとゞ　将軍専用の建て物。

へてつくりいでつゝ。きほひわたらせ給《たま》ふ。御しつらひも、とり〴〵に。御願《ねが》ひの心《こころ》ばへを、を《お》きてつゝ作《つく》らせ給《たま》へり。かた〴〵に、御すまゐ行《ゆき》かよはして。中《なか》〳〵《なか》つきせぬ御ありさま、こよなし。

はじめて御かた〴〵まどゐのつゐでに、君《きみ》。

あらたなる宿《やど》のまどゐはことぶきもけふより千代《ちよ》とめぐるさかづき

みづからなどさふらふかたも。ひんがしおもては。四郎君《しらうぎみ》のおはする門《かど》ひらけわたして。ゆへ《ゑ》〳〵しうてあり。うち〳〵は、つくりつゞけて。庭《には》よりおまへのかたに、へだてひとへありて。まい《ゐ》るべきお《を》りは。中《なか》の戸口《とぐち》あけて行《ゆき》かよふに。いとお《を》かしきさまに。つくられたり。

御歌《おうた》など奉《たてまつ》りけれど。よくも覚《おぼ》えねばかゝず。

まことや、持仏堂《ぢぶつだう》にすへ《ゑ》させ給《たま》ひし毘沙門天《びさもんてん》は。よになくめづらかなる尊躰《そんたい》にて。あらたなる事、おはしましけり。おなじさまの像《ざう》を、うしろざまにあはせて、たゝせ給《たま》へり。はやうより、とう《た》とみ

平岡資因　通称宇右衛門、柳沢家の家臣。

あふひの御ろく　葵の紋入りの褒美。但し資因は備前恒次の刀。「御紋の時服」は別の家司柳沢帯刀が拝戴(徳川実紀・九月二十一日)。

心ぐるしきなごり　みっともない物惜しみ。

北のたい　柳沢吉保正室、定子。

つくりいでつゝ　次々と各々の住家が完成して。

しつらひ　造作。

みづから　本書の筆者、町子。

奉らせ給《たま》ふに。いづれの時《とき》にかありけん。いみじき像、えさせ給《たまう》ふて。年月《としつき》拝《はい》し給《たま》へるを。有《あり》つるさは《わ》ぎに、もとの持仏堂《ぢぶつだう》は。みなやけぬるほどに。うつし奉るひまだになくて。いかゞ成《なり》けん。いと心《こころ》うきことゝ《と》、おぼしなげきつるを。其頃《そのころ》、覚彦比丘《かくげんびく》のもとへ、あるすぎやうじやの。今《いま》の像《ざう》ゐて奉りけるほどに。此君《このきみ》のもたせ給《たま》ひしに、いとよくにたりければ。あやしうあるやうこそと。おもひて。とゞめつ。さて比丘《びく》、しかぐ〵なん侍《はべ》りつ、と申給《まうしたま》へれば。それいかでえさせ給《たま》へ、とのたまひて。つゐ《ひ》にこひうけ給《たま》へり。さて、すへ《ゑ》奉りて。おがみ奉らせ給ふに。露《つゆ》たがふ事なく。たゞそれなり。「あやし。なぞ猛火《みやうくは》のうちをのがれて。ことかたにうつらせ給へるにや」など人《ひと》もいふに。猶《なほ》うたがふべくもあらねば。いよ〳〵かしこくも、あさましうも。めづらかなり。

年頃《としごろ》まことの心《こころ》いたりて。御結縁《ケチエン》ふかくおはしましけるほどに。末《すゑ》の世《よ》ながら、猶、神仏の御ちぎりは。たがはざりけるぞ。たのもしかりける。

ひんがしおもて　東側。
四郎君　経隆。
うち〳〵は　内部の建物は。
つくりつゞけて　構造としてつながっているが。
おまへのかた　主人吉保の住居との間に。
へだてひとへ　簡単な障壁。
まいるべきおり　こちらから参上する際は。
あらたなる　仏威おごそかな。
○**すぎやうじや**　修行者。
ゐて　率て。持参して。
あやしうあるやうこそと　不思議なこともあるものだ。

その頃《ころ》、五《ご》の丸《まる》には。こなたに御あるじ給《たま》はせ給《たま》ふ。かのおまへ〔は〕。御心《こころ》くはへて、いみじうしつらひかざらせ給《たま》ふに。其日《そのひ》の御調度《でうど》、残《のこり》なく。御送《おく》り物《もの》にせさせ給《たま》ひぬ。何《なに》くれの御ぞめく物《もの》。あや、にしきとりくはへて、さまぐ〵なり。すべて、みそあまり七《なな》くさばかりぞありける。御歌《おうた》奉《たてまつ》りなどしたまひき。御返《かへ》りもありて、聞《きき》つる事《こと》なれど、いかゞせん、わすれにけり。

かくて、みたちには。こなたかなた、お《を》かしきさまに住《すみ》つきたまふ《う》て。今《いま》は、ありつる名残《なごり》もなし。

駒《こま》ごめの山里《やまざと》は。いとひろらかなる所《ところ》をしめて。山水のたよりお《を》かしきわたりなるを。年月《としつき》、さるべき家居《いへゐ》つくり《ら》しめ。庭なども、になくおもしろきさまに、もよほし給《たまふ》。御みづからは、御いとまなくておはせず。家人《いへびと》、日々《ひび》に行《ゆき》かよひて。さるかたの、つくり出《いづ》べきさま、絵《ゑ》に書《かき》て奉りつるを。あけくれ御らんじいれて。とかくを《お》きてさせ給《たま》ふほどに。さいへど、おぼつかなからず。

世《よ》の中《なか》には。かゝること、例《れい》の耳《みみ》とくて。何《なに》くれの石《いし》。うへ《ゑ》木《き》や

○**あやし**　不審する詞也。
○**なぞ**　なにとしたる事ぞと也。
まことの心いたりて　真実の信心に到達して。
末の世　末法の世。仏法の衰微した時代。

五の丸　綱吉側室、お伝。
あるじ　饗応。接待。
調度　家具・諸道具。
御歌　吉保自詠の和歌。
ありつる名残　火事の後遺症。
駒ごめの山里　駒込にある山荘。
になく　またとないような。
きてさせ給ふ　指示

うのもの、いさゝかも心《こころ》あるかたちしたるは。皆此御《ミナこの》れうにとて奉りつ。日《ひ》ごとに、車《くるま》あまた引《ひき》つれて、たくましきお《を》のこら、道《みち》もさりあへず、かしこにはこびわたす。さるは、忍《しの》びたるさまにおぼしかまへたれど。いかめしきひゞきになりて、つかうまつりのゝしる。

ことしの秋《あき》になりて、残《のこ》りなくいとなみはてぬ。はづき中《なか》の三日、おはしましして御らんず。いといみじき事《こと》、物《もの》に似《に》ず。ひろき池のこゝろばへ、はるかなる山のすがた。石のを《お》きて。はかなき木《き》草《くさ》のさまなども、よになくお《を》かしきふしを尽したり。玉津《たまつ》嶋《しま》。和歌《わか》の浦《うら》をもとゝ《と》うつして。松《まつ》のしづえお《を》かしうたちならび。葉《は》ごしに波《なみ》のよせくるさまも。たゞめのまへの浦路《うらぢ》なりけり。

玉津《たまつ》嶋《しま》うつすもきよき池波《いけなみ》やわかによせけるこゝろ見《み》すらん。

新玉松《にひたままつ》といふ所《ところ》は、浦《うら》よりは、すこしおくにいりて。山《やま》にかたかけたる所《ところ》なり。松《まつ》七本をうへ《ゑ》て。今《いま》あらためたる所《ところ》とも見《み》えず、神《かみ》さびたり。けふ、縁日《えんにち》なれば。

言《こと》の葉《は》も家《いへ》をもまもれ跡《あと》たれて万代《よろづよ》てらす玉津《たまつ》嶋姫《しまひめ》。

を下されなさる。
耳とくて　早速聞きつけ。
心あるかたち　味わいのある形。
御れう　御料。建築材料。
忍びたるさまに　こっそり。
おぼしかまへ　作ろうと計画なされ。
ことしの秋　元禄十五年秋。
はづき中の三日　八月十三日。
をきて　置き方。配置。
しづえ　下枝。
縁日　十三日は玉津島神の縁日。

など、御ねぎごとを、たれか聞《きき》けんかし。

こゝのわたり、かしこのくま〴〵、めぐらせたまふに。いよ〳〵あかずお《を》かしとおぼす。「功《こう》なり名《な》とげて後。」など打《うち》ずゥじ給《たま》へるを。おぼす心有《こころあり》と、人《ひと》きゝ奉る。

日頃《ひごろ》へて、北《きた》のかたなどともなひ、わたらせ給《たまふ》。打《うち》つれてありかせ給《たま》ふほど。つきせぬ御有《あり》さま、いはんかたなし。「いもせ山」といふ所にて。

幾千《いくち》とせ契《ちぎ》るいもせの山松《やままつ》に身《み》の行末《ゆくすゑ》やわかへ《え》つゝみん
何《なに》も〳〵、いとあらまほしき御《み》さかへ《え》になん。むかしよりは、おもだゝしうなりまさらせ給《たま》ふにつけては。中〳〵《なかなか》折《をり》ふしの御いとまもおはするに。お《を》かしきさまの歌《うた》、物語《ものがたり》も。御かた〴〵いひかはして、思《おも》ふ事《こと》なき御ありさまなり。あやしう、月花《つきはな》にしめたる御心《みこころ》にて。はかなき御あそびなども。物《もの》のお《を》りすぐさずなどせさせ給《たまふ》ぞかし。

十五夜《じふごや》には、例《れい》の人々《ひとびと》めして、歌《うた》の会《くわい》あり。「水《みづ》によりて月《つき》あきらかなり」といふことを。人々皆《ひとびとみな》よむ。君《きみ》。

ねぎごと　願い言。
○**功なり名とげて後**　老子経「功成、名遂、身退、天之道也」。
打ずゥじ　朗誦する。右は謡曲「舟弁慶」の一節。
おぼす心有　引退を考えて居られるのだ。
北のかた　吉保正室、定子。
いもせ山　和歌浦・玉津島と同じく紀伊国の歌枕に擬す。
わかへつゝ　若返って。
おもだゝしう　立派な身分に。
中〳〵折ふしの御いとまも　反対に余暇ができるようになり。

池水《いけみづ》も空《そら》もひとつにすむ月《つき》の波《なみ》の最中《もなか》のかげぞ夜深《よふか》き

げに、こよひのおまへ、かくこそありけれ。

正親町前大納言公通卿《おほぎまちさきのだいなごんきんみちきやう》より。かねて、此題《このだい》にてあるべき事聞《ことき》つけて、よみてを《お》くり給《たま》へり。

よつの海百《うみもも》の川水《かはみづ》きよくすむ世《よ》をやひかりの波《なみ》の上《うへ》の月《つき》。

これは、わがせうと君《ぎみ》なり。年頃《としごろ》、を《お》のがかくてあるに。を《お》のづからかひ《い》はなれぬほどを。君《きみ》にも、かたみにしたしくもてなし聞《きこ》え給《たま》ふほどに。年月《としつき》、とりわきて心《こころ》よせおぼして。うち〳〵何《なに》くれの事《こと》、聞《きこ》えかはし給《たま》ふなりけり。〔さて〕其日《そのひ》の歌《うた》ども、おほく有《あり》けれど。めづらしげなきは。のせず。太郎君《たらうぎみ》の母君《ははぎみ》。

池水《いけみづ》の影《かげ》はもなかの玉《たま》がしはあらはにみがく月《つき》ぞことなる

是《これ》は、あるが中におもしろければ、はらにあぢはひてなん。

さて、ありつる烟《ケムリ》ののち。御たから物《もの》は、さらなり。はかなきでうどめくものまで、月日にそへて、よりくるほどに。今《いま》はむかしざまにもこえて、いとおほかゝなり。

思ふ事なき　何の心配もない。

月花にしめたる　折〳〵の風雅な自然の美に関心がある。

おりすぐさず　機会を逃すことなく。時節時節に。

十五夜　元禄十五年八月十五日。中秋の名月。

歌の会　「依水月明」の兼題二十首と、当座探題の三十五首が記録されている（兼当和歌集）。

君　吉保の歌。兼当和歌集の作を全く変えている。

――（以下二一一頁）

みやこにても。内《うち》に聞《きこ》しめしつけて、さるべき公卿《くぎやう》に。三代集《さんだいしふ》をくばりて、かきて。奉《たてまつ》るべき勅《ちよく》ありけるを。ほどなくことおは《を》りて。いみじうよそひて、此頃下《このごろくだ》し給はす。歌《うた》、物語《ものがたり》やうのもの。あまたやけぬとて、かく、とりわき仰《おほ》せつけて給《たま》へるなりけり。すべて、世《よ》にはたぐひなかりきかし。

御所のおとゞ、此頃《このごろ》つくりたてぬ。此《この》たびは、ことにつくりひろげて。一町四方《いつちやうしはう》に、つと、しめて。むね〳〵たてつゞけたるさま。いといかめし。さべきおとゞ〳〵《おとど》はさらなり。御わたくしの所〳〵《ところどころ》まで。とり〴〵にしつらひなして。かうながらつどひおはせんに。おぼつかなからず。されど、いたづらなる所《ところ》などもなし。はじめて参《まゐ》れる、ものゝ心《のこころ》しらぬなどは。出《いづ》べきかたわすれて、お《を》こなるさまに、まよひありくめり。まはりをいとよくかこひなして。わたくしざまのものなどは。つねに入《いり》くる事《こと》なし。ひんがしおもては、御《ミ》倉《クラ》町をまはして。へだてにしたり。大《おほ》かた、すぎつるおとゞには。十《とを》がやつばかりもまされりけんかし。

内　内裏。天皇家。
さるべき公卿　楽只堂年録(元禄十五年閏八月九日)には、各巻の筆者六十二名の名を挙げる。
三代集　古今・後撰・拾遺の勅撰三集。
一町四方　長さ一町は六十間。約一〇九《メートル》。
○**しめて**　占。
○**むね〳〵**　棟々。
おとゞ〳〵　御殿ども。
わたくしの　柳沢家用の。
○**かうながら**　如此。
つどひおはせん　多数が集まったときでも。
おぼつかなからず　安心。

なが月廿一日に。御所《ごしよ》おはしまさせたまふ。御しつらひよりして。所々《ところどころ》のかざり。御調度《でうど》など、えならぬみやびを尽《つく》して、を《お》きてさせ給《たまふ》。奉りもの。御引出《ひきいで》もの。なども。にゐどの、はじめての折《をり》の事《こと》とて。例《れい》よりも、ことの外《ほか》にましたり。御《み》はかしやうのもの。いみじき御たからもの。おほくありき。

御所のおまへ。こゝかしこ、めぐらひ御覧《ごらん》ずるに。よになききよらをつくしたり、とおぼす。さるべき事《こと》お《を》はりて。例《れい》の家司《けいし》資因、おまへにめしたり。こたびのつくりの事《こと》、ひたすら、心《こころ》にいれて。一《ひと》すぢにいとなみ物《もの》せしほどに。いづこもあかぬことなく。ことに逸早《イチハヤ》く出来《いでき》て。けふ、かくわたらせおはしますを。よろこびおぼしめすなり。

「すべて人《ひと》の臣《しん》たるものは。なを《ほ》ざりにてだに、身《み》をかへりみず。思《おも》ひ入《いり》て物《もの》すべきを。殊《こと》には、年頃《としごろ》とりわきたるさまになりて。げ〔に、か〕ふ《う》こそあるべかりけれ」など。〔いと〕おほくのたまひつゞけて、くりかへし仰事給《おほせごとたま》ふ。びぜんの恒次《つねつぐ》の御かたな。たまひ。あ

○**おこなる**　おろかなると云詞。
なが月廿一日　元禄十五年九月二十一日。
○**にゐどの**　新殿。
御はかしやうのもの　刀剣。
家司資因　前出、柳沢家の平岡宇右衛門。
○**あかぬこと**　不足。
なをざり　かりそめの事。
びぜんの恒次　「松平右京大夫輝貞、備前恒次の御刀を宇右衛門につたふ」（徳川実紀）。「長さ二尺四寸壱分半、磨上無銘、代金七枚の折紙有」（楽只堂年録）。

るじの君《きみ》。若君《わかぎみ》。むこ君《ぎみ》。皆《みな》おまへにおはして。かしこまり、さしいらへ申《まうし》給ふ。資因は。ためしなきかしこさに、涙《なみだ》おとして。まかンづ。

御《ご》所《しよ》には。「大かた、つかふるみちは。たかきひきゝ、わくべしやは。誰《たれ》も皆《みな》、志《こころざし》をつくして。かれがごとあるべきわざかな」など、おまへの人々《ひとびと》にのたまはせなどす。いとすぐれたる御けしきなりけり。からやうのきはには。かゝる御かへりみ承《ウケ》たることこそ、また、なかりけれ。是《これ》も例《れい》の御ひかりのをよ《お》びたるかしこさなるべし。

さて、その日の事は。例《れい》のさまに、又《また》ことおほくはへて。いみじきなり。さいへど、今《いま》はじめたるにもあらず。大《おほ》かたの事《こと》は、いまの世《よ》の事《こと》にて。しりきこえたゝめり。

○**ごと**　ごとくと云詞。
きは　身分。分際。
かへりみ　恩顧。
例の御ひかり　吉保の権勢の余光。

（二〇七頁の続き）

正親町前大納言公通　本書の筆者町子の実兄。歌は兼当和歌集に同じ。

せうと君　兄上。

○**かたみ**　たがひと云詞。

太郎君の母君　吉里の生母、飯塚染子。第一句「水きよみ」を「池水の」と直し、第五句「月ぞてり添ふ」を「月ぞことなる」と直して掲出している。

○**あるが中に**　伊勢物語の詞に「あるが中におもしろけれど心とゞめてよまず、はらにあぢはひて」。

ありつる烟　元禄十五年四月六日早暁の大火。

でうど　家具調度。

十五　山水　元禄十五年冬より同十六年春にいたる

元禄十五年十二月一日、吉里君が侍従の称号を与えられ、将軍側近に侍することとなった。席次は外様大名なみ。わずかに十六歳、吉保様でさえ三十七歳の折であったから異常な昇進である。五日には将軍の来邸があり、御礼・祝賀をこめて刀剣などさまざまの献上品があり、下賜品があった。

四月の火災で焼失した当家の記録を再び作成し直したが十二月十八日、祖先より昨年の分まで八十八巻が完成した。十に五つもわからぬことばかりだが以後を書き継がれる。名を『楽只堂年録』とする。

元禄十六年二月三日、筆者の父正親町実豊公が逝去。

三月十三日と十八日に将軍家の鶴姫様・八重姫様が、六義園遊覧に来訪。種々の趣向をつくして歓待した。

章題は六義園の庭園を意味する。

冬《ふゆ》になりて、しわ《は》すには。太郎君《たらうぎみ》、侍従《じじゆう》にならせ給《たま》ひぬ。「いでや、さるべからんことは《わ》りながら。猶《なほ》、此《この》さかへ《え》は、尽《つき》せず、あらまほしき御ありさまかな」と。世には、かたぶきいふめり。

座《ざ》の次第《しだい》なども、おほやけ人《びと》の。うち〳〵したしくつかふ《う》まつれる。なべてのさまにもあらず。さるは、父君《ちちぎみ》の御うへなども、年月《としつき》おもだゝしう。何《なに》くれと大小《だいせう》の事《こと》、おもてだちてもてなし給《たま》はせ。おなじきはのつかさくらゐも。ほかざまに、むかしより。国《くに》あまたもちて、おう《ほ》やけざまにも、まろう《ら》どだちてさむらふ。諸侯《しよこう》の、年《ネン》臈《ラフ》にしたがひて。つかせ給《たま》ふ。さらに又《また》、これらの人々《ひとびと》のうへ。とかくつかさどりおはすれば。大《おほ》かた、天《あめ》が下打《したうち》なびき。此《この》御まつりごと、〔まち〕きこえ奉《たてまつ》らぬ人《ひと》なし。

その頃《ころ》、御所《ごしよ》おはしまさせ給ふに。侍従《じじゆう》の君《きみ》の御悦《よろこ》び、申《まうし》奉らせ給《たまふ》。あるじより、吉貞《よしさだ》が打《うち》たる御かたな。侍従君より、来国《らいくに》としの御かたな。兼光《かねみつ》の御さしぞへ、奉らせ給ひぬ。かざりなど、いとうるはしき、てをつくして。白《しろ》かね、こがねとかゝやきたり。わた、

冬　元禄十五年冬。
太郎君　吉里。「伊勢守吉里、侍従にのぼり、座班は外様大名の席たるべし」(徳川実紀・元禄十五年十二月朔日)。吉里、十六歳。
かたぶき　感嘆して。
おほやけ人　幕府の役人。
うち〳〵　元来、将軍家と縁の近い血縁や歴史の家柄。
父君の御うへ　父吉保の関係について。
年月　これまで長いこと。
おもだゝしう　はれがましい場面へも。
——(以下二二七頁)

を《お》り物《もの》、あまたそひぬ。

常《つね》の奉り物などは。例《れい》の事《こと》なり。御所よりは。あるじに来国次《らいくにつぐ》の御《み》はかし。侍従君《じじゆうのきみ》には志津《しづ》の御《み》はかし。貞宗《さだむね》の御さしぞへ、給《たま》はせたり。所《ところどころ》〳〵よりの御ことぶきは、いふもさらなりや。いづかたにも。御よろこびの事《こと》とて。うちと、ひまなく、いとゞ事《こと》しげき年《とし》の暮《くれ》なり。

家《いへ》の記録《きろく》なども、やけにし後《のち》。心《こころ》ぐるしき事《こと》におぼして、御いとまおはするおり《を》〳〵《をり》。ひたすら御心にかけて。これかれ、ひろくとひもとめさせ給《たま》ひ。これらのはかせども、ちかくめして、仰《おほせ》つけ給《たまふ》ほどに。やう〳〵此頃《このごろ》ことなりぬ。さばかりの御いきほひそひて。とかく物《もの》し給《たま》へば。大《おほ》かたの事《こと》、かうがへ奉りてげり。とをつみお《ほ》や〔より〕はじめて。年月《としつき》の事《こと》、しるしあつめて、こぞにいたりて八《ヤ》十《ソ》あまり八《ヤ》巻《マキ》、名《な》づけて『楽只堂年録《らくしだうねんろく》』とぞいふめる。「楽只」は御堂号《だうがう》とかや。いまも年々《としどし》かきつぎつゝ。つきせぬ世《よ》をかけて侍《はべる》めり。

来国次の御はかし　「長二尺三寸半。代、金百両の折紙有」(楽只堂年録)。

志づ　「長二尺三寸三分半。代、金七十枚折紙有」(同右)。

貞宗　「長さ壱尺壱寸三分、無銘。代金五十枚の折紙有」(同右)。

○**うちと**　内外。

これらの　当家の。

とをつみおや　先祖。

楽只　詩経・小雅「南山有台」に「楽只君子」(タノシキクンシ)が十回繰り返される。

元禄《げんろく》も十六年になりぬ。二月ばかり、父《ちち》の都《みやこ》に侍《はべ》りけるが、三日といふに失《う》せたまひぬるよし、いひを《お》こせたり。おほぎ町《まち》の大納言《だいなごん》実豊卿《さねとよきやう》とぞいふ。

いで、かなしうもありけるかな。お《を》さなかりし頃《ころ》は、かたはらはなれず。あるは墨《すみ》すり、筆《ふで》こゝろみなどしけるほどに。物《もの》かき給《たま》はんとては、たまさかに。ことかたにありけるをも。「あこはいづら、よばせよ」など。ろ《ら》うたくまつはし給《たま》ふに。大かた、朝夕《あさゆふ》はなれずありきかし。まだいと十六ばかりの年《とし》に〔か〕ありけん。御所《ごしよ》にさむらひ給《たま》ふ。右衛門佐《ゑもんのすけ》の、さるゆかりにて。「あづまにて、身《み》のを《お》き所《どころ》も物《もの》すべきを。かくて　あらんよりは。とかく思《おも》ひたちね」など。たび〱いひを《お》こせたまへるに。いまはと、はなれ奉らんことの。いとかなしく、心《こころ》もては。猶《なほ》あるまじき事《こと》と思《おも》ふを。人々《ひとびと》などいたくすゝめけるにつきて、くだりにけり。

ほどなくこなたに参《まゐ》りなどして。此十《このと》とせあまり、又《また》、夢《ゆめ》より外《ほか》には見ゝ《みみ》ゆる事《こと》も。いとかたきを。此世《このよ》ながらのたいめんは。さり

父　本書の筆者町子の実父、正親町実豊は、三条西実教の歌学に関する談話を記録として残したことで知られる。元禄十六年二月三日没。八十五歳。

筆こゝろみ　落書き。

ことかた　余所。

あこ　わが子。町子をいう。

ろうたく　可愛がって。

まつはし　身近に居らせて。

御所にさむらひ　江戸城大奥に仕えていた。

右衛門佐の　前出、水無瀬氏信の娘。

とも猶あるまじきにもあらず。恋《こひ》しき時のあいなだのみを。猶たけき事《こと》と思ひしはや。かくはかなくと聞心地《きくここち》、いとあさまし。ちの涙《なみだ》をながせど、何《なに》のかひなしや。

四郎君《しらうぎみ》。五郎君《ごらうぎみ》。も、おほぢがたのぶくにておはす。はなの春《はる》ともなく、こもりはべりて。このめも物を、とぞ打《うち》なげかるゝ。お《を》りからの事《こと》おほかれど。さは、うつし心《ごころ》もなくおぼれまどひて、なにとかは、はてなき涙《なみだ》の露《つゆ》を、かけて聞《きこ》えんも。やくなし。

かくて、弥生《やよひ》には、駒《こま》ごめの山里《やまざと》に。つる姫君《ひめぎみ》おはしまさせ給《たま》ふべき御いそぎあり。さるやんごとなき御ありさまなれば。なべてならず、いみじうおもたちおぼしまうく。さるは、ありつる和歌《わか》の浦《うら》波《なみ》に。御心《おこころ》よせ聞《きこ》え給《たまう》ふて。いづかたにも。ゆかしきものにおぼすべし。

十三日のほどなり。所〳〵《ところどころ》御しつらひのさま、よになくめづらかなる度《タビ》の事《こと》にて。いづこも〳〵《いづこも》、みがきなしたる玉《たま》のうてなり。さこそめでたき御めうつしにも。いかでお《を》かしう、めづらしと。御

あいなだのみ　あてにならない期待。
はかなく　逝去の報を。
ちの涙　「男、血の涙を流せども、とどむるよしなし」（伊勢物語）。
おほぢがたのぶく　母方の祖父母については、忌廿日、服九十日（服忌令）。
○**このめも物を**　拾遺「桜花匂ふものから露けきはこのめも物をおもふなるべし」。
○**うつし**　現。
○**はてなき**　拾遺「かぎりあればけふぬぎすてつ藤衣はてなきものはなみだ也けり」。
○**やくなし**　益《エキ》なしと也。

めとゞまるべきふしをそへさせ給《たまふ》。

そのゝかた《の》をうけたるおまへは。六義館《りくぎくわん》とぞいふ。みすかけたり。そのかみには、姫君《ひめぎみ》のかゝせ給《たま》ひたる御ゐに。おなじ御てして、ふるき歌。

折《をり》てみる色《いろ》よりも猶梅《なほうめ》の花《はな》ふかくぞ袖《そで》の香《か》に匂《にほ》ひける

といふを。きらゝかによそひて、かけ給《たま》へり。そのもとに花《はな》がめふたつ。えもいはぬ花《はな》どもさしてすへ《ゑ》たり。よの中《なか》に是《これ》はと。さまことにめでつべきゐ。さうしやうの物《もの》。かずもしらず。すゞり、れうしのはこは、さらにもいはず。香《かう》の具《ぐ》など。らでん、まき絵《ゑ》。からのも、やまとのも。さまぐ〳〵に手《て》を尽《つく》したるに。よになき香《かう》の木《ぼく》〔入《いれ》て〕、ならべまうけたり。御しとね、けうそ《ふ》く。何《なに》くれのでうどまで。からながら、いさゝか事《こと》たらぬなどは、あるまじう《お》をきてさせ給《たま》ふ。

屏風《びやうぶ》に、めづらかなる絵《ゑ》どもかきて。こがねをのべたる、こゝかしこにきらめきわたりて。いとあまりおほければ。めうつるべくも

山里　山荘。○**つる姫**　小屋氏所生。綱吉長女、鶴姫。**いそぎ**　準備。**なべてならず**　並々でなく。**おもたち**　重要なこととして。**おぼしまうく**　設営を考えた。**ありつる**　先日出来あがったばかりの。**和歌の浦波に**　紀州の名所和歌の浦を写したというので。**心よせ**　鶴姫が一見することを希望して。**十三日**　元禄十六年三月十三日。

――(以下二二七頁)

なし。

さばかり作《つく》りならべたるやども。一間《ひとま》〳〵《ひとま》、みなさま〴〵にやうがはりて。かざりしつらひたるさま。物《もの》にるべくもあらずかし。かた〴〵に奉《たてまつ》りたまふ物《もの》、そのわたりならべを《お》きたる。あや、にしきはよのつねにて。何《なに》のさうぞく、かの御よそひと、さるべき御でうどまで、いかでと御心をそへつゝを《お》きてたまへれば。百種千《ももクサチ》くさとてうじたるも。皆《みな》よになきをぞ奉れ給《たま》へる。

其日《そのひ》つとめて、あるじ、北《きた》のかたなどおはして、待聞《まちきこ》え給《たまふ》。御使《おつかひ》など奉りて。もよほし奉らせ給《たま》ひぬ。

ひめ君《ぎみ》にも。こはめづらかなるたびの事《こと》を。女房《にょばう》たちなどそゝのかし奉りけんかし。朝日《あさひ》さし出《いづ》る頃《ころ》に、ひゞき入《いら》せ給ひぬ。「道《みち》のほどもはるかなるに。からまだきに入《いら》せおはしますこと」ゝ《と》。あるじかたには。こよなう悦《よろこ》び聞《きこ》え給《たま》ふ。やがて、さるべき人々《ひとびと》ぐして。御門《ごもん》まで出むかえ《へ》奉り給《たまふ》。家司《けいし》なども、さるべからんきはゝ《は》。すこし退《シゾキ》、みなかたへにぬかづきゐたり。

○**やども**　屋。
○**さうぞく**　装束。
○**てうじ**　調。
○**つとめて**　早朝。
○**あるじ北のかた**　主人柳沢吉保と正室定子。
○**もよほし**　来宅を急がせる。
○**こは**　是は、也。
○**そゝのかし**　誘導して。
○**ひゞき入せ**　にぎやかに到着して。
○**まだきに**　はやく也。
○**家司**　柳沢家の家臣で、家中の経営を司る主な人々。
○**さるべからんきは**　鶴姫を迎えても失礼に当らぬ身分の人々。
○**かたへ**　かたはら也。

や〻入《いら》せ給《たまう》ふて、おりさせ給《たま》ひぬ。女《をんな》あるじ出《いで》むかへ給《たまふ》。おましは、六義館《りくぎくわん》によそひたり。あるじかたに、御のし、御てづから給《たま》はす。やがて御膳《ぜん》まいる。御あつ物《もの》など出《いで》て、女《をんな》あるじも、おまへにてまいれり。右衛門《ゑもん》の佐《すけ》のおもと、さしいらへし給《たま》へり。御さかづきたまはり、又《また》、かへし奉《たてまつ》り給《たま》ふ。

さて、御庭《おには》にぞおり給《たま》ふ。折《をり》から、あしたづのつがひなるが、此《この》御まへより、鳴《なき》て。たちたるほど、あやしう。新玉松《にひたままつ》のかたへ、あなひしたるさまして。めづらかなるを。人々《ひとびと》、めでたくけう《きょう》ありと思《おも》へり。姫君《ひめぎみ》の御心《こころ》ゆくけはひしるく。あるじがた、ことは《わ》りに嬉《うれ》しと思《おも》ひ奉《たてまつ》らせ給《たまふ》。かちより、こ〻かしこ、御らんず。あるじふた所《ところ》、道《みち》しるべし給《たまふ》。

かくて、女房達《にょばうたち》。例《れい》のわかき。物《もの》めでするかぎり、しらぬ世《よ》に来《きた》る心地《ここち》して。そゞろにしみかへりおもふ。

おましのわたり、こ〻かしこにかざりたるは。たゞ、になくうるはしきなり。

○**ぬかづき**　拝也。平伏したる体也。
おりさせ　のり物から降り。
女あるじ　吉保正室、定子。
おまし　客の御座の間。
よそひ　仕度して。
のし　熨斗。のしあわび。儀式用の肴に用る。アワビの肉を薄く長くはいで乾したもの。
○**女あるじ**　こ〻にて北のかたの事。
右衛門の佐のおもと　水無瀬氏信の娘。「おもと」は侍女の意。おかた。

――(以下二二八頁)

是《これ》は〔又《また》〕さまことに。さるべきくま〴〵などにこそ。おかしう今《いま》めきたる事《こと》は。つきにけれ。山々《やまやま》のこだち、ふかく打《うち》けむりて。池《いけ》水《みづ》の所々《ところどころ》に入江《いりえ》こゝろふかくて。何《なに》ならぬ木草《きくさ》なども、さとばなれたるさまの。かぎりなくおもしろきに。世《よ》の中《なか》にある寺〴〵《てらでら》、やしろなどのかたへに。肆《イチグラ》のあきものあるけはひを。所〴〵《ところどころ》にうつしたり。雛《ヒイナ》あそびのでうどめきて。ちい《ひ》さう、うつくしかゝなるもの。あるは女《をんな》の具《ぐ》にすなる。くし、かんざしやうの、今《いま》めかしきをはじめて、何《なに》にまれ、ねがひにまかせて、とりもてならすべきもの。大《おほ》かた世《よ》にある種々《クサグサ》をつくしつ。

「あしべ」といふ所《ところ》は。わかの浦《うら》の。みぎはなればなるべし。おもしろきやつくりて。「あしべの亭《てい》」とぞいふ。こゝは茶《ちゃ》をうる家めきてしなしたり。あやしの下《げ》す女《をんな》を人《ひと》がたにつくりて。おほぢにたちて、ゆきゝ《き》をまねく。やうだい、かしらつき、さながらいけるけはひして。いと、あまりむくつけきまでなん。もすそみじかきしづがさ衣《ごろも》うちきせ。まへだれしたるよそひ。いたうさとびたるもの

是は又　庭園は、室内と別に。

さるべきくま〴〵　何箇処かの庭園の一角には。

今めきたる事はつきにけれ　しゃれた。そういう味わいもありはするものの。

○**肆**　町店の事也。

○**あきもの**　あきなふ物也。

うつくしかゝなる　いかにも可愛らしい。

女の具　装身具。

○**とりもてならす**　もちなるゝ義。

あしべ　六義園十二境の一。

○**やつくりて**　屋。

ゝ《の》お《を》かしきさま。たぐひなし。其内《そのうち》に入《いり》てみれば。いろ〳〵の名《な》ある酒《さけ》。やきもちゐ《ひ》など、とりちらしたり。こゝにて御もちゐ《ひ》、奉《たてまつ》りつ。

しづがすが笠《がさ》など、常《つね》はかうやうのおまへに見え聞《きこ》えぬものを。わざとお《を》かしうとりちらしたるに。女房《にょばう》などの、そ《さ》うどきけう《きょう》じて、とりきつゝ。ありくさま。かたみにわらひのゝしる。

新玉松《にひたままつ》にまいらせたまふに。さるかたに、神〳〵《カウガウ》しう見わたさるゝを。人々《ひとびと》は、いみじとけいめいしたり。ひさもり山《やま》といふ所には。みこ、はふりを、是《これ》も例《れい》の人《ひと》がた作《つく》りて、えもいはぬかほつきどもお《を》かし。すゞしめまい《ゐ》らすべきなゝめりと。立《たち》よりつゝ、これかれ、てまさぐり、わらふ事《こと》かぎりなし。

そのわたりも、皆《みな》、物《もの》うるに。そこらさるべき木《こ》かげをしめて。中〳〵《なかなか》かゝるかきの内《うち》とも覚《おぼ》えず。心《こころ》ゆく御ありきなりけり。所〳〵《ところどころ》にて、御くだもの、おほみき、あまたゝびまい《ゐ》らす。人々《ひとびと》も。皆《みな》のみくひして。いたくゑひしらけたり。こゝもかしこも。いで、

下す女　身分のいやしい女。
人がた　人形。
やうだい　様態。ようす。
○**むくつけき**　おそろしといふ詞。
しづがさ衣　賤が狭衣。下層の人々の着る短衣。
まへだれ　前垂。前掛。
しづがすが笠　賤が菅笠。
かうやうのおまへ　鶴姫のような高貴の人には。
○**そうどき**　いそぐ事也。
けうじて　興じて。面白がって。
かたみに　互いに。

——(以下二二八頁)

まねびやらんとすれど。かぎりもあらでなん。

吟花亭《ぎんくわてい》のおましにてぞ、御膳《ぜん》はまいらす。こゝは、とりわき花《はな》をもとゝ《と》うへ《ゑ》たれば。よしのゝ《の》おくに宿《やど》しめて、などいふばかり。あるが中にすぐれておもしろきけしき。いひたてんも言《こと》の葉《は》なし。

花《はな》は今《いま》をさかりとにほひあひて。たゞけふの一所《ひとところ》のためにさける心地《ここち》して。ゑみさかへ《え》たるけはひ。軒《のき》をめぐりて、みだれさきたり。山々《やまやま》は、はるかにかすみわたりて。うらゝかげさのたぐひなさに。例《れい》の心《こころ》をさめぬどちは。とり〴〵に心《こころ》をやりつゝ。峰《みね》にもおに《を》も、たちゐかゝづらひて。物《もの》もおぼえず。けう《きよう》じあへり。色〳〵《いろいろ》のさらぞくかひはさみて。花《はな》の物《もの》いふばかり、こきちらしたるが、遠山《とほやま》ざくらの、木《こ》の間《ま》にもてはやされて。ふと見《み》ゆるさま、いはんかたなし。

姫君《ひめぎみ》の、かぎりなくお《を》かしとおぼひ《い》たる御《み》けしきのいみじきを。今《いま》の世《よ》に、かけてもやんごとなき御身《み》にて。なを《ほ》ざりのかろ〴〵しき御ありきなどは。露《つゆ》おはせぬを。はる〴〵と、かくわけ入《いら》せ給《たま》ひ

まねびやらん　写実的に描写しようと。
かぎりもあらでなん　とても描き尽せない。
吟花亭　園内西方の建物。六義園八十八景の内。
おまし　御座の間として設営された席。
けふの一所　本日の正客である鶴姫。
ゑみさかへたる　花が盛んに咲き開いている。
心をさめぬ　感動を抑えきれない。
○**峰にもおにも**　古今「山桜我みにくれば春霞みねにも尾にも立かくしつゝ」。
○**花の物いふ**　後拾遺

しかひあるさまを。あるじは。いとかしこしと。いよ〳〵かしづき奉《たてまつ》らせ給《たま》ふ。さるは、よろづの事《こと》御うしろみだちておはすれば。とりわきおほやけざまにも。おぼしたる、ことは《わ》りなり。なが〳〵し日《ひ》も、やう〳〵かたぶきぬるに、日《ひ》ひとひあくがれありきて。猶《なほ》、この春《はる》の山《やま》べをあかず、入日《いりひ》をまねきけんほこも。あらまほしげに。人々《ひとびと》は思《おも》ふべし。入《いら》せおはしまして。又《また》、御物《おもの》まい《ゐ》りなどし給《たまふ》。

さきのあしたづの道《みち》しるべ。人々わすれぬを。猶《なほ》、「いとめでたく、めづらかなりけるかな」と。姫君《ひめぎみ》はじめて、みな、ことぶき給。あるじ御心ばへ《え》ありて。白《しろ》かねにてつくれる鶴《つる》の香炉《かうろ》。たけ三尺《さんじやく》あまりなるに。わざとお《を》かしう、けう《きょう》あるさまに。こがねおほく内《うち》にみてゝ《て》奉れ給《たまふ》。是《これ》は、さきに、にはかに仰付《おほせつ》けたるを、時《とき》うつさず。かくて奉らせ給《たま》へれば。いとけう《きょう》ありと、おどろき給《たまう》ふて。ひめ君《ぎみ》はよろこびおぼすこと限《かぎり》なし。人々《ひとびと》、千代《ちよ》といはひ聞《きこ》ゆる、又《また》になし。

「古里のはなのものいふよなりせばいかにむかしのことをとはまし」。

おぼひ　おぼしの音便。

なをざりの　軽率な。

御うしろみだちて　御後見役のようになってしまっているので。

日ひとひ　まる一日。

あくがれありきて　心が奪われたように歩き続けて。

○**入日をまねき**　むかし魯陽といひし人、戈《ホコ》を以て日をまねきしかば、すでにいらんとせし日、また登ること三舎なりといふ事あり。

絵所《あどころ》のものめして。みすひとへをへだてゝ。おまへにて、おもしろき絵《ゑ》など。かきて御《ご》らんぜさす。

かくて、道《みち》のほども遠《とほ》ければ。さるの時《とき》くだるほどに。人々《ひとびと》すゝめて、帰《かへ》りおはしまさせたり。姫君《ひめぎみ》は、つきせず、かへりうき物《もの》に。おぼす。このありつる女房《にようばう》などは。猶《なほ》せちに心《こころ》しめて。かへりても中〳〵《なかなか》うきたるやうにて。夢《ゆめ》のうちにさへ。山路《やまぢ》の花《はな》にやどりしたる心《ここ》ちしけんかし。上下《カミシモ》の人《ひと》、おとこ女《をんな》をわかず。いさゝかも人《ひと》めきたるは。さらにて、何《なに》ばかりもなき下人までも。よにめなれぬさまに、もてなしたまへれば。皆《みな》、うちかたぶき、悦《よろこ》びあへり。

けふ奉《たてまつ》らせたまへるものは。さま〴〵に、いとこちたくありけれど。さきにも聞《きこ》えつ。又《また》、こなたへ御《お》をくり物《もの》、を《お》ろかならず。あるじ。〔北《きた》のかた〕、若君《わかぎみ》。姫君《ひめぎみ》。御むこ達《たち》。御かた〴〵までも。ほど〳〵にしたがひつゝ、皆《みな》を《お》くらせ給《たまふ》。うち〳〵よりも、よにめづらかなる御たから物《もの》。いとあまたなり。家司《ケイシ》よりはじめて。家人《いへびと》にも。色々《いろいろ》、物《もの》あまたたびぬ。

絵所のもの　幕府お抱えの絵師。
みす　御簾。
さるの時くだるほど　申の下刻。午後五時ごろ。
つきせず　まだ興がつきず。
かへりうき　帰ることを辛いことと。
ありつる女房　さきほど大喜びしていたお供の侍女達。
せちに　無理をして。
心しめて　自分の心を引き締めて。諦めさせ。
うきたる　浮かれ気分で。
○**夢のうちに**　古今「や

其日《そのひ》、御所《ごしよ》より。御使《おつかひ》〔は〕長門守《ながとのかみ》教房のぬしと聞《きこ》ゆ。姫君《ひめぎみ》へ御《お》をくり物、品々《シナジナ》あるを、やがて、皆《みな》あるじに給《たま》はらせ給《たまふ》。あるじも、とりわきて給《たまは》りもの有《あり》けるを。是《これ》は又《また》、姫君《ひめぎみ》にまい《ゐ》らせ奉《たてまつ》りなどし給《たまふ》。御所《ごしよ》ざまの所々《ところどころ》より。御使《おつかひ》、を《お》くり物《もの》。例《れい》の事《こと》なれど。さる山《やま》ざとをわけ入《いり》て。ひゞきものするほど。めなれぬさまに、皆人《みなびと》はおもひけんかし。

こゝかしこの殿《との》〱《との》にかざり給《たま》ひしをはじめて、御庭《おには》の内《うち》なるめづらかなるもの。又《また》、さらでもをかしきは、大《おほ》かた奉らせ給《たまふ》。御でうど、あや、を《お》り物《もの》。御ぞ、よるのものやうのもの、百《もも》くさにあまれり。ありつる女《をんな》の具《ぐ》などは。かずもしらず、皆《みな》奉らせ給《たまふ》。かしこより御供《おとも》にさむらひける。男《ヲトコ》、女《をんな》、上下《カミシモ》となく、おしなべて皆《みな》、ほど〱に随《したが》ひて。あるじ二所《ふたところ》より、御を《お》くり物《もの》をぞし給《たま》ひける。

むかし三《さん》の丸《まる》桂昌院殿おはしまさせ給ひしほど。さるひゞきなりけれど。それは山《やま》ざとの御しつらひも。まだおろそかにて、あかず、

どりして春の山辺にねたる夜は夢のうちにも花ぞちりける」。

うちかたぶき　揃って。

こちたく　煩雑で。

をろかならず　なまじっかなことではない。

むこ達　黒田直重・松平輝貞。

うち〱よりも　将軍家から私的に。

長門守教房　正しくは教寛。大久保。元禄十二年正月、御書院番頭。

やがて皆あるじに　すべて柳沢吉保にそのまま与えた。

さる山ざとを　このような草深い山間まで。

——(以下二二八頁)

あるじはおぼしたるに。今《いま》かくかぎりなき浦山《うらやま》のを《お》きて。めづらしう、千《ち》さとのほかを。いみじううつし調《トトノヘ》させ給《たまう》ふて。日《ひ》こそあれ、のどかなる花《はな》の頃《ころ》に。かく御《み》けしきよく。まちとり奉らせ給ふを。さるは山水《やまみづ》のめいぼく、おろかならざりけりと。よろこびおぼしたる、ことは《わ》りに人《ひと》も思《おも》ひ聞《きこ》ゆべし。

其日《そのひ》とさだめ給《たま》ひし後《のち》。大《おほ》かたの御いそぎは。さるものにて。雨《あめ》風《かぜ》など、心《こころ》ならず、うしろめたきに。いかで此日《このひ》だにとおぼして。霊雲寺《れいうんじ》にて、御《ミ》ず法《ほふ》など、とりわき。みそかに。おこなはさせたまひけり。かくまであまた御心《こころ》を尽《つく》したるかひありけるを。かへす〴〵嬉《うれ》しとおぼしたり。

かくて、十八日には、うちつゞき。八重姫君《やへひめぎみ》おはしまさせ給ふ。是《これ》も何《なに》くれのぎしき、御しつらひ、すべてかはらず。されど、所《ところ》〳〵《どころ》のかざり、でうどなど。みな、ありしはかはりて、たゞおなじさまの色《いろ》ことなるを。えらせ給《たま》へり。花《はな》などは、猶《なほ》、盛《さかり》にて。例《れい》の、めづらかなる見所《みどころ》に。皆人《みなびと》、心《こころ》をうつしたるさま、有《あり》しにかはらず。

をきて　配置。「もとありける池山をも(略)水のおもむき山のをきてを改めて」(源氏物語・乙女)。
○**山水の**　源氏に「やま水のめいぼく」と有。
○**めいぼく**　面目。
霊雲寺　前出、真言僧覚彦の寺。
ず法　修法。祈禱。
みそかに　内密に。
十八日　同じ元禄十六年三月十八日。鶴姫来訪の五日後。
八重姫　綱吉養女。鷹司兼凞の娘。元禄二年出生。

その頃《ころ》は、たゞ此山水《このやまみづ》の名《な》たかくながれ聞《きこ》えて。中〳〵《なかなか》御こゝろのいとまなくなんおはしける。

此山水　駒込の山里の庭園。

(二一三頁の続き)

おもてだちて　公的場面にも登場して。

おなじきはの　同程度の。

つかさくらゐ　官位。

まろうどだちてさむらふ諸侯　外様大名。

年臈　年功。

此御まつりごと　吉保の執政。

その頃　元禄十五年十二月五日、綱吉が柳沢邸訪問。

侍従の君　吉里

御悦び　侍従就任の礼。

あるじ　吉保。

吉貞　「代金七拾五枚の折紙有」(楽只堂年録)。

来国とし　「代金三拾枚」(同右)。

兼光の御さしぞへ　「代金三拾五枚」(同右)。「さしぞへ」は脇差。

(二一六、七頁の続き)

しつらひ　歓迎準備。

さこそめでたき　元来がすばらしく見るものを喜ばせるものである上に。

めとゞまるべきふし　なんとか注意を引くようにという工夫。

その　庭園。

うけたる　庭園に面した。

おまへ　お座敷。

六義館　中心になる建物の名称。古今集序の和歌六義による。

みす　御簾。

御て　お書きになった物。

折てみる　新後撰集・春に収める少将内侍の詠歌。

きらゝかに　美麗に。

○よそひて　表装して。
○さま　様。
○こと　異。
○めで　愛。
さうし　草子。書物。
れうし　料紙。
○らでん　螺鈿。青貝の事也。
まき絵　蒔絵。
○から　唐。
○やまと　大和。
しとね　敷物。座ぶとん。
けうそく　脇息。ひじかけ。
でうど　調度。家具。
こがねをのべたる　金箔を張った金屛風をいう。
（二一九頁の続き）
さしいらへ　鶴姫の替りに応答すること。
あしたづ　芦田鶴。鶴の和歌表現の一。
新玉松　前出、六義園八十八境の内。
けう　興。
○心ゆく　こゝろのなぐさむ義。

○けはひ　気勢。
しるく　顕著である。
ことはりに　当然のこととしても。
かちより　徒歩にて。
物めでするかぎり　この上もなく喜んで。
しみかへり　心底から感動を味わう様子である。
おましのわたり　鶴姫の御座の間の内外。
（二二二頁の続き）
新玉松　六義園十二境の一。
○けいめい　うやまふ義也。
ひさもり山　久護山。毘沙門天を祭る。
○みこ　神子。
○はふり　祝部。
すゞしめ　神の心を慰める。
○てまさぐり　もてあそぶ義。
かきの内　垣で囲まれた庭の中。
（二二五頁の続き）
ひゞきものする　大騒ぎでお使が往来する。
こゝかしこの殿〳〵　あちこちの建物。
百くさ　百種類。

女の具　女性用の装身具・化粧品。
あるじ二所　柳沢吉保と正室定子。

○三の丸　桂昌院殿。（元禄十四年四月に来園。）
あかず　不十分であったと。

十六　秋の雲　　元禄十六年春より秋にいたる

六義園のすばらしさが諸方に喧伝されると、公弁法親王が早速、来園を願われたので、三月二十一日にお招きする。多数の相伴の僧侶もあるので、姫様方とは趣向を替えて歓待。法親王の贈り物、当家よりの献上品、またすばらしい品々が行き交うた。

春夏の多忙な間にも、吉保様は和歌の精進を欠かさず、『名所百首』を詠吟、完成した。筆者の兄正親町公通公などの紹介で、七月二日、霊元上皇に進上して加点を願う。「点二十六首。内、長二」と勅筆で書かれた歌巻が、同じ月二十六日に戻されてきた。栄誉この上もない。院はじめ宮廷の人々へたくさんのお礼の品々が送られた。

章題は、院に長点を与えられた「伊駒山」の歌中の一句。

山《やま》ざとのめいぼくの。ことぐ〳〵しかりしひゞき、猶《なほ》しづまらず。いづかたにも、ゆかしきものに。おぼす事《こと》、限りなし。上埜《うへの》の宮の、何事《なにごと》にもはへ《え》あるさまに。お《を》かしきことなども。〔人《ひと》よりはことに、いまめかしう、もてはやさせ給《たま》ふが〕「いかで」と、せちにゆかしうおぼしのたまはするを。こなたにも。「さば、いとかしこき事《こと》なり。さるは、ありつる山水《やまみづ》のひゞき。いと、あまりうちつゞきて。かへりては、心あさきかたに、人《ひと》もとりなすべかゝめれど。さるかたの心ばへ《え》も。いでや、おなじうは、かうやんごとなき御さだめ、まち聞《きこ》え奉りてこそ。お《を》かしき事《こと》も聞《きこ》えまさるわざなりけれ。物《もの》めかしう、すべての事《こと》。はへ《え》ぐ〳〵しき宮《みや》なり。さらば此春《このはる》のひかりすぐさず、待聞《まちきこ》え奉らめ」など、のたまひつかはしたるに。宮《みや》、いとうれしき事《こと》におぼして。わたらせ給《たま》ふべき事定《ことさだま》りぬ。

やよひ廿日《はつか》あまりのほどなりけり。山《やま》の桜《さくら》はまださかりにて。四《よ》方《も》の梢《こずゑ》、そこはかとなくかすみわたりて。春《はる》ふかき頃《ころ》の、こよなきのどけさなるに。かたへは、もよほされ給《たま》へるなるべし。まだあし

山ざとのめいぼく　駒込の山荘庭園の素晴しい評判。
ひゞき　高い評判。
ゆかしき　見たい。
上埜の宮　公弁法親王。
はへある　明るい。
いまめかしう　時代を超えていて。
いかで　ぜひ見たい。
ゆかしう　心ひかれて。
さば　それは。
心あさき　軽薄に騒いでいると。
物めかしう　しっかりした人格者で。
はへぐ〳〵しき　華がある。
此春のひかりすぐさず　今年の春のうちに。

たのほどに。入《いら》せ給《たま》ひぬ。

あるじ、おほやけがたに事《こと》おほくきこしめして、まうのぼらせ給《たま》へば。ひるつかたより。おはすべきさだめにてあり。侍従君《じじゅうのきみ》ぞ先《さき》だちおはして、待《まち》むかえ《へ》奉らせ給《たまふ》。やゝ入《いり》もておはするまゝに。六《りく》義館《ぎくわん》にあなひして。そこのおましにつかせ奉る。例《れい》の、僧衆《そうしゅ》あまたまい《ゐ》りたり。おましのあたりは、いふもさらにて。とのぐ〳〵にかざらせ給《たま》ふでうどなど、いとめづらかなり。是《これ》はまた、さまことに。女《をんな》しきはなくて。お《を》かしう、すみたるかたのぐ、えらせ給《たま》へり。何《なに》かはことぐ〳〵くにしるさん。

やがて御庭《おには》におりさせ給《たま》ふ。あしべなどにて、御くだもの、おほみきまい《ゐ》る。此《この》あたりのしつらひなども。いみじうおとなしきものゝ《の》。又《また》さるかたに。山ざとびたる笠《かさ》に杖《つゑ》などそへて、を《お》かせたり。それより、こゝかしこ、御らんじありかせ給《たま》ふて。ひさもり山《やま》にいたらせ給《たま》ひぬ。「久護山《ヒサモリ》」といふ額は、はやう此宮《このみや》のかゝせ給《たま》へるなりけり。びしやもん天、いとたうとくて。おはするを。あけて拝《はい》

待聞え　お迎えして。
やよひ廿日あまり　元禄十六年三月二十一日。
○**山の桜は**　新古今「故里に花はちりつゝみよしのゝ山の桜はまださかずけり」。
○**こよなき**　無越。すぐれたる心也。
○**かたへは**　おほくはなど云心也。

侍従君　柳沢吉里。
おまし　御座所。
僧衆あまた　覚王院最純・凌雲院義天・観理院知英・円覚院常然・住心院公淵・願王院智周・護法院公然(楽只堂年録)。

し給《たまふ》。所々《ところどころ》御らんぜ•させて。吟花亭《ぎんくわてい》に入《いら》せ給《たまふ》。例《れい》の、名《な》にあふ花《はな》のやどり。おもしろく咲《さき》みだれたり。宮《みや》をはじ•め奉《たてまつ》りて。こゝらの僧衆《そうしゆ》、いみじ•うおもひあへり。

かくて、あるじ•入給《いりたま》ひぬ。御所《ごしよ》よりまかゝで給ふに。みたちへもたちよらせたまはで。いそぎおはしましたり。御物語《ものがたり》など•、いとめづらかに有けんかし。御所よりも、例《れい》の、聞しめしすてず。御使、伊賀守《いがのかみ》幸能青山つかはしたり。侍従君《じじゆうのきみ》、出《いで》むかへ給《たまう》ふて。唫花亭《ぎんくわてい》にあなひ《い》しつ。宮《みや》に御せうそこ伝《つた》へ奉《たてまつ》る。御を《お》くり物は、おり《を》ひ《う》づものなりけり。あるじにも御せうそこありて、いみじきあや、くだ•ものやうのめづらかなる、あまた給《たま》はす。

ことお《を》はりて。つねのまろ《ら》うど•やにて。あるじなど、いみじ•うもてなす。いたくしゐ《ひ》てゑひたるさまにて、かへりまい《ゐ》る。宮《みや》は、唫《ぎん》花亭《くわてい》にて。御膳《ぜん》まい《ゐ》る。御あるじ•など•、いみじ•ううるはしきさまにしたてゝ《て》、すゝめ奉りけり。

右京大夫《うきやうのだいぶ》どの•も。けふ宮《みや》のかくて入《いら》せたまふと聞《きき》つけて。ふりは

さまことに　前二回は姫君が客であったのと様子が変って。**女しき**　女らしい。形容詞「女し」の連体形。**すみたる**　清澄な。○**ぐ**　具。**山ざとびたる**　田舎ふうの。**ひさもり山**　園内東方の久護山。○**はやう**　むかし也。**此宮**　寛永寺、公弁法親王。**びしやもん天**　久護山下に毘沙門堂がある。**吟花亭**　園内西方にある。**あるじ**　柳沢吉保が到着。

へ、たづねおはす。かの亭《てい》におはして、宮《みや》にたいめんたまはらせ給《たまふ》。「いで、くるゝまでもさむらふべきを。えさらぬおほやけ事《ごと》のしげきになん。心《こころ》にまかせぬ事《こと》の、かしこう。あかぬ事《こと》にこそ侍りけれ」など。申給《まうしたまひ》て、かへり給《たまひ》ぬ。

宮は、おほみきめして。此《この》あたり、つく〴〵御《ご》らんじわたすに。すべて面白《おもしろ》くたとへんかたなし。花《はな》は枝《えだ》もたはゝにひらけつきて。さるはすこしちりがたなるが。ともすれば。しづ心《ごころ》なく風《かぜ》につれて。はら〳〵とふりくるに。さばかり千《ち》もとゝ《と》うへ《ゑ》わたしたるが、木《こ》のもと。山《やま》かげなどに吹《ふき》まがひたるけしき。いみじうそゞろに心《こころ》ゆきて、まことに。いける仏《ほとけ》の御国《みくに》なりけり。

御供にさむらふ人《ひと》も、おほみきあまたゝ《た》びかたむけつゝ。「樽《そん》の前《まへ》に酔《ゑひ》をすゝむるは。是《これ》、春《はる》の風《かぜ》」など打《うち》ずゥじて、いたく。しみかへりたり。

池《いけ》のかたへには。おほきやかなる舟《ふね》、あまたうかべたるに。宮《みや》はじめて、皆競《みなキホ》ひのりて。こゝかしこ、こぎめぐらしつゝ。いみじう。

みたち　柳沢本邸。
おりひづもの　折櫃物。檜重。
つねのまろうとや　客殿。
しゐて　酒を強いて。
○**あるじ**　饗応。
右京大夫　松平輝貞。
○**ふりはへ**　わざとゝ《と》いふ詞。

かの亭　吟花亭。
えさらぬおほやけ事　どうしても放置できない公務。
○**おほみき**　御酒。
千もと　千本。
○**いける仏の御国**　源氏物語の詞。〔初音。〕
○**樽の前に**　朗詠集「花

けう《きよう》じあへり。中嶋《なかしま》のわたり、よもぎが嶋《しま》。尋《たづ》ねけん心地《ここち》思《おも》ひ出《いで》て。いく薬《ぐすり》もとめまほしげなり。波間《なみま》に、おほきに心《こころ》ばへある石《いし》ども、おほくたゝみなして。岩《いは》の上《うへ》に、ふりたる松《まつ》の枝打《えだうち》たれて。「種《たね》しあれば」などぞ見ゆるかし。山《やま》〳〵《やま》の花《はな》は。すこしけどを《ほ》き心地《ここち》するが。嵐《あらし》につれて匂《にほ》ひきつゝ。心有入江《こころあるいりえ》などによせてうかびたるも。又《また》さまことにお《を》かし。時《とき》うつるまでぞ。のりて興《きよう》じたまふ。

それより、御《ご》らんじ残《のこ》したるくま〴〵、御覧《ごらん》ぜさせて。六義館《りくぎくわん》にて。又《また》、御物《おもの》まい《ゐ》らせなどしつゝする程《ほど》に。日《ひ》も入《いり》がたに成《なり》ぬれば。かへらせ給《たま》ひにけり。奉《たてまつ》り物《もの》、御おくり物《もの》。皆《みな》、大《おほ》かた、れいざまのいみじきにて。さらに又《また》、ことくはへて奉り給《たま》ひき。何《なに》も〳〵《なにも》、いかでお《を》かしと御《ご》らんぜられんさまに。かしづき奉《たてまつ》らせ給《たまふ》。宮《みや》もあかざりし花《はな》の夕《ゆふ》ばへ《え》に。御心《こころ》うつさせ給《たま》ひて。つとめて、猶御悦《なほおよろこ》び。こなたかなた。のたまひかよはし給《たま》ふ。つきせぬ御かしづきになん。

春《はる》くれ、夏《なつ》もたちて。大小《だいせう》の事《こと》、なを《ほ》御いとまなくおはするに。此《この》ほど、名所百首歌《めいしよひやくしゆうた》よませ給《たま》へり。むかし、順徳院《じゆんとくゐん》の御時《とき》。京極《きやうごく》

ノ下ニ帰ラン事ヲ忘ルルハ美景ニ因テ也。樽ノ前ニ酔ヲ勧ムルハ是《コレ》春ノ風」。
打ずゥじて　朗誦して。
しみかへりたり　一座が酒のおかげで楽しい空気になった。

○**おほきやか**　大。
中嶋　園池中央の島。
よもぎが嶋　蓬萊山。不老不死の地。
いく薬　不老長生の薬。

○**種しあれば**　古今「種しあれば岩にも松はおひにけりこひをしこひばあはざらめやは〔も〕」。

○**けどをき**　気遠。
六義館　園内南方の建物。

黄門《くわうもん》。壬生二位《みぶのにゐ》など。もろともによませ給《たま》ひて。よには、『名所百首』といひて、もてはやすなるが。是《これ》を定家卿《ていかきやう》の書給《かきたま》ひたる本《ほん》。年《とし》頃《ころ》、つたへもたせ給《たま》へり。かの卿《きやう》の筆《ふで》は。たゞ一首《いつしゆ》などあるをさへ。うへなきたからなりと。世《よ》にはえがたき物《もの》にすなるを。さばかりの、うたかずあまたを、ひとりして書《かき》たまひたる、めづらかなりと。人《ひと》もおもひたる、ことは《わ》りなり。是《これ》を、此《この》ほど枕《まくら》ごとに、明《あけ》くれ御らんずるまゝに。さるは、ふと御心にうかびて、よませ給《たま》へるなりけり。

年頃《としごろ》、和歌《わか》の浦路《うらぢ》に立入《たちいら》せたまひて。やう〳〵いたりふかくおはして。はまのまさごのかずおほくつもれるに。猶《なほ》、いかで此《この》みちのくま〴〵尋《たづね》もとめ給《たま》はんの御心ばへ、よとともに尽《つき》せず。

院のみかどには、今《いま》の世《よ》はさらにも聞《きこ》えず。いにしへにもありがたき御上《じやう》ずにおはしまして。さるべき公卿《くぎやう》などの、もはら家《いへ》のみちにすなるも。常《つね》に此《この》御さだめに、まかせ奉《たてまつ》ることになんありけるを。こゝにも、いかで勅点《ちよくてん》の事《こと》ねがひ奉りて、かしこけれど。おなじう

かしづき　大切に接待して。

花の夕ばへ　桜の花が、夕陽を受けて一段と美しく見えること。

つとめて　翌朝。

名所百首歌　いわゆる『内裏名所百首』名所題を春夏秋冬雑各二十首ずつ百首詠んだもの。順徳院・定家・家隆など十二名が、各百首を詠んで参加した。

順徳院　第八十四代天皇。一二二一年退位。佐渡配流。

京極黄門　藤原定家。

壬生二位　藤原家隆。

定家卿の書給ひたる本

は、一首《いつしゆ》にても。此《この》御さだめに入奉《いりたてまつ》りてこそ。わかのめいぼくも、こよなくまさるべかンめれ、とおぼす。

おほぎ町《まち》の大納言殿《だいなごんどの》。院《ゐん》にも、とりわきめしまつはせ給《たま》ふ《う》て。したしく。心《こころ》よせつかふ《う》まつらせ給《たま》ふ《う》て。つねにまい《ゐ》り給《たま》ふを。うちく〳〵ことのつゐ《い》であらば。しか〴〵の事《こと》、そうし給《たま》はるべく、おほせつかはしたり。

さて、かしこにては、かの院《ゐん》にしたしきさまにさむらひ給《たま》ふ。新《しん》大納言《だいなごん》と聞《きこ》ゆる女房《にょばう》。相尚《すけひさ》の朝臣《あそん》など聞《きこ》ゆるも。みな、〔大納言君《だいなごんのきみ》の〕はなれぬ御ゆかりにて。もろ心《ごころ》に、さンべき御《み》けしきのつゐ《い》で、そうし給《たま》ひつ。院《ゐん》にも、年頃《としごろ》、いにしへの御代《みよ》までも。まめやかにつかうまつりを《お》き給《たま》へるなど。こまかにしろしめし。今《いま》のあづまのまつりごと、たがふ事《こと》なく。よろづたゞしき心《こころ》を《お》きて、又《また》たぐひもなければ、心《こころ》ことにおぼしけんかし。やがてゆるし給《たま》はりてげり。かくて、かしこより。しか〴〵御《み》けしきになん、と伝《つた》へ給《たま》ふほどに。こなたにては、まちとりて、いみじと悦《よろこ》び給《たま》ふ。

柳沢家収蔵の由、楽只堂年録にあり。
枕ごと　身近に置くこと。
○**はまのまさご**　古今集序の詞なり。
此みち　歌道。
○**よととも**　常住と書。
院のみかど　霊元院。後水尾院の皇子。父子ともに詠歌・歌学にすぐれた。
○**もはら**　もつはら也。
家のみち　家業。
○**御さだめ**　御添削《テンサク》の事。
こゝにも　柳沢吉保も。
勅点　院の添削。
○**かしこけれ**　可畏と書。
おほぎ町の大納言　本書の筆者町子の実兄、

「いかなる歌《うた》か奉らん」と、これかれおぼしわたすに。かの名所百首なん、此《この》ほどにて、やゝ御心《こころ》にいりたる歌《ウタ》かずなどもあれば。是《これ》を奉らばや、とおぼしさだめつ。「歌《うた》かずおほく、わきて御《み》けしきのほども。いかゞになん。一首《いつしゆ》なりとも、ことのつゐ《い》でよろしく。御添削《てんさく》いたゞき侍《はべ》らば。何《なに》かは、此《この》うへの願《ねが》ひも侍らず。むげに此《この》みちたどりしらぬ身《み》の、を《お》ろかさをもかへりみずして奉ることゝ《と》、せちにを《お》それお《を》のゝき侍りてなん。すべてたゞ、さるべき御はからひに任《まか》せ侍るになん」など、何《なに》くれと〔いと〕おほくかきて。御文《ふみ》そへさせ給へり。是《これ》は七月二日の程《ほど》なりけり。

かくて、ほどなく御《お》点《てん》たまはらせたまひて。その月《つき》廿六日に。大納言殿の奉書そひて、下りぬ。「忠勤《ちゆうきん》のあまり、風雅《ふうが》の心ざし、ことに歌ざま正路《しやうろ》、なゝめならず。御感《かん》」のむねをぞつたへ給《たま》へる。うち〳〵にも、こまかに申送《まうしおく》り給《たま》ふ事《こと》おほかり。

「『ことのつとめ、いとまなきうちに。かほどまでも、うたの道《みち》おぼつかなからず。いたりふかき事《こと》の、あやしうなん。ことに、むつ

公通。
院　霊元院。
めしまつはせ　近くお仕えして。
うち〳〵　ないないに。
そうし　奏し。院にお願い申し上げて。
新大納言と聞ゆる女房　未考。
相尚　貞享四年、冷泉家庶流の藤谷から入江家を創立した。歌人。
大納言君　正親町公通。
もろ心に　心を合わせて。
いにしへの御代までも　吉保が古墳・天皇陵の保存や古寺古社の復興に心を配っていること。
心ことに　特別にご配

かしうねぢけたるうたなどは。御《ご》らんじいるゝだに御心《こころ》ぐるしうおぼしめして、いとかしこかゝべきを。是《これ》は、風躰《ふうてい》たゞしくつかうまつりて。とりわき御心《こころ》にかなひたれば。やゝ御《ご》らんじいるゝまゝに。お《を》かしとおぼすほど。やがてみな御《ご》らんじさだめ〔させ〕給《たま》ひつるにこそ侍りけれ。』

これは、新大納言《しんだいなごん》の局《つぼね》の。院のうち〳〵。のたまはせしことを、うち出《いで》て。すけひさのあそんに、かたらひ申《まうし》たまひつるを。聞《きき》て侍《はべ》るなり。

すべて、うち〳〵の御けしきなどを。心《こころ》にまかせていひつたへなどするは。かならずつゝしむべきを。かうまで御心にあひて。たがためも、めんぼくありて、嬉しかるべき事《こと》なん。又《また》たぐひなければ、ゆくりなく侍れど。みそかに申伝《まうしつた》へ侍るにこそあれ。

百首《ひゃくしゅ》うた、時《とき》をうつさず。御《ご》らんの事《こと》は。さき〴〵もまだ見《み》きかずなん侍《はべ》り。ことに御《お》点《てん》あまたにて。かずの御おくがきまで。あそばし給《たま》はる事《こと》。又《また》なき御気色《ケシキ》になん。をのが身《み》にとりても。嬉しう

慮下されたものであろう。

ゆるし　詠歌の添削を引受けた。

○**歌かずおほく**　此より文の詞。

むげに　道理しらずにも。

此みち　詠歌の道。

七月二日　元禄十六年。当日付の吉保書簡写、楽只堂年録に収載。

その月廿六日　元禄十六年七月二十六日。

大納言殿　正親町公通。

奉書　霊元院の意を伝える文書。

○**忠勤のあまり**　奉書の詞。

かひある事《こと》。かのふたりも、とりわき心よせして。とりもちてこそ侍《はべ》りけれ」など、ありつるさま。いとおほく書《カイ》たまへり。

　こなたは、めづらかに。いともかしこきたびの事《こと》なれば。歌数《うたかず》などあまたにて、さいへど。はゞかり有《ある》べきかな。いかで御心《みこころ》にあひ奉るべき、など。明暮《あけくれ》、御心《こころ》にかゝりて。かう、いちはやくなどは露《つゆ》もおぼしかけぬを、おもほえず、いく日《か》もあらで。かく事《こと》なりぬるを。嬉《うれ》しなどおぼすは。よのつねにて。いみじう、夢《ゆめ》の心《ここ》ちなんし給《たま》ひける。

　御ぞ奉りかへ、御てうづめして。いみじう潔斎《キヨマハリ》て。まづとりて。いたゞかせ給ふ。あまたゝびぬかづき給《たまふ》ふて。さて。ひらきて見給《みたま》ふに。かしこき事《こと》いはんかたなし。所〱《ところどころ》御添削《てんさく》ありて。おくに「点《てん》二十六首《しゅ》。内《うち》、長《なが》二」と。皆御みづからの御手《て》にてかゝせ給《たま》へり。長点《ナガテン》などいふは。さばかりならぬきはのをだに。よにはめづらしう、うちずゥじがちにすめるを。是《これ》は、さまことに、やんごとなき御さだめのほどを。かへす〲おぼしくらぶるにも。みづからの

うち〱にも　公通から町子にあてた私的書簡の中で。
○**ことのつとめ**　文の詞。
うち出て　言葉に出して。
すけひさ　相尚。
うち〱の御けしき　上皇の平生の御ようす。
○**ゆくりなく**　不意と書。こゝろならずにといふ詞。
かずの御おくがき　たくさんの批評のことば。

かのふたり　新大納言の局と入江相尚。
こなた　柳沢吉保。
歌数などあまた　百首歌。

御歌なれど、是《これ》ばかりはなを《ほ》、いとたぐひなし、と覚《おぼ》すべし。御長《なが》点《てん》の御歌。

伊駒山《いこまやま》

あらし吹《ふく》いこまの山《やま》の秋《あき》の雲《くも》くもりみはれみ月《つき》ぞふけゆく

玉川里《たまがはのさと》

朝日《あさひ》影《かげ》さらすてづくり露《つゆ》ちりてかきねにみだす玉川《たまがは》の里《さと》

かへす〴〵かたじけなき御心《こころ》ばへを。せちにおぼすほど、ことは《わ》りになん。まづ、かしこまりは、申奉《まうし》せ給《たま》ひぬ。さて、のち。院《ゐん》の帝《みかど》に奉《たてまつ》り物《もの》せさせ給《たまふ》。白《しろ》かねにて作りたる鶴《つる》の香炉《かうろ》。ふたへの箱《はこ》に入《いれ》たり。さて、いみじき香《かう》の木《ぼく》、ふたつ。いづれも長《なが》さは尺《しやく》にあまりて。わたりは、これがなかばもあるを。木《ぼく》ごとに箱に入《いれ》て。うへに「御伽羅《きやら》　二種」と金色《こんじき》にかきたり。

此《この》たび、しか〴〵にて。院《ゐん》に奉り物《もの》し給《たま》ふ事《こと》を。御所《ごしよ》にも聞《きこ》しめしつけて。さらば、これらのうちに。さるべからん物《もの》え《ゑ》りて奉るべ

○**いちはやく**　逸早。**いたゞかせ**　拝戴する。**ぬかづき**　平伏して。**かしこき**　畏れ多い。**御みづから**　霊元院自身の。**御手にて**　ご筆跡で。**さばかりならぬきは**　上皇ではない親王や臣下の身分の人。

○**ずゞじ**　誦。**御心ばへ**　霊元院のご配慮。**まづ**　とり急ぎ。**かしこまり**　拝受の御礼。**えりて**　選んで。

し、とて。お《を》さめどのより、とうでさせて給《たま》へるなりけり。さて、うつくしき絹《キヌ》、かず〱、白《しろき》とくれなゐとなり。白《しろ》かねあまたに、さかなものそへて。すべて五種《いつくさ》をぞ奉れ給《たま》へる。

おほぎ町殿《まちどの》へは。きぬに、さけ、さかなのしろ、そひたり、ほかに又《また》、こがねあまた、を《お》くらせ給《たま》ふ。

新大納言君《しんだいなごんのきみ》へは。からのきぬ。こがね。すけひさのあそんへも。おなじ事《こと》なり。

院《ゐん》に奉り給《たま》ふものは。ことは《わ》りにて。其外《そのほか》をも、箱《はこ》やうのものまで。みづから御《ご》らんじ入《いれ》て。いみじう御心《こころ》をそへて、を《お》きてたまへり。

都《みやこ》までわけのぼる道《みち》のほども。おぼつかなからぬさまに仰《おほせ》つく。

長月《ながつき》にもなりぬ。かしこには、ことのつゐ《い》でして。かしこまりのほど。そうし。かの奉り物《もの》、御らんぜさせつ。やがて、女房《にょばう》の奉書《ほうしょ》など下《くだ》りて、こよなき御けしきになんありける。新大納言《しんだいなごん》、すけひさの朝臣《あそん》なども。とりわき、わたくしの悦《よろこ》びども、つげ聞《きこ》ゆ。みな、

おさめどの　幕府の貴重品倉庫。

○**とうで**　取出。

おほぎ町殿　公通。

さかなのしろ　肴の代。

をきて　指示した。

長月　元禄十六年九月。

かしこ　霊元院。

女房の奉書　天皇・上皇の意をうけて側近の女官が自分の文体で書く文書。

こよなき御けしき　院のご機嫌も大そうよかったこと。

わたくしの悦び　個人的に大そうな礼を受けたことについての礼言。

かの卿《きやう》よりぞ・、さるべきさまに申《まうし》給ふ。また、此《この》奉書のかしこまり、こなたに申《まうし》奉らせ給《たま》ひなど・して。そのあひだ、御文《ふみ》のゆきゝ《き》ひまなし。

何事《なにごと》も、皆《みな》おぼしかまへたる御ほいにもこえて。ありが・たきためしになん。いとゞ・御心《こころ》ざしふかく。あさゆふ、御ことぐ・さまでも、敷嶋《しきしま》のやまとうたに御心《こころ》よせず・といふ事《こと》なし。その頃《ころ》より。千首《せんしゆ》うた、よみはじめたまふ。猶《なほ》、いとかゝづ・らひ給《たま》ふ事《こと》おほくあれど・。さる御心《こころ》ば・へのおぼし入《いり》たるにこそおはしけれと見《み》侍《はべ》りき。

かの卿　正親町公通。
おぼしかまへたる　吉保自身が予想していたこと。
○**ほい**　本意。
いとゞ　ますます。
心ざし　和歌修練の願望。
さる御心ばへ　詠歌の道へ打ちこもうと決心すること。
おぼし入たる　深い決意。

十七　むかしの月　元禄十六年秋より冬にいたる

吉保君は、政治のすべてを動かしながらも、つねに権勢にまかせて思い上ってはならぬと家人に言いきかせている。

元禄十六年九月十七日は亡父正覚院殿の十七回忌である。盛大な追善供養が行われ、追悼の詩歌会も催された。題は「寄月懐旧」。

吉保様は政事多忙の中もこのような孝養と文事を忘れない。政治の理想は、将軍綱吉公を中国の聖帝尭舜に等しいと、当代後代の人々に記憶されたいというばかり。そのためにこそ、こまごまとした雑務にも奉公するのである。

京都から筆者の兄の紹介で鴨祐之なる人が下った。神社のことにつき請願ある由。九州小倉法雲寺の法雲和尚が来訪。両者とも六義園を訪ねて感歎。十一月二十一日、願かなって帰洛する祐之に托して、近作の伊勢法楽千首を霊元院に送る。

章題は亡父追悼歌会の題による。

を《お》くりむかふる春秋《はるあき》のほど、津《つ》の国《くに》の見《み》つゝ過《すぎ》こし事《コト》をおもふに。よしの川《がは》、はやくながるゝ物《もの》は、年月《としつき》なりけり。

おまへの、かく年頃《としごろ》。こゝら世《よ》の中《なか》の事聞《こときこ》しめして。何事《なにごと》も露《つゆ》たがふふしおはせず。御心を《お》きてかしこければ。なにのよろこび、あまりありとかや。今更《いまさら》、月日《つきひ》にそへて。御さかへ《え》のみ。こよなうありがたきすぢに。世中《よのなか》、心《こころ》よせつかうまつるを。まして、朝夕《あさゆふ》ちかくなづさひ奉るものは。さるべからんおり《を》〱《をり》だに。めおどろくばかりの事《こと》。おほやけ、わたくしにつけて。いみじうなりまさらせ給《たまふ》御ありさまをみつゝ。何《なに》ばかりのたのもしげなき老人《おいびと》までも。明《あけ》くれ、え《ゑ》みさかへ《え》て。げに、君《きみ》をしみれば物《もの》おもひもなげなンめりかし。

おまへは、猶《なほ》さすがに。ほこりかならず。いみじう。もてしづめて。いかで、おほくの人の上。つかさどり聞《きこ》しめすにつけても。世《よ》のため、あやまつ事《こと》なからんやうをのみ、おきふしおぼしいれ。こゝろふかき御ありさまなれば。晏子《あんし》が御《ぎよ》なりけん。お《を》こがましかり

○**津の国の**　みつの浦、津の国にあり。たゞみつゝといはん枕詞也。
○**よしの川**　「よしの川はやくもすぐる年波のたちゐのかげもくれにける哉」(新後拾遺集)。
○**おまへ**　御前。柳沢吉保。
○**こゝら**　多く。
○**なにのよろこび**　易に云「積善之家、必有余慶」。
○**なづさひ**　なれちかづく心也。
○**君をしみれば**　古今に「年ふればよはひは老ぬしかはあれど花《はな》をしみれば物思ひもなし」。此うたの「はな」の字

し心《こころ》ばへなど。おぼしくらべて。此家人《このいへびと》などの。そこらほこらはしげなるも。かつは、を《お》ろかなりとおぼしとりぬべし。

「何事《なにごと》にも、いきほひにまかせて。人《ひと》をあなどり、無礼《ナメゲ》なるわざする事《こと》なかれ。すべて世中《よのなか》にを《お》ぢはゞからん家《いへ》と思ひて。大小《だいせう》の事《こと》。を《お》のが心にまかせて。を《お》したちたるわざせんは。をこに物《もの》しておもふべきなり」とぞ。たび〳〵いましめきこえ給《たま》ふ。さるは、千《せん》万人《まんのひと》をはぐゝみたまふに。すぐれて、げに、かゝらでは、いかでか、と人《ひと》もおもひ聞《きこ》ゆ。

ことしは、正覚院殿《しやうがくゐんでん》の十七年《じふしちねん》なりけり。かく何事《なにごと》にも、御心《こころ》のまゝに。御子《こ》、むまごまで、とり〴〵あらましきさまに。おひさきたのもしう。さかへ給《たま》ふにつけても。今《いま》までおはして、御《ご》らんじもてはやし給《たま》はゞ《ば》、うれしう、かひあるさまにぞあらまし、など、おぼしつゞくるに。年月《としつき》へだゝりぬれど。尽《つき》せずお《を》しく。かなしきことに。おぼす。

例《れい》の、九月十七日には。御寺《てら》にて御わざあるべくさだめさせ給《たま》ふ。

「君」と書直したる事、枕草紙に侍り。

○**晏子が御**　斉の晏子《アンシ》は大国の大夫にて、位権《イケン》ならびなけれ共、志深くして賢人なりしが、其御者《ギョシャ》(車をつかふ者也)晏子がために車を御して意気揚《イキヤウ》々としたりがほにて通りけるを、其妻物かげより見て大にはづかしき事に思ひて、夫に離別せんといひける事、史記に見えたり。

そこら　大いに。

をぢはゞかられん　恐れられ敬遠されている。

○**をしたちたるわざ**　無

いとありがたくいみじき事《こと》、しつくさせ給《たまふ》。君《きみ》は、十五日にまで給ひぬ。此度《このたび》、みそ《さ》うも又《また》ことさらにおほくくはへよせたまふ。あはれ、います世《よ》ならましかば、と。おぼすには。いかなるわざなし聞《きこ》えてか、つかうまつらんと。さま〲に孝《ケウ》せさせ給《たま》ふ。ことは《わ》りに、皆人《みなびと》なきぬべし。

あたれる日《ひ》は、北《きた》のかた。わか君《ぎみ》。染子君《そめこのきみ》など参《まゐ》り給《たま》ふ。君《きみ》は、おほやけがたに、えさらぬ事有《ことあり》て、まい《ゐ》らせたまはず。祭文《さいもん》をぞかきて奉《たてまつ》り給《たまふ》。年頃《としごろ》にまた、何《なに》くれとめいぼくありける事《こと》どもなど、いとつぶ〱とあはれにかきたまへり。

今《いま》の御寺《てら》ぬしは。秀長老《しうちやうらう》ぞかし。碩学《せきがく》の聞《きこ》えたかく。やんごとなきひじりなりけり。垂語《すいご》などいふ事作《ことつく》りて、大衆《だいしゅ》をあつめて、しめし給《たま》へり。いたう老《おい》たる人《ひと》の、かしらつき、いとぐうづきたるが。さすがに、口《くち》ゆがみ、ほれ〲しきけなどは露《つゆ》なく、声《こゑ》たかくあざやかにて。ほす打《うち》ふり〱《うちふり》。となへ給《たま》へるさま。聞《きき》しらぬ人《ひと》だに、あなたうとやと、思ひしみぬべきけはひし給《たま》へり。

理わざといふに同じ。

○**をこ**　愚。

物して　不届なといふ心也。

ことし　元禄十六年。

正覚院殿　吉保の父、安忠の法名。

十七年　貞享四年没なので十七回忌にあたる。

おはして　もし存命で。

九月十七日　安忠の忌日。

御寺　月桂寺。

○**まで**　まうで也。

○**みそう**　寺領也。

くはへよせ　寄進する。

北のかた　吉保正室、定子。

わか君　吉里。

――（以下二六一頁）

こゝらの僧《そう》どもの、かはる〴〵すゝみて、たからかに問答《もんだふ》したるなど、ふと何事《なにごと》とは聞《きき》わかねど、いみじうにごりなき心地《ここち》す。「咄《トツ》」「喝《カツ》」など、となへ出給《いでたま》へるさま。まことに。ふみとゞろかすなるかみの声《こゑ》して。たれか無明《むみやう》のねむりをさまさざらん、とぞおぼゆるかし。

みたちにては。其日《そのひ》、例《れい》の、人々《ひとびと》めして。御追悼《ついたう》の歌《うた》どもあり。「月《つき》によせてふるきをおもふ」といふ事《こと》を兼題《けんだい》にて。みなよみたり。

おまへ。

月《つき》やしるあととふ秋《あき》のけふの空《そら》みるよならばと忍《しの》ぶ心《こころ》を。

其外《そのほか》は、もらしつ。御当座《たうざ》〔も〕さま〴〵あはれにてなん有《あり》ける。懐《くわい》紙《し》、短冊《たんざく》、皆《みな》、とりしたためて、やがて御寺《てら》にぞお《を》さめさせたまふ。又《また》、からうたも、はかせどもに仰《おほ》せて、あまためしたり。御みづからも、つくらせたまふ。題《だい》は歌《うた》とおなじさまなり。

明徳清輝《めいとくせいき》猶在人《なほひとにあり》　時遷跡遠《ときうつりあととほうして》　意逾親《こころいよいよしたし》

依然十七年前月《いぜんたりじふしちねんぜんのつき》　氷鑑高懸秋一輪《ひようかんたかくかかるあきいちりん》

○**ふみとゞろかす**　「天の原ふみとゞろかす鳴神も思ふ中をばさくる物かは」。「臨済《リンザイ》の一喝《カツ》、雷《ライ》の如し」と云事、禅語にあり。

無明のねむり　妄執にとらわれ居ること。

みたち　柳沢本邸。

人々　吉保父子と夫人たち、北村季吟家の歌人、荻生徂徠以下の儒者たち、二十一名が一座した。

おまへ　吉保の詠歌。かなり添削が加えられている。

御当座　二次にわたり出題があり、各三十七首と十八首が詠出され

わか君《ぎみ》などはじめて、とりぐ〵におもしろく。あはれなる絶句《ぜつく》有《あり》けり。悉《ことごと》くしるさんも、れいのわづらはしければ。かゝず。是《これ》もみな、まき物《もの》にかゝせて。いみじうよそひてお《を》さめ給《たまふ》。

さるは、今《いま》しも。のどやかに。御いとまなど、おはしますとはなけれど。かゝるかたの、こゝろばへふかくたてゝ《て》、このませたまへれば。まづからうやうのお《を》り。くちお《を》しからずものしたまふ。

今《いま》の世《よ》の御を《お》きてのすぢなども。さるべきつかさ〵の、いとかしこきがおほかるころほひにて。大小《だいせう》の事《こと》、おぼつかなからず。たゞ、君《きみ》を尭舜《ぎやうしゆん》になし聞《きこ》え奉《たてまつ》らむとおもひ入《いり》て。身《み》をかへりみず、つかうまつるに。もし、いさゝかも。みづからの心《こころ》にさだめかねたる時々《ときどき》は。まづこなたの御心むけを。うけきこえて後ぞ。やすらかに、ものさだめ〔し〕ける。さるは猶《なほ》きはことに。いたらぬことなく。御ざえはさらにて、御こゝろもちひ、あきらかにおはして。大《おほ》かたのありさまをも。まづ、人《ひと》をいつくしみ、すてさせ給はぬ。御本性《ごほんじやう》をもとゝ《と》し給《たま》へれば。を《お》のづから、人《ひと》もそむき聞《きこ》えず。うれしきもの

た。
やがて　そのまま。
からうた　漢詩。
くちおしからず　恥ずかしくない程度に。
御をきてのすぢ　御統治の方向。
○**君を尭舜に**　伊尹《イイン》は君を尭舜の如くなる聖人になさゞる事を恥に思ひたる事、経書におほく見えたり。
こなた　柳沢吉保。
○**ざえ**　才。
○**いつくしみ**　愛。

に、なつき聞《きこ》ゆ。

　まして、ほどにつけて、身《み》のうれへうたへいでつゝ、とかくねがひわた〔れ〕るかぎりは。たかきもいやしきも。天《あめ》が下《した》こぞりて、御《ご》門《もん》さりあへず、まい《ゐ》りきつゝ。あふぎ聞《きこ》ゆること、いへばおろかなり。

　われはと、おもひあがれる国《くに》のあるじ。やむごとなき君《きみ》などいふも、ことかぎりあれば。を《お》のづからえさらぬ身《み》の上《うへ》のすぢにて。なげきあるには、まづしば〳〵おはして。御いとまの折《をり》うかゞひ。さるべきしるべなどもとめ出《いで》て、〔かたらひ〕、あるは出給《いでたま》ふ時《とき》をかうがへて。つゐ《い》でばかりの御たいめむだにと、せちに申《まうし》わたり給《たま》へり。

　こなたは、今《いま》かく、よろづのことつかさどりおはして。日《ひ》ごとに、猶《なほ》、むかしにかはらず。御所《ごしよ》にもしたしくまいらせ給《たま》へば。みじ、きかじと、あながちにおぼしはゞかるとはなけれど。ほどにつけて、さま〴〵の身《み》のうへを。いひ出《いづ》るも。人《ひと》のため、こゝろぐるしうおぼす事《こと》も。を《お》のづからあるにまかせて。聞《きこ》しめしいれんには、すべ

うれへ　愁え。
○**うたへ**　訴。
御門さりあへず　門前を人々の立ち去る間もなく。
ことかぎりあれば　いざ自力で事が成就しないと判ると。
もとめ出て　さがし出して。
出給ふ時を　吉保が当家から出かける時をねらって。
つゐでばかりの　ほんの少しでもよいからと。
たいめむ　対面。
○**みじ**　不見。
○**きかじ**　不聞。
かたつかた　ほんの一部。

て限《かぎり》もあるまじ。又《また》、さりとて。かたつかた、とりわきたらんも。御こゝろを《お》きてにたがふべかンめれば。大《おほ》かた、さるべき人々《ひとびと》にも。わたくしには御《ご》たいめむなし。

　また、まれ〳〵えさらぬ事《こと》にて。まみえさせたまふには。たゞ大《おほ》かたの。おほやけしきさまにのみ。もてなし聞《きこ》え給《たまう》ふて。さしむかひては。いとこまかなる、わたくしの願《ねがひ》などは。人《ひと》もはゞかるべきさまし給《たま》へり。

　されど、はた無礼《ムライ》ならず。さるべきまゝに、聞《きこ》しめしいれんほどは。なつかしう、よきほどに、あへしらへ給《たまひ》て。無礼《ナメゲ》なる事《こと》、露《つゆ》おはせねば。たまさかのたいめんたまはり給《たま》ふ人《ひと》も。かぎりなふ《う》うれしきことにおもひ聞《きこ》えて。いよ〳〵こゝろよせ奉り給《たまふ》。

　又《また》、いとさばかりならぬきはの人々《ひとびと》なども、いでや、此君《このきみ》に一《ひと》たびを《お》ろかならずしられ奉《たてまつ》らんは。げに、万戸《ばんこ》侯《こう》に封《ほう》ぜられんにはまさりぬべし、とぞ、いひおもひける。

　その頃《ころ》、加茂《かも》の左京大夫祐之《さきやうのだいぶすけゆき》、下《くだ》りぬ。まづ、こなたに参《まゐ》りて、

こゝろをきて　自分で定めた方針。

わたくしには　私人の立場としては。

なつかしう　親しみをこめて。

をろかならず　疎略でなく。

○**万戸侯**　李白が韓荊州にあたふる書《フミ》に、万戸侯に封《ホウ》ぜられんよりは、一たび韓荊州に知られん事を、人皆ねがふと云事を書たり。万戸侯は大名の事也。

加茂の左京大夫祐之　鴨(梨木)祐之。下鴨神社祠官。享保八年没、六十五歳。

こなた　柳沢家。

あないしたり。みやこにては、せうとの大納言殿《だいなごんどの》へ。年頃《としごろ》、常《つね》にしたしく。まい《ゐ》るものなり。かしこよりも、とりわき念頃《ねんごろ》におぼして。「是《これ》は、いさゝかねがひ事《ごと》ありて。此《この》たび下《くだ》り侍《はべ》るよしになむ。このぬしの事《こと》。あるじ君《ぎみ》へも、しか〴〵申給《まうしたまう》て。いかにも〳〵、さるべからむやうに。とりもち給はるべく申《まうし》たまへ。ゆくりなく申《まうし》いれんも、いかにぞや侍れば。たゞそこに、かう〳〵なむ、たのみつかはす事《こと》を。つゐで《い》して、かの御みゝ、ふれ給《たまふ》べく、よく〳〵申《まうし》たまへ」とあり。

やがて、此文《このふみ》、御《ご》らんぜさせつれば。かくて、こなたにめしたるなりけり。

今《いま》の世《よ》には、ざえあるお《を》のこにて。やまとうたの道《みち》にも、あけくれ。いりたちつゝ。大納言殿《だいなごんどの》にも。さるべき事《こと》ならひ奉《たてまつ》りなどしたり。

「さるは、のどかなるお《を》りなど、ちかくめさむに。口《くち》お《を》しからず。御つれ〴〵のかたて、つかうまつるべからむに。いと、けしうはあ

あない　訪問のあいさつ。
せうと　本書の筆者町子の兄、大納言正親町公通。
かしこ　公通。
念頃　懇。親切に。
○**是は**　文の詞。
○**ぬし**　主。
あるじ君　柳沢吉保。
○**ゆくりなく**　心ならず、ふとといふ義。
そこ　あなた。町子を指す。
つゐでして　ついでの折に。
かの　吉保の。
○**みゝ**　耳。
御らんぜさせ　吉保に見せ。

らじ、となん。おもひ侍《はべ》る」など、いひおこせ給《たま》へるを。かくときかせ奉《たてまつ》りたれば。おまへにて、何《なに》くれとこゝろみさせたまふに。いとお《を》かしう、御物《もの》がたりなど、聞《きこ》え奉る。

もとより、うたのことなどは。とりわき内裏辺《ウチワタリ》にて。ゆかしうめづらしきことやあらんと。おぼしわたるさま、くはしくとはせ給《たまふ》。さて、やがて「かくてあらむうちは。こゝに物《もの》せられよかし。おなじかりそめのたびのやどりなりとも。おなじうは、うしろやすくこそあらめ。あけくれさるべき事《こと》とひきゝなんにも。いとよかりなん」など。かへすぐ〵のたまはす。

「いともかしこく。かくてかずまへられ奉《たてまつ》る事《こと》は。申《まうす》もおろかになん侍《はべ》り。さるは、かく、ねがひのこと。もろともにこゝろをあはせて、いでたち侍《はべ》るものなども。かのやどりにさぶらふめれば。とりはなちて。かうこなたにさむらはんこと。おもはんこと〔も〕いかゞ〔に〕侍《はべ》れど。何《なに》かは、かく、さまことなる御かへりみ。かうぶりつかふ《う》まつるうへは。とてもかくても。仰《おほせ》にこそしたがひ奉らめ」

こなた　柳沢邸へ。
ざえ　才。
口おしからず　恥かしくない。
かたて　相手。
○**けしうはあらじ**　あやしうはあらずといふ義。
おまへ　吉保の前で。
おぼしわたる　かねて想いやっていた。
かくてあらむ　当地に滞在して。
こゝに　柳沢邸に。
物せられよ　滞在せよ。
うしろやすく　安心。
とひきゝなん　吉保の側から種々質問するにも。

――(以下二六一頁)

など。かへすぐ〳〵、かしこまり申《まうし》つゝ。まかンでぬ。

かくて、みうちのものなどにも。此《この》ぬし、しばしもかくてあらんうちは。何《なに》ごとにもこゝろとゞめて。物《もの》すべく仰《おほ》せつけ給《たま》ふ。やがて心やすくて、ゐつきにけり。はる〴〵きぬる旅衣《たびごろも》。今《いま》はうちとけつゝ、霜《しも》はらふべき草《くさ》のまくらともおぼえず。まして、玉《たま》をみがけるあたりに。出入人《いでいるひと》まで嬉《うれ》しげなるありさまを、明暮《あけくれ》みつゝ。かのねがひわたれるあらましも。いとたのもしう。今《いま》より、おもふ事《こと》かなひぬるこゝちして。空《そら》ゆく月《つき》をたのめおきしふるさとも。中《なか》〳〵わすれぬべし。

神無月《かみなづき》になりては。しぐれてわたる空《そら》も、日《ひ》をふるまゝに。み山《やま》はいかにそめけんと、誰《たれ》もおもひ出《いで》らるゝに。例《れい》のすけゆき。駒《こま》ごめの山《やま》ざと、せちにゆかしがれば。つかはしたり。

「いで、都《みやこ》にてお《を》かしき事《こと》も。さま〴〵めなれけんを。いかゞ」

など、おぼしのたまふ。御使《おつかひ》して、御歌《うた》をぞつかはし給《たま》ふ。

　みるかひもあらし吹《ふき》そふ此頃《このごろ》の霜《しも》にいろなき冬《ふゆ》の山《やま》ざと。

みうち　柳沢家の使用人。
此ぬし　鴨祐之。
こゝろとゞめて　注意して。
○**はる〴〵**　いせ物語「から衣きつゝなれにしつましあればはる〴〵きぬる旅をしぞ思ふ」。
○**霜はらふ**　古今「夜を寒み置く初霜をはらひつゝ草のまくらにあまたたびねぬ」。
○**空ゆく月**　いせ物語「わするなよほどは雲ゐになりぬとも空行月のめぐりあふまで」。
神無月　元禄十六年十月。

「御返《かへ》し奉るべきを。いみじうめづらかなる山《やま》ぶみに。いかでお《を》かしきくまぐ〱をも。のこりなくみたまへ侍《はべ》らんと。物《もの》しさむらひけるまゝに。つかのまも、いとまお《を》しくなん侍《はべ》り。まして、かくすぐれてよみ出《いだ》させ給《たま》へりし御うたに。いとゞを《お》それはゞかり侍《はべ》りてなん。え返《かへ》し聞《きこ》え奉らぬ」とぞ。御使《おつかひ》にはいひける。

げに、日ぐらし紅葉《もみぢ》の錦《にしき》わけみつゝ、帰《かへ》るさも忘《わすれ》ぬべし。

其頃《そのころ》、法雲和尚《はふうんをしやう》と聞《きこ》えし。豊前《ぶぜん》の国《くに》よりおはしたるに。かの山《やま》ざとのもみぢ、みせさせ給《たまふ》。さきぐ〱もあまたゝ《た》び、さるべき文《ふみ》かきかはし給《たまう》ふて。法義《はふぎ》など、年頃《としごろ》こゝろみさせ給《たま》へば。さる千里《ちさと》の海《うみ》山《やま》をへだてゝ《て》も。心《こころ》ことにおもひ聞《きこ》えさせけり。広寿山《くわうじゆさん》といふに住《すみ》て。学才《がくさい》いとすぐれ、今《いま》の世《よ》には、ありがたきひじりにぞありける。

その日は、こなたのはかせども。さるべきかぎりすぐりてつかはしたも《ま》ふ。詩《し》などつくりかはすべき。御心《こころ》まうけなるべし。かしこには。庭《には》よりはじめて、こゝかしこ。お《を》かしうしつらひたり。吟花《ぎんくわ》亭には。天童蜜雲《てんとうみつうん》とかや。もろこし人《びと》の偈《げ》、みづから書《かき》たまへるを、

そめけん　紅葉したことだろう。
例のすけゆき　先日来、柳沢家に滞在している鴨祐之。
駒ごめの山ざと　駒込の山荘。
ゆかしがれば　見たがるので。
おぼしのたまふ　吉保が思い、口にされる。
山ぶみ　山あるき。
○**つかのまも**　しばらくのまもといふに同じ。
○**日ぐらし**　終日也。
法雲和尚　豊前小倉の黄檗宗広寿山福聚寺前住職。元禄十六年十月二十一日、六義園訪問。

――(以下二六一頁)

かけを《お》く。これは、さて、やがてこひうけたまへり。こなたかなた、めぐらひみつゝ。いみじうおどろき給《たま》ひぬるさま。いふもさらなりや。さて「霜葉《さうえう》、花《はな》にまされり」といふ事《こと》を題《だい》にて、皆《みな》、詩《し》作《つく》る。ひじりのまづ作《つく》り給《たま》へるを待《まち》て。それをきりて、探韻《たんゐん》にしつ。皆《みな》とり〴〵におもしろく、まづは、この山《やま》ざとの。紅葉《もみぢ》の、所《ところ》がら色《いろ》をまして。げに花《はな》にまされるを。かへす〴〵めでたりといふ心《こころ》ばへをぞつくられける。

はかせども〔も〕、さま〴〵にを《お》とらず。いみじき心《こころ》ばせのかぎり、つくり出《いだ》したり。あまたゝ《た》び唱和《しやうわ》などして。いと、かずおほくなりにけり。

その日《ひ》、君《きみ》にも、つくらせ給《たま》へる詩《し》を。御使《おつかひ》してつかはしたるに。和尚、「さすがにこれは、あまたの中《なか》にも。きはことに、めづらしう、けだかうも侍《はべ》るかな。御さかへ《え》の世《よ》にことなるうへ。和漢《わかん》の御ざえのみか。少林《せうりん》のむねにさへ、かくまであきらかにおはしまして。かばかりのふもとの野衲《やなう》をも。いやしめさせ給《たま》はぬ。御心《こころ》ばへのあ

こひうけ　法雲が望んで貰い受けた。
霜葉花にまされり　『三体詩』杜牧「山行」詩の「霜葉は二月の花よりも紅なり」による。
ひじり　法雲和尚。
探韻　各人が紙片に記された韻字を抽籤して、引きあてた字を脚韻に用いること。
唱和　他の作品に対して同じ韻字を用いて詩を作る事。当日の詩を集めて『霜錦什』と題し、保存した（楽只堂年録に収載）。
きはことに　際立って。
和漢の御ざえ　中国・日本の詩歌学問に関す

りがたう。かへすぐ〳〵もかしこき事《こと》なり」とて、涙《なみだ》をさへなむおとして感《かん》じ、かつは、けふのかしこまりをぞ申《まうし》奉り給《たまふ》。

さて、かのすけゆきは。うれへ申《まう》せしこと、ほいのごとかなひにけり。三《さん》の丸《まる》桂昌院殿の、さるやむごとなき御有様《ありさま》にて。年頃《としごろ》、天《あめ》が下《した》に。何《なに》のてら、かのやしろと聞《きこ》ゆる所々《ところどころ》、さるべきものあまた、お《を》さめさせ給《たま》へるに。かもには、さばかりにて。まださることなかりけるを。此《この》たびうれへ申《まうし》けるになんありける。さるは、こなたの、よろづ。うしろみ申《まう》させ給《たま》へる御あたりなれば。とりわきてなげき申《まう》させ給《たま》ひければ。大《おほ》かた、おもひしよりも。いちはやくことなりにけり。かへすぐ〳〵。この御ひかりのありがたきをぞ。いまさらにしり聞《きこ》えける。

やがて、のぼりなむとおもひたちて。よういしたり。まことや、月頃《つきごろ》よませたまひし千首《せんしゅ》。此《この》ごろみてさせ給ひぬ。一《ひと》とせ、院《ゐん》のうへの。伊勢《いせ》へお《を》さめさせたまひし。法楽千首《はふらくせんしゅ》の題《だい》をもちひさせ給《たま》へり。ひとことふたことだに。おぼろけに、になひ出《いだ》さんやは。まし

る学識。
少林のむね　禅学の主旨。少林は、達磨が面壁九年にして悟りを開いた少林寺。
ふもとの野衲　程度の低いクソ坊主。
すけゆき　鴨祐之。
うれへ申せしこと　嘆願申し上げていたこと。
ほい　本意。
○**ごと**　如。
天が下に　日本中で。
さるべきもの　献納物。
かも　賀茂神社。
こなた　当家の柳沢吉保。
うしろみ　後見。支援。
――(以下二六一頁)

て、さるうたかずの、とり〴〵にやうがはりて。みな玉《たま》をつらねたる御口《くち》つき、いとたぐひなし。そのお《を》り、おまへにて。たび〳〵みしかば。さるは、あまりめで聞《きこ》ゆるまゝに。さばれ、かたかゝなれど、われもよみてやみましとおもふを。御《ご》らんじつけたるにやあらむ。題《だい》を給《たま》はせつれば。いでや、とおもひたつも。又《また》さらにおほけなく。ひとわらへにや、とおもひやすらはるゝや。さりとも、いかゞはせん。侍従《じじゆう》の君《きみ》には、おなじごと、千首《せんしゆ》よみ給《たま》ひぬ。これも、さま〴〵にめでたし。

此頃《このごろ》、院《ゐん》のみかどの、御手《て》づからあはさせたまひし御たき物《もの》。「玉《たま》つばき」と宸筆《しんぴつ》にかゝせたまひて。たまはらせ給《たまふ》。れいの大納《だいな》言殿《ごんどの》つたへ給《たま》へり。かゝることにて、御ふみなどしげくゆきかよふに。「いで、此千首《このせんしゆ》、をとなしの滝《たき》は、いと口《くち》お《を》し。かしこけれど、院《ゐん》などへ奉ることとや、いかゞ侍《はべ》らむ。さらば、かずならぬ名《な》も、なを《ほ》きこゆべきを」など。のたまひつかはしたるに。かしこにて、うち〳〵にそうして。御けしき、み奉らせ給《たま》へるにや。「まづ、はや

玉をつらね　美しい詞を並べて。
口つき　詠みぶり。
かたかゝなれど　無理だとは思うが。
御らんじつけ　吉保が見て気づいたのであろうか。
おほけなく　むこうみずで。
ひとわらへ　他人の笑いもの。
やすらはるゝ　ためらう。
侍従の君　吉里。
おなじごと　吉保と同じに。
院のみかど　霊元院。
あはさせ　調合する。
たき物　ねり香。

くのぼさせ給《たま》ふべく。」いひを《お》こせ給《たま》ひぬ。

「いで、さらば、いとありがたきことなり。よく〳〵ようい物《もの》すべく」仰《おほせ》つけ。御みづからも、何《なに》やかやとて。てうじ給《たま》ひなどして、ほどなくなりぬ。「はるかなるみちのほど。なを《ほ》ざりにては。いかゞ」などはからひ申《まうす》ほどに、左京大夫《さきやうのだいぶ》、帰《かへ》りのぼるにぞことづけ給《たま》ふ。二所《ふたところ》ともに、紙《かみ》へうし、箱《はこ》やうのものまでも。いみじききよらをつくして。とゝのへたまへり。

祐之《すけゆき》にも、名残《なごり》おほかるさまに。はなむけなどして。物《もの》あまたたうびてげり。まだ、あまりひさしうみなれ奉るほどの月日ならねど。さまことに、なつかしう物《もの》したまへる。御かへりみにあひたるけにや。いとかぎりなき御名残《なごり》お《を》しみ奉りて。人《ひと》やりならずかなしう、うきことにおぼゆ。

おまへにも。朝夕《あさゆふ》、お《を》かしう御物《もの》がたりなど聞《きこ》え。御あそびのかたて、かならずつかうまつりけるを。かうほどなくまかりのぼるは。あはれにおぼすべし。

宸筆　院自筆で。
大納言　正親町公通。
此千首　吉保作の千首和歌。
○**をとなしの滝**　名所也。こゝにてはさたなしには無念と云心也。
○**かしこけれど**　おそれおほけれどと也。
かしこ　正親町公通。
そうして　霊元院に奏上して。
御けしき　霊元院の内意。
まづ　とりあえず。
ようい　用意。
みづから　吉保自身。
てうじ　調じ。工夫して。

——(以下二六二頁)

「そこには、ことなるつゐ《い》であらずとも、心《こころ》にまかせて、いとまある身《み》なめれば。こん年《とし》も、かならずまちきこえん。たゞ、かうながら、こゝろやすき草《くさ》まくらむすびてよ。あなかしこ、契《ちぎ》りたがふまじく」など。を《お》ろかならずのたまはせたるにぞ。こといみもしあへずなん有《あり》ける。

霜月《しもつき》廿一日にたちぬ。さいへど、なにごともおもふさまになりて、ことには、身《み》にあまるかしこさを。立《たち》かへるにしきのたもとにつゝみて。うれしき都《みやこ》のつと、あまたたづさへたれば。ひなのながぢともおぼえず。旅《たび》のうさ、みな忘《わす》れぬべし。

○**そこ**　足下《ソコ》と書。そなたと云に同じ。
ことなる　特別な。
こん年　来年。
まちきこえん　待ち申すぞ。
かうながら　今と同然。
○**をろか**　をろそかの心也。
○**こといみもしあへず**　嬉しなきに泣たる也。〔言葉を選ぶ余裕もないほど、恐縮する。〕
霜月廿一日　元禄十六年十一月二十一日。
○**にしきのたもと**　朱買臣の事也。

（二四七頁の続き）
染子君　吉里の生母。
えさらぬ　避けられない。
祭文　前出。住職の垂語とともに全文を楽只堂年録に収載する。
年頃に　この年月。
めいぼく　名誉なこと。
つぶ〳〵と　委曲を尽して。
寺ぬし　月桂寺住職、碩秀。
垂語　禅宗の師家が、多数の人々に教え示す語。
大衆　多数の僧徒。
○**ぐうづきたる**　功のいりたるを云。
ほれ〴〵しき　惚《ぼ》けた。
○**け**　気。
○**ほす**　払子。
（二五三頁の続き）
○**かずまへられ**　御懇意にあづかる也。
いでたち　京都から出てきた。
かのやどり　一行の宿所。
とりはなちて　自分ひとり。

おもはんこと　仲間の思わく。
（二五五頁の続き）
こなたのはかせども　柳沢家に仕えていた儒者たち。荻生徂徠他十一名。
つくりかはす　応酬唱和する。
吟花亭　園内西方の建物。
天童蜜雲　円悟禅師。墨跡の詞、七言四句も楽只堂年録に記録されている。
（二五七頁の続き）
御あたり　桂昌院のこと。
この御ひかり　吉保の威光。
のぼり　祐之が京へ帰る。
千首　千首の和歌。
院のうへ　霊元院。
伊勢　伊勢大神宮。
法楽千首　「伊勢大神宮法楽千首和歌」。元禄十四年奉納。法楽は神に献げて神意を慰さめること。
題　千首各一首の歌題。
○**になひ出さん**　よみ出すと云心也。

（二五九頁の続き）

なりぬ　千首和歌の呈上が実現した。

はからひ　考えたあげく。

左京大夫　鴨祐之。

帰りのぼる　京へ帰る。

二所　吉保と吉里親子二名。

○**たうび**　給字也。

なつかしう　親愛感の籠る。

かへりみ　吉保の保護。

○**人やりならず**　我心からと云心也。

おまへ　御前。吉保。

あそび　詩歌管絃など。

かたて　相手。

十八　深山木《みやまぎ》　元禄十六年霜月より宝永元年三月にいたる

元禄十六年十一月二十二日に大地震があり、高潮・火災で、江戸にも大きな被害が出た。

明けて一月二十八日、吉里君のところに、かねて婚約中の酒井河内守忠挙様のご息女が輿入れし、盛大な祝宴が続く。二月には祝賀の歌会も開かれた。

三月四日、鴨祐之が筆者の兄正親町公通公の書簡等を携えて来訪。旧年末の吉保様・吉里君の千首和歌に対する霊元院の褒詞と、褒美の品々を伝えた。同じとき勅使として東下した一行の中の中院通躬卿が吉保様と和歌のやりとりをされたとか。また幕府歌学方季吟法印とも歌の贈答があった。吉保様の諸方面にすぐれた才能が示される。霊元院には以前にも増してお礼の品々を献上する。

三月三十日、宝永に改元。

章題は季吟に贈った和歌の中の語。

此頃《このごろ》。大なゐふりて。いとおどろ〳〵しき事。いへばおろかなり。霜月廿日《しもつきはつか》あまりの。あかつき。いみじうさむき頃。屋《や》のうちにもをらず。さはぎ《わ》まどひたるこゝち、何《なに》にかは似む。むかし、み〔み〕にきゝつたへたることはあれど、まのまへに、いとかく天地《アメツチ》くつがすばかりのことは。たれもまだしらず。あさましう、めづらかなりとおもひ。まどふ。

あづまぢの国あまた、時《とき》をたがへず、ふりたり。海《うみ》ちかき所などは。高《たか》しほとかいふもの、いりたり。そのわたり、家《いへ》ゐものこらず。人《ひと》もみなとられにけり、などいふをきくこゝち、いみじうあさまし。此《この》あたり、はしらかたぶき、家《いへ》くづれ、たふれたるなど。めにも見《み》、きゝもつたへて。猶《なほ》いかゞあらむと。上下《かみしも》やすき心《こころ》もなく。おもひあへるに。いましも。心《こころ》ぎもつぶるゝばかりのなゐは。日《ひ》をふれど、よるひるやまず。さるは、世中《よのなか》には。人もあまたそこなはれにけりなどいふに。かしこうのがれたるは。さるにても神仏《かみほとけ》のまもり。おろかならざりけりと。みな人《びと》おもふべし。

○**大なゐ**　地震の事。
おどろ〳〵しき　恐ろしい。
霜月廿日あまり　元禄十六年十一月二十二日夜(徳川実紀)。
○**みみ**　耳。
まのまへに　眼前に。
あづまぢ　関東地方。
海ちかき所　「相模・安房・上総のあたりは海水わきあがり」(同前)。
家ゐ　家屋。

同《おな》じ廿九日に〔は〕、又《また》なき火《ひ》ごとありて。さばかりひろきわたり。みつがひとつにもこえて、みなやけぬ。両国橋《りやうごくばし》といふも、やけおちにければ。そのわたり、にげまどひたるもの。幾千万といふかずもしらず。やけうせにけり。

その程《ほど》のこと。いづれも〳〵。思《おも》ひ出《いで》たるに。あさましう、おそろしければ。くはしくもかゝず。

うちつゞき、かく世の中さはがしきに。所々《ところどころ》の御いのりなど。ひまなし。さるは。今《いま》の世《よ》まつりごとおこたらせたまはず。なにばかりのとがめにか、かくはあらん。さりとも、いみじきことはあらじなど。さかしき人《ひと》はいふめり。されど、民《たみ》のなげき、うれふる事《こと》やあるなど。ことさらにたづね出《いだ》させ。さるべきこと〔は〕ゆるし給はりなどす。

日《ひ》をふるまゝに。なゐも、やう〳〵まどをになりつゝ。世中《よのなか》、こゝろおちゐたり。かくながら、はかなく年《とし》もくれぬ。

春《はる》になりては、げに、物《もの》ごとにあらたまりゆくまゝに。人《ひと》のこゝ

火ごと　「けふ小石川水戸の邸より失火（略）両国橋・大橋も焼落（略）深川霊巌寺のほとりまでやけぬ」（徳川実紀・元禄十六年十一月廿九日）。

いのり　祈禱。

とがめ　天罰。

日をふるまゝに　時の経過とともに。

春になりて　元禄十七年。

○**物ごとに**　古今「百千鳥さえづる春はものごとにあらたまれどもわれぞふり行く」。

ろも、を《お》のづからのどけくなりて。世中《よのなか》、ふるとしのなごりもなし。ほど〲に、を《お》のがよろこびしつゝ。さえづりかはすも。ことは《わ》りに、又《また》あはれなり。

まことや、侍従《じじゆう》の君《きみ》の北《きた》の方《かた》むかへたまはむ事。此月《このつき》とさだめさせ給へれば。しづごゝろなく、おぼしいそぐ。年頃《としごろ》に契《ちぎ》りを《お》かせたまへるに。かう、ことときはめて。ちかうなりゆくほど。かたみにおぼしいとなむこと、ひまなし。

その日は、廿八日ときこゆ。ざしきよりはじめて。さばかり所《ところ》せき御ありさまのほど。いへば中〲《なかなか》なり。さるべき殿原《とのばら》。こゝろことに、きほひまい《ゐ》りたも《ま》ふ《う》て。もてなし聞え給《たまふ》。

さうじみは。ひつじの時《とき》ばかりにや有《あ》らむ、いらせ給《たま》ふ。かしこよりも。したしき殿原《とのばら》あまたを《お》くり聞《きこ》え給《たまひ》。いみじうかしづかれて入《いら》せ給《たまふ》。御ありさま、ことは《わ》りにいみじうなん。

こなたにも、女《をんな》がたには。豊前《ぶぜん》の君《きみ》の北《きた》のかた。おはして、まちうけ給《たまふ》。

ふるとし　旧年。昨年。
ほど〲　それ〲に。
侍従の君　柳沢吉里。
北の方　正室。
○**しづごゝろ**　静なる心也。
おぼしいそぐ　準備する。
年頃に　数年以前から。
かたみに　両家で。
廿八日　元禄十七年正月二十八日。
○**さうじみ**　正身と書。其本体たる人をいひ侍り。
ひつじの時　未刻。午後二時ごろ。
女がた　女性の接待役。
豊前の君の北のかた　黒田直重の正室。柳沢

ぎしきなど、れいの、いとおほかれど。みなもらしつ。御一《ごいち》ぞくのかたぐ〳〵、三十人ばかり。又《また》、心《こころ》ことにしたしくまいり給《たま》ふ人々《ひとびと》まで、大《おほ》かた五十人あまりもや、あらむ。あるじなど、さまぐ〳〵にもてなし給《たまふ》。みな、あまたゝびずんながれて。ことぶきかはさせたもふさま《ま》。いとあらほまし。

さも、ほこりかに。いかめしきことなどは。このませたまはねど。をのづから今《いま》の世《よ》にひゞきになして。みなまいりつかうまつり。何《なに》くれの御あつかひも、をのづからよだけくなりもてゆくめり。

御心《こころ》にも。これは又《また》さまことに、ことそがず。いかで御心ゆくばかり。かしづき聞《きこ》えたまはん御心ばへ《え》も。あらじやは。

世中《よのなか》、今《いま》めかしう花《はな》やかなることにすなるも。いかで、などいひあへり。打《うち》つゞきたるさほう《はふ》ども、みるかひありて、いかめしう過《すぎ》ぬ。御所《ごしよ》をはじめて。さるべき所々《ところどころ》より。御をくり物《もの》など。れいにもこえて。めづらかなるみやび、おもひやるべし。そのほどの事。すべてくはしうは、えぞかぞへあへぬや。

吉保養女、とさ。

ぎしき　儀式。婚礼の段取。

御一ぞく　柳沢家の親族。

○**あるじ**　饗応。

○**ずんながれ**　順流と書。盃の次第にめぐる事也。

ひゞき　大きな出来事。

○**よだけく**　寛大なる心。

御心　吉保の内心。

○**ことそがず**　疎略にせぬ心。

さほう　作法。儀礼。

［二六八頁］

きさらぎばかり　元禄十七年二月。

ありつる御よろこび　先月のめでたい婚儀。

歌の会　未考。

きさらぎばかり、ありつる御よろこびに。侍従《じじゆう》の君《きみ》のかたにて、歌《うた》の会《くわい》あり。「松《まつ》に多春《おほくのはる》を契る」といふことを。

いく春《はる》のみどりをかみむ万年《よろづとし》さかゆく松《まつ》のふかきちぎりは

「鶯《うぐひす》梅《うめ》になく」といへることを、御当座《たうざ》に。

むつまじな梅《うめ》さくやどに幾春《いくはる》の契《ちぎ》りわすれぬうぐひすの声《こゑ》。

みなとり〴〵に。千世《ちよ》万代《よろづよ》と。いはひ聞《きこ》え給《たまふ》。げにうれしう、かひありとおぼす。ことは《わ》りに、みなおもひきこゆ。

やう〳〵春《はる》ふかく霞《かすみ》わたりて。おまへの梢《こずゑ》も。花《はな》をいそぐけしきしるく。人《ひと》の心《こころ》もうき立頃《たつころ》ののどけさなるに。玉《たま》もてかざれるあたり〳〵。あらまほしき御有様《ありさま》。取《とり》〴〵に、こよなふ《う》かしづかれた《ま》もふほど、いはんかたなし。

世《よ》の中《なか》にも。こぞのめづらかに。あさましかりし名残《なごり》たえて。月《つき》日《ひ》にそへて。天《あめ》が下《した》のどかに。立帰《たちかへ》る春《はる》のめぐみをあふぎて。中《なか》〳〵《なか》、ありしよりも。ことにふれては。にぎはひまされり。

此頃《このごろ》また、かもの左京大夫《さきやうのだいぶ》、下《くだ》りぬ。こぞ、のたまひを《お》きてしこ

やう〳〵 次第に。
おまへの梢 吉保の座に面した庭前の桜の樹末。
こぞの 去年十一月の大地震。
此頃 元禄十七年。
かもの左京大夫 鴨祐之。京の下鴨神社の神官。
のたまひをきてしこと 柳沢吉保が再訪を待つと言ったこと。
○**ふりはへ** わざと也。
大納言 正親町公通。
ふるとしの千首 昨年祐之に託して送った吉保・吉里詠の千首和歌。
院のうへ 霊元院。
○**まことに** 奉書の詞。

と、わすれぬなるべし。ふりはへ、こなたにこゝろざし奉りて、まい《ゐ》りたるを、いみじうよろこばせ給《たま》ふ。

さて、大納言殿《だいなごんどの》よりの奉書《ほうしよ》、もてまい《ゐ》れり。ふるとしの千首《せんしゆ》、院《ゐん》のうへに奉《たてまつ》れ給《タマヘ》りしむねなり。「まことに。此道心《このみちこころ》ざしふかく。父《ふ》子《し》をの《お》〱、千首歌詠《せんしゆうた》ぜること。まれなるためしに、いみじうかんぜさせ給《たま》ひ。官庫《くわんこ》にとゞめさせ給《たまう》ふて。ながくつたへん、とおぼしめすなり。これによりて。『三部《さんぶ》抄《せう》』、『小倉百首《をぐらひやくしゆ》』の色紙を、両朝《りやうあ》臣《そん》にたまはる。よろしくつたふべきむねになむ」といふことを。うけたまはりて、かき給《たま》ひぬ。

「げに、時《とき》のめいぼく。此道《このみち》のほまれ。これにしくことあらじとなむおもひ侍《はべ》り。かへす〴〵、父子《ふし》同詠《どうえい》のこと。家々《いへいへ》あまたの中にも、たぐひなし、となむおもひ侍《はべ》れば。いで、たゞにやまむもあたらしうて。すけひさの朝臣《あそん》。新大納言などをもて、奉《たてまつ》りたるになむ。げに御覧《ごらん》じわたされ。わきてかんじ下《くだ》さるゝあまり。たまものをさへ下《くだ》させ給《たま》へれば。をの《お》が身《み》にとりても。うれしう、かひあること

此道　歌道。
父子　吉保・吉里親子。
官庫　上皇御所の蔵。
三部抄　詠歌之大概(秀歌之体大略を付ス)・小倉百人一首・未来記(雨中吟を付ス)の三点。定家著の歌学書。
小倉百首の色紙　百人一首の和歌百首を色紙百枚に記した物。
両朝臣　吉保・吉里の両名。
つたふべき　伝達せよ。
○**げに時の**　文の詞。
めいぼく　面目。名誉。
此道のほまれ　歌道における栄誉。
あたらしうて　惜しい

〻《と》ぞおもひ侍《はべ》る。くはしうは、なを《ほ》、すけゆきなむ申侍《まうしはべ》るべき」など。くりかへし。わたくしには、こまかにてあり。

げに、ありつるさま。いとあらまほしう、すけゆき、御物《もの》がたり聞《きこ》ゆ。君《きみ》、「いと、あまりかしこくもあるかな。たればかりのきはにか、か〻るめいぼく〔は〕ありなむや。めづらかにかしこし、とは。これをやいふらん。」など、のたまはす。

かのたまもの。あまた〻《た》び。いたゞき申《まう》させ給《たまふ》。父君《ちちぎみ》には『三部《さんぶ》抄《せう》』。『小倉百首《をぐらひやくしゆ》』は侍従《じじゆう》の君《きみ》になむ、たまはせたり。まづ、やがて、御かしこまり、まめやかに申《まうし》たまふ。奉《たてまつ》り物《もの》などあるべけれど。これはあとより物《もの》すべく、とおぼしさだめて。まづ御文ばかりぞ、たひ《い》まつりたまふ。

伝奏《てんそう》の人々《ひとびと》、此頃下《このごろくだ》りたも《ま》ふに。中院中納言《なかのゐんちゆうなごん》通躬卿《きやう》は。院《ゐん》の御使《おつかひ》にておはしぬ。これは、今《いま》の世《よ》に、やまと歌《うた》のみちにとりても。とりわきたる家《いへ》の子《こ》にて。世《よ》の中《なか》、したひきこゆるもの、あまたありけり。こなたにも。かねて心よせ聞《きこ》え給ひて。さるべきおり《を》〳〵《をり》、

ので。

すけひさの朝臣　入江相尚。

新大納言　仙洞御所の女官。

たまもの　賜物。ほうび。

をのが身　紹介した私、正親町公通としても。

すけゆき　鴨祐之。

わたくしには　私信の方では。

たればかりのきはにか　どんな身分のひとが。

いたゞき　頭上にささげて拝戴する。

父君　吉保。

侍従の君　吉里。

やがて　すぐに。

いひかはさせ給《たま》ふこと、年頃《としごろ》なり。かく、下《くだ》り給《たま》ひぬときこしめして。おまへの桜《さくら》の。いみじう。さかりなるをお《を》りて。つかはしたり。かしこには。みぎひだりに、ことしげくおはする頃《ころ》なりけれど、こなたよりと聞給《ききたまう》ふて。やがて御うたあり。

　わきて猶《なほ》あかずぞむかふ手折《たをり》つるこゝろもふかき花《はな》の一《ひと》えだ

となむ。御返《かへ》りは、いかゞ有《あり》けむ。きかざりつれば、かゝず。御おくりものも、あまたつかはしたまふべし。おほやけ事《ごと》おほくさしつどひて。こよなき御いとまなさなめれど。れいの、お《を》かしきふしは、先《まづ》おもひいでられ給《たまふ》。又、その頃《ころ》、おまへの花《はな》にそへて。再昌院法印《さいしやうゐんほふいん》のもとへ、つかはし給ふ。

　世《よ》に匂《にほ》ふ花《はな》には花《はな》の傍《かたはら》のみ山木《やまぎ》ながらを《お》くる一《ひと》えだ。

御返《かへ》し。

　紅《くれなゐ》の千《ち》しほにぞますこゝろざしふかくそめつゝお《を》りし一《ひと》えだ。

また其外《そのほか》にも。おなじ御歌に花《はな》そへて給《たま》はりつゝ、返し奉《たてまつ》るうたの、心ばへとり〴〵なるを。御《ご》らんじくらべて。いみじうけう《きやう》ぜさ

かしこまり　礼言。

○**たひまつり**　奉る也。

伝奏　天皇・上皇に対して事物をとりつぎ伝える宮中の役人。

中院中納言通躬　父通茂は古今伝受の継承者。通躬自身も歌学・有職にすぐれた。

年頃　多年になる。

［二七二頁］

再昌院法印　北村季吟。

すけゆき　鴨祐之。

○**花のかたはらの深山木**　源氏の詞。

深山木　源氏物語・紅葉賀に、光源氏の美しさを花に、頭中将を深山木として及ぶべくもないことをいう。

せたまふ。かのすけゆきなどもよみたりけり。みな、心〳〵《こころごころ》のかしこまりなど申《まうし》けれど、むげにけを《お》されて。「たちならびては。これ社《こそ》げに、花《はな》のかたはらの深山木《みやまぎ》にさむろ《ら》ふなれ」と。おまへにて申せば、いみじうわらはせ給ふ。

まこと、此《この》たび院《ゐん》へ奉《たてまつ》らせたも《ま》ふ物《もの》は。いとうつくしう、お《を》かしきまきゑしたる御すゞり箱《ばこ》。御料紙《れうし》の箱なり。侍従《じじゆう》の君《きみ》は鈍子《どんす》なり。すけひさの朝臣。新大納言《しんだいなごん》のつぼねなどへも、御を《お》くりもの、かず〳〵なり。大納言どのへも、あやなどとり〴〵につかはし給《たま》ふ。左京大夫侍《さきやうのだいぶはべ》る頃《ころ》にて。何《なに》くれと、家人《いへびと》にくはゝりつゝ。こゝろをそへてつかふ《う》まつれり。

「いで、いかばかりのことをなし聞《きこ》えたりとも、いともかしこき御めぐみは、つきせずおもふ《う》給《たま》へられ侍《はべ》れど、いさゝか。かしこまりのしるしになむ。奉《たてまつ》るにこそ侍《はべ》りけれ。よく〳〵そうし給《たま》はるべく」などのたまひつかはす。

此春《このはる》はじめて。院《ゐん》より御すゑひろ、かうむりのかけをなど給《たまは》りた

院へ　霊元院に対する進物。
侍従の君　吉里よりの進物。
すけひさ　入江相尚。
新大納言のつぼね　院御所の女官。
大納言　正親町公通。
あや　綾織物。
左京大夫　鴨祐之。
○**いで**　文の詞。
かしこき　畏れ多い。
めぐみ　霊元院の恩恵。
おもふ給へられ　思われますが。
よく〳〵そうし　くれぐれもよろしく奏上して。
すゑひろ　扇子。
かうむりのかけを　冠

れば。そのかしこまりとて。又《また》とりわき、あややうのもの、あまた奉らせたもふ。これも。このたびしたゝめて、つかはしたり。

さるは、今《いま》の世《よ》に、たれも〳〵たぐひなしとおもひ聞《きこ》え奉りたるは。たとへもありなむ。いと、かくあまさかるあづまぢより。はる〴〵雲《くも》のうへまで。心《こころ》ことにおもはれ奉らせ給《たま》へる。今《いま》さらにこよなき御さかへ《え》になむ。さるは、御心を《お》きてのいみじう。かつは。和《わ》歌《か》の道《みち》お《を》かしうもてはやし給《たま》へれば。かへす〴〵えいかむありて社《こそ》。ことにふれてためしなき事《こと》も。かくは侍《はべ》りけめ。

いとしも、物《もの》ほめがちなりと。こゝろしらぬ人は猶《なほ》こそいひしらふらめど。いで、ちかくめでたしとみきゝし事を。いへばえに、いかゞはせん。さいへど。はた、こゝろあさく。ことさらめきてやきこえんとおもへば。たゞこのふでのみじかきぞくちお《を》しきや。

やよひつごもりには。年号あらたまりて。宝永元年《ほうえいぐわんねん》とぞいふ。過《すぎ》つるとしの大《おほ》なゐふりなど。いみじきものゝさとしにや、など。都《みやこ》にてもおどろき聞《きこ》しめして。かくさたせられけるなるべし、とぞ。

の懸緒。

あまさかるあづま　天離《さか》る東。都から空遠く離れた関東の地。

えいかむ　叡感。天皇(上皇)が感心すること。

物ほめがち　本書の書きぶりが吉保を賞めすぎであると。

いひしらふ　言い合う。

○**いへばえに**　「いへばえにいはねばむねにさはがれて心ひとつになげくころかな」いはんとすればえうち出《いで》がたきを云(新勅撰集)。

ふでのみじかき　表現力不足。

やよひつごもり　元禄十七年三月三十日、宝

いひあへりける。所々《ところどころ》の。御いのりなど・。天《あめ》が下《した》にありとある。寺《てら》〱《でら》。社〱《やしろやしろ》にて、とりわきものすべく・。仰付《おほせつけ》たり。こぞよりはじめたるも。今《いま》よりくはへさせたまへるも。大《おほ》かた世中《よのなか》にのこるまじうぞ有《あり》ける。御いのりのれう。あまた所《ところ》、よせさせたも《ま》ふ。世《よ》の中《なか》には。さるなごりもなく。花《はな》をお《を》しみ。春《はる》をしたひて。げ・に。つちくれをうちて。ちまたにうと《た》ふとかいひけんやうに。かみには、さるべき・ことも。たゞ民《たみ》のため。世《よ》のために。心《こころ》ぐるしうあつかひおぼさんともしらず、そぼれたり。

永と改元する旨が江戸において諸大名に披露された。朝廷では三月十三日に改元されたが、この間、空白がある。

○**大なゐ**　昨年の大地震。

○**さとし**　妖。天災《テンサイ》などを云。

いのりのれう　祈禱料。

よせさせ　吉保が寄進した。

○**つちくれ**　尭《ギャウ》の時、天《テン》下《カ》太平《タイヘイ》にて、民の壌《ツチクレ》をうちて帝の力《チカラ》いづくにかある、とうたひし事、列子《レッシ》に見えたり。

○**そぼれたり**　うちくつろぐ心也。又たはぶる〻心也。

十九　ゆかりの花　宝永元年春より冬にいたる

吉保様のすすめで、筆者も伊勢法楽千首の歌題で一千首を詠み、兄正親町公通公のもとへ送った。兄は、これをも霊元院の御覧に入れたところ、畏くも褒詞を下された。さらに願いにまかせて、特に良しとする五十首を廷臣に書かせて下さった。御礼状に添えて種々献上品をお送りする。

宝永元年四月十二日夜、将軍家の鶴姫様が夭逝された。十五日に増上寺で葬儀。吉保様も大そう大事にされていたので、将軍ともどもも悲嘆にくれる。

吉保様が院の和歌添削を受けているのにならって、九月、吉里君も加点を願い出て、和歌に精進する。

一方、中国伝来の『素書』に国語の解釈をつけて普及させようと、家中の学者達を指図して制作していたのが、十二月一日完成。吉保様自ら序文・跋文を書く。

章題は吉保が筆者に与えた詠歌から摘出したもの。

こそ、千首《せんしゅ》の歌《うた》よませたまふ《う》げる頃《ころ》。あけくれ、おまへにて見《み》奉《たてまつ》りて。これは、かれは、など申《まう》せば。おまへにのたまはするやう。「いで、あな、かたしやと、おもひなむは。さしもあれど。を《お》のづからいひもてゆけば。さいへど、またよみはたすべき事《こと》の。いとくるしかゝべいほどにもあらず。いにしへより。これかれ、まれ〳〵にいひつたへたるは。わづかなる日《ひ》数《かず》などにこそありけれ。それも、はた、かぎりあれば。大《おほ》かたのうたざまなど。さのみかゝづらひ。いかですぐれたるふしをそへんとしたるにもあらずぞあるべき。されど、常《つね》のこゝろがけ。を《お》ろかならざらむ口《くち》つきは。を《お》のづから、とく筆《ふで》にまかせたるうちにも。ふとお《を》かしきふしの、中〳〵《なかなか》、わざとよみ出《いで》たらむよりも。いみじうあはれなるさまもこそ、いで来《く》れ。さるべき千首《せんしゅ》どものうちなど、みな、さこそみゆるかし。近《ちか》頃《ころ》、院《ゐん》のうへの。伊勢《いせ》法楽《はふらく》の千首《せんしゅ》などをみるにも。院《ゐん》の、さばかり御上手《おじやうず》にて。ゆるしなく、くはしき御えらびにてだに、大《おほ》かたのあやまりなからむやうをのみこそ。物せさせ給《たま》ふ《う》げれ。院《ゐん》は、かけて

こそ　元禄十六年。
千首　吉保が霊元院の大神宮法楽千首と同題で千首和歌を詠んだこと。
あけくれ　明暮。
おまへにて　吉保の側で。
これはかれは　あれこれと意見を。
○**かたしや**　よみ終る事のかたしや也。
○**さしも**　さやうにも也。
まれ〳〵に　珍しいこととして。
わづかなる日数　短時日のうちに詠み終えた例をいうのであろう。
○**はた**　将又也。
うたざま　一首のでき

も聞《きこ》えさせず。さるべき家《いへ》の人々《ひとびと》たちなどの。今《いま》の世《よ》には、きはことにおもひたる。それかれをのぞきて。これはしもと、心《こころ》ゆくばかりめでつべきは。いくばくかあらむ。

されば、それをひとりしてよみそろへんとおもはんは。いとかたかゝなるや。すべてたゞ、お《を》かしきも、あはれなるも。また、なを《ほ》ざりならむも。口《くち》にまかせて。大《おほ》かたのさま。難《ナン》つくまじきをぞ、とり所《どころ》にはせめと。おもひとりてなむ。よむなり。かくいひ〳〵て、つゐ《ひ》にはみちてん。よみてこゝろみむや。題《だい》など、いとおもしろく。めづらかなるを」など。のたまはするに、さもや、とおもひなるも。いとかたはらいたけれど。「みことばにまかせ侍りてなむ」と聞《きこ》えさせつ。

さて、題たまはりて。すこしづゝよみ侍《はべ》るほどに。月日《つきひ》へて。大《おほ》かた、よみはてたり。何《なに》かは、かきとゞめむも。ことなし草《ぐさ》の、かひあるまじけれど。はま千鳥《ちどり》、行衛《ゆくへ》しらずなどは。さすがにいかにぞやとおもふ心《こころ》もありけり。を《お》のがこゝろに。いとおほけなしや、

ばえ。

常のこゝろがけ　普段から和歌に深く打ち込んでいれば自然に詠みぶりも。

中〳〵　速吟で読む時の方がかえって、一首に慎重にとりかかる場合よりも。

院のうへ　霊元院が詠んだ。

伊勢法楽の千首　前出。「伊勢大神宮法楽千首和歌」。元禄十四年九月二十四日、奉納。

ゆるしなく　厳格にわずかな誤りをも見逃さず。

くはしき　詳密細心の。

——(以下二九一頁)

など。ものせしことを。おもひのほかに。うれしく。しはてつとおもふ心もなどかなからむ。「いせなどにやお《を》さめ奉《たてまつ》りてまし」など、こゝろひとつにおもひみだるゝも。かつはおこ《を》がましうあるや。

おまへにも。御らんぜさせつるに。「いとよくこそしたりけれ」などほめさせたまふ。しかぐゝなむおもひ侍《はべ》ると。きかせたまひて。「いで、これぞまづ、せうとの御もとへ、つかはし給《たま》へや。とてもかくても。かしこのさだめこそよからめ。歌《うた》がらのよしあしなど、わいだめなんも。かの大納言《だいなごん》の、さる心《こころ》ばへ、あきらかにものしたまはんかし。かつは。めづらかに。いみじと、人《ひと》もおもひつべきことを。こゝながら、きよき玉藻《たまも》うづもれなむは。いと口《くち》お《を》しきなり」など、のたまふ。

いでや、はづかしう、ことよくものたまひなすかな、と。心《こころ》には思《おも》へど。又《また》、げに、かしこにつかはしてものせんも。なにかは、こと人《ひと》のやうに。はゞかりやすらふべきにもあらず、など、おもひなる。

しはてつ　やりおおせた。
いせ　伊勢神宮。
こゝろひとつ　自分の心の中で。
しかぐゝなむ　伊勢神宮へ奉納したいと考えている。
せうとの御もとへ　兄である正親町公通の所へ。
かしこのさだめ　公通卿の判断。
○**わいだめ**　善悪をわくるを云。
こゝながら　このまま。
ことよくも　うまいことを言って。
かしこ　公通卿の所。
こと人　他人のように。

おまへにも、かくのみのたまはするなれば。やがて、あらためかきて、つかはしつ。かくて月日《つきひ》も過《すぎ》ぬ。

此《この》ごろ、かしこより、「いで、さばかりのことを、いみじうものしたまへるかな。これをたゞにやは。いとほいなかるべければ。さばれ、かしこけれど。おなじうは、かひあるさまになしてばや、などおもひさだめて。此頃《このごろ》、院《ゐん》の上《うへ》へなん。御《み》けしきのつゐでに。そうしたるに。『いづら、めづらかなり。かゝる事《こと》は。又《また》おほくやはある。さは、われみはやさむなり』など。御《み》けしき、み奉《たてまつ》りて。やがてたてまつりて。御覧《ごらん》ぜさせつるになん。くりかへし、かんじ下《くだ》されて。ながく官庫にとゞむべきよし。おほせらるゝにこそあれ」と。いひを《お》こせ給へり。

「あなかしこ」といふほどこそあれ。そのお《を》りのこゝろは、何《なに》にかはにん。いと、あまりおほけなきことゝ《と》。かゝることは、かけても聞《きこ》えざりつるを。うれしうも。めづらかにも。かしこくも。はづかしくも。いとたぐひなし。

はゞかりやすらふ　遠慮してためらう。**おまへ**　柳沢吉保。**あらためかきて**　清書して。○**いで**　文の詞。○**さばれ**　さもあれ也。○**いづら**　俗にどれなどいふ体の詞也。○**みはやさむ**　古今「足引の山辺に咲ける(山高み人もすさめぬ)桜花いたくなわびそわれみはやさむ」。**かんじ下されて**　感心して下さって。○**あなかしこ**　あなおそれ多しといふ詞。

［二八〇頁］

しるしなき　霊元院が本当に感心してくれた

猶《なほ》、いとかしこけれど、さる事《こと》の御しるしなき事《こと》を、うれへ申《まうし》ければ。そうし給《たまひ》しにや。御感《ごかん》のあまり。千首のうちより。御心《みこころ》にかなひたるをば。五十首えらばせ給《たま》ひ。人《ひと》にかゝせて下《くだ》し給《たま》ふ。新大《しんだい》納言《なごん》の御つぼねより。奉書《ほうしよ》くだりて。いと御《み》けしきのほどゝ《と》きこゆ。猶《なほ》はた、御感のしるしなりといふことにて。さるべき公卿《くぎやう》のかきたまへる、八景《はつけい》のうたなど、くだしたまはす。おまへにも、いとたぐひなしとのたまふ。

此《この》かしこまり。奉書《ほうしよ》のかしこさなど。たてまつり物、めづらかなる絵《ゑ》をさゝぐ。とりもちたまへるかた〴〵に。を《お》くり物《もの》なども、し侍《はべ》りき。そのお《を》りのこと、なにやかやと、いとおほかり。

さてもなを《ほ》、われぼめをして。をこがましうも、いひなすかなと。人《ひと》もおもはむほど。はづかしう。うしろめたけれど。なにかは、を《お》のがいとかしこしとおもひしみにしを。さのみまねびたてんも、つみえうまじうなむ。さるは。松かげの、たぐひなきにもよりけむかし。

という証明となるものがない。

うれへ 心配して兄公通に訴えた。

そうし 霊元院に奏上して。

新大納言の御つぼね 院の御所の女官。

奉書 院の言葉を伝える書。

八景のうた 未詳。

おまへ 柳沢吉保。

たてまつり物 献上品。

めづらかなる絵 未詳。

われぼめ 自慢話。

つみ 罪。

えうまじうなむ 受けることはまずあるまいと思う。

松かげ 松平(徳川)家

この頃《ごろ》、おまへちかき藤《ふぢ》の花《はな》ぶさの、いとながきにつけて、たまはせたり。

咲藤《さくふぢ》のゆかりとならばかけてみよ花《はな》のしなひのながきちぎりを。

いで、さしすぎたれど。

藤波《ふぢなみ》にかけてもうれし言《こと》の葉《は》の花《はな》のゆかりのふかき契《ちぎ》りは。

など、まめやかに聞《きこ》えつ。

お《を》しめども。春《はる》のかぎり、はかなくくれて。卯月《うづき》にもなりぬ。鶴姫君《つるひめぎみ》の、日頃《ひごろ》あつしくおはしますが。此《この》ごろとなりては。いと、くるしうのみせさせ給《たま》へれば。こなたかなた、御心《おこころ》などはしたまふ。○御所《ごしょ》には、とりわきおどろきおぼしめして。いみじうこゝろもとながり聞《きこ》えさせたまへれど。かぎりあれば。いといぶせく、わりなきことゝ《と》おぼすべし。こなた、れいのうしろみだちて。日ごとにまい《ゐ》りたまひて。何《なに》くれのこと、あつかひ聞《きこ》え給《たまふ》。御所《ごしょ》にも、たえずこまかに中奉《まうしたてまつ》らせ給《たま》へば。これにぞ、又《また》、かたへは。うしろやすく、御心《おこころ》やすまりぬべし。

のご威光が比類のないこと。底本頭注「此書の題、是によれり」。
藤のゆかり　町子の正親町家が藤原氏の一族である事。
さしすぎ　出すぎ。源氏詞。
卯月　宝永元年四月。
鶴姫君　綱吉長女。
あつしく　病状が悪く。
○**いぶせく**　心もとなき心。
こなた　柳沢吉保。
うしろみだちて　おもりする役として。
［二八二頁］
こゝにも　柳沢吉保としても。
おりたち　立ち入って。

かくいひ〳〵て、日数《ひかず》もすぎ行《ゆく》。御なやみ、なを《ほ》、いとたのもしげなくのみおはしませば。大《おほ》かた天《あめ》が下《した》のなげきなり。こゝにも、いとゞ御いとまなげに。おりたち。あつかひ奉《たてまつ》らせ給《たまふ》。

かゝるほどに。十二日の夜《よ》中《なか》ばかり。にはかに、「いと御《み》けしきかはらせたまひぬ。とみにおはしますべく」と。かしこより御せうそこきこえたり。こはいかにと。きゝおどろきたまふ《う》て。御馬いそぎ奉《たてまつ》りて。とりあへず、まい《ゐ》らせたも《ま》ふ。なにくれとして。いたう夜《よ》ふけぬ。十二日の月はいりて。みちのほどいとたど〳〵しきに。まして。こゝろいられしたまへば。つねよりは。いとゞほど遠《とほ》き心《ここ》地《ち》して。まどひいそがせ給ふ。

いそぎこし使《つかひ》につれてのる馬《うま》のくらき夜《よ》たどる道のはるけさ

など、よませたまひつるは。後《のち》にぞきゝ侍《はべ》りし。かしこにおはしつきたるに。はや、とくたえいらせたまひぬ。そこら、たれも〳〵、あしをそらにおもひまどへるほど。夢《ゆめ》の心地《ここち》して。あさましき事《こと》、物《もの》に似《に》ず。

十二日　宝永元年四月十二日没。二十八歳。
○**とみに**　にはか也。
おはしますべく　おいで下さい、と。
とく　すでに。
あしをそらに　あわてて。
いみじきこと　非常の際の蘇生術など。
けに　はっきりと。
かぎり　命の限。命終。
しるく　顕著で。
あるべきならねば　そうしてもおられないので。
たのみなき　見込みの無い。
いまは　とうとう絶命と。

おはしましても。猶《なほ》さま〴〵残所《のこるところ》なく。いみじきこと、しつくさせて。あつかひきこゑ《え》たまへど。けにかぎりの御有様《ありさま》はしるくて。やう〳〵かひなし。かくのみあるべきならねば。まづ御所《ごしよ》にまい《ゐ》りて、申奉《まうし》らせたまふ。日《ひ》ごろも、いとたのみなきさまにのみ、聞奉《きき》らせたまへど。猶《なほ》、いかに〳〵と。おぼしわたりつるを。いまは、とおぼしなしたる。御心のやみ。おもひやるべし。つねなきならひは、こゝら世《よ》を聞《きく》が中《なか》にも。これは、今《いま》の世《よ》にやむごとなき御いつきむすめにおはしまして。含章《がんしやう》の春の夕《ゆふ》べには。のきばの梅《うめ》のはなのよそひ、ならびなし。秦楼《しんろう》の物《もの》の音《ね》すみわたりて。雲《くも》ゐをかけるあしたづも。を《お》のがよはひをこそ、ゆづりたてまつりつれ。はかなき〔あしたの露《つゆ》、かけて聞《きこ》え奉《たてまつ》るも、あさましうなん。

こなたは、あかつきにぞ。まかで給《たま》ふ。むかしより、よとゝ《と》もに、大小《だいせう》のこと、かしづき聞《きこ》え給《たま》ひて、人《ひと》よりことに、御心《こころ》やすきものにおもほし、御なやみの日《ひ》ごろも、を《お》ろかならず、つきそひ給《たま》へりし事《こと》など、いもねず、つく〴〵とおぼしつゞけて、かなしう、むね

つねなきならひ　諸行無常。

○**こゝら**　おほく也。後撰「こゝら世をきくが中にもかなしきは人のなみだもつきやしぬらん」。

いつきむすめ　愛嬢《ムスメ》。

○**含章**　宋武帝の女、寿《ジユ》陽《ヤウ》公主《コウシユ》と申せし人、含章宮のほとりにふし給ひしに、梅の花、公主のひたいに落たりしに、其あと花のかたち有。是《これ》をはらへども、きえざりしが、後これをまねびて梅花粧といふけはひをなせしと侍り。

――(以下二九一頁)

ふたがる心地《ここち》し給《たまふ》。つとめて、ほとゝぎすのなくを聞給《ききたまう》ふて、

　折《をり》しもあれかゝるながめを郭公空《ほととぎすそら》にしりてやなくねそふらん

いみじうかなしき事《こと》におぼしたるも、ことはり《わ》になん。御所《ごしょ》には、かけても聞《きこ》えさせんやは。五《ご》の丸《まる》におはします御母君《ははぎみ》などは、たちもあがり給《たま》はず。所〳〵《ところどころ》にも、きゝおどろかせ給《たまう》ふて、御とぶらひ、ゆきちがひて、あかずおぼしなげきたるさま、今《いま》さらあたらしき御身なり」けり。御むこ君《ぎみ》は。紀伊中納言殿《きいのちゆうなごんどの》なり。かたみにやむごとなき御なからひにて。年月《としつき》、わかくさかりにあらまほしう、千代《ちよ》とちぎりて。おぼしかはしたるに。にはかに、から、をくれ《お》奉《たてまつ》りたも《ま》ふ。御心《こころ》のうち、いみじとおぼし入《いり》たるほど、いへばさらなり。玉《たま》のありかは。しでの山《やま》ぢもたづぬべくなむ。おもひあくがれたまふ。

ふつか、みかありて。増上寺にゐて奉《たてまつ》りて。御はうぶりよりはじめて。さるべきこと。いみじう、かぎりなくせさせ給《たまふ》。さるは、この夜《よ》のさほう。御所《ごしょ》よりせさせ給へれば。こなたかなたの、御をく《お》りの人々《ひとびと》まいり《ゐ》こみて。所《ところ》せきいかめしさもことはり《わ》に、かゝるか

かけても　決して。
聞えさせんやは　郭公の声を聞かせてはならない。
五の丸　江戸城内大奥のお伝の方が居住した所。
母君　鶴姫の生母、お伝。
○**あたらしき**　あつたらと俗にいふ詞也。
紀伊中納言　徳川綱教。
○**かたみに**　たがひに也。
やむごとなき　深く思う。
なからひ　間がら。
○**千代とちぎり**　後撰「きのふまで千代と契りし君をわがしでの山路にたづぬべき哉」。

ぎりのたびならずはと、これにぞ。いとゞいみじうかなしきことに、お《を》しみ奉《たてまつ》る人々おほかり。

さばかりのいかめしさなれど。御わざなどはつるまゝに。人々まかりあがれなどして。かぎりあれば、やう〳〵あかつきちかくなりて。夜《よ》あらし、こゝろすごくひゞきたり。かゝる所《ところ》に。さばかりの御ありさまを。すてを《お》き奉《たてまつ》らむことの。さらぬわかれながら。いまさらに。心《こころ》うくかなしき事と。御を《お》くりの人々はおもふ。

つとめて。こなたにも。わか君引《ぎみひき》ぐしつゝ、参給《まゐりたまふ》。香典《かうでん》など、さるべきにて、奉《たてまつ》れたまへり。所々《ところどころ》の御とむらひ、又《また》いへばを《お》ろかなり。世《よ》の中《なか》にそこらの君《きみ》。あるかぎり、御寺《みてら》にまうで、御所《ごしょ》にも御とむらひ申奉りなど、ひごとにゆきちがふさま。大《おほ》かた、此頃《このごろ》のひゞきになむ。七日《なぬか》〳〵《なぬか》、又《また》あはれにて過《すぎ》ゆく。

さるは、かの中納言殿の。さる御なからひのほど、とりわきまめやかに。のち〳〵の御わざ、あはれに、さるべきかぎりをつくさせ給《たま》ふ。などかかたみの、とつきせずなげき給《たまふ》。五《ご》の丸《まる》などには。日《ひ》

玉のありか　霊魂の在り所。
増上寺　江戸の芝にある浄土宗の本山。三縁山。
○**ゐて**　将字。
はうぶり　葬儀。
○**さほう**　作法。
○**わざ**　法事の事をいひ侍り。
○**あがれ**　わかれ也。
○**つとめて**　翌朝。
こなた　柳沢吉保。
わか君引ぐし　吉里を連れ。
そこらの君　ある限りの大名たち。
七日〳〵　七日目ごとの法事。
かの中納言　徳川綱教。

をふれど。猶《なほ》つきせず、おぼしまどふ。

人《ひと》ひとりが、おほくしもあらぬに。かういみじき御さかへ《え》のまさらせたまふにつけては。たゞ此雲《このくも》がくれをぞ。うはの空《そら》なるなげきには、し給《たまう》ふげる。こゝよりも、今《いま》はかひなきにて。おぼしなぐさむべく、とぶらひたてまつらせ給事《たまふこと》たえ〔せ〕ず。かの女郎花《をみなへし》かれにし野《の》べにすむ人々《ひとびと》などの。おもひ入《いり》たるさま。あはれに、かなしうなむ。

御はてなどすぎて、今はと、ゆきあがれなむとするに。みづから。を《お》のがどちのわかれさへそひて。いとゞ舟《ふね》ながしたる心地《ここち》、いはんかたなし。あまなどにも、いとあまたなりたり。さるは、かなしきにも。中〳〵《なかなか》、わかれ奉《たてまつ》りし御《み》かげ、たのもしきかたも有《ある》を。たゞ、このうき舟《ふね》どもぞ、かぎりあれば。さることもえせず、と。おもひなげく。されどたゞよはしからず。さるべきさまにものすべく、など。御所《ごしょ》にものたまはせて。こなたの、ことさらに御心《こころ》をそへたまへれば。大《おほ》かたねがひ〳〵のまゝにうつろひゆきたり。

○**まめやか**　真成と書。
○**などかかたみの**　後撰「たねもなき花だにちらぬ宿もあるをなどかかたみのこだになからん」。
五の丸　お伝の方、綱吉の側室。

人ひとり　たったひとりの人間のことを。
おほくしもあらぬに　わずかにひとりなのに。
かういみじき御さかへの　吉保のようないま栄花を享受している人間には。
たゞ此　わずかにこのたびのような。
○**雲がくれ**　雲隠とは逝

年月《としつき》、かぎりなき御ありさまを。玉《たま》のうてなにかしづき奉《たてまつ》りしを。なごりなく。かはり行世《ゆくよ》のさま。かへすぐ〱かなしくて。涙《なみだ》の露《つゆ》のきえかへりなげきけん、おもひやるもあはれになむ。暮《くれ》がたき夏《なつ》の日《ひ》ぐらしも、いとまなく過《すぐ》させ給《たま》ふ。

秋にもなりぬ。十五夜《じふごや》には、れいの御歌《おうた》あり。さべき人々《ひとびと》、みなつかふまつれり。兼題《けんだい》は、なし。みな、当座《たうざ》ばかりをなむ、さぐりてよみける。君《きみ》、「寄月眺望《つきによするてうばう》」。

風《かぜ》わたる浦《うら》は《わ》〻《は》霧《きり》の海《うみ》はれて月《つき》をみ舟《ふね》のなみの遠《をち》かた

侍従君《じじゆうのきみ》、「月前鶉《つきのまへのうづら》」。

深草《ふかくさ》やあれにし床《とこ》に伏鶉《ふすうづら》なく声《こゑ》さびし露《つゆ》の月《つき》かげ。

など、よませたまふ。御としは、まださばかりなれど。いみじうこのみたまひて。つねにいとよき御歌あまたよませ給ふ。

院《ゐん》の勅点《ちよくてん》の後《のち》。きみは、お《を》り〱《をり》十首、二十首のうた、奉《たてまつ》れ給《たまう》ふて。御点《おてん》からうむらせたまふこと。つねになりぬるを。此頃《このごろ》や。侍従《じじゆう》の君《きみ》にも、はじめて。奉《たてまつ》り給《たまう》ふてげるに。〔ねがひのま〻に〕ことな

去の義也。万葉に「すめろぎのみことかしこみおほあらきの時にはあらねど雲がくれます」。

うはの空なるなげき　一天を覆うような悲嘆。

こゝよりも　当柳沢家から。

○**女郎花**　女のことをいひ侍り。歌にもあまた女の事によみ侍り。

おもひ入たる　嘆きに沈んでいる。

○**はて**　四十九日也。

○**あがれ**　わかれ也。

みづから　各自が。

——（以下二九一頁）

りにけり。よとゝ《と》もに御心《こころ》とゞめさせ給《たま》ふに。かゝるかしこき事《こと》さへそひにたれば。いよ〳〵御心にしめておぼしたり。あやしうすき〔申し〕たまふしるし、を《お》ろかならずこそありけれ、など。君《きみ》ものたまふ。

おまへには、年頃《としごろ》、やまとうたはさらにて。御学文《がくもん》のかたも、きはことにおはして。さらに、みち〳〵のことおこさんの御心《こころ》ざしあれば。おもふさまにさかへ《え》まさせたまふにつけても。ふるきふみ。記録《キロク》やうのものまで。あるは。えらばせ給《たま》ひ。又《また》もとによりて。たゞしあらため。注《ちゆう》などせさせたも《ま》ふも、いとおほくありけり。

むかし、もろこしにて。張良《ちやうりやう》と聞《きこ》ゆるが。下邳《カヒ》といふ所《ところ》にて。黄《クワウ》石公《セキコウ》といふ、あやしき人《ひと》にあひて。さづかりたるは、素書《そしよ》といふ文《ふみ》なりけり。それを、源判官義経《みなもとのはうぐわんよしつね》のかきたまひし一巻《ひとまき》を。いづれのときよりかつたはりて、御家に秘蔵給《ヒメオカセたまふ》。それは、国《くに》をお《を》さむるよりして。いくさの道《みち》など、いとあらまほしう。いでや、つはものあまたぐしたらむ大将《だいしやう》などの、心《こころ》もちひを、いとあきらかにかきたるな

よとゝもに　常住。絶えず。
心にしめて　心を傾けて。
おまへ　吉保。
学文　漢学。
みち〳〵のこと　諸道。
おもふさまにさかへ　思い通りに栄達することを得て。
えらばせ　新たに編集し。
張良　漢の高祖の功臣、三傑の一人。
下邳　かつて高祖が逃れた所。江蘇省邳県。
黄石公　未詳。仙人。
素書　黄石公の著とされる書物。
源判官義経　張良の説

り。さすがにあがりたる世のふみにて。いみじう、すべていやしきさまならず。こめき、うるはしうなむありける。

さるは、張良《ちやうりやう》が高祖《かうそ》をたすけて。ゐながら、はかりごとをめぐらし。千里《ちサト》のほかのたたかひを、まのまへにさだめあきらめけむも。此《この》ふみえたりしよりなむ、かくこそ〔は〕ありけれ、なども。いひつたへたゝめり。

これをあけくれ御《ご》らんずるに。げに、註《ちゆう》などくはへさせ給《たまう》ふて。のこさせたまはんに。御子《こ》の末〳〵《すゑずゑ》など。をのづ《お》から。あづさ弓、もとの心《こころ》あきらかに物《もの》しつべきになむあると。おぼしなりて。此頃《このごろ》、注《ちゆう》つくらせ給《たま》ふ。まんなのことぐ〳〵しきは。をのづ《お》から、みる人《ひと》も屈《クツ》し、痛《イタ》くこそあれ。とてもかくても。あまねくみて、心《こころ》えざらむは、口《くちを》おしきわざなり、とて。かんなにてぞ。かゝせ給《たま》ふ。まなの序《じよ》、跋《ばつ》などは。さいへど、いとおもく〳〵しう。かきつゞけたまへり。

ちかくさぶらふはかせども、あまためして。猶《なほ》まめやかに、たゞさせ給ふほどに。冬《ふゆ》になりて、ことなりぬ。『素書国字解《そしよこくじかい》』とぞ、

話と源義経もののつながりは御伽草子『判官みやこばなし』などに見られる。

御家　柳沢家。

○**あがりたる世**　上代を云。

○**こめき**　大きなる義。義理の鎖細《サイ》ならぬを申侍り。

うるはしう　端麗で。

○**張良が高祖を**　史記「高祖曰《イハク》、夫《ソレ》、籌策《チウサク》ヲ帷帳《イチヤウ》之中ニ運《メグラ》シ、勝《カチ》ヲ千里ノ外ニ決スルニ、吾、子房ニ如《シカ》ズ」といふ詞をもて書侍り。

此ふみ　素書。

——(以下二九二頁)

名《な》づけさせたまふ。わか君《ぎみ》たちへは、ことにかゝせて、まい《ゐ》らせ給《たま》へり。これ、はかなきものなれど。を《お》のづから、家《いへ》のお《を》のこどもは。かならずしるべき心《こころ》ばへおほかれば。さるべきひじりのいひおかせたまへるふみにこそ、くらぶまじけれど、かう、のこしおかんに。さるすぢはおぼつかなからずなむ有《ある》べき、などお《を》しへきこえさ給《たま》ふ。家司《けいし》なども、みなうけ給《たま》はりにけり。げに国《くに》をお《を》さめ。人《ひと》をくゞませ給《たま》ふ御心《こころ》ばへ、なを《ほ》ざりにては、いとかたかゝなるを。かやうのことを。御心《こころ》にしめさせたまふ、ことは《わ》りになむ。かくいふも。れいのなま心《ごころ》えして。なにの女《をんな》のさかしらとや。

○**さるべきひじり**　孔孟のごとき聖人也。

家司　家中の主なる役人。

○**さかしら**　かしこだてと申詞。

○**とや**　とかやと云詞也。

（二七六、七頁の続き）

御えらび　御よみの歌。

物せさせ　心がけて。

かけても聞えさせず　全く論及することはしないが。

さるべき家の人々　歌の家として誰も知る家の人々。

きはことに　特別に詠み手と認められる。

それかれ　誰や彼や。

心ゆくばかり　満足できる。

めでつべき　賞讃に値する。

とり所に　とりえとして。

つゐにはみちてん　いつか完成するだろう。

よみてこゝろみむや　試《ため》しに千首詠んでみないか。

のたまはするに　吉保が筆者町子にすすめるので。

さもや　そうかもしれないな。

おもひなる　考えるようになった。

かたはらいたけれど　われながら途方もないことをと思うが。

みことば　吉保の言うとおりに。

題　千首和歌の歌題。

ことなし草　歌語。シノブ草の異称。「甲斐なし」を導く。

○**はま千鳥**　古今「わすられん時しのべとぞ浜ちどりゆくゑもしらぬあとをとゞむる」。

○**おほけなし**　及ばれぬ事をいひ侍り。

（二八三頁の続き）

○**秦楼**　秦《シン》の穆《ボク》公の女《ムスメ》、弄玉《ラウギョク》のすみたる所を秦楼といへり。笙を吹たる事もあり。列仙伝にあり。

こなた　柳沢吉保。

○**いもねず**　夜をねぬ事也。

（二八六、七頁の続き）

をのがどちのわかれ　死者との別れに加えて互い同志の別れまで加わるので。

○**舟ながしたる**　七条の后のうせ給ひし時、伊勢がよみし長歌に「年へてすみしいせのあまも舟ながしたるここちして」と侍り(古今集)。

○**あま**　尼なり。いせが長歌によりかく申侍り。

○**うき舟ども**　尼にもならぬ外の人々也。
○**たゞよはしからず**　人々のうへをもさまよはぬやうにとの義也。
こなたの　柳沢吉保が。
年月　長い間。
かぎりなき御ありさま　鶴姫の、この上なく恵まれた生き方。
玉のうてなに　この上なく裕福な身分にある。
かしづき奉りし　お仕え申し上げていたのに。
○**暮がたき**　いせ物語「暮がたき夏の日ぐらしながむればそのことゝなく物ぞかなしき」。
十五夜　宝永元年八月十五日。
兼題はなし　「当座会。探題」(兼当和歌集)。
君　吉保の詠歌。和歌は、第二句・第五句は添削が加えられて本書に入る。
侍従君　吉里の詠歌。第一句・第二句が添削されている。

御としは　吉里の年齢のこと。十八歳。
院の勅点　昨元禄十六年に霊元院の批点をはじめて受ける。
きみ　吉保。

(二八九頁の続き)

あづさ弓　「もと」を導く枕詞。
おぼしなりて　考えるようになられて。
あまねく　たくさんの人が。
かんな　仮名。
まな　漢字。漢文。「宝永甲申冬十二月朔日」付の序と跋が漢文で残る(楽只堂年録)。
○**はかせ**　博士。
たゞさせ　研究させ。
素書国字解　荻生徂徠の著として写本と明和六年刊本が伝存する。

二十　御賀《おんが》の杖《つゑ》　宝永元年冬より春にいたる

宝永元年十二月五日、将軍の後嗣として、綱吉公の兄君の子である綱豊様が天下に披露された。二十一日、御三家以下諸侯が、綱豊様にご挨拶申し上げる儀式があり、多数の献上品が運ばれた。儀式のあとで将軍の所に招かれた吉保様父子に、これまで綱豊様の領地であった甲斐の国を与えると言い渡された。

宝永二年は将軍六十歳の祝賀の行事に始まった。工夫を凝らしたすばらしい献上品や祝いの和歌など覚えきれないくらいであった。甲府への移居の準備が川越で始まり二月十九日には正式に甲府城を受け取る式が行われた。川越城は秋元但馬守に明け渡された。

三月には将軍の右大臣昇進や西の丸の綱豊様を将軍が訪問するなど、あれこれの行事がある。それでも吉保様はことしの六義園の桜を見逃すまいと、少しの暇を見つけてお出かけになるのだった。章題は、将軍の六十賀に吉保が献上した白銀の杖をいう。

とし月《つき》、あめのしたうしろやすく。みな人《びと》もあかぬことなう。を《お》のがさま〴〵に、あかしくらすめれば。げにひじりの御世《みよ》とは。かゝるをやいふらむと。したひ聞《きこ》えさするに。御所《ごしょ》には。今《いま》まで御つぎのおはしまさぬを。いかなるにかと。上下《かみしも》あかぬ事《こと》におもひ奉《たてまつ》ること。かぎりなし。

はやう、わか君《ぎみ》一所《ひとところ》おはしましけれど。はかなくかくれさせたまひぬ。されど。猶《なほ》すゑとを《ほ》く。あまたまち見奉らん、とのみおもひ聞《きこ》ゆるに。やう〴〵御よはひなどつもらせおはしますにつけても。いまは、さるさだめ。まづせさせ給《たまふ》べくおぼしなる。

いにしへのひじりの道《みち》。まめやかにを《お》こなはせたまひ。もはら御みづから、よくあきらめおはしまして。なべての世《よ》こゝろやすく。おもはんことをぞ。何《なに》ごとにつけても。を《お》きてさせ給《たまう》ける。

かくて。甲府中納言君《かふふちゆうなごんのきみ》と聞《きこ》え奉《たてまつ》るぞ、御つぎにゐさせ給《たまふ》。今《いま》の世《よ》には、ちかきゆかりにて。さるべきうちにもとりわきて。やんごとなく。御つぎがねのやうにておはしませば。年《とし》ごろ大《おほ》かた物《もの》の心《こころ》ば

うしろやすく　不安もなく。
あかぬことなう　不足もなく。
ひじりの御世　聖代。
御つぎ　将軍職の継承者。
はやう　むかし。
わか君　徳松。天和三年、五歳で早逝。
よはひ　綱吉は宝永元年に五十九歳。
さるさだめ　後継将軍となる養嗣を決めること。
ひじりの道　孔子の道。
○**もはら**　もつぱら也。
なべての世　万天下。
甲府中納言　徳川綱豊。
今の世　現将軍綱吉。

へも、御一《ごいち》ぞうのなみにこえて。になく、もてなし聞《きこ》えさせ給《たま》へれば。かねてかうこそと。人《ひと》も心《こころ》よせ奉《たてまつ》ることにて。たかきもいやしきも。いみじう、さるべきことは《わ》りに、いはひ奉《たてまつ》れり。

しはすの五日《いつか》のほどなりけり。きはことに、いかめしきたびにて。そのお《を》りのぎしき、さほう《はふ》、おもひやるべし。御《ご》たいめんのうへにて。御さだめ申させ給程《たまふほど》。何《なに》くれと、あまたありけむかし。

御所《ごしょ》のおまへより。まかで給《たまう》ふて。にしの御所《ごしょ》に入《いら》せ給ふほどなど。御さきおひ、のゝしり。みちすがら所〳〵《ところどころ》かためなどして、いといみじう。にはかにかゝるべき物《もの》から。さる御《お》すくせのほど。さまことに。あらまほしき御ありさま、こよなし。

こなたに、とりわきて、おぼしあつかひ奉《たてまつ》らせ給へり。さるべき人々《ひとびと》など、あまたつけきこえさせたも《まう》ふて。むべ〳〵しうかしづき奉《たてまつ》らせ給《たま》へり。京《きやう》へも、御使《おつかひ》奉りて。つげ〔申《まう》〕させ給《たま》ふ。日光の御宮へもまい《ゐ》る。

又《また》の日、さるべき国《くに》のあるじ。つかさ〳〵《つかさ》。みな、まうのぼりて

ゆかり　綱吉の実兄である綱重の子。
さるべき　候補者の。
○**がね**　かねは其器量を申侍り。
○**一ぞう**　一族也。
しはすの五日　宝永元年十二月五日、諸侯呼出しの上、後継者として綱豊を告げ、伝家の宝刀亀甲正宗と来国光の脇差を、直接に与えた。
まかで　綱豊は一度自邸に下ったあとで。
にしの御所　江戸城西の丸。
こなたに　柳沢吉保としては。
おぼしあつかひ　配慮

祝《いは》ひ奉《たてまつ》るに。道《みち》もさりあへず。
　そのほど、又《また》なきいかめしさも。げにことは《わ》りになん。何くれのこと。かしこければ。くはしうもかゝず。
　日頃《ひごろ》へて、廿一日に。三家《さんけ》の君《きみ》をはじめて。うちとの殿原《とのばら》、すべてつかさ〳〵までみなまい《ゐ》り給《たまひ》て。とりわき御ことぶき申《まうす》。又《また》、にしの御所《ごしょ》はいし申給《まうしたまふ》。こゝらの君《きみ》たち。馬《うま》、くら、さうぞくまで。はれのたびと、よういしたり。
　こなたにも、皆打《みなうち》つれ、まい《ゐ》らせ給《たま》ふ。奉《たてまつ》り物《もの》など。きしきのまゝに、せさせ給ふ。御所《ごしょ》へは、れいの御かた〴〵、のこりなく奉《たてまつ》り物《もの》あり。めづらしげなきあやにしきなども。このたびはと。とりわきめでたきさまに。ものせさせたまへり。さるべきぎしき。又《また》、こゝろことに、さこそはありけんかし。
　御所《ごしょ》には。ことはてゝ《て》。御やすみどころにおはしまして。こなた、ちかくめさす。御けしき御こゝろよげにおはしまして。やがてのたまはするやう。

をぬかりなく。

むべ〳〵しう　次期将軍にふさわしい扱いを心がけ。

京　朝廷方。使者は、高家大沢越中守基珍。

日光の御宮　日光東照宮への使者は、松平肥後守正信。

又の日　翌十二月六日には、万石以上以下の諸大名旗本等が祝賀のため登城。

道もさりあへず　道路がふさがってしまうほど。

日頃へて　何日も経って。

廿一日　綱吉、綱豊に

「としごろ何《なに》くれと。これらの事《こと》おほかれど。まめやかに心にいれて物《もの》せしほどに。ひとへにうしろやすく、まかせきこえたるにこそあれ。うれしうかひあるさまは。なにかは、今《いま》はじめていふもおろかになむ。いでや。又此《またこの》たびは。此《この》つぎの君《きみ》さだめの事《こと》につけて。日頃《ひごろ》ひとへにうちとの事《こと》。たゞひとりにのみ、まかせつるを。大小《だいせう》の事《こと》、のこることなく。おもふさまになりにたるなむ。又《また》なきよろこびなり。中〳〵《なかなか》には、いひ出《いで》むも。ことのはたるまじくぞ有べき。いかゞは。身《み》のうへのこと、いひたてんは、お《を》こがまし〔かン〕なれど。かけまくもかしこき日のもとの国。すべてまつりごとすべき身《み》にて。今《いま》かゝる事《こと》さだめたるは。まことに、此上に。又《また》もありがたき大事《だいじ》となんおもふなり。さるを。初《はじめ》より。うち〳〵のさだめよりして。よろづあかぬ事《こと》なくあつかひ。かう、うしろやすく事《こと》なりにけるなん。かへす〴〵、心のほどは。百がひとつもいひつくさずなん。

今《いま》これらをもて。かひの国《くに》をあたふる也《なり》。かれは、中納言《ちゅうなごん》の君《きみ》の。

対して、諸大名、三千石以上の旗本などが慶賀に参候し、太刀馬代を献上した。

こなた　柳沢吉保。

きしき　規式。今回の祝賀の献上品については、十二月十五日に身分・石高に応じて呈上する品物が申し渡されていた。

ぎしき　儀式。

御やすみどころ　江戸城中奥の御休息の間。

ちかくめさす　近くに呼び寄せた。

まめやかに　真実に。

つぎの君　綱吉の継嗣。

うちとの事　内外の事。

たるまじく　不足であ

いまゝ《ま》で領《ラウ》じきたる所にして。常躰《オボロケ》のものには、あたふべきにあらざンなるを。そこには、とを《ほ》つおやより。さき〲の世《よ》すみける国《くに》なり。ことには、とりわきたる功労《イサヲシ》なん。世《よ》のつねのさまにては。むくふ《ゆ》まじければ。おもふ心ありて、ものするに〔こそあれ〕」とて。ちい《ひ》さきかみに書《かき》たるもの。御袖よりとうでさせ給《たまひ》て。たまはる。

いとあまりかしこきに。うつゝともおぼしさだめず。やをらとりて、いたゞかせ給《たま》ふに。すべて、かしこしなどはよのつねなり。何《なに》やかやと、かしこまり、いとおほく。申《まうし》つゞけ給ふ。

これは、さきに中納言君《ちゆうなごんのきみ》のありつる御れうの地。かきつけて奉《たてまつ》るべきよし、仰《おほせ》ごとにて。伯耆守正永朝臣本多《はうきのかみまさながのあそんほんだ》うけ給《たまは》りて。からがへて奉れるを。かひ、するがのうち二《ふた》くだりを。たちきらせ給《たまう》ふて。たまへるなりけり。

侍従君《じじゆうのきみ》もまい《ゐ》らせ給《たま》へるに。めして、

「まだいととしわかきほどなれど。此事《このこと》をよくきゝを《お》いつゝ。万《よろづ》世《よ》までも。するゑが〱《すゑ》にいたりて。さかへ《え》をおとさず。おほやけ事《ごと》

すべてまつりごとすべき身　政務の全体を総理すべき人間。
かゝる事　後継者のこと。
かひの国　甲斐の国。
中納言の君　綱豊卿。

そこ　柳沢吉保を指す。
とをつおや　遠い祖先。
とりわきたる　格別の。
むくふまじ　褒美に値しないであろう。
やをら　そっと。
仰ごと　将軍の命令。
侍従君　柳沢吉里。
としわかき　吉里は十八歳。
○**きゝをい**　聞置《キヽヲキ》也。

つかふまつるべきやうに、となんおもふ」など。仰事《おほせごと》ありて。又《また》なき御けしきなり。御むこ君《ぎみ》たちも。おまへにおはして。かしこまり申給《まうしたまふ》。さて、みな退《シソ》き給《たま》ひぬ。

にしのおまへ、いらせ給ふなど、ひしめく。やがて御《ご》たいめむせさせたも《ま》ふほどに。おまへにまい《ゐ》らせ給ふ《う》て。さきのかしこまり申《まうし》奉《たてまつ》らせ給《たまふ》に。御所《ごしよ》、ありつる仰事《おほせごと》のやうを。此君《このきみ》にも御物《もの》がたり聞《きこ》えさせ給《たま》ふ。

「うけ給《たま》はりぬ。仰《おほせ》ごとのむね。すべて〱、ことは《わ》りすぎてなむ、おもふ《う》給《たま》へられ侍《はべ》り。かのぬしが身《み》にを《お》きて。ありがたきさいは《ひ》いになむ。此《この》たびは、げにかうこそ、綱豊《ツナトヨ》にとりても。かたじけなく、おもふ《う》たまへられ侍る」など。申奉《まうしたてまつ》らせ給《たまふ》。

さて、しぞき給ふ《たまう》て。ありつるさま。執政《しつせい》の人々《ひとびと》に申給《まうしたま》ひつ。所《ところ》〱《どころ》、おほやけざまに、かしこまり申《まうし》ありかせ給《たまひ》て。一位《いちゐ》の御かた桂昌院殿に。まい《ゐ》らせ給へば。

「年頃《としごろ》、労《ラウ》のほどためしなきに。とりそへて。今度《コタミ》のことなん、

さかへをおとさず　柳沢家の繁栄を没落させる事なく。
おほやけ事　幕府の政治。
むこ君たち　松平輝貞と黒田直重。
にしのおまへ　西の丸の綱豊。
ひしめく　一度に人数が増える。
おまへ　将軍綱吉の前。
さきのかしこまり　継承者として披露された事への礼。
ありつる仰事　柳沢吉保に甲斐の国を与えると告げたこと。
此君　綱豊卿。
○**うけ給はりぬ**　御意の

つからまつられたれば。げにいかばかりの国《くに》をたまはりても。なを《ほ》あかぬ事《こと》になむ」など、いひいださせ給《たま》へり。

いづかたにも。御身のうへのやうに。みなよろこび聞《きこ》え給《たま》ふも。かつは、御すくせのありがたくおはしますかなと。人《ひと》きこゆべし。

かへらせ給《たまひ》て。みたちには。よろこびのゝしること、また、すべてまねびやらむかたなし。

れいの、所《ところどころ》〳〵より。日《ひ》ごとにまい《ゐ》りこみて。いひいれさは《わ》ぐ。御《お》をくり物《もの》など、れいにもまだみぬ事のみおほく。山《やま》としたかく、もてまい《ゐ》りくめり。

うち〳〵の御よろこびども、いへばさらなりや。其《ソノ》頃、染子君《そめこのきみ》より、よみて奉《たてまつ》れ給《たまふ》。

あさからずつもるめぐみも君《きみ》がしるかひのしらねの雪《ゆき》やみすらむ

御返《かへ》し。

かしこしなむかしにかへるかひがねの雪《ゆき》よりふかき君《きみ》がめぐみ

通りうけ給りぬと申詞。源氏にあまた侍り。

ことはりすぎて 道理が通りすぎるかと思われるほど。

かのぬし 柳沢吉保を指す。

かうこそ かくあるべき所。

執政の人々 幕府の老中達。

すくせ 宿世。前世からの因縁。

みたち 柳沢邸。

のゝしる 大騒ぎする。

まねびやらむ 描写しようにも。

いひいれ 面会を求めて。

は。

かくいひのゝしりて。年《とし》もくれぬ。

たちかへる春《はる》は。御所《ごしよ》の御賀《が》あり。げに、子日《ねのび》の松《まつ》も数《かず》ならぬ。千《ち》とせをひきくらべて。ことゞも、いとこちたくいはひまい《ゐ》らす。こなたより、白《しろ》かねの御杖《つゑ》、奉《たてまつ》れ給《たまふ》。ちよをこめたるふしいつゝ有《ある》竹《たけ》つくりて。葉《は》をいつゝつけたり。あをき金《きん》らむの袋にぞ入《い》りたる。

君《きみ》にけふさゝぐる杖《つゑ》のふしておもひおきてぞあふぐ千代《ちよ》の行《ゆく》すゑ

といふうた、よませ給《たまう》ふて。それがふくろのうへに。糸《いと》をもてぬひちらして、奉《たてまつ》れ給《たま》ふ。げに、神《かみ》ぞしるらむ、と見ゆるや。くれなゐのふさながなるひもなどむすびつけて。いみじうめでたきさまにせさせ給《たま》へり。

その外《ほか》の奉り物、れいざまにまさりて。とりわきたるみやびをなしつくさせたまふ。御かた〴〵の奉りもの。又《また》いとこちたし。御歌《おうた》も、とり〴〵奉れ給《たま》へりしかど。もらしつ。

染子君　柳沢吉保の側室。吉里の生母。
たちかへる春　宝永二年春。
御所の御賀　将軍綱吉の六十歳の祝賀。綱吉誕生日正月八日の翌九日に行われた。
こなたより　柳沢吉保から。
白かねの御杖　銀の杖。
○**ちよをこめたる**　拾遺「一ふしに千代をこめたる杖なればつくともつきじ君が齢は」。
○**神ぞしるらむ**　古今「ふしておもひおきてつかふる万代は神ぞしるらん我君のため」。
こちたし　わずらわし

さる〔べき〕御ひゞきのほど。こなたかなた、御ことぶきに。いとい。

まなげなる春《はる》なり。

　こぞの御さだめののち。ゆくするゑめでたき御つぎさへ、たち添《ソヒ》おはしまして。今《いま》は、やう〳〵御心《こころ》のどかにおはすべかンめれば。おひ《い》らくのみちしらぬかどのうちに。春秋《はるあき》おほくすませ給《たま》はんも。おぼつかならずなむ。御むこ君《ぎみ》の右京大夫殿《うきやうのだいぶどの》。豊前《ぶぜん》のかうのとのも。ことし、よそぢにみたせ給《たま》へば。みな、御賀、こなたよりもおぼしあつかふことおほし。年《とし》のわかなによそへたる歌《うた》。みな、めさせて。を《お》くらせ給《たま》ひなどす。

　まことや、こぞ。かひの国《くに》たまはらせ給《たま》ひしのち。ひかずすくなきとしのうちは。われも人《ひと》も。春《はる》のいそぎなど。かた〳〵にいとまなくて。過《すぎ》ぬるを。所《ところ》せき御よろこび申《まうし》。大《おほ》かた、此頃《このごろ》ぞいひ出《いづ》る所々《ところどころ》。おほかりける。まして、とを《ほ》き国〳〵《くにぐに》よりもきゝつたへて。われも〳〵とまい《ゐ》り。あるは使《つかひ》して申《まうす》も。いとあまたあり。みな此《この》頃《ごろ》のひゞきなり。かの国《くに》うけとるべきいそぎも。このごろせさせ給《たま》

こぞの御さだめ　昨年、綱豊卿を後継と定めたこと。
○**おひらく**　朗詠「長生殿裏春秋富　不老門前日月遅」。
右京大夫　松平輝貞。
豊前のかう　黒田豊前守直重。
よそぢ　四十歳。
わかなによそへたる歌　正月二十七日、直重四十賀に「寄若菜祝言」を題として吉保以下三十三首、二月六日、輝貞四十賀に「若菜契遐年」を題として同じく三十三首(兼当和歌集)。

ふ。さこそいへ。ちゞのくるまを〔も〕いだすべかゝなる国《くに》の事《こと》。とかくあつかふべきなゝめれば。いといかめしきたびの事《こと》にて。家人《いへびと》など。さま〴〵〔に〕人《ひと》えらびせさせ給《たまう》ふて。おぼつかなからずつかふまつるべく、を《お》きてさせ給《たまふ》。

さて、まづ、かの川越《かはごえ》にさふらふものども。みなかしこにうつるべきなれば。上下《かみしも》となく、心《こころ》ようひまなし。さばかりのみちのほど、かなしうする、めこやうのもの引《ひき》ぐし。又《また》、なにならぬ身《み》のうへのぐも。ほど〴〵につけて。すみつけたる所《ところ》には。を《お》のづから、もてわづらへるもあるを。すべてはこびわたすなど、さま〴〵に物《もの》するほど。いとこと〴〵しうよういす。

されどはた、露《つゆ》ばかり人《ひと》のわづらひなからむやうを。ことゝ《と》し給《たま》へれば。を《お》のがさま〴〵の身《み》のうへども。皆《みな》さるべきかたに、うしろやすくて。中〴〵《なかなか》うれへきこゆるものなし。むさしよりかの国《くに》にわたる所〴〵《ところどころ》。関《せき》ありて、これは符《ふ》などやうのもの、おほやけざまに物《もの》すべきを。なべてにもあらず。いまかくてうけ聞《きこ》え給《たま》へば。こ

○**めさせ**　召す也。
ひゞき　大評判。
いそぎ　準備。
○**ちゞのくるま**　千乗《ジヤウ》の国とは諸侯《シヨコウ》の国を申侍り。車《クルマ》千乗をいだすは大国也。
あつかふべき　処置に細心の注意が必要である。
川越　これまでの居城。
めこ　女こども。
もてわづらへる　移送するには面倒な。
ことゝし　重要な心がけ。
○**符**　関所切手也。
おほやけざまに　幕府から。
なべてにもあらず　通

なたにて、わたくしにを《お》して。物《もの》して、ゆきかよふべきにさだむべきよしなむ。つかさ〱からがへつゝ、事《こと》さだまりぬ。

さて、かの城《しろ》うけとりは。二月十九日なり。そのほどさほう《はふ》、さゝべきことはり《わ》に、いとお《を》ゝ《を》しう、いかめしうて。ゆへ《ゑ》〱《ゆゑ》しきさま、物なし。家司《けいし》はじめて。これらよりも、いとあまたまい《ゐ》れり。物《もの》〱《もの》しきお《を》のこばら、すぐりて。五十騎《ごじつき》あまりに。卒《そつ》三百人ばかりもやあらむ。こと〲しき。はた、弓《ゆみ》やなにやと、もたるものさしそへつゝ。ふたてにわかれて。馬《うま》くら、よそひ、ことにすくやかなるさまして。引《ひき》つゞきたり。郎等《らうどう》、従者《ズンザ》やうのものは。かずもしらず。雲《くも》かすみとたちこみたり。

もとより所《ところ》につけたる人々《ひとびと》。又《また》おほやけざまにまい《ゐ》れるつかさなども。あないして。にし、みなみの、ふたつの大門よりいる。所《ところ》〱《どころ》のさだめ、まもりなど、さほう《はふ》のまゝにおこなひつゝ。事はてぬ。

もとより城《しろ》につけたる武具《ぶぐ》、いとあまた有《あり》けるを。こぞ給《たま》はらせ

常の往来とは事情が異なるので。

かくてうけ　甲斐の国を与えられ。

○をして　印也。

さほう　作法。城の受取にともなう手続き

○おゝしう　雄々敷と書。おとこ〱しき義也。

ゆへ〱しき　厳重な。

これら　当柳沢家。

卒　兵隊。

○もたる　持。

馬くら　馬の鞍。

こぞ　去年。

あらため　点検し。

○ことおさむべき法　法度書也。

○ものゝ犯　罪をおかさ

つるを。みな取出《トウデ》てあらためつゝ。御くらにお《を》さめなどす。所《ところ》につけて、ことお《を》さむべき法《はふ》は、皆《みな》、大《おほ》かたおほやけしきさまに。ものゝ《の》犯《ヲカシ》あるまじう。さすがに事《こと》ずくなに。さだめさせ給《たま》ふ。川越《かはごえ》の城《しろ》、らうじ給《たま》ひつるだに。なを《ほ》ざりの事《こと》にて。かたかゝべきを。これは、又《また》、さまことに。おほきなる国《くに》、おさめを《お》こなはせ給《たま》ふべければ。いみじう。御心《おこころ》にいれて。を《お》きてさせ給《たま》ふ。ことは《わ》りなり。

かの家人《いへびと》のうつろひわたるも。やう／＼住《すみ》つきなどして。日《ひ》にそへて所《ところ》はにぎはひまさるめり。いで、おぼろけならぬたびの事《こと》なれど。おまへには。れいの、みづからおはしましても御《ご》らんぜず。こゝながら、さるべからむ事《こと》。御心《おこころ》ひとつにさだめたるを。いさゝかたがふ事《こと》なく。いとおもふさまに。物《もの》しつときゝ給《たまう》ふて。いみじうよろこび給《たまふ》。さるは、千《ち》さとの外《ほか》もあきらかに御らんじしりて。なを《ほ》ざりの人《ひと》、はかりしるべきにもあらず。いみじき事《こと》を、つゆたがふふしなく、を《お》きてさせ給《たま》ふ事《こと》の、いとありがたき事《こと》と。みな、家《いへ》人《びと》など、さらにこぞりて。かんじあへり。

ぬやうにと也。
事ずくなに　簡略に。
○**らう**　領。
家人のうつろひわたる　柳沢家臣の、転居。
千さとの外　千里も離れた遠い所。
［三〇六頁］
ことのさほう　事の作法。統治のための手続き。
とりわきて　部分的に領地として与えられ。
物よからぬ　収穫の具合がよくない。
○**封土の御心ばへ**　上より一国の主にするを云。
さた　幕府の決定。
三郡　宝永二年三月十二日「吉保、去年益封

かしこの国《くに》に〔は〕。さいへど。いとひろき所々《ところどころ》。ことのさほう《はふ》ども。さだめなどして。猶《なほ》いとまなく、家司《けいし》ぞすべてかはり奉《たてまつ》りて物《もの》しける。ふるとし給《たま》はらせ給《たま》へ〔るは〕、かひの国《くに》のうちをとりわきて。するがの国《くに》にかゝれりけるを。物《もの》よからぬ所もおほく。かつは、封土《ほうと》の御心ばへ《え》にもたがひぬれば。此頃《このごろ》さたありて。するがの地《ち》を〔ば〕かへして。かひの国《くに》、すべて三郡をぞ給《たま》はり給《たまふ》。かくて。かの川越《かはごえ》の城《しろ》も。此頃《このごろ》わたしてげり。喬朝侍従《たかとものじじゆう》秋元ぞ、らうじ給《たまは》り給《たま》ふ。これもみな、れいのさほう《はふ》。まめやかに物《もの》しつ。家人《いへびと》のさるかたにうけ給《たま》はりたるは。かしこに残《のこ》りゐつゝ。おなじさまに。事《こと》を《お》こなひにけり。

弥生《やよひ》になりぬ。御所《ごしよ》には。此頃《このごろ》、右大臣《うだいじん》にすゝませ給ひて。わか御所《ごしよ》は、大納言にのぼらせ給《たま》ひぬ。勅使《ちよくし》、院使《ゐんし》、れいのとしよりもにぎはゝしう。打《うち》つどひたり。こなたに、れいの、さり所《どころ》なき事《こと》ども、おほくを《お》こなひ給《たま》ふ。さのみいひつゞくるも。うるさく、むつかしければ。みなもらしつ。高《たか》きも、くだれるも。たゞ此頃《このごろ》は。あ

のうち、駿州の地をかへし奉り、甲斐国山梨・巨麻・八代三郡一円に給はり、これより甲斐の国主と称す」(徳川実紀)。甲斐にはお都留郡があり谷村藩があったが、宝永元年十二月二十五日、廃藩となった。

らうじ　領じ。喬朝は前谷村藩主であったが、川越領主に転じた。

弥生　宝永二年三月五日、勅使江戸城に到り、将軍綱吉に右大臣転任と右大将元の如しとの宣旨を伝えた。

○**わか御所**　若御所、綱豊。

なめでた、〳〵《あなめでた》といふことを。ことぐさにしたり。

その月十八日《つきじふはちにち》には、御所《ごしよ》のおまへのはじめて。にしの御所《ごしよ》に入《いら》せたも《ま》ふ。みだい所《どころ》にも、もろともに入《いら》せたまひぬ。やがて、わか君《ぎみ》引《ひき》ぐし、まい《ゐ》らせ給《たまう》ふて。よろづおぼしあつかふ。奉《たてまつ》り物《もの》など。みな、れいの事《こと》なり。こなたには、こぞよりのらうのほどおぼすなり、とて。西《にし》のおまへより。びぜんの光忠《みつただ》〔が〕打《うち》たる御《み》はかしに。ろくあまたそへて、たまはらせたも《ま》ふ。その日《ひ》のありさまどもは。さる御なからひのうへにて。おもひやるもかしこし。

かく、こなたかなた。御よろこびをのみいひつゞくるほど。れいよりも御いとまなし。おまへちかき花《はな》は、今《いま》さかりにて。春ふかきよもの梢《こずゑ》おもひやられて。しらぬ山路《やまぢ》だにとはまほしきに。まして、かの山里《やまざと》の花《はな》は。いかに〳〵と、たえず心《こころ》もとながり給《たまふ》。かしこより、一《ひと》えだ、ふたえだ折《をり》て奉《たてまつ》れたるに。「あはれ、れいよりも。めでたく咲《さき》にたりや。ことしは、かくのみことしげくて。ゆきてみむもかたかゝなるを。いかゞはせん。あやにくにも咲出《さきいで》たる色《いろ》こさか

大納言　綱豊には権大納言、従二位の宣旨が伝達された。

こなたに　柳沢吉保としては。

その月十八日　宝永二年三月十八日。将軍綱吉と正室鷹司信子が西の丸訪問。

わか君引ぐし　柳沢吉保も嗣子吉里を連れて参上した。

よろづおぼしあつかふ　綱豊卿の西の丸でその日とり行われた万事に差配をした。

こなたには　吉保に対して。

——(以下三〇九頁)

な。まして、このもとはいかに」などのたまふ。

いかで、さらむいとままち出《いで》て、などは。猶《なほ》おぼす事《こと》たえず。よの間のかぜも。こゝろもとなきほど。にはかに嵐《あらし》いとあらく吹《ふき》たる夕《ゆふべ》などは。まして、しづ心《ごころ》なく、おほふばかりの袖《そで》も、え得《ウ》まじう。わりなき事《こと》となげかせ給《たま》ふ。

日かずもすぎぬ。おまへの桜、やう〳〵うつろひゆくに。かぞふれば、春のかぎりにもなりにけり。山《やま》には春《はる》も、とおもへど、くちお《を》しきにては、なを《ほ》えやむまじう、などのたまひて。御いとまこしらへいでゝ《て》。けふぞ山《やま》ざとに入《いら》せ給ふ。おもひしよりは。猶《なほ》さかりにて。今《いま》ぞ御心《こころ》おちゐぬ。れいの山水《やまみづ》のお《を》かしき所〳〵《ところどころ》。日《ひ》ぐらしめぐらひありき給《たまふ》。大《おほ》かたのこずゑは、さいへど。やう〳〵うつろひがちにて。ともすればつらきかぜの。こゝろにまかせてちり行《ゆく》めるを。かしか《こ》うもきたりけりと。おぼしなりぬべし。口《くち》ずさびに。

まだちらぬ花《はな》しありともけふみずはあすやなごりもなつのこのもと。

このもと　木の下。
いかで　なんとかして。
さらむいとま　適当な余暇。
○**よの間のかぜ**　拾遺集「あさまだきおきてぞみつる梅《うめ》花よの間の風のうしろめたさに」。
しづ心なく　「久方の光のどけき春の日にしづ心なく花のちるらむ」(古今集)。
○**おほふばかりの**　後撰「大空におほふばかりの袖もがなはるさく花を風にまかせじ」。
え得まじう　得られそうにもなくて。
――(以下三〇九頁)

（三〇七頁の続き）
びぜんの光忠　備前光忠。「長さ二尺二寸二分半。表裏共に樋有、磨上無銘にて代金三十枚の折紙有」（楽只堂年録）。
かの山里　駒込の山荘。
心もとながり　気にかけて。
かたかゝなる　むずかしそうだ。
（三〇八頁の続き）
○**山には春も**　古今「花ちれる水のまに〳〵とめくれば山にははるもなくなりにけり」。
えやむまじう　このままでは終らないつもりだと。
山ざと　駒込の山里。
心おちゐぬ　落着いた。
○**めぐらひ**　めぐる也。
うつろひがち　散りがた。
○**ともすれば**　やゝともすれば也。
かしかうも　よくぞ。

廿一　夢《ゆめ》の山《やま》　宝永二年夏

宝永二年は、武田信玄百三十三回忌にあたるので四月十日から三日、盛大な法事を恵林寺で行う。同月二十二日は御子勝頼の命日というのでこの遠忌も執行し、甲斐国内の寺社の復興に力を入れる。

都では筆者の兄正親町公通公の正二位昇進などめでたいこともあったが、当家では閏四月になって、吉里君の実母(染子)が病床につき、医師や祈禱など手をつくすが、とうとう五月十日に逝去。三十九歳であった。五月十四日には紀伊中納言綱教様、六月十五日には歌学方北村季吟法印、そして六月二十二日には、将軍生母桂昌院様が七十九歳で亡くなった。

身辺にわかにさびしい風が吹きはじめ、とりわけ吉里実母の死に吉保様の悲嘆が深い。

章題は武田信玄追悼の吉保奉納和歌の中の一句。

かひがね給《たま》はらせたまひて後《のち》。かた〴〵の御よろこび。打《うち》そへて。此頃《このごろ》、家人《いへびと》なども。のこりなく俸禄《ホウロク》くはへ給《たま》はりつゝ。あるかぎり、上下《かみしも》。にぎはひわたりて、よろこびあへり。さるは、むかしより、ねこし山こし、吹《ふき》つたえけん家《いへ》のかぜを。またを《お》こさせ給《たま》へれば。年頃又《としごろまた》なき御いきほひは、さるものにて。から、さき〴〵の御世《よ》のためさへ。いとおもておこしなゝめるを。いみじうとりわきて。かしこきこと。かつは御身《み》のさかへ《え》。おろかならずとおぼすべし。

ことし法性院殿《ほつしやうゐんでん》信玄の遠忌《をんき》なり。もとより、こゝろことにおぼしいれて。御《み》わざの事《こと》など。何《なに》かとまめやかにのたまひつく。むかし、日《ひ》のもとの国《くに》こぞりて。しづかならず。ともすれば。ひたぶる心にたゝかひのゝしること。年月《としつき》ひさしう打《うち》つゞきたる頃《ころ》。この君《きみ》なむ。かの国《くに》を世《よ》々《よ》しろしめして。うつはもの、たけく。おひ出給《いでたま》ふ《う》て。われいかで。世《よ》をしづめん、のほゐ《い》ふかく物《もの》したまひきかし。みづからよく国《くに》をお《を》さめたまふ《う》て。民《たみ》のわづらひなど露《つゆ》なし。さる世中《よのなか》の、とら、おほかみおほかる中《なか》に。つゐに苛《カラ》き政《マツリゴト》なく、あるも

かひがね　甲斐が嶺。ここでは甲斐の国。
○**ねこし山こし**　古今「甲斐がねをねこし山こし吹風を人にもかなやことづてやらん」。
さき〴〵の御世　先祖代々の人々。
○**おもておこし**　面目をおこす也。
おろかならず　決しておろそかに思ってはならない。
法性院殿　武田信玄。
遠忌　天正元年没。百三十三回忌にあたる。
御わざ　御法事。

——(以下三二六頁)

のども、みなさるかたに。所《ところ》をえつゝ物《もの》せしかば。めぐりの国〳〵《くにぐに》、なびきしたがふなど。いへばさらなり。

さばかりわれはと。おもへる国《くに》のあるじも。しばしこそ、まけじだましひもありけれ。つゐには此《この》ほこ先《さき》に、よくあたりきこゆるものなむなかりける。さるまゝに、つはものゝ《の》道《みち》など。さかしう、家〳〵《いへいへ》にこゝらいひつと《た》ふめれど。大《おほ》かたは、此《この》御おきてを。今《いま》の世《よ》にも、うけつぎ、あふがぬものなし。げにいみじき事は。さま〴〵なれど。おれ〳〵しきさまして。かきなさんや。猶《なほ》かたつかたをだに、まねびやらずなむあるべき。

かくて、恵林寺《ヱリンジ》といふは。そのかみの御寺なるを。それにて御とむらひありけり。卯月《うづき》十日より。十二日まで。二夜三日《ふたよみか》の法事《ほふじ》をぞをこ《お》なふ。みづからは。おはしまして。此会《ヱ》にもあひたまはぬ事《こと》、と口《くち》お《を》しうおぼす。御うたをぞ奉《たてまつ》り給《たま》ふ。

もゝあまりみそぢみとせの夢《ゆめ》の山《やま》かひありていまとふもうれしき。

さるかたに所を　適材適所。
○**まけじだましひ**　源氏に多き詞也。
此ほこ先　武田信玄の勢をいう。
あたり　さからう。
此御おきて　武田信玄が下した政治的指導力。信玄家法。底本註に「甲州流を云か」とある。
○**おれ〳〵しき**　ほれ〳〵しきと同じ。よはき心也。
かたつかた　ほんの一すみ。
恵林寺　甲斐国にある臨済宗の古刹。信玄が再興し、墓もここにあ

とかくの事《こと》、みな、かしこのけいしぞ・、さいへど・、心《こころ》もとなからずつかふまつれる。

とし月《つき》はるかなれど・。さる御なごりのいかめしければ・にや。ひじ・りたちも、今《いま》の世《よ》の学匠《ガクサウ》いとおほくまいり給《たま》へる。偈《げ》など・はさるものにて。問答《もんだふ》など・いふも、〔いと〕たうとくてありけるとや。かしこにさぶらふ家人《いへびと》、さるべき・、みなまうでたり。また、はやうより所《ところ》にすみけるものも。とりわきて。むかしのゆゝしかりしなごり・。を《お》のづから耳《ミヽ》にふれて。したひきこえさすれば。おもひ出《いで》て参《まゐ》くるもの。とをきも。ちかきも。お《を》さ〳〵《をさ》のこりなし。げ・に。いと所《ところ》せき御《み》わざ・なり。

御《み》魂殿《タマドノ》など・も。こたみ修理《スリ》くはへ給《たま》へれば・。いとゞ・むかしのひかりたちかへりて。いみじ・き事かぎりなし。大《おほ》かた何事《なにごと》も、いといかめしうせさせ給《たま》ふ。

おなじ廿二日には。その御子《こ》の四《し》郎殿《らうどの》と聞《きこ》えし、御あととむらはせたも《ま》ふ。おもきけいし、御使《おつかひ》にて。田野《たの》の景徳院《けいとくゐん》といふに。香典《かうでん》

る。

卯月十日より十二日　四月十二日は信玄の命日。

みづから　柳沢吉保自身。

口おしう　残念なことに。

もゝあまりみそぢみとせ　百三十三年。

けいし　家司。在甲府の家臣を束ねているもの。

心もとなからず　心配なく。

とし月はるか　百三十三回忌という遠忌。

なごり　遺徳を忍ぶ心。

ひじり　立派な僧。

——(以下三二六頁)

などおさめ給《たまふ》。そのかみ、あやしうてうせ給《たま》へれば。したがひてうち死《じに》したるもの。いとおほかりけり。おなじ所《ところ》に。しるしなどあるを。すべて五十人ばかり。男《オトコ》、女《ヲムナ》、皆《みな》ほどにしたがひて。香典たむけさせ給《たまふ》。なにならぬ人々《ひとびと》まで。はかなくきえし露《つゆ》の草《くさ》がくれに。かう、おもひかけぬひかりに。あひたるぞいみじきや。

もとより、さき〳〵の御世《みよ》。こゝらの年月《としつき》、おはしければ。こゝにもかしこにも。御《み》わざやなにやと、けうじつくさせ給ふことおほかり。かしこに年《とし》ひさしき。寺〳〵《てらでら》、やしろ〳〵など、みなさるべからんをば。月頃《つきごろ》たづね出《いだ》させ給ふて。家司《けいし》を御かはりに奉《たてまつ》れ給《たまふ》。あるはこがねお《を》さめ。御《お》馬《うま》などひかせたも《ま》ふもありけり。程《ほど》につけて。を《お》きてたゞしく。物《もの》せさせたまへば。を《お》のづから所《ところ》はにぎはひまさりて。かのあやしき山ざとに。さえづりかはせるしばふるひ人《ど》も。さしでの儀《いそ》の千鳥《ちどり》ならねど。八千代《やちよ》といはひ聞《きこ》ゆるほど。いへば中〳〵《なかなか》なり。

まことや、京《きやう》のせうと君《ぎみ》は。此頃《このごろ》、正二位《しやうにゐ》になり給《たま》ひぬ。君《きみ》も、

あやしうて　徳川・織田軍の攻撃と味方の離反のため一族ともに自死した。

○**しるし**　墓などの事也。

ひかりにあひたる　古保の供養を受ける事になった。

わざ　法事。

○**けうじ**　孝字也。又供字の心也。

かしこ　甲斐国。

馬などひかせ　神馬の奉納。

○**しばふるひ人**　年よりてしはのよりたる人をも申、又は、しばなどかきあつむる賤の事を申侍り。

○**さしでの儀**　古今「塩

れいの、聞《きき》すぐさず・何《なに》くれといはひ聞《きこ》え給《たま》ふ。

雲《くも》はれてたゞしくすゝむ位山《くらゐやま》みちある君《きみ》が世にはかくれず

返《かへ》し。

君《きみ》が代《よ》の道《みち》のひかりをしるべにてのぼる位《くらゐ》の山《やま》もたどらず

ときこえ給ふ。なにのお《を》かしきふしもなし。

後《のち》の卯月《うづき》にもなりぬ。侍従君《じじゆうのきみ》の母君《ははぎみ》。此頃《このごろ》そこはかとなくなやみわたり給ふが・そのことゝ《と》、たてゝ《て》いみじき心地《ここち》にもあらねば・御《お》くすりのことなど・まめやかに物《もの》したまへど。なにのしるしもなし。いとつよき心《こころ》、物《もの》し給《たま》ふ本上《ほんじやう》にて。とし頃《ごろ》。つねのあつしさなど・は、おはせぬほどに・いさゝかなる風《かぜ》のたゝりのやうにて。しば・しはこゝろみ給《たま》へれど。やう〱、日数《ひかず》にそへて。身《み》などもぬるみが・ちに、物心《ものごころ》・ぼそければ。おまへにも。御心《おこころ》さは《わ》ぎし給《たま》はせつゝ、医師《いし》などの事《こと》、まめやかにおほせ。おりたちあつかひ給《たま》ふ。

れいの、御所《ごしよ》はじ・めて。所〱《ところどころ》より、心《こころ》もとながり給《たまふ》。右京大夫殿《うきやうのだいぶどの》など・仰《おほせ》ごとにて、たび〱参《まゐ》り給《たまふ》。干魚《ホシイホ》、はかなきくだ・物《もの》ま

の山さしでのいそにすむ千鳥君が御代をば八千代とぞなく」。

せうと君　本書の筆者町子の実兄、正親町公通。

此頃　宝永二年四月一日。

君　柳沢吉保。

返し　公通の返歌。

後の卯月　宝永二年閏四月。

母君　吉里の生母、飯塚染子。

なやみわたり　長い病気。

たてゝいみじき　殊更にはっきりとした症状。

——（以下三二六頁）

で給《たま》はりつゝ。こまかに心《こころ》とゞめさせたまふ《う》て。なを《ほ》いかに〳〵と。かしこくおぼしいたづくかた〳〵おほかり。上野宮《うへののみや》にも、聞《きこ》しめしつけて。おどろきおぼすまゝに。中堂《ちゆうだう》にて。御いのりなど。御みづからせさせ給《たま》ふなりとて。さるべきもの調じて。おくらせたも《ま》ふ。さるやんごとなき御うへにて。かくおぼしあつかはせたまふことの。いとかしこく。げに、さばかりのしるしあらじやは、と。いとたのもしうなむ。君、かへす〴〵いとかたじけなしと。かしこまり申《まうし》奉り給《たまふ》。にしの御所《ごしよ》。みだい所《どころ》。などはじめて。のこるかたなく。たび〳〵とはせたも《ま》ふ。

廿日《はつか》あまりにもなりて。やう〳〵、さはやかに、などいふ。いづかたにもうれしう、とりかへしたるこゝちなり。御所《ごしよ》にも、先《まづ》かしこまり申《まうし》に、奉《たてまつ》りものし給《たまふ》。侍従君《じじゆうのきみ》。母君《はゝぎみ》なども。みなあまた奉《たてまつ》れ給《たまふ》。

宮へも、御いのりのしるし、おろかならずと。かしこまり申給ふ《まうしたまう》て。いみじきからゑの。この国《くに》にはたぐひなきを奉《たてまつ》れ給《たまふ》。又、御《おん》ぞ、

○**いたづく**　いたはる義。
上野宮　公弁法親王。
中堂　寛永寺の中堂。
○**さるべきもの**　護符《ごふ》などの事也。
さるやんごとなき　かように高貴のお方が。
君　柳沢吉保。
にしの御所　綱豊卿。
みだい所　綱吉正室、鷹司信子。
廿日あまり　臥床二十日余になって。
とりかへしたる　一度失ったものを奪い返した。
侍従君　柳沢吉里。
母君　吉保母、了本院。
宮　寛永寺の公弁法親王。

からのきぬ。白《しろ》かね。あるは、めづらかによしあるでうどやうのものそへて、奉《たてまつ》れ給《たま》へり。わか君《ぎみ》、病者《ビヤウサ》などよりも。おなじさまの奉り物《もの》、いとこちたし。さるべき僧衆《そうしゆ》など。修法《ズほふ》の事《こと》、を《お》こなひ給《たま》へるには。みな、物《もの》あまた、かづけさせ給《たま》へり。

よの中《なか》にも、かくと聞《きき》つたへて。御よろこびいひのゝしり。まゐりあつまる。

病者《バウサ》は、今《いま》はすべて世《よ》のつねざまに。を《お》こたりはて給《たま》へりとはなけれど。さばかり御心《おこころ》さは《わ》ぎしつるなごり、ひきかへ、いとすが〳〵とみえ給ふを。まづられしと御覧ず。「せめて、物《もの》まい《ゐ》り。そこらはしつかたなどは、ありきて。こゝろみ給《たま》へ。くすりなどは、猶《なほ》おこたらず、心《こころ》とめて物《もの》し給《たま》へ」など、のたまはす。

あやめさす頃《ころ》は。まして軒《のき》ばの露《つゆ》もすゞしく。こぼれわたるを。大《おほ》かたの心地《ここち》だにお《を》かしきに。かくてを《お》こたり給《たま》へるありさまの。かひありと。みなおもほしのたまふに。かたへはもよほされて、ふしなどもしたまはず。はしちかくよりゐて。せめてみいだし給《たま》ふ。

からゑ　唐絵。中国の絵。
でうど　家具調度。
わか君　吉里。
御覧ず　吉保はご覧になる。
○**せめて**　しゐて也。
物まいり　寺社もうで。
そこらはしつかた　あたりの少しばかりの距離は。
あやめさす　五月五日の端午の節句の前日に、軒ばに菖蒲を挿す。
○**かたへ**　おほくは、先など云詞也。
○**ふし**　臥。
はしちかく　部屋の奥よりも外面に近く坐って。

今《いま》はさりとも、つねのさまならんも。ほどなくや、など人々《ひとびと》おもふに。一二日過《ひとひふつかすぎ》て、また、なやましうなどいふほどに。たれも〳〵。ありしよりけに。おもひまどひて。ず法《ほふ》なども、またさるべき人々《ひとびと》めして。ことくはへて、のたまひつく。さこそいへ。月《つき》ごろといふほどしもあらぬ御なやみなめれば。猶《なほ》いみじき事《こと》はあらじなど、人々はいふなり。

こたみは、ひきかへし。さき〴〵よりも。いとたのもしげなく。やう〳〵心《こころ》ぼそきけはひのみまされば。猶《なほ》いかにしつるにかと、おまへ、こゝろもとながり給事《たまふこと》かぎりなし。くすしなども。あまたまいり《ゐ》て。とり〴〵にこゝろみたまへど。すべて。なにのけぢめもなし。さふらふ人々《ひとびと》など。うちと〔と〕なく。みな、よるひるあつかひごうじたれど。なを《ほ》つゐ《ひ》に、いかにみなし聞《きこ》えんと、おもふがいみじければ。すべて物《もの》もおぼえず、あつかひ聞ゆ。

かくて十日のひるつかた。いたうくるしう、など、にはかに人《ひと》さは《わ》ぎ聞《きこ》ゆるほどもなく、やがてうせたまひぬ。今《いま》はかぎりとも、た

せめて　つとめて。

○**ありしより**　いせ物語「わするらんとおもふこころのうたがひにありしよりけに物ぞかなしき」。
○**けに**　勝字。ありしにまさりてと云詞。
○**のたまひつく**　云付る也。
月ごろといふほど　何か月もかかるというような。
こたみ　今度。
おまへ　柳沢吉保。
こゝろみ　診察施薬をする。
○**けぢめ**　物のわけの見ゆるを云。しるしもな

れかはおもひなさむ。たゞあきれにあきれて。めづらかに、いみじうおもひまどふ。

君《きみ》は、さるべきとし頃《ごろ》の御契《ちぎり》、なを《ほ》ざりならず。かうみなしたも《ま》ふべくは。夢《ゆめ》にだにおぼしかけねば。たゞくれまどひ給《たま》ふほど、ことは《わ》りに。みる人さへ、なみだはうきぬばかり、しほれて。うちとの男《オトコ》、女《ヲンナ》、あるかぎりよゝとなきぬ。まして侍従君《じじゆうのきみ》の。せちにおぼしなげくさま。又《また》こしらへかねたり。年頃《としごろ》したしくさふらふ女房《にようばう》などは。ひとへに、ほれ〴〵となりて。あるかぎり、うつしごゝろもなし。

世中《よのなか》には、また、かゝる事《こと》。おどろき聞《きこ》ゆるとて。まづ、らうがはしくとぶらひきこゆ。翌朝《ツトメテ》、御所《ごしよ》よりも。むつの守直広《かみなほひろ》のぬし。御使《おつかひ》にて、聞《きき》おどろかせたも《ま》ふこと、いとこまかにてあり。ひたすらやみにくれ給《たま》へるを。いともかしこきに、おどろかされて。せめて御こゝろしづめて、かしこまりなどきこえたも《ま》ふ。さかしきさまに、つよく物《もの》したまへど。〔御心《みこころ》のうち猶《なほ》あはれに、御使《おつかひ》はおもふ

しといふに同じ。
○**うちと**　内外。
○**ごうじ**　困字。くたびれたる也。
いかにみなし聞えん　どうなられるのであろうか。
十日　宝永二年五月十日。
やがて　まもなく。
あきれて　呆然として。
めづらかに　どう対処してよいかわからず。
君　柳沢吉保。
なをざりならず　深く思いをかけていたので。
かうみなし　こんなことになろうとは。

——（以下三二七頁）

べし〕侍従君《じじゆうのきみ》はさらにて。御みづから・〔に〕も、いみにこもり給《たま》ふべ・ければ。・まづ御ゆかりの殿原《とのばら》して。かたぐ〵に。つかはし、かしこまり申《まう》させ給《たまふ》。にしの御所《ごしよ》よりは。いづみの守《かみ》重興、参給《まゐりたま》へり。所《ところ》〵《どころ》の御とむらひなど。・又《また》いへばさらなり。中〵《なかなか》かくかぎりなきめいぼ・くの。かゝるきはには。めづらかなるしも、いふかひなく。からを見《み》つゝはなぐさめが・たう。うきことは《わ》りをなげかせ給《たま》ふ。なく〵はぶ《う》りの事。とかくあつかひさは《わ》ぐほど。又《また》いみじ・うかなしきことおほかり。龍興寺《りゆうこうじ》にぞ・、ゐてゆくめり。何《なに》くれといかめしう。いみじ・きもことはてゝ《て》、たゞ・はかなき御名《みな》のみ。きら〵としてのこれるぞ・。見《み》るに、めくれまど・ひて。かなしう、を《お》くりせし人々《ひとびと》も。やが・ておぼゝれふしたり。霊樹院殿《れいじゆゐんでん》とぞ・いふめる。御所《ごしよ》よりも、香典《かうでん》など・白《しろ》かねあまたたまはらせたまふ。やが・て御寺《てら》におさめ給《たまふ》。

何《なに》ご・とも、やるかたなき御心《こころ》にまかせて。猶《なほ》いかで・と、いみじきことをのみしつくし給《たまふ》。よそぢ・に今《いま》ひとつ、たりたまはず。さるた

にしの御所　綱豊卿。

○**いづみの守重興**　岡部。〔正しくは「長興」。綱豊の小姓から西の丸番頭となる。〕

めいぼく　面目。名誉。

きは　分際。身分。

○**からを見つゝ**　古今「空蟬はからを見つゝもなぐさめつ深草の山けむりだにたて」。

はふぶりの事　葬儀。

龍興寺　前出、吉保正室定子の実家曾雌家の菩提寺。小石川小日向。

霊樹院殿　染子の法号、月光寿心大姉。

やがて　そのまま。

いみじきこと　没後の供養。

ぐひなきさかへ《え》を。まのあたり見《み》さして、きえ給《たま》ひぬるが。いみじうあたらしき事《こと》。たれも〳〵、あしたの露《つゆ》にことならぬ世《よ》を。今《いま》さらにおどろかされて。涙《なみだ》のみつきせず。一七日《ひとなぬか》にあたり給《たま》へる日、よみける。

くらからぬ心《こころ》の月《つき》もひかりそふ玉《たま》のゆくゑ《へ》はなにかまよはん。

月光寿心《ぐわつくわうじゆしん》とかや申《まうす》めれば。げに、御名《な》にかなひ給《たま》へらんは。いとたのもしきぞかし。

年頃《としごろ》、とりわきて。打《うち》とけ。何事《なにごと》もいとなつかしう。いひかはし給《たま》へるなど。思《おも》ひ出《いづ》るに。いと、むねいたくせめて、かなしきこと。さても猶《なほ》はかなかりける世《よ》かな。

つゐに行道《ゆくみち》はつねなることとは《わ》りをおもひかへすもさらにかなし
き

など。さかしげにいはるれど。やがて、めもきり、むせかへる心地《ここち》の、いとわりなければ。言《こと》の葉《は》もつゞかぬなるべし。

あやしう、人《ひと》のうへを御心《みこころ》にいれて。めぐみ給《たまう》ふて。さるべきこ

あたらしき　口惜しい。
おどろかされて　気づかされて。
さかしげに　平静を保っているかのように。
めもきり　涙ぐんで。
御心にいれて　亡き染子は。

［三二二頁］
さるは　それゆえに。
のち〳〵のこと　供養の法要。
おまへ　柳沢吉保。
おほやけごと　幕府の政務。
ゆづり所　吉保の担当を他の人に譲る先。
そのきは　染子の逝去の折。
やがて　すぐに。

とは。ことにふれて。おまへにも中奉《まうし》り〔給ひ〕など。大《おほ》かた、人《ひと》のあはれみすぐさず。物《もの》し給《たま》ひきかし。さるは、とりわきて。お《を》しみまい《ゐ》らする人々《ひとびと》おほかり。のちく〱のこと、又《また》あはれにて過《すぎ》ゆく。おまへには、日数《ひかず》ふれど。ひるよなふ《う》、おぼしみだるゝに。さみだれさへ、お《を》りしりがほなるぞ、あやにくなるや。大《おほ》かたのおほやけごと。猶《なほ》ゆづり所《ところ》なく。おほくきこしめせば。そのきはより。やがていみなどはゆるし給《たま》はらせ給《たまう》ふて。御所《ごしよ》にも、つねのごと、まい《ゐ》り給《たま》へれど。まぎるゝとし〔も〕なき。御袖のうへぞ、ひるまのへだてもなくかなしき。

夏の日ぐらし、ながめ給《たまう》ふて。よるは、いとゞおぼしいづることもおほかれば。郭公《ほととぎす》なく一声《ひとこゑ》にも。わが御身《み》ひとつには、中く〱《なかなか》つれなきしのゝめなりけり。かくのみ、はるけどころなきを。御所《ごしよ》にも、こゝろぐるしとおぼして。魚《イヲ》やうのものたまはり。御《み》さうじなども、おちたもふべく、いさめさせ給《たま》ふ。

此頃《このごろ》、紀伊中納言殿《きいのちゆうなごんどの》も、はかなくてうせたまへれば。世中《よのなか》、もの

いみ　妻の忌三十日、服九十日。「妾は服忌無之」(服忌令)。「吉保は遠慮三日」(楽只堂年録)であるが、翌十一日に「吉保が遠慮を御免遊ばす」との連絡が入り、「八つ半時過に登城」している。

ひるま　干る間。涙の乾く間。

○**夏の日ぐらし**　いせ物語「くれがたき夏の日ぐらしながむればそのことゝなく物ぞかなしき」。

○**郭公なく一声**　古今「夏のよはふすかとすればほとゝぎす鳴く一声に明るしのゝめ」。

ゝねなど。しばしとゞめて物あはれなるに。今の御心《こゝ》ちのほどにおぼしくらべて。あはれふかくおぼしやる。再昌院法印《さいしやうゐんほふいん》と聞《きこえ》しも、此《この》ほどうせぬ。いづこも〳〵《いづこも》、かなしき事《こと》のみきゝ給《たま》ふに。さば、たれも千とせのと、せめて〔おぼし〕あきらめ給《たまふ》べし。これ〔は〕、歌《うた》の事《こと》につけて。年頃《としごろ》、心ことにしたしくおぼしたるを。まして、まのまへのあさましかりしにとりそへつゝ。つねよりは。かなしう御《お》心《こころ》とゞめておしま《を》せ給《たま》ふ。のち〳〵の事《こと》まで、くはしくことそへて、とむらひ給《たまひ》ぬ。

一位君《いちゐのきみ》と聞《きこ》えさする。此頃《このごろ》なやましくおはしますとて。又《また》、世中《よのなか》ゆすりて、おどろききこゆ。れいの、かやうのかたに。まづ、とりわきてつかふ《う》まつり給《たま》へば。たび〳〵まい《ゐ》り給《たまう》ふて。よろづおぼしあつかふ。かくいふほどに。みな月《づき》廿二日に。つゐ《ひ》にかくれ給《たま》ひぬ。さるべき御よはひながら。かく御さかへ《え》の、ふたつなき御有《あり》さまにて。このひとつぞ、つゐ《ひ》に御心《みこころ》にまかせぬは、かなしうなん。御所《ごしよ》の御なげきは。さらに聞《きこ》えさすべきにもあらず。大《おほ》かた、天《あめ》が下《した》、な

○**はるけどころ**　はらし所也。
○**さうじ**　精進。
いさめ　進めいましめる。
此頃　宝永二年五月十四日。
紀伊中納言　徳川綱教。享年四十一歳。宝永元年四月十二日に死んだ鶴姫(綱吉長女)の夫。紀伊和歌山城で没したので江戸では十九日に公布された。
ものゝねなど　「音楽は七日停廃」(徳川実紀)。
御心ちのほど　吉保自身の心中から綱教の哀しみと死を察するに。

べてお《を》しみ奉《たてまつ》る事《こと》。いはんかたなし。
　御かたへ、おはしまさせ給《たま》へるおり〔は〕。かしこく拝《はい》し申《まう》せしことなど。とりわきてかなしく、こゝろにおもひ出《いで》らるゝも。なを《ほ》更《さら》にかしこければ。何《なに》かはとて、聞《きこ》えぬなり。御いみなど、これはまた、さまことに。世中《よのなか》おしなべて物《もの》のを《お》と聞《きこ》えず。つれ〴〵と、物《もの》のみかなしうて。過《すぎ》ゆく。後〴〵《のちのち》の御《み》わざなど。又《また》いふもを《お》ろかになむ。
　秋《あき》にもなりぬ。うらめづらしき風《かぜ》のを《お》とも。猶《なほ》、ともすれば、たもとの露《つゆ》くだけつゝ。物《もの》のみかなしう、ながめ給《たま》ふ。いでや、とし月《つき》、いふかひありて。さきの世《よ》の契《ちぎり》ふかく。物《もの》しつるは。さるべきにて、大《おほ》かたの事《こと》のお《を》かしう。又《また》あはれなるにも。まづ物《もの》のはへ《え》あるさまにもてなしたるは、猶《なほ》いとたぐひなくこそありけれ、など、ものゝ《の》お《を》り〳〵《り》には。まづかなしうおもひいでられたもふ《ま》。
　さるは。月花《つきはな》の折《をり》にふれたる一《ひと》ふし〔も〕。めづらかにおもしろきさまを。まづよみ出給《いでたま》へれば、おまへにも、ことゝ《と》あるお《を》り〳〵の

――（以下三三七頁）

御かたへ　当柳沢家へ。

物のをと聞えず　六月二十二日「けふより(略)音楽十六日停廃」(徳川実紀)。

後〲の御わざ　葬儀と法事。

○**うらめづらしき**　古今「わがせこが衣のすそを吹かへしうらめづらしき秋のはつ風」。

たぐひなく　染子が無類にすぐれていたこと。

よみ出　和歌に詠んだ。

○**ことゝ**　事〔と〕。

御かたてには、まづ、こゝろことに、いひかはし給ひきかし。また、ほとけのありがたきをしへにも。年頃《としごろ》いたりふかく物《もの》し給《たま》ふて。さるべきふみなども、大《おほ》かたあきらめ。中〳〵《なかなか》ひじりはづかしうぞおはしける。何事《なにごと》につけて、あらまほしかりしぞかし。

さても猶《なほ》、ゆふべの雲《くも》の、あとはかもなき世《よ》ぞ。さらにかなしうおもひいでらるゝ。御はての頃《ころ》など。まして、かぎりあれば。あはれにてなん。御寺など。又《また》ことさらに。みそ《さ》うよせ、さゝべきつとめ、を《お》こたらず物《もの》すべくせさせたまふ。君。

けふぞとてぬれそふもうき袂《たもと》かな月日《つきひ》はさてもわかぬなみだに

となん。その折《をり》の事《こと》、さま〲、あはれつきすまじうなむ。

かたて　相手。
ほとけの　仏教の。
いたりふかく　深く理解信心していて。
さるべきふみ　おもな経典。
あきらめ　理解していて。
中〱　かえって。
ひじりはづかしう　りっぱな僧侶も恥じ入るほど。
○かぎりあれば　後撰「かぎりあればけふぬぎすてつ藤衣はてなき物は涙なりけり(拾遺集)」。
○みそう　御庄。
君　柳沢吉保の詠歌。

（三一一頁の続き）

○**こぞりて**　挙。みなといふ詞也。世こぞりて、人こぞりてなど云に同じ。

しづかならず　戦乱にあけくれた。

○**ひたぶる心**　無理に物をおしてするやうの心也。

この君　信玄公。

かの国　甲斐国。

しろしめして　統治して。

うつはもの　器量。能力。

ほゐ　本意。

○**とらおほかみ**　猛将の人をそこなふ物。虎。悪《アク》逆無道《ギャクブダウ》の者おほきを豺狼などたとへて多くいへり。又、秦《シン》は虎狼《コラウ》の国なりなど史記にもいへり。

○**苛き政**　苛政。あしき仕置《シヲキ》のきつきを云。苛政は虎よりもはげしと云詞、礼記《ライキ》にあり。

（三一三頁の続き）

偈　仏徳讃嘆の詩。

問答　僧侶同志が法義について論議を闘わせること。

○**とや**　とかやと云に同じ。

かしこ　甲府。

○**はやう**　むかし也。

○**おさ〳〵**　頗也。おほかたといふに同じ。

所せき　所も狭く感じられるほどの人出であったこと。

こたみ　今度。

おなじ廿二日　宝永二年四月二十二日。

四郎　信玄の子、武田勝頼。

○**けいし**　家司。

田野の景徳院　勝頼は天正十年三月十一日に甲斐山梨郡田野で自害し、同地の景徳院に葬られた。

（三一五頁の続き）

まめやかに　懇切に手当をするが。

本上　本性。精神。

やう〳〵　だんだん。

○**ぬるみがち**　熱などあるをいひ侍り。

おまへ　御前。柳沢吉保。

おりたち　立ち入って。はっきりと。

あつかひ　処置を施す。

右京大夫　松平輝貞。
仰ごと　将軍の命令で見舞に来る。
はかなき　ちょっとした。

（三二九頁の続き）

くれまどひ　悲嘆にくれて。
ことはりに　お気持がよくわかるので。
うきぬばかり　つぎ〳〵と流れ出て。
○**よゝ**　なく声也。
侍従君　柳沢吉里。死者染子は実母。
○**こしらへ**　すかすといふに同じ。言なぐさむる義也。
ほれ〴〵　ぼんやり。放心状態。
あるかぎり　全員。
○**うつしごゝろ**　現。
らうがはしく　騒がしく。
むつの守直広　松前。のち名を当広《まさひろ》。御小納戸役。享保三年没、五十九歳。
かしこき　将軍の細かい心遣いを示す見舞に恐縮して。
かしこまり　礼の言葉。

（三三三頁の続き）

再昌院法印　北村季吟。宝永二年六月十五日没。八十二歳。
○**たれも千とせの**　「うくも世の心にものゝ《〔におもふこころに〕》かなはぬかたれも千とせの松ならなくに」〔古今六帖〕。
これは　この再昌院は。
まのまへの　自身の近くの人が亡くなった悲しみ。
のち〳〵の事　葬儀以下の法事のこと。
ことそへて　弔慰を示す物と言葉を添えて。
とむらひ　弔問した。
一位君　桂昌院、綱吉生母。
なやましく　病状が悪い。
よろづおぼしあつかふ　吉保が万事病気治療などの指揮をとった。
みな月廿二日　宝永二年六月二十二日、桂昌院没、八十五歳。
このひとつ　死。

廿二　さとりの巻々《まきまき》　宝永二年秋より冬にいたる

宝永二年七月十二日、吉里君の奥方に姫君が生れる。吉保様は喜んで、自分の名の一字をとり保子と命名。この間の種々の悲嘆を慰める慶事であった。

残暑のきびしい或る日、退出の挨拶に将軍の前に出た折、公務に整理をつけ身をいとうよう御詞をいただいたので、平生から気にしていたすべての文書に連署する義務からの解放と、登下城の際に行き違う相手との礼の省略とを願い出た所、即許、七月十五日より発令された。

吉保様は若い頃から沢山の禅僧との書簡の往来があった。夏の虫干の頃からそれを整理して一書となし霊元院にお願いすると序文と勅題『護法常応録』とを下さった。併せて吉里君実母の参禅録をも編み『胡氏録』と名づけて序を付し、ご自分の編著と一つにして保存した。

章題は、二点の参禅録をさす。

侍従君《じじゆうのきみ》の北《きた》の方《かた》に。此頃《このごろ》、姫君《ひめぎみ》むまれたまひぬ。かねてより、さるかたに。たれも〳〵御心をうごかし。おぼしあつかはせ給《たま》ひたりしに。いとたい《ひ》らかにてあれば。みな、心《こころ》おちゐ給《たま》ふ。七月十二日のほどなれば。あつさは猶《なほ》いとたへがたきに。なにのなやましうしたまふ事《こと》もなし。なに〻《に》まれ。たゞかくめづらかなるをよろこび聞《きこえ》たまふ事《こと》かぎりなし。七夜《ナヽヨ》までのぎしき、さほう《はふ》。又《また》いとめでたし。これは又《また》さまことに。れいのことそぎてともおぼさずかし。よろづに。かひありとおぼしいたづくほどに。なにくれと、いとめづらかに。あらまほしきかぎりをし給《たまふ》。

つるうちにやあらむ。さるべき家司《けいし》。弓《ゆみ》とりもちて。とかく、つき〴〵しきさほう《はふ》、つかふ《う》まつる。いとめづらしきたびの事《こと》にて。いみじう、うれしと見奉《みたてまつ》り給《たまう》ふて。なに事《ごと》も、おもふさまに、おぼしあつかふ。

御名《な》をば、保子《やすこ》とつけ聞《きこ》え給《たまふ》。御名のもじをぞとらせ給《たまふ》。かくて、れいの、みなき〻つたへて。ことぶき申《まうす》こと、よのつねならず。御《ご》

侍従君　柳沢吉里。
北の方　酒井忠挙の四女。
姫君　保子。
心をうごかし　気遣する事也。
七夜　生誕当日の「初夜」に始まり、三夜・五夜・七夜を「うぶやしなひの祝」として祝う。
ぎしきさほう　儀式作法。
ことそぎて　簡略に。
つるうち　弦打。弓弦を鳴らして悪霊の退散を祈る。
○**つき〴〵しき**　つきのよきといふ詞。
御名のもじ　吉保が自

所《しょ》の御かた〴〵にも。きゝよろこばせ給ふ事《こと》、まことにかしこし。

侍従君《じじゅうのきみ》のまだわらはにおはしますころより。らうたがり、おふしたてさせ給《たま》へれば。まことに。めづらかに。うれしとおもほすあまりを。たび〳〵のたまはせつゝ。うち〳〵いとかしこき事《こと》おほくなむ。されど、御所《ごしょ》には御いみのほどにて。さるべき御いはひなど〔は〕。そののちぞ、いかめしきさまに給《たま》はりける。

君《きみ》は、月頃《つきごろ》の御おもひにて。こゝもかしこも、はれ〴〵しからずおぼしてながめさせ給へるに。かう、ひきかへてめでたきさまのひかり。み出給《いでたま》へれば。これにぞ、やう〳〵。むねあく心地《ここち》し給《たまふ》、ことはりになむ。

かく、めづらかなるにつけても、まづ侍従君《じじゅうのきみ》の、今《いま》はあらまほしう。おとなび。とゝのほらせ給《たま》へるを。かぎりなく。たのもしう。みるかひありとおぼす。その頃《ころ》、かひの国《くに》の御馬《うま》。はじめてひきて奉《たてまつ》れるに、侍従君《じじゅうのきみ》へ、

世々《よよ》たえず君《きみ》にひかれむしるべとや道《みち》ふみ分《わく》るかひの黒駒《くろごま》

分の名の「保」の字をとって孫娘に与えた。

○**らうたがり**　いとをしなどいふ様の詞也。
おふしたてさせ　成長を見守ってきた。
いみ　綱吉は生母桂昌院が六月二十二日に亡くなって、まだ二十日ほど。父母の忌は五十日。
君　柳沢吉保。
月頃　数か月来。
○**おもひ**　忌などの事を云。
ながめ　物思いに沈む。
ひかり　希望。
○**職**《ソク》　役《ヤク》めの事。
○**もはら**　専也。
○**さゝやかなる**　こまか

なにごとも、いとおもふまゝに。さかへ《え》い《ゆ》き給《たま》ふに。れいの、御いとまなげなるぞ。さすがにこゝろぐるしうなん。むかしよりことしげき職《ソク》に、さだまりおはして。年月《としつき》もはら御さかへ《え》のそふにつけて。大《おほ》かたのさゝやかなることなどは。はぶき捨《すて》、さるべきかたに。ゆづり申給《まうしたま》へど、猶《なほ》、いと、よろづ。御のがれ所《どころ》なく、さしつどひつゝ、さすがに。いとおもだゝしう、世《よ》の心《こころ》よせなど〔は〕、さるものから。いかではた心しづかに、などは、ことにふれて、いかゞはおぼさざらむ。致仕《ちじ》などせさせ給《たま》はんも。今《いま》は、いとかたげなゝめるいきほひにて。まづとかくのこと、かゝづらひがちにて、すぐひ《い》給《たまふ》。

此《この》とし頃《ごろ》。御所《ごしよ》にまい《ゐ》らせ給《たま》ふに。所〳〵《ところどころ》のあづかり、御《み》門守《カドモリ》やうのものなど、みな、下座《げざ》といふ事《こと》。物《もの》して。うやまひ奉《たてまつ》る事《こと》。これは、さだまりのおほやけわざにて。これらのつかさには。みなつねにすることとなりけり。日《ひ》ごとにまい《ゐ》らせ給《たま》ふ道《みち》すがら。こゝかしこに、あまたうづくまりつゝ。けいめいしあへるを。さすがに、人《ひと》

なるを云。
おもだゝしう　名誉であり。
世の心よせ　人々の信任。
さるものから　それも大事なことは判っているが。
心しづかに　俗世を去って静ひつな生活を願う、と。
致仕　退職、隠退すること。
すぐひ　過し。
○**あづかり**　奉行。
下座　座を下って平伏する。
さだまり　規則。
おほやけわざ　公式の儀礼。

なめげなるわざやあらむとおぼせば。こちたき御いきほひの、人めにこそありけれ。かへりては御心《こころ》のひまなくて、わびしき事《こと》におぼす。

又《また》、世中《よのなか》にある。何のきみ、かの守《かみ》と聞《きこ》ゆる人々《ひとびと》の。さるべきこと〻《と》あるときは。御所《ごしよ》に奉《たてまつ》りものしつ〻。さしつぎては。こなたにもてまい《ゐ》ること。むかしよりたえず。これも、おほやけだちて。みな物《もの》する事《こと》にて。さすがに、辞退《スマヒ》給《たま》ふべきも、いとかたし。かやうのはかなき事《こと》につけても、いかで人《ひと》の心やぶらじとおぼしめぐらすほどに。げに、三《み》たびかみをにぎるばかりの。御いとまなさは。中《なか》〳〵《なか》心《こころ》ぐるしき事《こと》におぼすべし。

右京大夫《うきやうのだいぶ》どの〻《の》。今《いま》はさかりのありさまにて。大《おほ》かたのおほやけごと、たちならびはからひ給《たま》ふに。さしつぎては。先《まづ》、人《ひと》も心《こころ》よせ聞《きこ》え、すべてのこと、とかく物《もの》し給《たま》へば。いでや、これらのこと。かしこにゆづりてばや、などおぼすことたえず。

秋《あき》あさき日の。まだいとあつき頃《ころ》。御所《ごしよ》よりまかゝで給《たま》はんとて。

つかさ　役職にあるもの。

けいめいしあへる　そろってあれこれ礼を尽そうとする。

人なめげなる　無視すれば無礼になると思うとそれもできず。

こちたき御いきほひの人め　権勢の強さに従って人の注目度が高いのはわずらわしいことだ、と。

心のひまなくて　絶えず人めにさらされるので余裕がなくなるから。

おほやけだちて　いつのまにか幕府の決めたことのようになって。

おまへにおはして、まかり申《まう》させ給《たまふ》。

「まだ、いといみじきあつさかな。ことしげくては、とりわき心くるしき頃《ころ》にこそあれ。すべて、たゞ、心《こころ》のつかれぬやうをなむ。大《おほ》かたの事《こと》は、はぶきて」。などのたまはするに。〔いで〕かゝるついでに、ほいの事。中《まうし》奉らむとおぼして。

「いともかしこき仰《おほせ》ごと。たび〳〵うけ給《たま》はりぬ。つかふまつるすぢは。とかく、かけてもいかゞになん。つゆばかりも、らうをお《を》しみ。はゞかる心《こころ》ざしは侍《はべ》らず。たゞ、とし頃《ごろ》とりたてゝ。なやましう、など申《まうす》ばかりも侍《はべ》らねど。いかなるにか。此《この》ほどゝ《と》なりては。すべてあやしう、屈《ク》しがちに侍《はべ》りてなん。を《お》のづから、おろそかなる事《こと》もこそと。いよ〳〵心《こころ》をおこして。せめてつかふ《う》まつるほどに。を《お》のづから、ことしげくては。えたへぬすぢも、かう〳〵なん侍れば。是《これ》、いかで御ゆるし給《たま》はりてぞ。たゞ一《ひと》すぢになん、つかふ《う》まつるべきとおもひ。ねがひわたり侍《はべ》る」など。御ほいの事《こと》、こまかに申《まう》させ給《たまひ》てげり。

やぶらじ　傷つけまい。

○**三たびかみを**　周公旦《シウコウタン》と申せし聖人は、周の文王《ブンワウ》の子、武王《ブワウ》の弟、成王《セイワウ》の叔《ヲヂ》にておはせしに、一たび髪《カミ》あらふ内に三たびも髪をにぎり、一たび食事し給ふに三たび口にふくみしいひを吐《ハキ》て、天下の士たる人のまみえ奉らんといひしに対面給りしと也。これぞ世の賢人の心をとりぞこなひて失なはじがためなりけるといふ義。史記に侍り。

右京大夫　松平輝貞。

おほやけごと　幕政。

——（以下三三八頁）

御所《ごしよ》にも、いとことはりに聞《きか》せ給《たまう》ふて。みなゆるさせ給《たま》ひつ。れいの、ねんごろに。さま〴〵なるおほせごとかしこし。さて、やがて、執政《しつせい》の人々《ひとびと》うけ給《たま》はりて。うちとのつかさ〴〵《つかさ》に、申《まうし》ふくめつ。連署《レンショ》といふも申《まうし》のがれ給《たまう》ふて。右京大夫《うきやうのだいぶ》どのひとりにぞゆづり聞《きこ》え給《たま》ひける。

ことの心《こころ》をえぬ、うとき人々《ひとびと》は。いかなるにか、など、はじめはおもひ、うたがひけれど。やう〳〵、ねがひによりてかくなん。わざとかへし奉《たてまつ》らせ給《たま》ひぬときゝて。いよ〳〵すぐれておもひきこえさせける。

いまぞ、〔まゐり〕まかゝで給《たま》ふも。心やすくならせ給《たまふ》。えさらぬ事、うち〳〵には、さいへど、猶《なほ》おほかれど。いまは、一《ひと》すぢに心《こころ》やすく、など、よろこびのたまはす。大《おほ》かたのようゐ《い》、ありさまよりして。人《ひと》のもてなし聞《きこ》ゆることは。猶《なほ》かはらず。さるかたに。いよ〳〵おもだゝしさまされり。

秋《あき》もくれぬ。霜月《しもつき》ばかり、悦子君《えつこぎみ》。もがさをなん、やませ給《たま》ふほ

ことはりに　当然のこと。
執政　老中。
うちと　内外。
連署　「在封の輩、御起居伺ひ奉る書翰は、吉保が名を除き、松平右京大夫輝貞一人の宛所たるべし」(徳川実紀・七月十五日)。
右京大夫　松平輝貞。
かへし　職権を返上した。
まゐりまかゝで　出勤も退庁も。
一すぢに　勤務奉公のあり方が単純になったので。
ようゐ　用意。心遣い。
人の　周囲の人々が。

どに、なにかと所《ところどころ》〳〵おぼしあつかふ。されどはかなくて、かくれ給《たまひ》ぬ。此《この》ごろ世中《よのなか》には。もてなやむ事《こと》にて。人《ひと》おほくそこなはるゝとはきけど。まだかくちかきあひだの御うれへとは。おぼしかけず。いづかたにも、御心まどはし給《たまふ》。むこ君《ぎみ》などさるかたに。あはれつきせず。心ことに御とむらひし給《たまふ》。

まことや。君《きみ》は、とし頃《ごろ》心宗《しんしゅう》のふかきさとり、えさせ給《たま》へるほどに。世中《よのなか》にありとある。こゝらのひじりにあひて。禅門《ぜんもん》のおくの心《こころ》を、たゝきたゞさせ給《たま》へり。さきにもくはしう聞《きこ》えつ。さて、とし頃《ごろ》とりかはさせ給《たま》へる文《ふみ》こそ。まことに、いつゝのくるまにもあまるばかり、つもりにけれ。

むかしより、とかくのこと、ひまなくおはして。かやうのかたは、まづうちすてを《お》かせ給《たま》へれば。あるは心《こころ》なき火の神《かみ》のもてさりなどして、うせぬるを。猶《なほ》はた、を《お》のづからおちのこれるもありて。おまへさふらふものなど。ひとつふたつかきあつめてけり。夏《なつ》の日《ひ》のいとながきに。文庫《ぶんこ》どもあけさせて。さるべき書《しょ》などさらすつるゐ《い》で。

おもだゝしさ　吉保一個の人格の面立たしさ。重要さ。
霜月ばかり　宝永二年十一月。
悦子　吉保養女。上野国安中城主、内藤丹波守政森正室。
○**もがさ**　疱瘡。
心宗　仏心宗。禅宗。
こゝらのひじり　たくさんの高僧。
禅門のおくの心　禅宗の奥旨。
たゝき　教えを求め。
たゞさせ　真意を追究する。
さきにも　第四帖「みのりのまこと」参照。

——(以下三三八頁)

これをみつけて、奉《たてまつ》れりしかば。御つれ〴〵のかたてに。御《ご》らんじつゝ。さらに又《また》御みづからえらびて、物《もの》し給《たま》へり。

むかし、さま〴〵。かたらはせたまへるひじりたちなど。あるはなく。今はたのこれるも、あはれにて。ひたすら、かへし御《ご》らんずるほどに。たゞまのまへに、あつまりまい《ゐ》れる心地《ここち》したまふ。これ、いかでくちお《を》しうはなさじ。されど。みづからとかく物《もの》せんも。かたはらいたし。おなじくは、人《ひと》おろそかならず物《もの》すべく。なしを《お》かばやなど。おぼしわたりて。ことしの夏《なつ》。院《ゐん》のみかどの勅名《ちよくめい》給《たま》はらせ給《たま》へり。『護法常応録《ゴホフジヤウオウロク》』とぞいふ。又《また》、秋《あき》になりて。勅序《ちよくじよ》をさへなん、えさせたまひぬ。院《ゐん》の御覧《ごらん》じつゝ。かんじ下《くだ》さるゝあまりとぞ聞《きこ》えし。かゝるほどに。いみじう御ほいにもこえて。うれしう、おぼろけならずと。おぼす。いまぞ、後《のち》につたへん事《こと》かろらかならず、いとおも〳〵しき文《ふみ》なりけり。

さて、かくては人《ひと》のえ読《よみ》とくまじければ。鈔《せう》などもせさせ給ふ。序《じよ》も、いとめづらかに、おもしろくかきての給《たま》へり。

えらびて　編集執筆して。
○**なく**　無。
おろそかならず　粗末にしないように。
院のみかど　上皇、霊元院。
かんじ　感じ。感動して。
ほい　本意。
○**おぼろけならず**　つねていならぬと申詞。
読とく　理解する。
鈔　注釈。解説。
侍従君の母君　側室、染子。
此道　禅学。
心ばへ　意味するところ。
よみがたかゝなる　理

そのかみ、侍従君《じじゆうのきみ》の母君《ははぎみ》の。まだいとわかくおはせし時《とき》より。あやしう此道《このみち》に心《こころ》ざし給ふ《たまう》て。君《きみ》のつゐ《い》で物《もの》して、さるべきひじりにとひつゝ。ことの心あきらめたまひつ。おまへにても。朝夕《あさゆふ》論《ロ》じ申《まうし》給《たま》ひなどせしかば。此録《このろく》えらばせ給《たま》へる頃《ころ》。心《こころ》ばへ《え》のよみがたかゝなるをば。女《をんな》もじして、とき申給《まうしたまふ》べくほいありけるを。ほどなくうせ給ひて。うちたえたるを。こたみ、かつは、かのほいおぼしいでゝ《て》。みづから鈔《せう》せさせ給《たま》ふなりけり。さて又《また》かの母君《ははぎみ》の。年月《としつき》まねびをき《お》給《たま》へる文《ふみ》をも。えらびとゝのへたまふ《う》て。『胡氏録《コシロク》』と名づけ給《たまふ》。是《これ》も、序《じよ》など書《かき》て。御みづからのろくにそへ給《たま》へり。そのほどのこと。さま〴〵に。いみじき事《こと》、猶《なほ》おほかれど。たゞひとつふたつをなむ。今《いま》おもひいでゝ《て》〔と〕ぞ。

解しにくい。
女もじ　仮名文。
ほい　念願。
こたみ　此の度。
みづから　吉保自身が。
まねびをき　学習の成果として書かれた。
えらびとゝのへ　整理編集して。
御みづからのろく　吉保自著の『護法常応録』。
いみじき事　鮮烈に記憶されていること。

(三三二、三頁の続き)

たちならび　吉保とともに。

さしつぎて　吉保に続いて。

心よせ　信頼を寄せ。

これらのこと　吉保が負うている幕政上の責務。

○**秋あさき日**　初秋の事。

○**まかり申**　いとまごひ也。

かゝるついで　以下は、宝永二年七月十三日の出来事(楽只堂年録)。

○**ほい**　本意。

かけて　兼務して。

○**らう**　労字。つかるゝとよめり。

なやましう　病気がある。

○**せめて**　親切也。

ほいの事　心中で願っていること。

(三三五頁の続き)

文　書簡。

○**いつゝのくるま**　荘子《サウジ》に、恵子《ケイシ》といふ人さまぐ〳〵のみちにくはしく、其書《ショ》をたくはふる事五車なり、と侍り。

かやうのかたは　このような宗教に関する方面は。

○**火の神の**　やけたる事也。火の神を祝融と云。回禄も火の神也。火にやけたるを回禄とも、又祝融に付《フ》するなど云事、古書にもあまた見えたり。丙丁童子《ヘイテイドウジ》ともいへり。

○**文庫**　書物のくら也。

さらす　虫干をする。

廿三　大宮人《おほみやびと》　宝永三年二月三月

綱豊様が、将軍にならって自分も柳沢邸訪問を希望するので、宝永三年二月十一日に招待。将軍の御成御殿と別に、次の将軍のためにも新しい御成御殿を築造する。来訪には、将軍御成の時に随伴する諸侯がみなおいでになる。献上品は、名刀、すばらしい鞍を置いた甲斐駒をはじめ、織物・古典籍の数々など。綱豊様の高い趣味に合せて特別な配慮が加えられた。綱豊様からも同様の品々がどっさり。趣向の数々に満足してお帰りになると、改めて礼の品々が寄せられ、吉保様はまた吉里様とともに返礼に参上し、また将軍をはじめ諸方に御礼の贈り物を数々献げる。

都の上皇霊元院に昨年の『護法常応録』について「謝表」を捧げ、併せて当家の学者に作らせた『護法常応録』の注解をも献上した。三月には恒例の勅使東下として、清閑寺大納言凞定卿がおいでになった。少し縁もあるので当家にもお招きして花の下で一日の歓をつくす。章題は、凞定卿を迎えての吉保の詠歌中の語。

西《にし》の御所《ごしよ》の、やむごとなくさだまらせ給《たま》ひて、大《おほ》かたの御ありさま、御所《ごしよ》の御もてなしにかはらず、たちつゞきおはしますに、御所《ごしよ》には、折《をり》〳〵《をり》、こゝにわたらせ給《たま》ふ事《こと》の、とし〴〵にたゆる事《こと》なく、わたくしの御心《こころ》やり所《どころ》などのやうに、おぼしわたるを、さることゝ《と》きこしめしを《お》きて、此春《このはる》おはしますべき、御《み》けしき給《たま》はらせ給《たまう》ふて、其《その》御まうけども、ひまなし、こぞより御けしきありて、たび〳〵、のたまはするを、

「さて、まち聞《きこ》え奉《たてまつ》らむは、げにいとかしこく侍《はべ》るべけれど、年《とし》頃《ごろ》、大《おほ》かたの身《み》のほど、物《もの》やみがちに、よろづを《お》ろそかになん、なりにて侍《はべ》れば、すくよかにかけはしりて、つかうまつらん事《こと》も、いとかたくなん侍るべき、さるは中《なか》〳〵《なか》を《お》ろかなりと、御覧《ごらん》じられ奉《たてまつ》らん事《こと》も、いとかしこくを《お》それ入《いり》てなん」など、申奉《まうし》り給《たま》へど、せめてお《を》かしとおぼしを《お》きて、仰《おほせ》ごと給《たま》ひ、かつは、かたじけなきめんぼくのほど、なを《ほ》ざりならねば、しゐ《ひ》ても辞退《スマヒ》奉らせ給《たま》はず、かく〔て〕まち奉《たてまつ》らせ給《たま》ふなりけり。

西の御所　綱豊。
御もてなし　柳沢家が次期将軍に接待するあり方。
たちつゞき　現将軍に准じた接待をして。
わたくしの　私的な。
心やり所　気分転換の場。
おはしますべき　綱豊が柳沢邸訪問の希望を告げて。
かしこく　有難く。
○**すくよか**　健。すくやか也。
せめて　強いて。
おかしと　柳沢邸訪問は楽しいことだと。
仰ごと　綱豊が吉保に柳沢訪問の希望を告げ

すべての事《こと》、御所《ごしよ》のにかはらず。猶《なほ》はじめてのたびとて。めづらかなるさまを、くはへたまへり。

おまし所《どころ》も。この御《ご》れうに。こたみつくりそへさせ給《たま》へり。ことゞもあらため給《たまう》ふて。二月十一日と聞《きこ》ゆ。とのゝ《の》うちのき〔よ〕らは、いふもさらなり。なにならぬ御でうどまで。みな心《こころ》ことなるを。かざりとゝのへさせ給へり。れいの御屏風《びやうぶ》やなにやと。光《ヒカリ》みちたるさまは。めもあやにて。中〱《なかなか》いひもつくさずなん。れいの大御所《おほごしよ》のお《を》りに。まい《ゐ》りたも《ま》ふ人々、のこらずおはして。とかくあつかひ聞《きこ》え給。

たつの時過《ときすぎ》て入《いら》せ給《たま》ふ。君《きみ》は、わか君《ぎみ》。むこ君《ぎみ》。みなうちぐし。出迎《いでむかへ》奉《たてまつり》給《たまふ》。さるべき御一《ごいち》ぞくも。所《ところ》をかへていでゐ給《たま》へり。さて御こし入《いる》ほど。御気色《みけしき》ありて、あないし給ふ。まや橋《ばし》の少将《せうしやう》をはじめて。人々、お《を》さめどのゝ《の》かた。三《さん》の間《ま》を過《すぎ》させ給《たま》ふ時《とき》に。拝《はい》し奉り給《たまふ》。

おましにつかせ給《たまう》ふて後《のち》。さま〴〵いかめしきことおほかり。御《ご》

たこと。
おまし所　綱豊の御座所。休息の間。
この御れうに　綱豊専用の部屋として。れうは料。
こたみ　このたび。
ことゞも　諸事。
あらため　点検。
二月十一日　宝永三年二月十一日「大納言殿、初て松平美濃守吉保がもとにならせ給ふ」(徳川実紀)。
でうど　調度。
大御所　綱吉をさす。
たつの時過て　午前八時頃。
君　柳沢吉保。

——(以下三五二頁)

所《しょ》の御もてなしに、今《いま》すこしはじめてのぎしきくはへて。大《おほ》かたのさま、おなじければ。もらしつ。

けふのたてまつり物《もの》は。御太刀《たち》一《ひと》ふり。友《とも》なりといふが作《つく》れるなり。かひの駒《こま》のかはらげなるに。いみじきくらを《お》きたる、奉り給《たまふ》。侍従君《じじゅうのきみ》よりも。御太刀《たち》。御馬《うま》。おなじさまのいみじきをぞ。奉《たてまつ》れ給《たまふ》。四郎君《しらうぎみ》、五郎君《ごらうぎみ》は。御太刀、御馬代《うましろ》にて、奉り給《たまふ》。これは、かしこまり申《まう》させたまふ時《とき》なり。

又《また》、是《これ》より、からを《お》り、わた。侍従君は。御ぞ。つぎのわか君《ぎみ》たちも。御ぞ。母君《ははぎみ》、北《きた》のかたよりも。からのきぬ。侍従の君の北《きた》のかたも、おなじさまなり。ひめ君《ぎみ》たちはじめて。御かた〴〵もおなじ。みづからも、これがしな、奉《たてまつ》る。

御むこ君《ぎみ》たちも。お《を》りひ《う》づものなど、てうじてさゝげ給《たま》ふ。

又《また》、うち〳〵に奉《たてまつ》り給《たま》ふ物《もの》。いとまれなるたぐひおほかり。御《み》はかし、大小《だいせう》、みな世《よ》になき作《さく》を。いと今《いま》めきうるはしうかざりたる。

又《また》、よのたから物《もの》にすめる。からかきといふ御茶入《ちゃいれ》。朱文公《しゅぶんこう》のかき

友なり　「真の太刀一腰、友成が作にて長さ二尺四寸。代、金拾枚の折紙あり」(楽只堂年録)。
侍従君　柳沢吉里。
四郎君　柳沢経隆。
五郎君　柳沢時睦。
是より　柳沢吉保から。
からをり　唐織。
御ぞ　御衣。着物。
みづからも　本書の筆者、正親町町子自身も。
これがしな　同じ品物を。
むこ君　松平輝貞・黒田直重・酒井忠挙。
おりひづもの　折櫃物。檜重。
うち〳〵に　公的儀礼

たる物《もの》に。ぢ《で》やう《ふ》、あまたをぞ奉れ給《たまふ》。侍従君《じじゆうのきみ》も御はかし。大小《だいせう》、おなじごと、いみじきものなり。つばといふもの、れうしの箱《はこ》、硯《すずり》などなり。さて、朗詠集《らうえいしふ》二《ふた》まき。後《ご》ふしみの院《ゐん》。後二条《ごにでう》の院、ふた所《ところ》のかゝせ給《たま》へるをぞ奉れ給《たまふ》。四郎君《しらうぎみ》。五郎君《ごらうぎみ》。これも、名《な》ある御《み》はかし一《ひと》ふりに。からの香炉《かうろ》、花《はな》がめなどなり。母君《ははぎみ》よりは、西行上人《さいぎやうしやうにん》の歌合《うたあはせ》。みづから書《かき》たるに。御ふみだな一《ひと》よろひそへて、奉《たてまつ》れ給《たまふ》。北《きた》のかたより、為明卿《ためあきらきやう》の書《かき》たる金葉《きんえふ》集《しふ》に。いろ〳〵の香合《かうばこ》、みないみじきまき絵《ゑ》、かたちなど。お《を》かしくしたるなり。御屏風《びやうぶ》など。絵所《ゑどころ》のこれかれにあてゝ《て》わざとめでたく、けう《きよう》あるさまに書《かか》せたるを。あまた奉れ給《たま》へり。どんす、おほくそひたり。

侍従君《じじゆうのきみ》の御方《かた》よりは。世尊寺行房卿《せそんじゆきふさきやう》の書《か》ける詞花集《しくわしふ》。しゆちん、そへ給《たまふ》。ひめ君《ぎみ》御かた〴〵みな、いろ〳〵のそめ物《もの》。からのきぬなど。とり〴〵にうつくしうてあり。お《を》りひ《う》づものなど。みなそへ給《たま》ふ。こなたにてみな、さるべきさまに。しなわかちてうじて。物《もの》

として記録にとどめらるものと別の贈答品。

世になき　二つとない。

今めき　現代工芸の粋を尽した。

からかき　未考。

茶入　茶を入れておく器。

朱文公　朱熹を敬っていう。「朱文公の自著せる周茂叔の讃を書けるかけ物一幅」(楽只堂年録)。

つば　刀の鍔。「三十枚」(同右)。

朗詠集　和漢朗詠集。「二軸。代金百枚の折紙あり」(同右)。

――(以下三五二頁)

し給《たま》ふ。いといとう、きよらをこのませ給《たま》へると。みしり聞《きこ》へ給《たま》へれば。とりわきまめやかに、御心そへて。おほせつれば。ことは《わ》りにいみじ。

との〳〵にかざり給へる御でうども。お《を》かしと。御めとゞめ給《たま》へるものは。やがて奉《たてまつ》らせ給《たまふ》。なにも〳〵、いへばよのつねなれば。くはしうはきこえにくゝなむ。

けいしも、さるべきは。みな、御太刀。御ぞ。きしきのまゝにさゝげて。拝《はい》しつ。

さて又《また》、御を《お》くり物《もの》ぞ。さいへど、猶《なほ》いとことなる。いで、いとあまりめでたしとおもへることは。さばれ、人《ひと》の、をこがまし、さしすぎたり、などいはんも。えはゞからじ、とて。ひとつふたつ。かたはしかきつゞくるなりけり。

まづ、かねひらとかや作《つく》れる御かたな。当麻《たいま》といふ御さしぞへ。御ぞ。どんす。さけ。さかな。そひたり。さて御馬壱疋《うまいつぴき》をぞひかせ給《たま》ふ。いみじう、しろかねこがねをのべて。かざりたるくらをき《お》て。

きよらをこのませ　美麗を好む。おしゃれ。
との〳〵　それぞれの建物ごとに。
でうど　家具、調度。
やがて　そのまま。即座に。
○**けいし**　家司。〔柳沢家の役人。〕
きしき　規式。面会に際して高貴の尊上に献ずべき物品が慣習法的に前例として定められていた。
かねひら　「包平が作の刀。一腰、長さ二尺四寸五分にて、代、金百枚の折紙あり。当麻の脇差一腰、長さ八寸六分半にて銘なし。是

ひき出《いで》たるほど。いみじうはなやぎたるさまは。めもおよばずぞありける。

侍従君《じじゆうのきみ》には。国宗《くにむね》が打《うち》たる御かたなに。正《まさ》むねと聞《きこ》ゆる、いにしへいまの上《じやう》ずにすめるが物したる、御さしぞへなり。みな、かざりよりはじめて。今《いま》めかしう、きよらなること、いへばさらなり。わたあまた。御馬一疋《うまいつぴき》なり。これも、おなじさまにさうぞきつゝ。いづれも〳〵名《いづれもな》ある御馬《うま》なり。千《ち》さとをゆかんひづめ。おぼつかなからず。ひろ庭《には》に、いさみ出《いで》たるほど。わかき殿原は。いみじう。めとゞめたり。

四郎君《しらうぎみ》に〔は〕、国宗《くにむね》の御かたな。五郎君《ごらうぎみ》には、びぜんの是介《これすけ》とかや打《うち》たるのなり。からのきぬなど、紅《クレナヰ》、白《シロキ》とまじへたり。

母君《ははぎみ》。北《きた》のかた。侍従君《じじゆうのきみ》の御かたなど。みな、わた、いとこちたく、雪《ゆき》の山《やま》つくり出《いで》たらむ心《ここ》ちす。とり〴〵に。さけやさかなやとそへて。たまはせたり。

けふ拝《はい》せし家司《けいし》。あふひの御ろく給《たま》はす。又《また》御かたてつかふまつ

にも、代、金百枚の折紙あり」(楽只堂年録)。綱豊より吉保への贈り物。

国宗 「吉里に国宗の御刀、正宗の御脇差」(徳川実紀)。

○**千さとを** 名馬は一日に千里をかけるといひ伝へて、千里の馬など、古書に多くいへり。

○**ひづめ** 蹄。

四郎君 「伊織経隆に備前守家の御刀、左門時睦に備前是介の御刀、各紅白縮緬三十巻、箱肴そへらる」(同前)とある。

母君北のかた 「其他の女子等へも綿百把、

れる家人《いへびと》。みななべて御ろくかづけわたすほど。れいもかゝる事《こと》はあれど。これは又《また》さまことに。かしこまり申《まうし》て。ゆきちがへるぞ。ことは《わ》りにはなやかなる。

さて、ぎしきなどいふかたはてゝ《て》。御うちのはかせども。仁《じん》といふもじ、論議《ろんぎ》つかうまつれり。

さて、鎗《ヤリ》、太刀《タチ》のわざなどいふ事《こと》。家《いへ》のものども、とり〴〵物《もの》して。御《ご》らんぜさせつ。御所《ごしょ》のおまへ、けう《きょう》にいらせ給《たま》ひてにやあらん。御みづから、けしきばかりとりて、つかはせ給《たま》ふ。よきほどにことお《を》はりて。にゐ《ひ》どのにて、お物《もの》すゝめ奉《たてまつ》る。

御さかづき、わか君《ぎみ》たちまでもみな、給《たま》はらせ。かへし奉り給《たま》ふ。さて、御茶《ちゃ》、あるじの君《きみ》。みづから奉《たてまつ》れ給《たまひ》。いたゞき給ひなどす。御まへ、いと御《み》けしきよく。伊《い》賀《が》かたつきといひける御茶入《ちゃいれ》。ふるきうたかゝせ給《たまひ》たるなど。てづから給《たま》はらせ給《たまふ》。とりていたゞき給《たま》ふ。かしこまり申奉り給《たま》ふ事《こと》、かぎりなし。此《この》とき、わか君《ぎみ》たちも。とり〴〵にいみじきからゑ。香《かう》の具《ぐ》など。あまた給《たま》はり給《たまひ》ぬ。こと

箱肴なり」(徳川実紀)。
かたて 綱豊が「兵法」を行った相手。

家人 柳沢家の家臣。
ぎしき 儀式。挨拶、贈答。
御うちのはかせ 柳沢家のお抱えの学者。荻生徂徠他十一名。
○**もじ** 文字。
けう 興。
○**にゐどの** 新殿。
御まへ 大納言綱豊。
伊賀かたつき 肩衝は茶入の肩のやや角ばったもの。
ふるきうた 「御詠歌を御筆に遊ばされたるを一枚」(楽只堂年録)

〴〵にかぞへたてんもうるさしや。

かくて、さるがくはじめて。おもしろきさまの。御遊《あそ》びせさせたまふ。暮《くれ》はてゝのちぞ、かへりおはします。かへさにも。又《また》みな拝《はい》し奉《たてまつ》らせ給《たま》ふ。北《きた》のかたより。源氏物語《げんじものがたり》のめづらかなる本《ほん》に。を《お》り物《もの》などあまたそへて、奉らせ給《たま》ふ。いと御けしきよくて。おまへより。又《また》、とり〴〵に。御たまもの、いと、になし。いと、あまりおほくて。大《おほ》かたの事《こと》は。きゝもを《お》かざりけり。

やがて。わか君引《ぎみひき》ぐし、まい《ゐ》らせ給《たまひ》て。みな、かしこまり申奉らせ給《たまふ》。けふはじめて、かくわたらせ給《たまふ》に。すべて、いと御けしきのよかりつるを。うれしく、かひありと。みな悦《よろこ》び給《たま》ふ。大御所《おほごしよ》。たいのうへなどはじめて。けふ、所〳〵《ところどころ》に、さま〴〵の奉《たてまつ》りものせさせ給《たまう》ふて。かしこまり申《まうし》たまひぬ。こなたにも、あまた御を《お》くりものあり。

つとめても。こなたかなたにを《お》くらせ給物《たまふもの》。かぞへ聞《きこ》えんも。よ

によれば、綱豊の自詠自筆であり、古歌ではない。
からゑ　唐絵。
さるがく　申楽。能。
になし　比べ物もない。
まいらせ　吉保が綱豊の所へ挨拶に参上する。
大御所　将軍綱吉。
たいのうへ　台の上。綱吉正室、鷹司信子。
かしこまり　礼の挨拶。
○**つとめて**　翌朝。

〔三四八頁〕
御所　将軍綱吉。
○**おさめ殿**　物を入る所をいふ。
ろうがはしき　乱がはし。混乱するほど。
ことのはみじかき　言

のつねなり。きのふ御供《とも》に。おはせし人々。大《おほ》かた、上下《かみしも》となく。みなを《お》くり給《たま》ふ。

れいの御所《ごしよ》おはしまさせ給ふは。大《おほ》かた、あまたとし。いみじさもおなじさまの。たゞいかめしきなり。これは又《また》、いとめづらかに。はじめてのたびのしるし、めでたしと。人《ひと》もおもふべきばかり、なし聞《きこ》えばやと。おぼすなるべし。大《おほ》かた、お《を》さめ殿《どの》。御倉《ミクラ》などにあるかぎり。つくして物《もの》せさせ給《たま》へば。いとろ《ら》うがはしきまで、はこびあへり。いかにも〳〵《いかにも》、いひたてんとするに。れいの、ことのはみじかきくせは、えもいひあへずなむ。

此《この》ごろ、院《ゐん》のみかどに謝表《じやへう》奉《たてまつ》らせ給《たま》ふ。こぞ、勅序《ちよくじよ》などたまはらせ給《たま》へるかしこまり申《まうし》給ふなりけり。此《この》つゐ《い》で、よのつね。御歌の勅点《ちよくてん》など。たび〳〵給はり給《たま》へる事《こと》も、かゝせ給《たま》へり。「たゞいさゝか、法味《ほふみ》にそみ給《たま》へる心《こころ》のうちのわたくし事《ごと》を。おもほえず。はこやの山《やま》の日《ひ》かげ。ひかりことにてらしみそなはし。ひきゝに聴《キヽ》て。いやしきをすてさせ給《たま》はず、つゐ《ひ》にかく、世々《よよ》くち

表する能力に乏しい。**院のみかど** 上皇、霊元院。○**謝表** 礼をいふを謝すると申侍り。○**こぞ** 去年。宝永二年。**勅序** 吉保編『護法常応録』は霊元院が題名と序を与えた。「謝表」は宝永二年十二月十五日付であるが、宝永三年二月十六日付で京都へ向け送られている。○**いさゝか** 表の詞の内。**法味** 仏法の妙味。**はこやの山** 藐姑射の山。仙境。上皇御所をいう。**ひきゝに聴て** 低きに聞きて。身分の低い者

すまじう。つたへむ物《もの》となしぬるが、かしこき事《こと》」と、いとこまかに、かゝせたまへり。

「くもりなき、あまつ日《ひ》かげを、ある時《とき》はさゞれ石《いし》にやどして、たちまちに玉《たま》となることのはにおどろき。久《ひさ》かたの空《そら》のごとき。御こゝろは、もよぎがもとの虫《むし》のありかをへだてず。ことに雲《くも》ゐの月《つき》をかんずることふかし」など。くりかへし、いとおほかれど。ことぐ〱しきまんなの。もじのたゝずまひ、中《なか》〱《なか》ふかくしもえたどらねば。いとくちおし《を》。みちのくに紙《がみ》の、いときよらなるに、かきたまへり。箱《はこ》は、うちのかたを。にしきをもてはりて。外《そと》は木地《きぢ》なり。華足《ケソク》にのせたり。

すべて奉《たてまつ》り物《もの》などは。そのおり《を》から、何《なに》くれと。めづらしきさまに奉り給《たま》へりしかど。猶《なほ》あかずかたじけなしとおぼすなるべし。

もろこしには常《つね》にすなることとなれど。此《この》くにゝ《に》は。いにしへこそありけれ。ちか頃《ごろ》は、おさ《を》〱《さ》きこえいでぬ事《こと》にて。これかれとかぞふるばかりなるを。今《いま》〔は〕、すたれたるをおこさせ給《たま》ふ時《とき》にて。

の言にも耳を傾け。
まんなのもじ　漢字。
えたどらねば　読解できないので。
みちのくに紙　檀紙。
○**華足**　あしをくりたる台也。
そのおりから　昨年、序文を頂戴したときに。
○**もろこしには**　上表の事。
○**すたれたるを**　文選《モンゼン》「廃《スタレ》タルヲ興《ヲコ》シ、絶《タヘ》タルヲ継《ツ》グ」。
［三五〇頁］
御心に　霊元院の心に。
やがて　まもなく。
かんじ　感心して。
常応録鈔　『護法常応録』の注釈書。『護法

かやうの事《こと》なども、とりわき。御心《こころ》にかなひ〔て〕ぞありけんかし。

さて、やがて、かんじ下《くだ》さるゝのよし、きこゆ。『常応録鈔《じやうおうろくせう》』などもかゝせて、奉《たてまつ》れ給《たま》へるを。やがて御蔵《みくら》におさめられにけり。

やよひには、みやこより、れいの事にて、勅使《ちよくし》はじめて、あまた下《くだ》り給《たまふ》。清閑寺大納言《せいかんじのだいな》凞定卿《ごんひろさだきやう》は。院《ゐん》の御使《おつかひ》にて下《くだ》りたまへるを。さるべきおほやけごとなどはてゝ。こなたにまねかせ給ふ。御あるじなど。さるは、いと心《こころ》ことにまうく。物《もの》の音《ね》すこしうちならして。けう《きよう》ぜさせたまふ。わか君《ぎみ》たち、けしきばかり、たちてまひ給《たま》へるを。かぎりなくめでたしと、まろう《ら》ともおぼしたり。ひぐらしもてなし聞《きこ》えたもふ《まう》こと。大《おほ》かたならず。

こゝのおまへは。殿《との》づくりたちつゞきて。ほどなき所《ところ》なれど、軒端の花《はな》は、げに、年《とし》にまれなる人をまちけり。いさゝかお《を》らせて、あるじ。

けふ匂《にほ》ふ大《おほ》みや人《びと》の袖《そで》の香《か》に庭《には》の桜《さくら》もいろやそふらむ。

大《おほ》かた、お《を》りからのお《を》かしきをぞ。のべ給《たま》ふ。まろう《ら》と、かへし。

常応録』一部七冊に対して、『鈔』は三十三冊という(楽只堂年録)。

やよひ　宝永三年三月三日、勅使・院使、江戸着。四日、将軍会見。

おほやけごと　公式行事。

こなた　柳沢家。

物の音　音楽。

わか君たち　柳沢吉里以下の子息たち。

まろうと　近世初期まで清音。清閑寺凞定。

こゝのおまへ　当柳沢邸。

○**年にまれなる**　伊勢物語「あだなりと名にこそたてれさくら花としにまれなる人もまちけ

咲匂《さきにほ》ふ花《はな》もいく世《よ》のすゑかけてさか行《ゆく》やどのはるちぎるらん。

かたみに、めづらかなる御たいめんのほど、つきせず。何《なに》かと、いとおほく御ものがたりどもあるべし。幾子《いくこ》と聞《きこ》ゆるひめ君《ぎみ》は。此大《このだい》納言殿《なごんどの》の。御いもうとのはらにて。野宮宰相《ののみやさいしやう》殿の御むすめなりけり。こぞにやあらん、こなたの御むすめになし聞《きこ》え給《たま》へるを。さるは、こころことにおぼしたるむさし野なれば。かくてかたらひ給《たま》ふにぞあゝなる。その御事《こと》にそへても。さま〴〵、人《ひと》しれぬ御まかせどもおほかりとや。

り」。

大かた　平凡ながら。

おりからのおかしき　当座の興程度のことを。

かたみに　たがいに。

幾子　「野宮宰相定基の女、常憲院殿(綱吉)の命により、吉保養て、大久保加賀守忠方に嫁す」(寛政重修諸家譜)。

こぞ　宝永二年。

○**むさし野**　ゆかりの人を申侍り。伊勢物語「むらさきの一もとゆへ《ゑ》にむさしのゝ草はみなからあはれとぞみる(古今集)」。

○**まかせども**　たのむ事也。

（三四一頁の続き）
わか君　柳沢吉里。
むこ君　松平輝貞と黒田直重・酒井忠挙。
うちぐし　連れて。
御気色ありて　綱豊の指示があって。
あないし　吉保が先導した。
まや橋の少将　前橋城主、酒井忠挙。
おさめどの　納殿。納戸《なんど》。
おまし　綱豊の座。
（三四三頁の続き）
後ふしみの院　第九十三代天皇（一二八八―一三三六）。
後二条の院　第九十四代天皇（一二八五―一三〇八）。
西行上人の歌合　西行「宮河歌合」「御裳濯河歌合」をいうか。「法師が筆の歌合一軸。代、金五十枚の折紙あり」（楽只堂年録）。
ふみだな　文棚。
為明　二条為藤の男。南北朝時代の歌人。『新千載集』の撰者であり、二条家和歌の一時期を支えた。
金葉集　第五番目の勅撰和歌集。「一部。代金五十枚の折紙あり」（同前）。
どんす　緞子。室町時代に中国から輸入された厚手の紋織物。
侍従君の御方　吉里正室。酒井忠挙の娘。
世尊寺行房　藤原氏。尊円流（青蓮院流）の祖尊円親王の書道の師。延元二年（一三三七）、自害した。
詞花集　第六番目の勅撰和歌集。「一部。代金五十枚の折紙あり」（同前）。
しゆちん　繻珍。女性の帯、羽織などに用いられた唐織物。
てうじて　調達して。

廿四　むくさの園《その》　宝永三年夏より冬にいたる

霊元院の添削を受けて、吉保様父子の詠歌精進がつづく。都からも褒美の品が寄せられる。

六義園の絵巻を都に送ったのに対して霊元院が、八景・十二境の名目を定めて下さったのは昨宝永二年二月のこと。ことし三年十月には、それぞれを題とした廷臣の詠歌を白絹に書いた巻物が届けられた。どれも素晴らしいが、些かゆかりある人の歌もあり心にしみてくる。

将軍綱吉公が十月末に体調をくずされたが、すぐ回復して十一月七日には、綱豊様とお二方揃って当家に来訪。来春は、吉保様の五十の賀というので準備を重ねているうちに年が暮れた。

章題は、「六義園」の訓読。

年頃《としごろ》、やまと歌《うた》。いみじうこのませ給《たま》へるしるし。いふかひなからず。ありつるのちは。たび〳〵院《ゐん》にも奉《たてまつ》り給《たま》ひて。いましも、さるべきは。御点《おてん》などあまたたまはり給《たま》ふ。此頃《このごろ》も、侍従君《じじゆうのきみ》ともに奉らせ給《たま》へるを。やがて御点《おてん》ありて、下《くだ》させ給《たまふ》。

内《うち》わたり、院《ゐん》の御所《ごしよ》など。ちかくさぶらふ人々《ひとびと》こそ。を《お》のづから、ことにふれて。さること、かしこく聞《きこ》えあげなども、つねにすなれ。あまさがる雲《くも》ゐのよそにて。今《いま》かゝる〔事《こと》〕おぼつかなからずなどあるは。げに、今《いま》の世《よ》には、お《を》さ〳〵《をさ》聞《きこ》えず。いにしへにも、はた、有《あり》がたくやありけん。

「いでや。いともかしこきを。はるかなるほど、こゝながら、とりたてゝ《て》。げにこれこそとだに、つかふ《う》まつるべき心《こころ》ざしも、御らんじしられず。いと空《そら》おそろしくなん。一《ひと》すぢにまかりのぼりて。これらのかしこまり、そふ《う》し奉《たてまつ》るべき世《よ》もがなと。おもふ《う》給《たま》へながら。心《こころ》は心として、大《おほ》かたのまかせぬみちをなん、なげき侍《はべ》る」など。大納言殿《だいなごんどの》へぞ、申《まうし》を《お》くらせ給《たまふ》。

いふかひなからず　甲斐があって。
ありつる　元禄十六年に名所百首を霊元院に献げ加点を受けたこと。
院　霊元上皇。
侍従君　柳沢吉里。
内わたり　御所。宮廷。
あまさがる　天さかる。都から遠く離れた。
○**はた**　将。
○**いでや**　文の詞。
かしこき　畏れ多い。
こゝながら　江戸に居ては。
まかりのぼりて　上京して。
これらの　わたくしどもの。
そふし　奏し。申し上

此頃《このごろ》、院《ゐん》より、百首《ひやくしゆ》うた一帖《いちでふ》。かけ香《がう》など、給《たま》はらせ給《たまふ》。うたは、院をはじめ奉《たてまつ》りて。今《いま》の世《よ》の、さやうのかた、たへたる人々。左右《さう》のおとゞ。みやたち。又《また》さるべきかんだちめなど。人《ひと》ひとりに歌ひとつあてゝ《て》。よみて奉らせて。あつめさせ給《たま》へるなりけり。

みな、みづから、これはしもと、おもひあがれる歌《うた》なれば。さま〴〵お《を》かしきも、あはれなるも。とり〴〵にいみじうなん。又《また》、さすがに、それは、かれはなど、けぢめあるかぎりもかくれずかし。めづらかに、ありがたきたまものなりとおぼす。

巻《まき》のはじめは、院《ゐん》のまだ位《くらゐ》におはしましける時《とき》の御うたなるを。こたみ、御みづからかゝせ給《たま》へり。

正朔子日《せいさくのねのび》といふ事《こと》を。

あら玉《たま》の春もけふこそはつねのびさらにや松《まつ》の千代《ちよ》をいはゝん。

今《いま》、かく御位《みくらゐ》をさりおはしましてのちは。かやうのうたなどもさるべきにて。めづらしからず。よりて、これをなん給《たま》はるなり、とぞありける。うち〳〵にて、大納言君《だいなごんのきみ》より。こゝにいひを《お》こせ給《たま》へる

げ。

大納言殿　正親町公通。

百首うた　宝永三年の百首和歌、未詳。

かけ香　掛香。携帯し、また室内に掛ける練香入りの袋。匂い袋。

さやうのかた　詠歌の技量。

たへたる　堪能の。

左右のおとゞ　左大臣・右大臣。

みやたち　親王たち。

かんだちめ　上達部。公卿。

おもひあがれる　自信ある。

さすがにそれは　なるほど、あの方だけのことはある。

を、やがておまへに聞《きこ》えさせつ。

侍従君《じじゆうのきみ》には、冷泉為綱卿《れいぜいためつなきやう》におほせて、かきて奉《たてまつ》られたる『自讃《じさん》歌《か》』なり。これもかけ香《がう》〔を〕そへて給《たま》はらせ給《たまふ》。とりぐ〵に、いとおもひかけぬかしこまりを、申《まうし》奉らせ給《たまふ》。

月日も過《すぎ》ぬ。

神無月《かみなづき》になりて、六義園《りくぎあん》、十二境《じふにきやう》、八景《はつけい》のうた、院《ゐん》より給《たま》はらせたも《ま》ふ。これ、かの山水《やまみづ》のひゞき、たかく聞《きこ》えあげたる山《やま》ざとの名《な》なり。さる山《やま》のたゝずまひ、池《いけ》のこゝろばへなど、けふ《きよう》あるさまを絵《ゑ》にかゝせて、つゐ《い》でして奉《たてまつ》り給《たま》へるを、はやう、院《ゐん》の御さだめにて、おもしろく、さるべき所《ところ》を、十二境、八景にえらびて、給《たま》はりにけり。さて、こたみ、人々《ひとびと》におほせて、うたよませて給《たま》へるになむありける。

まきもの〔の〕さまいみじう。きよらなるしろききぬにかきたり。へうしや、なにやと、いと見所《みどころ》ありてお《を》かしきものから。さるは、よのつねにもあらねば。さすがに書《かき》ざまなど。こだいのを《お》きて、か

けぢめある　抜群の実力のほども。
巻のはじめ　巻頭第一首。
まだ位に　天皇在位の頃。一六六三－一六八七年、在位。
こたみ　このたび。
正朔子日　初子日が元旦に重なること。霊元天皇在位中では、寛文四・五・七・八年がそうであった。
かやうのうた　「松のちよ」が徳川将軍（松平家）の繁栄に重なることが、天皇の歌としてはやや抵抗があったのであろう。
さるべきにてめづらし

うがへさせて。いかにも、なんつくまじう・を《お》きてつゝ。かゝ〔さ〕せ給《たま》へり。つかさくらゐ。又《また》いとからめき、ゆへ《ゑ》づきたり。

十二境のうた。

初入岡《はつしほのをか》　中書令邦永《ちゆうしよれいくにながし》

染《そめ》そはん色《いろ》ぞまたるゝを《お》く露《つゆ》にまだ初入《はつしほ》の岡《をか》のもみぢば

玉藻礒《たまものいそ》　亜槐《あくわい》　宗顕

陰《かげ》うつす底《そこ》の玉藻《たまも》もおなじ色《いろ》にみどりぞふかき礒《いそ》の山松《やままつ》

出汐湊《でしほのみなと》　光禄太夫共方《くわうろくたいふともかた》

松《まつ》たてる出《で》しほのみなと風《かぜ》こえて千《ち》年《とせ》のかずに浪《なみ》もよすらし

妹与背《いもとせの》山《やま》　黄門《くわうもん》　輝光《てるみつ》

いもとせの山《やま》のした行河水《ゆくかはみづ》にうつるや松《まつ》もあひおひの陰《かげ》

新玉松《にひたままつ》　銀青光禄太夫有慶《くわうろくたいふ》

さかゆべき生《おひ》さきみえて今《いま》よりや新玉松《にひたままつ》のかげしげるらん

芦辺《あしべ》　特進《とくしん》　公通《きんみち》

むれてすむ田鶴《たづ》も千《ち》とせの声《こゑ》そへよ和《わ》歌浦《かのうらわ》はを写《うつ》す芦辺《あしべ》に

からず　不適当ではないし、ことに目立つこともない。
うちく　世間に言うほどのことではなく。
大納言君　正親町公通。
こゝに　本書の筆者町子に。

おまへに　柳沢吉保に。
侍従君　柳沢吉里。
冷泉為綱　寛文四年生。従三位。四十四歳。
自讃歌　新古今時代の歌人十七名の自撰各十首を集めたとされる。
神無月　宝永三年十月十四日、和歌巻到来。
六義園　六義は詩経大序にいう詩の六分類。

藤代根《ふぢしろのね》　　諫議太夫為綱《かんぎたいふためつな》

春秋《はるあき》をわくとしもなし花《はな》ならぬふぢ代《しろ》の根《ね》の松《まつ》のみどりは

若松原《わかまつばら》　　特進《とくしん》　実業《さねなり》

立《たち》つゞく波《なみ》のみどりも春秋《はるあき》の色《いろ》にぞこゆる和歌《わか》の松原《まつばら》

紀川上《きのかはかみ》　　黄門《くわうもん》　基長《もとなが》

みずやこの渚《なぎさ》を清《きよ》み玉拾《たまひろ》ふきの川上《かはかみ》のみづのいはがね

嶺花園《みねのはなぞの》　　光禄太夫《くわうろくたいふ》光顕

にほへ猶《なほ》あかぬ心《こころ》の色そへて千年《ちとせ》の春《はる》にみねの花園《はなぞの》

霞入江《かすみのいりえ》　　八座《はちざ》親衛《しんゑい》実陰《さねかげ》

面影《おもかげ》におなじ霞《かすみ》の名《な》をとめて入江《いりえ》の春《はる》や後《のち》も忍《しの》ばん

藤里《ふぢさと》　　特進《とくしん》　重條《しげえだ》

なつかしく咲花《さくはな》かづら千代《ちよ》かけてすむともあかじ春《はる》のふぢ里《さと》

賦・比・興・風・雅・頌をいう。これを受けて紀貫之は古今集仮名序で和歌を六《む》くさに分けて示した。そえ歌・かぞえ歌・なずらえ歌・たとえ歌・ただごと歌・いわい歌。柳沢家の山荘はこのすべての心に対応できるように八十八境の風景を選び、日本各地の歌枕などの名をもって呼んだ。

院より　霊元院から。

山水のひゞき　秀麗な庭園の評判。

山ざと　山荘。

はやう　以前に。

——(三七一頁に続く)

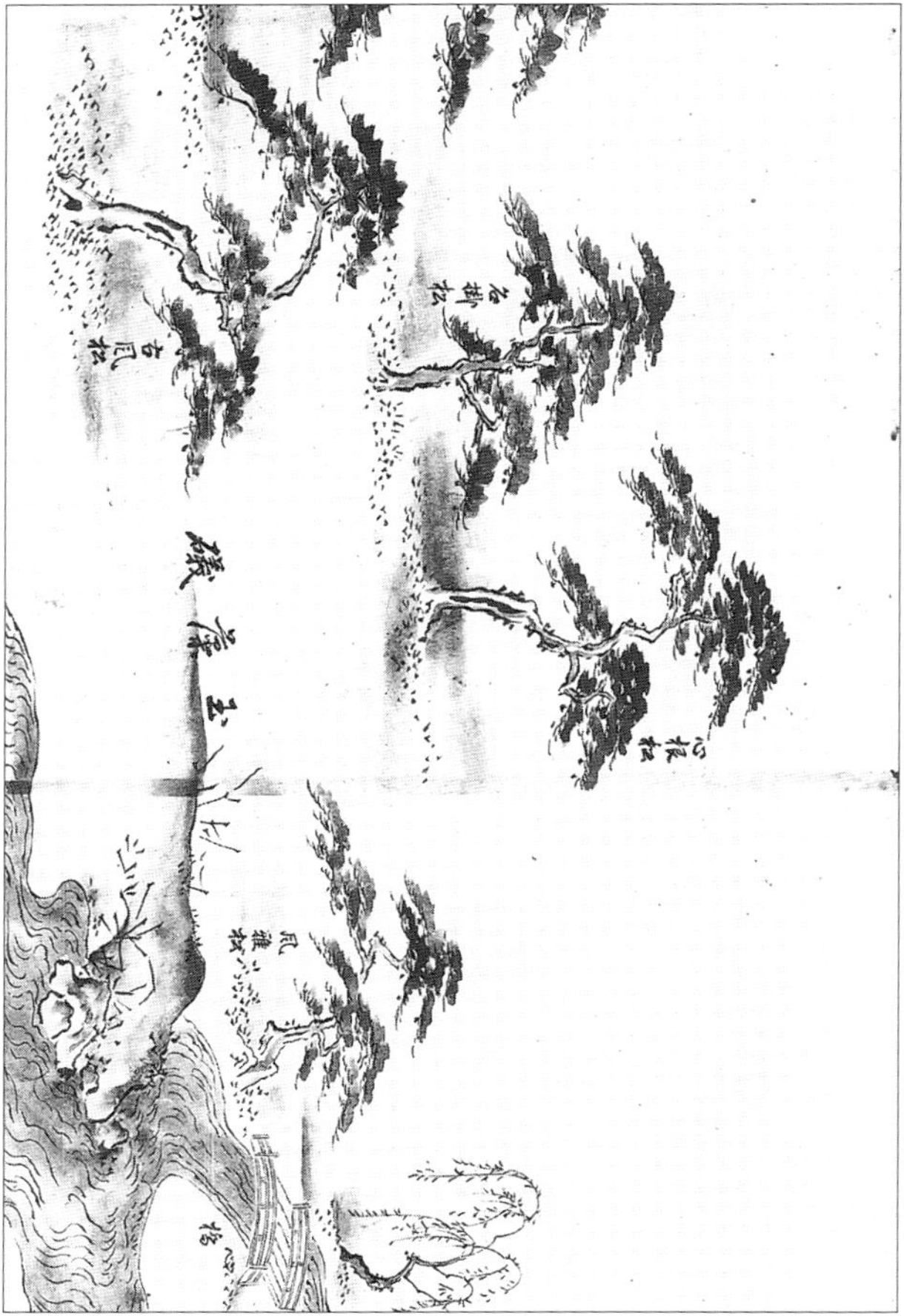

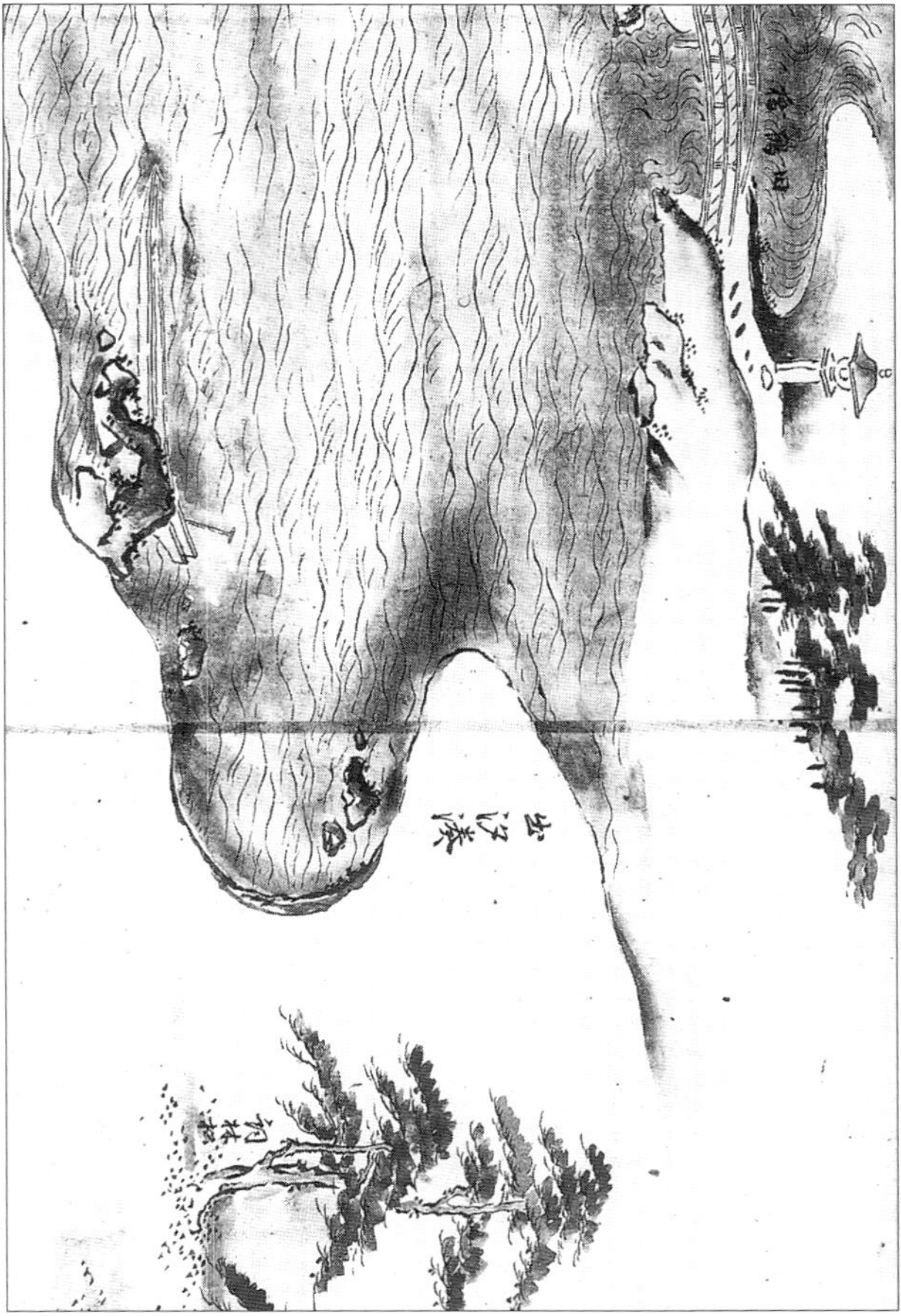

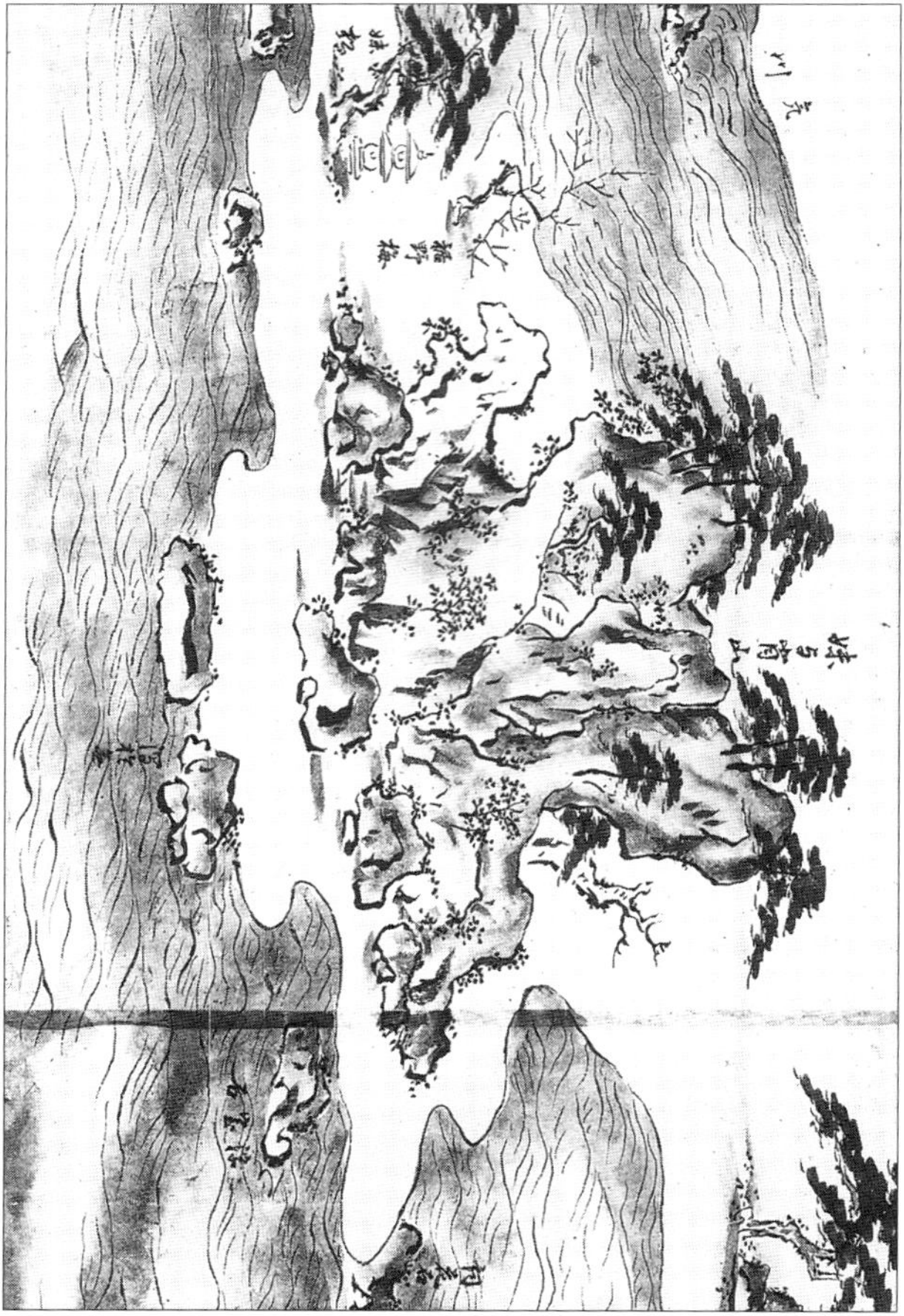

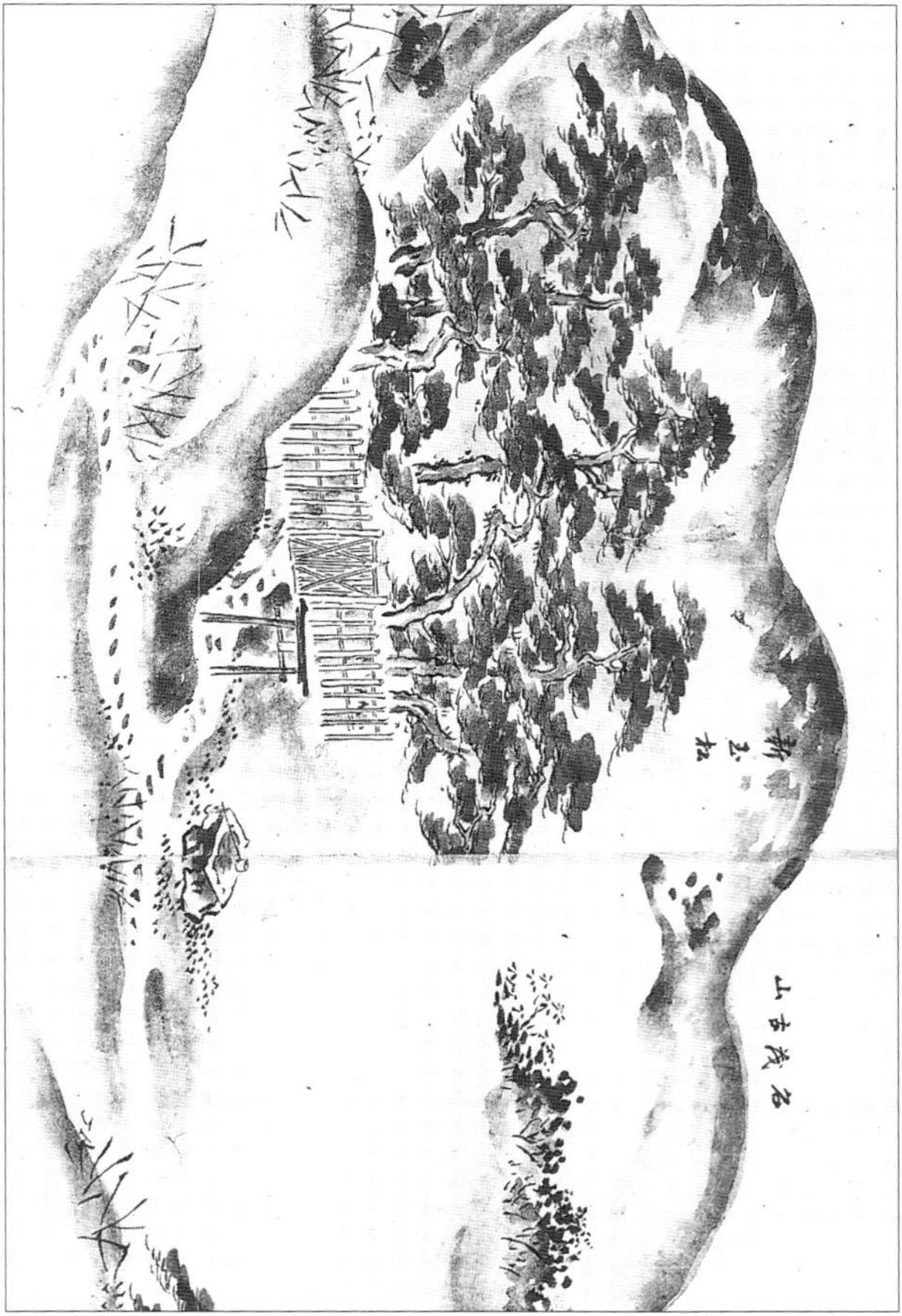

新玉松
山吉茂名

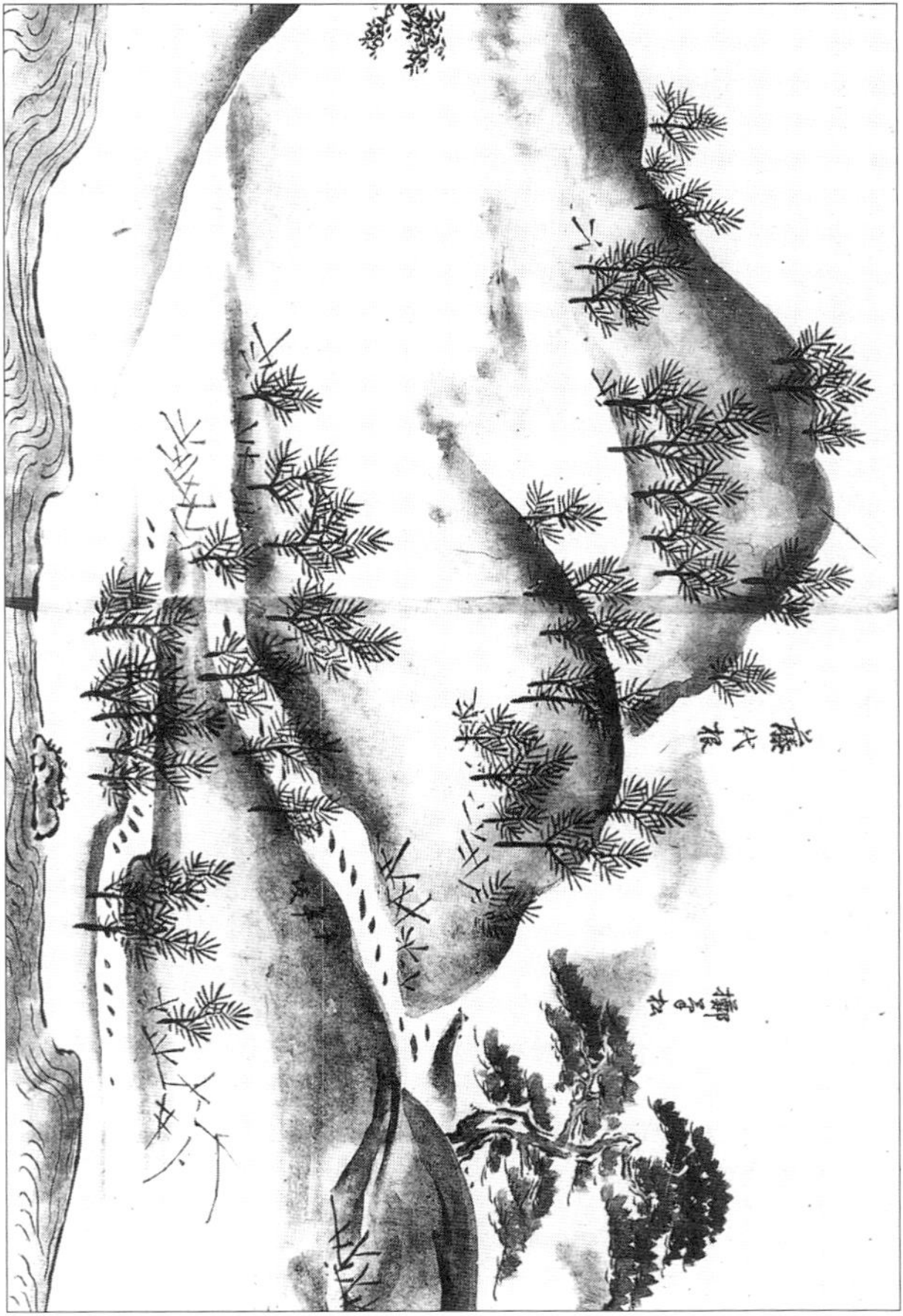
藤代根
御召松

膏岩

鹿岩項

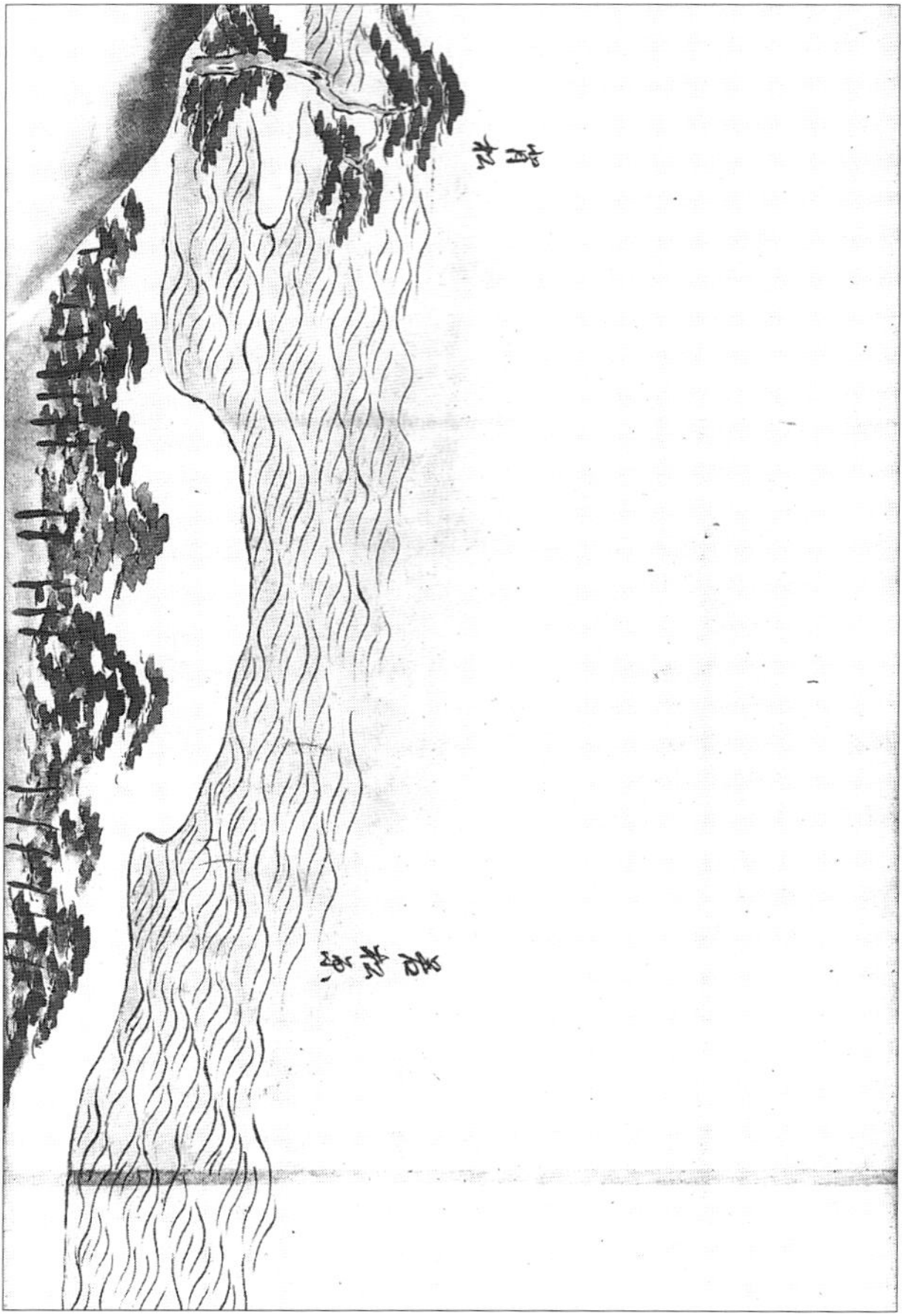

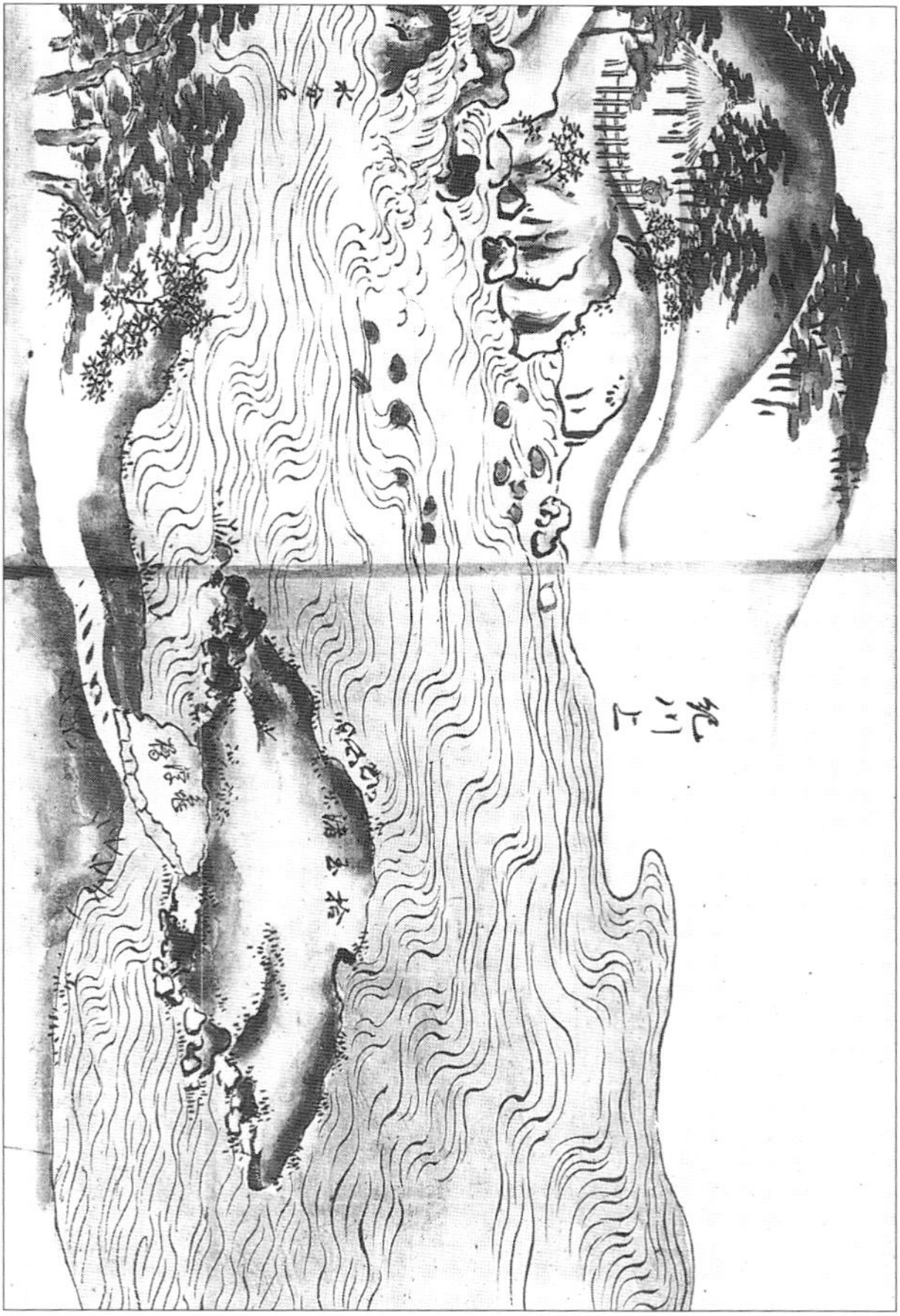
紀川上

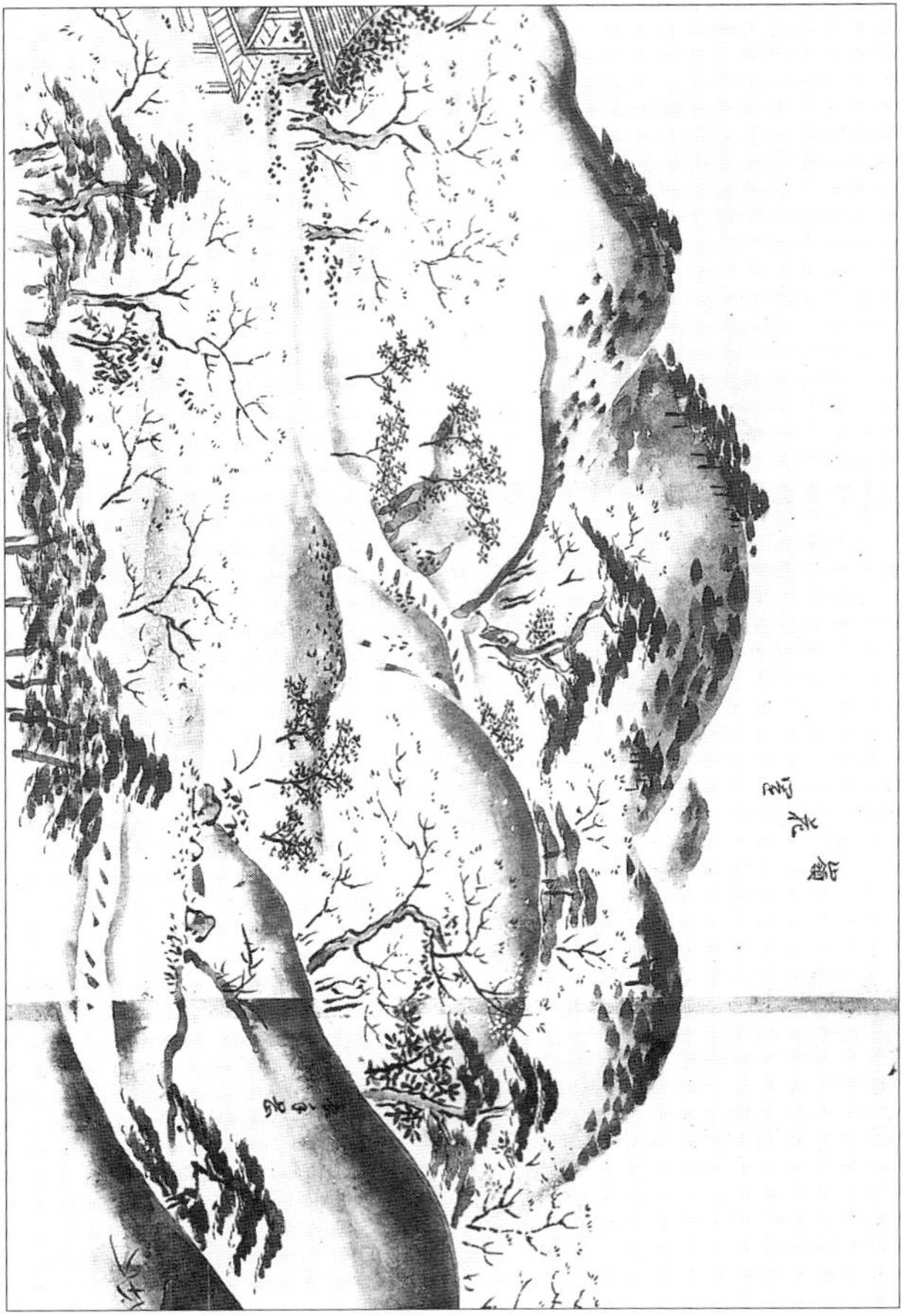

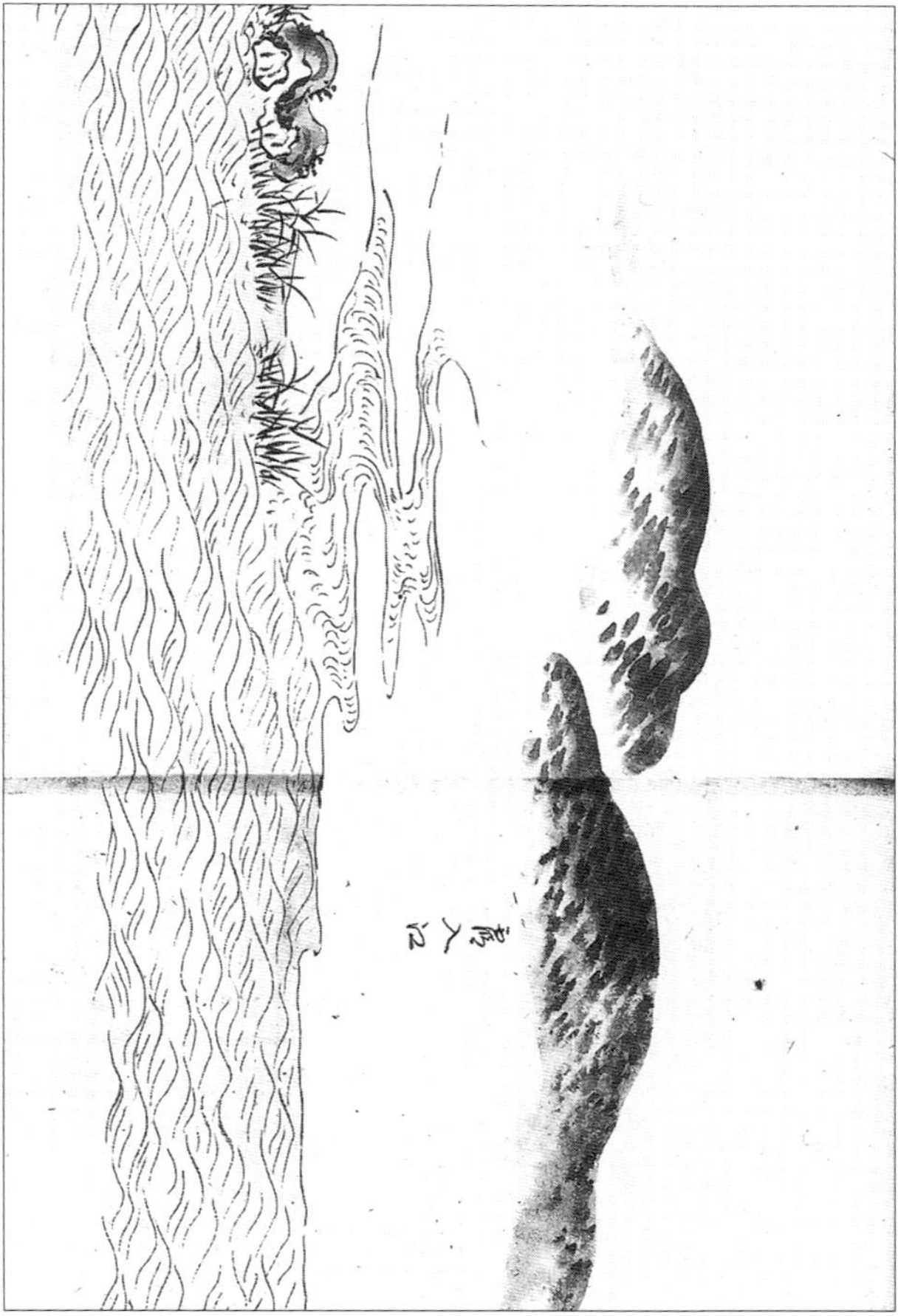

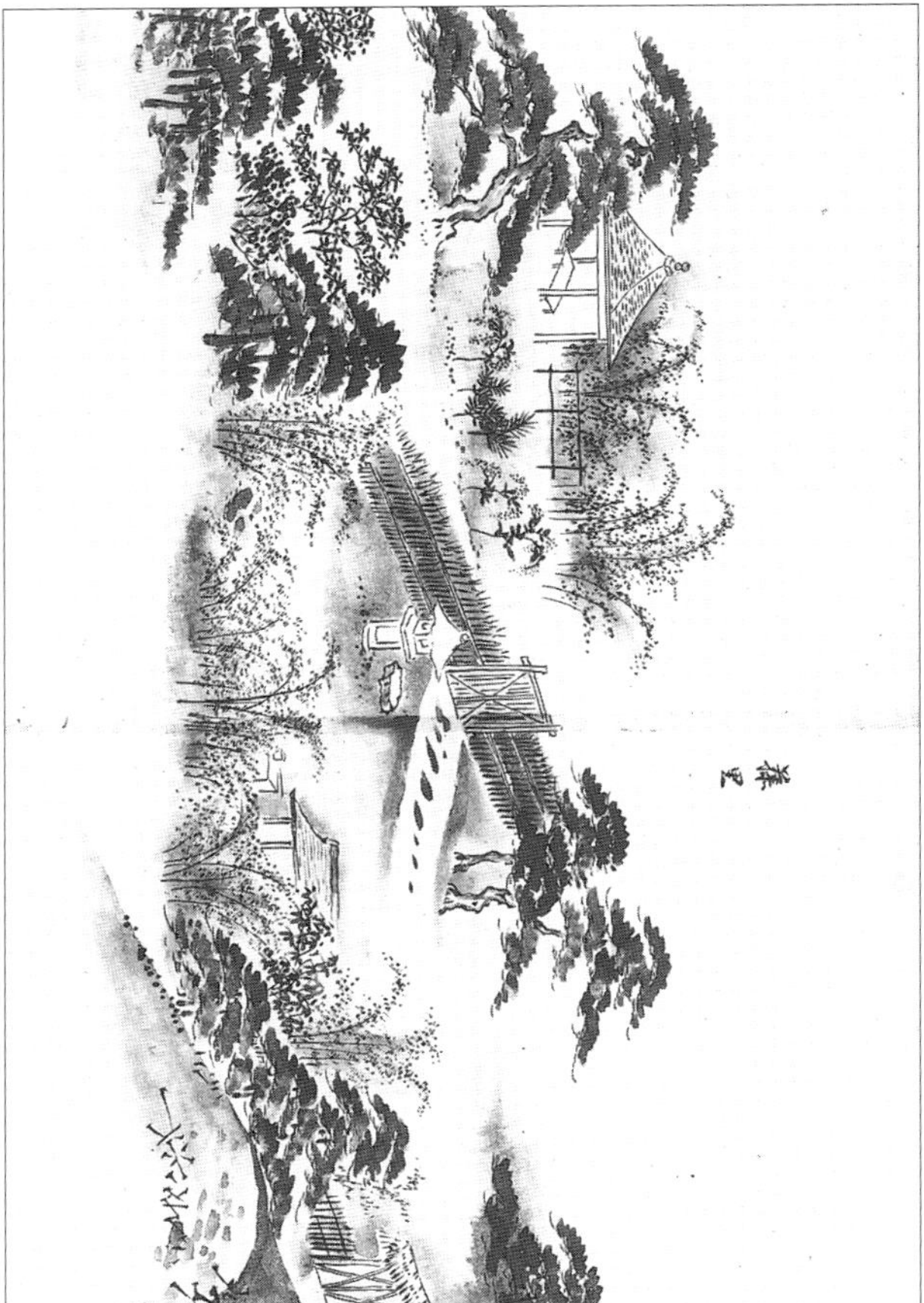

八景は、

若浦《わかのうらの》春曙　中書令《ちゆうしよれい》邦永《くになが》

和歌《わか》の浦《うら》の松《まつ》のみどりも色《いろ》そへてかすむぞあかぬ春《はる》の曙《あけぼの》

筑波《つくばの》陰霧　特進《とくしん》重條《しげえだ》

つくばねの峰《みね》は朝日《あさひ》のかげはれてすそわの田《た》ゐに残《のこ》る秋霧《あきぎり》

唫花夕照　光禄太夫《くわうろくたいふ》共方《ともかた》

しばし猶入日《なほいりひ》のあとも暮《くれ》やらで光《ひかり》をのこす花《はな》ぞめかれぬ

東叡《とうえい》幽鐘　光禄太夫《くわうろくたいふ》光顕

きゝわたすあづまの比《ひ》えの山風《やまかぜ》にたぐふも遠《とほ》き入相《いりあひ》のかね

軒端《のきば》山月　八座《はちざ》親衛《しんゑい》実陰《さねかげ》

いづるより月《つき》もへたてずむかふ夜《よ》の軒《のき》ばぞ山《やま》のかひは有《あり》ける

芦辺《あしべ》水禽　左金吾《さきんご》為綱《ためつな》

浪《なみ》たゝぬ芦辺《あしべ》もとめて水鳥《みづとり》のなれもしづけき心《こころ》とやすむ

紀川《きのかは》涼風　黄門《くわうもん》輝光《てるみつ》

けふもまたすゞしさあかで紀川《きのかは》や岩《いは》こす波《なみ》にかよふ秋風《あきかぜ》

［三五六頁］
人々に　宮廷の公卿たち。
○**へうし**　表帋。
こだい　古代。
をきて　掟。書き方。
［三五七頁］
○**なん**　難。
をきてつゝ　指図して。
つかさくらゐ　官位。
からめき　中国風に。
ゆへづきたり　風格がある。
中書令　中務卿。
亜槐　大納言。
光禄太夫　従二位。
黄門　中納言
銀青光禄太夫　従三位。
特進　正二位。

士峰《しほう》晴雪

特進《とくしん》　実業《さねなり》

峯《みね》といふ峯《みね》ゆく雲《くも》のうへはれてあふげば高《たか》きふじの白雪《しらゆき》

おまへにて、これをみしかば、とりぐ\にを《お》とりざまならず、けだかきものゝ《の》、をかしう。

「さすがに、これらの歌人《うたびと》の、かくは、えよみいでじ。さるは、院《ゐん》のうへ。いにしへにもまれなる。御上《おじやう》ずにて。いみじうえらせ給《たま》へれば。ことは《わ》りに、かうこそあるべかりけれ」などのたまふ。さて、やがてその題《だい》にて、おまへによみたも《ま》ふ。わか君《ぎみ》もよみたまへり。とりぐ\におもしろけれど。此《この》あたり、今《いま》しも人《ひと》のうつしとめても。物《もの》すべかゝなれば。かゝず。みづからなども。よみてまい《ゐ》らす。

さて、院《ゐん》へかしこまりさまぐ\と申奉《まうし》らせ給《たまふ》。奉《たてまつ》り物《もの》、また、心《こころ》ことなり。此和歌《このわか》、つかふまつれる御かたぐ\にも。御を《お》くりもの、物《もの》したまふ。

とを《ほ》きあづまに、かく名所八景《めいしよはつけい》など。勅撰《ちよくせん》の事《こと》は。めづらかに、

［三五八頁］

諫議太夫　参議。

八座親衛　右中将。

左金吾　左衛門督。

おまへにて　吉保の所で。

これらの　この江戸あたり。

さるは　それというのも。

今しも　間もなく。

みづから　本書の筆者町子。

勅撰の事　天皇・上皇が撰定するというようなこと。

御所　将軍綱吉。

なやみの事　病気。

たぐひなき例《れい》なりかし。これにつけてもいみじ、と人申《ひとまうし》あへりける。

　かくて、御所《ごしよ》には。いかなるにか。此《この》ごろ。いさゝか御なやみの事《こと》ありとて。〔ひと〕日《ひ》のうちに、ふたゝびばかり。まい《ゐ》らせ給《たまふ》。わか君《ぎみ》など〔も〕、たび〳〵のぼり給ふ。されど、世中《よのなか》おどろき聞《きこえ》さすべきほどしもあらず。日《ひ》かずの後《のち》は、やがてを《お》こたらせたまひぬ。れいの、奉り物《もの》など。いとこちたし。いさゝかなる事《こと》にも。さるやんごとなききはゝ《は》。いとこと〴〵しう。いはひ奉りなど。つねの事《こと》なり。霜月《しもつき》になりてぞ。すべてつねの御ありさまにならせ給《たま》ふ程《ほど》に。れいのさまにまい《ゐ》らせ給《たまふ》。

　何事《なにごと》も、大《おほ》かた、御いとまなげに、おりたちおぼす事。さいへど、なを《ほ》ともすればこちたし。御所《ごしよ》ふた所《ところ》、うちつゞきおはしまさせ給《たま》ひなど。れいの事《こと》なれど。たび〳〵に、御心《こころ》づかひせられ給《たま》ふ事《こと》おほし。されど、かくのみ、年〳〵《としどし》にまさる御さかへ《え》は。げに世《よ》にありがたき事《こと》。こは、猶《なほ》しも御心《こころ》を《お》きてのふかう物《もの》し給ふけにこそと。れいの世《よ》のことぐさにも。かしこきすぢには。まづかけて申《まうし》あ

まいらせ　吉保が登城する。
わか君　柳沢吉里。
をこたらせ　ご回復。
さるやんごとなき　将軍のような高貴な方には。
霜月　宝永三年十一月七日「このほどの御なやみ平らがせ給ふ」（徳川実紀）。
れいのさまに　平常通りに出勤登城する。
おりたち　立ち入って。
○**こちたし**　おほき也。
御所ふた所　綱吉と綱豊。
うちつゞき　間もなく。
おはしまさせ　来訪。
心づかひ　気苦労。

へりける。

年《とし》もやうくくれ行《ゆく》に。こん春《はる》は、いそぢにみたせ給《たま》ふべきが。まことに、かく、とりぐの御さかへ《え》を。みあつめさせ給《たま》へるほど。すくせをろ《お》かならずとおぼすべし。

もとするもさかゑく《えさかえ》て梓弓《あづさゆみ》いそぢのはるをむかふうれしさ。

御賀《が》の事《こと》など、いまより、ところぐおぼしいそぐとぞ。

心をきて 心掟。気くばり。

○**け** ゆへ也。

ことぐさ 言草。評判。

かしこき ありがたい。

かけて 常に。

こん春は 宝永四年、吉保五十歳を迎える。

すくせ 宿世。前世の縁。

御賀 五十歳の祝賀行事。

廿五　ちよの宿《やど》　宝永四年春より秋にいたる

宝永四年正月十八日、江戸城内で吉保様五十の賀宴が催された。答礼のための綾・錦を山のように積んで参上。将軍も綱豊様も美を尽した祝賀の品々を下さる。

祝賀には詩歌とりわけ和歌が目立った。京都からは、吉保様の養女として大久保加賀守様に嫁ぐことになっている幾姫君の実父野宮定基様が集めた、廷臣の和歌十首。題「庭松契久」は中院通茂公の選という。筆者の兄正親町公通公からも。その他、詩も多数あった。吉里君は甲斐国中の社寺に寄進して、父君の長寿祈願。さらに国中の七十歳以上の老人三千人に沢山の米を与える。

二月には筆者の子、経隆君と時睦君が、鎧の着初め。めでたさの後には六月に異母妹である高松の少将夫人が逝去。それでも七月十一日には綱豊様の側室右近の方の男子出生。城内城下に祝賀の気分があふれた。

章題は五十賀に寄せられた京都の人々の和歌の中から摘出したもの。

御賀《が》のこと。冬《ふゆ》よりとかくのゝしりしほどに。年《とし》もかへりぬ。正月十八日とさだめきこえたまふ。さるべきおほやけごとなどもすぎつゝ。いづかたにも。御心《こころ》のどかに、いはひ聞《きこ》えたまふさま。あらまほしう、いはんかたなし。

やう〳〵おまへちかく咲《さき》いづる梅《うめ》の。年《とし》もかぎらぬにほひお《を》かしう。もてはやされたるに。くれ竹《たけ》さへ。を《お》のがふしのちよをかぞへて。君《きみ》がよはひになびき聞《きこ》ゆるほど。かぎりなきうらゝかげさなり。

子日《ねのび》の松《まつ》。年《とし》のわかなは。日《ひ》をへて。かた〴〵より、今《いま》も〔猶《なほ》〕奉りて。引《ひき》くらべつゝ。いはひ聞《きこ》ゆ。その日は。御所《ごしよ》にて。御あるじ給《たまは》らせ給《たまふ》。奉り物《もの》。れいの、あや、にしきを。山《やま》もうごき出《いづ》るばかりつみて。御かた〴〵まで。とり〴〵に奉らせ給《たまふ》。

さて、かしこよりは。鳩《はと》の御杖《つゑ》に。いみじき御かたな。御屏風《びやうぶ》などそひて、たまはらせ給《たま》ひぬ。にしの御所《ごしよ》よりも。御杖《つゑ》はじめて。おなじさまなり。侍従君《じじゆうのきみ》よりして。みな、また、れいざまのそめもの。をりもの。えならぬ色《いろ》くさをつくして。めでたくいみじきを給《たま》

御賀　吉保五十歳の祝賀。
のゝしり　騒ぎたてて。
年もかへりぬ　宝永四年。
おほやけごと　年頭の公式の祝賀行事。
おまへ　吉保の座。
○**年もかぎらぬ**　千載「ほりうへ《ゑ》し若木の梅にさく花は年もかぎらぬ匂ひ也けり」。
○**ふしのちよ**　同「うへ《ゑ》てみるまがきの竹のふしごとにこもれる千世は君ぞかぞへん」。
子日の松　新春はじめての子の日に小松を引く。
年のわかな　新春の七

はらせ給《たまふ》。所々《ところどころ》の御ことぶき、又《また》いふもさらなり。さるは、御を《お》くりもの。なにくれと。いとひゞきことに、めでたけれど。大《おほ》かた、つねにも、ことゝ《と》あるときは。まづかやうのかたは、めなれたゝなるを。今《いま》さらにかきいでゝ《て》。なにかはせん。

さて、いとこゝろことに。めづらかに、お《を》かしうはへ《え》あるものは。こたみ、やまとうたなりけり。からうたなども、あまたいみじくて。聞《きこ》えいづるおほかり。いづれも。うち〳〵にこれらより奉《たてまつ》りたまへるなどは。さらにのこりなし。家人《いへびと》なども、を《お》のがじゝ。いはひかはして。詩《し》、歌《うた》あまた奉れり。身《み》をおもふ、とて。みな、とり〳〵に。千《ち》とせの坂《さか》はるかにあふぎて。君《きみ》をいのり聞《きこ》ゆるほど。ことは《わ》りなり。いと、あまりおほければ。こゝにはかゝず。

いく姫君《ひめぎみ》の御父《ちち》の宰相殿《さいしやうどの》。此《この》御賀《が》したまへるとて。みやこより、懐紙《くわいし》を《お》くりまい《ゐ》らせ給《たま》へり。さるは、はるかなるほどをへだてゝ《て》も。此《この》〔御〕ためは、いと、かく、わざと。とりたてゝ《て》。まめやかに。いはひ申《まう》させ給《たま》へる。あはれになむ。出題《しゆつだい》は、中院《なかのゐん》のうちのおとゞぞ、

草。万病を除くとされた。
その日　祝賀当日の正月十八日。
御所にて　将軍自らが主催者となった。
奉り物　吉保からの返礼品。
かしこ　将軍家からは。
鳩の御杖　老人用の杖の握りに鳩の形をつける。鳩は食べる時むせないのであやかるように、という。
かたな　「兼永の御刀」（徳川実紀）。
屏風　「東方朔・西王母の画屏風」（同右）。

——（以下三九〇頁）

さる御ゆかりにて、物《もの》せさせ給《たまう》ける。

庭松契久《にはのまつちぎりひさし》

中院《なかのゐん》権大納言

さらに又老《またおい》もわかえて末《すゑ》とを《ほ》き松《まつ》のちとせを宿《やど》に数《かぞ》へよ

清水谷《しみづだに》前大納言

霜《しも》の後雪《のちゆき》の内《うち》より千代《ちよ》の色《いろ》をかねてみぎりの松《まつ》ぞ木高《こだか》き

日野《ひの》権中納言

つきせじな砌《みぎり》の松《まつ》のときはにも契《ちぎ》る千《ち》とせのけふのことぶき

野宮《ののみや》宰相

わきてけふ千世《ちよ》とぞいはふ宿《やど》の松《まつ》わが木《こ》の本《もと》の影頼身《かげたのむみ》は

久世《くぜ》三位

色《いろ》かへぬ松《まつ》をみぎりに友《とも》とうへ《ゑ》て栄《さか》ふる千世《ちよ》も此宿《このやど》にみむ

六条《ろくでう》三位

末《すゑ》とを《ほ》き老《おい》の齢《よはひ》に千《ち》とせへむ松《まつ》の栄《さかえ》も宿《やど》に数《かぞ》へむ

萬里小路《までのこうぢ》右大弁

末《すゑ》とを《ほ》く猶契《なほちぎり》を《お》け幾千世《いくちよ》もおなじ緑《みどり》の庭《には》の松《まつ》がえ

さる御ゆかり　血筋のつながりで、出題を引き請けた。
中院権大納言　通躬。通茂の長子。定基の兄。
清水谷前大納言　実業。
日野権中納言　輝光。
野宮宰相　定基。
久世三位　通夏。通茂の三男。通躬・定基の弟。
六条三位　有慶。
萬里小路右大弁　尚房。
押小路左中将　実岑。
清水谷左中将　雅季。実業の子。
清閑寺左少弁　治房。熈定の子。
宰相殿　野宮定基。
あはれふかし　感動す

押小路《おしこうぢ》左中将

いく千世《ちよ》をともに契《ちぎ》りて庭《には》の松葉《まつは》かへぬ陰《かげ》もいやさかふらし

清水谷左中将

すゑとを《ほ》き栄《さかえ》をまつの言《こと》の葉《は》や猶幾千《なほいくち》とせ宿《やど》につもらん

清閑寺《せいかんじ》左少弁

万代《よろづよ》の友《とも》とみぎりに栄《さか》ふべきゆくすゑいく世《よ》庭《には》の松《まつ》がえ

あるが中に。宰相殿《さいしやうどの》の「わきてけふ」いはひ聞《きこ》えたまふほど。あはれふかし。げにぞ。たのもしき「影《かげ》」なりける。又《また》、中院《なかのゐん》の内《うち》のおとゞよりは。べちに、みちのく紙《がみ》にお《を》かしうかき給《たまう》ふて、柳筥《ヤナイバコ》にのせたり。

千代《ちよ》をこそ宿《やど》にかぞへめ百《もも》とせのなかばの春《はる》はことのかずかは。

御子《みこ》の大納言殿《だいなごんどの》よりは、松梅《まつうめ》の、えもいはぬつくり枝《えだ》にむすびつけて、を《お》くり給《たま》へり。

枝《えだ》かはす松《まつ》のためしに千代《ちよ》かけてみるとも梅《うめ》の花《はな》はふりせじ。

おほぎ町殿《まちどの》よりも。さるべきさまにしたゝめて、まい《ゐ》らせたり。

る。歌中「わがこのもと」が「木の下」と「子のもと」の掛詞になっているので。

たのもしき影　定基が「影たのむ」と詠んだ柳沢吉保が実際に頼もしい人物であるから。

みちのく紙　前出、檀紙。

柳筥　柳の細い枝を編んでつくる書類台。

御子の大納言　通躬。

つくり枝　金銀・紙などで草木の枝に似せて作る物。

おほぎ町殿　本書の筆者町子の兄、正親町公通。

まよひなきちとせの坂《さか》の行《ゆく》すゑはとを《ほ》くともよしやすくこえなん。

御名《な》をさへ、いはひこめ給《たま》へるは、お《を》かしうなん。かやうのほかは、みな、このあたりみゝなれにたる。千世万代《ちよよろづよ》の口《くち》つきにて。浜《はま》の真《ま》砂《さこ》の、えぞかぞへあへぬさまなれば。もらしつ。

からのも、とり〴〵に。きほひつくりて。華封《くわほう》の三祝《さんしゆく》とかや。あひかねたる言葉《ことのは》をぞ奉《たてまつ》れる。

とを《ほ》き国〳〵《くにぐに》よりも。つたへきゝて。奉《たてまつ》れる、おほかり。これもさるべきは。和韻《わゐん》なども、ひとつふたつし給《たまふ》。

とり〴〵の御いのりなど、いとあまたなり。太郎君《たらうぎみ》には、とりわきて。かひの国《くに》の寺〳〵《てらでら》。やしろ〳〵《やしろ》。のこりなく。御ふせおほくよせて。を《お》こなは〔さ〕せ給《たまふ》。四十寺。五十寺など、いにしへにいひけるは。何《なに》ばかりもなしと、人《ひと》おもへり。是《これ》は、中〳〵《なかなか》、かずなどかゝはるべきほどかは。

又《また》、北《きた》のかたよりの御心《こころ》ざしにて。かの国《くに》に年《とし》ひさしき老人《おいびと》、

御名をさへ　和歌の四句目から五句目にかけて吉保の名を詠みこんでいること。
千世万代の口つき　千年も万年もの長寿を祈るとの平凡な詠みぶり。
浜の真砂の　数限りないこと。無数。
からのも　漢詩の方も。
きほひつくりて　出来ばえを争うように技巧を尽して。
華封の三祝　荘子の語。華の村人が尭のために長寿・富裕・男子多きを祈った事。
あひかねたる　さまざまの祝意をこめた。
さるべきは　頂戴した

あまたづね出《いで》て。よねあまた給《たま》はす。七十よりうへのおきな、いくらとなくあるに。あるは百《もも》とせにこえても。〔猶《なほ》〕すくよかにかけはしりて物《もの》するなど、いとめづらかなるものから。これもいとおほかり。

　としふり、いみじうおひ《い》かゞまり、子《コ》孫《マゴ》などにたすけられて出《いで》て。たまもの拝《はい》するほど、

「あはれ。いと、かくはしたなきまで。いのちながくて有《あり》けるしるし。いまこそは。かくめでたき。御心《こころ》ざしの、たぐひなき御恵《めぐみ》まちみて。いみじうおひ《い》のこれるかひなめれ。を《お》のれ、かく、こむまご、あまたそろへてもたるに。あやからせ給《たま》へ」など。かしこき事《こと》〔と〕もしらず。いひほこり、いはひ聞《きこ》えさするも。「さるかたにあはれに」など人《ひと》はいふめり。

　みな、かの国《くに》にを《お》きて、とりまかなひつれば。くはしうもきかず。すべて三千人ばかりと聞《きき》つるが。いとあまりこちたき事《こと》、まことにやあらむ。

相手の人と作品によっては。

和韻　先方の詩の脚韻と同じ韻の字を用いて詩を作る。

太郎君　柳沢吉里。

ふせ　布施。奉納の金。

をこなはさせ　吉保の長寿を祈禱させたこと。

北のかた　吉保正室、定子。

かの国　甲斐一国。

たまもの　賜物。頂戴物。

かしこき　畏れ多き。

いひほこり　自慢して。

さるかたに　それなりに。

——(以下三九〇頁)

保格《やすノリ》と聞《きこ》ゆるけいしは。をのがさきゞより、家《いへ》ひさしくつかふ《う》まつりて。おぼえことなるが。年頃《としごろ》、かひがねにゐて。すべての事《こと》。御かはりに申《まうし》を《お》こなひつゝ。とくうるはしきおきななりけり。その頃《ころ》、六十賀《が》、君《きみ》よりたまはるとて、杖《つゑ》にそへて。

　ものゝふのやたけの杖《つゑ》にふみ分《わけ》て千《ち》とせの坂《さか》もみちしるべせよ。

いとたのもしきさきがけなりけり。

　二月になりぬ。四郎君《しらうぎみ》。五郎君《ごらうぎみ》。とりぐゝおとなび給《たま》へば。ことし、ものゝ《の》ぐきそめ給《たま》ひぬ。ぎしき、さほう《はふ》さるかたに、お《を》ゝ《を》しう、めでたくもてなし給《たまふ》。ひおどしのよろひ。こがねづくりのたちなど。めもかゝやきて、いへばよのつねなり。されどさまぐゝの事《こと》。さかしうもえたどらねば。いとくちおし《を》。その日、かくよませ給《たま》ふ《う》げる。

　ものゝ《の》ふの家《いへ》のたかひもむすびそめてけふよりながきさかへを
　　もみん。

あはれにかたじけなき御心《こころ》ばへなりや。

ことしは、とりわきて、うちつゞき。こなたかなたにことだつこ

保格　もと曽禰権太夫貞尅。元禄十五年、柳沢保格と名乗る。
けいし　家司。
をのがさきゞ　先祖代々。
かひがね　甲斐の国をいう。
とく　徳。
君　柳沢吉保。
さきがけ　先導者。歌中の「みちしるべ」をいう。
二月　宝永四年二月。
四郎君　柳沢経隆。十四歳。
五郎君　柳沢時睦。十二歳。
ものゝぐきそめ　鎧の着初め。

とおほくあつかひ聞《きこ》え給《たまひ》て。中〳〵《なかなか》御いとまなき春《はる》なり。

幾《いく》ひめ君《ぎみ》の、忠増侍従《ただますのじじゆう》大久保の御太郎《たらう》、まだ大蔵少輔《おほくらせういう》と聞《きこ》ゆるに。すみ給《たま》ふべき御さだめ。かねてより契《ちぎ》り聞《きこ》え給《たま》ふに。卯月《うづき》には。参《まゐ》り給《たま》ふべき御いそぎども、またひまなし。御でうどよりして。さるべきこと、まめやかに。御心《こころ》そへて、をきてたまふ。

みぎもひだりも。御心《こころ》あつかひども。不断常住《ヨトトモ》にたえせず。されど、御族《ゾウ》の、とり〴〵にひろごり聞《きこ》え給《たま》ふは。たのもしうぞ。かつはおぼゆる。

弥生《やよひ》ばかり、うら〻にてらす。春《はる》のひかりにそひて。所〻《ところどころ》の花《はな》、とり〴〵にあらそひ咲《さき》たるに。さこそいへ。御いとまおはするころは。かた〴〵につどひ参《まゐ》りなど。さるべき御あそびに。御心《こころ》をやりつゝ、くらさせ給《たま》ふ。

かうやうのおりにつけても。おまへには、霊樹院《れいじゆゐん》のおはせぬ事《こと》を。年月《としつき》ふれど。今《いま》はかひなきにても、おぼしわすれず。何事《なにごと》にも、物《もの》のはへ《え》なき心《ここ》ちには。先《まつ》、たれも〳〵《たれも》、あかぬ事《こと》にしたひ聞《きこ》ゆめり。

ぎしき　儀式。
さほう　作法。
さるかたに　作法通りに。
○**おゝしう**　男々敷也。
ひおどしのよろひ　緋縅の鎧。緋色の組糸で鎧の札《さね》をつなぐもの。
こがねづくりのたち　黄金造の太刀。刀の外装《こしらえ》を黄金で飾ったもの。
○**め**　目。
いへば　私が表現した所で。
よのつね　平凡に終る。
えたどらねば　すべてを記録できていないので。

――(以下三九〇頁)

もとすみ給《たま》へる所《ところ》も、かきはらひて。そのお《を》り、持仏堂《ぢぶつだう》たてさせ給《たま》へり。はやうありける女房《にようばう》の。さるかたにを《お》くれじとなげきて。あまになりたるもの。すませて。春秋《はるあき》のはかなき花紅葉《はなもみぢ》につけても。お《を》かしと心《こころ》とゞめ給《たま》へるは。まづお《を》りて、仏《ほとけ》に奉りなどすなり。

おはしますかたにつゞきたる所《ところ》なれば。恋《こひ》しき時《とき》のなぐさめには。つらきものから。猶《なほ》しのびあへず。お《を》り〱《り》はわたり給《たまふ》。軒《のき》ちかき花《はな》の、たゞありしながらにて、いみじう咲《さき》たるに。

　ものいはぬならひながらもなぐさめよむかしに似《に》たる花《はな》の木《こ》のもと。

御た《た》とう紙《がみ》にかきて給《たま》へるに。れいのほしあへぬあま衣《ごろも》は。とりかへし、かなしとみ奉《たてまつ》る。ことしは、三とせにぞあたり給《たま》へる。さみだれの頃は、ましてまぎるゝとしもなき御つれ〲のほど。ひるよなふ《う》ぞ、おぼしいづらんかし。

　めぐりきて三《み》とせをぞとふその頃《ころ》の空《そら》もさつきのながめせしまに。

持仏堂　念持仏や先祖代々の位牌を安置する建物。

はやう　昔から。

さるかたに　霊樹院逝去の折に跡を慕って。

おはしますかた　吉保の居間。

○**恋しき時の**　古今「散《ちり》ぬとも香をだにのこせ梅の花こひしき時のおもひ出にせん」。

たとう紙　畳んで懐中した紙。材質は、杉原紙・檀紙・薄様など。詠歌の記録にも使用した。

○**あま衣**　尼によせていへり。

とりかへし　改めて。

御《み》わざなど、こまかに、あはれにてすぎぬ。

みな月頃《づきごろ》、高松《たかまつ》の少将殿《せうしやうどの》の。北《きた》のかた、うせたり。これは、故大《こだい》納言殿《なごんどの》のむすめに物《もの》しけるを。とし頃《ごろ》、を《お》のがいもうとの事《こと》。とかくくちいれんとには、あらざりけれど。こなたの御もてなしにまかせ聞《きこ》えて。やがてかの少将殿《せうしやうどの》にすみたるになん有《あり》ける。今《いま》は夢《ゆめ》なりける、かなしさ、おもひやるべし。君《きみ》も、とかくあつかはせ給《たま》ひつる事《こと》にて。「かくみなしつるは。あはれなるわざかな。されど、いまは、かへらぬならひに、おもひのどめて」などのたまひまぎらはすも。かたじけなきものから。かなしき事《こと》はかずまさりつゝ。なにもおぼえず。

御所《ごしよ》よりもこまかにとはせ給《たま》ふ。かゝるみちならずは。かしこく〳〵。めいぼくに、おもひたどるべかゝなるを。たゞ涙《なみだ》にむもれたる、なにのかひかは。のち〳〵の事《こと》は、さいへど。かしこにて。さま〴〵にたうときかぎりをしたまへれば。すべてゆづりはてつ。

はかなく夏《なつ》も過《すぎ》ぬ。

再び。

三とせ　三回忌。

さみだれ　五月の長雨。霊樹院は、五月十日没。

ひるよなふ　袖の干る時なく。前出。「昼夜」を掛けるか。

御わざ　追善の法事。

こまかに　心をこめて。

みな月頃　宝永四年六月。

高松の少将　松平讃岐守頼豊。讃岐高松城主。

北のかた　正室。宝永元年六月、縁組。同二年九月、婚姻。同四年六月五日、逝去。

——（以下三九一頁）

にしの御所《ごしょ》にさむらひ給《たま》ふ。右近《うこん》と聞《きこ》ゆる御かたは。月頃《つきごろ》、例《れい》ならぬけしきになん、と聞《きこ》ゆるに。いづかたにも、めづらかなる事《こと》と。おぼし〔めし〕あつかふ事《こと》、かぎりなし。こなたにも、例の、とりわきたる仰《おほせ》ごとたまはらせ給《たまう》て。とかくあつかひ給《たまふ》。

文月《ふみつき》となりては。その事もちかく。けふあすのやうに。上下《かみしも》、あしのたちどなく。さはぎ《わ》て。まち聞《きこ》えたまへり。こなたよりも、御とむらひ、たび〳〵聞《きこ》え給《たまふ》。かくて、十一日のあかつき。たい《ひ》らかにて、ことなりぬ。とみの御使《おつかひ》にて、こなたにも。さきだちてまい《ゐ》りおはする程にて。皆《みな》、心《こころ》おちゐ給《たまふ》。男君《をとこぎみ》にてさへおはすれば。かねてより御心をつくしたるかひありと。いづかたにもおぼし、かつは、めづらかにいみじとよろこび給《たま》ふほど。いへばよのつねなり。

御ひきめ、忠増侍従《ただますのじじゆう》ぞつかふ《う》まつりたまへる。やがて、たいのかたに、〔わか君《ぎみ》〕ゐて奉《たてまつ》るほど。こなた御さきだちせさせ給《たま》ふ。御医師《いし》、かはる〴〵《がはる》まい《ゐ》りて。御《み》けしきうかゝひなどす。すべての御ありさま、さるかたにたぐひなし。大《おほ》かた、此方《こなた》にはからひ申給《まうしたまう》て。

にしの御所　大納言綱豊。
右近　綱豊側室。太田内記女。天和二年生、二十六歳。
例ならぬけしき　妊娠。
めづらかなる　結構なこと。
とりわきたる仰ごと　特別の依頼。
文月　宝永四年七月。
上下　身分の上下を問わず。
あしのたちどなく　大勢押しよせて。
こなた　柳沢吉保。
たいらかにて　無事に。
ことなりぬ　分娩した。
とみの　急ぎの。
さきだちて　出産前か

みな、さるかたに、人わきて。仰《おほせ》つけ。にしのおまへ、たいのうへに。御よろこび申《まうし》奉らせ給《たまひ》などするほどに。よあけてぞ、御所《ごしよ》へまい《ゐ》り給《たまふ》。しかぐ〳〵のよし、申《まう》させ給《たま》ふに。御所《ごしよ》の御よろこび、又《また》いとかぎりなし。

御名《な》を、家千代君《いへちよぎみ》とつけさせたもふ《まう》て。御《み》はかしそへてまい《ゐ》らせ給《たま》ふ。これまた御使《おつかひ》にてまい《ゐ》り給《たまふ》。

こたみ、にしのたいには。わか君《ぎみ》を、御子《みこ》にし給《たまふ》べきなり、と御《ご》所《しよ》よりのたまひつかはしたるを。にしのおまへ二所《ふたところ》おはします所にて。拝《はい》して。申《まうし》奉らせ給《たま》ふ。ことお《を》はりて。さるべき御《み》はかしよりはじめて。きしきのろく給《たま》はらせ給《たまふ》。その外《ほか》ぎしき、さほう《はふ》。さるきはのやんごとなきにて、よのつねならず。いみじきかずをつくしたり。

三《み》かに〔は〕、御所《ごしよ》、おなじくたいのうへ。にしに入《いら》せ給《たまふ》。まづ、若君《わかぎみ》のうつくしうておはするを御《ご》らんずるに。いかゞはおぼろけならむ。とりぐ〳〵にうれしう。めづらかなりと。おぼしあつかふべし。

ら。

○**おちゐ**　おちつく義。

男君　綱豊には正室近衛氏に元禄十二年に男子出生があったが、即日逝去し、その後も男子に恵まれなかった。

ひきめ　蟇目の法。音を発する蟇目鏑の矢を射て、妖魔を降伏するまじない。

忠増侍従　大久保。

たいのかた　台の方。綱吉正室、鷹司信子。

ゐて　新生児を運んで。

こなた　柳沢吉保。

さきだち　先導。

さるかたに　作法通りとはいうものの。

──(以下三九一頁)

その日、さるべきかぎり。あまたよろこびしたり。

七夜《ななよ》のぎしき、またいへばさらなり。みな、むかしよりさるべきさほう《はふ》のまゝにて。いみじう、あらまほしき事《こと》おほかれど。ひとつふたつをだに。えもたどりあへねば、かゝず。これらより奉《たてまつ》り給《たま》へるものなどはさらにて。大《おほ》かた、あづまにさふらふ人々《ひとびと》の。家《いへ》たかきかぎりは、残りなく。奉《たてまつ》り物《もの》して。いはひ奉れる事《こと》。此《この》ごろのひゞきなり。御所《ごしよ》にも、かたみにいはひの事《こと》とて。とりかはさせ給《たま》ふもの、いとこちたし。その日《ひ》も又《また》、よろこびし、ろくなど給《たま》へるもの、かずしらず。天下《あめがした》ゆすりて、にぎはひわたれり。

かうやうの事《こと》。こなたの御あつかひにもるゝこと、おさ《を》〱《をさ》なし。さば、かたつかた、きゝいづるにまかせていふなれば。れいの女《をんな》のはかなき筆《ふで》すさびなり。世中《よのなか》にさし出《いで》、物《もの》こゝろへ《え》がちに。心《こころ》いれたるものこそ、よくもおぼゆれ。いで、なにのさかしらにか、くはしうとひきゝもせん、とおもへば。いよ〱耳《みみ》なし山《やま》にことなることなし。

さるべきかぎり　将軍に直接祝意を伝えることができる人々は全部。
七夜のぎしき　誕生から七日目の夜の儀式。産婦と新生児の食事のことなど種々作法があった。
これら　当柳沢家。
あづまに　在江戸の大名。
ひゞき　大きな出来ごと。
○**かたみに**　たがひに也。
○**こちたし**　多也。
ゆすりて　大騒ぎで。
こなた　吉保。
○**おさ〱**　頗《スコブル》の心也。
○**さば**　さやうにあるをば也。

まことや、幾子君《いくこぎみ》の事《こと》、いひさしにけり。それ、ちぎりたがへず。たちぬる卯月《うづき》にぞ、かしこにわたし給《たま》へる。大《おほ》かた、さほう《はふ》のまゝに。猶《なほ》ことくはへて、物《もの》したも《ま》ふ。「わがこのもとの」とありけん。宰相《さいしやう》の君《きみ》もきゝつたへて。いみじうよろこび聞《きこ》え給《たま》ふ事《こと》。たぐひなかりきかし。

かたつかた　ほんの一部分。
心いれたる　注意している。
さかしらに　賢こそうに。
○**耳なし山**　名所也。只きかぬといふ事によせたり。
幾子君　前出、吉保養女。
いひさし　本帖の前の方で大久保忠方との婚約・四月に輿入れの約束までを記す。
たちぬる　すでに過ぎた。
卯月　宝永四年四月二十六日。

——(以下三九一頁)

（三七六、七頁の続き）

にしの御所　西の丸の綱豊。「西よりも鳩杖ならびに家守の御刀、紗綾百巻、二種一荷下さる」（徳川実紀）。

やまとうた　和歌。

からうた　漢詩。

○**身をおもふ**　家隆「大かたの秋のね覚の長きよも君をぞいのる身を思ふとて」。

いく姫君　前出、幾子。

○**宰相**　野宮定基。

懐紙　和歌を清書したもの。

此御ため　愛娘の養父として世話になる柳沢吉保のため。

あはれになむ　心にしみる。

中院のうちのおとゞ　中院内大臣通茂。幾子の実父、参議野宮定基の実父でもある。古今伝受の継承者。

（三八一頁の続き）

あはれに　結構なことと。

とりまかなひ　執行された。

こちたき　多すぎる。

（三八二、三頁の続き）

心ばえ　歌に含まれる意味。

○**ことだつ**　いはふ義也。

幾ひめ君　前出、吉保養女。

御太郎　大久保忠方《ただまさ》。元禄五年生。十六歳。

○**すみ**　縁組する事。

卯月　宝永四年四月二十六日に嫁入りした（楽只堂年録）。

参り　輿入れする。

でうど　調度。家具。

をきて　指示する。

心あつかひ　心配ごと。

ひろごり　広がり。大久保忠増家は徳川譜代の名家。

弥生ばかり　宝永四年三月の頃。

かたぐに　あちらこちら。

おまへ　柳沢吉保。

霊樹院　吉保側室、染子。宝永二年五月没。

はへなき　いまひとつ花やかさに欠ける。

あかぬ事　霊樹院の非在をもの足らぬと。

（三八五頁の続き）

故大納言殿　本書の筆者町子の実父、正親町実豊。

をのがいもうと　町子の異母妹。

くちいれん　口を出す。発言する。

こなた　柳沢吉保。

もてなし　とりもち。

すみたる　結婚した。

君　柳沢吉保。

あつかはせ　世話をして。

みなしつる　結果をみることになってしまった。

○のどめて　のどむるはゆるむる義。

まぎらはす　慰める。

○かなしき事は　「かなしき事はかずまさりつゝ」いせ物語の詞。

御所　将軍綱吉。

のちくの事　死者の葬儀。

かしこ　松平家で。

（三八七頁の続き）

人わきて　人員を指定して。

にしのおまへ　西の丸の綱豊。

御所　将軍綱吉。

御はかし　「則房の御刀、来国光の御脇差をつかはさる」（徳川実紀）。

御使　将軍の使者として家千代のもとへ。

こたみ　このたび。

にしのたい　綱豊正室、近衛基煕息女、照姫。

にしのおまへ二所　綱豊・照姫夫妻。

きしきのろく　儀式の禄。

三か　三日目。出産後三日目は産養《うぶやしない》の祝義がある。

御所おなじくたいのうへ　綱吉と正室鷹司信子。

うつくしうて　可愛らしく。

○おぼろけ　つねていならぬとの心。

（三八九頁の続き）

かしこ　大久保忠方の所。

○わがこのもとの　「我このもとの影たのむ身は」。前ニアリ。

宰相の君　野宮定基、幾子の実父。

廿六　二《ふた》もとの松《まつ》　宝永四年秋より同五年夏にいたる

宝永四年七月、吉保様の北の方が病床につく。九月に入ってやや落ち着く。四日には、往来の行列に長刀を持たせることが許可された。名誉な事である。上皇様からは吉保様・吉里様のお歌御点が引き続き下される。筆者の六義園を詠んだ作にまで点を頂き感激で言葉もない。沢山の御礼の献上品をお送りする。北の方も冬になって全快。祝賀贈答の金品が往来する。十月四日、諸国で大地震。九月二十六日に、綱豊様の若君が逝去したことといい悪事の予兆かと幕府でも謹慎する。それでも十月二十三日には四男経隆君と五男時睦君とが叙爵を受け公的な場に出発する。吉保様にお仕えする柳子・梅の二人が、この十一月と明けて宝永五年の二月に女児・男児を出生など吉事も。二月には久し振りに将軍来邸。黄檗山第八世悦峰和尚が六義園にしばらく滞在されたが、三月八日の京都大火の報をききまもなく帰西された。章題は、経隆、時睦の叙爵を祝う吉保と筆者の贈答歌の中から。

北《きた》のかた。そこはかとなく。なやましうせさせ給《たま》ふ事有《ことあり》て。此頃《このごろ》、たれも、御心《こころ》をつくしたまふこと、かぎりなし。いとおどろ〳〵しきほどにもあらざりけれど。いかゞは、ひごろだに。すくやかなる御ありさまならず。おぼしあつかひ給《たまう》ふめるを。まして、御心さは《わ》ぎのほど。ことは《わ》りに、いはんかたなし。おほやけごともわりなく。おほかる頃《ころ》にて。日《ひ》ごとにまい《ゐ》らせ給《たま》ふも。御いとまいりてのみあれば。ことはてゝ《て》、やう〳〵まかゝで給《たまふ》にも。やがてわが御かたなどにはおはせず。しばしも、心《こころ》もとな〔きもの〕に、大《おほ》かた、つと、そひおはしてあつかひ給《たま》ふほど、さるべき限《かぎり》なめれど。あはれなる御心《おこころ》ばへには、猶《なほ》ぞあるや。

御医師《イシ》なども、おほやけ、わたくし、うつはものゝ《の》かぎりえらびて。まい《ゐ》りあつまり。もろともに、かしらさしつどへて。御薬《おくすり》の事《こと》など、まめやかに物《もの》しあへれど。猶《なほ》すが〳〵ともおはしまさず。

日《ひ》かずもたちぬ。

河野の何《なに》がしといひける。これも、したしく。御所《ごしょ》にさふらふな

北のかた　柳沢吉保正室、曾雌定子。
なやましう　病気。
此頃　宝永四年七月。
○**おどろ〳〵しきほどにもあらざり**　おどろくほどにもなき也。
いかゞは　それでも心配である。
ひごろだに　平生から。
おぼしあつかひ　吉保はいつも注意していて。
おほやけごと　幕府の公的な任務。
わりなく　動かしようなく。
○**いとまいり**　隙入也。
ことはてゝ　公務が済み。
まかゝで　退出する。

るが、まい《ゐ》りて。此《この》ごろ、御くすりはまい《ゐ》らす。御所《ごしょ》に、きこしめして。はじめより。いかで、とかしこくおぼしかけさせ給《たま》へれば。何《なに》がしのとのゐも。しばしゆるし給《たま》はりて。よく〳〵心《こころ》とゞめて物《もの》すべく、仰《おほせ》つけさせ給《たま》ふ。

かゝるにも、先《まづ》たぐひなき御おぼえはしるくて。ことに、かの何《なに》がしも。おろかならず。かんがへて御薬《おくすり》まい《ゐ》らす。そのほか、御所《ごしょ》にさぶらふくすし。日《ひ》ごとに、おほせごとかうぶりつゝ。まい《ゐ》りてうかゞふなり。

右京大夫《うきやうのだいぶ》どの、豊前《ぶぜん》の守《かみ》どのなども。たび〳〵仰《おほせ》ごとうけ給《たま》はりて、まい《ゐ》り給《たまふ》。いかで御心《ここ》ちなぐさみたまふべきやうおぼして。いろ〳〵さま〴〵の物《もの》たまはすこと、日《ひ》ごとなり。あたらしきいを。くだ物《もの》やうのめづらしき。れいの、あまた所《ところ》より、もてつどひて。これ、いかで奉《たてまつ》らんとしたるさま、ひきもきらず。

所〳〵《ところどころ》の御いのりなど。此《この》たびは、とおぼして。いといかめしき事《こと》ども、おほくたてさせ給《たま》ふ。御かた〴〵の御願《ごぐわん》ども。こゝやかしこ

やがて　すぐに。そのまま。
わが御かた　吉保自身の部屋。
心もとなき　気がかりな。
つと　じっと。
そひおはして　お付き添いになられて。
おほやけ　幕府おかかえの。
わたくし　町医師。
○**うつはもの**　器量あるを申。
かしらさしつどへて　頭を集めて相談して。
まめやかに　熱心に。
すが〳〵と　病状が好転する様子。
河野の何がし　河野松

と。中く〵《なかなか》いへば世《よ》のつねなり。

かくて、長月になりてぞ。御医師《いし》など又《また》かはりて。御くすりのしるし、やうく〵みえゆく。かくたぐひなく御心をつくして。あつかひ聞《きこ》え給《たま》ふに。さらでだに、をろ《お》かならず。見《み》えきこえんわたりなれば。みな、よるひるまいり《ゐ》こみて、つかふ《う》まつれり。

まことや、君《きみ》も侍従君《じじゆうのきみ》も。みな、うち物《もの》のゆるし給《たまは》りたまひぬ。これ〔は〕、かぎりありて。いみじき家《いへ》のしるしにすなれば。今の世に、こゝらきこゆる人々《ひとびと》の中にも。とりわきておほからず。されば、あながちに。辞退《スマヒ》申《まう》させ給《たま》へりけれど。さるべきすぢに物《もの》したまへば。難《ナン》あるまじく。しゐ《ひ》て仰《おほせ》ごとにて、ゆり給《たまひ》にけり。なを《ほ》、やんごとなき御いきほひは。になきなりけり、とおもひしりぬべし。

さきに、院《ゐん》のみかどに。みづからが歌《うた》、奉《たてまつ》ることありけるを。此《この》頃《ころ》、勅点《ちよくてん》たまはりつゝ。君《きみ》。侍従君《じじゆうのきみ》などの、あひぐして、給《たま》はらせたるにそひて、くだる。これは、さきに聞《きこ》えつる、六義園《りくぎゑん》八景《はつけい》、十《じふ》二境《にきやう》の歌《うた》なり。

庵通房。宝永三年四月十三日、医員より奥医にすすむ。

何がしのとのゐ　松庵が将軍の宿直医を勤めること。

おぼえ　将軍の柳沢吉保とその一族に対する思いやり。

かの何がし　河野松庵。

さぶらふくすし　奥医をつとめる人々。

右京大夫　松平輝貞。女婿。

豊前の守　黒田直重、女婿。

仰ごと　将軍の命令。

いのり　神仏への祈願。

——(以下四〇九頁)

あくるまも、たゆきまで。かしこきに、むねふたがりて。中〱《なかなか》もののいはれず。いとかしこき事《こと》、さはいかで、と申《まうし》奉りたれど。おまへに、なを《は》奉れよかし、と。あながちに、せめ給《たま》へれば。こゝろみに大納言君《だいなごんのきみ》へ申《まうし》つかはしたるを。かくて、えいらんに入《いり》けるになん。

いともかしこきは、よのつねにて。中〱《なかなか》、おそろしうはづかし、とおもふのほかなし。ことさらに。えいかんのよしにて。さゝべき公卿《くぎやう》のかきたまへる『百人一首《ひやくにんいつしゆ》』下《くだ》し給《たま》はす。さて、やがて、新大《しんだい》納言《なごん》の御つぼねへたのみて。こまかにしもあらねど。かたのごとくの奉《たてまつ》り物《もの》などして。かしこまり申《まうし》奉りぬ。君《きみ》も、うれしうかひあり、とおぼすべし。御みづから、かしこまりの奉《たてまつ》り物《もの》など。れいの、あるにそへて。かへす〲のたまひいれ給へり。

冬になりぬ。

北《きた》のかたの御心地《ここち》も。今《いま》はを《お》こたり給《たま》ひにたれば。かた〲の御よろこび、いふもおろかなり。御所《ごしよ》をはじめて。やんごとなき所《ところ》

たゆきまでかしこき 身体が思うように動かなくなるほど畏縮して。
さはいかで そんなことがどうしてできようか。
おまへに 柳沢吉保が。
大納言君 町子の兄、正親町公通。
えいらん 叡覧。霊元院に見て貰うことになった。
えいかん 叡感。霊元院が感心したと。
さゝべき しかるべき。
新大納言の御つぼね 霊元院の女官。
こまかにしもあらねど 心配りの行き届かぬことではありますが。

ぐ《どころ》よりも。ひとひ、ふつかのへだてなく。みな、いかに〳〵と、人《ひと》まい《ゐ》らせ給《たまう》ふて。心《こころ》もとながり、おぼしいたづきたるを。さるなごり、ひきかへ。御《お》をくりもの、奉《たてまつ》りものなど。かたみにいはひかはして。いとあらまほしう、よろづにぎはひあひたり。さま〴〵のきぬ、わたなど、いみじきものおほかれど。れいも、此《この》あたりめなれて。たれも、しか、めできこゆべきとしもおもひたらねば。とゞめつ。

黄檗山《わうばくさん》に、たゞ今住給《いますみたま》へる悦峰和尚《ゑつほうをしやう》と聞《きこ》ゆる、あづまに下《くだ》りおはしたるに。れいの、先《まづ》こなたをゆきすぎたまはず。たいめん給《たま》はらせ給《たまふ》に。すぐれてたうと《た》きひじり〔と〕。聞《きこ》しめしを《お》きてげるほどに。此《この》たび、御なやみのお《を》りにて。御いのりなどにや。うち〳〵とかくたのみ申《まう》させ給《たま》ふ事《こと》などおほくて。ほどなくを《お》こたり給《たま》へ〔れば〕。君《きみ》、北《きた》のかたはじて。みな、いけるほとけの心地《ここち》して、たふ《う》とみ聞《きこえ》させ給《たま》ふ事《こと》。ことはり《わ》に、あはれなり。げに、そのあい《ひ》だのこと、おぼろけならず。いみじきしるしども、

北のかた　吉保正室、曽雌定子。
心地　病気の心持。
をこたり　回復して。
○**いたづき**　いたはる也。
なごりひきかへ　病気のことと反対に。
かたみに　たがいに。
○**しか**　然也。
黄檗山　山城宇治の黄檗山万福寺。
たゞ今住給へる　現在の八世住職。
悦峰和尚　悦峰道章。中国よりの渡来僧。
こなた　柳沢吉保の所。宝永四年九月廿四日来訪。
なやみ　吉保の正室の病気。

おほかりけれど。えとひきゝもせずあれば。くはしうもしるさず。

御ふせよりはじめて。色〳〵《いろいろ》のたからもの、あまたよせ申《まう》させ給《たま》ふ。そのほど、かきかはし給《たま》ふふみども。いとおほかり。かのひじりも、もろこし人《びと》の、よしあるにて。〔ことに〕西湖《せいこ》とかや、かのおひたち給《たま》へる所《ところ》は。ふるきみやこちかきなごり、いやしからず。人《ひと》の心《こころ》もうるはしきわたりなれば。げに、あまたの中《なか》に。人《ひと》がら、心《こころ》ざまよりして。よろづあてはかに、ゆへ《ゑ》づきて、ほとけの道《みち》も、まめやかなるひじりなり。

君《きみ》のいたりふかき御心《こころ》ばへも。ありがたふ《う》見《み》を《お》きて。しんじちにおもひたまへれば、こなたにも。いよ〳〵とりわきて、たふ《う》とび聞《きこ》え給《たまふ》ほど、かぎりなし。やがて、かの山《やま》にかへり給《たま》へれど、猶《なほ》たび〳〵、からやうの文《ふみ》して、のたまひかはさせたまふこと、たえず。

此頃《このごろ》、世中《よのなか》には、大《おほ》ない《ゐ》ふり。あまた国〳〵《くにぐに》そこなはれけりと聞《きこ》ゆ。あづまのかたは、さばかりもなければ。なにのむくつけきことゝ《と》も、おもひたらぬを。にしの国《くに》などにこそ。あまた所〳〵《ところ》づれ、高《たか》

おぼろけならず　曖昧な話ではない。
しるし　判然たる祈禱の効果。

○**ふせ**　布施。
西湖　浙江省杭州の西にある湖。名勝地。
みやこ　杭州は南宋の首都。
○**あてはか**　けだかき義也。
ゆへづきて　思慮深く。
まめやか　信実の心がある。
君　吉保をいう。
いたりふかき　透徹した。
○**しんじち**　真実也。
こなたにも　柳沢吉保

しほ〔も〕入《いり》て。人《ひと》もあまたうせにけれなど。日《ひ》にそへて。人《ひと》のみゝおどろくばかりきゝいづれば。大《おほ》かた、世中《よのなか》しづかならず。

にしの御所《ごしよ》のわか君《ぎみ》も。このごろかくれさせ給《たま》ひぬ。

よろづ、物《もの》のさとしめきて。いとさはがしければ。おほやけざまにも、御つゝしみがちにて過《すぎ》ゆく。さるべき事《こと》にふれて。こなたにも聞《きこ》しめすみちおほく。中〳〵《なかなか》御いとまもなし。されど日《ひ》かずふれば。を《お》のづから、かゝる事《こと》もいひやみて。さすがに、人《ひと》の心《こころ》も。春《はる》まつ頃《ころ》は。こゝかしこ、ひきかへ。にぎはゝしきに。おほやけ、わたくし。さるべきよろこびなど。を《お》こなはる。

ことしは。四郎君《しらうぎみ》、五郎君《ごらうぎみ》、かうぶり給《たま》はり給《たまひ》て。刑部少輔《ぎやうぶせうゆう》。式《しき》部《ぶ》少輔《せういう》などぞ聞《きこ》ゆる。とり〴〵に花《はな》やかなるよそひ、あらためて、こなたかなた、かしこまり申《まうし》ありき給《たまふ》。〔わが身《み》にそへておほふ袖《そで》には、みる心《ここ》ち、いかゞはおろかならん。〕ことしは、十四と十二にぞなり給《たま》へる。げに、かく年《とし》などもまだ、さるべきほどにもあらず。いみじうすゝみたまへるは。おもひかけざりけり。いでや、わが君

も悦峰のことを。
かの山　山城の黄檗山。
○**からやう**　唐様。
○**大ない**　大地震。
あまた国〳〵　徳川実紀では宝永四年十月四日「大地震あり」と記し、以下連日東海地方の被害と検分状況を報ずる。
○**むくつけきこと**　おそろしき事。
にしの御所　大納言綱豊。
わか君　宝永四年七月十日誕生の家千代。
このごろ　宝永四年九月二十八日、家千代逝去。

——（以下四〇九頁）

の御かげこそかしこけれと。おまへにも、かへす〴〵のたまふ。御いはひのつゐ《い》で、よませ給《たまう》ふて。ふた所《ところ》につかはし給《たまふ》。

かしこしな松《まつ》の梢《こずゑ》も位山《くらゐやま》のぼりそめぬる君がめぐみは。

四郎君《しらうぎみ》、御かへし。

分《わけ》のぼる恵《めぐみ》もふかき位山君《くらゐやまきみ》がみかげに千代《ちよ》をさかへ《え》ん。

位山《くらゐやま》のぼるにしるし千代《ちよ》の松梢《まつこずゑ》さかゆく君《きみ》が恵《めぐみ》は。

五郎君《ごらうぎみ》、御かへし。

あふぐぞよ君《きみ》がめぐみの位山《くらゐやま》けふふみそめてさかへ《え》ゆく世を。

こゝにもたまはせたり。

ふたもとの松《まつ》の木《こ》かげに立《たち》そひてしげるもうれし千代《ちよ》のゆくすゑ。

御かへし。

しげりそふこのふたもとの松《まつ》かげにさかゆく千代《ちよ》をともにかぞへん。

むかしより、ふた所《ところ》おなじやうにおひたち給《たまう》て。よろづ•のこと、

おまへ　柳沢吉保。

よませ給ふて　吉保様が和歌をおよみになって。

ふた所　経隆と時睦の二人。

こゝにも　本書の筆者町子。

御かへし　町子の吉保に対する返歌。

津の守　石川摂津守盛行。綱豊正室、近衛照姫の乳母の子。綱豊が西の丸入城以前からの小性であったが、入城とともに桐間番の組頭。宝永四年七月摂津守に叙任。

おほやけ人　旗本。

御所より給はり　将軍

露《つゆ》かはらず。もてなし聞《きこ》え給《たまふ》。

津《つ》の守《かみ》と聞《きこ》ゆるおほやけ人《びと》、あづかり申給《まうしたま》ふが。年頃《としごろ》おはします地《ち》につゞきて、ありつきすみ給《たま》へるが。いかなる事《こと》にか、ほかざまになりたも《ま》ふ《ぅ》て。その住給《すみたま》へる所《ところ》も、かへし給《たま》へれば。これを、御《ご》所《しょ》より給《たま》はり給《たまひ》て。いみじうしつらひて。四郎君《しらうぎみ》は。うつろひたまひぬ。ふた所《ところ》、あひずみしたまへるも。いはけなかりし程《ほど》こそありけれ。おとなしうなり給《たま》ふまゝに。さるべき家司《けいし》、家人《いへびと》なども。さだめわかちて。物《もの》し給《たま》ふべきなりと、のたまはせて。すみ所《どころ》、先《まづ》かくありつかせ給《たま》ふ。さて、もとの所《ところ》をひとつにして。五郎君《ごらうぎみ》は住《すみ》たまへり。

御所《ごしょ》、にしの御所《ごしょ》はじめて。とり〴〵にいみじき御でうど。きぬわたなどやうのもの。きら〳〵しう、あまた給《たま》はらせ給《たまふ》。かやうのうち〳〵の事《こと》なども。大《おほ》かた、御所《ごしょ》の御《み》けしきにより給《たま》へるなれば。いみじう、人《ひと》の心《こころ》よせのほどあらはれて、かしづかれ給《たまふ》。松《まつ》の梢《こずゑ》の若緑《わかみどり》たちさかへ《え》て。千《ち》とせたのもしう。ひろごり給《たまふ》こと。みな、此《この》

の許可を得て柳沢家の住居地とする。
うつろひ　転居した。
ふた所　経隆と時睦。
○**いはけなかりし**　幼少也。
御所にしの御所　将軍綱吉と大納言綱豊。
御所の御けしき　将軍の御意向。
松の梢　松平家の一族の一員。
若緑　経隆・時睦兄弟。
此おまへ　柳沢吉保。
［四〇二頁］
柳子　吉保側室、上月氏。
姫君　宝永四年十二月三日出生(楽只堂年録)。柳子の最初の子。綾。

おまへの御すくせ。ありがたふ《う》、人《ひと》もおもひ聞《きこ》ゆべし。

その頃《ころ》、柳子と聞《きこ》ゆる御かたに。姫君《ひめぎみ》生《うま》れ給《たまふ》。いとうつくしうあてやかにおはすれば。心《こころ》ことにまつはし聞《きこ》えたまふべかンめるを。さう右京大夫《うきやうのだいぶ》殿の、さる御ゆかりにて、御子共《こども》などもおはせぬ。さるぐ〳〵しきことゝ《と》。日《ひ》ごろ、たれもおもひ聞《きこ》ゆるを。御所《ごしよ》にも、さる御《み》けしきありて。やがてむつきのうちより。かしこにわたし聞《きこ》え給《たまふ》。さるは、おぼす心《こころ》ばへもありけんかし。これは、あや子《こ》と申《まう》す姫君《ひめぎみ》の事《こと》よ。

北《きた》のかたにも。御心《ここ》ちのなごりおはせず。此《この》ほどゝ《と》なりては。御しとねなども、まい《ゐ》らず。今《いま》はすべて、よのつねのごとおはして。かやうのことにも。まめやかに。御心《こころ》をそへて。あつかひたるを。うれしう、たれもおぼすべし。

年《とし》かへりて、二月には。六郎君《ろくらうぎみ》むまれ給《たまひ》ぬ。これらにありける女《によ》房《ばう》の、うみ申《まうし》たるにて。大膳君《たいぜんぎみ》とぞいふめる。うちつゞき、人《ひと》いはひ聞《きこ》ゆるも、いとあまり、おこがましうなん、物《もの》すれば。是《これ》は、し

まつはし　手元で育てて。
右京大夫　松平輝貞。
さる御ゆかり　輝貞正室は吉保の養女、いち。
さうぐ〳〵しき　さみしい。
北のかた　吉保正室。
よのつね　平常。
○**ごと**　如ク也。
○**年かへりて二月**　宝永五年二月一日(楽只堂年録)。
六郎君　七日の七祝に大膳と命名。のち、忠《ただ》仰《すけ》。
○**これら**　此あたりと云詞。
女房　片山氏梅。
おこがましう　ずうず

ばし、さてもあれかし、とのたまはせて。人《ひと》しれぬわたくしものゝ《の》やうにておはす。

されど、何《なに》〔かは〕、御すゑ《ずゑ》ぐ〵のひろごり給《たま》ふは。御さかへ《え》のたらひ給《たまふ》にこそあれ。つかさ、くらゐなどは、いみじくとも。をのづ《お》から世《よ》にしたがひても。さいはい《ひ》とりいづべきを。子《こ》といふものなん、たかき、ひきゝにもよらず。心《こころ》にまかせぬわざなゝめれば。かやうに、あまた、はらぐ〵に物《もの》し給《たま》ふこそ、いとあらまほしう。ことに人《ひと》にすぐれ給《たま》へる御すくせなりけれ、など、猶《なほ》つぶやくふるごだちなどは、おほかり。

二月はじめ。れいの、御所《ごしょ》おはしまさせ給《たま》ふ。なに事《ごと》も。あかずめでたきさまは。年月《としつき》にそへて、猶《なほ》ことくはへて、とゝのへ給《たま》へり。こぞ、北《きた》のかたの御なやみ。をこたり《お》給《たま》ひし後《のち》。はじめての御わたりなりければ。御をくり《お》もの。奉《たてまつ》りもの。れいにこえて。この御いはひ〔また〕うるはしく、なし聞《きこ》え給《たま》ふ。

その日《ひ》は。御医師《いし》なども。あまた、よろこびしたり。又《また》、御かた

うしい。

わたくしもの　私生児。

すゑぐ〵　子孫。

さかへのたらひ　繁栄がみちたりていること。

さいはい　幸福。

○**ふるごだち**　年よりたる女房也。

二月はじめ　宝永五年二月三日。

御医師　幕府医員。「施針庵東暦某も新に二百俵給ふ」（徳川実紀）。

御かたの医師五人　「家臣医、平井立三・相原松悦・立野通庵潜史・久志本三庵常道・藤本理庵由己、始て御目見」（楽只堂年録）。

の医師五人、月《つき》ごとのさる日には。まうのぼりて拝《はい》し奉《たてまつ》るべく、仰《おほせ》ごと給《たま》はす。皆《みな》、かの御くすりのことにあづかりたるかぎり。よろこびし、さは《わ》ぐ。かやうの事《こと》にも。みな、たぐひなき。みかげにかくれたるは。いみじうて、さもて猶《なほ》。いかなる御すくせの。かくまで〔は〕おはしますにか。かけまくもやんごとなき。御心《こころ》あつかひにあひ奉《たてまつ》り給《たま》ふらん、など。時《とき》にあひたるどち、めで奉り、かしこしとおぼえたり。

かの悦峰和尚《えつほうをしやう》も。この頃《ごろ》又《また》下《くだ》り給《たま》へり。しばしも、おはせんほど。うしろやすく、さるべからんこと。のたまひかはさんの御ほいなれど。寺《てら》にやどり給《たま》はんには、こゝよりたはやすく。ふとはひわたりたも《ま》ふべきにもあらず。さるは、おなじ草《くさ》まくらなれど。いかでわが心《こころ》ざしのほどには。おきふし、露《つゆ》ばかりも。心やくものし給《たま》はんやうにこそ。なしきこえめ。さいへど。在家《ざいけ》はすべて物《もの》ぎよからず。かへりては、ちりに。そめるこゝちも。わづらはしう。心《こころ》ぐるしきわざになむあれば。駒込《こまごめ》の山里《やまざと》こそ、里《さと》ばなれたる木《き》草《くさ》のけはひも

かの御くすりのこと 吉保正室の治療に効を得たこと。「これはこのほど吉保が妻の大病を治療せし労とぞ」(楽只堂年録)。
悦峰和尚 前出、黄檗八世。「駒籠の下屋鋪へ招きて逗留せしむ」(同右・宝永五年三月一日)。
○**ほい** 本意。
ふとはひわたり ちょいと即座に訪ねる。「はひわたり」は徒歩をいう古語。
○**ちり** 塵。
○**そめる** 染。
駒込の山里 山荘、六義園。

お《を》かしけれ。さて、かしこにゐ給《たま》ふべくは、など。の給《たま》ひ、さだめさせ給《たまふ》。

「さるべきおほやけ事《ごと》。すぎても。猶《なほ》しばし。こゝろやすくておはしね。ひとつふたつ、はかなき事《こと》も。とひきゝ侍《はべ》らんを。今《いま》のどかになん」などのたまはするに。ひじり、

「なにかは。いづこもおなじ雲水《うんすい》の。こゝろにまかせて、所《ところ》わくほどしも侍《はべ》らねば。たゞ、ともかくも。御心《おこころ》ざしの深切《セチ》なるにまかせ奉《たてまつ》りてこそ」とて。かしこに入給《いりたまひ》ぬ。さるべき家人《いへびと》、あまたつかはしつゝ。しばしも、よろづうしろやすく。ものすべくのたまひつく。

扨《さて》つとめて、君《きみ》はわたり給《たまふ》。弥生《やよひ》はじめなり。さるは、春《はる》ふかき山《やま》ざとの、花《はな》もみがてら、とひおはしまさんに。いとよきたよりなりけり。何《なに》くれと日《ひ》ぐらしまめやかなる御物《もの》がたりせさせ給《たまふ》。

物《もの》いひかはすべくもあらぬから人《びと》なれど。かたみに、ふかき御心《こころ》のそこ、のこるまじうかきかはしてぞ。かたらひ給《たまふ》。軒《のき》ちかき花《はな》

おほやけ事　幕府に関係する公務。未詳。宝永五年三月二十四日、悦峰は将軍に招かれ「法問聞召れ、茶菓子を給ふ」ことがあった（徳川実紀）。
○**はかなき事**　すこし也。
○**のどかに**　ゆるやかにと申義。
雲水のこゝろ　行雲流水は禅者の出家遁世の心。
かしこ　六義園。
うしろやすく　安心して。
のたまひつく　命令された。
○**つとめて**　翌朝也。
――（以下四〇九頁）

も。御《み》のりの声《こゑ》に、ひらけそふ心《ここ》ちして、人気《ケ》すくなき山ざとは。中〳〵《なかなか》、何《なに》ならぬ御寺《みてら》などよりも。殊勝《スシヤウ》にのどやかなるゆふべなり。から歌《うた》などもつくり給《たま》ふほどに、かねの声《こゑ》におどろかされて。たちたまはんとするが、

「何《なに》となき世《よ》の中《なか》に。かゝづらひて。朝夕《あさゆふ》にも、たいめんなどたまはらぬ事《こと》。けふこそ、げに、こゝろのにごりも、すみにたる。こゝちすれ。いで。日《ひ》をへずまたもまでき侍《はべり》なん」とて、たちたまひぬ。

つとめて、又《また》御つかひなど、つかはして、心《こころ》もとなからず。もてなし給《たまふ》。かゝるほどに、其月《そのつき》八日に、京《きやう》はやけぬ。内《うち》よりはじめて。院《ゐん》、東宮《とうぐう》の所々《ところどころ》。みなやけにけり。いとあさましう、めづらかなりと。きゝつたへて、おもひさは《わ》ぎあへり。

あづまにても。しばし物《もの》の音《ネ》などとゞめらる。

「いとかたじけなき事。御《み》けしきなどや、いかゞおはしますらん」

とて。やがて。こなたより、大納言殿《だいなごんどの》へ御文《ふみ》つかはして、うかゞひ

○**から歌**　唐詩。
○**までき**　まいり来也。
其月八日　宝永五年三月八日、京都大火。
内　内裏御所。
院　上皇御所。
東宮の所々　皇太子御所。
物の音など　「十二日、万石以上已下出仕し、執政(老中)に謁し御けしき伺ふ。大内炎上の事によりてなり、よて、音楽をとゞめらるゝ事三日」(徳川実紀)。
○**かたじけなき**　もったいなきと同じ。
御けしきなど　あちらのご様子は。

奉《たてまつ》らせ給《たま》ふ。うつくしうまき絵《ゑ》したる御硯《おすゞり》。れうしの箱《はこ》に。よききぬそへて奉《たてまつ》り給《たま》ひぬ。侍従君《じじゆうのきみ》もおなじく。をりもの《お》など奉《たてまつ》れ給《たま》ふ。大《だい》もんのからのきぬ。みづからも奉りぬ。大臣《だいじん》以下の殿《との》〳〵《との》。おほかた、のこりなくやけにければ。大納言《だいな》殿《ごんどの》の家《いへ》も、やけにけり。

をのづから《お》、ゆかりありて。つねに申《まうし》かはしたるもふかた〳〵《ま》には。とりぐ〳〵にとむらひ聞《きこ》え給所《たまふところ》おほかり。御所《ごしよ》にても。やがてだいりつくり出《いづ》べき御さだめなどをはじめて。大小《だいせう》の事《こと》みな、れいの、御あつかひにて。おのづから、こなたかなた、ひまなくかゝづらひ給《たま》ふこと、おほかるべし。

卯月《うづき》には、山里《やまざと》のひじり。のぼり給《たま》ひなんとするに。君《きみ》も。静《シヅ》心《こころ》なくて。御いとままちつけて。しば〳〵おはしたり。わが御世《みよ》のうちに。かひの国《くに》に、いみじき御寺建《みてらたて》たまふべきあらましなど。かねておぼしわたるを、かようのかた《や》にも、おぼす心《こころ》ありて。こたみ、和尚《をしやう》に申《まうし》たまはせて。御寺《てら》の名《な》など、さだめ給《たまふ》。なにやかやと、御物《もの》がたりありけりときゝしかど。おぼえねば、くちおし《を》。

こなたより　柳沢家から。
大納言殿　本書の筆者町子の実兄、正親町公通。
れうし　料紙。
侍従君　柳沢吉里。
大もん　大きな紋様。
からのきぬ　中国より輸入の絹織物。
殿〳〵　御所周辺の公卿の住居の建物。
御所にても　将軍綱吉の意図に従って。
れいの　いつものことながら柳沢吉保が。
御あつかひにて　とりしきって。
卯月　宝永五年四月。
山里のひじり　駒込の

十八日には、こゝをたち給《たま》はんとするに。わかれお《を》しみて、を《お》くらせ給《たま》ふ。

泉石五旬興《センセキゴシユンノキヨウ》　紅花仙緑陰《コウクハセンリヨクノカゲ》
回　眸　将　告　別《マナジリヲメグラスレバマサニワカレヲツゲントス》　誰　識　此　時　心《タレカシランコノトキノココロ》

山荘に滞在していた悦峰和尚。

のぼり　西上帰国する。

いとままちつけて　暇をみつけては。

世のうち　生きている間。

かひ　甲斐。

寺の名　龍華山永慶寺。

をくらせ　吉保の送別の詩。

（三九五頁の続き）

長月　宝永四年九月。

君も侍従君も　吉保と吉里。

うち物のゆるし　打物は長刀。市中などの行進のときこれを持つことを許されること（徳川実紀・宝永四年九月四日）。

かぎり　限られた人のみが許可された。

いみじき家　家柄が特別に将軍家と近いこと。

○**こゝら**　多。

さるべきすぢ　既に松平姓を賜り、将軍の諱の一字「吉」を頂いている程の家柄。

しゐて仰ごと　将軍の強い命令。

ゆり　許され。

になき　並ぶものがない。

院のみかど　上皇霊元院。

みづからが歌　本書の筆者、町子自身の和歌。

勅点　「町子が詠草を御添削なしたまふ事、始てなり」（楽只堂年録・宝永四年九月九日）。

あひぐして　一緒に。

これは　吉保と吉里の和歌。

（三九九頁の続き）

物のさとし　何かの前兆。

おほやけざま　将軍家としても。

つゝしみがち　とかく謹慎して静かに。

事にふれて　何かというと。

中〱　かえって。

いとまもなし　吉保は相変らず多忙である。

さるべきよろこび　ことに応じて祝賀行事も行われる。

ことし　宝永四年。

四郎君五郎君　宝永四年十一月廿三日、経隆は刑部少輔、時睦は式部少輔に叙爵（徳川実紀）。

わが身にそへて　「年月はわが身に添へて過ぎぬれど思ふ心のゆかずもあるかな」（新古今集）。

おろかならん　並一通りのものであり得ましょうか。

年なども　年齢もそれほどでもないのに。

わが君　将軍綱吉。

（四〇五頁の続き）

弥生はじめ　宝永五年三月初頭。悦峰は三月一日より六義園に滞在。翌二日、吉保は、下城の後に悦峰を訪ね、懇談している(楽只堂年録)。

○**花もみがてら**　古今「我宿の花見がてらにくる人はちりなん後ぞこひしかるべき」。

まめやか　真実の。

から人　中国人。

かたみに　たがいに。

かきかはして　筆談。

廿七　ゆはた帯《おび》　宝永五年秋より冬にいたる

綱豊様の側室ですめの御方という方が懐妊の様子で、それにつき岩田帯を筆者から差上げるようにというお話を賜る。些か遠縁ながらゆかりの者というので。宝永五年七月十八日に献上。

下旬ごろから子供たちにはしかにかかるものがあり、流行は十二月になり綱豊様とご正室天英院にも及び騒ぎになるが、落ち着く。

十二月二十二日、すめの御方は無事に男児を出産。歳暮ゆえか表立ってお祝いすることをさしひかえている。

章題は、献上の「ゆはた帯」。

くしげ中納言殿《ちゆうなごんどの》の御むすめの。にしの御所《ごしよ》にさむらひ給《たま》ふは。すめの御方《おかた》ときこゆるぞかし。園池《そのいけ》の中将《ちゆうじやう》の御あねにておはしけるを。かの君、やしなひ給《たま》ふて。出《いだ》したてたまへるにぞありける。

月《つき》ごろ、れいのやうにあらぬを。このほど丶《と》なりては。やう〳〵しるきけしきに。にしのおまへにも。今《いま》ぞゆ丶しきもの丶《の》。めづらかに、かひありと、あつかひおぼすべし。おびなどもし給《たま》ふべきを。かのおまへにも。さるやうありけん。みづからよりまい《ゐ》らすべくなん、こなたに御気《みけ》しきありつるよし、きこふ《ゆ》れば。かしこけれど。いかゞはせん、辞退《カヘサヒ》申《まうす》べきにもあらず。猶《なほ》はた、「おぼすこ丶ろあらん。とく物《もの》すべく」など、君《きみ》ものたまふ。文《ふ》月《づき》ばかり、よき日《ひ》して。調《テウ》じてまい《ゐ》らせたり。ゆはた帯《おび》に、からのきぬ。わりご。さけ。さかななどそへて。かの御《み》つぼねにまい《ゐ》らす。さるべき女房《にようばう》。下《しも》づかへなどまでも。しろかねなど、を《お》くりぬ。すべておまへの御心《おこころ》をそへて。うしろやすくおほせて。てうじさせ給《たま》へれば。いとよし。

くしげ中納言　藤原隆資。
にしの御所　江戸城西の丸、大納言綱豊。
すめの御方　はじめ綱豊正室、近衛照姫の供として東下。
園池の中将　園池実守。
かの君　藤原隆資が養女とした。
れいのやうにあらぬ　懐胎している。
にしのおまへ　綱豊。
ゆ丶しきもの丶　まだ心配ではあるが。
おび　斎肌帯《ゆはだおび》。岩田帯。
かのおまへ　綱豊。
みづから　本書の筆者町子。
こなた　柳沢吉保。

かしこよりは、わた、いとおほく、さけ、さかなぐしてなどあり。さて、その日《ひ》、御所《ごしょ》へも、お《を》りひづ《う》ものたてまつりたれば、やがて、からのきぬなどあまた、さるべきものぐして給《たま》はりなどす。たいのうへよりも、うつくしき夏衣《なつごろも》に、さかなものそへて下《くだ》し給《たま》ふ。かしこより、今《いま》まで、かく物《もの》せさせ給《たま》へる事《こと》はなきを。露《つゆ》ばかり、かけてもきこゆべき御ゆかりあるを。今《いま》かくめづらかに、かひあるふし、まちいでゝ《て》。たまはせたるになんありける。おもとたちよりぞ。くはしき文《ふみ》にきこえける。

さは、いともかしこき雲《くも》のかよひぢ。はるかにおはします御うへに。いさ、おのが身《み》の何《なに》ばかりにか、かこつべきゆかりめきてなど、かけても申《まうし》奉るべきにあらざんなるを。かくおぼしかずまへさせ給《たま》ふは。いとありがたくなん。さて、やがてこれよりも奉《たてまつ》り物して。かしこまり申《まう》す。

父《ちち》の大納言《だいなごん》の北《きた》のかたは。かしこの御お《を》ばなればなるべし。うれしき袖につゝみあまりて。かきなすほどに、いとお《を》こがましうぞ侍《はべ》

かしこけれど　畏れ多いが。
とく物すべく　早くして差上げなさいと。
よき日　吉日を選んで。宝永五年七月十八日(楽只堂年録)。
わりご　破子。檜木の折箱。
かの御つぼね　すめの御方のもとへ。
おまへ　柳沢吉保が。
心をそへて　注意して。
○**てうじ**　調。
ぐして　そえて。
御所　将軍綱吉。
たいのうへ　綱吉正室、鷹司教平息女。
かしこ　綱吉正室。
――(以下四一七頁)

るや。

さて、その日《ひ》、君《きみ》も北《きた》のかたなども、御いはひの事《こと》とて。とかく奉《たてまつ》り物《もの》などし給へれば。又《また》御を《お》くり物《もの》あり。くだ〳〵しければ、もらしつ。

やう〳〵秋風《あきかぜ》ひやゝかなるまゝに。世中《よのなか》、はしかといふものおこりて。みな人《びと》もてなやむめるを。このわたり〔の〕わか君《ぎみ》なども、さる心地《ここち》に。なやましうてあれば。心《こころ》ぐるしき事《こと》つきせず。さるは、いとおそろしときゝわたるを。くすしなど。を《お》ろかならず。おほくたてつる願《ぐわん》など、むなしからずや。いとかろきさまにて、を《お》こたり給《たま》へれば。うれしうむねあきぬ。おまへよりして、みなよろこびおぼす事《こと》。世《よ》の常《つね》ならず。うへ野《のの》ゝ宮《みや》にて。御いのりせさせ給《たま》へるなど。かしこまりの奉《たてまつ》り物《もの》など。いとこちたし。

六郎君《ろくらうぎみ》も、うちつゞきてさる心《ここ》ちなりけれど。おなじさまに、かろくて。を《お》こたり給《たま》ひにけり。

世《よ》の中《なか》には。猶《なほ》このことやまず。やゝさむき空《そら》につれて。いとお

君も北のかたなども　柳沢吉保と正室。

はしか　「安通・時睦、麻疹を煩ふ」(楽只堂年録・宝永五年七月二十日)。安通(経隆)は二十六日、時睦は二十七日に全快。

○**をこたり**　いゆる義。

おまへ　柳沢吉保。

うへ野ゝ宮　寛永寺の公弁法親王。

六郎君　柳沢忠仰。二歳。八月十日、麻疹に(同前)。

○**むくつけき**　おそろしき義。

あいなう　甚しく。

どろ〳〵しうおこりまさる。さるむくつけき事《こと》を。このあたりには、今《いま》ぞしばし、のどやかにおもひなりぬる。されど。たれは風《かぜ》の心地《ここち》。かれはかく社《こそ》わづらはしなど。きゝいづるに。あいなう。むねつぶれておぼゆるもわりなし。

しはすになりぬ。

すめの御かたにも。此月《このつき》と聞《きこ》ゆるほどに。何《なに》くれともよほしたてゝ《て》。あらましの御《ご》ようゐ《い》どもあり。こなたにも。御いとまいりて。あつかひさだめ給《たまふ》。されど。此《この》たびは、おぼす心《こころ》ありて。すべてのこと、先《まづ》うちく〳〵にと、おぼすなるべし。いかめしき事《こと》もおきてさせたまはず。

かくて、けふ〳〵とおもふほどに。にしの御所《ごしよ》、御はしかせさせ給《たま》ふときこゆ。とりあつめて。いみじうのゝしる。こゝらの人々《ひとびと》。みな、まうのぼりなどす。中〳〵《なかなか》らうがはしき事《こと》、ものなし。いといたく、軽《カロ》きさまにて。を《お》こたらせたまひぬ。かのたいにも、おなじ御心《ここ》ちなど聞《きこ》えしかど、これも、うちつゞきて、よろしうおはす。

しはす　宝永五年十二月。
此月　臨月であると。
もよほしたてゝ　準備して。
○**いとまいり**　隙入也。
おぼす心ありて　考える所があって。
いかめしき　大げさな。
にしの御所　大納言綱豊。
のゝしる　騒ぎになる。十二月八日、麻疹と確認、十三日、酒湯（楽只堂年録）。
こゝらの人々　沢山の人が。
ものなし　何とも大変である。
○**たい**　台のうへ也。

さばかりの御うへにて。いはゐ《ひ》奉る事《こと》。ゆすりみちたり。こなたよりも。えならぬもの。とり〴〵奉《たてまつ》り給《たま》ひなどし給《たまふ》。

日《ひ》かずへて。わか君《ぎみ》たい《ひ》らかにむまれさせ給《たま》ひぬ。うち〳〵の御《み》けしきども。を《お》しはかるべし。されど、はじめよりの御さだめにて。おもてだちてなども。いはゝせ給《たま》ふ事《こと》はなし。所〳〵《ところどころ》の奉《たてまつ》り物《もの》、れいある事《こと》なども。みな、わざとゝめさせ給《たま》へりとなんきこゆ。なを《ほ》、いとさう〴〵しや、など。もどききこゆるものもあらんかし。年《とし》のいそぎも、けふあすのほどにて。とりかさねては。げに、びんなきなるべし。

日かずへて 十二月二十二日になって誕生(楽只堂年録)。
わか君 大五郎。「若君様御誕生なれども惣出仕、并に献上物なし」(同右)。
たいらかに 安産で。
うち〳〵 将軍家。
もどき 不平を訴える。
年のいそぎ 新年を迎える準備。

（四一三頁の続き）
ゆかり　親属の縁。
おもと　側に仕える人。
○いさ　不知。
○かずまへ　その人数にするを云。
父の大納言　町子の実父、正親町実豊。

北のかた　奥方。正妻。
かしこ　綱吉正室。
○うれしき袖　朗詠「うれしさをむかしは袖に包みけりこよひは身にもあまりぬるかな」。
つゝみあまりて　内緒にしておくことができなくて。

廿八　めぐみの露《つゆ》　宝永六年春二月まで

年末二十八日に体調を崩したという将軍が、宝永六年の新年の賀にも出座せず、はしかが出たなどとたち騒ぐ。吉保様は陣頭指揮で看病され、やっと落ち着いたと思ったところ容態が急変し正月十日の朝に逝去された。綱豊様も駆けつけ悲嘆にくれる。吉保様は綱豊様のご座所に参上し、即刻隠居の願いを申し上げるが許可されない。入棺から葬送まで、吉保様はひとり平服で押し通して自分の身の処し方を示そうとする。綱吉様のご正室浄光院様が二月九日に天然痘で急逝。

章題は、吉保詠の将軍綱吉哀悼歌の中から。

大《おほ》かたの空《そら》は、たちかへる、はるのあしたのほども。いかなるにか。御所《ごしよ》のおまへ。あつしうおはしますこと〻《と》。もてさは《わ》ぎあへるに。中〱《なかなか》のどかなる空《そら》ともなく。おもひまどへり。

ふるとし、ひと日《ひ》。ふつかばかりにやあらん。いさ〻かなる御《み》けしきに、などほの聞《きこ》ゆるに。けふも猶《なほ》おなじさまにおはしませば。出御《しゆつぎよ》などもなし。何《なに》くれのぎしきなど、いとびんなきところなれど。年《とし》のはじめにて。ことさらに。世《よ》の中《なか》にも、まだか〻る事《こと》ともしらせず。れいの参賀《さんが》の人々《ひとびと》などは。馬《うま》くらと〻のへ、さうぞきつ〻。まい《ゐ》りちがふなど、おなじさまなり。

にしの御所《ごしよ》ぞ、拝賀《はいが》うけさせ給《たま》ふ。

ふつかになりて。御はしか見《み》えさせ給《たま》ふなど。いひさゞめく。「そは此《この》ごろ世《よ》にもてなやむわざなンめれど。ちかく、さンべきうへざまにも、かたへは、かくこそ物《もの》せさせ給《たま》ひつれ。所〱《ところどころ》、さこそ、いとかろくてをこ《お》たり給《たま》へれば。何《なに》ばかりの事《こと》おはしまさじ」など〔おもひ〕いふめれど。うち〱御《み》けしきしりきこえたるか

たちかへるはる　宝永六年。
御所のおまへ　将軍綱吉。
あつしう　病気であると。
ふるとし　昨宝永五年の末。「少々御不例なる故に表へ(将軍の)出御なし」(楽只堂年録・十二月二十八日)。
○**けふ**　元日也。
出御　年頭の賀礼にでましになること。
びんなき　不都合な。
○**参賀**　年の始を祝しに参るを申。
馬くら　馬の鞍。
さうぞき　身仕度を整え。

ぎりは。猶《なほ》、いかにおはすべきにか、など、むねふたがりて。おもひなげくべし。

こなたにも。大《おほ》かた、つとさふらひ給《たま》ふを。中〳〵《なかなか》、御所《ごしよ》には。御心にかゝりて。猶《なほ》まかでゝ《て》、やすみ給《たま》ふべく。たび〳〵、せちに、おぼしのたまはするを。いとあるまじき事《こと》、とおぼす物《もの》から。とかく仰事《おほせごと》もそむきがたう、心《こころ》ぐるし。

あしたよりおはするに、ひるつかたには、なを《ほ》〳〵《なほ》かへり給《たま》ふべく。仰事《おほせごと》あれば。しゐ《ひ》てもものしがたくて。夕《ゆふ》つかた、またのぼりたまふ。よるもまた、仰事《おほせごと》あれば。わりなくおぼせど。かへりたまふ。

御くすりこゝろみ。御おきふしなどをさへ。御心《こころ》にいれて、あつかひ給《たま》ふ。さるべき事《こと》にて。かきおこし奉《たてまつ》り。いさゝかたどらせたまふほども、御手《おて》をひかせ給《たま》へば。御所《ごしよ》にも、いみじうあはれにおぼす。

わか君《ぎみ》たちも、たび〳〵まいり《ゐ》給《たまう》ふて。御《み》けしき見奉《みたてまつ》り給《たまふ》。

にしの御所　大納言綱豊。
○**ふつか**　二日。「麻疹見えさせ給ふ」(楽只堂年録・宝永六年一月二日)。
さゞめく　噂がひろまる。

こなた　柳沢吉保。
つとさふらひ　じっと側に控えていて。
中〳〵　かえって。反対に。
心にかゝりて　側に居られることが気になって。
まかでゝ　退出して。
仰事　将軍のご命令。
くすりこゝろみ　薬剤

世《よ》の中《なか》にも、やう〳〵きゝおどろき奉《たてまつ》りて。さるべきもの、奉《たてまつ》りあげなどして。御けしきの事《こと》。とかく心《こころ》もとながり聞《きこ》ゆるほど、いへばおろかなり。こゝかしこの御いのりなど。又おろかならんやは。そのほどの事。とりたてゝ《て》もおぼえずかし。

九日になりて、御さかゆまい《ゐ》る。今《いま》は、しか心《こころ》やすくこそおはしまさめ、など、やう〳〵よろこび申《まうし》の御捧《サヽ》げものなど、かた〴〵に物《もの》し給《たま》ふ。されど、御年《とし》なども。さる御すゑにて。いみじきなごり、猶心《なほこころ》もとなきものに。皆人《みなびと》つどひて、御けしき見奉《みたてまつ》る事《こと》、おなじ事《こと》なり。その日《ひ》もくれぬ。

こなたは、かへらせ給《たまう》て後《のち》。てるさだの侍従《じじゆう》より。れいの事《こと》にて、御けしきの事。文《ふみ》にて申《まう》させ給《たま》ふにも。いとよく見奉《みたてまつ》れり。おものなど。いとよく。きこしめしたりなどいふこと。つげきこえ給《たまふ》が。いかゞありけん、この暁《あかつき》。俄《ニハカ》にまい《ゐ》らせ給《たま》はんと。ふとおぼしおこして。御ぞ奉りかへ。何《なに》となく御心《こころ》さは《わ》ぎし給《たま》ふほど。かしこよりも。いそぎまい《ゐ》らせ給《たま》へ、とつげきこゆ。

の用い方。
おきふし　将軍の身体の動かし方。
あつかひ　自ら手を下す。
あはれに　ありがたく。
わか君たち　柳沢家の吉里・経隆・時睦。
さかゆまいる　「酒湯を浴《かゝ》らせ給ふ」(楽只堂年録・宝永六年一月九日)。酒・塩・小豆などを煮出した湯を身体にあびせること。疱瘡の治った場合などに行う。
よろこび申　快気祝。
すゑにて　老境であり。
なごり　病気の余響。
てるさだの侍従　松平

十日の、まだあさぼらけ、まい《ゐ》りたまへば。にはかに御《み》けしきかはらせ給《たま》ふほど〻《と》て。わたどのあたり。人々《ひとびと》さは《わ》ぎまどへば。あないみじとおぼす物《もの》か。うつし心《ごころ》もなく。まどはれたまふ《う》て。おまへにまい《ゐ》りて。見奉り給《たま》へば。いとたのもしげなし。おまへには、猶《なほ》何《なに》のみだれさせたまふ事《こと》もなくて。こなたのおはしたるを御《ご》らんじつけて。御ものなど、のたまはす。

や〻しぞきて、御薬《おくすり》の事《こと》。なを《ほ》さらに。とかく物《もの》し給《たま》ふほどに。御いしまい《ゐ》れ、とよぶこゑ、いとあはた〻しきに。やがて。あらためたる御薬さ〻げてまい《ゐ》りて、す〻め給《たま》へれど。はや御口《くち》にもとを《ほ》らず。こは、なぞ、いかにし奉《たてまつ》るにか、とおぼして。猶《なほ》、紙《かみ》にひたしてまい《ゐ》らせ給《たま》ふに。何《なに》のかひかはあらん。やがて、きゆるがごと、見奉《みたてまつ》りなしぬ。

猶《なほ》いといみじきちからをおこして。何くれと、さるべきかぎりをなして。こ〻ろみおもひまどへれど。やう〳〵しるき御かぎりのありさまを見るに。たれも〳〵、あさましうあきれたるさまぞ、いへ

輝貞。

まいらせ　吉保が参上しようと思いついた。

十日　宝永六年一月十日。

うつし心もなく　平常の心を忘れてしまって。

たのもしげなし　弱り果てた状態である。

しぞきて　御前から退いて。

しるき御かぎり　絶命と明瞭に見てとれる。

大かたのさま　他の場合の人々の臨終の様子。

あはてたるやうにて　慌しく来世へ旅立って行ったように思われて。

御心のうち　柳沢吉保

ばを《お》ろかなるや。

こなたには。まして、大《おほ》かたのさま、とかくおぼしくらぶるに。にはかに、かく、あはてたるやうにて、見《み》なし奉《たてまつ》り給《たま》へる御心《こころ》のうち。おもひやるべし。

西《にし》の御所《ごしよ》にも。さきにあないしまい《ゐ》らせければ。いそぎまい《ゐ》らせ給《たま》ふ。やをら、御屏風《びやうぶ》の内《うち》に入《いら》せたまふ《う》て。たいめんせさせたまふにも。今《いま》はかぎりの音《おと》なし川《がは》ぞ。うたてかなしかりける。かの御心《こころ》のうち。また、ことは《わ》りに。いはんかたなし。今《いま》ぞ、ちかくさふらふかぎり。かなしむ事《こと》も。わいだめつゝ、なみだはおちぬ。

とばかりありて。つねおはしますかたに出《いで》させ給《たまふ》。こなた。やがて。ちかく参《まゐ》りて。何事《なにごと》にかあらん、いとおほく申《まうし》奉らせ給《たま》ふ。

かくて、うちとの人々しり聞《きこ》えて。さは《わ》ぎまどふさま、又《また》いとあさまし。さばかりの殿《との》〳〵《との》にむれゐつゝ。いかにせんとおもひたるさま、何《なに》にかにん。さて、やがて、を《お》のづから。さるかたに。事《こと》う

の心のなかを。
西の御所　大納言綱豊。
やをら　すっと。
音なし川　紀伊の歌枕。何の反応もない事に言い掛る。
○**わいだめ**　わきまへる也。
つねおはしますかた　日常の居間。中奥の御座所。
ちかく参りて　吉保が大納言綱豊の側に行き。
何事にかあらん　わざとここでは朧化して表現する。下文に明らかなように致仕・出家のことを願い出た。「大納言様入らせたまひて暫くありて、御座の間

け給《たま》はりつゝありくなど、現心《ウツシごころ》もなく、あしを空《そら》なり。

世中《よのなか》には、さばかりとだに、ふかくしらねば、やう〳〵かたへにうちひそめくをも、猶《なほ》、「あやし、さるやうこそうけられね、大《おほ》かたお《を》このものゝ《の》、ともすれば、かゝることいひいでゝ《て》、人《ひと》の心《こころ》さは《わ》がするわざなるを」など、いとなれて、こともなくおもふが、早朝《ツトメテ》、さるべき君《きみ》たちの、つどひのぼり給《たま》ふをみれば、今《いま》ぞ、めもおほきになりて、めづらかにあさましう、おどろき聞《きこ》えたり。

かへらせ給《たま》ふ《う》ても、つく〴〵とおぼゝ《ほ》れて、なげきおはす。おぼしいづる事《こと》など、〔又《また》〕おほかるべし。此御《このみ》世《よ》のはじめ、まだいとわかくて、つかふ《う》まつり給《たま》ひてしより、こゝら事《こと》しげき御まつりごとにあづかり給《たま》ひても、露《つゆ》、御心《みこころ》にたがふふしなく、年月《としつき》にそへて、又《また》なき御めぐみにあひたまふ《う》て、あやしく、さるべき御すく世《せ》やふかかりけん、一日《ひとひ》も、まゐ《ゐ》りて拝《はい》し給《たま》はぬは、かしこう、うしろめたきものに、おぼしたりつるを、かくてはなれ奉り給《たま》へるぞ、よにか

へ出御なる時に、吉保が身分の事につきて申上し事あり。其事実は別の記にあり」(楽只堂年録)。
うちとの 城の内外の。
さるかたに それぞれに任務に従って。

あしを空 あわてる様。
○**あやし** 不審たつる詞也。
うけられね 納得できない。
○**おこの** 愚なる心。
つどひのぼり 揃って登城する。
○**めもおほきに** おどろきたるさま也。源氏にも有。

なしき事《こと》のかぎりなりける。

御物《もの》だにもみいれたまはず。ふかくおぼしいりたるをみるには。何《なに》ばかりのふかきたどりなきものも。みな、かたへにうちひそみて。あたらしき年《とし》ともいはず。ともすればなみだのみおちつゝ。殿《との》のうちあはれに。心ぼそき春《はる》なり。北《きた》のかたなどよりも。御所《ごしよ》ざまの御かた〴〵に。御とぶらひ、こまやかにてあり。

ゆふべになれば。またまい《ゐ》らせ給《たま》ふに。猶《なほ》しばしは、ありしまゝにて。おはしますも、中《なか》〳〵《なか》めもきりて。おもひまどはれ給《たま》ふ。されど、のち〳〵の事《こと》など。今《いま》はさるべきにて、おぼしあつかひ。つかさ〳〵も。猶《なほ》うけおこの《な》ふ事《こと》おほくのみあれば。せめて御心《こころ》をおこして。つれなくもてなしつゝ。ありかせ給《たま》ふもあはれなり。

あしたにものぼらせ給《たま》ふ。にしの御所《ごしよ》にまい《ゐ》らせ給《たま》へれば。御やすみ所《どころ》におはしますほどなり。ちかくめして。又何《またなに》かとこまかにのたまはす。

「さきにもきゝつるごとく。今《いま》はかくて、ひたみちに。入道《にふだう》せむ

かへらせ　吉保は帰邸後も。
おぼゝれて　涙にくれて。
此御世　五代将軍襲職の。
まだいとわかくて　吉保は二十代前半。
年月にそへて　年月の経過とともに。
又なき　並ぶもののない。
御物だに　食事にも目もくれず。
○**たどりなき**　思慮なきといふ義。
——(以下四三八頁)

と聞《きこ》ゆるなん。いとことは《わ》りある事《こと》なれど。さきの御世《みよ》、さまことに物《もの》しつるらうへ。わがかたにも。心《こころ》ことなりつるいさをしなん。わする〻世《よ》なければ。いで、そのあたり。わかき殿原《とのばら》などの事《こと》。此身《このみ》あらんほどは。露《つゆ》ばかりもを《お》ろそかにおもふ心《こころ》、あるまじきなり。年《とし》つき、おほやけざまにを《お》もくならひて。又《また》たぐふべきもあらねば。今《いま》のうへにては。かならず、まづ。うしろ見《み》などやうに、人《ひと》もおもふべきほどなれば。かのおはしまさぬ世《よ》に。いみじう。一《ひと》すぢにしたひきこゆるも。さることなれど。今《いま》か〻るべきと。夢《ゆめ》にだにしり聞《きこ》えば、月《つき》ごろさやうのかたに。おもむけ申《まうし》奉らんにも。いかゞは、われにうしろめたくあるまじき事《こと》とは。なきみかげまでもおぼす心あらんや。

か〻れば、今《いま》かく髪《かみ》などおろして物《もの》せら〔れ〕んにも。おのづから、わがかたに、いさ〻かも。よからぬふしありてや、など。大《おほ》かた世《よ》のさがなきにも。まづとりいで〻《て》、そしり聞《きこ》えんことぞかし。かつは、此《この》のちなを《ほ》、さるべき事《こと》は。とひき〻はからんにも。いとさは

さきの御世　綱吉治世時代。
さまことに　特別に。
わがかたにも　私のためにも。
心ことなりつる　特段の。
いさをし　功労。次代将軍として決定することに吉保の力が大きかったこと。
そのあたり　あなたの一族。
わかき殿原　吉里・経隆・時睦などの処遇。
此身　わたくし綱豊が。
おほやけざま　幕府の政治。
今のうへ　現状では。
うしろ見　新将軍の後

るべきになん。いかにもして。このこと。まづおもひとゞめて。よし、さは。出《いで》つかふるほどこそあらずとも。今《いま》しばし。まち聞《きこ》えてこそ」など、のたまふも。御なみだのひまなくながるゝに。御心《みこころ》のほど、いとせちに。かつはいとかしこくおぼえて。まづなかれ給《たまふ》。「今《いま》はかくて。おもひたちぬるも、さもあれ。まことの心《こころ》ざしだに。したひ聞《きこ》ゆることとかはらずは。何《なに》かは、さまかへて物《もの》せんに。かはることとあるまじきを」など。くり返《かへ》し、いとこまかに、おほせつゞけ給《たま》ふほど。きゝ奉《たてまつ》り給《たま》へる御心《おこころ》のうち。また今《いま》ひときは、ながしそへ給《たま》へり。

「うけ給《たま》はりぬ。いましも、御めぐみのかげにかくれ奉りて。何《なに》かは御《み》こと葉《ば》にそむき奉るべき。ともかくも。先《まづ》、御はからひにまかせ奉りてなん。されど。仰《おほせ》ごとのごとく。ひたすらにすゝみ侍《はべ》るかたの。なを《ほ》いとあらためがたうなん侍れば。かやうにまい《ゐ》りて。御《み》けしき見奉らんにも。みな、を《お》のれ、いまはさまかへたるものと。おぼしめせ。さりがたからんことにて。めしあらば。すみやかにま

見役。

おはしまさぬ世　お亡くなりになった綱吉の治世に。

したひきこゆる　殉じようとするのも。

かゝるべき　吉保が出家しようとしていると。

おもむけ　意向を伝え。

申奉らんにも　吉保が綱吉にお話していたとすれば。

われに　綱吉公が私綱豊に対して。

うしろめたくあるまじき　後を託すに不安が全くないとは。

なきみかげ　亡き綱吉も。

——(以下四三八頁)

い《ゐ》りて。うけたまはり侍《はべる》べけれど。大《おほ》かた、おほやけしきかたの。つとめは、猶《なほ》なん。ゆるされをかうむり侍《はべ》らんぞ。ことさらに御うつくしみ。おもき事《こと》とおもひ奉《たてまつ》るべき」など申《まうし》給《たまふ》。

おまへ、いまぞ御《み》けしきよくおぼして。

「此《この》ことといかゞ、など、こゝろぐるしうおもひつるを。かくてうけられたるなむ、いとうれしき心地《ここち》すれ」などのたまはするにも。御涙《おなみだ》はおちぬ。

越前《ゑちぜん》の守詮房《かみあきふさ》の君《きみ》間部《まなべ》など。おまへに侍《はべ》りて。いとかなしう。ことはり《わ》にきゝ奉る。やがて執政《しつせい》の人々《ひとびと》もうけたまはりぬ。とり〴〵、ことはり《わ》に、おもひ聞《きこ》へさすべし。こなたは、いとかたじけなきにも。かなしさもとりそへて。涙《なみだ》にくれて、まかで給《たまふ》。

かくて、御入棺《ジュクワン》などありて。日《ひ》かずも過《すぎ》ぬ。たいのうへ、やがておぐしおろし給《たまふ》。浄光院《じやうくわうゐん》と申《まうし》奉る。五《ご》の丸《まる》にもおなじくおろさせ給《たまう》ふて。瑞春院《ずいしゆんゐん》とぞいふめる。北《きた》の御つぼねときこゆるは。はやう大典侍《おほスケ》の君《きみ》とて。御おもひもなべてならずおはしければ。やがてか

おほやけしき　幕府の公式行事や政務。
うつくしみ　新将軍の慈悲。
おまへ　綱豊。
此こと　吉保の今後の処遇。
ことはりに　いかにも道理の通ったこととして。
執政の人々　老中。
こなた　柳沢吉保。
たいのうへ　綱吉の正室、鷹司信子。
おぐしおろし　断髪、出家。
五の丸　綱吉の側室、お伝。
北の御つぼね　綱吉の側室、北の丸。

みおろし給《たまう》ふて。寿光院《じゆくわうゐん》とておはす。とり〴〵の御なげき、中〱《なかなか》なることの葉《は》は、つきせずやあらん。

御ひつぎも、まだ出《いだ》させたまはねば。君《きみ》は猶《なほ》、朝夕《あさゆふ》〔まう〕のぼりて拝《はい》し給《たまふ》。にしの御所《ごしよ》にも。御たいめんなど、ありしまゝにて。たえず。所々《ところどころ》、御かた〴〵の、物心《ものごころ》ぼそくおはするなど。なぐさめ奉らせたまふ。こなたに御とむらひのゆきちがふなど、いとおほかり。

廿日ばかりになりぬ。御ひつぎ、山《やま》にうつし奉るべきも。此《この》ほどゝ《と》さだめさせ給《たま》へれど。おり《を》ふし雨《あめ》さへ打《うち》つゞきてびんなき頃《ころ》なれば。しばし日《ひ》をのべてなどさだめたも《ま》ふ。周防《すはう》の内侍《ないし》が。「空《そら》もかなしき事《こと》やしるらん」と。なげきし、ことは《わ》りに。つく〴〵とふりそふ雨《あめ》も。ありけんなごりの涙《なみだ》めきて。わりなくながめくらす頃《ころ》なり。げに。あめつちにあらゆる神《かみ》も。此《この》御なごり、おし《を》みきこえぬは、あらじかし。

二十二日に。御ひつぎ出《いだ》させたまふ。ゆふかけてまいり《ゐ》給《たまう》ふて、先出《まついだ》させ給《たま》ふ御《お》をくりしたまふ。〔それより〕東叡山《とうえいざん》に。さきだちお

やがて　すぐに。
君　柳沢吉保。
まうのぼりて　参上して。
にしの御所　大納言綱豊。
かた〴〵　綱吉の正室以下の人々。
こなたに　柳沢吉保邸に。
廿日ばかり　綱吉遺骸は宝永六年正月十二日納棺、同二十二日東叡山寛永寺の本坊に移送。二十八日埋葬。
○**空もかなしき**　後拾遺・周防内侍「五月雨にあらぬけふさへはれせぬは空もかなしきことやしるらん」。

はして、まち奉《たてまつ》り給《たまふ》。わか君《ぎみ》もおなじ。山《やま》までの御みちのほどは。つねの御あり様《さま》に。さるべきことそへてものし奉る。ごぜんはじめて、馬《うま》、人《ひと》ともに、かはらぬさまなるも。中〳〵《なかなか》かなしき事《こと》のかずまさりて。皆人《みなびと》、むせかへり、ゆきもやらず。さばかりの御いきほひも。ひきかへ。かぎりのたびの御よそひに。たれもおもひかけぬ露《つゆ》のみち芝《しば》を。たどりかねたる、ことは《わ》りにかなし。

山《やま》には、御廟《ごべう》ものせんまでは。宮《みや》のおはします本坊《ほんばう》にすへ《ゑ》たてまつりつ。宮《みや》をはじめてさゝべき僧衆《そうしゆ》。法会《ほふゑ》むべ〳〵しうとりおこなひ給《たま》ふ。御法《みのり》の庭《には》の、ひかりことなるにも。雲《くも》がくれし月《つき》のゆくゑ《へ》のみ、あかずかなしきに。ありつる御ありさまの。ゆゝしかりしほど。おもひ出《いで》奉る人々《ひとびと》おほかり。

かけまくも。かしこき御世《みよ》たもたせたまふ《う》て。此三十《このミソ》とせあまり、日《ひ》のもとのひろき御まつりごと。露《つゆ》あやまつことおはしまさず。霜《しも》雪《ゆき》の深《ふか》きあした、つとにおきても。まづ民《たみ》のうへにかけて、さむくうへ《ゑ》ざらんやうを。おぼしわすれず。烏羽玉《うばたま》の夜《よ》はも、猶《なほ》はた、お

さきだち　先回りして到着して。

わか君　柳沢吉里。
山　東叡山。
つねの御あり様　普段の出仕退出の行進の様。
さるべきことそへて　弔意を表する物を加えて、か。未詳。
○**ごぜん**　さきをおふ御供也。
かはらぬさま　綱吉生前と変らない様子。
さばかりの御いきほひ　将軍の御威勢。
かぎりのたび　死出の旅。
御廟　綱吉のために作られる廟所。

ほとのごもらで。いにしへのひぢ《じ》りの文《ふみ》の巻《まき》〳〵《まき》、くり返《かへ》し。まつりごとをのみ、御心《みこころ》にかけて、おこたらせたまはず。みな、此《この》、黔《クロキ》首《カシラ》つどへたる国《くに》のうへを。おぼしみそなはし給《たま》ふなるべし。

こゝらの国《くに》〳〵《ぐに》のあるじ、あつまりつどひて。としごとのつとめ、おこたることなく。かみより吹《ふき》つたふ国《くに》の風《かぜ》をうつして。はや人《ひと》のさつまがた、みちのくのやそしまかけて。御《み》めぐみのを《お》よばぬつちくれもなければにや。あるは、くろをゆづることの葉《は》たえず。お《を》さをかさぬるみつぎ、かず〳〵なりき。かゝれば、いさめのつゞみ苔《こけ》むし。お《を》かせる人屋《ひとや》むなしく草《くさ》しげりて。よもぎがもとの斥鷃《カヤグキ》までも。御《み》めぐみにもるゝことなんなかりける。

御心《みこころ》の内《うち》には。猶《なほ》あかずおぼしめぐらしつゝ。しづはたのお《を》さまる御世《みよ》にも。かた糸《いと》のみだれんことをわすれさせたまはず。武《ぶ》をみぎにしても。もののふのやそうぢ人《びと》に、家《いへ》のみちをいましめおほせ。文《ぶん》をひだりにしては、かつらの枝《えだ》とり〴〵に。玉《たま》ひろふ山《やま》のひかり、身《み》をてらす人《ひと》おほかりけり。

宮　公弁法親王。

本坊　東叡山寛永寺本坊。

むべ〳〵しう　荘重に。

○**雲がくれし**　雲がくれは人のうせぬる事也。

三十とせあまり　綱吉治世は、実際は三十年に満たない。

○**おほとのごもらで**　ねる事也。

ひぢりの文　儒教の聖典。

○**黔首**　いやしき民の義也。

○**国の風**　詩経の国風によせたり。文王の化の遠く及ぶにたとへていへり。

——（以下四三八頁）

いでや、おもへば夢也《ゆめなり》けらし。されば、たつにのりて、あまかけりましく〵けんを、とりおとす弓《ゆみ》だになきぞ、引《ひき》かへし。かなしきや。

君《きみ》、かへらせたまひて。

ふかゝりしめぐみの露《つゆ》もむかしにて涙《なみだ》ぞ今《いま》は袖《そで》にせきあへぬ。

こぞ霜月十一日にや、例《れい》の、こなたにわたらせたも《ま》ふべき御さだめにて。四郎君《しらうぎみ》、五郎君《ごらうぎみ》など、しるよしたまはるべく、うちく〵御《み》けしきにほのきこえ侍《はべ》るほど、いかゞはを《お》ろかにおもはん。そのお《を》りしも、さはることおはしまして。さだめの日、のばへさせたまふほどに。つゐ《ひ》にわたらせたも《ま》ふこともあらで。かくれさせたまへば。からやうのことだに。とりそへつゝ。ながれそふも、いとはかなし。ねられぬ枕《まくら》をかたぶけつゝ。おもひいづれば。あい《ひ》なくかなしき事《こと》。人《ひと》わろきまでぞ、いでくるや。

君《きみ》もいまは。御所《ごしょ》には。日《ひ》ごとにまうのぼらせたまふこともなし。山《やま》へぞ、日《ひ》ごとにまい《ゐ》りたも《ま》ふ。

○**たつ**　龍也。

○**あまかけり**　天にのぼる也。黄帝と申みかど荊《ケイ》山といふ所にて鼎《カナヘ》を鋳給ひしに空より龍のかしらをさしのべければ黄帝これに乗てあがらせ給ふゆへ、したがひ奉りし人、龍の髯《ヒゲ》をとらへしかども、たゞ弓と剣とを残して空にのぼり給ひけり。後世、天子の葬御《ホウギョ》などにおほくたとへてひけり。

君　柳沢吉保。

こぞ　昨年。宝永五年十一月十一日。

四郎君五郎君　柳沢経隆と時睦。

しるよし　領地。

此《この》ごろ、院《ゐん》のうへなどよりも。うち〳〵わたくしの御とむらひ。とりわきて。大納言殿《だいなごんどの》よりぞつたへ給《たまふ》。

かくて、山《やま》の御廟《ごべう》こしらへはてゝ《て》。廿八日、うつし奉《たてまつ》る。御《み》はうぶりは、よるなりけれど。ひるつかたより、みなまい《ゐ》り給《たま》へり。君《きみ》は、例《れい》の、わたくしのよそひにて。さきだちておはす。何《なに》くれと御心《こころ》にいれて。物《もの》し給《たま》ふほど。人々《ひとびと》のさうぞきたちてあるが中《なか》にて。今《いま》しも、さまかはれる御心《こころ》ばへしるくて。中〳〵《なかなか》、とりわきあはれに、人《ひと》はみたてまつる。

侍従君《じじゆうのきみ》ぞ、さるべきまゝに。さうぞきおはす。そのおり《を》のさま、ゆゝしき物《もの》から、いとかう〴〵しう。さるは、かゝるきはの御いきほひは。今《いま》しも、いとたうとし。

御さきには長門守教重《ながとのかみのりしげ》大久保。大和守重之《やまとのかみしげゆき》久世。左右《さいう》にたちて物《もの》したまふ。ひだりのかたには、日光山《につくわうさん》の楽人《がくにん》十人つらなる。右は、もみぢ山《やま》の楽人これも十人あゆみつゞきたり。雲《くも》ゐもとをるばかり、ふきたてたる物《もの》の音《ね》。いたうすみまさりて。かなしきこともとりあ

うち〳〵御けしき　内意。
人わろき　みっともない。
御所　将軍のもと。
まうのぼらせ　参上する。
山　東叡山寛永寺。
院のうへ　上皇霊元院。
大納言　本書の筆者町子の実兄、正親町公通。
山の御廟　東叡山寛永寺内の綱吉の廟。常憲院廟。
廿八日　宝永六年正月二十八日、綱吉の柩を納廟。
わたくしのよそひ　平服。

――(以下四三九頁)

つめ。あはれすくなからぬ夜《よ》のさまなり。

次《つぎ》に、灑水《しやすい》、あるは香《かう》など物《もの》する大《だい》とこ、つゞきたまふ。衆僧《しゆそう》、右《みぎ》に廿八人。ひだりもおなじ。ふたつにわかれて、ねり出《いで》たり。僧《そう》正《じやう》六人、しりへにかひ《い》そひてまい《ゐ》る。おさめ物《もの》の箱《はこ》もちたる大《だい》とこ、これにつゞきたり。御あかしのひかり〔ひき〕つゞきて。ものゝ《の》色《いろ》あひなど中〳〵《なかなか》ひるよりもしるくかゝやきあひたる。さるは。ものみなどのたぐひには、あらざンなれどたうときことのかぎりおぼえて。みな人《びと》、しほたれたまふ。

さて、さるべきつかさ一人。御馬《おうま》、うち物《もの》など引《ひき》ぐしてまい《ゐ》る。次《つぎ》には、侍従君《じじゆうのきみ》ぞたちたも《ま》ふ。その次《つぎ》には、忠増侍従《ただますのじじゆう》大久保。政直《まさなほの》侍従《じじゆう》土屋なり。えいまきたるよそひども。さまかはりてかなし。

御ひつぎ、しづかにまい《ゐ》る。名香《ミヤウガウ》の香《カ》、玻璃《はり》の御あかしなど。あざやかにてらされて。いみじうたうとし。てるさだ侍従《のじじゆう》。忠徳侍《ただのりのじ》従《じゆう》松平伊賀守。御かたはらにまい《ゐ》り給《たまふ》。御《み》はかしなど。もちたる人《ひと》々《びと》つゞきたり。対馬守重富《つしまのかみしげとみ》稲垣、あとに供奉《ぐぶ》し給《たまふ》。

灑水　壇場を清める香水。
大とこ　大徳。僧侶。
衆僧　たくさんの僧。
おさめ物　奉納品。
しほたれ　涙にくれる。
うち物　長刀。
侍従君　柳沢吉里。
○**えい**　巻纓《ケンエイ》とてかむりの纓を吉凶につきて巻つけ侍り。
てるさだ　松平輝貞。
忠徳　松平忠周《ただちか》。宝永三年十二月侍従。
御はかし　綱吉の佩刀。

さて、それより。つねちかくさむらひける殿原《とのばら》、いとおほくまい《ゐ》りつゞく。さるは、御供《とも》に、ひとりもを《お》くるまじう、したひたてまつれど。もとより、かぎりある御さだめどもに。を《お》のづからかゝづらひて。えまい《ゐ》らぬなるべし。

それかれと、とりわきて。まい《ゐ》りたまへる人々《ひとびと》など。せめてうれしきせもまじりて。あはれにかたじけなきものから。うつゝともおもひわかず。

御導師《だうし》は。宮《みや》ぞおこなはせたまふ。

さて、かばかりとお《を》さめ奉《たてまつ》りて。なく〳〵帰《かへ》りけむ人々《ひとびと》のこゝち、いかなりけむ。いまはじめたるやうに、ともすれば。かなしうしほたれまさる人々《ひとびと》おほかり。

何《なに》くれと、いといかめしきことおほかれど。を《お》のづから、此《この》あたり、人《ひと》のいひけるにつきてしるしつれば。おもひやる心《こころ》ばかりは。さるものにて。かたはしをだに〔え〕いはぬなるべし。

この頃《ごろ》、又《また》、世中《よのなか》には疱瘡《モガサ》おこりて。人《ひと》おほくわづらふめるを。

つねちかく　平生近従の者。
かぎりある　人数の制限。
えまいらぬ　参列できない。
とりわきて　特別に参列者として選ばれた。
うれしきせ　一面喜びもあるので。
導師　葬儀の中心として死者に引導をわたす人。
宮　公弁法親王。
かばかり　もはやこれまで。
此あたり　柳沢家の人々。

浄光院《じやうくわうゐん》の、その御こゝちにおはしますと、いひさは《わ》ぐ。さは、おぼし屈《ク》しにける御心地《ここち》の程《ほど》、いかにおはしますにかと。これに又《また》おもひまどふ。こなたよりも。日《ひ》ごとにまい《ゐ》らせ給《たま》ふて。御《み》けしきうかゞはせ給《たまヒ》などするまゝに。二月九日といふに。つゐ《ひ》に、夢《ゆめ》のやうにてかくれ給《たまひ》ぬ。うちつゞき、あやしうて過《すぎ》させ給《たま》へば。さもふかき御契《ちぎり》のほどあはれにみ奉《たてまつ》るものから。一《ひと》かたならぬなげきにしづむ人々《ひとびと》なども、おほかるべし。

「ことし、いかなる年《とし》ぞ。神《かみ》も仏《ほとけ》もなしや。いかであが君《きみ》たちをば。かくてゐて奉るぞ」など。はて〳〵は、空《そら》をあふぎて。よばひなげくふるごだちなど、いみじうなぐさめかねたり。

西《にし》の御所《ごしよ》にも、とりかさねて。おぼしなげく御《み》けしき。うかゞひ奉らむとて。又世中《またよのなか》つどひまうのぼりなど。らうがはしきこと、物《もの》に似《に》ず。

まことや、その月《つき》十六日には。みやこより贈経使下《ぞうきやうしくだ》り給《たまう》ふて。中《ちゆう》堂《だう》にまい《ゐ》り給《たまふ》。さるべき公卿《くぎやう》、あまたおはしたり。やがて御《お》をくり

浄光院　前将軍正室、鷹司信子。宝永六年二月九日没。

○**あが**　わが也。

○**ゐて**　つれてゆくぞと也。

○**ふるごだち**　年よりたる女房也。

その月　宝永六年二月十六日。

贈経使　故綱吉に対して、宮中より贈位・贈諡《し》を伝える宣命を読み、天皇・上皇よりの贈経をささげて焼香するもの。今出川伊季。

中堂　寛永寺の中堂。

名《な》をば、常憲院殿《じやうけんゐんでん》とぞ申《まうし》奉る。御贈官《ごぞうくわん》は、正一位太政大臣《しやういちゐだいじやうだいじん》ときこゆ。その日《ひ》など、いまはじめたる御わざならねど、ぎしきことにいみじきたうとさをつくしたり。十八日には。こゝらの君《きみ》たち。のこりなくさゝげものすなど聞《きこ》ゆ。

大《おほ》かたのこと。天《あめ》が下《した》の御わざにて。いと、あまりあさましきまで。いかめしきことのかぎりなれば。中〳〵《なかなか》かたつかたきゝいでゝ《て》かきてんも、針《ハリ》を滄溟《ウナバラ》におとしたらむ心地《ここち》して。かへりては、おろかなるわざならんかし。浄光院《じやうくわうゐん》の御《み》はうぶりは、十九日にぞ物《もの》し奉《たてまつ》りける。此御《このみ》わざ又《また》さるべきまゝにいかめしとぞ。

十八日　宝永六年二月十八日、惣出仕。吉保の銀三十枚以下、綱吉霊前への香奠が捧げられた。

天が下の御わざ　国中をあげての催しごと。

十九日　「暮六つ時」に「御出棺」という(楽只堂年録)。

（四二五頁の続き）

○**あたらしき年**　源氏・葵「あたらしきとしともいはずふるものはふりぬる人のなみだ也けり」。新年。

北のかた　吉保正室、定子。

ありしまゝにて　存命の時と同じ状態で。

めもきりて　涙で目が曇り。

のち〳〵の事　葬儀のこと。

つれなく　平生と同じ様に。

あした　翌日の朝。

にしの御所　大納言綱豊。

やすみ所　ご休息の間。

さきにも　将軍絶命の直後。

ひたみちに　一途に。

（四二六、七頁の続き）

わがかたに　私綱豊の方に。

このこと　出家隠退のこと。

出つかふる　公務として出仕する。

おもひたちぬるも　出家の希望を断念してしまうとしても。

まことの心ざし　真実、心底において。

したひ聞ゆる　亡き綱吉を敬慕している。

こまかに　心をこめて。

ながしそへ　涙が加わる。

うけ給はりぬ　承知しました。

いましも　こうなったら。

ひたすらにすゝみ　出家遁世に邁進したい。

（四三一頁の続き）

○**はや人の**　さつまの枕詞。

○**やそしまかけて**　西国より東国迄にて日本国をくゝりていへり。

○**つちくれ**　土地の事。

○**くろをゆづる**　くろをゆづるとは、虞芮《グゼイ》といふ所の人、訴へ有て周にいたりて文王にたゞし奉らんとせしに、其界《サカイ》にいたりければ、国人たがひに、耕《タガヘス》者はくろをゆづり、民たる者長者にゆづりぬ。虞芮の人、是をはぢおもひて、かへりてあらそふ所をゆづりてさりしと史記に侍り。

○**おさ**　訳。おさをかさぬとは、おさは今いふ異国の通事《ツウジ》也。遠きゑびすの人、此国に朝するには、つぎ〳〵に通事をかさねて、我まことの心をあらはして、此国にしたがひ奉る也。周公旦の政の時、越裳《エツシヤウ》氏、訳《ヲサ》ヲ重ネテ貢物《ミツギ》したる事、書伝に見えたり。

○**みつぎ**　貢。

○**いさめのつゞみ**　諫鼓《カンコ》の義。

○**おかせる人屋**　国太平なれば罪人もなくて囚《ヒトヤ》もむなしく明屋になりて有事。古来ほめていへり。

○**よもぎがもとの斥鷃**　荘子ニ云、斥鷃《セキアン》《カヤグキ》上《ノボ》ル事、数仞《スジン》ニ過ギズ。下リテ蓬蒿《ホウコウ》《ヨモギ》ノ間ニ翱翔《カケル》。

○**斥鷃《カヤグキ》**　みそさゞいなど云小鳥の事也。いたりて小キ物にたとふ。

○**しづはたの**　おさと云枕詞。

○**かた糸の**　乱るゝの枕詞。

○**みだれんことを**　治に乱を忘れずと云事、古来聖主のうへにいひ来れり。

○**武をみぎ**　文ヲ左ニシ武ヲ右ニス。古語。

○**おほせ**　課。あてがひいひ付る事也。

○**かつらの枝**　文学にて名をとり立身するにたとふ。晋郄詵が、崑山《コンザン》の片玉《ヘンギョク》、桂林の一枝といひける事あり。

○**玉ひろふ山**　崑崙山の事也。

(四三三頁の続き)

さうぞきたちて　儀式用のきらびやかな衣服に身を固めて。

さまかはれる　出家遁世した。

侍従君　吉里。

さるべきまゝに　儀式の作法通りに。

ゆゝしき物から　口にするのはつつしまれるが。

かうぐ〳〵しう　後光が射すほど美しく。

さき　前駆。先ばらい。

日光山　輪王寺。

もみぢ山　紅葉山。江戸城西の丸の北側にある小丘。初代将軍以来代々の廟(御霊屋《みたまや》)が設けられ、付属の坊主と、祭事のための紅葉山楽人が居た。

廿九　爪木《つまき》のみち　　宝永六年春より夏六月十八日にいたる

吉保様は、かねて隠退を希望していたが、吉里君もすっかり成長したので、この際本当に隠居をと願うが、綱豊様は少し待てと仰言る。

宝永六年三月一日、四十九日があけると新将軍綱豊様改め家宣様の時代が動き始めた。吉保様も、着々と隠居準備を重ね六義園の中にその設備を造営。五月二日には御母君の八十賀でやや簡略ながら賑やかに祝賀宴があった。ひきつづき北の方の五十賀。五月十一日、新将軍宣下の祝いが盛大に挙行されたあとで、吉保様隠居の許可の内意が、間部越前様と新将軍自身から伝えられた。六月三日、登城して正式に隠居の許可と子息達による家督相続の承認が言い渡される。献上するお礼の品々の山。六月十八日、六義園に本拠を移す。

章題は、移転の時の吉保の詠歌中の語による。

なべての世《よ》。すさまじう、おぼしとりぬべき御ありさまにもあらねば。あながちにふかきいはほの中《なか》、もとめ給《たま》はむとはなけれど。年月《としつき》だに御ほいのかたに、すゝみたまへるを。たぐひなき御かげにさへ、おくれ奉《たてまつ》り給《たま》ひしより。いとあぢきなう。かゝるつゐ《い》でに、さもやとおぼしたゝるゝこと。やう〳〵おほかり。むかしより、何《なに》ごとにも、あらまほしう。御心《みこころ》にかなひて物《もの》し給《たま》へれど。猶《なほ》おなじうは、しばしだに、ありへむ世《よ》を。心《こころ》と身《み》をやすく。のどかにてあらまほしき世《よ》かなと。おぼしなげくお《を》り〳〵《をり》おゝ《は》かれど。を《お》のづからそむかれなくに、ことしげきわざのみまさるにつけても。まづ一所《ひとところ》の御《み》めぐみの、いみじうたぐひなきに。さも、いかゞは、うしろめたきものにおもはれ奉《たてまつ》らむ。いと、あるまじう、など、おぼしかへしてのみ、おはしにきかし。

いづれの年《とし》にか。ねがひ奉り給《たま》へりしことなど、物《もの》し給《たま》へりしかば。御所《ごしょ》にも、さる心《こころ》ばへのほど、しろしめしてより。大小《だいせう》のしげき御まつりごとにも、あづかりたまはず。大《おほ》かたのさま、のどやか

なべての世　この世全体を。
すさまじう　極端に。
おぼしとり　悟り切って。
あながちに　むやみに。
○**ふかきいはほ**　古今「いかならんいはほのうちにすまばかは世のうき事の聞えこざらん」。
年月だに　この栄達を重ねた歳月の間でさえも。
ほいのかた　仏道の方面。
たぐひなき御かげ　またとない綱吉という主君。

――(以下四六〇頁)

にこゝろにくゝてすぐし給へれど。猶《なほ》、ふかき山水《やまみづ》の御ほいは、いとかたくなむおはしける。

　さるは、御さかへ《え》のたぐひなきにつけても。天《あめ》が下《した》にかしこき御名をさへ、え給へれば。かゝる時《とき》にも、舟にのりて。こぎゆきけむなみには、たちを《お》くるまじき御心ばへぞかし。ありつる夢《ゆめ》の後《のち》は。まして、けふ〳〵とおぼしすゝむかたのみまされど。猶《なほ》、いと、よろづにびんなく。西《にし》の御所《ごしょ》にも。猶《なほ》、とかく、かしこき仰《おほせ》ごとあれば。しばし。このほどすぐして、など、おぼしやすらふ。しゐ《ひ》てさもおはしまさむには。を《お》のづから。おほやけがたの御《み》けしき給《たまは》らせ給《たま》ひなど。御《み》こゝろのまゝにも。いと〔かた〕かゝなれば。さるかたの御《ご》ようゐどもなど。さいへど、うち〳〵いとさま〴〵なり。

　侍従君《じじゆうのきみ》の、年月《としつき》にそへて。おひとゝのほらせ給《たま》へば。いとたのもしう。うしろやすければ。中〳〵《なかなか》心《こころ》まどひもなし。おほやけがたの、さるべき人々《ひとびと》などにも。御《ご》たいめんの折《をり》からは。先《まづ》、此《この》御ねがひのかたをぞ申《まうし》たも《ま》ふ。

ふかき山水の御ほい　深山幽谷に遁世修行する希望。○**舟にのりて**　范蠡《ハンレイ》が世をのがれし故事也。○**なみ**　並也。波といふによせたり。
ありつる夢　綱吉逝去という信じがたい事実。
西の御所　大納言綱豊。
しゐてさも　無理に出家しようにも。
おほやけがた　幕府としての意向に従わねばならない。
さるかたの　遁世のための。
ようい　準備。
侍従君　柳沢吉里。
おひとゝのほらせ　成

「いでや、かしこき御かげは。猶《なほ》たのみ奉りなんに。いとたのもしうなむ。かけてもあふぎ奉れど。さき〴〵もおまへにしろしめしつるごとく。いかにしつるにか。年頃《としごろ》あやしう。わづらはしきにたへぬくせなん侍《はべ》りて。故御所《こごしょ》の御時より。よろづの事《こと》、ゆるされをかうぶりつゝ。さるべからむぎしきなどのおり《を》ふしだに。わたくしざまのありさまにて〔のみ〕。さふらひなれ侍《はべ》れば。年月《としつき》のほどに、いよ〳〵おほやけしきかたも。おぼめかしくのみ。なりにて侍《はべ》りにけり。何《なに》ばかりの家《いへ》にも侍《はべ》らねど。今《いま》はたゞ吉里《よしさと》にゆづり侍《はべ》りて。此身《このみ》は、かうむりをかけて。しりぞき侍《はべ》りなむ。

又《また》、次々《つぎつぎ》ふたりのお《を》のこらなど侍《はべ》るにも。さき〴〵より。御いつくしみにあひ奉《たてまつ》りて。人《ひと》しくなりにて侍《はべ》れば。かれらにもほど〳〵につけて。しり侍るべき所《ところ》を。国《くに》にて、うち〳〵にいさゝかわかちあたへて。さるべきまゝに、つかふまつらせばやなどこそ、ねがひわたり侍《はべ》れ。

猶《なほ》、あしからずは。つゐ《い》でして、さるべからむやうに。申《まうし》奉らせ

長著しい。

心まどひ　その点の心配。

さるべき人々　要職の重臣。

此御ねがひ　致仕・遁世。

かしこき御かげ　綱豊公のすぐれたご威光。

おまへ　綱豊公。

故御所　五代将軍綱吉。

わたくしざま　私服。

おほやけしき　公的な。

おぼめかしく　あぶなっかしく。

○**かうむりをかけて**　冠《カブリ》を掛《カク》るとは仕《つか》へを辞《ジ》する事也。

しりぞき　引退。

——（以下四六〇頁）

たまへ」などのたまふ。

御所《ごしよ》に御たいめんたまはり給《たま》ふおり《を》〳〵《をり》などは。まづ此《この》かたの心《こころ》ばへを。なを《ほ》〳〵《なほ》かすめ申奉《まうし》らせ給《たま》ふに。ひとすぢにかくて申奉《まうし》りたまふことの。あながちなれば。わりなきものから、ことは《わ》りにきこしめす。

「されど、よきおり《を》あらむを。これよりあない物《もの》せんまでは。さて、まちみられよ」などのたまふ。

何《なに》くれと、いかめしかりし御わざも。はかなくてすぎぬ。御はての頃《ころ》なども。よと《と》ゝもに、おぼしむすぼ《ほ》ゝる所々《ところどころ》には。月日《つきひ》のはかなきにも、いとゞなげきくはゝる心地《ここち》して。げにもはてなき涙《なみだ》なりけり。

その日《ひ》、御所《ごしよ》にまい《ゐ》らせ給《たま》へば。さきの御かたみとて。よになきからゑの、いみじうよそひしたる。御てづから給《たま》はり給《たま》ひぬ。かしこきにも、まづ、ねはなかれ給《たまふ》。

あくれば、やよひついたち。御所はじめて。みな人《びと》、御ぶくぬぎ

御所　綱豊。
たいめん　対面。
此かたの心ばへ　出家遁世の希望。
わりなき　無理やりだとは思うものの。
あない　案内。連絡する。
いかめしかりし御わざ　厳粛な法事。
はての頃　四十九日の忌明。
よとゝもに　常に。
おぼしむすぼゝる　悲しみに閉ざされた。
○**はてなき涙**　本歌「かぎりあればけふぬぎすてつ藤衣はてなきものは涙也けり」(拾遺集)。
その日　四十九日にあ

給《たま》ふ。御中陰《ごちゆういん》のほどは、あめがした、ものゝ音《ね》などとゞめて、世中《よのなか》なべて、うらめしげなりしも。いつしかけふは。みな人《びと》、花《はな》の衣《ころも》にぬぎかへつゝ。いとしも物《もの》おもひなげに。うちふるまひ出《いで》いるなど。御覧《ごらん》ずるにも。山《やま》の霞《かすみ》をあはれにわすれぬ御心地《ここち》には。中〳〵《なかなか》はかなき世かな、とながめられ給《たまふ》。御さうじなどは、御所《ごしよ》よりはじめて。さるべき人々《ひとびと》も。みなおちさせ給《たま》へば。とりわきてものし給《たま》はぬことゝ《と》、なげき給《たまふ》。

つれ〴〵と、まぎるゝかたなきまゝに。たゞ、かの御ほいの事《こと》をおぼしいそぐ。むかし、御所《ごしよ》のしば〳〵おはしまいつる殿《との》なども、こぼちはらひにけり。所々《ところどころ》物《もの》し給《たま》へる家《いへ》なども。後しも、さてあるまじく。又《また》は、おほやけがたに御心ばへあらんかたをば。地《ち》をかへし奉《たてまつ》り給《たまふ》。

侍従君《じじゆうのきみ》。四郎君《しらうぎみ》は、今《いま》までおはする所《ところ》に、かはらずすみ給《たま》ふべくおぼしさだむ。五郎君《ごらうぎみ》なども、其《ソノ》わたり、たちつゞきて。さるべきまゝに。おもほしまうけて物《もの》し給《たま》ふ。みな、御ねがひのまゝに、

たる宝永六年二月三十日。

御所　綱豊のもと。

さきの御かたみ　先代綱吉公の形見。

からゑ　唐絵。「牧渓筆竹に雀の二幅対の掛物」(楽只堂年録)。

よそひ　表具。装幀。

ねはなかれ　泣けてくる。

やよひついたち　宝永四年三月一日。

ぶく　喪服。

中陰　四十九日まで。

ものゝ音などとゞめて　音曲停止。

うらめしげ　陰うつ。

——(以下四六〇頁)

ゆるしたまはらせ給《たま》ひてげれば。中〳〵《なかなか》かくてしもあらまほしき御すまゐ《ひ》なりけり。

御ほだしなるべきわか君《ぎみ》たちも。みな、かくて御心《みこころ》のまゝにさだまり給《たま》ふべかンなれば。いとうれしう、心《こころ》やすしと見給《みたまふ》。

その頃《ころ》、柳子と聞《きこ》ゆる御はらに。ひめ君《ぎみ》いできたまひなどして。此《この》御あつかい《ひ》に、しばしはまぎれ給《たまふ》。

卯月《うづき》になりぬ。左京《さきやう》の君《きみ》と聞《きこ》えて。御所《ごしよ》にさむらひ給《たまふ》御つぼねに。又《また》、このあたりより、おびまい《ゐ》らする事《こと》ありけり。いにし年《とし》、わか君《ぎみ》の御母君《ははぎみ》にまい《ゐ》らせたる例《れい》にて。御《み》けしきありければ。君《きみ》も、「いとめでたき事《こと》なり。を《お》ろかならず物《もの》すべく」のたまふ。大《おほ》かたのさま、その時《とき》のまゝにかはらず、てうじてつかはしたり。かしこよりも、御を《お》くり物《もの》など。又《また》さま〴〵なりけり。何やかやと、さきにもしるしつれば、もらしつ。

二日《ふつか》には。御世《みよ》はじめの賀《が》、中給《まうしたま》ふとて。人々《ひとびと》、御所《ごしよ》にまうのぼり給《たまふ》。こなたのわか君《ぎみ》たちも。さうぞきたてゝ《て》、まい《ゐ》り給《たま》ひぬ。ぎ

かくてしも　こうなっても。
ほだし　心配のたね。
柳子　吉保側室、上月氏。
ひめ君　宝永六年三月十七日出生。母、上月氏。七夜に国と名付る(楽只堂年録)。
左京の君　綱豊側室。はじめ「お喜世の方」。
このあたり　本書の筆者町子。
おび　斎肌帯《ゆはだおび》。
いにし年　宝永五年。
わか君　大五郎。宝永五年十二月二十二日、誕生。
御母君　おすめの方。
けしき　希望。意向。

しき、さほう《はふ》、年《とし》のはじめにかはらず、物《もの》〳〵しう、いみじ。君《きみ》は、人々《ひとびと》あがれて後《のち》。にしのおとゞにまいり《ゐ》て、拝《はい》し給《たまふ》。何事《なにごと》もおほやけしきかたは、かへし給《たま》ひて。かゝるおり《を》にも、うち〳〵に物《もの》し給《たま》ふなるべし。かうやうのれい、大《おほ》かたちかき代《よ》には。まれなれば。よのつねざまの人《ひと》は、をの《お》づからさならんにも。まづ無礼《ナメゲ》にやいひなされんと、おもひやすらはるゝを。かくてうちふるまひたまふさまぞ。さいへど、なを《ほ》いと人《ひと》にはことなり。御所《ごしよ》にも、今《いま》しも。よになべてのやうにはもてなさせたまはず。よろず《づ》、ことなるみゆるしありて物《もの》し給《たまふ》。をの《お》づからわれはとおもへる人々《ひとびと》なども。猶《なほ》、かく、つひにたぐひなかりけるかな、と。例《れい》のいひおもふめり。

「時《とき》にうつりて。世に諂《ヘツラ》へる心《こころ》、露《つゆ》おはせず。もとよりを《お》もりかにならひ給《たま》へるなごりに。何《なに》かは、物《もの》のはへ《え》〳〵《ばえ》しきもことかぎりあれば。わか〳〵しう、今更《いまさら》ならむ御ありさまよりも。かく、とりわきて。しづめ物《もの》し給《たま》へるこそ。中《なか》〳〵《なか》けぢめ、ことにおはしけれ」など。御心《みこころ》しりたるどちは、ほめきこゆめり。

君　柳沢吉保。
てうじて　調じて。宝永六年四月朔日献上(楽只堂年録)。
二日　宝永六年四月二日。
御世はじめの賀　「御継続拝賀」(徳川実紀)。
御所　江戸城本丸。
こなたのわか君たち　柳沢家の吉里・経隆・時睦。
さうぞきたてゝ　式服をしっかり整え着して。
ぎしきさほう年のはじめにかはらず　「其儀、元日に准ぜらる」(同前)。
君　柳沢吉保。
——(以下四六一頁)

御所《ごしよ》ざまの所々《ところどころ》より。御とぶらひの御つかひは、さるものにて。何《なに》くれの御おくり物《もの》など。猶《なほ》ありしにかはらず。たび〴〵聞《きこ》えかはし給《たま》ふこと、たえず。

むかしより、かた〴〵につけて。をろ《お》かならずみえ奉り給《たま》へれば。今《いま》はとそむき給《たま》はむの御心ばへを。きゝ給《たま》ふにつけても。猶《なほ》しばし、そのまゝにて物《もの》し給《たま》はんやうに。人《ひと》もこゝろよせきこゆれど。「いでや、世《よ》も、いとつねなかゝめるに。さりとて。物《もの》の満《ミチ》たらむは。かへりては中〳〵《なかなか》人《ひと》わらへならむことも。いでくるならひにこそあれ」などのたまはせて。猶《なほ》、ほいのごと、いかで一日《ひとひ》もはやくのがれ聞《きこ》えばや、とのみおぼしいとなむ。

年頃《としごろ》の御あらましなれば。駒《こま》ごめの山《やま》ざとに、とおぼす。これかれ、つどへすませ給《たま》はん御心《おこころ》まうけもおはすれば。さるべき所々《ところどころ》すりし。又《また》ことに、つくりくはへなどする所《ところ》もありて。此《この》ほどより、もよほしいとなむ。

さつき朔日《ついたち》には。将軍宣下《しやうぐんせんげ》あり。ぎしきいかめしきこと、いへば

かた〴〵につけて　吉保の正室・側室などの人々。
をろかならず　ひとかたならず大切に。
そむき　出家遁世し。
つねなかゝめる　無常で。
ほいのごと　出家遁世の願。
年頃の　多年の。
あらまし　予定。計画。
駒ごめの山ざと　山荘。六義園。「駒込別墅の居館を広む。今日、新始なり」(楽只堂年録・宝永六年四月十三日)。
つどへすませ　一族ともに集まって住もうと。
心まうけ　用意。

を《お》ろかなり。れいの、わか君《ぎみ》たち皆《みな》まい《ゐ》り給《たまふ》。君《きみ》も、ことはてゝ《て》、まい《ゐ》りたまひぬ。おまへにも、御《み》けしきのほどにて。とりわきたる御物《もの》がたり。何《なに》くれとあまたとうで給《たまふ》。

御所《ごしょ》、やがて御みづからしるべきものせさせ給《たまう》ふて。わたどのより、たいのかたにまい《ゐ》り給《たま》ひぬ。たいにも、めづらかにてうつくしきぬひもの〻《の》御ぞなど。あまたとうで給《たまう》ふて。てづからたまはせなどす。御心《みこころ》のうちには。おぼしたつこともちかければ。さもあらんのちは。かうやうの御《ご》たいめんたまはる事《こと》も。まれにやあらん、などおぼしつゞけて。つねよりも御ものがたりなどこまやかにて、まかゝで給《たま》ふ。

まことや。母君《ははぎみ》の、ことしは。やそぢの御賀あるべきを。はるの頃《ころ》は夢《ゆめ》のやうにて。何事《なにごと》もおぼしわかざりし後《のち》。此《この》こと、いかで物《もの》せむと。おぼすおり《を》〳〵《り》おほかれど。わが御心《ここ》ちのはへ《え》〴〵しからぬに、おぼしたゆたふほどに。此《この》ごろ世中今《よのなかいま》めかしう。花《はな》やかなるぎしきなど聞《きこ》えいづる頃《ころ》なれば。このつゐ《い》でに、やがてもよほした

○**すり**　修理。
○**ことに**　殊。
さつき朔日　宝永六年五月一日。
将軍宣下　宣下は宣旨を下すこと。四代家綱以降、京都から勅使が下って征夷大将軍に叙する旨を伝えた。
ぎしき　儀式。
わか君たち　柳沢吉里・経隆・時睦。
君　柳沢吉保。
ことはてゝ　儀式終了後。
おまへ　将軍家宣。
御けしきのほど　ご機嫌よろしい。
御所　家宣。

——(以下四六一頁)

ちて。御賀まいり給《たまふ》。二日《フツカ》なりけり。

とりたてゝいかめしき事《こと》などは。今《いま》しもいかゞなど、ことそがせ給《たま》へど。所々《ところどころ》、例《れい》の、きこしめしつけて。御《お》をくり物《もの》よりはじめて。何《なに》くれの御あつかひ、さま〲なり。御所《ごしよ》よりは、母君《ははぎみ》に。わたあまたに、お《を》りひ《う》づ、さけ、さかなそへて給《たま》へり。こなたにも、さけ、さかなあり。たいのうへ、ひめ君《ぎみ》たちなどよりも。れいの、あや、にしき。とり〲にを《お》くらせ給《たまふ》。はへ《え》〲《ばえ》しうめでたし。さるがくなどやうの、れいの。めなれたるは、めづらしげなければ。その日《ひ》は。手《て》くぐつつかふものめして。今《いま》やうお《を》かしくまひあそびて、中《なか》〱《なか》めづらかに、けう《きよう》あり。

御賀《が》のぎしきは、あるべきまゝに。猶《なほ》いかめしき御心《こころ》ばへをし給《たまふ》。君《きみ》より御杖《つゑ》にそへて、奉《たてまつ》れ給《たまふ》。

猶《なほ》とを《ほ》くみよやけふ手《て》にとる杖《つゑ》の竹《たけ》のこの〱《この》しげるさかへ《え》を。

げに、ちよかけていはゝせ給《たま》はんに。たのもしき。御するゐ〲なり。ことし、北《きた》のかたもいそぢにみたせたまへば。うちつゞき、御賀《が》

○二日　五月也。
ことそがせ　簡略に。
御所　将軍家宣。
たいのうへ　家宣正室、近衛照姫。
ひめ君　綱吉の子、八重姫・松姫・竹姫など。
さるがく　申楽。能楽。
○手くぐつ　傀儡《クハイライ》。手くゝつと云は人形をつかふ事也。〔「賀宴(略)土佐太夫をよびてあやつりを興行す」(楽只堂年録・宝永六年五月二日)。〕
今やう　当世風の踊り。
けう　興。面白い。
あるべきまゝ　特別に改まるというのでなく。
いかめしき　厳粛な。

し給《たまふ》。これは、五日《いつか》にぞをこなはせ給《たまふ》。あやめふく軒端《のきば》のどやかにて。ながきねをかけて、いはひ聞《きこ》え給《たまふ》。御所はじめて、所々《ところどころ》御を《お》くりものなど。かはらずめでたきさまなり。御杖《つゑ》つかはし給《たまふ》とて、このつえ《ゑ》をとるてにもしれ千代《ちよ》のさかかならずともにこえん契《ちぎり》は。

かひの国《くに》の民《たみ》のおきな。七十よりうへのものに。よねおほくたまはす。さきのとし。君《きみ》のいそぢの御賀《が》には。北《きた》のかたよりたまはせたれば。こたみは。又《また》おまへよりの御心《こころ》ざしなり。かたみに。いと。あはれなる御心《こころ》ばへなりや。

御いのりなどは。母君《ははぎみ》のも、この御ためも。いとあまた所《ところ》、おほせつけたり。太郎君《たらうぎみ》には、さきの時《とき》にかはらず。かひの国《くに》にて御いのり、いかめしくなし聞《きこ》え給《たまふ》。

十一日には、ありつる将軍宣下《しやうぐんせんげ》の賀《が》申《まうし》たまふとて。国《くに》もたる人々《ひとびと》ひしめき。まうのぼりきこゆ。侍従君《じじゆうのきみ》もまい《ゐ》り給《たまふ》。こなたは、いさゝか御目《め》をなやみ給《たま》ふことおはして。御使《おつかひ》してぞ、御たちなどは。

杖　鳩の杖。老人長寿の祝賀と祈願の贈物。
北のかた　吉保正室、定子。
いそぢ　五十歳。
五日　宝永六年五月五日。母八十賀に同じく、宴の余興に土佐太夫のあやつり興行（楽只堂年録・宝永六年五月五日）。
あやめふく　端午の節句の前日より軒端に菖蒲を挿す。
ながきね　菖蒲の長き根。
御所　将軍家宣。
かひ　甲斐。
よね　米。

——（以下四六一頁）

さゝげ給《たま》へる。

四郎君《しらうぎみ》、五郎君《ごらうぎみ》は、そのつとめて、まい《ゐ》り給《たまふ》。世中《よのなか》ゆすりつゝ、まい《ゐ》り、物《もの》さゝげなどすること、たゞ此頃《このごろ》のいとなみなり。こなたにも、御かた〴〵はじめて、この御よろこびにつけて奉《たてまつ》りあげ。又《また》御を《お》くり物《もの》などおほかり。うちつゞき御所《ごしょ》には、こゝらのまうち君《ぎみ》。饗宴《きやうえん》のぎしきなどを《お》こなはる。さるがくなど、ふるきれいのまゝにて、何事《なにごと》もいかめしう、物《もの》のはへ《え》ある頃《ころ》なり。

五月もすゑになりぬ。

廿八日には、れいざまのことにて、みな、まうのぼり給《たまふ》に。君《きみ》は西《にし》のおとゞにまい《ゐ》り給《たま》ひぬ。拝賀《はいが》などはてゝ《て》。しばしつゐ《い》ゐたまへるほど、越前守詮房《ゑちぜんのかみあきふさ》の君間部《きみまなべ》いできて、こたみのぎしき、さほう《はふ》、ことなくおこなはれたるよろこびなど、かたみにのたまふまゝに、

「まことや、かねてよりねがひ申《まう》させ給《たま》へることを、今《いま》はかくて御ゆるしもあるべきに侍《はべ》めるを。御所にも、『おなじうは、よき日してこそは、物《もの》すべけれ。こん月《つき》の三日、いとよき日なり。精進《サウジ》な

四郎君　柳沢経隆。
五郎君　柳沢時睦。
つとめて　翌朝。
ゆすりつゝ　大きな騒ぎで。
御かた〴〵　吉保の正室・側室の人々。
こゝらの　多勢の。
まうち君　京都から下った大臣職の公卿たち。
さるがく　宝永六年五月十五日「こたび御祝の猿楽あり」(徳川実紀)。同二十七日「慶宴の散楽あり」(同上)。
廿八日　「月次の朝会あり」(同右)。
君　柳沢吉保。
西のおとゞ　江戸城西の丸。

どにやあらん、きゝをい《お》て、さだめものせよ』とこそのたまはせつれ。いかゞおはしまさん」など申給《まうしたまふ》。

「いとかしこき事《こと》かな。をの《お》れ、心《こころ》のうちにも、さこそは。ねがい《ひ》わたり侍《はべ》りけれ。かぎりなくふかくも、おぼしたどらせ給《たまひ》にけれ。かへす〴〵、御心《こころ》ばへのかしこくも侍《はべ》るかな」など、いらへたまへり。詮房《あきふさ》の君《きみ》、

「さらば、さもさだめさせ給《たま》はん。かさねてあないも物《もの》し侍《はべ》らじ。三日には、たがへずまい《ゐ》らせ給へ。わか君《ぎみ》たちへは、おもてだちて、執政《しっせい》よりぞつたへ侍《はべ》らめ」などの給《たまふ》。

「れいも、みな月《づき》なかばには。国《くに》〳〵《ぐに》よりまい《ゐ》れる人々《ひとびと》。又《また》は国《くに》につきてかへりまかる人々《ひとびと》などの。拝礼《はいれい》などつどふ頃《ころ》なゝめれば。さらんこなたに、このかしこまりなども申《まうし》奉るべく。すべてとりもちて物《もの》したまへ」など。何《なに》くれとまかせ聞《きこ》え給《たまふ》。

詮房《あきふさ》の君《きみ》、また、

「わか君《ぎみ》の、月日《つきひ》にそへておひたち給《たま》ふを。『かへさにまい《ゐ》りて拝《はい》

○つゐゐ　只居る心也。
かねてよりねがひ　致仕遁世の願い。「隠居の事」(楽只堂年録・五月二十八日)。
御所　将軍家宣。
○こん月　来。
○きゝをいて　聞置。
あない　連絡。通報。
わか君たち　柳沢吉里・経隆・時睦。
おもてだちて　正式に。
執政　老中。
れいも　例年。
みな月なかば　六月中旬。
国につきてかへりまかる　自分の領地へ帰任する大名。
――(以下四六一頁)

し物《もの》せよ』とこそ仰《おほせ》ごと侍りつれ」など。いひてたちたまひぬ。やがて、御まへにまゐりたまへるに。れいの、なつかしう、日頃《ひごろ》のおぼつかなさなど、のたまはす。ありつるかしこまりなど申《まうす》。

「今《いま》は、かくてつかへをかへし奉《たてまつ》らむも。げに、君をあふぐほゐ《い》には、たがふやうになんさぶらふべければ。御《み》けしきのほどいとかしこく」など申奉《まうし》らせ給《たまふ》に。御所《ごしよ》。

「そは。心《こころ》ばへのほど、ことは《わ》りにしりきこえてなむ。さきの御《み》代《よ》にも、大《おほ》かた、よろづのこと御ゆるしありしほどは、みな、こまかにしりきこえたれば。げに、只今《ただいま》に至《いた》りて。なにかは世《よ》にいでまじらはんとはおもはん。さるは、これよりも。今《いま》さらにしゐ聞《ひきこ》ゆべきにもあらず。今《いま》はたゞ、すべて心《こころ》のまゝに。身《み》をやすくして。いのちのばゆるわざに。物《もの》せられんなむ、よかるべき」など、いとこまかに仰《おほせ》ごとあり。かしこまり、あまたゝび申《まうす》。かへさに、わか君《ぎみ》にも。たいめむたまはらせ給《たまひ》て。まかゝでたまひぬ。

かくて、侍従君《じじゅうのきみ》はじめ。ことぐ〳〵にめしありて。三日といふに

仰ごと　将軍家宣のお言葉。
御まへ　家宣のところ。
ありつるかしこまり　只今聞いた致仕許認に対する礼。
つかへをかへし　辞職する。
御けしき　将軍の暖かいご理解。
心ばへのほど　辞職の心境。
ことはり　道理が通っている。
しりきこえて　理解できる。
さきの御代　前将軍綱吉の時代。
しゐ聞ゆ　無理強いする。

つどひまい《ゐ》り給《たまふ》。君《きみ》は、れいの、うち〳〵よりまいり給《たまう》〔て〕。御やすみ所《どころ》にて。拝《はい》し給《たま》ふ。おまへ、ちかくて。

「さき〴〵も致仕《ちじ》のねがひありけれど。よはひなどもまださかりにて物《もの》すれば。猶《なほ》しばしとこそ、とゞめ聞《きこ》えつれ。されどやまひをもて。さきの御代《みよ》にも。大小《だいせう》のまつりごとをだにゆるし給《たま》はりし事《こと》。くはしうしりにたれば。いまさらに身《み》をやしなふためには。かへりて、よき事《こと》になむおもへば。ともかくも、ねがひにまかせてなむ。かゝれば。いよ〳〵身《み》をやすくなして。いのちながからむやうをおもふなり。猶《なほ》、お《を》り〳〵《をり》は。おぼつかなからず。まい《ゐ》りて」など。何《なに》くれと、いとねむごろにのたまはす。又《また》、

「国《くに》はことなく侍従《じじゆう》にゆづるべきなり。刑部少輔《ぎやうぶせういう》。式部少輔《しきぶせういう》ともに。ねがひのごとく、わけあたふべし」とあり。いとありがたく、かしこまり申給《まうしたま》ふこと。いへばを《お》ろかになん。

わか君《ぎみ》たちには。みな執政《しつせい》の人々《ひとびと》たちならびて。おほやけしきさまに、命《めい》をつたへり。みな、

たいめむ　対面。
侍従君　柳沢吉里。
三日　宝永六年六月三日。
御やすみ所　中奥の御休息の間。
○**もて**　以て也。
おぼつかなからず　疎遠にならぬように。
国　領国の甲斐。
ことなく　そのまま。
侍従　柳沢吉里。
刑部少輔　柳沢経隆。
式部少輔　柳沢時睦。
ねがひのごとく　甲斐の領土のうちから「一万石づゝをわかち賜はる」(徳川実紀)。
――(以下四六二頁)

「国《くに》をうけつぎ、ろくをわかち、れうぜん事《こと》、あひたがふ事《こと》あるまじ」といふことをのべきこゆ。

ことはてゝ《て》、みな、父君《ちちぎみ》うちつれつゝ。詮房《あきふさ》の君《きみ》につれて。おまへに出《いで》て、かしこまり申給《まうしたまふ》。御みづから、のし給《たま》はりなどす。皆、わかき殿原《とのばら》は。行末《ゆくすゑ》ながくつかふまつりたまはんことを。かへす〴〵仰《おほせ》ごとにて、ひきつれてまかゝで給《たまふ》。げに、かゝるにも、ことなるいみじさを。人《ひと》ごとに。うらやみきこゆ。

それより、さるべき所々《ところどころ》、かしこまり申《まうし》にありき給《たまひ》て、かへらせ給《たまふ》。所々《ところどころ》よりこれにもまた、御をくり《お》物《もの》もてつどひて。いとにぎはゝしうみゆ。

十二日には、こたみのかしこまり。とりわきて。わざと申給《まうしたま》ふ日《ひ》にて、又打《またうち》ぐしまい《ゐ》り給《たまふ》。御所《ごしよ》、れいの、仰《おほせ》ごとこまかにて。やがて、御あないにて。父君《ちちぎみ》は、たいのうへにまい《ゐ》り給《たま》へり。かしこまり〔など〕申給《まうしたま》ふべし。これも、御のし、てづから給《たま》はせ、うつくしきふところ紙《がみ》いれやうのもの。あまた給《たま》はす。わか君《ぎみ》の御母《はは》などへ

父君　柳沢吉保。
おまへ　将軍家宣の前。
かしこまり　領地拝領の礼。
御みづから　将軍自身が。
のし　熨斗。祝意を伝える。
かへす〴〵　繰り返し。
仰ごと　将軍のことば。
かゝるにも　家督継承のような場合でも。
ことなる　特別な扱いがなされる。
十二日　宝永六年六月十二日。「臨時の朝会あり」(徳川実紀)。
打ぐし　吉保が三人の男子を打連れて。
御所　将軍家宣。

も。まい《ゐ》り給《たま》ふ。

侍従君《じじゆうのきみ》はじめて。又《また》、例《れい》の、おほやけがたにて、かしこまりあり。家司《けいし》七人、拝《はい》す。これは、かうやうのきは〻《は》。例《れい》もみなある事《こと》なりけり。とり〴〵にたちさゝげて。拝《はい》しつ。御ふくなどそへたるもあり。


けふのたてまつり物《もの》は。君《きみ》より、馬代《うましろ》、わたなり。御かたな一《ひと》ふり。来国次《らいくにつぐ》が作《さく》なり。又、世尊寺伊行《せそんじこれゆき》のかける朗詠集《らうえいしふ》をぞ奉《たてまつ》れ給《たまふ》。北《きた》のかたよりは。公武《クブ》御《ご》一座《いちざ》和歌集。侍従君《じじゆうのきみ》よりは。真《しん》の御太刀《たち》。備前《びぜん》の助守《すけもり》がつくりたるに。馬代《うましろ》のこがね、わたなどなり。四郎君《しらうぎみ》、五郎君《ごらうぎみ》〔も〕、たち、馬代《うましろ》。御ふくなど、奉《たてまつ》れ給《たまふ》。又《また》、たいのうへ、ひめ君《ぎみ》、御かた〴〵の女房《にようばう》まで。君《きみ》はじめ。北《きた》のかた。わか君《ぎみ》よりも。とり〴〵の奉《たてまつ》り物《もの》、を《お》くりもの、いとおほかれど。何《なに》かは、くだ〱しければ。しるさず。

おほやけがたの所々《ところどころ》よりも。年頃《としごろ》の御心よせかはらず。みな、こ

○**あない**　案内也。
父君　柳沢吉保。
たいのうへ　将軍家宣正室、近衛照姫。
ふところ紙いれ　懐紙入。
わか君の御母　大五郎の生母。家宣側室、おすめ。
侍従君はじめて　柳沢吉里以下の三人の兄弟。
おほやけがた　幕府公式の儀式として。
家司　柳沢家の家臣。柳沢勝久・平岡資因・柳沢保誠・鈴木正竹・豊原勝□・川口貞晴・石沢命高の七名。
きは　身分。
——(以下四六二頁)

とぶきだちたる御をくりもの。いくしなとなく、こなたへもてまい《ゐ》る。わか君《ぎみ》、御かた〴〵へも、とり〴〵に。を《お》くらせ給《たま》へり。又《また》、こなたより、執政《しつせい》をはじめて。さるべき人々《ひとびと》へは。みな、名《な》あるかたな。送《おく》り給《たまふ》。すべて廿一人なり。又《また》、わか君《ぎみ》たちよりも。みな、おなじくいみじき物《もの》、を《お》くらせ給《たまふ》。そのほか、ものゝ《の》つかさ〴〵をはじめて。ことなることなき下《げ》らうのものまで。いさゝかもおほやけ人《びと》のかずにたちまじり。こなたにこゝろよせあるには。みな、たち、馬代《うましろ》、さならぬきはゝ《は》。こがね白《しろ》かねなど。あるべからんやうに、しなわかちて。を《お》くり給《たまふ》。すべて三百人に。あまれりけり。侍従君《じじゆうのきみ》はじめて、わか君《ぎみ》たち。おもひ〳〵にこゝろよせしたる人々《ひとびと》には。とりかさねてつかはし給《たま》へり。かく、ひたみちにおぼしはなるゝ世《よ》なれば。すべて御そうぶむとおぼして、物《もの》わかたせ給《たま》ふ。

又《また》、わか君《ぎみ》たちは。を《お》の〳〵の御よろこび、とりかさねて。かた〴〵に申給《まうしたま》ふほどに。かく物《もの》し給《たま》ふなりけり。日頃《ひごろ》おぼしまうけて、

わか君御かた〴〵　吉保の男子三人のそれぞれ。
執政　老中。
廿一人　土屋相模守政直以下二十一名(楽只堂年録)。
おぼしはなるゝ世　遁世の心持。
○**そうぶむ**　ゆづり物の心也。
おぼしまうけて　用意準備して。
をきてたれば　指示しておいたので。
家人　柳沢家の奉公人。
その月十八日　「吉保并に妻、今日駒込の下屋敷の屋かたへ移徙

を《お》きてたれば。すべてあはたゞしからず。家人《いへびと》みなよくとゝのへものしつ。

かくて、その月《つき》十八日。駒《こま》ごめの山《やま》ざとにこもらせ給《たまふ》。北《きた》のかたもうつり給《たま》ひぬ。御かた〴〵、家人《いへびと》など、みな、おひ〳〵にうつり物《もの》すべし。君《きみ》、その日《ひ》、うつろひたまふとて。

又《また》も世《よ》にふみはかへさじ今《いま》はとて爪木《つまき》こるべきみちに入身《いるみ》は

す」(楽只堂年録・宝永六年六月十八日)。
駒ごめの山ざと　駒込の山荘、六義園。
北のかた　吉保正室、定子。
御かた〴〵　吉保の側室達。

（四四一頁の続き）
あぢきなう　現世を喜びのないものと感じて。
○さもや　さやうにもやと。
おぼしたゝるゝ　出家しようと決意する。
○そむかれなくに　古今「しかりとてそむかれなくにことしあれば先なげかれぬあなう世の中」。
一所　将軍綱吉。
○うしろめたき　心もとなきといふ詞也。
おぼしかへして　思い直し。
ねがひ　出家遁世の希望。
心ばへ　吉保の心境。
（四四三頁の続き）
ふたりのおのこ　柳沢経隆と柳沢時睦。
さきぐ〱より　以前から。
人しく　一人前に近く。
しり侍るべき所　領有すべき地。
国にて　甲斐の国の領内で。
（四四五頁の続き）
○みな人　「皆人は花の袂《たもと》になりぬなり苔の衣よかはきだにせよ」（古今）。
○山の霞を　古今「数〱にわれをわすれぬ物ならば山の霞をあはれとはみよ」。
○さうじ　精進。
御所　綱豊。
おちさせ　精進を止める。
とりわきて　あの綱吉公のためなのに特に精進期間を長くなさらぬとは、と言って、吉保がなげいた、とのこと。
つれぐ〱とまぎるゝかたなき　何もすることもないのだが、かといって悲しい心をまぎらわすこともならず。
かの御ほい　出家遁世の願い。
御所　綱吉。
○まいつる　ましつる也。
殿　建物。
こぼちはらひ　破却した。
後しも　この先、維持できそうもないので。
おほやけがたに　幕府として転用したいと計画する所は。
侍従君　柳沢吉里。

四郎君　柳沢経隆。
五郎君　柳沢時睦。
(四四七頁の続き)
あがれて　分散退出して。
にしのおとゞ　江戸城西の丸。
かへし　変更し。
○かうやう　かやう也。
つねざま　常識的な。
御所　綱豊。
なべての　一般の。
ことなるみゆるし　特別な配慮で気ままにさせる。
猶かく　やはりこんなことができるとは、類まれな人だったのだ。
時にうつりて　時勢に従い。
しづめ物し　世間からは身を隠して行動する。
(四四九頁の続き)
しるべ　先導、案内。
わたどの　渡殿。廊。
たいのかた　家宣正室、近衛照姫。

おぼしたつこと　致仕遁世。
たいめん　対面。
まかゝで　退出。
母君　吉保の生母。
やそぢ　八十歳。
わが御心ち　吉保自身の気分。
此ごろ　四、五月の新将軍襲職の頃。
(四五一頁の続き)
おまへ　柳沢吉保。
かたみ　たがいに。
いのり　長寿の祈禱。
太郎君　柳沢吉里。
十一日　宝永六年五月十一日。
ありつる　一日に行われた。
国もたる人々　国持大名。
侍従君　柳沢吉里。
こなた　柳沢吉保。
たち　太刀。
(四五三頁の続き)
拝礼　将軍への辞去の挨拶。

○**さらん**　さやうあらん也。
こなた　その以前に。
このかしこまり　致仕遁世の許可を賜ることへの礼。
わか君　宝永五年十二月出生の大五郎。生後数か月。
かへさ　帰りがけ。

（四五五頁の続き）

わか君たち　柳沢吉里・経隆・時睦。
執政　老中。
おほやけしき　公式に。
みな　わか君三名。

（四五七頁の続き）

たちさゝげて　太刀を献上して。
ふく　服。
君より　「吉保致仕を謝して、来国次の刀、世尊寺宮内大輔伊行筆の和漢朗詠集を献じ」（徳川実紀）。
北のかた　吉保正室、定子。
侍従君より　「吉里襲封を謝して、備前国助守の太刀を献ず」（同前）。
たいのうへ　将軍家宣正室、近衛照姫。
ひめ君御かたぐ　綱吉の遺児、八重姫・松姫など。

三十　月花《つきはな》

八十八所も名付けられた景観を有する六義園の中は、四季折々に楽しむにこと欠かぬ。筆者の兄正親町公通公も、わざわざ訪ね来て、以前に絵巻物で見たけれど、と実景に感じ入っていた。中院通躬公もそうであった。

冬・春・夏・秋、それぞれのよろしさを、園中にともに住む人々とともに、まれに訪れる古いゆかりの人々を迎えながら、ひたすら風景に親しみ、和歌の道に精進を重ねてゆく。

章題は、隠遁者としての吉保の風雅三昧を詠じた歌の中の語による。

春秋《はるあき》の色香《いろか》につけても。を《お》のが様《さま》〴〵に。こゝろをやりつゝ。うつりゆく月日もしらず。さるは、まがきの竹《たけ》のひとふしも。あかぬことなき御すみかなれば。いみじうになしとおもひしみ〔に〕たるは。れいのくせなれど。いかゞはせむ。

こゝはしも、ふかゝらねど。世《よ》のうきめみえぬものから。さすがに、やへむぐらにもさはらぬ。人《ひと》の心《こころ》は今《いま》しもみえつゝ。猶《なほ》、いと物《もの》のさびしきつみは。えうまじき山《やま》なりけり。

松《まつ》のはしら、杉《すぎ》の戸《と》。いみじうことそがせ給《たま》へど。むかしより、さる心《こころ》ばへにしを《お》き給《たま》へるを。今又《いままた》さるべからん所《ところ》などもそひつゝ。おはします所《ところ》をはじめて。かた〴〵にねがひの心《こころ》ばへをこめてを《お》きてたれば。猶《なほ》いとひろらかにつくりつゞけて。こなたかなた、ゆきかよはし。いとみやびかなるものから。お《を》かしう心《こころ》ゆきたるさまなり。

六義館《りくぎくわん》ときこえしは。つねのかたにつゞきて。そのゝかた、寛《ユホビ》かに。みやりたるほど、いみじうおもしろし。おまへちかく、もみぢ

まがき　籬。間垣。○**あかぬ**　不足也。○**世のうきめ**　古今「世のうきめみえぬ山路にいらんにはおもふ人こそほだしなりけれ」。○**やへむぐら**　新勅撰「とふ人もなきやどなれど来る春は八重葎にもさはらざりけり（古今六帖）」。○**物のさびしき**　古今「山里《ざと》は物のさびしき事こそあれよのうきよりは住よかりけり」。○**つみ**　罪。○**えうまじき**　不得也。○**ことそがせ**　質素にさせ。○**さる心ばへ**　当地に隠

あまたうへ《ゑ》たる所は。はつしほの岡《をか》なり。

ながつきばかり、ともすればしぐれめく雲《くも》のけしきなど。たゞこのあたり出入《いでいる》こゝちして。いくらとなきこずゑどもの。あるはこくうすく。千《ち》しほとこがるゝなど。錦《にしき》をはりたらむやうなるに。はら〳〵とこぼるゝ雨《あめ》の。身《み》にしむ心地《ここち》なるが。みるがうちに又《また》とくはれて。夕日《ゆふひ》のまばゆきまでかゝやきあひたるいろあひ。たつたびめにを《お》とらず。

あるは、を《お》くれたるこずゑの。まだあをきが。所々《ところどころ》にうらやむやうにてたてるもお《を》かし。今《いま》いくかありてもみぢせんといふに。いつか、むいかのほどゝ《と》いふ。また、いづら、それをもまたじ、などいひしろふほどに。よのまの雨《あめ》しめやかにふりたるつとめて、みれば。やう〳〵こゝろもとなきほどに色《いろ》づく。いひあてゝしたりがほするもあれば。かたへにはねたがりなどするを。人々《ひとびと》わらふ。

おまへに、よませたまふ。

あさからぬ岡《をか》の名《な》なれや初入《はつしほ》も日かずにそめし露《つゆ》のもみぢ葉《ば》。

棲する願い。
○**みやびか**　うるはしき心。
六義館　園内南方の建物。
つねのかた　日常生活する建物。
そのゝかた　庭園の方。
おまへちかく　吉保の日常の生活の間。
はつしほの岡　六義園十二境の一。
ながつきばかり　九月ごろ。
又とくはれて　すぐに晴れあがって。
○**たつたびめ**　只、龍田などにもをとらぬと云心歟。

――(以下四八六頁)

年《とし》ごろの御ほいにて。かくしづかにあけくるゝ月日《つきひ》にそへては。いかめしう、世《よ》にありがたきためしと覚《おぼ》えける。過《すぎ》にし方《かた》はさるものにて。いと、かく、えんにお《を》かしきかたとりあつめ。花《はな》も紅葉《もみぢ》も。朝夕《あさゆふ》のもてなしにすばかりのことは。又《また》もありけりと、やう〳〵なんおもひしる。

むかしよりこゝろよせ聞《きこ》ゆる人々《ひとびと》など、お《を》り〳〵《をり》の人《ひと》めかれぬばかり。はる〴〵とわけ入《いる》こと猶《なほ》たへ《え》ず。さるは、いとめづらかにお《を》かしう。つれ〴〵なぐさむばかり、御物《もの》がたりこまやかにて。むかし今《いま》のこと、くづし出《いで》つゝ。かたらひたまふこと。お《を》りふしにつけて。つきせず。

こなたは、ひたみちに世《よ》をかへりみんものともしたまはず。いづこも〳〵、引《ひき》きりたるやうにておはしませば。

「いでや、世中《よのなか》の手《て》ぶりもわすれ侍《はべり》にけり。心《こころ》をばさるものにて。うはべは、を《お》のづから。無礼《ムライ》にもこそなりぬべけれ。ひとへに山《やま》がつのならひに。ゆるされをかうぶり侍《はべる》べし」など。人々御《ひとびとご》たいめむ

年ごろの御ほい　数年来の念願。
さるものにて　それも結構であったが。
○**すばかり**　するばかり也。
くづし出つゝ　片端から少しずつ話す。源氏の詞。
こなた　柳沢吉保。
○**手ぶり**　様子と云心也。都の手ぶりわすられにけりなど云歌に同じ。
山がつ　山に住むひと。
山水　六義園の庭園。
おほぎ町殿　本書の筆者町子の実兄、正親町公通。
おほやけごと　朝廷の使者として幕府と交渉

のお《を》りからは。のたまはす。又《また》たまさかにても、たづねまい《ゐ》る人々《ひとびと》などは。まづ、此山水《このやまみづ》のにごりなき御ありさまを。うらやみおもふ。

おほぎ町殿下《まちどのくだ》り給《たま》ひし頃《ころ》。おほやけごとのいとままちいでゝ《て》おはしたり。あるじも、いと、かくよもぎふの露《つゆ》わけ給《たま》へる事《こと》、と。よろこびおはす。さるは、としごろのおぼつかなさもつもりたゝめるを。今《いま》この山里《やまざと》のしづかなるやどりながら、待《まち》うけ給《たま》へるほど、かたみにいとうれしう。時《とき》ありとおぼすべし。院《ゐん》のうへの御事《こと》など、のたまひ出《いで》つゝ。年月の御礼《カシコマリ》など、くりかへし猶申《なほまう》させたも《ま》ふ。

世《よ》にあかぬ事《こと》、露《つゆ》おはせず。むかしより、すべてたらひ給《たま》ふうへにて。から、あながちに引《ひき》こもりおはするほど。人《ひと》のうへにては。いとかたげなめるを。たれも、いみじう。猶《なほ》いと御心《こころ》を《お》きてことなり、と。おもひおはさうず。まらうと、「山家」といふ題《だい》にて。

たれか今世《いまよ》にすれられて山《やま》ふかく身《み》はかくすとも君《きみ》をわすれん。

園《その》のあたり、めぐらひつゝみ給ふに。聞《きき》しよりみるはまさりて。めおどろかるべし。はやう、院《ゐん》のうへにて。此《この》そのゝ《の》名《な》どころさだ

すること。

おはしたり　六義園へおいでになった。

あるじ　柳沢吉保。

おぼつかなさ　綱吉逝去以降の事情の変化の中をどう生きているのかという不安。

かたみに　たがいに。

院のうへ　上皇、霊元院。

かたげなめるを　実現困難と思われたのに。

○**おはさうず**　おはすると云詞也。

まらうと　客人、公通。

○**めぐらひ**　めぐる也。

○**聞しより**　いせ物語の詞。

——(以下四八六頁)

めさせ給《たま》ふ時《とき》。ゑにかきて奉《たてまつ》れ給《たま》へるを。大納言殿《だいなごんどの》、ことにとりもち給《たまう》ふて。みたまへりしかど。今《いま》かくまのあたりいみじう、えもいはぬ山水《やまみづ》のけはひに。おどろかるれば。猶《なほ》ふでこそはかぎりありけれ、と。今《いま》さらにかたぶき申《まうし》たも《ま》ふ。

御かはらけめぐりて、けう《きよう》に入《いり》たり。こなたにて、お物《もの》などまい《ゐ》らせつゝ。つきせぬものがたりに。夜《よ》ふけてぞかへりおはす。こたみ。院《ゐん》の御使《おつかひ》にて。かつは、かうやうのたいめんも。あらまほしう、とりわきたる御けしき給《たま》はりて。下《くだ》りたまへば。れいも下《くだ》り給《たま》へる人々《ひとびと》の列《ツラ》にもあらず。又《また》、いと、かさねてたいめむのほども、かつはかたしや。いのちこそ〔なほ〕たのむべけれ、など。しほたれ給《たま》ふ。

日かずへて。今《いま》はとのぼりなんとするに。あるじの御かたより。はなむけのつゐ《い》で、を《お》くり給《たま》へり。

はこねやまふたゝびこえん時《とき》をえてわけよと契《ちぎ》るよもぎふのやど。

又《また》、いづれの年《とし》にか、中院大納言殿《なかのゐんだいなごんどの》、ふりはへとひ給《たま》へるに。

ゑにかきて　第二十四帖「むくさの園」参照。
かたぶき　感服する。
かはらけ　酒盃。
けう　興。
こたみ　今度の下向は。
○**かうやう**　かやう也。
たいめん　対面。
御けしき給はりて　霊元院の御意向もうかがって。
かさねて　後にふたたび。
○**かつは**　且也。
しほたれ　涙にくれる。
のぼりなん　京都へ帰ろうと。
あるじ　柳沢吉保。
はなむけ　送別の催し。
中院大納言　通躬。

例《れい》の、所《ところ》につけたる御もてなし。さるかたに、似《に》なく物《もの》し給《たま》へり。庭《には》のたゝずまひよりして。みやこにはまだみぬことゝ《と》。おどろき給《たま》ふ。御物《もの》がたり、何《なに》くれといとおほくて。

此《この》すまゐ《ひ》こそうらやましけれ。

ことしげき世《よ》をほかにしてしづかなる宿《やど》にたのしむ秋《あき》はいく秋《あき》。

なンど、猶《なほ》かぎりなきゆくゑをかけ聞《きこ》え給《たまふ》。

小《こ》玉川《たまがは》といへるは、さらすてづくりさら〳〵に。むかしよりなだゝる玉川《たまがは》の。ながれをかけて。いとみどころおほかるに。さゞやかなる屋ども。お《を》かしうつくりなしたり。そこにて、かはらけとうでたるに。又大納言《まただいなごん》どの。

又《また》もあらじ名《な》にながれたる玉川《たまがは》をせき入《いれ》てみる庭《には》のやりみづ。

故《こ》おとゞよりして、やまとうたのみちにつけても。たび〳〵うとからず物《もの》したまへる御あはひなれば。めづらかなる御たいめむを、あかずおぼえ給《たま》ひけんかし。

冬《ふゆ》になりゆくまゝに。木草のけしき又《また》なくあはれなり。あしべの

ふりはへ　わざわざ。源氏詞。
○**似なく**　二なく也。
小玉川　六義園内の一地点。
○**さらすてづくり**　拾遺「玉川にさらす手づくりさら〳〵に人の恋《こひ》しきやなぞ」。
○**さゞやか**　小さき也。
○**おとゞ**　大臣。
故おとゞ　中院通茂。宝永七年三月二十一日没。八十歳。
うとからず　親しく歌学について教えを受けた。
あはひ　間柄。
あしべ　芦辺。六義園十二境の一。

亭《てい》よりみやれば。やう〳〵しほれゆくあしの。よものあらし待《まち》とりて。そよぎあひたるに。をし、かも。にを鳥《ほどり》なンどの、所《ところ》えがほにむれゐるほど。又《また》いづこともしらず。いとあまた、ざとうち入《いり》たるが。下《した》のかよひぢやすげに。やがて。又《また》すみつきたるさまにてぞ、あそぶなる。海鷗《かいをう》にともない《ひ》けんおきな、おもひやるべし。新玉松《にひたままつ》、久《ひさ》もり山《やま》などは。冬《ふゆ》がれの木《こ》の間《ま》、神《かみ》ふりたるさま。いみじう神〳〵《カウガウ》し。木《こ》だかき松《まつ》のを《お》のれみさほだちて。霜《しも》の後《のち》の夢《ゆめ》、ひとりさめたるも、あはれに心《こころ》ふかし。

ちりつもるこのはの。こゝかしこの谷《たに》あひなどに。ふきいれたるが。あらしはげしき夕《ゆふ》ぐれのほど。又《また》さそはれて、いづちもしらず。ちり〳〵になりゆくなど、ふかき山里《やまざと》めきてさびし。いみじう霜《しも》ふかきあした、仕丁《じちやう》にやあらん。所々《ところどころ》の木《こ》かげに出《いで》て。を《お》ち葉《ば》をぞかくなる。ほどなくつもりて、籠《コ》にいれてもたるが、いとさむげなるかほつきども。あはれなり。

霜《しも》ばしらといふものは。つるぎのごとたちて。あしをもきりつべ

亭　あずま屋。
○**をしかもにを**　鴛・鴨・鳰。
○**ざと**　ざつと云詞也。
○**海鷗にともないけんおきな**　むかし海辺に住けるもの、毎日海中に出て舟の往来などするにも、其あたりの鷗《カモメ》少もおそれずちかくあそびけるが、後其かもめを取て帰れと人にいはれて其明日行て見れば、皆、空に飛あがりて下らざりしと也。物を害する心なく無心なると有心とのたとへに列子に有。
新玉松　六義園十二境の一。

く。いとむくつけきを。こぼ〱とふみ分《わけ》てゆくさま。いとなれたり。

雪《ゆき》のころ、はた、いへばおろかなり。幾重《イクヘ》となき山《やま》の木《こ》ずゑ。お《を》かしきほどに。つもりて。はる〲とみやられたるに。さすがに松《まつ》杉《すぎ》のけぢめは、わくべかりけり。かれたる木《き》の、たから。けうときに、ふりを《お》ける雪《ゆき》の。ことさら〔に〕もてつけて。つくりつけたらむさましたるなど、あなうつくしとみゆ。ふもとは、あともなくうづもれつゝ。いとゞ山《やま》ざとの冬《ふゆ》ごもりおもひしらる。

つもりきて日《ひ》をふるまゝにとふ人《ひと》もおもひたえたる庭《には》のしら雪《ゆき》。

さばかりかきくらせるなごり。雲《くも》もなくはれて。夕《ゆふ》づくよのさやかなるに。白《しろ》たへのもてはやされたるなど。げに、そゝろさむきまでおぼゆ。

山《やま》かげの橋《はし》かけたるながれを。剡渓《ぜんけい》といふなれば。興《きよう》に乗《じよう》じてゆきいたらむほど。お《を》かしう、いふかひあり。あしまにすてたる舟《ふね》などに。つもりたるもお《を》かし。

久もり山　園内東方の山。
神ふりたる　未詳。
○**霜の後**　「十八公ノ栄ハ霜ノ後ノ露と」云詩と「胡角《コカク》一声霜ノ後ノ夢」と云句と取合せていへり。さめたるとつゞけんため也。
○**仕丁**　下づかへの事也。
○**もたるが**　持たるが也。
○**ごと**　如く也。
○**あし**　足。
むくつけき　恐ろしい。
○**こぼ〱**　ふむ音也。
○**なれたり**　何とも思はぬ躰也。
○**はた**　将又也。
——(以下四八六頁)

年《とし》のくるゝ頃《ころ》など。また何《なに》のいとなみとしもなく。しづかなり。春《はる》のはじめは。御子《おんこ》たちはじめ、人々《ひとびと》つどひまい《ゐ》り給《たま》ふめれば。何《なに》ごとも、いさゝかけしきばかりとおぼせど、さすがに、とり〴〵の御心《こころ》ばへにて、ことぶき物《もの》し給《たま》ふも。いまさらに猶《なほ》あらま〔ほ〕しうみゆるかし。

子日《ねのび》の松《まつ》、わかななど。みな、こゝながら物《もの》しつべし。松《まつ》のゆきだにきえあへぬに。ましておりたちて、あさりありくなど。わかき人々《ひとびと》は。いと心《こころ》にいれておもへり。雪間《ゆきま》の草《くさ》。はつかに。かきねの梅《うめ》もあたゝかげに咲出《さきいで》つゝ。はるかぜゆるくうちかよへる。まして、いはんかたなし。鶯《うぐひす》さそふしるべとしもなけれど。を《お》のがふるすも。こゝながら。あさな〳〵なきてうつろふこそ。のどやかにお《を》かしけれ。

池《いけ》は、わかの浦《うら》の心《こころ》ばへをうつさせ給《たま》へれば。かすむ入江《いりえ》のわたりほのかに。かたへは松原《まつばら》たちつゞき。しづえにかゝる波《なみ》。いとしろうより来るに、うらうらとあけゆくけしき。さながら浦《うら》はの春《はる》め

○**松のゆきだに**　古今「深山には松の雪だにきえなくに都はのべの若菜つみけり」。
○**あさり**　求むる也。
○**鶯さそふ**　古今「花の香を風のたよりにたぐへてぞうぐひすさそふしるべにはやる」。
わかの浦　「若の浦の春曙」は六義園八景の一。もと紀伊の歌枕。池中の島にも「妹背山」をつくり、波打際を「片男波」と名付けるなど和歌の浦を模す。
かたへ　片側。
しづえ　下枝。
心とく　急いでいるように。

きて。よにしらぬさま、いとえんなり。

朝日のどやかにさし出《いで》。峰《みね》のかすみの猶《なほ》たど〳〵しきに。やゝいりもてゆくほど。一木《ひとき》二木《ふたき》咲《さき》たる花《はな》の、心《こころ》とく見ゆるが。道《みち》のかたへにうちかほ《を》りて。おくある花《はな》のゆくゑ《へ》しらるゝは。尋芳徑《しんはうけい》といふなるべし。

春ふかきこずゑどもの。日《ひ》かずに咲そふほど。唫花亭《ぎんくわてい》のあたり、いみじうおもしろく。野宮宰相《ののみやのさいしやう》どの。花《はな》のたより、すぐさずとひ給《たま》へる頃《ころ》。この所《ところ》の夕《ゆふ》かげ、あかずおぼえて、よみ給《たま》へり。

庭広《にはひろ》みうつる日《ひ》かげも色はへ《え》てはなもてはやす軒《のき》の夕《ゆふ》ぐれ。

げに、たゞ此軒《こののき》をめぐりて。うへ《ゑ》られたる花《はな》の、きほひ咲《さき》たる。よしの山《やま》にたとへんかし。すゞの下道《したみち》わけて。花《はな》の中をゆくに。峰《みね》の花《はな》ぞのかほ《を》りあひたる。桜《さくら》は、こゝもとに尽《ツキ》ぬるかとばかりみゆめり。

ゆく〳〵、こゝかしこのこの間《ま》。さしのぞきたるかげ、中〳〵《なかなか》又《また》お《を》かしうもてはやさる。

尋芳徑　六義園八十八境の内。花の香を尋ねて行く道。『三体詩』姚合「庭春」詩の「尋レ芳樹底行」によるか。
唫花亭　園内西方の建物。「唫花夕照」は六義園八景のうち。
野宮宰相　定基。中院通茂の子。宰相は参議。
よしの山　吉野は大和の桜の名所。歌枕。
すゞの下道　新後撰「契りあらば又や尋ねん吉野山露わけわびしすずの下道」。すずは篠。

ひと日《ひ》、家人《いへびと》などの、ゆるされて、花《はな》みたるこそお《を》かしかりしか。御山《やま》ずみにつきそひまい《ゐ》れるも、さいへど、いとおほかれば。を《お》のがじゝ《し》心《こころ》をやりて、あそびのゝしるさま、いとお《を》かし。峰《みね》にもお《を》にもみだれいりて。物《もの》くひ、さけのみ。はづかしともおもひたらず。えならぬつらつきして、ひしめく。

「野山《のやま》などにあらんやうに、かいはなちて。ないましめ物《もの》しそ」と、さるべきあづかりにおほせたれば。

「人《ひと》なとがめそけふばかり」などいひたはれて。やゝゐひにいりつゝ。さま〴〵の、ありとあるあそびをして。今《いま》やううたひ、物《もの》の音《ね》など取出《トウデ》て。何事《なにごと》ならむ、かしらうちふり。大声《おほごゑ》をさへあげて。はやしたてたるもお《を》こがまし。

あるは、ながるゝ水《みづ》におりたち。岩《いは》にしりかけて。こゝろすましたるもあり。ある所《ところ》には、みたり、よたり、ふたり、など。心《こころごころ》〳〵に打《うち》むれつゝくるが。手《て》うちたゝき。何《なに》ならむ、いたくこらへぬばかり。わらふ。すべて、ゆかしげなきもてなしどもの。鄙《ヒナ》びたるも

家人　柳沢家の奉公人。

○**をのがじゝ**　をのれ〳〵が心〔の〕まゝに也。

のゝしる　大声をあげる。

峰にもおにも　古今集「やま桜わが見にくれば春霞峰にも尾にもたちかくしつゝ」。

つらつき　顔の表情。

かいはなちて　放牧して。

ないましめ物しそ　拘束してはいけない。

○**人なとがめそ**　いせ物語「おきなさび人なとがめそ狩衣けふばかりとぞたづもなくなる」。

○**たはれて**　たはぶるゝ心也。

中〳〵《なかなか》けう《きよう》あるものから。よそめわすれたるも。いとなれて、おか《を》し。

大《おほ》かた、花《はな》の日数《ひかず》〔は〕、おまへにも、とりわきて。のどやかなり。

花《はな》の御歌《ウタ》の中に。

枝《えだ》にさへかぜもかよはぬすみかにて心《こころ》に似たる花《はな》のしづけさ。

何ごとも、御心《みこころ》のまゝに、あらまほしうてなむ。

御子《おんこ》などの、なを《ほ》、はら〳〵におひいで給《たま》ひなどして。かくても、さう〴〵しからず。たのもしうてすぐさせたまふ。

御みづからは、世《よ》のゆききも。あながちにおぼしたえたれど。を《お》のづから。猶《なほ》〳〵としたひ聞《きこ》えて。年月《としつき》のこゝろばせ、みせたてまつり。折《をり》ふしすぐさずとひ来《く》る人《ひと》のを《お》となひたえず。にぎはゝしきによれる御こゝろならねど。さばかりのなごりなれば。家司《けいし》はじめて。さるべきものども、まかりちらず、したひまい《ゐ》れるも。いとあまたにて。なが屋《や》めくわたり。を《お》のづからすみつきつゝ。朝夕《あさゆふ》さふらふほどに。これこそはあかぬとおもふこと、露《つゆ》なく。いとたのも

○**ゑひ**　酔。
今やう　現代のはやり唄。
○**鄙びたる**　いやしき心。
けう　興。
花の日数　桜の花の咲いている日々。
おまへ　柳沢吉保。
御子　柳沢吉保の子ども。
はら〳〵に　何人もの側室の腹に。
おひいで　六義園隠退以後も保経(母は上月柳子)、美喜子(同上)、増子(母は祝園関子)が生れている。
よれる　寄って行く。

——(以下四八六頁)

しう、いみじき御山《やま》ずみなり。めぐりには、竹《たけ》あまたうへて。かまへたるものから。さすがにさとびたるあたり、小家《こいへ》がちなるも。つきなからずかし。いかなるお《を》りにか。

今《いま》は身《み》のともとぞたのむ山里《やまざと》の隣《となり》につゞく賤《しづ》がかきねも。

などよませたまへり。

桃林《たうりん》のおくにすみけむ仙人《やまびと》の。かきたえたらむは、いとあまりむもれたり。これは。何《なに》の、さけ給《たま》ふといふばかりのこともおはせず。さしも功《こう》なり名《な》とげ給《たま》ふ《う》て。を《お》のづからしりぞきつゝおはすれば。たゞ、月花《つきはな》のあはれなることも、はへ《え》あることも。もとよりすみまさる。山水《やまみづ》のたより、すくなからず。かつは、はやうより御ほいにて。から、おきふしのどやかなる御ありさまになむ物《もの》したまふ《う》ける。むかし、いみじかりし御いきほひの。たぐひなかりしほど。大《おほ》かたの世《よ》にだに、いとめづらかにおもひいふを。まして、ふかきうつくしみになづさふ年月《としつき》、こゝら、めにもみ、もしはきゝつたへて。

いみじき　大へんな。
山ずみ　山中の隠棲。
○**桃林**　むかし秦《シン》の世の乱《ラン》をさけて桃林《タウリン》と云所のおくにこもりたるが、後は仙人になりて住けるを、晋《シン》の世に武陵《ブレウ》の人の行てあひたりし事也。
○**むもれ**　うづもるゝ心也。
○**さけ**　世をさける也。
○**功なり名とげ**　前にも出たり。老子の語也。
○**はやう**　むかし也。
ほい　本意。念願。
大かたの世　世間普通の人々でさえも。
ふかきうつくしみ　深い慈愛。

いでや、めでたしとみたまへしるを。今《いま》はた。山《やま》ぢの露《つゆ》の、ふかき御こゝろを《お》きて。かしこく物《もの》し給《たま》ふにつけても。松《まつ》のひゞき、水《みづ》のを《お》となひ、しづかなるねざめ〳〵、もとよりかきくづし、おもひいづるままに。たゞ、この、物《もの》のはしつかたにしるしつけて。ものいひさがなきそしりをさへなむ。わすれける。

　さるは、つゞきの浦のつゞかぬ女《をんな》もじは、はまのまさごの、ちゞがひとつもひろふまじけれど。もとより、もにうづもれぬ玉《たま》がしは。ひかりことなれば。を《お》のづから、かくれなきわざになむ。千世《ちよ》もとたのむ松《まつ》の木《こ》かげに、かきあつむることの葉《は》は。ゆくすゑとを《ほ》く、ちりうせずして。われも人《ひと》もあふぎつたへんほど。いとたのもしう、かぎりもあらじかし。

　春《はる》のくれゆく頃社《ころこそ》、又《また》お《を》かしけれ。藤《ふぢ》の里《さと》。駒《こま》どめの岸《きし》などに。つゝじ、山ぶきなどの咲《さき》たる。くれてゆく春《はる》としもなく。さかりに色《いろ》ふかく、みだれぬる岸《きし》づたひなど。ながき日《ひ》をわすれて。いとしづやかなり

なづさふ　どっぷりつかってきた。
こゝら　たくさんの。
○**はた**　将。
ふかき御こゝろをきて　深く計画された心のはたらき。
かしこく物し　賢明に実行しつつある。
かきくづし　思いつくままに書きつけ。
物のはしつかたに　手元の紙に。
さがなきそしり　おしゃべりだという批判。
○**つゞきの浦**　多所也。只つゞかぬと云の枕詞に用ゆ。

——(以下四八六頁)

みぎはの藤《ふぢ》のふさ、いとながくて。とある橋《はし》にかゝりたるなど。ことさらに物《もの》せしばかりにみゆ。まして、ほかのちりなむ後《のち》まちがほに。を《お》くれたる花《はな》の、猶《なほ》あまた咲《さき》みだれて。たつことやすきかげならぬぞ。あかずお《を》かしき。やう〱わか葉《ば》しげり行《ゆく》ころのあした。山々《やまやま》などの、なを《ほ》、ともすれば。うららかに。うちかすみたる。ありけん空《そら》のなごり、あさからず。うちみらるゝかし。

ひるつかた、いとようてりたる日《ひ》かげに。芝生《しばふ》のいとあをやかにもえつゝ。梢《こずゑ》のみどりにあらそひたる。ほと〱。花《はな》の時《とき》にまさりぬべし。

おまへのかたより。まづふとめとまる山は。藤代《ふぢしろ》の根《ね》といふ。こと山《やま》にすぐれて、いとたかやかにそびえたるを。わかきどちなどは。お《を》かしうめにかけて。ゆきてのぼらんとするに。つゞらをりなる坂《さか》、あまためぐりて、いたうこうじぬべきを。しゐ《ひ》てのぼる。藤代《ふぢしろ》のみさかの松《まつ》を。こえあへず。まづめにかゝる、とよみけむ

ことさらに　わざわざ細工してそうなるように作り上げたかと思われる。
○**ほかのちりなむ**　古今「みる人もなき山里のさくら花ほかのちりなん後ぞさかまし」。
○**たつことやすき**　「けふのみと春をおもはぬ時だにもたつことやすき花のかげかは」(古今集)。
ありけん空　すぎ去った春の霞の空。
○**ほど〱**　ほとんどと云詞。
○**花の時**　王荊公《ワウケイコウ》が詩に「緑陰幽草《リヨクインユウソウ》　花ノ時ニ勝《マサ》レリ」。

吹上《ふきあげ》の浜《はま》、げにぞおもしろうみおろす。吹上《ふきあげ》のみねも、いとながうつゞきて。松《まつ》などあまたたてり。浜《はま》のかたは、まさごぢとを《ほ》くうちめぐりて。まだしらぬ紀《き》の海《うみ》のおもかげ、かうこそは。とおぼゆ。いたゞきにのぼりつきてみれば。ふじのねいとよくみゆ。このあたりの山〳〵《やまやま》などは。たゞこゝもとに。ふもとのこゝ地《ち》して。うづきばかりのこずゑ、いとよくはれたるに。よものみどり、のこるまじうみわたさる。は山《やま》しげ山《やま》、はるかなる。つくばねなども。さはらずみゆめり。

さみだれの、日《ひ》かずふる頃《ころ》は。いと、ものむつかしけれど、ほとゝぎすなど、さすがに。山《やま》のかひありて。あさ夕《ゆふ》、きゝふるすばかりなきたり。

みな月《づき》ばかり、いとあつきひるますぐして。やゝ夕《ゆふ》かげになるほど。かぜも吹出《ふきいで》、蟬《せみ》などのかしがましきまで。なきたる木《こ》かげいとすゞしう、夏《なつ》なきこゝちす。みゝなみのかたに、水《みづ》かくるもとつ岩《いは》ね、いみじうたゝみなして。千里《ちり》の浜《はま》にありけむ石《いし》にを《お》とらず。お

おまへのかた　柳沢吉保の居間。
○**めとまる**　目。
藤代の根　六義園十二境の一。
○**こと山**　外の山也。
○**どち**　同志也。
つゞらをり　曲がり角の続く道。
○**こうじ**　困《コウジ》。くたびる事也。
○**藤代のみさかの松**　夫木集「藤代の山のみさかを越えもあへず先づ目にかゝる吹上の浜」為家。

——（以下四八七頁）

もしろき。うつくしき。あやしき。おほきなる。いみじうしろきなど。いとあまたをきて、みどころありて。かさねあげたる中《なか》より、いときよき水《みづ》の。いつゝにわかれておちくるが、岩《いは》にくだけて、とびちりかふほど、土《つち》さけしひるまのなごり、みなわすれたり。人《ひと》〳〵《びと》よりて。われがち〔に〕手あらひ。あしさしひたしたるが、はて〳〵は。しづくむつかしく。もすそもそほちぬれて。ふところなる物《もの》をさへ水にいれて、くるしがるもお《を》かし。

石《いし》にくちすゝぎ、ながれに枕《まくら》す、などつぶやくも、にげなからず。うへの山《やま》は木《こ》ぐらく、日《ひ》ざし打《うち》おほひて。山〔は〕さむしといふばかり、げにぞ、裘《カハギヌ》もきるべかりける。

かたへの坂《さか》よりのぼりて。ちい《ひ》さき屋《や》の、かけづくりなるが。ながれにのぞみてたて《ち》たり。中嶋《なかしま》のかたなど、こゝよりみるにまされるなむ、なかりける。はる〴〵とながめわたさるゝ山《やま》のたゝずまひ。水《みづ》のよどみなど。いみじう絵《ゑ》によくも似《に》たるかな。

黄檗山《わうばくさん》の悦峰和尚《えつほうをしやう》は。ふるさとの西湖《せいこ》にいとよくかよひたりとて。

○**をきて**　を《お》きやう也。
○**土さけし**　つよくてる日也。
○**ふところなる物**　懐中の大事な金品。
水にいれて　水中に落して。
○**石にくちすゝぎ**　世説に云「石ニ漱《クチスヽギ》、流ニ枕《マクラ》ス」。
にげなからず　この場にふさわしくないこともない。
○**山はさむし**　拾遺「夏なれど山はさむしといふなれば此かはきぬは〔ぞ〕風を〔は〕ふせがん〔多武峰少将物語〕」。
裘　毛皮の衣。
かたへ　かたわら。

こゝをなむ、いみじうめでたまへり。やがて、かの中嶋《なかしま》に。放鶴亭《はうくわくてい》など、すゝめて立給《たてたまう》ふて、孤山《こさん》の夕《ゆふ》ぐれ、はるかにみるこゝちすべし。さて、かのかけづくりにも。賽西湖《さいせいこ》といふ額《がく》かきてかけらる。

それよりやゝわけ入《いり》たるしげみの中《なか》に。あみだ堂《だう》、いとたうとくてたてり。甘露味堂《かんろみだう》とぞいふなる。このわたり、みな木《こ》かげしげくて。露《つゆ》などのきら〳〵とを《お》きわたしたる。すゞしき仏《ほとけ》の御国《みくに》おもひやらるゝかし。

まことや、玉川《たまがは》の夕《ゆふ》すゞみこそ。いとゞうき世《よ》のにごりなきこゝちすれ。ながるゝ水《みづ》にさしかけたるあづまやひとつ。いとさゞやかにて。そりはしをわたりつゝ、ゆきかよふ。水《みづ》にのぞみて酒《さけ》のみたるなどもお《を》かし。らむかんによりてみれば。こなたかなた、とを《ほ》りゆく水《みづ》の。さすがにあさきものから、みなそこきよくすみまさりて。さゞれ石《いし》もかぞへつべし。おまへの山水《やまみづ》とは、ほどをへだてゝ《て》。何《なに》となき木《こ》の下《した》みちを、そこはかとわけくとおもふに。こゝもとにきたりて、にはかにはた。月日《つきひ》のひかりひろく。ことなる世界《せかい》にいた

かけづくり　崖造り。岸などにもたせかけ、また乗り出すように造った小屋。
黄檗山　山城宇治の黄檗山万福寺。
悦峰　前出、八世住職。
ふるさと　第二十六帖「二もとの松」参照。西湖近くにて出生と。
放鶴亭　宋代の高士林和靖は西湖の孤山の麓に住し、湖上に釣舟を出して逍遥した。来客があれば侍者が鶴を放って知らせたという故事にちなむ。
賽西湖　「賽」の意未考。比肩するの意か。

——(以下四八七頁)

れらむ心地《ここち》して。たれも〳〵手《たれもて》をうちておどろく。

むかし仙人《ヤマビト》の、つぼの中《なか》に、あめつちをいれけむためしになずらへつゝ。壺中天《こちゆうてん》といふ額《がく》あり。ながれをもとゝ《と》かまへたる所《ところ》なゝめれば。さしもひろらかに、そこら水《みづ》とを《ほ》りながれたるけしき、いはんかたなし。

めぐれる山《やま》なだらかに。何《なに》ならぬ岩木《いはき》も。たゞ、けうとく、たかやかなるはなし。枝《え》ざしお《を》かしく、み所《どころ》ある木《き》どもえりて、所〳〵《ところどころ》にはなちう《ゑ》へたり。わきいづるみなもとたえず。みる心地《ここち》さへ、げに何《なに》のにごりかはあらむ。

夕《ゆふ》やみの、月《つき》を《お》そきころ、ほたるしげく、とびまがひて。木《き》の下《した》草《くさ》がくれにきらめきたる。水《みづ》のこゝろに。もてなされて、ほしか何《なに》ぞとばかり、うつりまがふ。くらくむつかしきをもわすれて。ともし火打《びうち》そむけつゝ。みたるこそお《を》かしけれ。

かたへに、ひとゝ《と》せの草花《くさばな》おほくう《ゑ》させつゝ。大《おほ》かたいつとなくさきつゞきたるこゝろばへなど、おほかゝめれど。あるが中《なか》に夏《なつ》

○**むかし仙人の**　印のみで原注を欠く。壺中の天地は後漢書の費長房が見たという故事。
たゞ　単純に。
けうとくたかやか　馬鹿高いのみ。
はなち　離して。
とびまがひて　入り乱れて飛んで。「ほたるしげくとびまがひて」(源氏物語・帚木)。
むつかしき　気味が悪い。
かたへ　庭園の各地の一角に。
ひとゝせの草花　四季折々に花を絶やすことのなきように。
夏をせと　夏季が一番

をせとすべかゝめるは。こゝなりけらし。

そのゝ《の》かたを、にしにはなれて。竹《たけ》のはやしひろ〴〵とうちめぐらしつゝ。こなたかなた、はたうちならし、とき〴〵のなりものたえず。やましろのとばたにはあらぬ。瓜《うり》つくりのおきなども。さるかたによくあつかふ。いろ〳〵のくだものあるを、女原《をんなばら》、さうどきありきて。あらそひとる。これ、おだいにまい《ゐ》らせよ、といへば。むしのつきたるをむつかしとおもひたるけはひもお《を》かし。楽秋圃《らくしうほ》とかやいふめれば。秋《あき》のたのみ又《また》いとこちたく、さかへ《え》たり。

秋《あき》のはつかぜ、やゝ吹《ふき》たつまゝに。よもぎ、あさぢの露《つゆ》のけはひはさらにて。川《かは》ぎりなど。たゞこのあたりたちのぼりて。中嶋《なかしま》のわたり、なにとなき岩《いは》ほのたゝずまひまでも、めとまるかし。大《おほ》かた、お《を》りからのなさけすぐさぬながめ、秋《あき》にぞつくべかりける。ものおもふとしもなけれど。こしかたゆくすゑ、そことなく涙《なみだ》もおちぬべき夕《ゆふ》ぐれの空《そら》など。ながめ給《たま》ふお《を》りは。うれしくもそむきにける世《よ》かなと御覧《ごらん》ずべし。

美しい。
そのゝかたを　庭園から。
やましろのとばた　山城の鳥羽田。歌枕。
瓜つくり　夫木集「山城の鳥羽に通ひて見てしかな瓜作りける人の垣根を」。
さるかたに　よく心得て。
女原　女の奉公人たち。
さうどき　騒ぎたてながら。
おだい　御台。御台盤。お食膳。
楽秋圃　農場に名をつけたものらしい。

——(以下四八八頁)

さとわかぬ秋《あき》とはいはじいづくよりわがよもぎふの夕ぐれの空《そら》。

軒端《のきば》山《やま》といふは。月《つき》まつための家《いへ》ゐ、お《を》かしうてたてり。十五夜《じふごや》の頃《ころ》、よませ給《たまふ》。

軒端《のきば》山《やま》まちみる空《そら》に高《たか》き名《な》もあらはるゝ夜《よ》の月《つき》のくまなさ。

ひがしおもてうけて、いとたかき所《ところ》なれば。まちとる月《つき》、さやかにさし入《いり》。二千里《せんり》の外《ほか》ものこるまじう、はれたる光《ひかり》、にるものなし。むかひには松山《まつやま》をうけて。やゝまたれていづる頃《ころ》など、はごしの月《つき》、又《また》いみじう身《み》にしむばかりおぼゆ。みおろせば。川添《かはソヒ》に。萩《はぎ》いとおほく咲《さき》つゞきて。色《いろ》なる波《なみ》も、いとくまなし。

かりのこす田面《たのも》に鴈《かり》のおち来るなど。すべて、とりあつめたるあはれも。いひたつれば。わざとめかしうぞあるや。

さるは、雲《くも》きりのたちゐにうつりゆくけしき。時《とき》の間《ま》に千《ち》しなとさだめがたければ。もとよりしめたる御心《こころ》ばへに、今《いま》はたゞ、すべてこと事《こと》なく、詠《なが》めくらし給《たまふ》。

のがれきて世《よ》のうきふしはあらぬ身《み》もおもひぞしげき月《つき》と花《はな》と

軒端山　「軒端山月」は六義園八景の一。

十五夜　八月十五日の中秋の名月。

ひがしおもてうけて　東方に面して。

○**二千里の外**　朗詠「三五夜中新月色　二千里外古人心」。

はごしの月　三百六十番歌合「浦松の葉越に落つる月かげに千鳥つまよぶ須磨の曙(玉葉集)」仁和寺宮。

○**色なる波**　「又もこん野ぢの玉川萩こえて色なる波に月やどりけり」(千載集)。

田面に鴈の　「ぬしや誰田のもにおつる雁が

に
御つれ〲のお《を》りふしは。やまと歌《うた》をぞ枕《まくら》ごとにし給《たま》ふ。いづれの年《とし》にか、百首《ひやくしゆ》あまたよみ給《たまう》ふて。みやこにつかはしつゝ。点《てん》あはさせつゝ心《こころ》み給へり。

野宮殿《ののみやどの》み給《たま》へし巻《まき》のおくに、かきつけたまへり。

よしあしをつくるもあやし難波《なには》がた心《こころ》もなみのあまのしわざに。

御返《かへ》し、
分《わけ》なれしあまのをしへに芦《あし》の葉《は》のしげき難波《なには》のみちもまよはず。

又《また》、ある百首《ひやくしゆ》のおくに、中院殿《なかのゐんどの》。

百種《ももくさ》のとり〲みすることの葉にかけてはへ《え》なき露《つゆ》ぞあだなる。

御かへし、
かず〲の露《つゆ》をこと葉《ば》にを《お》きかへて色《いろ》なき草《くさ》もひかりをぞみる。

かうやうのお《を》かしきふし、つきせず。

ねの稲葉にむすぶ露の玉ずさ」(新続古今集)。
とりあつめたるあはれ　「とり集めたる事は秋のみぞ多かる」(徒然草)。「空飛ぶ雁の声、とり集めて忍びがたきこと多かり」(源氏物語・夕顔)。
時の間に千しな　一瞬の間に千変万化する。
しめたる御心ばへ　自然の変容の美しさに心を染めているご境地。
こと事　異事。その他の事。
○**枕こと**　朝夕の慰にするを云。
いづれの年にか　未考。
——(以下四八八頁)

（四六五頁の続き）

今いくかありて　続後拾遺集「小倉山秋の木末の初しぐれいまいくかありて色に出でなん」。

○**いつかむいか**　五日六日。

○**いづら**　どれと云心なれどもいや〳〵と云心も有。

○**いひしろふ**　たがひにいひたる様也。

○**よの**　夜。

○**つとめて**　あくる日也。

○**ねたがり**　無念がる心也。

おまへに　吉保自らが。

（四六七頁の続き）

○**めおどろかる**　目。

○**はやう**　むかし也。

此そのゝ名どころ　六義園十二境と八景。

（四七一頁の続き）

○**松杉のけぢめ**　源氏に「雪はたゞ松と竹とのけぢめみゆるほどなるが面白きなり」（朝顔）。

○**けうとき**　気疎。

剡渓　「剡渓の流」は六義園八十八境の内。

○**興に乗じて**　王子猷といふ人、剡渓の流に棹さして、戴《タイ》安道が山陰に隠《かくれ》ゐるを問《とふ》とて、興に乗じて来り、興つきてかへるといひける事有。其夜は雪後の月夜なれば、とり合《あはせ》ていへり。

（四七五頁の続き）

さばかり　あれほどの権勢を誇った人の。

なごりなれば　影響力や恩恵がなお残っているので。

まかりちらず　なかなか散って居なくならない。

（四七七頁の続き）

つゞかぬ女もじ　女もじは仮名。本来連綿と続くもの。体をなさぬ文章の意。

はまのまさご　「ちゞ」を導くための語。

ひろふまじ　評価される事はあるまい。

○**もにうづもれぬ**　「難波江のもにうづもるゝ玉かしはあらはれてだに人も〔を〕こひめ〔ぼ〕や」（千載集）。

ひかりことなれば　西行「天の原同じ岩戸を出づれども光ことなる秋のよの月」（続後撰集）。

千世もとたのむ　永遠にと頼りにしている。

松の木かげ　松平家をいう。

ちりうせず　古今集序「松の葉のちりうせず」。
藤の里　六義園十二境の一。
駒どめの岸　未詳。
（四七九頁の続き）
吹上の浜　六義園八十八境の内。池の西南の一角に設定される。元来紀伊の歌枕。
吹上のみね　同前。吹上の浜の北方に設定。
紀の海　紀州の海岸。
ふじのね　「士峰晴雪」は六義園八景の一。実物の富士山が西方に望まれる。
うづきばかり　初夏四月の頃。
○**は山しげ山**　新古今「つくば山は山しげ山しげゝれどおもひ入にはさはらざりけり」。
つくばね　筑波嶺。「筑波陰霧」は六義園八景の一。
さはらず　さえぎる物なく。
さみだれ　五月雨。
日かずふる　「経る」と「降る」を掛ける。
山のかひ　「峡」と「甲斐」を掛ける。
みな月　水無月。六月。

夕かげ　夕刻。
○**もとつ岩ね**　本也。つはやすめ字也。
たゝみなして　岩を重ねあげて滝をかけ、「滝口」と呼ぶ。
○**千里の浜**　伊物「千里の浜にあるうつくしき石たてまつれり」とぞ。〔伊勢物語では「紀の国のちさとの浜にありける、いとおもしろき石奉れりき」紀州熊野海道の岩代の浜。〕
（四八一頁の続き）
あみだ堂　阿弥陀堂。
甘露味堂　阿弥陀の別号に甘露王。仏教の恩恵を甘露の法雨といふ。
○**すゞしき仏の御国**　極楽の事也。源氏などに如此有。
玉川　未詳。前出、小玉川か。
さゞやか　小さい。
そりはし　反橋。
らむかん　橋の欄干。
おまへの山水　居間近くの庭園。
○**わけく**　分来る也。

○はた　将又也。
いたれらむ　到達した様な。
(四八三頁の続き)
めとまる　目留まる。思わず眺め入ってしまう。
源氏詞。
おりからのなさけ　その季節の情趣。
つく　尽きる。最高である。
こしかた　来し方。過去。

ゆくすゑ　行く末。将来。
そむきにける世　遁世。
(四八五頁の続き)
百首あまた　百首和歌を多勢で詠んだもの。
○点あはさせつゝ　合点と書。点とりの事也。
野宮殿　前出。定基。吉保の養女として大久保忠方の妻となった幾子の実父。
中院殿　通躬。

解　説

上野洋三

一　その後の柳沢吉保

五代将軍綱吉公が逝去し、柳沢吉保が政治の第一線から退いたあとに、どのような事態が残ったか。全く逼迫した国家財政が残った。前代の勘定奉行、荻原重秀に説明させたところ、およそ次のような状態であったという。

すなわち、幕府の経常収入は七十六、七万両であるが、しかし経常支出の三十万両を除くと残るは四十六、七万両である。ところが昨年の支出は総額百四十万両であった。また先年の京都大火で焼失した内裏の再興に、差当り七、八十万両が必要とされている。つまり、今年の国家財政は百七、八十万両の赤字となることがすでに明らかである、と。

幕府の借金は、六代・七代の将軍を経て、八代吉宗の世になっても幕政を圧迫していたから、倹素質直を旨とせざるを得なかった将軍吉宗に接し、進講もした室鳩巣《むろきゅうそう》(一六五八—一七三四)は、五代常憲院の世を厳しく批判した。実際に、享保七、八年になっても「常憲院様御代の御買掛《かひがかり》(未払い)莫大《ばくだい》の儀」で町方に対して十六万両の借金があった。その三分の二の十万八千両でよければと幕府がもちかけた所、町方が納得したと「先生」(鳩巣)が教えてくれたという話が記録されている(『兼山秘策』第六冊)。

鳩巣の門人も、幕府財政の窮乏は五代将軍の頃の実権者柳沢吉保に責任があるとして、その憤りを吉保の嗣吉里にぶつける。

甲州などは、元来その罪有之《これある》家に候へば、一万石計《ばかり》に被成《なされ》て、その余は、御知行被召上《めしあげられ》、か様《よう》の御償《おつぐなひ》に被成《なさるる》方《かた》、結句人情にかなひ……(同、第五冊)

甲斐十五万石を十五分の一にせよ、残りを幕府の借財の返済にまわせ、というのが国民感情であろうというのである。

たしかに遣《つか》った。鳩巣は、いう。

御蔵入は百万石と申候。常憲院様、華奢《くわしゃ》を御極《おきはめ》に付《つき》、京・大坂・江戸等の御蔵儲米、すきと金銀共に虚耗致候《いたし》。(同、第五冊)

幕初から貯えられていた黄金六百枚を分銅にしていた備蓄も、

憲廟の時、一枚も不残《のこらず》、御常用に御取遣被成《とりつかひなされ》候。(同、第六冊)

すっかり費し果して、しかも多額の借財を残したのである。

この、「憲廟御一代の華奢《くわしや》」(同、第四冊、鳩巣書簡)について、吉保自身の認識・反省の言葉は知られない。綱吉逝去とほぼ同時に停止となった「生類あはれみの令」についてさえ、つぎのような挿話が知られるくらいである。

すなわち、六代家宣の時代になって後、綱吉側室で五の丸様と呼ばれた瑞春院のもとに、或る日、吉保(出家して保山)が参上した。そして雑談の間に、以前に深川で魚を釣って流刑に処せられたものが、最近ご赦免になった。その上に寛永寺(綱吉の廟がある)に参詣する新将軍の御供まで、何の故障もなく勤めさせた。これはあまりに前代を無視することではないか、と。保山がそう語った。

ところが、対する瑞春院は、綱吉様晩年の政道を、お前はまともだと思っていたのか。すべてお前たちがやっていたのであろうが、それをせっかくよい方へ改めようとしているのを、そのように批判がましく言うのは、承知できぬぞ、と叱ったので、「保山一言も出不申退出《いでまうさずたいしゅつ》」した、という(同、第五冊)。

正確な事実は、もちろん確かめ難いが、伺候していた医師養安院の直話として伝えられ、おまけに、瑞春院は、今後は用があれば呼ぶから、そちらから勝手に来ること無用と伝えさせた、というから、柳沢をめぐる空気が感知される。

世評の冷たさとともに、本人のあっさりとして無反省な処し方が想察される。

綱吉逝去とともに、これまですべてをなげうって将軍に仕えてきた吉保としては、ともかく幕閣から隠居して、二たび政治にたずさわるつもりがなかった。だから、隠居しようが、隠棲しようが、自分の中のいくつかの行動原理や、性向まで変える気は毛頭なかった。六義園へは妻妾、召使をひきつれて、それまでと変らぬ生活を送るために移居した。

正徳三年(一七一三)、五十六歳の吉保について、次の事件が記されている。

柳沢美濃守入道保山、近年淫佚至極に候。二十余の寵房有之、その方の用事承り候何の七郎右衛門とやらん申すもの出頭いたし、諸事、乱れ候故、頃日用人の三人申し合せ、強諫仕候処、承引無之《これなく》候に付き、右三人立ち退き申候。

(『兼山秘策』第一冊、正徳三年三月九日付)

系図によれば、吉保には北の方定子の他に、側室六名が数えられ実子十五名が記される。子女三十一名を数えた後水尾天皇には及ぶべくもないが、当代の権力者がすべて養子を含めて多数の子女を求めることは、一つ家の継続・相続が多数の臣下の生存に関る重大事であり、健康に成長する確率が極めて低い時代の、まさに自然の傾向であった。ただ、すでに立派に出世している長子吉里以下、数名の男子に恵まれているにも関らず、多数の妻妾をひきつれての隠棲に対して、「寵房」「二十余」というような巷説も伝えられたのであろう。そこから自然「近年、保山、以《もつて》の外《ほか》婬乱放佚の沙汰」(同前)も広められて行くのであろう。それでも、正徳二年に六代将軍家宣を送り、翌三年北の方を送り、四年十一月二日に吉保自身が五十七年の生涯を終えると、前将軍夫人天英院をはじめとして、諸方から追悼の品々が贈られたという。

二　物語ののびやかさ

放漫な財政運営のあとの、乱倫放佚の晩年。だが、おそらくその晩年の時期に執筆が計画され、実行されたと思われる本書『松蔭日記』に、そこからもたらされるはずの陰うつがないのは、なぜであろう。

本書は、書中にも紹介された『楽只堂《らくしどう》年録』をはじめとして、直接間接に吉保に関係する柳沢家の史料が参照・利用されたことがあきらかであり、さらに直接には、吉保自身の記憶・感想・識見が持ち込まれて、書き記されたと見るべきところも少なくない。つまり筆録し文章に作りあげたのは確かに正親町町子《おおぎまちまちこ》であろうが、著者は吉保・町子の両名対等とするのが自然であろう。そして、全巻の構成・基調に関して言えば、その主導となり基本線を引くについては、吉保侯の意志が大きく働いたとみるのが穏当ではないか。

あの「生類あはれみの令」についてさえ、およそ無反省であっけらかんとした元大老格の楽観的な姿勢が、この物語ののんびりとした空気をつくったと言えないであろうか。一途に将軍綱吉に尽して、ともかくもその葬儀までを立派になしとげた達成感、充足感、それこそが本書を成立させた原動力であろう。

吉保が、いかによく綱吉につかえたか。その極端な例として雷の話がある。『楽只堂年録』によれば、将軍は、ともかく雷が苦手であった。そのために、夏季、雷神の活躍する頃になると、吉保は、深夜早朝、いかなる時刻をも問わず、将軍の寝間に参上した。参上したところで、如何ともし難い。敵は雷神である。ただひたすら、御機嫌を伺うばかりである。一夜に二度参上することもある。そして、下がってよい、と言われるまで、御様態を伺っているのである。

将軍の漢学好き、将軍生母の信心などを知ると、つねに本人の希望の先を、先をと推察して、行事を企画し、建築工事を準備した。たとえ小さな行事でも、将軍の行動は、多数の警固、随伴者をともなうから、その費用は些少で済まない。だが、それが将軍の意志であると言われれば、他から制止を加えることはほぼ不可能である。こうして、柳沢邸をはじめとする多数の諸侯邸への御成《おなり》が挙行された。迎える側は、単に酒食の接待だけでは済まない。将軍以下多数の人々への引出物の量が莫大である。そもそも、迎え入れるための「御成《おなり》門」「御成屋形」も造作しなければならない。諸侯は、柳沢家を見習いつつ財政難に陥って行く。恩恵があったとすれば、建築および諸道具類・進物類の制作に関係した工商であろう。

また、もうひとつ何か意味があったとすれば、今日に残る日本各地の古社寺の復興・改築が、ほぼこの期を中心として行われたことであろう。社寺のみか、古墳・古陵墓の保存は、この期における幕府への請願による恩恵を受けている場合が少なくない。帝陵の全国的な調査を指示した吉保に対して(元禄十二年四月)、東山天皇の謝意が伝えられたと、本書第九帖「わかの浦人」にも紹介されているが、実際それは、天皇家にとっても、古代史学にとっても、見逃すことのできない快事であった。

文化はいつも金銀を費す。古墳の例に端的であるように、それは決してそこから再生産をうながすことがない浪費にすぎない。だが、今日において陵墓・古社寺が持つあらゆる意味が、かの時代においての「華奢」浪費に依拠して存在するとすれば、浪費とは何か。

綱吉・吉保政権が繰りひろげた招待・饗宴の行事は、浪費の最たるものに見受けられるが、しかし、例えば六義園の遊興を眺めていると、読者は、自分にも記憶・体験があることに気づかざるを得ない。これは、公園・遊園地であり、博覧会ではないか。近代以後も、現代に至るまで、自分たちの政治運営の発想は、研究・教育をも含めて、どれほどこの性向から自由になっているのであろうか。

本書が一編として持続しているのびのびした筆致は、物産の豊かさを、楽しみつつ与えられる立場の、気楽な幸福感に、とりあえず迷うことなく身をおいている。それを現実化するためにこそ、さまざまの不幸・哀しみも描かれるが、老病は、当代一流の幕府お抱えの医師が治療するし、死もまた、仏寺による手厚い回向がある。しかも柳沢吉保個人に関して言えば、少年の日から禅に近づき、わが心の主人公を見つめつづけてきたので、周囲が心配する必要はないのである。ひとすじに将軍綱吉に服従奉仕し続けてきたあとには、そこから解放されて、政治の動向と無縁に生きるばかり。そのためにこそ、諸般の準備を整えてきた、というのであろう。

三　物語の文体

この物語が、主人公吉保を、平安朝の宮廷においての御堂関白、藤原道長に近い権勢を得た人物として描くところから、本文の語彙が、『大鏡』『栄花物語』『源氏物語』『枕草子』『紫式部日記』の用語と重なることは、すでに指摘されるところである。一編を平安朝の空気に近づけるために、作者は、主人公を初稿に「殿」と書き、将軍を「おほやけ」と書いていたものを、第十八帖あたりまで進んだところで方針変換し、主人公についてはと「君・わが御かた・こなた」など、将軍については「御所」とした。そのために、それまでに書かれていた部分については、すべて貼紙して訂正を施した（柳沢文庫蔵『松蔭日記』稿本）。訂正は、これによって生ずる文体のリズム感に配慮して、前後の語句にも及ぶ細慮を以て行われているので、これはそれだけでも大変な作業であったろうと想像されるものである。徳川将軍を「御所」と呼ぶ例は、それ以前になかったわけではないが、それでも「御所」と言えば禁裏即天皇を指す常識の方が強いのは当然であるから、これによって物語を『源氏物語』『栄花物語』の世界に近づけたことは明らかである。

ただし、語彙・用語の様態は、指摘が繁多に及び、いうなれば際限もないので、ここでは省略して、以下には別の指摘を記録しておく。

それは、宮川葉子「楽只堂と『源氏物語』」(『源氏物語の探求』第十五輯、一九九〇年)、田村隆「省筆論―源氏物語の叙法―」(『文学』二〇〇三年一一・一二月号)に詳述される、中古物語に見られる省筆の技法である。『松蔭日記』にも実に多数の「省筆」の手法が見られるという両稿を参照しつつ、直接には田村君の指摘、解説に従って、以下に、その例をすべて挙げてみる。一部卑見による誤りもあるかもしれぬが、その多様な展開が、本書の著者の力量を示すものと思われる(数字上の＊・＊＊の意味は後述)。

＊1女のまねび出べきならねば。男がたのふみにぞゆづるべき。(一　むさし野、15頁)
2何やかやと。きゝたる事なれど。皆わすれにけり。(一　むさし野、26頁)
3そのほどのさほう《はふ》、さま〴〵に、いへばおろかなり。(二　たびごろも、33頁)
＊4こと〴〵くにしもかきつゞけて、いとうるさければなん。(二　たびごろも、39頁)
＊5大かたのさまは、さきの時におなじければ、もらしつ。(三　ふりにしよゝ、46頁)
6こまかにきかざりつれば、かゝず。(三　ふりにしよゝ、52頁)
7さるは、女のさかしらすぎ。すゝみよみつべきものにもあらねば、さこそたうとき

事なりけんと。いとゆかしき物から、かゝずなりぬ。（四　みのりのまこと、57頁）

*8かずもしらずありけれど。ゆゝしきにおもひまどひて、きゝもおかざりつ。（四　みのりのまこと、59頁）

*9あまたたび、つねのことのやうにて。めづらしげなければ、もらしつ。（四　みのりのまこと、63頁）

10ことにつれては。折ふしのあだことゞも〔も〕、忍びあへぬを。こゝろしらぬ人はしも。とかくかたはらいたう、はしたなうも、いひなすらんかし。（五　千代の春、70頁）

**11御歌などは、ありけめど、などて聞もらしけん。（五　千代の春、71頁）

12そのほどの書たる〔事〕ども、真名のこと〴〵しきさまにてありければ。くわ《は》しくもしらず。いとゆへ《ゑ》〳〵しき事なりとぞ。ひとはかたりあひける。（六　としのくれ、89頁）

*13れいの、めづらしげなきやうに、みな人もおぼえたれば。しるさずかし。（七　春の池、95頁）

**14御かへしも、れいの、千とせ万代をかけて、などやありけんとおぼゆれど。いかゞ

ありつらん、聞もらしつるぞ口お《を》しきや。（七　春の池、96頁）

*15あやを《お》り物、何くれのでうど。御かた〴〵、ひめ君など。とり〴〵に、めもうつるばかりなれどしるさず。（七　春の池、97頁）

*16たどる〴〵も、人のいふにまかせてかきつくるほどに。あまれりや、たらずや。その外のものも、心ことなれど。いひたてんは中〴〵なり。（七　春の池、98頁）

*17いかめしふ《う》、うるはしき事おほかれど。れいの事にて、つゞけたてんもうるさし。（七　春の池、99頁）

*18奉り物、御引出物。またいとさま〴〵にてありけれど。なにとかや。さやうのお《を》りの事、かならずしもかきてん事かは。（七　春の池、102頁）

19その頃ほひきゝし事の。そば〴〵おもひ出てきこゆるほどに。なを《ほ》かたつかたをだにものせぬもの。ひが事にやあらん。（七　春の池、104頁）

20さま〴〵に、いといみじうめづらかなれど。大かた世にある式なれば、かゝず。（七　春の池、104頁）

21今、かたはしだにまねびたてたらんは。中〴〵ひが事もぞ出くめる。さいへど、かいけちてもらしなんやは。（八　法のともしび、120頁）

22なにも〳〵、かきつくしがたうてなん。　（八　法のともしび、124頁）

＊23たまはり給ひし物こそ。あまたありけれど、ひとひもかゝさずなど。いとあまりうるさくて、かゝずなりぬ。　（九　わかの浦人、140頁）

＊24所〳〵よりのは、れいのもらしつ。　（九　わかの浦人、141頁）

25くはしうも聞ゆべきを、今ちかく、人のしりたる事なり。　（十一　花まつもろ人、160頁）

26あまた有けれど。いみじきに、めうつりて。よくもおぼえず。　（十一　花まつもろ人、160頁）

27例のかたつかたいふなりけり。　（十一　花まつもろ人、161頁）

＊＊28めとゞまるふしもあらで、しるさずなりぬ。　（十一　花まつもろ人、164頁）

＊＊29その外にもいとあまたなれど。おなじさまの言の葉にて。めづらしげなし。　（十一　花まつもろ人、165頁）

＊＊30人々のうた、おほかれど、もらしつ。　（十一　花まつもろ人、165頁）

31いかめしう。ぎしきめきて、つゞけんも、いとあまりめなれたり。　（十一　花まつもろ人、169頁）

＊＊32 御歌を給はれり。いかゞありけん、今思ひ出て聞ゆべし。（十二　こだかき松、176頁）

＊33 何も〳〵、いとさま〴〵、めうつるばかりにて。こまかにしも覚えずかし。（十二　こだかき松、177頁）

＊＊34 いとあまたありけれど。うるさければもらし侍りつ。（十二　こだかき松、180頁）

＊35 さま〴〵と有ける事ども。例のもらしつ。（十三　山さくら戸、185頁）

＊36 中〳〵かたはしは。かきなさんもわろし。さりとて、いとあまりこちたきを。ひとつ〳〵かきてんこととかは。さばかりいかめしかりし事は。今も人、ちかくしり聞えたるなれば。を《お》のづからかたりもつたへんかし。（十三　山さくら戸、188頁）

＊37 おなじさまの事は、いましもかゝず。（十三　山さくら戸、192頁）

＊38 いづちかうせけん。何かは、かきもつくすまじう、かつは思ひ出るもあさましう。むねいたきわざにて、もらしてげり。（十三　山さくら戸、195頁）

＊＊39 御歌など奉りけれど。よくも覚えねばかゝず。（十四　玉かしは、202頁）

＊＊40 御歌奉りなどしたまひき。御返りもありて、聞つる事なれど、いかゞせん、わすれにけり。（十四　玉かしは、204頁）

＊＊41其日の歌ども、おほく有けれど。めづらしげなきは。のせず。（十四　玉かしは、207頁）

42大かたの事は、いまの世の事にて。しりきこえたンめり。（十四　玉かしは、210頁）

43こゝもかしこも。いで、まねびやらんとすれど。かぎりもあらでなん。（十五　山水、221頁）

＊44けふ奉らせたまへるものは。さまぐ〵に、いとこちたくありけれど。さきにも聞えつ。（十五　山水、224頁）

45皆人、心をうつしたるさま、有しにかはらず。（十五　山水、226頁）

46何かはことぐ〵くにしるさん。（十六　秋の雲、232頁）

47悉くしるさんも、れいのわづらはしければ。かゝず。（十七　むかしの月、249頁）

48その程のこと。いづれもく〵。思ひ出たるに。あさましう、おそろしければ。くはしくもかゝず。（十八　深山木、265頁）

49ぎしきなど、れいの、いとおほかれど。みなもらしつ。（十八　深山木、267頁）

50そのほどの事。すべてくはしうは、えぞかぞへあへぬや。（十八　深山木、267頁）

51何くれのこと。かしこければくはしうもかゝず。（二十　御賀の杖、296頁）

＊＊52御かた〳〵の奉りもの。又いとこちたし。御歌も、とり〳〵奉れ給へりしかど。も
らしつ。（二十　御賀の杖、301頁）

53さのみいひつゞくるも。うるさく、むつかしければ。みなもらしつ。
（二十　御賀の杖、306頁）

54かなしく、こゝろにおもひ出らるゝも。なを《ほ》更にかしこければ。何かはとて、聞え
ぬなり。（廿一　夢の山、324頁）

55さま〳〵に。いみじき事、猶おほかれど。たゞひとつふたつをなむ。今おもひいで
ゝ〔と〕ぞ。（廿二　さとりの巻々、337頁）

＊56れいの御屛風やなにやと。光みちたるさまは。めもあやにて。中〳〵いひもつくさ
ずなん。（廿三　大宮人、341頁）

57大かたのさま、おなじければ。もらしつ。（廿三　大宮人、342頁）

＊58なにも〳〵、いへばよのつねなれば。くはしうはきこえにくゝなむ。
（廿三　大宮人、344頁）

＊59えはゞからじ、とて。ひとつふたつ。かたはしかきつゞくるなりけり。
（廿三　大宮人、344頁）

＊60ことぐ〳〵にかぞへたてんもうるさしや。（廿三　大宮人、346頁）

＊61いと、あまりおほくて。大かたの事は。きゝもを《お》かざりけり。（廿三　大宮人、347頁）

＊62れいの、ことのはみじかきくせは、えもいひあへずなむ。（廿三　大宮人、348頁）

＊＊63此あたり、今しも人のうつしとめても。物すべかンなれば。かゝず。（廿四　むくさの園、372頁）

＊64大かた、つねにも、ことゝあるときは。まづかやうのかたは、めなれたンなるを。今さらにかきいでゝ。なにかはせん。（廿五　ちよの宿、377頁）

＊＊65いと、あまりおほければ。こゝにはかゝず。（廿五　ちよの宿、377頁）

66かやうのほかは。みな、このあたりみゝなれにたる。千世万代の口つきにて。浜の真砂の、えぞかぞへあへぬさまなれば。もらしつ。（廿五　ちよの宿、380頁）

67みな、かの国にを《お》きて、とりまかなひつれば。くはしうもきかず。（廿五　ちよの宿、381頁）

68いみじう、あらまほしき事おほかれど。ひとつふたつをだに。えもたどりあへねば、かゝず。（廿五　ちよの宿、388頁）

＊69かたつかた、きゝいづるにまかせていふなれば。れいの女のはかなき筆すさびなり。世中にさし出、物こゝろへ《え》がちに。心いれたるものこそ、よくもおぼゆれ。いで、なにのさかしらにか、くはしうとひきゝもせん、とおもへば。いよ〳〵耳なし山にことなることなし。　（廿五　ちよの宿、388頁）

＊70いみじきものおほかれど。れいも、此あたりめなれて。たれも、しか、めでこゆべきとしもおもひたらねば。とゞめつ。　（廿六　二もとの松、397頁）

71いみじきしるしども、おほかりけれど。えとひきゝもせずあれば。くはしうもしるさず。　（廿六　二もとの松、397頁）

＊72とかく奉り物などし給へれば。又御を《お》くり物あり。くだ〳〵しければ、もらしつ。　（廿七　ゆはた帯、414頁）

73そのほどの事。とりたてゝもおぼえずかし。　（廿八　めぐみの露、421頁）

74かたつかたきゝいでゝかきてんも、針を滄溟におとしたらむ心地して。かへりては、おろかなるわざならんかし。　（廿八　めぐみの露、437頁）

75何やかやと、さきにもしるしつれば、もらしつ。　（廿九　爪木のみち、446頁）

＊76とり〴〵の奉り物、を《お》くりもの、いとおほかれど。何かは、くだ〳〵しければ。し

るさず。　（廿九　爪木のみち、457頁）

『松蔭日記』三十帖のなかで、八十例に垂んとするこの「省筆」の技法は、『源氏物語』五十四帖の六十例に比べても、やや濫用と見えるほど多用されているが、「省筆」の理由を示す文が、その場面場面に応じて多様で、単純な反復と感じさせない所に、筆者の筆力を見ることができよう。

そして、これらの中で、最も大きな割合を占めているのが、人々の訪問往来に際して交される贈答品、献上・下賜品の記述に関する例である（＊印、二十九例）。手を変え品を換え繰り返される大量の物品に関する「省筆」は、やがて全巻を貫く物産の豊かさを楽しむ空気を形成している。書かれていないものごとを含めての満ち足りた気分が、物語を物理的に背後から支えている。

さて、これらの「省筆」の中で特色ある一群をなすものが、和歌に関する例であろう（＊＊印、十三例）。詩歌については、一どきに多数の作品が提出された場合、自然、一首また数首を例示して他を省略せざるを得ないのではあるが、ここで注意すべきは、

めとゞまるふしもあらで、しるさずなりぬ。（28）

その外にもいとあまたなれど。おなじさまの言の葉にて。めづらしげなし。(29)

などの例に見られるように、省略の理由に、作品に対する価値評価が加えられている事実である。とすると、単に多数だから省略されると見えているものの中にも、実はしっかりと評価が加えられているものがあるのではないか、という疑問が浮上する。量の問題ではない、質の問題なのだ、という作者の底意である。実際に明瞭に、

かやうのほかは。みな、このあたりみゝなれにたる。千世万代の口つきにて。浜の真砂の、えぞかぞへあへぬさまなれば。もらしつ。(66)

と断言して憚らない例もある。それは、筆者自身についても、

御歌など奉りけれど。よくも覚えねばかゝず。(39)

と公平である。ここに本書が、一面、元禄の和歌物語を目ざしていることと、その基盤としての、肝心の和歌の品質について、一定の責任を保証する態度が感知される。だから、

人々のうた、おほかれど、もらしつ。(30)

のような場合も「もらし」除かれたものには、それなりに理由があるのだ、と読めるのである。そうすると、これは、詩を挙げた後で、

御歌などは、ありけめど、などて聞もらしけん。(11)

とある場合も、実は、歌の方は碌なものがなかったので記さない、ということの変型の一つといえないであろうか。

御かへしも、れいの、千とせ万代をかけて、などやありけんとおぼゆれど。いかゞありつらん、聞もらしつるぞ口お《を》しきや。(14)

という例も、本当に残念がっているかどうか。まったく、めでたければ「千年万年」といっていれば歌だと思っているんだから……、という歎き罵倒が聞こえないであろうか。

本文中には、異母兄正親町公通の和歌に対して、

なにのお《を》かしきふしもなし。（廿一　夢の山、315頁）

と、零点評価の批評もある。身うちゆえの親しみもこめられているのかもしれないが、かりにも正二位権大納言、霊元院の上皇御所にも親しく参上して、指導教育を受ける機会にもふんだんに恵まれているはずの人間として、あまりに素っ気ない歌ではないか、という歎きが聞えるようである。

また、院の御使として東下した清閑寺凞定卿が、柳沢邸を訪ねて花見を楽しんだことがあった。その折に主人吉保が詠んだ歌について、

大かた、お《を》りからのお《を》かしきをぞ。のべ給ふ。（廿三　大宮人、350頁）

と一言加えているのは、まあ、その場の感興をひととおり言うたというところでしょうか、と聞えて、作者の明快な人柄を感じさせる。

ひょいと作者の直接的な感想をあらわす「草子地」は、古典的な技法ではあるが、本書においては、ほとんど同じ文がないまでに、展開された「省筆」の七十六例とともに、和歌作品に関する直接・間接さまざまの感想が、いきいきと働いていて、作者天性のすぐれた文章技法が伺われるのである。

和歌の評価についてのこのようなありかたが、全体を、安心してひとつの歌物語として楽しむところへ導いてくれるのであろう。

四　本書の本文

『松蔭日記』の本文としては、大和郡山市の柳沢文庫に所蔵される、柳沢家伝来の草稿推敲本および清書本が理想的であることは勿論であるが、現管理者の意向により、当分の間、翻刻公開が許可され難い状況であるので、やむを得ず今回は校注者所蔵本を底本とし、九州大学所蔵萩野文庫本を以て対校し、なお諸本を以て、本文の校訂を行った。その際、柳沢文庫蔵の清書本に関しては、既に活字翻刻がそなわるので（帝塚山短期大学『青須我波良』昭和五三―五六年）、これを参照利用したことはいうまでもない。

底本とした校注者所蔵本は半紙本四冊、第四冊の末尾に七丁分にわたって長文の奥書があり「ゆたけきまつりごとみかへりの年みなづきの頃」とあるので、寛政三年六月の成立、「緑天九外夫」とあるので伴蒿蹊《ばんこうけい》（一七三三―一八〇六）の文と知られるが、内容は著者に対する些か皮相な罵倒をも含むので、省略する。対校本として使用した所の九州大学所蔵萩野文庫本は、全四冊の各冊に「越後黒川藩鳥羽氏家蔵」との黒印が捺されている。黒川藩といえば、本書の著者正親町町子の実子、柳沢経隆（吉保四男）に始まるところであり、藩祖の母の手になる本書が、伝写保存されたかと想像することも、多少心ひかれるので参照した。書中十箇所ほどにわたって、原著の原注と別に「私云」として簡単な語注が加えられている点もゆかしい。

さて、草稿推敲本以来、本書には、本文の行間に、かなりの量にのぼる語注、ふり漢字などが施されており、それは、以後の写本においても継承された。ふり漢字については、写本の性格上かなり自由に本文にくりこまれてしまったために、原態を失っている点が少なくないが、語注や故事の詳記などは、ほぼ正確に転写され続けた。それにしても、しかし、写本の性格上、取捨は筆写者の恣意的な瞬間の判断によるので、同じ語の同じ注などは、写本により繁簡の程度がバラバラである。

このたび、この原注についても、草稿推敲本の翻刻が許可されないため、底本・対校本の他に、国会図書館本、内閣文庫本(二種)をはじめ、静嘉堂文庫本(二種)・岡山大学池田家文庫本(三種)など諸方の写本を参照して、補訂する形で脚注を作成した。原注は、それ自体が当代の種々の常識及び歌学を示すものであり、著者あるいは著者に近い人物が、予想される読者に対して、できればより正確に本文の表現意図を理解してほしいと訴えるものであって、これが単に当代の歌学ばかりではなく、作者のめざした物語世界の理解、鑑賞についても、大きな意味をもつものであろうことは、いうまでもあるまい。それは、元禄の文化・文学のもつ重層的な内容が、このような、一見、仮名文学と見られる作品の中にも、豊富に含まれることを示して、貴重な具体的証言であろう。脚注作成にあたって、できる限り草稿本の原注を復元したいと願った理由である。

柳沢吉保略年譜

万治元年（一六五八）戊戌　一歳　十二月十八日、誕生。

寛文十二年（一六七二）壬子　十五歳　十一月十五日、半元服。

　十三年（一六七三）癸丑　十六歳　十一月十二日、元服。

延宝三年（一六七五）乙卯　十八歳　七月十二日、家督相続。五百三十石。小姓組。

　四年（一六七六）丙辰　十九歳　二月十八日、曾雌定子と結婚。

　八年（一六八〇）庚申　廿三歳　綱吉五代将軍襲職に従い、十一月三日、御小納戸役。

天和元年（一六八一）辛酉　廿四歳　十二月二十日、実母佐瀬きのを自邸に迎え入る。

　二年（一六八二）壬戌　廿五歳　四月二十一日、布衣・従六位下。同二十五日、加増、八百三十石に。六月三日、綱吉の学問上の直弟子となる。

　三年（一六八三）癸亥　廿六歳　正月十一日、加増、千三十石に。

貞享二年（一六八五）乙丑　廿八歳　十二月十日、従五位下・出羽守に叙任。小納戸上席に。

　三年（一六八六）丙寅　廿九歳　正月十一日、加増、二千三十石に。

元禄元年（一六八八）戊辰　卅一歳　十一月十二日、加増、一万二千三十石に。側用人役を命ぜられ、若年寄上座に席を受ける。

元禄三年（一六九〇）庚午　卅三歳
三月二十六日、加増、三万二千三十石に。
十二月二十五日、従四位下に叙せらる。

四年（一六九一）辛未　卅四歳
三月二十二日、将軍綱吉、はじめて柳沢邸に渡御。

五年（一六九二）壬申　卅五歳
十一月十四日、加増、六万二千三十石に。

七年（一六九四）甲戌　卅七歳
正月七日、加増、七万二千三十石に。武蔵川越の城主に任ぜらる。
十二月九日、侍従に任ぜられ、老中格となる。

十　年（一六九七）丁丑　四十歳
七月二十六日、加増、九万二千三十石に。

十一年（一六九八）戊寅　四十一歳
七月二十一日、左近衛権少将に任ぜられ、老中上席、大老格となる。

十四年（一七〇一）辛巳　四十四歳
十一月二十六日、将軍、柳沢邸渡御の上、吉保父子に松平の称号と、諱の「吉」字をゆるす。

十五年（一七〇二）壬午　四十五歳
三月九日、加増、十一万二千三十石に。

十六年（一七〇三）癸未　四十六歳
七月二日、初めて霊元院に百首和歌を呈す。

宝永元年（一七〇四）甲申　四十七歳
十二月二十一日、加増、十五万千二百石余に。甲斐の甲府城主に任ぜらる。

二年(一七〇五)乙酉四十八歳

四月二十九日、石高もとのままにて、領地を甲斐国内三郡に集め与えられる。甲斐一国の国主とされる。実質の石高は二十二万石の由。

六年(一七〇九)己丑五十二歳

正月十日、五代将軍綱吉死去。

五月一日、六代家宣将軍宣下。

六月三日、隠退、吉里、家督相続。

六月十八日、駒込の六義園に転居、隠棲。

十月十日、剃髪し、保山と号す。

正徳四年(一七一四)甲午五十七歳

十一月二日、死去。法号、永慶寺保山元養大居士。

(『源公実録』『寛政重修諸家譜』『系図纂要』『楽只堂年録』による)

〔柳沢吉保家系図〕

柳沢
安忠
信時・長蔵・十右衛門
刑部左衛門
慶長七年生
延宝三年七月十二日
致仕、号露休
貞享四年九月十七日卒
年八十六
号正覚院張無源良
大居士
母石原四郎右衛門
昌明女

吉保
房安・佳《よし》忠・信元・保明
三郎・主税
弥太郎・出羽守・美濃守・
従五位下・従四位下・
侍従・左少将
万治元年十二月十八日生
宝永六年六月三日致仕
正徳四年十一月二日薨
年五十七、号永慶寺
保山元養大居士
母佐瀬きの(了本院)

女子
母飯塚染子
貞享三年二月九日生、同十日早世

吉里
安暉《やすてる》・安貞、兵部、越前守・伊勢守・甲斐守・侍従
従四位下
大和国郡山城主
貞享四年九月三日生
延享二年九月六日卒、年五十九
号乾徳院瑞龍全利大居士
母飯塚染子

長暢《ながのぶ》
後親・主税・亀次郎
元禄三年五月二十日生
同五年三月十二日早世。法号、電光院閃影了心大童子
母飯塚染子

安基
修理
元禄五年五月二十八日生
同七年三月二十日早世
母飯塚染子

さち
元禄六年十月二十一日生、同七年五月十六日、善光寺誓伝尼
に従いて落飾、法名、易《い》仙
同八年二月十四日早世。法号、桃園素仙童女
母飯塚染子

経隆
安通・横手伊織・松平刑部少輔
従五位下
越後国蒲原郡黒川城主(一万石)
元禄七年十一月十六日生
享保十年八月二十三日卒、年三十二
号天休院実山勝義大居士
母正親町町子

稲子
春子・由子
元禄八年一月二十九日生
享保七年十二月十二日卒、年二十八
母横山繁子

時睦
信豊・左門・式部少輔
従五位下
越後国蒲原郡三日市城主(一万石)
元禄九年六月十二日生
寛延三年四月二十四日卒、年五十四

- 〔名前欠〕　同五年五月三十日早世。法号、法雲院如幻妙真日浄大童女
　母横山繁子
- 綾　宝永四年十二月三日生
　母上月柳子。松平輝貞の養女となる
- 忠仰《ただすけ》　保教・保武・大膳・米倉丹波守・主計頭
　従五位下
　米倉丹波守昌照養子
　宝永五年二月一日生
　母片山梅
- 国　宝永六年三月十七日生
　早世(年次未考)
　母上月柳子
- 保経　松平頼母・図書・弾正少弼
　母上月柳子
　時睦養子
- 美喜子　早世
　吉里養女
　母上月柳子
- 増子　母祝園関子

(以下養女)

- ゑん　実折井市左衛門正辰女。元禄八年二月二日、実家へ戻す
　山名信濃守恭豊室
- とさ　実折井市左衛門正利女
　黒田豊前守直邦室
　号寿量院法安貞華大姉
- いち(栄)　実折井淡路守正辰女
　松平右京大夫輝貞室
　号長慶院菊圃秀栄大姉
- 悦子　実曾雌庄右衛門定秋女
　内藤丹波守政森室
　宝永二年十一月八日卒。法号、珠松院忍誉慈法貞玉大姉
- 幾子　実野宮宰相定基女
　大久保加賀守忠方室

(『寛政重修諸家譜』『系図纂要』『楽只堂年録』による)

〔徳川綱吉家系図〕

- 家康 1
  - 秀康
    - 忠直
      - 光長（越後高田）
  - 秀忠 2
    - 家光 3
      - 家綱 4
      - 綱重
        - 家宣 6
          虎松君、綱豊、徳川左近将監
          甲府中納言
          寛文三年四月二十五日生
          母長昌院（於保良之方、田中
          治兵衛勝宗女）
          宝永六年正月十日家督相続
          同年五月一日将軍宣下、年四十八
          正徳二年十月十四日薨、年五十一
          号文照院
          - 家千代
            宝永四年七月十日生
            同年九月二十八日卒
            母右近（法心院）
          - 大五郎
            宝永五年十二月二十二日生
            同七年八月十二日卒
            母すめ（蓮浄院）
          - 家継 7
            宝永六年七月三日生
            正徳三年四月二日将軍宣下
            同六年四月晦日他界、年八
            号有章院殿
            母於喜世（月光院）
      - 綱吉 5
        徳松丸、松平右馬頭
        館林参議
        母桂昌院（於玉之方、一条関白
        光平家司本庄太郎兵衛宗利女）
        正保三年正月八日生
        延宝八年八月二十一日
        征夷大将軍、任内大臣、
        叙正二位、年三十五
        宝永六年正月十日薨、年六十四
        号常憲院
        - 鶴姫
          延宝五年四月八日生
          母瑞春院（於伝之方、五ノ丸方、
          小屋権兵衛正元女）
          紀伊中納言綱教室
          宝永元年四月十二日卒、年二十八
          法名明信院
        - 徳松
          延宝七年五月六日生
          母瑞春院
          天和三年閏五月二十八日卒、年五
  - 尾張 義直
  - 紀伊 頼宣
  - 頼房
    - 光圀

八[illegible]姫
実鷹司左大臣兼熈女
元禄二年生
水戸少将吉孚室
延享三年三月十七日卒、年五十七
法名随性院

喜知姫
実尾張中納言綱誠女
元禄九年生
同十一年七月七日卒、年三
法名知法院

松姫
実尾張中納言綱誠女
元禄十二年生
加賀守前田吉徳室
享保五年九月二十日卒、年二十二
法名光現院

竹姫
実清閑守大納言凞定女
有栖川宮正仁親王室、のち
松平大隈守島津継豊へ再嫁
安永元年十二月五日卒
法名浄岸院

〔正親町家系図〕

実豊
元和五年十二月八日生
正保元年十二月十九日参議頭右中将正四上
承応元年十一月十二日権中納言
明暦二年十二月十九日権大納言
万治二年十二月廿二日正二
元禄十六年二月三日薨八十五歳
法号、禅淵院如源崇真

公綱
従五下

公廉
従五下

季親
母権中納言為賢卿女

公通
承応二年閏六月廿六日生
延宝五年閏十二月十一日参議右中将正四下
天和元年十一月廿一日権中納言
元禄八年十一月廿三日権大納言
正徳二年十二月廿五日従一
享保十八年七月十二日薨八十一歳
法号、恵明院石峯常堅秀空

町子
母、水無瀬氏信女は、霊元院の中宮新上西門院房子の侍女、常盤井。のち、東下して将軍綱吉の御台所、鷹司信子に仕える。右衛門の佐と称す。宝永三年三月十一日卒。町子は、実母のすすめに従って東下、元禄中ごろ柳沢家に仕えた。延宝四年生、享保八年十二月卒、四十八歳。法号、理性院本然自覚大姉。

女
松平讃岐守頼豊朝臣室
宝永四年六月五日卒

女
中川内膳正久忠室

右京
大奥女中

索　引(人名・地名・書名・事項)

配列は現代仮名遣いによる五十音順。

あ　行

か　行

さ 行

た　行

な　行

は　行

ま　行

や　行

ら　行

わ　行

索　引（和歌）

あ　行

か　行

さ　行

松《まつ》蔭《かげ》日《にっ》記《き》

2004 年 7 月 16 日　第 1 刷発行
2022 年 7 月 27 日　第 3 刷発行

校注者　上野洋三《うえのようぞう》

発行者　坂本政謙

発行所　株式会社 岩波書店
〒101-8002 東京都千代田区一ツ橋 2-5-5

案内 03-5210-4000　営業部 03-5210-4111
文庫編集部 03-5210-4051
https://www.iwanami.co.jp/

印刷 製本・法令印刷　カバー・精興社

ISBN 4-00-302791-4　　Printed in Japan

読書子に寄す

――岩波文庫発刊に際して――

岩波茂雄

真理は万人によって求められることを自ら欲し、芸術は万人によって愛されることを自ら望む。かつては民を愚昧ならしめるために学芸が最も狭き堂宇に閉鎖されたことがあった。今や知識と美とを特権階級の独占より奪い返すことはつねに進取的なる民衆の切実なる要求である。岩波文庫はこの要求に応じそれに励まされて生まれた。それは生命ある不朽の書を少数者の書斎と研究室とより解放して街頭にくまなく立たしめ民衆に伍せしめるであろう。近時大量生産予約出版の流行を見る。その広告宣伝の狂態はしばらくおくも、後代にのこすと誇称する全集がその編集に万全の用意をなしたるか。千古の典籍の翻訳企図に敬虔の態度を欠かざりしか。さらに分売を許さず読者を繋縛して数十冊を強うるがごとき、はたしてその揚言する学芸解放のゆえんなりや。吾人は天下の名士の声に和してこれを推挙するに躊躇するものである。このときにあたって、岩波書店は自己の責務のいよいよ重大なるを思い、従来の方針の徹底を期するため、すでに十数年以前より志して来た計画を慎重審議この際断然実行することにした。吾人は範をかのレクラム文庫にとり、古今東西にわたって文芸・哲学・社会科学・自然科学等種類のいかんを問わず、いやしくも万人の必読すべき真に古典的価値ある書をきわめて簡易なる形式において逐次刊行し、あらゆる人間に須要なる生活向上の資料、生活批判の原理を提供せんと欲する。この文庫は予約出版の方法を排したるがゆえに、読者は自己の欲する時に自己の欲する書物を各個に自由に選択することができる。携帯に便にして価格の低きを最主とするがゆえに、外観を顧みざるも内容に至っては厳選最も力を尽くし、従来の岩波出版物の特色をますます発揮せしめようとする。この計画たるや世間の一時の投機的なるものと異なり、永遠の事業として吾人は微力を傾倒し、あらゆる犠牲を忍んで今後永久に継続発展せしめ、もって文庫の使命を遺憾なく果たさしめることを期する。芸術を愛し知識を求むる士の自ら進んでこの挙に参加し、希望と忠言とを寄せられることは吾人の熱望するところである。その性質上経済的には最も困難多きこの事業にあえて当たらんとする吾人の志を諒として、その達成のため世の読書子とのうるわしき共同を期待する。

昭和二年七月

《日本文学(古典)》〔黄〕

古事記　倉野憲司校注
日本書紀　全五冊　坂本太郎・家永三郎・井上光貞・大野晋校注
万葉集　全五冊　佐竹昭広・山田英雄・工藤力男・大谷雅夫・山崎福之校注
原文万葉集　全二冊　佐竹昭広・山田英雄・工藤力男・大谷雅夫・山崎福之校注
竹取物語　阪倉篤義校訂
伊勢物語　大津有一校注
玉造小町子壮衰書 —小野小町物語　杤尾武校注
古今和歌集　佐伯梅友校注
土左日記　紀貫之　鈴木知太郎校注
源氏物語　全九冊　柳井滋・室伏信助・大朝雄二・鈴木日出男・藤井貞和・今西祐一郎校注
枕草子　池田亀鑑校訂
更級日記　西下経一校注
今昔物語集　全四冊　池上洵一編
西行全歌集　久保田淳・吉野朋美校注
建礼門院右京大夫集　付 平家公達草紙　久松潜一・久保田淳校注
梅沢本古本説話集　川口久雄校訂

後拾遺和歌集　久保田淳・平田喜信校注
詞花和歌集　工藤重矩校注
古語拾遺　斎部広成撰　西宮一民校注
王朝漢詩選　小島憲之編
新訂方丈記　市古貞次校注
新訂新古今和歌集　佐佐木信綱校訂
新訂徒然草　西尾実・安良岡康作校注
平家物語　全四冊　梶原正昭・山下宏明校注
神皇正統記　北畠親房　岩佐正校注
御伽草子　全二冊　市古貞次校注
王朝秀歌選　樋口芳麻呂校注
定家八代抄 —続王朝秀歌選　全二冊　樋口芳麻呂・後藤重郎校注
中世なぞなぞ集　鈴木棠三編
謡曲選集　読む能の本　野上豊一郎編
東関紀行・海道記　玉井幸助校訂
おもろさうし　外間守善校注
太平記　全六冊　兵藤裕己校注

好色五人女　井原西鶴　東明雅校註
武道伝来記　井原西鶴　前田金五郎・横山重校注
西鶴文反古　井原西鶴　片岡良一校訂
芭蕉紀行文集　付 嵯峨日記　中村俊定校注
芭蕉おくのほそ道　付 曾良旅日記・奥細道菅菰抄　萩原恭男校注
芭蕉俳句集　中村俊定校注
芭蕉連句集　中村俊定・萩原恭男校注
芭蕉書簡集　萩原恭男校注
芭蕉文集　潁原退蔵編註
芭蕉俳文集　全二冊　堀切実編注
芭蕉自筆奥の細道　上野洋三・櫻井武次郎校注
蕪村俳句集　付 春風馬堤曲 他二篇　尾形仂校注
蕪村七部集　伊藤松宇校訂
蕪村文集　藤田真一編注
国性爺合戦・鑓の権三重帷子　近松門左衛門　和田万吉校訂
折たく柴の記　新井白石　松村明校注
近世畸人伝　伴蒿蹊　森銑三校註

排蘆小船・石上私淑言 ―宣長「物のあはれ」歌論　本居宣長 / 子安宣邦校注
雨月物語　上田秋成 / 長島弘明校注
宇下人言　修行録　松平定信 / 松平定光校訂
新訂 一茶俳句集　丸山一彦校注
一茶 父の終焉日記・おらが春 他一篇　矢羽勝幸校注
増補 俳諧歳時記栞草 全二冊　曲亭馬琴編 / 藍亭青藍補 / 堀切実校注
北越雪譜　鈴木牧之編撰 / 京山人百樹刪定 / 岡田武松校訂
東海道中膝栗毛 全二冊　十返舎一九 / 麻生磯次校注
浮世床　式亭三馬 / 和田万吉校訂
梅暦 全二冊　為永春水 / 古川久校訂
日本民謡集　町田嘉章 / 浅野建二編
芭蕉臨終記 花屋日記 付 芭蕉翁終焉記・前後日記・行状記　小宮豊隆校訂
醒睡笑 全二冊　安楽庵策伝 / 鈴木棠三校注
与話情浮名横櫛 切られ与三　瀬川如皐 / 河竹繁俊校訂
歌舞伎十八番の内 勧進帳　郡司正勝校注
江戸怪談集 全三冊　高田衛編・校注
柳多留名句選　山澤英雄選 / 粕谷宏紀校注

鬼貫句選・独ごと　復本一郎校注
井月句集　復本一郎編
花見車・元禄百人一句　雲英末雄 / 佐藤勝明校注
江戸漢詩選 全二冊　揖斐高編訳

《日本思想》〔青〕

- 風姿花伝（花伝書） 世阿弥 野上豊一郎 西尾実 校訂
- 五輪書 宮本武蔵 渡辺一郎 校注
- 葉隠 全三冊 山本常朝 和辻哲郎 古川哲史 校訂
- 養生訓・和俗童子訓 貝原益軒 石川謙 校訂
- 貝原益軒 大和俗訓 石川謙 校訂
- 町人嚢・百姓嚢・長崎夜話草 西川如見 飯島忠夫 西川忠幸 校訂
- 日本水土考・水土解弁・増補華夷通商考 西川如見 飯島忠夫 西川忠幸 校訂
- 蘭学事始 杉田玄白 緒方富雄 校註
- 吉田松陰書簡集 広瀬豊 編
- 島津斉彬言行録 牧野伸顕 序
- 塵劫記 吉田光由 大矢真一 校注
- 兵法家伝書 付 新陰流兵法目録事 柳生宗矩 渡辺一郎 校注
- 南方録 西山松之助 校注
- 長崎版 どちりな きりしたん 海老沢有道 校註
- 仙境異聞・勝五郎再生記聞 平田篤胤 子安宣邦 校注
- 茶湯一会集・閑夜茶話 井伊直弼 戸田勝久 校注

- 新訂 海舟座談 巌本善治 編 勝部真長 校注
- 西郷南洲遺訓 附 手抄言志録及遺文 山田済斎 編
- 文明論之概略 福沢諭吉 松沢弘陽 校注
- 新訂 福翁自伝 富田正文 校訂
- 学問のすゝめ 福沢諭吉
- 福沢諭吉教育論集 山住正己 編
- 福沢諭吉家族論集 中村敏子 編
- 福沢諭吉の手紙 慶應義塾 編
- 日本道徳論 西村茂樹 吉田熊次 校
- 新島襄の手紙 同志社 編
- 新島襄 教育宗教論集 同志社 編
- 新島襄自伝 ―手記・紀行文・日記 同志社 編
- 近時政論考 陸羯南
- 日本の下層社会 横山源之助
- 中江兆民 三酔人経綸問答 桑原武夫 島田虔次 訳・校注
- 中江兆民評論集 松永昌三 編
- 憲法義解 伊藤博文 宮沢俊義 校註

- 日本開化小史 田口卯吉 嘉治隆一 校訂
- 新訂 蹇蹇録 ―日清戦争外交秘録 陸奥宗光 中塚明 校注
- 茶の本 岡倉覚三 村岡博 訳
- 新撰讃美歌 植村正久 奥野昌綱 松山高吉 編
- 武士道 新渡戸稲造 矢内原忠雄 訳
- キリスト信徒のなぐさめ 内村鑑三
- 余はいかにしてキリスト信徒となりしか 内村鑑三 鈴木範久 訳
- 代表的日本人 内村鑑三 鈴木範久 訳
- 後世への最大遺物・デンマルク国の話 内村鑑三
- 宗教座談 内村鑑三
- ヨブ記講演 内村鑑三
- 足利尊氏 山路愛山
- 徳川家康 全二冊 山路愛山
- 豊臣秀吉 全二冊 山路愛山
- 妾の半生涯 福田英子
- 三十三年の夢 宮崎滔天 島田虔次 近藤秀樹 校注
- 善の研究 西田幾多郎

思索と体験	西田幾多郎
続思索と体験・『続思索と体験』以後	西田幾多郎
西田幾多郎哲学論集 I —場所・私と汝 他六篇	上田閑照編
西田幾多郎哲学論集 II —論理と生命 他四篇	上田閑照編
西田幾多郎哲学論集 III —自覚について 他四篇	上田閑照編
西田幾多郎歌集	上田薫編
西田幾多郎講演集	田中裕編
西田幾多郎書簡集	藤田正勝編
帝国主義	幸徳秋水 山泉進校注
麺麭の略取	クロポトキン 幸徳秋水訳
基督抹殺論	幸徳秋水
日本の労働運動	片山潜
吉野作造評論集	岡義武編
貧乏物語	河上肇 大内兵衛解題
河上肇評論集	杉原四郎編
西欧紀行 祖国を顧みて	河上肇
中国文明論集	宮崎市定 礪波護編

中国史 全二冊	宮崎市定
大杉栄評論集	飛鳥井雅道編
女工哀史	細井和喜蔵
奴隷 —小説・女工哀史1	細井和喜蔵
工場 —小説・女工哀史2	細井和喜蔵
初版 日本資本主義発達史 全二冊	野呂栄太郎
谷中村滅亡史	荒畑寒村
遠野物語・山の人生	柳田国男
木綿以前の事	柳田国男
こども風土記・母の手毬歌	柳田国男
海上の道	柳田国男
蝸牛考	柳田国男
野草雑記・野鳥雑記	柳田国男
孤猿随筆	柳田国男
婚姻の話	柳田国男
都市と農村	柳田国男
十二支考 全二冊	南方熊楠

津田左右吉歴史論集	今井修編
特命全権大使 米欧回覧実記 全五冊	久米邦武編 田中彰校注
日本イデオロギー論	戸坂潤
明治維新史研究	羽仁五郎
古寺巡礼	和辻哲郎
風土 —人間学的考察	和辻哲郎
和辻哲郎随筆集	坂部恵編
倫理学 全四冊	和辻哲郎
人間の学としての倫理学	和辻哲郎
日本倫理思想史 全四冊	和辻哲郎
宗教哲学序論・宗教哲学	波多野精一
「いき」の構造 他二篇	九鬼周造
九鬼周造随筆集	菅野昭正編
偶然性の問題	九鬼周造
時間論 他二篇	九鬼周造 小浜善信編
復讐と法律	穂積陳重
パスカルにおける人間の研究	三木清

古代国語の音韻に就いて 他二篇　橋本進吉
漱石詩注　吉川幸次郎
吉田松陰　徳富蘇峰
林達夫評論集　中川久定編
新版 きけわだつみのこえ —日本戦没学生の手記　日本戦没学生記念会編
新版 第二集 きけわだつみのこえ —日本戦没学生の手記　日本戦没学生記念会編
君たちはどう生きるか　吉野源三郎
懐旧九十年　石黒忠悳
武家の女性　山川菊栄
覚書 幕末の水戸藩　山川菊栄
忘れられた日本人　宮本常一
家郷の訓　宮本常一
大阪と堺　三浦周行 朝尾直弘編
新編 歴史と人物　三浦周行 林屋辰三郎 朝尾直弘 編
国家と宗教 —ヨーロッパ精神史の研究　南原繁
石橋湛山評論集　松尾尊兊編
湛山回想　石橋湛山

手仕事の日本　柳宗悦
工藝文化　柳宗悦
南無阿弥陀仏 付 心偈　柳宗悦
柳宗悦 民藝紀行　水尾比呂志編
雨夜譚 —渋沢栄一自伝　長幸男校注
中世の文学伝統　風巻景次郎
平塚らいてう評論集　小林登美枝 米田佐代子編
日本の民家　今和次郎
倫敦《ロンドン》！倫敦《ロンドン》？　長谷川如是閑
原爆の子 —広島の少年少女のうったえ 全二冊　長田新編
臨済・荘子　前田利鎌
『青鞜』女性解放論集　堀場清子編
大津事件 —ロシア皇太子大津遭難　尾佐竹猛 三谷太一郎校注
幕末遣外使節物語 —夷狄の国へ　尾佐竹猛 吉良芳恵校注
極光のかげに —シベリア俘虜記　高杉一郎
古典学入門　池田亀鑑
イスラーム文化 —その根柢にあるもの　井筒俊彦

意識と本質 —精神的東洋を索めて　井筒俊彦
神秘哲学 —ギリシアの部　井筒俊彦
意味の深みへ —東洋哲学の水位　井筒俊彦
コスモスとアンチコスモス —東洋哲学のために　井筒俊彦
幕末政治家　福地桜痴 佐々木潤之介校注
フランス・ルネサンスの人々　渡辺一夫
維新旧幕比較論　木下真弘 宮地正人校注
被差別部落一千年史　高橋貞樹 沖浦和光校注
花田清輝評論集　粉川哲夫編
新版 河童駒引考 —比較民族学的研究　石田英一郎
英国の文学　吉田健一
英国の近代文学　吉田健一
明治東京下層生活誌　中川清編
中井正一評論集　長田弘編
山びこ学校　無着成恭編
考史遊記　桑原隲蔵
福沢諭吉の哲学 他六篇　丸山眞男 松沢弘陽編

政治の世界 他十篇　丸山眞男／松本礼二編注
超国家主義の論理と心理 他八篇　丸山眞男／古矢旬編
田中正造文集 全二冊　由井正臣／小松裕編
国語学史　時枝誠記
定本 育児の百科 全三冊　松田道雄
大西祝選集 全三冊　小坂国継編
哲学の三つの伝統 他十二篇　野田又夫
中国近世史　内藤湖南
大隈重信演説談話集　早稲田大学編
大隈重信自叙伝　早稲田大学編
人生の帰趣　山崎弁栄
通論考古学　濱田耕作
転回期の政治　宮沢俊義
何が私をこうさせたか —獄中手記　金子文子
明治維新　遠山茂樹
禅海一瀾講話　釈宗演
明治政治史　岡義武

転換期の大正　岡義武
山県有朋 —明治日本の象徴　岡義武
近代日本の政治家　岡義武
ニーチェの顔 他十三篇　氷上英廣／三島憲一編
伊藤野枝集　森まゆみ編
前方後円墳の時代　近藤義郎
日本の中世国家　佐藤進一

《歴史・地理》〔青〕

新訂 魏志倭人伝・後漢書倭伝・宋書倭国伝・隋書倭国伝 —中国正史日本伝1— 石原道博編訳
ヘロドトス 歴史 全三冊 松平千秋訳
トゥーキュディデース 戦史 全三冊 久保正彰訳
ガリア戦記 カエサル 近山金次訳
タキトゥス ゲルマーニア 泉井久之助訳註
タキトゥス 年代記 —ティベリウス帝からネロ帝へ— 全二冊 国原吉之助訳
ランケ 世界史概観 —近世史の諸時代— 鈴木成高・相原信作訳
ランケ自伝 林健太郎訳
歴史とは何ぞや ベルンハイム 坂口昂・小野鉄二訳
歴史における個人の役割 プレハーノフ 木原正雄訳
古代への情熱 —シュリーマン自伝— シュリーマン 村田数之亮訳
大君の都 —幕末日本滞在記— 全三冊 オールコック 山口光朔訳
アーネスト・サトウ 一外交官の見た明治維新 全二冊 坂田精一訳
ベルツの日記 全二冊 トク・ベルツ編 菅沼竜太郎訳
武家の女性 山川菊栄
インディアスの破壊についての簡潔な報告 ラス・カサス 染田秀藤訳

ラス・カサス インディアス史 全七冊 長南実訳 石原保徳編
コロンブス 全航海の報告 林屋永吉訳
戊辰物語 東京日日新聞社会部編
大森貝塚 —付 関連史料— E・S・モース 近藤義郎・佐原真編訳
ナポレオン言行録 オクターヴ・オブリ編 大塚幸男訳
中世的世界の形成 石母田正
日本の古代国家 石母田正
クリオの顔 —歴史随想集— E・H・ノーマン 大窪愿二編訳
日本における近代国家の成立 E・H・ノーマン 大窪愿二訳
旧事諮問録 —江戸幕府役人の証言— 全二冊 旧事諮問会編 進士慶幹校注
朝鮮・琉球航海記 —一八一六年アマースト使節団とともに— ベイジル・ホール 春名徹訳
ローマ皇帝伝 全二冊 スエトニウス 国原吉之助訳
アリランの歌 —ある朝鮮人革命家の生涯— ニム・ウェールズ キム・サン 松平いを子訳
ヒュースケン日本日記 —1855〜61— 青木枝朗訳
さまよえる湖 全二冊 ヘディン 福田宏年訳
老松堂日本行録 —朝鮮使節の見た中世日本— 宋希環 村井章介校注
十八世紀パリ生活誌 —タブロー・ド・パリ— 全二冊 メルシエ 原宏編訳

北槎聞略 —大黒屋光太夫ロシア漂流記— 桂川甫周 亀井高孝校訂
ヨーロッパ文化と日本文化 ルイス・フロイス 岡田章雄訳注
ギリシア案内記 全二冊 パウサニアス 馬場恵二訳
西遊草 清河八郎 小山松勝一郎校注
オデュッセウスの世界 フィンリー 下田立行訳
東京に暮す —一九二八〜一九三六— キャサリン・サンソム 大久保美春訳
ミカド —日本の内なる力— W・E・グリフィス 亀井俊介訳
増補 幕末百話 篠田鉱造
明治百話 全二冊 篠田鉱造
幕末明治 女百話 全二冊 篠田鉱造
トゥバ紀行 メンヒェン＝ヘルフェン 田中克彦訳
徳川時代の宗教 R・N・ベラー 池田昭訳
ある出稼石工の回想 マルタン・ナド 喜安朗訳
植物巡礼 —プラント・ハンターの回想— F・キングドン－ウォード 塚谷裕一訳
モンゴルの歴史と文化 ハイシッヒ 田中克彦訳
ローマ建国史 全三冊(既刊上巻) リーウィウス 鈴木一州訳
元治夢物語 —幕末同時代史— 馬場文英 徳田武校注

フランス・プロテスタントの反乱 ―カミザール戦争の記録　カヴァリエ　二宮フサ訳

ニコライの日記 ―ロシア人宣教師が生きた明治日本　全三冊　中村健之介編訳

マゼラン 最初の世界一周航海　長南実訳

徳川制度 全三冊・補遺　加藤貴校注

第二のデモクラテス 戦争の正当原因についての対話　セプールベダ　染田秀藤訳

ユグルタ戦争 カティリーナの陰謀　サルスティウス　栗田伸子訳

岩波文庫の最新刊

フロイト著／高田珠樹訳

日常生活の精神病理

知っているはずの画家の名前がどうしても思い出せない――フロイト存命中もっとも広く読まれた著作。達意の翻訳に十全な注を付す。

〔青六四二-一〕　定価一五八四円

エーリヒ・ケストナー著／酒寄進一訳

終戦日記一九四五

世界的な児童文学作家が、第三帝国末期から終戦後にいたる社会の混乱、戦争の愚かさを皮肉とユーモアたっぷりに描き出す。

〔赤四七一-二〕　定価一〇六七円

萩原朔太郎著

恋愛名歌集

萩原朔太郎(一八八六―一九四二)が、恋愛を詠った抒情性、韻律に優れた古典和歌の名歌を選び評釈した独自の詞華集。(解説＝渡部泰明)

〔緑六二-四〕　定価七〇四円

鵜飼信成著

憲法

戦後憲法学を牽引した鵜飼信成(一九〇六―八七)による、日本国憲法の独創的な解説書。先見性に富み、今なお異彩を放つ。初版一九五六年。(解説＝石川健治)

〔白三五-一〕　定価一三八六円

……今月の重版再開……

千葉俊二編

鷗外随筆集

定価七〇四円

〔緑六-八〕

木村浩編訳

ソルジェニーツィン短篇集

定価一〇一二円

〔赤六三五-二〕

岩波文庫の最新刊

ウォーラーステイン著／川北 稔訳
史的システムとしての資本主義

資本主義をひとつの歴史的な社会システムとみなし、「中核／周辺」「ヘゲモニー」などの概念を用いて、その成立・機能・問題点を描き出す。
〔青N四〇一-二〕 定価九九〇円

鈴木 淳編
高峰譲吉文集 いかにして発明国民となるべきか

アドレナリンの単離抽出、タカジアスターゼの開発で知られる高峰譲吉。日本における理化学研究と起業振興の必要性を熱く語る。
〔青九五二-一〕 定価七九二円

大木志門編
島崎藤村短篇集

島崎藤村(一八七二-一九四三)は、優れた短篇小説の書き手でもあった。一一篇を精選する。人生、社会、時代を凝視した作家が立ち現れる。
〔緑二四-九〕 定価一〇〇一円

……今月の重版再開……

アンデルセン 森 鷗外訳
即興詩人(上)

〔緑五-一〕 定価七七〇円

アンデルセン 森 鷗外訳
即興詩人(下)

〔緑五-二〕 定価七七〇円